Emma

Livros da autora publicados pela **L&PM** EDITORES:

A abadia de Northanger
Amor e amizade & outras histórias
Emma
Jane Austen – SÉRIE OURO *(A abadia de Northanger; Razão e sentimento; Orgulho e preconceito)*
Lady Susan, Os Watson e Sanditon
Mansfield Park
Orgulho e preconceito
Persuasão
Razão e sentimento

Jane Austen

Emma

Tradução e apresentação de Rodrigo Breunig

www.lpm.com.br

L&PM POCKET

Coleção **L&PM** POCKET, vol. 1170

Texto de acordo com a nova ortografia.
Título original: *Emma*

Primeira edição na Coleção **L&PM** POCKET: setembro de 2015
Esta reimpressão: dezembro de 2019

Tradução e apresentação: Rodrigo Breunig
Capa: L&PM Editores sobre ilustração de Birgit Amadori
Preparação: Marianne Scholze
Revisão: Simone Diefenbach

CIP-Brasil. Catalogação na Fonte
Sindicato Nacional dos Editores de Livros, RJ.

A95e

Austen, Jane, 1775-1817
Emma / Jane Austen; tradução Rodrigo Breunig. – Porto Alegre, RS: L&PM, 2019.
544 p. – 18cm (Coleção L&PM POCKET, v. 1170)

Tradução de: *Emma*
ISBN 978-85-254-3126-4

1. Romance inglês. I. Breunig, Rodrigo. II. Título. III. Série.

14-10752 CDD: 823
CDU: 821.111-3

Rua Comendador Coruja, 314, loja 9 – Floresta – 90.220-180
Porto Alegre – RS – Brasil / Fone: 51.3225.5777

PEDIDOS & DEPTO. COMERCIAL: vendas@lpm.com.br
FALE CONOSCO: info@lpm.com.br
www.lpm.com.br

Impresso no Brasil
Primavera de 2019

Emma decifra o mundo

*Rodrigo Breunig**

Emma, o quarto e último romance publicado em vida por Jane Austen (1775-1817), é o ponto mais alto na carreira da romancista anônima que na posteridade se tornaria uma das autoras mais lidas do mundo, da escritora cujo tamanho na literatura inglesa é comparável ao de Shakespeare. Se *Orgulho e preconceito* é sua obra-prima, *Emma* é, por assim dizer, sua obra máxima, porque aqui ela se mostra no auge dos seus poderes.

Do tom ligeiramente sombrio de seu livro anterior, o não menos fascinante *Mansfield Park*, com sua heroína pura e virtuosa enfrentando passivamente as calamidades de um mundo tirânico – uma heroína cuja visão das coisas parecia indicar o avesso da ironia –, Jane Austen salta para o cotidiano ensolarado da luminosa e astuta Emma Woodhouse. Muito embora os personagens sejam transtornados por chuva ou neve o tempo todo, a vida é leve, os impasses são contornáveis, não há enigma insolúvel, não aparece o revés chocante que deflagra o desespero.

Quem é Emma? A srta. Woodhouse é uma filha da fortuna, filha de um viúvo rico. Bonita, mente vívida, popular, ela é distinta das protagonistas anteriores de Jane Austen na vantagem de ser uma jovem que não precisa se preocupar com dinheiro e casamento; vive para difundir sua própria superioridade, para cuidar do pai hipocondríaco, para dizer que nunca irá se casar e para exercer suas habilidades de cupido na formação de casais perfeitos entre os seus entes amados.

---

* Mestre em Letras pela Universidade Federal do Rio Grande do Sul, é tradutor de Jane Austen (*A abadia de Northanger*, L&PM, 2011), Edgar Allan Poe (*O escaravelho de ouro*, L&PM, 2011) e H.G. Wells (*Uma breve história do mundo*, L&PM, 2012), entre outros.

Se em *Razão e sentimento* nós tínhamos a dualidade das irmãs em suas formas diferentes de amar, uma com histeria e a outra com serenidade, em *Emma* nós temos uma protagonista que não quer amar, que revela em suas ações uma dualidade pela maneira de contemplar e interpretar o mundo: a oposição entre uma observação dos acontecimentos que interfere demais na vida dos outros, com resultados potencialmente desastrosos, e uma visão menos arrogante, mais demorada, menos deturpada pela sofreguidão do sucesso pessoal. Poderíamos fazer uma espécie de paralelo entre o vigor artístico de Jane Austen, que atinge aqui seu ponto supremo na façanha de observar e recriar a vida e o mundo, e o aprendizado íntimo de Emma Woodhouse, cujo desenvolvimento individual tem muito a ver com seu modo de olhar as coisas.

Há uma cena significativa no livro. Estamos mais ou menos perto de Londres, no período da Regência Britânica, segunda década do século XIX. Estamos nos limites restritos do campo de visão da heroína, em Highbury, um vilarejo fictício, amplo e populoso que por pouco não ascende ao patamar de cidade, cujos habitantes ainda estão longe de ascender a um patamar respeitável e onde, no ponto de vista da heroína, não ser vulgar já é uma distinção. Emma e sua amiga Harriet Smith entram na Ford's, a mais renomada loja da região. Harriet quer comprar musselina e fita. Emma quer proteger sua amiga do perigo de um encontro acidental com um pretendente que já na primeira observação lhe parecera o mais indecente dos homens, uma criatura inferior.

Enquanto Harriet, debruçada sobre os tecidos, vacila no balcão, Emma se dirige até a porta para matar tempo e observar a rua, na qual nada nunca acontece. Então ela vê: um açougueiro com sua bandeja; uma velha muito arrumada que volta para casa com sua cesta cheia; dois cães de rua brigando por um osso sujo; uma fileira de crianças ociosas rodeando a pequena janela do padeiro, todas elas hipnotizadas pela imagem do bolo de gengibre. Emma está se aperfeiçoando na contemplação fascinada de um mundo desimportante:

está começando a enxergar melhor, de uma maneira mais desinteressada e menos invasiva.

Jane Austen escreveu *Emma* entre 21 de janeiro de 1814 e 29 de março de 1815, trabalhando com grande intensidade, morando em Chawton com a mãe, a irmã e uma amiga. William Austen-Leigh e Richard Austen-Leigh, respectivamente filho e neto de um sobrinho da escritora, registraram numa biografia de 1913, *Jane Austen: Sua vida e suas cartas*, que ela se divertiu criando uma protagonista da qual ninguém exceto a própria criadora iria gostar muito. Comentaram que, embora burilado no grau máximo, *Emma* foi composto mais rapidamente do que qualquer um dos livros anteriores, evidenciando a mão experiente, a perícia da criadora naquela altura de sua vida. De acordo com os dois biógrafos, *Emma* é o mais austeniano dos seis romances clássicos da autora, forjando com perfeição os ingredientes e recursos mais estimados do seu gosto pessoal – a comédia, a leveza, a rotina doméstica de três ou quatro famílias no campo, a força da inteligência feminina.

Nos dois anos entre o ponto de partida e o lançamento do livro, ocorrido no fim de 1815, Jane passou dos 38 para os 40 anos de idade, viu *Mansfield Park* ser publicado, enfrentou as mortes da cunhada Fanny e da filha recém-nascida desta, quase perdeu sua moradia em função de um processo judicial, começou a escrever *Persuasão* e passou um bom tempo em Londres, na casa do irmão Henry, que adoeceu com certa gravidade. Segundo a correspondência entre Jane e sua irmã Cassandra, Henry sofrera um ataque bilioso com febre. Durante alguns dias, no fim de outubro de 1815, os familiares chegaram a temer pela vida do enfermo. Segundo dizem os Austen-Leigh, foi devido a seus empenhos incansáveis nesse período que a saúde da própria romancista começou a fraquejar.

Henry chegou a ser examinado por um dos médicos do príncipe regente, o futuro rei George IV. Esse médico já sabia que Henry Austen tinha como irmã uma escritora famosa. Seguindo a prática comum da época, Jane publicava seus livros de modo anônimo, como "uma dama" ou "autora do livro tal". Mas o anonimato da autora do célebre *Orgulho e preconceito* já era um segredo aberto. O médico contou para Jane que o príncipe regente admirava muitíssimo seus romances e os lia com frequência, mantendo uma cópia de cada um em todas as suas residências; contou também que havia tomado a liberdade de comunicar para Sua Alteza Real que a srta. Austen estava hospedada em Londres. O príncipe George não chegou ao extremo de desejar ver a srta. Austen pessoalmente, mas pediu a seu bibliotecário, o clérigo James Stanier Clarke, que entrasse em contato com a escritora e lhe devotasse todas as cortesias possíveis. No dia 13 de novembro, Jane visitou a biblioteca e outros aposentos de Carlton House, a mais importante das residências principescas, e recebeu do sr. Clarke a seguinte informação: ela podia ficar totalmente à vontade se quisesse dedicar um eventual romance futuro para o príncipe regente.

Três dias depois, por meio de carta, o bibliotecário sugeriu à srta. Austen que delineasse numa eventual obra futura os hábitos de vida de um clérigo. Meses depois, o sr. Clarke lhe pediria um romance histórico – e ela escreveria em resposta, numa profissão de fé do seu gosto pessoal:

> Tenho plena noção de que um romance histórico [...] seria bem mais passível de lucro ou popularidade do que os retratos da vida doméstica em vilarejos campestres com os quais eu lido. Mas [...] eu não conseguiria me sentar seriamente para escrever um romance sério sob qualquer outro motivo afora salvar minha vida e, se me fosse indispensável trabalhar com firmeza e nunca relaxar para rir de mim ou de outras pessoas, tenho certeza de que antes de terminar o primeiro capítulo eu estaria enforcada.

Jane desprezava o príncipe George, um sujeito impopular cujos maus-tratos à esposa, Caroline de Braunschweig, tinham motivado um ataque numa carta de dois anos antes:

"Pobre mulher, eu a defenderei enquanto puder, porque ela *é* uma mulher & porque eu odeio seu marido". Mas acabou fazendo a dedicatória para Sua Alteza Real, talvez convencida de que o expediente pudesse acelerar o lançamento do livro ou impulsionar suas vendas. *Emma* saiu em meados de dezembro, já com o ano de 1816 na folha de rosto, numa tiragem de dois mil exemplares. Passados dez meses, 1.248 cópias tinham sido vendidas, mas o belo lucro resultante foi afetado pelo prejuízo da segunda edição de *Mansfield Park*.

Ao contrário do que se passara com *Mansfield Park*, ignorado pela imprensa, *Emma* recebeu bastante atenção, num misto de opiniões mornas e louvores comedidos. Mas o mais ilustre entre os primeiros leitores das peripécias de Emma Woodhouse, Sir Walter Scott, futuro autor do romance histórico *Ivanhoé*, não se mostrou moderado num longo e elogioso artigo anônimo para o *Quarterly Review*. *Emma*, escreve Scott, "tem ainda menos história do que os romances anteriores da autora", mas é justamente na observação dos acontecimentos desimportantes, no acompanhamento dos incidentes e personagens comuns, que sobressai seu talento único, sua "originalidade", seu "conhecimento da vida humana e do mundo". Nessa espécie de olhar, Jane Austen era quase uma anomalia no ambiente literário, um sopro de renovação. Lamentavelmente, quando Jane leu o artigo de Scott, na primavera de 1816, com seus poderes criativos no ápice, sua saúde já sofria o prenúncio da doença degenerativa que a mataria no verão do ano seguinte, no dia 18 de julho, meio ano antes da publicação conjunta de *Persuasão* e *A abadia de Northanger*.

A irlandesa Maria Edgeworth, romancista admirada por Jane Austen, foi também uma leitora de primeira hora das cenas da vida doméstica de Highbury – a própria Jane enviara para ela os três volumes do livro. Edgeworth, abandonando a leitura no primeiro volume, escreveu para um parente reclamando que *Emma* não tinha história alguma, exceto por desimportantes confusões do furor casamenteiro de Emma e pelo registro de que, segundo pensa o pai de Emma, um mingau aguado é uma coisa ótima e é muito difícil fazer alguém entender o que é um bom mingau aguado.

Se Maria Edgeworth tivesse persistido na leitura, teria lido também: que certa personagem é um pouco surda; que o estômago do pai de Emma não aguenta porco assado; que outro personagem é um pouco surdo; que maçãs cruas não são muito saudáveis, e somente as maçãs assadas são totalmente saudáveis; que certo jovem, o primeiro a despertar um leve interesse amoroso na srta. Woodhouse, é capaz de viajar dezesseis milhas até Londres com o único e supérfluo propósito de obter um corte de cabelo; que Harriet Smith guarda como relíquias de seu amado uma sobra de emplastro de seda e um toco velho de lápis; e que é muito difícil fazer alguém entender qual é a melhor época para renovar um canteiro de morangos. Acima de tudo isso, Edgeworth teria se aprofundado nas dissimulações ou posturas enigmáticas das pessoas em volta da protagonista e teria obtido uma visão da estrutura primorosa do romance: Jane Austen escrevia para ser lida até o fim – e para ser relida.

O enredo de *Emma* é um trançado impecável de enigmas periféricos em torno de um mistério central envolvendo Jane Fairfax, uma órfã jovem e pobre pela qual a protagonista nutre uma invejosa e persistente aversão. O mistério é: quem presenteou Jane Fairfax com um piano? Uma releitura do romance, iniciada imediatamente após o ponto final do último capítulo, destaca dezenas de pistas astuciosas numa nova luminosidade – pistas que poderão ter passado despercebidas numa primeira leitura. Perto do fim, Emma confessa que já começou a duvidar do seu talento para enxergar o que se passa no coração dos outros.

Transcorridos dois séculos, num mundo em que as relações entre homens e mulheres avançaram muito, continuamos lendo *Emma* por quê? Em primeiro lugar, porque é uma leitura divertida. Depois, por motivos tão diversos como as inúmeras feições da complexidade do livro: pela comédia dos costumes; pelos personagens, que são pulsantes como pessoas vivas; pela linguagem inconfundível da autora, por seu descortino na observação do mundo; para tentar desvendar o mistério do piano antes da revelação; para ver quem casa com quem; e também porque, tomando emprestadas as palavras da louvação aos romances que aparece na narrativa de *A abadia de Northanger*, *Emma* é um livro "no qual são ostentados os maiores poderes da mente, no qual são transmitidos ao mundo, na linguagem mais esmerada, o conhecimento mais profundo da natureza humana, o esboço mais apurado de suas variedades, as mais vivas efusões da perspicácia e do humor".

Emma

A

SUA ALTEZA REAL

O PRÍNCIPE REGENTE,

ESTA OBRA É,

POR PERMISSÃO DE SUA ALTEZA REAL,

MUITO RESPEITOSAMENTE

DEDICADA

PELA ZELOSA,

OBEDIENTE

E HUMILDE SERVA

DE SUA ALTEZA REAL,

A AUTORA.

Capítulo 1

Emma Woodhouse, bonita, astuta e rica, com um lar confortável e um temperamento feliz, parecia unir algumas das melhores bênçãos da existência; e tinha vivido quase 21 anos no mundo com bem poucas coisas que a perturbassem ou aborrecessem.

Era a mais nova das duas filhas de um pai muitíssimo afetuoso e indulgente e havia se tornado soberana da casa dele muito cedo, devido ao casamento da irmã. Sua mãe morrera num passado remoto demais para que ela tivesse mais do que uma lembrança indistinta das carícias maternas, e o lugar dela fora ocupado por uma excelente mulher – na função de preceptora – que por pouco não representava uma verdadeira mãe em termos de afeto.

A srta. Taylor já completara dezesseis anos de permanência com a família do sr. Woodhouse, menos uma preceptora do que uma amiga, com grande apego por ambas as filhas, mas particularmente por Emma. Entre *elas* a relação era marcada mais por uma intimidade de irmãs. Mesmo quando a srta. Taylor ainda detinha o ofício nominal de preceptora, a brandura de sua personalidade dificilmente lhe permitira impor qualquer restrição; e a sombra da autoridade estando agora de todo extinta, elas viviam juntas como amigas, e amigas muito unidas num laço recíproco, com Emma fazendo tudo que fosse de seu agrado – estimando no grau máximo as opiniões da srta. Taylor, mas orientada principalmente por seu próprio discernimento.

Os efetivos males da situação de Emma, de fato, eram o poder de fazer as coisas a seu próprio modo com certa demasia e uma tendência de avaliar seus méritos numa superestimação um pouco excessiva; essas eram as desvantagens que ameaçavam macular seus inúmeros divertimentos. O perigo era tão despercebido de momento, no entanto, que tais desvantagens não eram de modo algum classificadas por ela como infortúnios.

A tristeza veio – uma tristeza suave –, mas de modo algum sob a forma de qualquer consciência desagradável. A srta. Taylor se casou. Foi a perda da srta. Taylor o que acarretou o primeiro pesar. Foi no dia do casamento dessa tão adorada amiga que Emma se deteve pela primeira vez num pensamento entristecido de alguma persistência. Com o casamento terminado e os convidados da noiva tendo ido embora, ela e o pai tiveram de jantar sozinhos, sem nenhuma perspectiva de uma terceira pessoa para animar a longa noite. O pai se acomodou para dormir depois do jantar, como de hábito, e a ela só restou ficar sentada e pensar no que perdera.

O evento continha todas as promessas de felicidade para sua amiga. O sr. Weston era um homem de caráter irrepreensível, confortável fortuna, idade adequada e modos agradáveis; e havia certa satisfação em considerar a generosa e abnegada amizade que sempre a levara a desejar e promover o enlace; mas esse era um trabalho ingrato para ela. A falta da srta. Taylor seria sentida em todas as horas de todos os dias. Emma recordou a bondade da companheira nos tempos passados – a bondade, o afeto de dezesseis anos – o quanto a srta. Taylor lhe ensinara e brincara com ela desde os cinco anos de idade – como devotara todos os seus poderes para conquistá-la e diverti-la na saúde – e o quanto cuidara dela durante as várias doenças da infância. Tinha uma enorme dívida de gratidão; mas o relacionamento dos últimos sete anos, a vivência em pé de igualdade e a perfeita ausência de reservas que logo haviam surgido após o casamento de Isabella, quando as duas passaram a ser as únicas damas da casa, era uma recordação ainda mais terna e estimada. A srta. Taylor tinha sido uma amiga e companheira tal como poucos possuíam, inteligente, bem informada, prestativa, gentil, conhecedora de todos os costumes dos Woodhouse, interessada por tudo que dizia respeito à família e peculiarmente interessada por ela, por todos os prazeres, por todas as suas maquinações – alguém para quem ela podia expressar todos os pensamentos no mesmo instante em que ocorressem e que tinha um afeto imenso por ela, tanto que jamais era capaz de lhe dirigir uma reprovação.

Como ela suportaria essa mudança? Era verdade que sua amiga estava se afastando deles em somente meia milha, mas Emma tinha noção de que grande haveria de ser a diferença entre uma sra. Weston somente meia milha longe deles e uma srta. Taylor dentro da casa e, apesar de todas as suas vantagens, naturais e domésticas, agora ela incorria num grande perigo de sofrer por solidão intelectual. Emma adorava o pai, mas o pai não lhe servia como companheiro. Ele não tinha condições de satisfazê-la numa conversa, fosse séria ou jocosa.

O malefício da efetiva disparidade em suas idades (e o sr. Woodhouse não se casara cedo) era bastante intensificado pela constituição e pelos hábitos dele, porque, tendo sido um valetudinário a vida toda, sem atividade da mente ou do corpo, ele era um homem muito mais velho nos costumes do que nos anos; embora fosse amado por todos devido ao coração amistoso e ao temperamento afável, seus talentos não o teriam recomendado em momento algum.

A irmã, embora só tivesse sido afastada pelo matrimônio, em termos comparativos, senão em pequena escala, estando estabelecida em Londres e a meras dezesseis milhas de distância, encontrava-se muito além do alcance diário de Emma; e várias noites intermináveis de outubro e novembro teriam de ser enfrentadas com empenho em Hartfield até que o Natal trouxesse a visita seguinte de Isabella, com seu marido e suas crianças pequenas, para encher a casa e lhe proporcionar outra vez uma companhia prazerosa.

Highbury, o amplo e populoso vilarejo que quase atingia o nível de cidade, ao qual Hartfield, a despeito de ter nome, gramado e arbustos independentes, de fato pertencia, não propiciava para Emma nenhuma pessoa que se assemelhasse a ela. Os Woodhouse eram os primeiros em importância nas redondezas. Não havia quem não os admirasse. Emma tinha muitas conhecidas no vilarejo, pois seu pai era universalmente cortês, mas nenhuma entre elas poderia ser aceita em lugar da srta. Taylor por sequer metade de um dia. Tratava-se de uma mudança melancólica; e Emma não pôde senão suspirar diante do fato e desejar coisas impossíveis até que o pai acordou, tornando necessária uma ostentação de jovialidade. O ânimo do sr. Woodhouse precisava de apoio. Ele era um homem nervoso, ficava deprimido com facilidade; gostava de todas as pessoas com as quais se acostumara e detestava separar-se delas; detestava qualquer espécie de mudança. O matrimônio, por ser origem de mudança, era sempre desagradável; ele não se sentia de modo algum reconciliado com o casamento de sua própria filha, tampouco jamais conseguia falar sobre ela senão com palavras de compaixão, embora aquele tivesse sido inteiramente um enlace de afeto, e agora se via obrigado a separar-se da srta. Taylor também; por causa dos seus hábitos de brando egoísmo e por nunca ser capaz de supor que outras pessoas pudessem ter sentimentos diferentes em relação aos dele, ficou bastante disposto a pensar que a srta. Taylor fizera uma coisa triste tanto para si mesma quanto para eles, e teria se sentido bem mais feliz caso ela tivesse passado todo o resto de sua vida em Hartfield. Emma sorriu e jogou conversa fora com a maior jovialidade possível para impedir que tais pensamentos o acometessem; quando chegou o chá, porém, foi impossível para o sr. Woodhouse não dizer exatamente como dissera no jantar:

– Pobre srta. Taylor! Eu queria que ela estivesse aqui de volta. É tão lamentável que o sr. Weston um dia tenha chegado a pensar nela!

– Não posso concordar com o senhor, papai; o senhor sabe que não posso. O sr. Weston é um homem tão bem-humorado, tão agradável, tão excelente que merece mais do que ninguém uma boa esposa; e o senhor não ia querer que a srta. Taylor morasse conosco para sempre, tendo de suportar todos os meus humores esquisitos, quando ela poderia ter uma casa própria...

– Uma casa própria! Mas qual é a vantagem de uma casa própria? A nossa é três vezes maior... E você nunca tem humores esquisitos, minha querida.

– Nós iremos visitá-los e eles virão nos visitar com tanta frequência! Vamos estar sempre nos encontrando! *Nós* precisamos começar, precisamos fazer o quanto antes a nossa visita de casamento.

– Minha querida, de que maneira eu vou conseguir chegar tão longe? Randalls fica tão distante... Eu não conseguiria caminhar metade dessa distância.

– Não, papai, ninguém está dizendo que o senhor vai caminhar. Nós devemos ir na carruagem, sem dúvida.

– A carruagem?! Mas James não vai gostar de atrelar os cavalos para um trajeto tão pequeno; e onde deverão ficar os pobres cavalos enquanto nós estivermos fazendo a nossa visita?

– Eles serão colocados no estábulo do sr. Weston, papai. O senhor sabe que nós já deixamos tudo isso acertado. Combinamos tudo com o sr. Weston ontem à noite. E, quanto a James, o senhor pode ter toda a certeza de que ele sempre vai gostar de ir para Randalls, porque a filha dele trabalha como criada lá. Eu só duvidaria que ele jamais fosse querer nos levar para qualquer outro lugar. Isso foi ação sua, papai. Foi o senhor quem obteve essa boa colocação para Hannah. Ninguém pensou em Hannah até que o senhor a mencionou... James é tão agradecido ao senhor!

– Fico muito contente por ter de fato pensado nela. Foi uma tremenda sorte, porque eu nunca permitiria que o pobre James acreditasse estar sendo menosprezado por conta de alguma coisa; e eu tenho certeza de que ela será uma ótima criada; ela é uma moça cortês, fala bonito; tenho a melhor das opiniões a respeito dela. Sempre que a vejo ela faz sem falta uma reverência e me pergunta como estou de uma maneira muito bonita; quando ela vinha fazer bordados aqui para você, eu observava que na saída ela sempre girava o trinco da porta no sentido correto e não a batia nunca. Tenho certeza de que ela vai ser uma criada excelente; e a pobre srta.

Taylor sentirá um grande consolo em ter por perto alguém que ela está acostumada a ver. Sempre que James for até lá para visitar sua filha, claro, ela terá notícias nossas. Ele terá condições de lhe contar como estamos.

Emma não poupou esforços para manter esse fluxo mais alegre de ideias e teve alguma esperança, com a ajuda de um tabuleiro de gamão, de fazer com que o pai atravessasse razoavelmente a noite, sem que ela fosse atacada por quaisquer pesares que não os dela mesma. A mesa de gamão foi preparada; um instante depois, contudo, um visitante entrou e a tornou desnecessária.

O sr. Knightley, um homem sensato em seus 37 ou 38 anos, não somente era um amigo muito antigo e íntimo da família como era também particularmente ligado a ela na condição de irmão mais velho do marido de Isabella. Ele morava mais ou menos a uma milha de Highbury, sendo um visitante frequente e sempre bem-vindo, e naquele momento era mais bem-vindo ainda, por ter vindo diretamente dos parentes mútuos que eles tinham em Londres. Retornara para um jantar tardio após alguns dias de ausência e agora viera caminhando até Hartfield para dizer que todos estavam bem em Brunswick Square. A circunstância era feliz e animou o sr. Woodhouse por algum tempo. O sr. Knightley tinha modos joviais que sempre lhe faziam bem; e suas inúmeras perguntas sobre a "pobre Isabella" e os filhos dela foram respondidas de uma forma muitíssimo satisfatória. Quando isso acabou, o sr. Woodhouse observou com gratidão:

– É muito gentil de sua parte, sr. Knightley, sair a esta hora tardia para nos fazer uma visita. Receio que o senhor tenha feito uma caminhada terrível.

– Nada disso, senhor. A noite está linda, enluarada, e tão amena que me vejo obrigado a recuar do seu grande fogo.

– Mas o senhor deve ter enfrentado um caminho muito úmido e lamacento. Espero que o senhor não pegue um resfriado.

– Lamacento, senhor?! Olhe bem para os meus sapatos. Nem mesmo um pingo de lama neles.

– Ora! Isso é um tanto surpreendente, pois tivemos uma vasta quantidade de chuva por aqui. Choveu tenebrosamente forte por meia hora enquanto estávamos no desjejum. Eu quis que eles adiassem o casamento.

– Por falar nisso, eu não lhes desejei felicidades. Estando mais do que ciente do tipo de felicidade que vocês dois devem estar sentindo, não fiz questão alguma de apresentar às pressas as minhas congratulações. Mas imagino que tudo tenha corrido toleravelmente bem. Como foi que vocês se comportaram? Quem chorou mais?

– Ah! Pobre srta. Taylor! Esse é um negócio triste.

– Pobres sr. e srta. Woodhouse, se vocês quiserem; mas não consigo sob hipótese alguma dizer "pobre srta. Taylor". Tenho um enorme respeito pelo senhor e por Emma, mas quando a questão é discutir dependência e independência... Em todo caso, deve ser melhor ter apenas uma pessoa para agradar do que duas.

– Especialmente quando *uma* dessas duas pessoas é uma criatura tão caprichosa e problemática! – disse Emma num tom de gracejo. – Isso é o que o senhor tem na cabeça, eu sei... e é o que o senhor por certo diria se o meu pai não estivesse junto.

– Creio que essa é a mais pura verdade, minha querida, não há dúvida – o sr. Woodhouse falou com um suspiro. – Receio que eu seja por vezes bastante caprichoso e problemático.

– Meu queridíssimo papai! O senhor não poderá pensar que eu estaria me referindo ao *senhor*, ou supor que o sr. Knightley iria se referir ao *senhor*. Que ideia horrível! Não, não! Eu estava me referindo apenas a mim mesma. O sr. Knightley adora me criticar... de brincadeira... é tudo uma brincadeira. Nós sempre falamos o que nos dá na cabeça um para o outro.

O sr. Knightley, de fato, era uma das únicas pessoas capazes de enxergar defeitos em Emma Woodhouse e a única que jamais lhe falava sobre eles; embora isso não fosse particularmente agradável à própria Emma, ela sabia que seria muito menos agradável para o seu pai, tanto que não quis deixá-lo suspeitar realmente de uma circunstância como aquela, de que ela não era considerada perfeita por todo mundo.

– Emma sabe que não a lisonjeio nunca – disse o sr. Knightley. – Mas eu não quis falar mal de ninguém. A srta. Taylor se acostumou a ter duas pessoas para agradar; agora ela não terá senão uma. De acordo com todas as probabilidades, ela sairá ganhando.

– Bem – disse Emma, querendo deixar para trás o assunto –, o senhor quer um relato sobre o casamento, e ficarei feliz em fazê-lo, porque nós todos nos comportamos do modo mais encantador. Todo mundo foi pontual, todo mundo com suas melhores aparências. Nem uma lágrima sequer e dificilmente um rosto abatido pôde ser visto. Ah, não! Nós sentimos que seríamos separados apenas por uma mera distância de meia milha e ficamos certos de que nos encontraríamos todos os dias.

– A minha querida Emma suporta tudo tão bem – disse o pai dela. – Contudo, sr. Knightley, na verdade ela lastima muito perder a pobre srta. Taylor, e tenho certeza de que *vai* sentir a falta da amiga mais do que imagina.

Emma desviou o rosto, dividida entre lágrimas e sorrisos.

– É impossível que Emma não sinta falta de uma companheira tão boa – falou o sr. Knightley. – Nós não gostaríamos dela tanto quanto gostamos, senhor, se pudéssemos supor algo assim. Mas ela sabe o quanto esse casamento é vantajoso à srta. Taylor; ela sabe o quanto deve ser muitíssimo aceitável no entender da srta. Taylor, nessa altura de sua vida, o estabelecimento num lar que ela pode chamar de seu, e o quanto é importante para ela dispor da segurança de uma provisão confortável, e, portanto, não pode se permitir sentir prazer e dor na mesma medida. Todos os amigos da srta. Taylor só podem ficar contentes em vê-la casada numa situação de tamanha felicidade.

– E o senhor se esqueceu de uma fonte de alegria para mim – disse Emma –, e é uma fonte muito considerável: o fato de que eu mesma formei o enlace. Formei o enlace, veja bem, quatro anos atrás; e ver o casamento se concretizar, e ter provado estar com a razão quando tantas pessoas diziam que o sr. Weston nunca se casaria de novo, isso é algo que poderá me consolar por qualquer coisa.

O sr. Knightley balançou a cabeça diante de Emma. O pai dela retrucou com ternura:

– Ah, minha querida, eu queria que você não ficasse formando enlaces e pressagiando coisas, pois tudo aquilo que você fala sempre acaba virando realidade. Por favor, não forme mais enlace algum.

– Eu lhe prometo que não formarei enlace algum para mim mesma, papai; mas preciso formá-los, não tenha dúvida, para outras pessoas. É a maior diversão do mundo! E depois desse tremendo sucesso! Todo mundo disse que o sr. Weston nunca se casaria de novo. Minha nossa, não! O sr. Weston, que tinha sido viúvo por tanto tempo e parecia viver em tão perfeito conforto sem uma esposa, tão constantemente ocupado ou com seu negócio na cidade ou entre seus amigos aqui, sempre aceitável onde quer que estivesse, sempre animado... o sr. Weston não precisava passar uma única noite do ano sozinho se não quisesse. Ah, não! O sr. Weston certamente nunca iria se casar de novo. Algumas pessoas falavam inclusive de uma promessa que ele tinha feito à esposa no leito de morte dela, e outras diziam que o filho e o tio não deixavam. Todos os mais solenes tipos de desatino foram abordados em relação ao assunto, mas eu não acreditei em nenhum deles. Desde aquele dia (cerca de quatro anos atrás) em que a srta. Taylor e eu encontramos o sr. Weston em Broadway-lane, quando, porque começou a chuviscar, ele disparou com tamanha galantaria e pegou para nós dois guarda-chuvas emprestados com o agricultor Mitchell, eu fiquei decidida nesse assunto. Planejei o enlace a partir daquele minuto; e quando me vejo abençoada por tamanho sucesso nesse caso, meu querido papai, o senhor não pode pensar que eu vá querer abandonar a função de casamenteira.

– Não consigo entender o que você quer dizer com "sucesso" – falou o sr. Knightley. – Sucesso pressupõe dedicação. O seu tempo foi apropriada e delicadamente empregado caso você tenha se dedicado nos últimos quatro anos a fazer acontecer esse casamento. Uma ocupação digna para a mente de uma jovem dama! Entretanto, e isso é o que eu imagino, se a sua formação do enlace, como você diz, significa somente que você o planejou, que você disse consigo num dia ocioso: "Eu creio que seria uma coisa muito boa para a srta. Taylor se o sr. Weston quisesse se casar com ela", para depois voltar a dizer isso consigo de vez em quando, por que motivo você fala de sucesso? Onde está o seu mérito? Você tem orgulho do quê? Você teve sorte no seu palpite; e *isso* é tudo que pode ser dito.

– E o senhor nunca experimentou o prazer e o triunfo de um palpite de sorte? Tenho pena do senhor. Pensei que o senhor fosse mais esperto... porque, tenha certeza disso, um palpite de sorte nunca é mera sorte. Sempre existe algum talento nele. E quanto à minha pobre palavra "sucesso", com a qual o senhor quer brigar, não sei se sou tão inteiramente desprovida de qualquer direito a ela. O senhor pintou dois belos quadros... mas acredito que possa existir um terceiro... algo entre o fazer nada e o fazer tudo. Se eu não tivesse promovido as visitas do sr. Weston aqui, dando a eles vários pequenos incentivos, facilitando várias pequenas questões, a coisa poderia não ter dado em nada no final das contas. Creio que o senhor deve conhecer Hartfield bem o bastante para compreender isso.

– Um homem franco e de coração aberto como Weston e uma mulher racional e sem afetações como a srta. Taylor podem ser deixados com segurança no controle de seus próprios interesses. Você corre mais risco de prejudicar a você mesma do que de fazer um bem a eles com alguma interferência.

– Emma nunca pensa nela mesma quando pode fazer algo de bom pelos outros – replicou o sr. Woodhouse, compreendendo apenas uma parte. – Mas, minha querida, por favor, não fique formando mais enlaces... Enlaces são coisas estúpidas que dispersam dolorosamente o círculo familiar.

– Só mais um, papai; só para o sr. Elton. Pobre sr. Elton! O senhor gosta do sr. Elton, papai... Preciso sair em busca de uma esposa para ele. Não há ninguém em Highbury que o mereça... e ele já está morando aqui faz um ano inteiro, e mobiliou sua casa tão confortavelmente que seria lastimável vê-lo permanecer solteiro por mais tempo... E me pareceu, quando o sr. Elton estava unindo as mãos deles hoje, que ele passava uma forte impressão de alguém que gostaria de ser agraciado com o mesmo ofício bondoso! Tenho a mais alta opinião a respeito do sr. Elton, e essa é a única maneira que eu tenho de lhe prestar um favor.

– O sr. Elton é um jovem muito bonito, com toda certeza, e um ótimo jovem, e tenho um enorme respeito por ele. Mas se você quer lhe demonstrar alguma atenção, minha querida, convide-o para vir jantar conosco um dia desses. Isso será uma coisa bem melhor. Ouso dizer que o sr. Knightley vai nos fazer a bondade de vir também.

– Com o máximo prazer, senhor, a qualquer momento – o sr. Knightley disse rindo. – E eu concordo inteiramente com o senhor que será uma coisa bem melhor. Convide-o para jantar, Emma, e sirva os melhores pratos de galinha e de peixe, mas deixe que o sujeito escolha sua própria esposa. Você pode confiar no que digo, um homem de 26 ou 27 anos sabe cuidar de si mesmo.

Capítulo 2

O sr. Weston era natural de Highbury e nascera numa família respeitável, que ao longo das duas ou três gerações anteriores elevara-se cada vez mais em distinção e bens. Ele recebera uma boa educação, mas, tendo adquirido bem cedo na vida uma pequena independência, tinha passado a encarar com má vontade todas as ocupações mais caseiras nas quais seus irmãos eram comprometidos; e contentara uma mente animadamente ativa e um temperamento social ingressando na milícia de seu condado, então incorporada.

O capitão Weston era um favorito em todos os cantos; e quando os acasos de sua vida militar o apresentaram à srta. Churchill, de uma grande família de Yorkshire, e a srta. Churchill se apaixonou por ele, ninguém ficou surpreso, com exceção do irmão dela e da esposa deste, que nunca o tinham visto e transbordavam de orgulho e importância, sentimentos que a união ofenderia.

A srta. Churchill, no entanto, sendo maior de idade, e com o pleno comando de seu dote – embora seu dote não fosse de modo algum proporcional ao patrimônio da família –, não pôde ser dissuadida do casamento, e este teve lugar para infinita mortificação do sr. e da sra. Churchill, que abriram mão dela com o devido decoro. Tratou-se de uma união inadequada que não produziu muita felicidade. A sra. Weston deveria ter encontrado mais na relação, pois tinha um marido cujo coração caloroso e temperamento doce o faziam pensar que tudo seria pouco para ela em retribuição pela grande caridade de ter se apaixonado por ele; entretanto, apesar de ter certo tipo de espírito, ela não tinha o melhor. Era resoluta o bastante para proceder de acordo com sua própria vontade a despeito de seu irmão, mas não o suficiente para reprimir arrependimentos despropositados em função da raiva despropositada desse irmão ou tampouco para não sentir falta dos luxos de seu antigo lar. Eles viviam além de sua renda, mas, mesmo assim, isso não era nada quando comparado a Enscombe; ela não deixava de amar seu marido, mas queria ser ao mesmo tempo a esposa do capitão Weston e a srta. Churchill de Enscombe.

O capitão Weston, que tinha sido considerado, especialmente pelos Churchill, um par tão assombroso, provou ter ficado com a pior parte da barganha, pois quando sua esposa morreu, após um casamento de três anos, ele era um homem bem mais pobre do que a princípio, e com uma criança para sustentar. Dos gastos com a criança, no entanto, ele logo foi aliviado. O menino havia sido, com o suavizante apelo adicional de uma doença prolongada por parte de mãe, o facilitador de uma espécie de reconciliação; e o sr. e a sra. Churchill, não tendo filhos ou qualquer outra criatura de semelhante parentesco para cuidar, ofereceram-se para assumir por inteiro a tutela do pequeno Frank logo após o falecimento dela. Poderá ser imaginado que alguns escrúpulos e alguma relutância o pai viúvo sentiu; porém, na medida em que eles foram superados por outras considerações, a criança foi transferida aos cuidados e à riqueza dos Churchill, e ele passou a ter somente o seu próprio conforto para buscar e a sua própria situação para melhorar como pudesse.

Uma completa mudança de vida se tornou desejável. O sr. Weston saiu da milícia e lançou-se ao comércio, tendo irmãos já estabelecidos de maneira satisfatória em Londres, algo que lhe proporcionava um início favorável. Era um empreendimento que acarretava justamente a dose adequada de ocupação. Ele ainda possuía uma pequena casa em Highbury, onde eram passados na maior parte os seus dias de lazer; e entre o trabalho útil e o prazer da sociedade os dezoito ou vinte anos seguintes de sua vida se passaram com alegria. Ele havia, por essa altura, amealhado uma subsistência confortável, suficiente para garantir a compra de uma pequena propriedade adjacente a Highbury, pela qual ele sempre ansiara, e suficiente para que se casasse com uma mulher tão desprovida de dote como a srta. Taylor e vivesse de acordo com os desejos de sua própria disposição amigável e social.

Desde algum tempo antes disso, a srta. Taylor já vinha influenciando os planos do sr. Weston, mas, como não se tratava da tirânica influência da juventude sobre a juventude, não houve abalo em sua determinação de não se fixar antes de poder comprar Randalls, e a venda de Randalls vinha sendo aguardada por muito tempo, mas o sr. Weston persistira com firmeza, tendo esses objetivos em vista, até que eles foram realizados. O sr. Weston fizera sua fortuna, comprara sua casa e obtivera sua esposa, e estava dando início a um novo período de sua existência com todas as probabilidades de alcançar uma felicidade maior do que jamais alcançara em qualquer período anterior. Nunca fora um homem infeliz; sua própria personalidade o livrara disso, inclusive em seu primeiro casamento; mas o segundo decerto lhe mostraria quão encantadora poderia ser uma mulher de bom juízo e verdadeiramente amável, e decerto iria lhe dar a mais prazerosa prova de como era muitíssimo melhor escolher do que ser escolhido, estimular gratidão do que senti-la.

O sr. Weston só tinha a ele mesmo para agradar com sua escolha; sua fortuna era só dele, pois, quanto a Frank, o caso era mais do que ser tacitamente criado na condição de herdeiro do tio – a adoção se tornara um fato bastante manifesto, a ponto de lhe permitir assumir o nome Churchill por ocasião da maioridade. Era muitíssimo improvável, portanto, que ele fosse precisar do auxílio de seu pai. Seu pai não tinha nenhum temor em relação a isso. A tia era uma mulher excêntrica e governava inteiramente o marido, mas não era da natureza do sr. Weston imaginar que uma excentricidade qualquer pudesse ser forte o bastante para afetar uma criatura tão estimada, e, segundo ele acreditava, tão merecidamente estimada. O sr. Weston via o filho todos os anos em Londres e sentia orgulho dele; e o seu carinhoso relato do filho como um jovem excelente fazia com que Highbury sentisse certo orgulho dele também. O jovem era encarado como se pertencesse ao lugar em suficiente medida para fazer de seus méritos e perspectivas uma espécie de interesse comum.

O sr. Frank Churchill era uma das vanglórias de Highbury, e uma vívida curiosidade por vê-lo prevalecia, muito embora o elogio fosse tão pouco retribuído que ele nunca estivera no vilarejo em sua vida. Sua vinda para visitar o pai havia sido muitas vezes comentada, mas nunca realizada.

Agora, com o casamento do pai, começou a ser proposto por todos os cantos, como a mais apropriada das atenções, que a visita deveria ocorrer. Não havia uma única voz dissidente nesse tema, fosse quando a sra. Perry tomava chá com a sra. e a srta. Bates ou quando a sra. e a srta. Bates retribuíam a visita. Havia chegado a hora para o sr. Frank Churchill aparecer em meio a eles; e a esperança se fortaleceu quando as pessoas tomaram conhecimento de que o jovem escrevera para sua nova mãe na ocasião. Durante alguns dias toda e qualquer visita matinal em Highbury incluiu alguma menção à elegante carta que a sra. Weston recebera. "Suponho que você tenha ouvido falar da elegante carta que o sr. Frank Churchill escreveu à sra. Weston... Fiquei sabendo que a carta era de fato muito elegante. O sr. Woodhouse me contou. O sr. Woodhouse viu a carta, e ele disse que nunca tinha visto uma carta mais elegante em sua vida."

A carta foi, de fato, extremamente apreciada. A sra. Weston, é claro, havia formado uma ideia muito favorável do jovem cavalheiro; aquela tão agradável atenção era uma prova irresistível de seu grande bom senso e um acréscimo muitíssimo bem-vindo a toda fonte ou manifestação congratulatória que o casamento já tinha garantido a ela. A sra. Weston sentiu ser uma mulher muitíssimo afortunada; vivera o bastante para saber quão afortunada ela bem poderia ser, quando a única lamentação provinha de uma parcial separação de amigos cuja amizade por ela nunca esfriara e que mal conseguiam suportar seu afastamento!

Ela sabia que por vezes a sua falta seria decerto lastimada e não conseguia pensar sem dor na possibilidade de Emma perder um só prazer ou sofrer sequer uma hora de

Capítulo 3

O sr. Woodhouse apreciava ter companhias a seu próprio modo. Ele gostava muito de ver seus amigos aparecendo para vê-lo, e por vários motivos, como sua longa residência em Hartfield e sua boa índole, sua fortuna, sua casa e sua filha, conseguia comandar as visitas do seu próprio círculo íntimo em ampla medida como bem quisesse. Não tinha muitas relações com quaisquer famílias além desse pequeno círculo; seu horror por horas tardias e grandes jantares sociais o tornava desqualificado para quaisquer conhecidos que não fossem aqueles que o visitassem seguindo seus próprios termos. Felizmente para ele, Highbury, incluindo Randalls na mesma paróquia e Donwell Abbey na paróquia adjacente, o refúgio do sr. Knightley, compreendia muitos conhecidos assim. Não poucas vezes, sob a persuasão de Emma, ele recebia para jantar alguns dos melhores eleitos, mas os saraus eram a sua predileção, e, a menos que imaginasse em determinado dia estar incapacitado para companhias, dificilmente havia uma noite da semana em que Emma não conseguisse formar para ele uma mesa de carteado.

Um respeito verdadeiro de longa data trazia os Weston e o sr. Knightley; no caso do sr. Elton, jovem cavalheiro morando sozinho sem gostar disso, o privilégio de trocar qualquer noite livre de sua própria solidão vazia pela sociedade elegante da sala de visitas do sr. Woodhouse e pelos sorrisos da adorável filha dele não corria nenhum perigo de ser jogado fora.

Depois desses vinha um segundo grupo, do qual, entre as pessoas mais disponíveis, constavam a sra. e a srta. Bates e a sra. Goddard, três damas quase sempre à disposição dos convites de Hartfield e que eram buscadas e levadas para casa com tamanha frequência que o sr. Woodhouse considerava esse serviço uma tarefa sem a menor dificuldade tanto para James quanto para os cavalos. Ocorresse apenas uma vez por ano, tal serviço seria uma calamidade.

A sra. Bates, viúva de um antigo vigário de Highbury, era uma dama muito idosa, quase velha demais para qualquer coisa que não fosse chá ou quadrilha. Ela morava com sua filha solteira de uma maneira muito simples e era vista com a maior dose de respeito e consideração que uma idosa inofensiva, sob circunstâncias tão adversas, pode inspirar. Sua filha desfrutava de um grau muitíssimo incomum de popularidade para uma mulher que não era jovem, bonita, rica nem muito menos casada. A srta. Bates encontrava-se na pior contrariedade do mundo para obter uma boa parcela do favoritismo público; e ela não tinha nenhuma superioridade intelectual para reparar sua própria situação ou fazer quem pudesse odiá-la externar um respeito amedrontado. Ela nunca ostentara beleza ou tampouco astúcia. Sua juventude se passara sem distinção; sua meia-idade era devotada ao ofício de tomar conta de uma mãe debilitada e ao esforço de fazer com que um pequeno rendimento durasse o máximo possível. E, no entanto, ela era uma mulher feliz, uma mulher à qual ninguém se referia sem boa vontade. Era o seu próprio feitio de temperamento satisfeito e boa vontade universal o que gerava tais maravilhas. Ela tinha grande apreço por todos, interessava-se pela felicidade de todos, era rápida em notar os méritos dos outros; julgava-se uma criatura muitíssimo afortunada, cercada por bênçãos em tão excelente mãe e tantos bons vizinhos e amigos e uma casa na qual nada faltava. A simplicidade e a jovialidade de sua natureza, seu espírito satisfeito e agradecido, tais características eram uma recomendação a todos e um manancial de felicidade para ela mesma. A srta. Bates falava com grande desenvoltura sobre temas corriqueiros, algo que se adequava com perfeição ao sr. Woodhouse, cheio de comunicações triviais e bisbilhotices inofensivas.

A sra. Goddard era a dona de uma escola – não de um seminário ou de um estabelecimento ou de qualquer lugar amizades que a srta. Smith já tinha feito não eram dignas dela. As amigas das quais ela pouco antes se despedira, embora fossem ótimas pessoas, decerto a estavam prejudicando. Pertenciam a uma família de nome Martin, bastante conhecida por Emma pela reputação, que alugava uma enorme propriedade rural do sr. Knightley e residia na paróquia de Donwell – muito honrosamente, acreditava Emma, sabendo que o sr. Knightley os tinha em alta estima –, mas eles decerto eram incultos e grosseiros, além de bastante inadequados como conhecidos íntimos de uma moça que só precisava de um pouco mais de conhecimento e elegância para ser praticamente perfeita. *Ela* iria prestar atenção à srta. Smith; ela iria melhorá-la; ela iria desligá-la de suas companhias ruins e introduzi-la na boa sociedade; ela iria formar suas opiniões e seus modos. Esse seria um empreendimento interessante e por certo muito caridoso, altamente apropriado para sua própria situação na vida, seu lazer, seus poderes.

Emma ficou tão ocupada em admirar aqueles suaves olhos azuis, em falar e ouvir, e em formar todos esses planos nos intervalos, que a noite passou voando num ritmo muito incomum; e a mesa da ceia, que sempre encerrava reuniões como aquela, e que ela tinha se acostumado a ficar aguardando que fosse preparada no devido tempo, já estava disposta e pronta, e deslocada para perto do fogo, quando ela menos esperava. Com um entusiasmo além do impulso comum que, no entanto, jamais era indiferente ao crédito de fazer tudo muito bem e com grande atenção, com a verdadeira boa vontade de uma mente deleitada com suas próprias ideias, fez ela então todas as honras da refeição, ajudando a servir e recomendando o frango picado e as ostras em concha com uma urgência que, como ela bem sabia, seria aceitável aos hábitos diurnos e aos escrúpulos polidos das convidadas.

Em tais ocasiões os sentimentos do pobre sr. Woodhouse enfrentavam um triste conflito. Ele adorava ver a toalha de mesa estendida, porque essa tinha sido a prática corriqueira de sua juventude, mas sua convicção de que as ceias eram muito nocivas à saúde o fazia antes lamentar quando via qualquer coisa sendo colocada em cima da toalha; ao passo que sua hospitalidade teria saudado qualquer agrado a seus visitantes, sua preocupação com a saúde deles o fazia lastimar que quisessem comer.

Uma pequena tigela de mingau ralo, à feição de sua própria tigela, era tudo que o sr. Woodhouse conseguia – com total autoaprovação – recomendar, embora ele pudesse se obrigar a dizer, enquanto as damas iam confortavelmente dando fim às coisas mais saborosas:

– Sra. Bates, permita-me propor que a senhora se arrisque com um destes ovos. Um ovo cozido com bastante suavidade não é nocivo à saúde. Serle sabe cozinhar um ovo melhor do que ninguém. Eu não recomendaria um ovo que tivesse sido cozido por qualquer outra pessoa... mas a senhora não precisa ter medo... estes aqui são bem pequenos, veja... um dos nossos pequenos ovos não vai lhe fazer mal. Srta. Bates, permita que Emma lhe sirva uma *pequena* fatia de torta... uma fatia *bem* pequena. As nossas tortas são todas de maçã. A senhorita não precisa ter medo de conservas nocivas aqui. O creme eu não aconselho. Sra. Goddard, o que diz a senhora de uma *meia* taça de vinho? Uma meia taça *pequena*... colocada num copo de água? Creio que não lhe cairia mal.

Emma deixava que o seu pai falasse – mas abastecia os visitantes num estilo muito mais satisfatório; e na presente noite teve um particular prazer em mandar embora convivas felizes. A felicidade da srta. Smith era um tanto condizente com suas intenções. A srta. Woodhouse era uma personalidade tão importante em Highbury que a perspectiva de uma apresentação havia provocado tanto pânico quanto prazer – mas a grata e humilde mocinha partiu sentindo-se altamente gratificada, deleitada pela afabilidade com a qual a srta. Woodhouse a tratara durante a noite toda, chegando inclusive a lhe apertar a mão no final!

Capítulo 4

A familiaridade de Harriet Smith com Hartfield logo passou a ser um fato consumado. Rápida e decidida em seu modo de agir, Emma não perdeu tempo em convidá-la, incentivá-la e repetir para ela que aparecesse com muita frequência, e, assim como foi crescendo a intimidade entre as duas, o mesmo ocorreu com a satisfação que sentiam uma com a outra. Como companheira de caminhadas, Emma previra com muita antecedência o quanto a srta. Smith lhe poderia vir a ser útil. Nesse respeito, a perda da sra. Weston havia sido importante. Seu pai nunca ultrapassava o caminho de arbustos, onde duas divisões do terreno lhe bastavam para suas caminhadas longas ou curtas, conforme variava o ano; e desde o casamento da sra. Weston os exercícios dela tinham ficado limitados demais. Ela se aventurara numa ocasião até Randalls sozinha, mas não foi agradável; e uma Harriet Smith, portanto, alguém que ela podia convocar a qualquer momento para uma caminhada, seria um valioso acréscimo a seus privilégios. Mas em todos os aspectos, à medida que foi conhecendo-a melhor, Emma aprovou a srta. Smith e se viu certificada em todos os seus bondosos desígnios.

Harriet sem dúvida não era astuta, mas tinha um temperamento doce, meigo e agradecido; era totalmente livre de presunção e apenas desejava ser guiada por quem quer que fosse o seu objeto de admiração. Seu precoce apego por Emma era bastante amável, e a sua inclinação por boa companhia, além da sua capacidade de apreciar o que era elegante e astuto, demonstrava que não havia nenhuma deficiência de gosto, muito embora uma força de discernimento não devesse ser esperada. De um modo geral, ela estava um tanto convencida de que Harriet Smith era exatamente a jovem amiga que ela queria – exatamente aquilo de que sua casa necessitava. Uma amiga semelhante à sra. Weston estava fora de questão. Duas iguais não lhe seriam concedidas nunca. Duas iguais ela não queria. Era algo diverso – um sentimento distinto e independente. A sra. Weston era merecedora de um respeito que tinha suas bases na estima e na gratidão. Harriet seria amada como uma amiga para quem ela poderia ser útil. Pela sra. Weston não havia nada a fazer; por Harriet, tudo.

Suas primeiras tentativas em termos de utilidade se deram num esforço para descobrir quem eram os pais dela; mas Harriet não soube dizer. Ela revelava prontidão em contar tudo aquilo que fosse do seu conhecimento, mas nesse tópico as perguntas foram em vão. Emma foi obrigada a imaginar o que bem quisesse – mas não conseguia crer que na mesma situação *ela* não teria descoberto a verdade. Harriet não tinha penetração alguma. Ficara satisfeita em ouvir e acreditar somente no que a sra. Goddard optou por lhe dizer; e não saiu em busca de maiores informações.

A sra. Goddard e as professoras e as garotas e os assuntos da escola em geral constituíam naturalmente uma grande parte da sua conversação; não fosse sua amizade com os Martin de Abbey-Mill Farm, teriam constituído sua totalidade. Mas os Martin ocupavam seus pensamentos em grande medida; ela passara dois meses muito felizes com a família e agora adorava falar sobre os prazeres de sua visita e descrever os inúmeros confortos e prodígios do lugar. Emma incentivava sua loquacidade – entretida por tal retrato de um grupo diferente de pessoas e apreciando a juvenil simplicidade que era capaz de falar com tamanha exultação sobre a sra. Martin ter "*duas* salas de estar, duas salas de estar realmente ótimas, uma delas quase tão espaçosa como a sala de visitas da sra. Goddard; e sobre ela ter uma criada superior que passara 25 anos com ela; e sobre eles terem oito vacas, duas delas Alderney e uma delas uma vaquinha Welch, uma vaquinha Welch realmente muito bonita; e sobre a sra. Martin ficar dizendo, uma vez que ela gostava tanto da vaca Welch, que esta deveria ser tida como a vaquinha *dela*; e sobre eles terem um caramanchão muito bonito no jardim, onde num dia qualquer do ano seguinte todos eles haveriam de tomar chá – um caramanchão muito bonito, grande o bastante para receber uma dúzia de pessoas".

Por algum tempo ela ficou entretida, sem pensar além da causa imediata; quando começou a entender melhor essa família, porém, outros sentimentos surgiram. Ela tinha assumido uma ideia errada, imaginando que se tratasse de uma mãe, uma filha, um filho e uma esposa desse filho, todos morando juntos; mas quando se evidenciou que o sr. Martin, personagem que ocupava uma parte da narrativa e era sempre mencionado com aprovação por sua grande boa índole em fazer isso ou aquilo, era um homem solteiro, que não havia nenhuma sra. Martin jovem, nenhuma esposa no caso, ela de fato suspeitou algum perigo para sua pobre amiga em decorrência de tamanha benevolência e hospitalidade – e que, se alguém não cuidasse dela, a mocinha poderia ser impelida, no final, a se afundar para sempre.

Com essa inspiradora noção, suas perguntas aumentaram em número e significado; e ela particularmente levou Harriet a falar mais sobre o sr. Martin – e com grande clareza não houve a menor má vontade nesse ponto. Harriet se dispunha com a maior prontidão a falar sobre a participação que tivera nas caminhadas da família ao luar e em seus alegres jogos noturnos; e se detinha com demora no quanto ele era muito bem-humorado e prestativo. "O sr. Martin percorrera três milhas certo dia de modo a lhe trazer algumas nozes, porque ela tinha dito que adorava nozes – e em tudo mais ele era tão absolutamente prestativo! Ele colocara o filho do seu pastor dentro da sala de estar certa noite com o propósito de cantar para ela. Ela gostava muito de ouvir canções. Ele mesmo sabia cantar um pouco. Ela acreditava que ele era muito inteligente e entendia de tudo. Ele tinha um ótimo rebanho; e, enquanto ela permaneceu com eles, ele tinha recebido mais propostas por sua lã do que qualquer outra pessoa na região. Ela acreditava que todo mundo falava bem dele. A mãe e as irmãs gostavam muito dele. A sra. Martin dissera para ela certo dia (e houve um rubor quando a srta. Smith referiu isso) que era impossível alguém ser um filho melhor; e por isso, ela tinha certeza, quando quer que se casasse, ele daria um ótimo marido. Não que ela *quisesse* que ele se casasse. Ela não tinha pressa nenhuma."

"Muito bem, sra. Martin!", pensou Emma. "A senhora sabe o que faz."

"E quando ela fora embora, a sra. Martin havia tido a imensa bondade de mandar para a sra. Goddard um lindo ganso – o ganso mais perfeito que a sra. Goddard já vira. A sra. Goddard o tinha preparado num domingo e convidara todas as três professoras, a srta. Nash, a srta. Prince e a srta. Richardson, para cear com ela."

– O sr. Martin, eu suponho, não é um homem de muita informação além da linha de seu próprio trabalho. Ele não lê?

– Ah, sim! Quer dizer, não... eu não sei... mas acredito que ele já leu um bocado... mas não o tipo de coisa que a senhorita levaria em conta. Ele lê os *Relatórios agrícolas* e alguns outros livros que ficam num dos assentos de janela... mas *esses* todos ele lê só para si mesmo. Mas às vezes, em determinadas noites, antes que começássemos com as cartas, ele lia em voz alta alguma coisa do *Extratos elegantes*... muito envolvente. E eu sei que ele leu o *Vigário de Wakefield*. Ele nunca leu o *Romance da floresta* ou os *Filhos da abadia*. Ele nunca tinha ouvido falar nesses livros até que os mencionei, mas está determinado a botar as mãos neles, agora, o mais depressa possível.

A pergunta seguinte foi:

– Que tipo de aparência o sr. Martin tem?

– Ah! Nada bonito... nem um pouco bonito. Eu o considerei muito feio no início, mas não o considero tão feio assim agora. A gente vai começando a pensar diferente depois de um tempo. Mas a senhorita nunca o viu? Ele aparece em Highbury de vez em quando, e faz questão de passar por aqui a cavalo toda semana, em seu caminho para Kingston. Ele já passou pela senhorita várias vezes.

– Isso é bem possível... e pode ser que eu o tenha visto cinquenta vezes, mas sem fazer a menor ideia de qual era o nome dele. Um jovem agricultor, esteja ele a cavalo ou a pé, é simplesmente o último tipo de pessoa que vai despertar a minha curiosidade. Os pequenos proprietários de terra representam precisamente a categoria das pessoas com as quais eu sinto não ter nada em comum. No caso de alguém que estivesse um ou dois degraus abaixo, uma aparência respeitável poderia me interessar; eu poderia esperar ser útil à família de uma maneira ou de outra. Mas um agricultor não precisa da minha ajuda em absoluto, e por isso fica, em certo sentido, tão acima da minha percepção quanto, em todos os outros, fica abaixo.

– Com toda certeza. Ah, sim, não é provável que a senhorita jamais tenha prestado atenção nele... mas ele de fato conhece a senhorita muito bem... quer dizer, de vista.

– Não tenho a menor dúvida de que o sr. Martin é um jovem bastante respeitável. Sei que ele é, de fato, e como tal lhe desejo tudo de bom. Que idade imagina que ele tenha?

– Ele fez 24 no dia 8 de junho passado, e o meu aniversário é no dia 23... somente duas semanas e um dia de diferença! Isso é tão estranho!

– Só 24... Jovem demais para firmar compromisso. A mãe dele está perfeitamente certa em não ter pressa. Eles parecem muito confortáveis como estão, e, se ela fosse querer fazer algum esforço para casá-lo, provavelmente acabaria se arrependendo. Daqui a seis anos, se o sr. Martin conseguir encontrar uma boa espécie de moça na classe dele, com um pouco de dinheiro, isso poderia ser muito desejável.

– Daqui a seis anos! Minha querida srta. Woodhouse, ele vai ter trinta anos de idade!

– Bem, e essa é a idade inicial em que a maioria consegue ter recursos para casar, entre os homens que não nasceram numa situação de independência. O sr. Martin, eu imagino, tem sua fortuna toda por fazer... não pode de forma alguma se antecipar ao mundo. Qualquer que seja o dinheiro que ele ganhou quando seu pai morreu, qualquer que seja sua parcela do patrimônio familiar, ouso dizer que está tudo disperso, tudo investido em seus animais, e assim por diante; e ainda que, com diligência e boa sorte, ele possa ficar rico no devido tempo, é praticamente impossível que ele já tenha conquistado grande coisa.

– Com toda certeza, é isso mesmo. Mas eles vivem muito confortavelmente. Eles não têm nenhum homem dentro de casa... fora isso, não lhes falta nada... e a sra. Martin está pensando em pegar um rapaz por mais um ano.

– Espero que você não acabe se vendo numa situação espinhosa, Harriet, quando ele de fato vier a se casar... quero dizer, por ter amizade com a esposa dele... Porque, ainda que as irmãs tenham uma educação superior e não sejam de todo objetáveis, não decorre disso que ele poderá se casar com alguém que seja minimamente apropriada para você levar em consideração. O infortúnio do seu nascimento deveria fazer com que você tivesse uma cautela especial em relação às pessoas com as quais você se cerca. Não pode haver dúvida alguma de que você é filha de um homem distinto, e você precisa sustentar o seu direito a essa condição através de todos os meios em seu poder, caso contrário surgirão inúmeras pessoas que vão ter o maior prazer em aviltá-la.

– Sim, com toda certeza, suponho que surgirão. Mas enquanto eu estiver visitando Hartfield e merecendo a sua grande bondade comigo, srta. Woodhouse, não vou ter medo daquilo que alguém poderá fazer.

– Você entende a força da influência muito bem, Harriet; mas eu gostaria de vê-la estabelecida em boa sociedade com tanta firmeza que você se tornasse independente até mesmo de Hartfield e da srta. Woodhouse. Quero vê-la permanentemente cercada de boas relações, e, com esse objetivo, o mais aconselhável é que você tenha tão poucas amizades excêntricas quanto possível. Por isso eu digo: se você ainda estiver nesta região quando o sr. Martin se casar, espero que não acabe sendo atraída, pela sua intimidade com as irmãs, para uma amizade com a esposa, que provavelmente será uma mera filha de agricultor, sem educação.

– Com toda certeza. Sim. Não que eu pense que o sr. Martin jamais fosse se casar com uma mulher que não tivesse alguma educação... e que não tivesse sido muito bem criada. Entretanto, não pretendo contrariar a sua opinião com a minha... e tenho certeza de que não desejarei conhecer a esposa dele. Sempre terei um grande respeito pelas senhoritas Martin, em especial Elizabeth, e ficaria muito triste de abrir mão delas, pois são quase tão bem-educadas quanto eu. Mas se o sr. Martin se casar com uma mulher muito vulgar e ignorante certamente será melhor que eu não a visite, se puder evitar.

Emma observou-a durante as flutuações dessa fala e não viu nenhum sintoma alarmante de amor. O jovem havia sido o primeiro admirador, mas ela confiava que não houvesse nenhuma outra influência e que não haveria nenhuma dificuldade séria, por parte de Harriet, para se opor a qualquer arranjo que ela mesma fizesse de modo amigável.

Elas encontraram o sr. Martin justamente no dia seguinte, enquanto caminhavam pela estrada de Donwell. Ele estava a pé; depois de olhar muito respeitosamente para Emma, olhou com a mais escancarada satisfação para sua companheira. Emma não lamentou topar com essa oportunidade de avaliação e, caminhando algumas jardas à frente, enquanto os dois conversavam, logo recolheu com seu olhar perspicaz um conhecimento suficiente do sr. Robert Martin. Seu aspecto era muito asseado e ele parecia ser um jovem sensato, mas sua pessoa não tinha qualquer outra vantagem; e quando fosse contrastado com cavalheiros distintos, Emma pensou, ele decerto perderia de vez o terreno que ganhara na inclinação de Harriet. Harriet não era insensível a bons modos; ela notara voluntariamente a nobreza do pai de Emma com doses iguais de admiração e assombro. O sr. Martin parecia não saber o que eram bons modos.

Os dois não permaneceram senão alguns minutos juntos, já que a srta. Woodhouse não deveria ser deixada esperando; e Harriet então veio correndo na direção dela com um rosto sorridente e uma agitação de espírito que a srta. Woodhouse teve esperança de muito em breve amenizar.

– Quem diria que pudesse ocorrer de encontrarmos o sr. Martin! É tão estanho! Foi um tremendo acaso, ele disse, que não tivesse seguido por Randalls. Ele não imaginava que caminhássemos por esta estrada, mas que fôssemos na direção de Randalls na maioria das vezes. Ainda não conseguiu botar as mãos no *Romance da floresta*. Estava tão atarefado, na última vez em que foi para Kingston, que acabou se esquecendo totalmente do livro, mas ele vai de novo amanhã. Tão estranho que tenha ocorrido de toparmos com ele! Bem, srta. Woodhouse, ele é como a senhorita tinha esperado? Qual é a sua opinião sobre o sr. Martin? A senhorita o considera tão feio assim?

– Ele é muito feio, sem dúvida... incrivelmente feio. Mas isso não é nada em comparação com sua completa falta de distinção. Eu não tinha nenhum direito de esperar mais, e não esperava mais; mas não fazia ideia de que ele pudesse ser tão apalermado, tão absolutamente desprovido de um ar decente. Eu tinha imaginado, devo confessar, que ele estivesse um ou dois degraus mais próximo da distinção.

– Com toda certeza – disse Harriet, numa voz mortificada –, ele não é tão distinto como um verdadeiro cavalheiro.

– Eu creio que desde que passou a conviver conosco, Harriet, você esteve repetidas vezes na companhia de alguns desses muito verdadeiros cavalheiros, tanto que você mesma deve ter ficado impressionada com a diferença no sr. Martin. Em Hartfield você pôde ver ótimos espécimes de homens bem-educados e bem-criados. Eu me sentiria surpresa se, depois de conhecê-los, você conseguisse ficar na companhia do sr. Martin de novo sem perceber nele uma criatura muito inferior... ou até mesmo sem se ver espantada consigo mesma por ter chegado a pensar nele, antes, como alguém minimamente agradável. Não está começando a sentir isso agora? Não ficou impressionada? Tenho certeza de que você deve ter ficado impressionada com o aspecto desajeitado e com os modos abruptos do sr. Martin... e com a bizarrice de uma voz que soou aos meus ouvidos, enquanto fiquei aqui esperando, como totalmente destituída de modulação.

– Certamente, ele não é como o sr. Knightley. Ele não tem um ar tão requintado e o modo de caminhar do sr. Knightley. Vejo a diferença com bastante clareza. Mas o sr. Knightley é um homem tão requintado!

– A distinção do sr. Knightley é tão notavelmente acentuada que não é justo comparar o sr. Martin com *ele*. Em cem você poderá não encontrar *um* que seja sequer semelhante ao sr. Knightley, no qual *cavalheiro* apareça escrito com todas as letras. Mas ele não é o único cavalheiro que você se acostumou a ver nos últimos tempos. O que me diz sobre o sr. Weston e o sr. Elton? Compare o sr. Martin com qualquer um *deles*. Compare o modo como se portam; como caminham; como falam; como ficam calados. Decerto percebe a diferença.

– Ah, sim! Há uma grande diferença. Mas o sr. Weston é quase um homem velho. O sr. Weston deve estar entre os quarenta e os cinquenta anos.

– O que torna seus bons modos tanto mais valiosos. Quanto mais uma pessoa envelhece, Harriet, tanto mais é importante que seus modos não sejam ruins... tanto mais gritantes e repugnantes se tornam quaisquer características espalhafatosas, ou rudes, ou desajeitadas. Aquilo que é tolerável na juventude é detestável numa idade mais avançada. O sr. Martin é desajeitado e abrupto agora; como ele será quando tiver o tempo de vida do sr. Weston?

– Não há como dizer de fato! – Harriet retrucou com bastante solenidade.

– Mas há como adivinhar com razoável acerto. Ele será um agricultor completamente grosseiro e vulgar... totalmente alheio às aparências e não pensando em nada exceto lucros e prejuízos.

– Ele será, é verdade, isso vai ser uma coisa muito ruim.

– Fica muito evidente o quanto seus negócios o absorvem desde já, pela circunstância de que ele se esqueceu de perguntar pelo livro que você recomendou. Estava com a cabeça ocupada demais pelo mercado para pensar em qualquer outra coisa... e não poderia ser diferente com um homem próspero. O que é que ele vai fazer com livros? Não tenho a menor dúvida de que ele *vai* prosperar e se tornar um homem muito rico com o passar do tempo... e sua condição iletrada e rude não precisa causar preocupação a *nós*.

– Fico admirada que ele não tenha se lembrado do livro – foi a única resposta de Harriet, proferida com uma dose de grave descontentamento que, segundo Emma julgou, poderia ser deixada de lado com segurança; esta, portanto, não disse mais nada durante algum tempo.

Quando retomou a conversa, ela disse:

– Num aspecto, talvez, os modos do sr. Elton poderão ser superiores aos do sr. Knightley ou do sr. Weston. São modos mais gentis. Podem ser tomados com mais segurança como um padrão. No sr. Weston há uma franqueza, uma prontidão, quase uma brusquidão que todo mundo gosta *nele* porque ao mesmo tempo há tanto bom humor... mas não daria certo tentar copiá-lo. Tampouco seria possível copiar o jeito de ser sem rodeios, decidido e autoritário do sr. Knightley, embora seus modos caiam muito bem *nele*; sua figura, sua fisionomia e sua situação na vida parecem lhe dar permissão para tanto; se algum jovem quisesse tentar copiá-lo, porém, ele seria insuportável. Em sentido contrário, acredito que um jovem poderia ser aconselhado, com segurança, a tomar o sr. Elton como modelo. O sr. Elton é bem-humorado, jovial, prestativo e gentil. Ele me parece ter ficado mais particularmente gentil nos últimos tempos. Não sei se ele tem algum plano de cair nas boas graças de uma de nós, Harriet, através de uma suavidade adicional, mas me chamou atenção que seus modos se mostrem mais suaves do que costumavam ser. Se ele pretende alguma coisa, só pode ser agradar você. Não lhe contei o que ele falou de você outro dia?

Emma então repetiu certo caloroso louvor pessoal que arrancara do sr. Elton, fazendo agora plena justiça ao elogio; e Harriet corou e sorriu, afirmando que sempre julgara o sr. Elton um homem muito agradável.

O sr. Elton era justamente a pessoa na qual Emma se fixara para tirar da cabeça de Harriet o jovem agricultor.

Ela pensava que seria um enlace excelente, um tanto palpavelmente desejável, natural e provável demais para que ela tivesse muito mérito em planejá-lo. Receava que fosse o que todos os demais haveriam de pensar e prever. Não havia muita chance, no entanto, de que alguém pudesse ter se equiparado a ela na data do plano, uma vez que este havia surgido em sua mente já na primeiríssima noite da introdução de Harriet a Hartfield. Quanto mais ela considerava o caso, mais forte se tornava seu senso de oportunidade. A situação do sr. Elton era muitíssimo adequada, ele mesmo um perfeito cavalheiro, e sem relacionamentos inferiores; ao mesmo tempo, não era de uma família que pudesse razoavelmente fazer objeções ao nascimento duvidoso de Harriet. O sr. Elton possuía um lar confortável para ela e, segundo Emma imaginava, uma renda mais do que suficiente, porque, embora o vicariato de Highbury não fosse grande, sabia-se que ele tinha algum patrimônio independente; e ela o tinha na mais alta estima como um jovem bem-humorado, bem-intencionado e respeitável, sem qualquer deficiência de discernimento útil ou conhecimento do mundo.

Emma já tinha se assegurado de que ele considerava Harriet uma moça bonita, e isso, ela tinha confiança, com tão frequentes encontros em Hartfield, era um alicerce suficiente da parte dele; quanto a Harriet, não poderia existir muita dúvida de que a ideia de ser preferida por ele teria peso e todos os bons resultados habituais. E ele era realmente um jovem muito amável, um jovem do qual poderia gostar qualquer mulher que não fosse difícil demais de contentar. Era tido como muito bonito; sua fisionomia era bastante admirada em geral, ainda que não por ela, existindo uma falta de elegância nos traços, algo que ela não podia dispensar; mas uma moça que conseguia ficar satisfeita com um Robert Martin cavalgando pelo campo para lhe trazer nozes poderia muito bem ser conquistada pela admiração do sr. Elton.

Capítulo 5

– Eu não sei qual poderá ser a sua opinião, sra. Weston – disse o sr. Knightley –, sobre essa grande intimidade entre Emma e Harriet Smith, mas eu a considero uma coisa ruim.

– Uma coisa ruim?! O senhor realmente a considera uma coisa ruim? Por quê?

– Eu penso que nenhuma delas fará bem algum à outra.

– O senhor me surpreende! Emma decerto fará bem a Harriet, e, abastecendo-a com um novo objeto de interesse, Harriet, é possível dizer, fará bem a Emma. Tenho testemunhado a intimidade das duas com o maior prazer. Nossos sentimentos são tão diferentes! Pensar que nenhuma das duas fará qualquer bem à outra! Este vai ser certamente o início de uma das nossas brigas a respeito de Emma, sr. Knightley.

– Talvez a senhora imagine que vim com o propósito de brigar, sabendo que Weston não estaria em casa e que a senhora teria de travar sozinha essa batalha.

– O sr. Weston sem dúvida me apoiaria, caso estivesse aqui, pois ele pensa exatamente como eu nesse tema. Estávamos falando disso justamente ontem, concordando sobre o quão afortunado era, para Emma, que houvesse em Highbury uma moça como essa com a qual ela pudesse se relacionar. Sr. Knightley, não lhe darei permissão para julgar com justiça esse caso. O senhor está tão acostumado a viver sozinho que não sabe estimar o valor de uma companhia; e talvez nenhum homem tenha condições de julgar de modo razoável o conforto que uma mulher sente na sociedade de uma integrante do seu próprio sexo quando se habituou a isso a vida inteira. Consigo imaginar a sua objeção a Harriet Smith. Ela não é a jovem superior que uma amiga de Emma deveria ser. Por outro lado, porém, uma vez que Emma quer vê-la mais bem informada, isso servirá como um incentivo para que ela mesma leia mais. As duas vão ler juntas. Essa é a intenção dela, eu sei.

– Emma tem intenção de ler mais desde os seus doze anos de idade. Eu já vi diversas listas que Emma elaborou em diferentes ocasiões com livros que ela pretendia ler num plano regular... e ótimas listas eram aquelas... muito bem escolhidas, e organizadas com grade aprumo... por vezes em ordem alfabética e por vezes de acordo com outra regra qualquer. A lista que ela elaborou quando tinha somente catorze anos... lembro de ter pensado que essa lista dava muito crédito ao discernimento dela, tanto que a guardei por algum tempo; e me arrisco a dizer que ela deve ter criado agora uma ótima lista. Mas já desisti de esperar qualquer sequência persistente de leitura por parte de Emma. Ela nunca irá se submeter a qualquer coisa que exija empenho, paciência e uma sujeição da fantasia ao entendimento. Onde a srta. Taylor fracassou em estimular, posso afirmar com segurança que Harriet Smith não fará nada. A senhora nunca conseguiu persuadi-la a ler sequer metade do que desejava. A senhora sabe que nunca conseguiu.

– Ouso dizer – retrucou a sra. Weston, sorrindo – que assim eu pensava *na época*. Contudo, desde a nossa separação não consigo me lembrar de uma ocasião em que Emma tivesse se omitido de fazer algo que eu desejasse.

– Dificilmente terei o desejo de refrescar uma memória como *essa* – disse o sr. Knightley com simpatia; e por alguns instantes ele não teve nenhum. – Mas eu – ele logo acrescentou –, que não tive semelhante feitiço sobre os meus sentidos, devo ainda ver, ouvir e lembrar. Emma é mimada por ser a pessoa mais astuta de sua família. Aos dez anos de idade ela teve a infelicidade de ser capaz de responder perguntas que intrigavam sua irmã aos dezessete. Ela sempre foi rápida e segura; Isabella, lenta e acanhada. E dos doze anos em diante Emma se tornou soberana da casa e de vocês todos. Em sua mãe ela perdeu a única pessoa capaz de competir com ela. Emma herdou os talentos da mãe, e decerto teria vivido em sujeição a ela.

– Eu teria lamentado muito, sr. Knightley, ter dependido da *sua* recomendação caso eu tivesse deixado a família do sr. Woodhouse e precisasse de outra colocação; não creio que o senhor teria dito para qualquer pessoa uma palavra boa sobre mim. Estou certa de que o senhor sempre me julgou inapta para o ofício que eu mantinha.

– Sim – ele disse, sorrindo. – A senhora está mais bem situada *aqui*, muito apta para ser uma esposa, mas nem um pouco apta para ser preceptora. Mas a senhora ficou se preparando para ser uma excelente esposa o tempo inteiro enquanto permaneceu em Hartfield. A senhora poderia não dar a Emma uma educação assim tão completa como pareciam prometer os seus poderes de ensino, mas estava recebendo *dela* uma ótima educação na importantíssima característica matrimonial de submeter as suas próprias vontades e de fazer como lhe mandavam; e, se Weston tivesse solicitado a mim que recomendasse a ele uma esposa, eu certamente teria citado a srta. Taylor.

– Eu lhe agradeço. Só pode haver bem pouco mérito em ser uma boa esposa para um homem da qualidade do sr. Weston.

– Ora, para falar a verdade, receio que a senhora foi praticamente desperdiçada, e que, com uma imensa disposição para suportar, não haverá nada para ser suportado. Não devemos perder as esperanças, entretanto. Weston poderá ficar rabugento pela devassidão de conforto, ou seu filho poderá incomodá-lo.

– Disso eu não tenho expectativa. Não é provável. Não, sr. Knightley, não queira pressagiar aborrecimentos nesse quadrante.

– Eu não, não mesmo. Estou apenas nomeando possibilidades. Não tenho a pretensão de me igualar ao gênio de Emma em presságios e palpites. Espero, do fundo do meu coração, que o jovem possa ser um Weston no mérito e um Churchill na fortuna. Mas Harriet Smith... não estou nem perto de desistir no que diz respeito a Harriet Smith. Eu a considero a pior espécie imaginável de companhia que Emma poderia ter. Ela mesma não sabe nada e admira Emma como alguém que saiba tudo. É uma bajuladora em todas as suas atitudes, e tanto pior porque não se trata de algo proposital. Sua ignorância é uma bajulação incessante. Como é que Emma consegue imaginar que ela mesma pode aprender alguma coisa enquanto Harriet apresenta uma inferioridade tão encantadora? E, quanto a Harriet, vou me aventurar a dizer que *ela* não tem nada a ganhar com essa amizade. Hartfield vai apenas deixá-la descontente com todos os outros lugares aos quais ela pertence. Harriet Smith se tornará refinada na mínima dose necessária para que se sinta desconfortável com as pessoas entre as quais o nascimento e as circunstâncias situaram seu lar. Eu estarei muito enganado se as doutrinas de Emma proporcionarem qualquer força de vontade ou sequer tenderem a fazer com que uma moça se adapte racionalmente às variedades de sua situação na vida. Elas proporcionam somente um pequeno polimento.

– Talvez eu confie mais no bom senso de Emma do que o senhor, ou então anseie mais pelo conforto dela no momento; pois não consigo lamentar o relacionamento. Ela estava com uma aparência tão boa ontem à noite!

– Ah! A senhora prefere falar do aspecto físico em vez de discutir a mente dela, é isso? Muito bem: não tentarei negar que Emma é bonita.

– Bonita?! Melhor dizer linda. O senhor consegue imaginar algo que se aproxime mais da beleza perfeita do que Emma como um todo, no rosto e na figura?

– Não sei o que eu conseguiria imaginar, mas confesso que raras vezes vi um rosto ou uma figura que me agradassem mais do que os dela. Mas eu sou um velho amigo parcial.

– Que olhos! Olhos do mais verdadeiro castanho... e tão brilhantes! Feições regulares, semblante aberto... E a tez! Ah! Tamanho viço de pura saúde, tamanha beleza na altura e nas formas... uma figura tão aprumada e firme... Há saúde não apenas em seu viço, mas no ar, na cabeça, no jeito de olhar. A gente às vezes ouve alguém falar de uma criança como sendo "o retrato da saúde"; e Emma sempre me transmite a ideia de ser o mais acabado retrato da saúde adulta. Ela é um modelo de graciosidade. Sr. Knightley, não é verdade?

– Não consigo apontar um único defeito na aparência dela – ele respondeu. – Considero Emma tudo isso que a senhora descreveu. Adoro olhar para ela; e vou adicionar o elogio de que não a considero particularmente vaidosa. Levando em conta o quanto ela é absolutamente bela, Emma parece se ocupar pouco disso; sua vaidade repousa em outro lugar. Sra. Weston, nenhum argumento poderá me levar a rever o meu desgosto em relação à intimidade dela com Harriet Smith, ou o meu temor de que isso acabe prejudicando as duas.

– E eu, sr. Knightley, sou igualmente resoluta na minha confiança de que isso não vai prejudicá-las em nada. Com todos os pequenos defeitos da querida Emma, ela é uma criatura excelente. Onde poderemos encontrar uma filha melhor, ou uma irmã mais bondosa, ou uma amiga mais verdadeira? Não, não; Emma tem qualidades nas quais podemos confiar; ela nunca irá levar alguém a fazer algo realmente errado; não é capaz de cometer qualquer confusão duradoura; se Emma erra uma vez, ela está certa cem vezes.

– Muito bem; não vou incomodá-la por mais tempo. Emma será um anjo, e guardarei para mim o meu pessimismo até que o Natal traga John e Isabella. John gosta de Emma com um afeto razoável, e portanto não cego, e Isabella sempre pensa o mesmo que ele... exceto quando ele se mostra destemido demais no cuidado com as crianças. Estou certo de que as opiniões dos dois estarão ao meu lado.

– Eu sei que vocês todos gostam dela demais para que sejam injustos ou pouco amáveis, mas me perdoe, sr. Knightley, se tomo a liberdade (eu me considero, veja bem, como tendo em parte o privilégio de expressão que a mãe de Emma poderia ter tido), a liberdade de insinuar que, no meu entender, nenhum benefício possível poderá surgir caso a intimidade com Harriet Smith seja tornada um motivo de muita discussão entre vocês. Por favor, me perdoe, mas, na suposição de que alguma pequena inconveniência possa ser receada por causa da intimidade, não se pode esperar que Emma, prestando contas para ninguém exceto seu pai, o qual aprova sem restrições a amizade, vá querer dar um fim a esta enquanto for uma fonte de prazer para ela mesma. Coube a mim por tantos anos a competência de dar conselhos, sr. Knightley, que o senhor não poderá ficar surpreso com esses pequenos resíduos de ofício.

– Claro que não – ele exclamou. – Fico muito agradecido à senhora. É um ótimo conselho, e terá um destino melhor do que grande parte dos seus conselhos, porque será seguido.

– A sra. John Knightley se alarma com muita facilidade, e poderia ficar triste pela irmã.

– Fique tranquila – ele disse –, não vou levantar nenhum clamor. Vou guardar para mim o meu mau humor. Tenho um interesse muito sincero por Emma. Isabella não parece ser minha irmã mais do que ela; nunca despertou um interesse maior, ou dificilmente tão grande, talvez. Há uma ansiedade, uma curiosidade naquilo que alguém sente por Emma. Eu fico me perguntando: o que será dela?

– Eu também – disse a sra. Weston, delicadamente –, e muito.

– Ela sempre diz que nunca vai se casar, algo que, é claro, não quer dizer absolutamente nada. Mas não me passa pela cabeça que ela já tenha encontrado um homem com o qual se importe. Não seria uma coisa ruim para ela ficar profundamente apaixonada por um objeto apropriado. Eu gostaria de ver Emma apaixonada e com certa dúvida sobre a retribuição; isso lhe faria bem. Mas não há ninguém capaz de conquistá-la nestas redondezas; e ela sai de casa tão poucas vezes.

– De fato, no momento parece haver tão pouca tentativa de desfazer a resolução dela – disse a sra. Weston – quanto possível; e enquanto Emma continuar sendo tão feliz em Hartfield não poderei desejar que ela desenvolva qualquer afeição que acabe criando imensas dificuldades por conta do sr. Woodhouse. De momento eu não recomendaria o matrimônio para Emma, embora eu não queira de modo algum desrespeitar o laço conjugal, posso lhe garantir.

Parte do que ela queria era ocultar alguns pensamentos favoritos dela mesma e do sr. Weston nesse assunto tanto quanto possível. Existiam aspirações em Randalls com respeito ao destino de Emma, mas não era desejável que elas fossem suspeitadas; e a tranquila transição que o sr. Knightley fez logo depois para "O que pensa Weston sobre o tempo? Teremos chuva?" convenceu-a de que ele não tinha mais nada para dizer ou conjecturar no tocante a Hartfield.

Capítulo 6

Emma não conseguia sentir a menor dúvida em ter dado à imaginação de Harriet uma direção apropriada e ter elevado a gratidão de sua jovem vaidade com um ótimo proveito, pois a viu decididamente mais sensível do que antes à impressão de que o sr. Elton era um homem de notável beleza, com modos muitíssimo agradáveis; e como ela não demonstrou hesitação alguma em mergulhar na certeza de ser admirada pelo cavalheiro por meio de agradáveis insinuações, Emma logo ficou bem confiante de criar tanto apego por parte de Harriet quanto pudesse existir ocasião para criar. Ela se sentia bastante convencida de que o sr. Elton estava chegando muito perto de se apaixonar, se é que já não estava apaixonado. Não tinha o menor escrúpulo quanto ao sr. Elton. Ele falava de Harriet e a louvava de uma forma tão ardorosa que Emma não conseguia conceber a falta de algo que um curto período de tempo não fosse suprir. A percepção do cavalheiro quanto ao impressionante aprimoramento nas boas maneiras de Harriet, desde sua introdução a Hartfield, não era uma das menos agradáveis provas de um afeiçoamento crescente.

– A senhorita forneceu à srta. Smith tudo de que ela precisava – disse o sr. Elton. – A senhorita tornou-a graciosa e desembaraçada. Ela era uma linda criatura quando vocês duas se conheceram, mas, na minha opinião, os atrativos que a senhorita acrescentou são infinitamente superiores aos que ela recebeu da natureza.

– Fico contente que o senhor me julgue útil a ela, mas Harriet só precisava ser lapidada e receber poucas, bem poucas sugestões. Ela já tinha em si uma imensa graça natural na doçura do temperamento e na simplicidade. Fiz muito pouco.

– Se fosse admissível contradizer uma dama... – disse o galante sr. Elton.

– Talvez eu tenha lhe dado um pouco mais de firmeza de caráter, mostrando-lhe como pensar em pontos que ainda não haviam ocorrido a ela.

– Exatamente assim; isso é o que me deixa impressionado acima de tudo. Tamanha firmeza de caráter adicionada! O seu toque foi muito habilidoso.

– O meu prazer foi muito grande, tenho certeza. Eu nunca tinha encontrado uma disposição tão verdadeiramente amável.

– Não tenho a menor dúvida.

E isso era dito com uma espécie de animação suspirante que dava grandes sinais do enamorado. Emma não ficou menos satisfeita, num outro dia, com o modo com o qual o sr. Elton secundou um desejo dela de obter uma imagem de Harriet.

– Alguma vez já pintaram o seu retrato, Harriet? – ela perguntou. – Você já posou alguma vez para um retratista?

Harriet estava prestes a sair da sala e apenas parou para dizer, com uma ingenuidade muito interessante:

– Ah, minha nossa! Não, nunca.

Tão logo ela saiu de vista, Emma exclamou:

– Que primorosa posse seria uma boa imagem dela! Eu pagaria qualquer valor por uma. Quase anseio por fazer eu mesma o retrato dela. O senhor não sabe disso, ouso dizer, mas dois ou três anos atrás tive uma grande paixão por pintar retratos e fiz tentativas com diversos amigos meus, sendo avaliada, de um modo geral, como dotada de um olhar tolerável. Mas por causa disso ou daquilo perdi o gosto e parei. Mas, sem dúvida, creio que poderia me aventurar se Harriet posasse para mim. Seria um grande deleite ter uma imagem dela!

– Permita-me lhe suplicar... – exclamou o sr. Elton. – Seria de fato um deleite! Permita-me lhe suplicar, srta. Woodhouse, que exercite esse talento tão encantador em favor de sua amiga. Eu sei como são os seus desenhos. Como a senhorita poderia me supor ignorante? Não é esta sala rica em espécimes das suas paisagens e flores? E não possui a sra. Weston algumas inimitáveis imagens de corpo inteiro na sala de visitas em Randalls?

"Sim, bom homem!", pensou Emma. "Mas o que é que tudo isso tem a ver com pintar retratos? O senhor não sabe nada sobre desenhos. Não finja estar arrebatado pelos meus. Guarde os seus arrebatamentos para o rosto de Harriet."

– Bem, sr. Elton, se o senhor me dá um incentivo tão generoso, acredito que verei o que consigo fazer. As feições de Harriet são muito delicadas, o que torna difícil um retrato; no entanto, há uma peculiaridade no formato dos olhos e nas linhas da boca que um retratista deve captar.

– Exatamente assim... O formato dos olhos e as linhas da boca... Não tenho nenhuma dúvida de que a senhorita terá sucesso. Por favor, por favor, faça uma tentativa. Visto que vai fazer, o retrato será, para usar as suas próprias palavras, uma posse primorosa.

– Mas eu receio, sr. Elton, que Harriet não vá gostar da ideia de posar. Ela estima tão pouco sua própria beleza. O senhor não observou o jeito com que ela me respondeu? O quanto ela quis dizer exatamente "desenhar o meu retrato para quê?".

– Ah, sim, observei, posso lhe assegurar. Isso não me passou despercebido. Mas mesmo assim não consigo imaginar que ela não se deixaria persuadir.

Harriet logo apareceu de volta, e a proposta foi feita quase de imediato; e ela não teve quaisquer escrúpulos capazes de resistir por muitos minutos à fervorosa insistência de ambos os outros. Emma desejou se lançar ao trabalho sem perda de tempo e, portanto, apresentou o portfólio que continha seus vários ensaios de retratos, porque sequer um deles jamais tinha sido finalizado, de modo que pudessem decidir juntos quanto ao melhor tamanho para Harriet. Seus inúmeros esboços foram exibidos. Miniaturas, retratos de meio-corpo, retratos de corpo inteiro, lápis, creiom, aquarelas, tudo havia sido testado de cada vez. Emma sempre quisera fazer tudo e fizera mais progresso tanto em desenho quanto em música do que muitas pessoas poderiam ter feito com o ínfimo trabalho ao qual ela jamais se submetia. Ela tocava e cantava; e desenhava em quase todos os estilos, mas a constância sempre lhe faltara; em nada ela se aproximara do nível de excelência que teria ficado contente em dominar e não teria falhado em alcançar. Ela não se deixava enganar demais no tocante a suas próprias habilidades como artista ou música, mas não relutava em deixar que os outros se enganassem, tampouco lamentava saber que a reputação de seus talentos era muitas vezes maior do que estes mereciam.

Havia mérito em todos os desenhos – sobretudo, talvez, no menos acabado; seu estilo era vívido; mas tivesse havido bem menos ou tivesse havido dez vezes mais, a admiração deleitada de seus dois companheiros teria sido a mesma. Estavam ambos em êxtase. Não há quem não goste de um retrato; e as performances da srta. Woodhouse eram forçosamente estupendas.

– Não tenho uma grande variedade de semblantes para vocês – disse Emma. – Eu só tive a minha própria família para estudar. Eis aqui o meu pai... outro do meu pai... mas a ideia de posar para ser retratado deixava o meu pai tão nervoso que só consegui pegá-lo furtivamente; nenhum deles, portanto, tem grande semelhança. A sra. Weston de novo, de novo e de novo, veja. A querida sra. Weston sempre foi a minha amiga mais bondosa em todas as ocasiões. Ela posava sempre que eu lhe pedisse. Eis aqui a minha irmã; e realmente é bem a figura dela, pequena e elegante! E o rosto não muito diferente. Eu teria feito um bom retrato de Isabella se ela tivesse posado por mais tempo, mas ela estava tão alvoroçada, querendo que eu desenhasse os seus quatro filhos, que não conseguia parar quieta. Depois você pode ver todos os meus ensaios para três dessas quatro crianças; aqui estão eles: Henry, John e Bella, de uma extremidade à outra da folha, e qualquer um deles poderia passar por qualquer um dos demais. Ela estava tão ávida por vê-los desenhados que eu não pude recusar, mas não há como fazer crianças de três ou quatro anos ficarem paradas, claro; tampouco poderá ser muito fácil extrair qualquer coisa delas além do aspecto geral e da compleição, a menos que tenham feições mais grosseiras do que qualquer filhinho da mamãe jamais teve. Eis aqui o meu esboço da quarta criança, que era um bebê. Eu o peguei quando ele estava dormindo no sofá, e esta é a reprodução mais fiel de seu penacho que você desejará ver. Ele aninhara sua cabeça do modo mais conveniente. Isso ficou muito parecido. Eu me sinto bastante orgulhosa do pequeno George. O canto do sofá está ótimo. Depois, este aqui é o meu último – (expondo um bonito esboço de um cavalheiro em tamanho pequeno, de corpo inteiro) –, meu último e meu melhor... o meu irmão, sr. John Knightley. Este não precisava muito ser finalizado quando o deixei de lado num amuo e jurei que nunca mais iria pintar outro retrato. Não consegui deixar de ficar exasperada, porque depois de todos os meus esforços, e quando eu tinha realmente produzido um retrato bastante aproximado (a sra. Weston e eu consideramos em pleno acordo que era *muito* parecido), só que bonito demais... lisonjeador demais... mas esse era um defeito positivo... depois de tudo isso vieram as frias palavras de aprovação da coitadinha Isabella: "Sim, era um pouco parecido, mas com toda certeza o desenho não lhe fazia justiça". Nós tínhamos enfrentado uma boa dose de transtorno para persuadi-lo a posar. Isso foi tratado como um grande favor; e de um modo geral era mais do que eu conseguia suportar; e por isso eu nunca terminaria o trabalho para vê-lo sendo motivo de desculpas pela semelhança desfavorável diante de todos os visitantes matinais em Brunswick Square e, como eu disse, naquele instante reneguei a hipótese de desenhar alguém de novo. Mas pelo bem de Harriet, ou antes pelo meu, e uma vez que no presente momento não existem maridos e esposas no caso, vou romper a minha resolução agora.

O sr. Elton pareceu muito apropriadamente impressionado e deleitado com a ideia e ficou repetindo: "*No presente momento* não existem de fato maridos e esposas no caso, como a senhorita observa. Exatamente assim. Não existem maridos e esposas", com um ar de consciência tão interessante que Emma começou a ponderar se não seria melhor deixá-los sozinhos o quanto antes. Contudo, como ela queria desenhar, a declaração precisaria esperar um pouco mais.

Ela logo se decidiu pelo tamanho e pelo tipo do retrato. Seria uma imagem de corpo inteiro em aquarelas, como no retrato do sr. John Knightley, com o destino, se ela conseguisse ficar contente, de ocupar uma posição muito honrosa sobre a cornija da lareira.

A sessão teve início; e Harriet, sorrindo e corando, e temerosa de não manter sua postura e sua serenidade, apresentou um adorável misto de expressões juvenis ao olhar firme da artista. Mas não era possível fazer nada com o sr. Elton se agitando de um lado para outro atrás dela e vigiando cada toque. Emma lhe deu crédito por ficar posicionado num ponto onde ele podia contemplar e contemplar sem ofensa, mas viu-se obrigada de fato a dar um fim nisso e lhe pedir que se situasse em outro lugar. Ocorreu a ela, então, empregar o sr. Elton numa leitura.

"Se ele fizesse a bondade de ler para elas, isso seria mesmo uma grande gentileza! As dificuldades da função dela poderiam ser amenizadas pela distração, e o enfado da srta. Smith seria diminuído."

O sr. Elton ficou mais do que feliz. Harriet passou a escutar e Emma pôde desenhar em paz. Ela teve de permitir ao sr. Elton que ainda se aproximasse repetidas vezes para olhar – qualquer interesse menor do que isso certamente teria sido demasiado pequeno num enamorado – e a cada mínima intermissão do pincel ele se mostrava pronto a saltar de pé para conferir o progresso e ficar encantado. Não havia como surgir desgosto com tamanho incentivador, porque sua veneração o fazia discernir uma semelhança que quase não era possível ainda. Ela não era capaz de respeitar o olhar do cavalheiro, mas o amor e a complacência que ele demonstrava eram irrepreensíveis.

A sessão como um todo foi muito satisfatória; o esboço do primeiro dia deixou Emma um tanto contente, a ponto de lhe proporcionar o desejo de prosseguir. Não havia deficiência de semelhança, ela tinha sido bem-sucedida na postura, e, como pretendia executar um pequeno aprimoramento na figura, dando-lhe um pouco mais de altura e uma dose consideravelmente maior de elegância, sentiu grande confiança de que produziria, por fim, um desenho bonito sob todos os aspectos e a obra ocuparia o seu lugar destinado com crédito para ambas – um perene memorial da beleza de uma, do talento da outra e da amizade de ambas, com inúmeras outras associações agradáveis que o muito promissor afeiçoamento do sr. Elton tinha todas as chances de acrescentar.

Harriet deveria posar de novo no dia seguinte, e o sr. Elton, bem como tinha de fazer, rogou pela permissão de comparecer e ler para elas mais uma vez.

– Não deixe de vir. Nós ficaremos extremamente felizes em considerar o senhor uma parte envolvida.

As mesmas civilidades e cortesias, o mesmo sucesso e a mesma satisfação tiveram lugar no segundo dia e acompanharam o progresso todo do retrato, que foi rápido e feliz. Todas as pessoas que o viram ficaram satisfeitas, mas o sr. Elton expressou contínuos arrebatamentos e o defendeu de todas as críticas.

– A srta. Woodhouse concedeu para sua amiga a única beleza que lhe faltava – a sra. Weston observou para ele, sem ter a menor suspeita de que estava se dirigindo a um enamorado. – A expressão dos olhos está muitíssimo correta, mas a srta. Smith não tem aqueles cílios e sobrancelhas. O fato de que ela não os tem é o único defeito de seu rosto.

– A senhora pensa isso? – ele retrucou. – Não posso concordar com a sua opinião. Parece-me haver a mais perfeita semelhança em todas as feições. Nunca vi uma similitude tão acentuada na minha vida. Devemos fazer uma concessão ao efeito de sombreamento, é claro.

– Você deixou a srta. Smith alta demais, Emma – disse o sr. Knightley.

Emma sabia que deixara, mas recusou-se a reconhecer, e o sr. Elton acrescentou com ardor:

– Não, não! Ela certamente não ficou alta demais; nem um pouco alta demais. Vejam só, ela está sentada... algo que naturalmente apresenta uma diferente... algo que, para resumir, transmite exatamente a ideia... e as proporções devem ser preservadas, é claro. Proporções, escorço... Não, não! Transmite exatamente ao observador a ideia da altura que tem a srta. Smith. Exatamente assim, isso mesmo!

– Ficou muito bonito – disse o sr. Woodhouse. – Lindamente realizado! Bem como são sempre os seus desenhos, minha querida. Não conheço alguém que desenhe tão bem como você. A única coisa que não me agrada totalmente é que ela parece estar sentada fora de casa, tendo nos ombros apenas um pequeno xale... e isso faz a gente pensar que ela decerto vai pegar um resfriado.

– Mas, meu querido papai, fica subentendido que é verão; um dia quente de verão. Observe a árvore.

– Mas é sempre perigoso sentar fora de casa, minha querida.

– O senhor pode dizer qualquer coisa – exclamou o sr. Elton. – Mas preciso confessar que considero uma ideia muitíssimo feliz a colocação da srta. Smith fora de casa; e a árvore tem um toque inimitável de vivacidade! Qualquer outra situação teria sido bem menos condizente com a personagem. A ingenuidade nos modos da srta. Smith... e de um modo geral... Ah! É mais do que admirável! Não consigo tirar os meus olhos do retrato. Nunca vi tamanha semelhança.

O próximo passo necessário era emoldurar o retrato; e aqui apareceram algumas dificuldades. Isso precisava ser feito sem perda de tempo; precisava ser feito em Londres; a encomenda precisava ficar nas mãos de alguma pessoa inteligente em cujo bom gosto se pudesse confiar; e Isabella, a cumpridora costumeira de todas as tarefas, não deveria ser incumbida, porque era dezembro e o sr. Woodhouse não conseguia suportar a ideia de que ela botasse os pés fora de casa nas névoas de dezembro. Mas as aflições desapareceram tão logo chegaram aos ouvidos do sr. Elton. Sua galantaria se mantinha sempre em estado de alerta. “Pudesse ele ser encarregado da tarefa, que prazer infinito teria em executá-la! Poderia cavalgar até Londres a qualquer momento. Era impossível dizer o quanto ficaria gratificado em ser empregado com tal incumbência."

"Ele era bondoso demais! Ela não suportaria uma ideia como essa! Ela não lhe daria um encargo tão trabalhoso por nada no mundo..." – isso acarretou a desejada repetição de súplicas e garantias, e pouquíssimos minutos resolveram o negócio.

O sr. Elton deveria levar o desenho para Londres, escolher a moldura e informar o endereço; e Emma julgava que conseguiria empacotá-lo de modo a garantir sua segurança sem causar muito incômodo ao cavalheiro, ao passo que ele parecia estar sobretudo temeroso de que não lhe causassem incômodo suficiente.

– Que precioso depósito! – disse o sr. Elton, com um terno suspiro, ao receber o pacote.

"Esse homem é quase galante demais para estar apaixonado", pensou Emma. "É o que eu diria, não fosse a minha suposição de que devem existir cem maneiras diferentes de uma pessoa estar apaixonada. O sr. Elton é um excelente jovem e será exatamente adequado para Harriet – vai ser 'exatamente assim', como ele mesmo diz –, mas ele de fato suspira, fica enlanguescido e forja elogios bem mais do que eu conseguiria suportar na condição de primeira implicada. Acabo ganhando uma boa parcela como segunda. Mas é a gratidão dele por conta de Harriet."

Capítulo 7

O mesmo dia que levaria o sr. Elton para Londres produziu uma nova ocasião para os serviços de Emma em benefício de sua amiga. Harriet estivera em Hartfield, como de hábito, logo após o desjejum; e passado algum tempo voltara para casa com o compromisso de retornar na hora do jantar; ela retornou mais cedo do que o combinado e com uma expressão agitada e afobada, anunciando ter ocorrido algo extraordinário que ansiava por contar. Meio minuto trouxe tudo à tona. Harriet ficara sabendo, no instante em que tinha entrado na casa da sra. Goddard, que o sr. Martin ali estivera uma hora antes e, constatando que ela não estava em casa e não era particularmente aguardada, deixara para ela um pequeno embrulho enviado por uma de suas irmãs e partira; abrindo esse embrulho Harriet de fato encontrara, junto às duas músicas que tinha deixado emprestadas para que Elizabeth as copiasse, uma carta para ela mesma; e essa carta era dele, do sr. Martin, e continha uma direta proposta de casamento. "Quem poderia ter imaginado aquilo! Ela estava tão surpresa que não sabia o que fazer. Sim, uma verdadeira proposta de casamento; e uma carta bastante boa, pelo menos era o que ela pensava. E o sr. Martin escrevia como se realmente a amasse muito – mas ela não sabia – e por isso ela viera o mais depressa possível para perguntar à srta. Woodhouse o que deveria fazer." Emma ficou meio envergonhada de sua amiga por parecer estar tão satisfeita e tão cheia de dúvida.

– Dou a minha palavra – ela exclamou –, o jovem está determinado a não perder nada por deixar de perguntar. Ele vai tratar de prender você com força se puder.

– A senhorita poderia ler a carta? – exclamou Harriet. – Leia, por favor. Eu prefiro que a senhorita leia.

Emma não lamentou ser pressionada. Ela leu e ficou surpresa. O estilo da carta se mostrava bem acima de sua expectativa. Não apenas inexistiam erros gramaticais como também, enquanto composição, o texto não teria desgraçado um cavalheiro; a linguagem, embora simples, era desafetada e forte, e os sentimentos transmitidos davam muito crédito ao escritor. A carta era concisa, mas expressava bom senso, caloroso afeto, generosidade, decência e até mesmo delicadeza de sentimentos. Ela ficou com a folha na mão por mais algum tempo, enquanto Harriet, esperando ansiosamente por sua opinião com um "Então, então...", foi forçada por fim a acrescentar:

– É uma carta boa? Ou é curta demais?

– Sim, com efeito, uma ótima carta – Emma respondeu um tanto devagar –, uma carta tão boa, Harriet, que acredito, levando tudo em consideração, que uma das irmãs deve tê-lo ajudado. Mal consigo imaginar que o jovem que vi conversando com você outro dia pudesse se expressar tão bem caso fosse deixado na dependência de suas próprias capacidades, e no entanto não é o estilo de uma mulher; não, certamente, é conciso e forte demais; não é difuso o bastante para uma mulher. Sem dúvida ele é um homem sensato, e suponho que possa ter um talento natural para tanto... pensa com força e clareza... e quando empunha uma pena seus pensamentos naturalmente encontram as palavras apropriadas. É assim com alguns homens. Sim, eu entendo esse tipo de mente. Vigoroso, decidido, dotado de sentimentos até certo ponto, sem ser grosseiro. Uma carta mais bem escrita, Harriet – (devolvendo-a) –, do que eu havia imaginado.

– Então... – disse Harriet, ainda esperando. – Então... e... e o que hei de fazer?

– O que você há de fazer?! Em que sentido? Em relação a esta carta, é isso que você quer dizer?

– Sim.

– Mas qual é a sua dúvida? Você precisa responder, é claro... e com presteza.

– Sim. Mas hei de dizer o quê? Querida srta. Woodhouse, por favor, me aconselhe.

– Ah, não, não! Seria muito melhor que a carta fosse de todo sua. Você irá se expressar do modo mais apropriado, tenho certeza. Não existe qualquer perigo de que não se faça entender, o que é a primeira coisa. O sentido da sua mensagem tem de ser inequívoco; nada de hesitações ou irresoluções; e as expressões de gratidão e de preocupação pela dor que você está infligindo, como exige a decência, irão se apresentar de modo espontâneo na *sua* mente, estou convencida disso. *Você* não precisa ser impelida a escrever com uma aparência de tristeza pela decepção dele.

– A senhorita pensa, então, que eu deveria rejeitá-lo – disse Harriet, olhando para baixo.

– Deveria rejeitá-lo?! Minha querida Harriet, o que é que você está querendo dizer? Você está sentindo alguma dúvida em relação a isso? Eu pensei... Mas me perdoe, talvez eu tenha incorrido num engano. Certamente a interpretei mal se você sente qualquer hesitação quanto ao *teor* da sua resposta. Eu tinha imaginado que você só estava me consultando em relação ao modo de redigi-la.

Harriet ficou calada. Com uma postura de certa reserva, Emma continuou:

– Você quer mandar de volta uma resposta favorável, eu deduzo.

– Não, não quero; quer dizer, não pretendo... O que hei de fazer? O que é que a senhorita me aconselharia a fazer? Por favor, querida srta. Woodhouse, diga-me o que eu deveria fazer...

– Não lhe darei conselho algum, Harriet. Não quero ter participação alguma nisso. Essa é uma questão que você deve resolver de acordo com os seus próprios sentimentos.

– Eu não fazia ideia de que ele gostava tanto assim de mim – disse Harriet, contemplando a carta.

Emma perseverou em seu silêncio por um breve período; contudo, começando a perceber que a lisonja enfeitiçante da carta poderia ser poderosa demais, julgou melhor dizer:

– Eu estabeleço como regra geral, Harriet, que, se uma mulher *duvida* perante a hipótese de aceitar um homem ou não, ela certamente deveria rejeitá-lo. Se ela chegou a hesitar em dizer "Sim", deveria dizer "Não" prontamente. Não é uma condição na qual se possa entrar de forma segura quando há sentimentos de dúvida, quando não há certeza no coração. Julguei que era meu dever como amiga, e como amiga mais velha, dizer tais palavras para você. Mas não imagine que queira influenciá-la.

– Ah, não, estou certa de que a senhorita é muitíssimo bondosa demais para tanto... mas se a senhorita somente me aconselhasse sobre o melhor a fazer... Não, não, isso não é o que eu quero dizer... Como a senhorita disse, eu deveria estar bastante decidida nesta situação... Eu não deveria estar hesitando... É uma coisa muito séria. Será mais seguro dizer "Não", talvez. A senhorita crê que seria melhor eu dizer "Não"?

– Por nada neste mundo – disse Emma, sorrindo graciosamente – eu aconselharia você a fazer isso ou aquilo. Você é quem melhor pode julgar a sua própria felicidade. Se você prefere o sr. Martin a todas as outras pessoas, se você o considera o homem mais agradável que jamais lhe fez companhia, por que razão deveria hesitar? Você fica corada, Harriet... Por acaso alguma outra pessoa ocorre a você neste momento, sob tal definição? Harriet, Harriet, não se engane; não se deixe levar pela gratidão e pela compaixão. Neste momento, em quem você está pensando?

Os sintomas foram favoráveis. Em vez de responder, Harriet se afastou confusa e ficou parada junto ao fogo; embora ainda estivesse em sua mão, a carta era agora mecanicamente girada no ar sem consideração. Emma esperou pelo resultado com impaciência, mas não sem fortes esperanças. Por fim, com alguma hesitação, Harriet disse:

– Srta. Woodhouse, já que a senhorita não quer me dar a sua opinião, preciso fazer por conta própria o melhor que eu puder; e agora praticamente me determinei, e de fato estou quase decidida... a rejeitar o sr. Martin. A senhorita crê que estou certa?

– Perfeitamente, perfeitamente certa, minha queridíssima Harriet; você está fazendo justamente o que deveria fazer. Enquanto você permaneceu num mínimo estado de suspense guardei para mim os meus sentimentos, mas, agora que está tão completamente decidida, não hesito nem um pouco em dar a minha aprovação. Querida Harriet, me encho de alegria com isso. Teria me causado uma grande mágoa perder contato com você, algo que decerto teria sido a consequência do seu casamento com o sr. Martin. Enquanto você manteve o menor grau de vacilação eu nada disse a respeito, porque não queria influenciar; mas isso teria sido a perda de uma amiga para mim. Eu não conseguiria visitar a sra. Robert Martin de Abbey-Mill Farm. Agora estou segura de ter você para sempre.

Harriet não presumira seu próprio perigo, mas a ideia de algo assim a impressionou forçosamente.

– A senhorita não conseguiria me visitar?! – ela exclamou com uma expressão horrorizada. – Não, com toda certeza não conseguiria, mas eu nunca tinha pensado nisso antes. Isso teria sido tenebroso demais! Escapei por pouco! Querida srta. Woodhouse, eu não abriria mão do prazer e da honra de ter intimidade com a senhorita por nada no mundo.

– Com efeito, Harriet, teria sido um severo tormento perder você, mas isso decerto teria ocorrido. Você teria deixado para trás qualquer espécie de boa sociedade. Eu teria de abandoná-la.

– Ai de mim! Como eu conseguiria superar isso? Eu teria ficado arrasada por nunca mais poder visitar Hartfield!

– Querida e afetuosa criatura! *Você*, banida para Abbey-Mill Farm! *Você*, confinada à sociedade dos iletrados e vulgares para o resto da vida! Fico espantada com a presunção que permitiu ao jovem fazer esse pedido. Ele deve ter uma bela opinião a respeito de si mesmo.

– Não creio que ele seja tampouco pretensioso, de um modo geral – disse Harriet, sua consciência fazendo oposição a tal censura. – Pelo menos ele tem uma índole das melhores, e sempre me sentirei muito devedora em relação a ele, sempre terei um enorme respeito... mas isso é bastante diferente de... e, é claro, embora ele possa gostar de mim, não decorre disso que eu deva... e certamente preciso confessar que desde a minha primeira visita aqui pude ver pessoas... e se você chegar a compará-las, na pessoa e nos modos, não há comparação possível, *uma* das pessoas é tão absolutamente bonita e agradável... Todavia, acredito de verdade que o sr. Martin seja um jovem muito amável e tenho uma elevada opinião a respeito dele; e com ele sendo tão afeiçoado a mim... e tendo escrito uma carta como esta... mas quanto a deixar a senhorita, isso é algo que eu não faria sob hipótese alguma.

– Obrigada, obrigada, minha doce amiguinha. Nós não vamos nos separar. Uma mulher não deve se casar com um homem meramente porque recebeu um pedido, ou porque o homem é afeiçoado a ela e consegue escrever uma carta tolerável.

– Ah, não! E não é senão uma carta curta, também.

Emma sentiu o mau gosto de sua amiga, mas deixou a sensação passar com um "é bem verdade; e seria uma pequena consolação para ela, pelos modos apalermados que poderiam ficar ofendendo-a em todas as horas do dia, saber que seu marido conseguia escrever uma boa carta".

– Ah, sim, isso mesmo! Ninguém se importa com uma carta; o importante é estarmos sempre felizes com companhias prazerosas. Estou bastante determinada em rejeitá-lo. Mas como farei? Eu hei de dizer o quê?

Emma lhe garantiu que não haveria nenhuma dificuldade na resposta e aconselhou que fosse escrita sem mais delongas, sugestão que foi acatada na esperança de um auxílio dela; e, embora Emma continuasse a protestar contra qualquer necessidade de auxílio, sua assistência foi de fato concedida na formação de cada frase. Olhar a carta de novo, durante o processo de resposta, teve uma tendência tão suavizadora que foi particularmente necessário fortalecê-la com algumas expressões decisivas; e ela ficou tão absolutamente preocupada com a ideia de deixá-lo infeliz, e pensou tanto naquilo que a mãe e as irmãs dele pensariam e diriam, e ficou tão ansiosa de que elas não terminassem por imaginá-la ingrata, que Emma chegou a crer que, se o jovem tivesse aparecido diante de Harriet naquele momento, ele teria sido aceito afinal de contas.

A carta, no entanto, foi escrita, e selada, e enviada. O negócio estava encerrado, e Harriet se salvara. Ela ficou um tanto abatida durante a noite toda, mas Emma pôde tolerar seus amáveis pesares, e por vezes os aliviava falando de seu próprio afeto, por outras trazendo à discussão a ideia do sr. Elton.

– Eu nunca mais vou ser convidada para Abbey-Mill – foi dito num tom bastante entristecido.

– E tampouco, se você fosse, eu conseguiria ter suportado uma separação de você, minha Harriet. Você é simplesmente necessária demais em Hartfield para que possa ser liberada para Abbey-Mill.

– E eu tenho certeza de que jamais gostaria de ir para lá, pois nunca me sinto feliz, exceto em Hartfield.

Algum tempo depois:

– Creio que a sra. Goddard ficaria muito surpresa se soubesse o que aconteceu. Tenho certeza de que a srta. Nash ficaria... porque a srta. Nash considera sua própria irmã muito bem casada, e é somente um negociante de tecidos.

– Qualquer pessoa lamentaria ver maior orgulho ou refinamento na professora de uma escola, Harriet. Ouso dizer que a srta. Nash teria inveja de você por uma oportunidade como essa de se casar. Até mesmo essa conquista iria parecer valiosa aos olhos dela. Quanto a qualquer coisa superior para você, suponho que ela esteja bastante no escuro. As atenções de certa pessoa dificilmente já poderão fazer parte dos mexericos de Highbury. Até aqui, imagino eu, nós duas somos as únicas pessoas para as quais os olhares e modos dele se explicaram.

Harriet corou e sorriu, e disse algo sobre o espanto que lhe causava o fato de que as pessoas pudessem gostar tanto dela. A ideia do sr. Elton era por certo animadora, mas mesmo assim, passado algum tempo, ela se deixou amolecer de novo em relação ao rejeitado sr. Martin.

– Agora ele recebeu a minha carta – ela disse com suavidade. – Gostaria de adivinhar o que todos eles estão fazendo... se as irmãs do sr. Martin sabem... Se ele está infeliz, elas ficarão infelizes também. Espero que ele não dê muita importância para isso.

– Pensemos naqueles, entre os nossos amigos ausentes, que estão ocupados em atividades mais alegres – exclamou Emma. – Neste momento, talvez o sr. Elton esteja mostrando o seu retrato para sua mãe e suas irmãs, contando-lhes quão mais lindo é o original e, depois de ser instado cinco ou seis vezes, permitindo-lhes ouvir o seu nome, o seu próprio amado nome.

– O meu retrato! Mas ele deixou o meu retrato em Bond-street.

– Será que deixou? Então não sei nada sobre o sr. Elton. Não, minha querida e modesta Harriet, você pode confiar nisto: a sua imagem não estará em Bond-street até o instante em que o sr. Elton sair para montar seu cavalo amanhã. O retrato lhe fará companhia durante esta noite toda, será seu consolo, seu deleite; revela os planos dele para sua família, introduz você entre elas, difunde entre as damas os mais prazerosos sentimentos da nossa natureza, a curiosidade ávida e a predisposição calorosa. Como estão alegres, como estão animadas, como estão mergulhadas em suspeita suas imaginações todas!

Harriet sorriu de novo, e seus sorrisos tornaram-se mais intensos.

Capítulo 8

Harriet dormiu em Hartfield naquela noite. Já por algumas semanas ela vinha passando ali mais do que metade do seu tempo e gradualmente ganhando para si um quarto de dormir apropriado; e Emma julgou ser melhor em todos os aspectos, mais seguro e mais caridoso, mantê-la com eles tanto quanto possível no momento presente. Ela foi obrigada, na manhã seguinte, a comparecer à casa da sra. Goddard por uma hora ou duas, mas era com o propósito de deixar acertado que ela voltaria para Hartfield de modo a fazer uma visita regular de alguns dias.

Na ausência dela, o sr. Knightley apareceu; ele se sentou por algum tempo com o sr. Woodhouse e Emma até que o sr. Woodhouse, que previamente decidira sair para caminhar, foi persuadido por sua filha a não postergar a saída, e foi induzido pelas súplicas de ambos, embora isso contrariasse os escrúpulos de sua própria civilidade, a deixar o sr. Knightley para tal propósito. O sr. Knightley, que nada tinha de cerimonioso em seu jeito de ser, oferecia com suas respostas resolutas e sucintas um divertido contraste às desculpas prolongadas e hesitações polidas do outro.

– Bem, eu acredito, se o senhor puder me desculpar, sr. Knightley, se o senhor não considerar que estarei fazendo uma coisa muito rude, que seguirei o conselho de Emma e sairei por um quarto de hora. Visto que o sol está descoberto, acredito que será melhor eu dar as minhas três voltas enquanto puder. Assim eu o trato sem cerimônia, sr. Knightley. Nós, inválidos, pensamos que somos pessoas privilegiadas.

– Meu caro senhor, não me tome por um estranho.

– Vou deixar uma excelente substituta na minha filha. Emma ficará feliz em entretê-lo. E, portanto, creio eu, vou lhe pedir desculpas e sair para dar as minhas três voltas... a minha caminhada de inverno.

– O senhor não poderia fazer nada melhor.

– Eu solicitaria o prazer da sua companhia, sr. Knightley, mas sou um caminhante muito lento, e o meu ritmo seria tedioso para o senhor; além disso, o senhor tem uma longa caminhada diante de si, para Donwell Abbey.

– Obrigado, senhor, obrigado; eu mesmo estou partindo neste momento e creio que será tanto melhor quanto mais depressa o senhor sair. Vou pegar o seu sobretudo e abrir a porta do jardim para o senhor.

O sr. Woodhouse afinal se foi; mas o sr. Knightley, em vez de ir embora imediatamente da mesma maneira, sentou-se de novo, parecendo inclinado a conversar mais. Ele começou a falar de Harriet, e a falar dela com um louvor mais voluntário do que Emma jamais ouvira antes.

– Não consigo classificar a beleza dela no nível em que você a coloca – ele disse. – Mas ela é uma criaturinha bonita, e estou inclinado a ter uma ótima opinião sobre o seu temperamento. Seu caráter depende daqueles com os quais ela está; em boas mãos, porém, vai provar ser uma mulher valiosa.

– Fico contente que o senhor pense assim; e as boas mãos, tenho esperança, não faltarão.

– Ora – ele falou –, você está ansiosa por um elogio, então lhe direi que você a melhorou. Você a curou de sua risadinha de colegial; ela realmente lhe dá crédito.

– Eu lhe agradeço, eu ficaria de fato mortificada se não acreditasse ter sido útil de alguma forma, mas nem todo mundo costuma conferir louvor onde deveria. *O senhor* raras vezes me confere grande coisa.

– Você disse que estava esperando-a de novo esta manhã, é isso?

– Quase a qualquer momento. Ela já se ausentou por mais tempo do que pretendia.

– Ocorreu alguma coisa para detê-la; visitantes, talvez.

– Bisbilhotices de Highbury! Pobres coitados enfadonhos!

– Harriet poderá não julgar enfadonhos todos aqueles que você julgaria.

Emma sabia que isso era verdadeiro demais para ser desmentido e por isso não disse nada. Ele logo acrescentou, com um sorriso:

– Não pretendo fixar datas ou lugares, mas devo lhe dizer que tenho boas razões para crer que a sua pequena amiga logo tomará conhecimento de algo que vai beneficiá-la.

– Não diga?! Como assim? Que tipo de coisa?

– Um tipo muito sério, eu lhe garanto – (ainda sorrindo).

– Muito sério?! Só consigo pensar numa única coisa... Quem está apaixonado por ela? Quem fez o senhor de confidente?

Emma teve uma esperança mais do que ligeira de que o sr. Elton tivesse deixado escapar uma insinuação. O sr. Knightley era o modelo do típico amigo e conselheiro, e ela sabia que o sr. Elton o admirava.

– Tenho razões para pensar – ele retrucou – que Harriet Smith terá em breve uma proposta de casamento, e vinda de um quadrante muitíssimo irrepreensível: Robert Martin é o homem. A visita dela a Abbey-Mill, neste verão, parece ter fechado esse negócio. Ele está desesperadamente apaixonado e pretende se casar com ela.

– O sr. Martin é muito prestativo – disse Emma. – Mas ele tem certeza de que Harriet pretende se casar com ele?

– Bem, bem, pretende fazer uma proposta, então. Isso serve? Ele veio à abadia duas noites atrás com o propósito de me consultar a respeito. Robert Martin sabe que tenho um enorme respeito por ele e por toda a sua família e, acredito, me considera um de seus melhores amigos. Ele veio me perguntar se eu pensava que seria imprudente, da parte dele, optar pelo casamento tão cedo, se eu a julgava jovem demais; em resumo, se eu aprovava de todo sua escolha, tendo algum receio, talvez, de que ela fosse considerada (especialmente porque *você* a preza tanto) como pertencente a uma linha de sociedade acima dele. Fiquei muito satisfeito com tudo o que ele disse. Nunca consigo encontrar um bom senso que se equipare ao de

Robert Martin. Ele sempre fala de maneira objetiva; é franco, direto, tem ótimo discernimento. Ele me contou tudo: suas circunstâncias e seus planos e o que todos eles propunham fazer na eventualidade do casamento. É um jovem excelente, tanto como filho quanto como irmão. Não tive a menor hesitação em aconselhá-lo a se casar. Ele me provou ter recursos para tanto e, sendo esse o caso, fiquei convencido de que ele não poderia fazer nada melhor. Elogiei a bela dama também e de um modo geral o mandei embora muito feliz. Se ele nunca tivesse estimado a minha opinião antes, teria passado a pensar em mim com o mais alto apreço; além disso, me atrevo a dizer, deixou a casa considerando-me o melhor amigo e conselheiro que um homem jamais teve. Isso aconteceu na noite de anteontem. Ora, como podemos razoavelmente supor, Robert Martin não deixaria muito tempo passar antes de falar com a dama, e, como não parece que tenha falado ontem, não é improvável que hoje ele possa estar na casa da sra. Goddard e ela pode estar sendo detida por um visitante sem considerá-lo nem um pouco um pobre coitado enfadonho.

– Diga-me, sr. Knightley – retrucou Emma, que estivera sorrindo consigo mesma durante grande parte da fala dele –, de que maneira o senhor sabe que o sr. Martin não falou ontem?

– Certamente – ele respondeu surpreso – não sei com absoluta segurança, mas isso pode ser inferido. Ela não ficou o dia inteiro com você?

– Ora – disse ela –, vou lhe contar uma coisa em retribuição por isso que o senhor me contou. Ele de fato falou ontem... isto é, ele escreveu, e foi rejeitado.

Isso foi obrigado a ser repetido antes que pudesse ser acreditável; e o sr. Knightley efetivamente ficou vermelho de surpresa e desgosto enquanto se levantava em alta indignação e dizia:

– Então ela é ainda mais simplória do que jamais acreditei que fosse. O que quer essa moça tola?

– Ah, com toda certeza – exclamou Emma –, é sempre incompreensível para um homem que uma mulher chegue a recusar uma proposta de casamento. Um homem sempre imagina que uma mulher vai estar à disposição para qualquer um que lhe peça a mão.

– Bobagem! Um homem não imagina nada disso. Mas o que é que isso tudo quer dizer? Harriet Smith recusando Robert Martin? Se é isso, é uma loucura, mas espero que você esteja enganada.

– Eu vi a resposta dela, nada poderia ser mais claro.

– Você viu a resposta dela! Você escreveu a resposta dela também. Emma, isso é ação sua. Você a convenceu a rejeitá-lo.

– E, se eu a tivesse convencido (algo que, no entanto, estou longe de admitir), não sentiria ter feito algo de errado. O sr. Martin é um homem muito respeitável, mas não posso aceitar que ele esteja à altura de Harriet; e fico bastante surpresa, de fato, que tenha ousado se dirigir a ela. De acordo com o seu relato, ele parece mesmo ter tido alguns escrúpulos. É uma pena que um dia eles tenham chegado a topar um com o outro.

– Não estar à altura de Harriet! – o sr. Knightley exclamou com voz alta e ardorosa; e com aspereza mais calma acrescentou, alguns momentos depois: – Não, Robert Martin não está à altura dela de fato, pois é superior a ela tanto no bom senso quanto na situação. Emma, a sua obsessão por essa moça cegou você. Quais são os direitos de Harriet Smith, quer por nascimento, natureza ou educação, a qualquer união mais elevada do que com Robert Martin? Ela é a filha ilegítima de sabe-se lá quem, provavelmente sem qualquer provisão assegurada e certamente sem parentes respeitáveis. É conhecida somente como pensionista de primeira classe numa escola comum. Não é uma moça sensata, tampouco dotada de qualquer informação. Não lhe ensinaram nada de útil, e é jovem demais e estúpida demais para ter adquirido alguma coisa por conta própria. Com sua idade ela não pode ter experiência alguma, e com sua inteligência restrita é provável que jamais vá ter alguma que possa lhe ser proveitosa. Ela é bonita e tem um bom temperamento, e isso é tudo. O meu único escrúpulo em aconselhar o enlace surgiu por conta dele, por estar abaixo de seu merecimento e por ser para ele uma má conexão. Eu senti que, no tocante à fortuna, segundo todas as probabilidades ele poderia se sair bem melhor, e também que, no tocante a uma companheira racional e ajudante útil, não poderia se sair pior. Mas não tinha como argumentar desse modo com um homem apaixonado, e fiquei disposto a crer que não haveria nada de ruim na moça, que ela tivesse uma espécie de disposição que, em boas mãos, como as dele, poderia ser facilmente endireitada e transformada em algo muito bom. A vantagem do enlace, senti, estava toda no lado dela; e não tive a menor dúvida (ou tampouco tenho agora) de que haveria um clamor generalizado perante a extrema boa sorte dela. Até mesmo da *sua* satisfação eu tive plena certeza. Passou pela minha cabeça imediatamente que você não lastimaria o abandono de Highbury por parte da sua amiga, levando em conta que ela iria fixar residência tão bem. Eu me lembro de ter dito a mim mesmo: "Até Emma, com toda a sua parcialidade por Harriet, vai considerar esse um bom enlace".

– Não consigo evitar uma sensação de espanto por constatar que o senhor sabe tão pouco sobre Emma, sendo capaz de dizer uma coisa dessas. Como assim? Pensar que um agricultor (e, com seu grande bom senso e seus grandes méritos, o sr. Martin não passa disso) seria um bom marido para a minha amiga íntima! Não lastimar o abandono de Highbury por parte dela levando em conta seu casamento com um homem que eu nunca seria capaz de aceitar como um conhecido meu! Não entendo de que maneira o senhor pôde pensar que seria possível, para mim, acalentar esses sentimentos. Eu lhe garanto que os meus são muito diferentes. Só posso pensar que as suas afirmações não são de modo algum razoáveis. O senhor não é justo em relação aos direitos de Harriet. Eles seriam estimados de forma muito diferente tanto por outros quanto por mim mesma; o sr. Martin pode ser o mais rico dos dois, mas ele é sem dúvida inferior a ela em sua classificação na sociedade. A esfera na qual Harriet se move fica muito acima da esfera dele. Isso seria uma degradação.

– Uma degradação da ignorância e da ilegitimidade, ser casada com um agricultor respeitável, inteligente, distinto!

– Quanto às circunstâncias do nascimento de Harriet, muito embora num sentido legal ela possa ser chamada de Ninguém, isso não se sustenta em termos de bom senso. Ela não precisa pagar pela injúria dos outros, sendo mantida por baixo do nível daqueles com os quais é criada. Mal pode haver dúvida de que o pai dela é um cavalheiro distinto... e um cavalheiro de fortuna. Seu subsídio é muito generoso; nada jamais foi concedido de má vontade para seu aprimoramento ou conforto. O fato de que Harriet é filha de um homem distinto é indubitável para mim; o fato de que ela se associa com filhas de homens distintos ninguém, eu deduzo, poderá negar. Ela é superior ao sr. Robert Martin.

– Quem quer que sejam os pais dela – disse o sr. Knightley –, quem quer que possa ter sido responsável por ela, não parece ter feito qualquer parte do plano deles introduzi-la naquilo que você chamaria de boa sociedade. Depois de receber uma educação bastante medíocre, ela é deixada sob os cuidados da sra. Goddard para que se vire como puder... para se mover, em resumo, no círculo da sra. Goddard, para ter os conhecidos da sra. Goddard. Seus amigos evidentemente consideraram essa medida boa o suficiente para ela; e *era* boa o suficiente. Ela mesma não desejava nada melhor. Até você decidir transformá-la em amiga, a mente dela não tinha nenhum desgosto por seu próprio ambiente, tampouco qualquer ambição de ir além. Ela foi tão feliz quanto possível com os Martin no verão. Não tinha, então, nenhum senso de superioridade. Se ela o tem agora, foi você quem o deu. Você não foi nem um pouco amiga de Harriet Smith, Emma. Robert Martin nunca teria ido tão longe se não tivesse se sentido persuadido de que a moça estava inclinada por ele. Eu o conheço bem. Ele tem uma dose considerável de verdadeiro sentimento para se dirigir a qualquer mulher no puro acaso da paixão egoísta. E quanto à presunção, ele está mais distante disso do que qualquer homem que eu conheça. Confie nisto: ele obteve algum encorajamento.

Era muitíssimo conveniente para Emma não dar uma resposta direta para tal afirmação; ela antes optou por retomar sua própria linha no assunto.

– O senhor é um amigo muito fervoroso do sr. Martin, mas, como eu já disse, é injusto com Harriet. Os direitos de Harriet a um bom casamento não são tão desprezíveis como representou o senhor. Não é uma garota astuta, mas tem um melhor bom senso do que o senhor imagina, e não merece que falem com tamanho menosprezo de seu discernimento. Deixando de lado esse ponto, contudo, e supondo que Harriet seja, como a descreve o senhor, apenas bonita e dotada de boa índole, permita-me dizer que, no grau em que ela possui tais dotes, eles não são recomendações nada triviais ao mundo em geral, porque Harriet é, com efeito, uma moça linda, e decerto é considerada como tal por 99 pessoas em cada cem; e até ficar provado que os homens são bem mais filosóficos no assunto da beleza do que costumeiramente supomos, até que de fato se apaixonem por mentes bem informadas em vez de rostos bonitos, uma moça tão adorável como Harriet terá total certeza de ser admirada e assediada, de ter o poder de escolher em meio a muitos e, consequentemente, o direito de ser meticulosa. Sua boa índole, além do mais, não lhe dá um direito tão ínfimo assim, abrangendo, como se pode constatar, uma verdadeira e completa doçura no temperamento e nos modos, uma opinião de si mesma bastante humilde e uma grande prontidão para ficar agradada com as outras pessoas. Estarei muito enganada se o sexo masculino em geral não considerar tal temperamento e tal beleza os mais elevados apelos que uma mulher poderia possuir.

– Dou a minha palavra, Emma, ouvi-la esbanjando a razão que tem é quase suficiente para fazer com que eu pense assim também. Melhor não ter bom senso do que aplicá-lo mal como você faz.

– Com toda certeza! – ela exclamou jocosamente. – Eu sei que *esse* é o sentimento de todos vocês. Eu sei que uma moça como Harriet é precisamente aquilo que deleita todos os homens... aquilo que a um só tempo enfeitiça seus sentidos e satisfaz seus julgamentos. Ah! Harriet pode escolher a dedo. Quisesse o senhor algum dia casar, ela seria a mulher perfeita para o senhor. E deverá ela, aos dezessete anos, apenas entrando na vida, apenas começando a ser conhecida, virar motivo de espanto porque não quer aceitar a primeira proposta que recebe? Não... por favor, permita-lhe dispor de algum tempo para olhar em volta.

– Sempre considerei essa intimidade uma coisa muito estúpida – disse o sr. Knightley logo em seguida –, embora tenha guardado para mim os meus sentimentos; mas agora percebo que será uma intimidade muito desafortunada para Harriet. Você irá insuflá-la com tamanhas ideias de sua própria beleza e das coisas às quais ela tem direito que, dentro de pouco tempo, ninguém a seu alcance será bom o bastante para ela. A vaidade, agindo numa cabeça fraca, produz toda espécie de malefícios. Nada é mais fácil do que uma jovem dama elevar suas expectativas alto demais. A srta. Harriet Smith poderá não encontrar propostas de casamento afluindo aos borbotões, embora seja uma moça muito bonita. Homens de bom senso, não importa o que você queira dizer, não têm interesse por mulheres tolas. Homens de família não gostariam muito de se unir a uma moça de tamanha obscuridade... e os homens prudentes, em sua maioria, teriam medo da inconveniência e da desgraça em que se veriam envolvidos quando chegasse a ser revelado o mistério da paternidade. Permita-lhe o casamento com Robert Martin e ela terá segurança, felicidade e respeitabilidade para sempre, mas, se você incentivar em Harriet Smith a expectativa de um casamento grandioso e ensiná-la a não se satisfazer com nada menos do que um homem importante de vasta fortuna, ela poderá ser uma pensionista de primeira classe na casa da sra. Goddard pelo resto da vida... ou, pelo menos (porque Harriet Smith é uma moça que vai acabar se casando com esse ou aquele), até que fique desesperada e se contente em fisgar o filho do velho professor de caligrafia.

– Nós pensamos de maneira tão diferente nesse ponto, sr. Knightley, que não pode haver qualquer proveito em escrutiná-lo. Só conseguiremos ficar mais zangados um com o outro. Mas quanto à ideia de que eu a *deixe* se casar com Robert Martin, isso é impossível; ela o rejeitou, e de modo muito decisivo, creio eu, a ponto de impedir uma segunda petição. Ela precisa se conformar com o mal de tê-lo rejeitado, qualquer que seja; e, quanto à rejeição em si, não pretendo dizer que eu não possa tê-la influenciado um pouco, mas eu lhe garanto: havia muito pouco que pudesse ser feito por mim ou por qualquer pessoa. A aparência do sr. Martin depõe tanto contra ele, e os seus modos são tão ruins que, se alguma vez Harriet esteve disposta a favorecê-lo, agora ela não está. Posso imaginar que antes de ter visto alguém superior ela fosse capaz de tolerá-lo. Ele era o irmão de suas amigas e fazia esforços para satisfazê-la; e de um modo geral, não tendo visto ninguém melhor (essa deve ter sido a melhor ajuda para ele), Harriet pode não tê-lo considerado desagradável enquanto permaneceu em Abbey-Mill. Mas o caso se alterou agora. Ela sabe agora como são os cavalheiros distintos; e nada senão um cavalheiro distinto na educação e nas boas maneiras terá qualquer chance com Harriet.

– Bobagem, a mais errônea bobagem que jamais foi proferida! – exclamou o sr. Knightley. – Os modos do sr. Martin possuem bom senso, sinceridade e bom humor para recomendá-los; e sua mente tem mais nobreza genuína do que Harriet Smith seria capaz de compreender.

Emma não retrucou e tentou parecer jovialmente despreocupada, mas estava de fato sentindo-se desconfortável e desejando muito que o sr. Knightley fosse embora. Ela não se arrependia do que fizera; ainda considerava-se uma melhor juíza do que ele poderia ser na questão do refinamento e do direito feminino; entretanto, tinha uma espécie de respeito habitual pelo discernimento do amigo em termos gerais, algo que a fazia reagir com desgosto a tamanho ataque desse discernimento; e vê-lo sentado bem na frente dela num estado raivoso era muito desagradável. Alguns minutos se passaram nesse silêncio desconfortável, com uma única tentativa por parte de Emma de falar sobre o tempo, mas o sr. Knightley não lhe respondeu. Ele estava pensando. O resultado de seus pensamentos apareceu afinal nas seguintes palavras:

– Robert Martin não enfrenta grande perda... se ao menos ele conseguir pensar assim; e tenho esperança de que muito em breve ele assim pensará. Só você conhece a fundo as suas perspectivas para Harriet; contudo, uma vez que você não faz nenhum segredo do seu amor pela formação de casais, é razoável supor que perspectivas e planos e projetos você tem... Além disso, como amigo, vou apenas insinuar a você que, se Elton é o homem certo, creio que o trabalho todo será em vão.

Emma riu e repudiou a ideia. Ele prosseguiu:

– Confie nisto: Elton não vai servir. Elton é um homem da melhor espécie, e um muito respeitável vigário de Highbury, mas não é nada propenso a se comprometer com um enlace imprudente. Ele sabe o valor de uma boa renda tanto quanto qualquer pessoa. Elton pode falar com sentimentalismo, mas ele agirá com racionalidade. O sujeito é tão familiarizado com suas próprias aspirações como você poderá ser com as de Harriet. Ele sabe que é um homem muito bonito, um grande favorito por onde passa, e, deduzindo do seu típico modo de falar em momentos pouco reservados, quando só há homens presentes, fico convencido de que ele não pretende jogar fora seus direitos. Ouvi Elton falando com grande animação sobre uma numerosa família de jovens damas das quais suas irmãs são íntimas e que possuem vinte mil libras cada uma.

– Fico muito agradecida ao senhor – disse Emma, rindo de novo. – Se eu tivesse metido na cabeça que veria o sr. Elton se casando com Harriet, teria sido muita bondade da sua parte abrir os meus olhos; de momento, porém, só quero manter Harriet comigo. Já parei mesmo de formar casais. Não tenho como esperar que pudesse igualar os meus feitos em Randalls. Vou abandonar o jogo enquanto estou bem.

– Um bom dia para você – ele disse, levantando-se e se afastando abruptamente.

O sr. Knightley estava muito aborrecido. Ele sentia pelo desapontamento do jovem e ficava mortificado em ter sido um agente de promoção desse desapontamento, pela sanção que concedera; e a participação que Emma tivera no caso (disso ele não tinha dúvida) o exasperava ao extremo.

Emma permaneceu num estado de aborrecimento também, mas havia nas causas dela uma indistinção maior do que nas dele. Ela nem sempre se sentia tão absolutamente satisfeita consigo mesma, tão inteiramente convencida de que suas opiniões fossem corretas e as de seu adversário estivessem erradas, quanto o sr. Knightley. O cavalheiro saía com uma autoaprovação mais completa do que aquela que deixava para ela. O abatimento de Emma não era algo muito substancial, todavia, tanto que um breve espaço de tempo e o retorno de Harriet foram revigorantes bastante adequados. A tão demorada ausência de Harriet estava começando a deixá-la inquieta. A possibilidade de uma visita do jovem à casa da sra. Goddard naquela manhã, e de um encontro com Harriet e de uma defesa de sua própria causa, gerava ideias alarmantes. O pavor de tamanho fracasso no fim das contas tornava-se a inquietação proeminente; e quando Harriet apareceu, e num ótimo estado de espírito, e sem ter nenhuma razão semelhante para lhe dar pela longa ausência, ela sentiu uma satisfação que a pacificou com sua própria mente, convencendo-a de que o sr. Knightley podia pensar ou dizer o que bem quisesse, ela não fizera nada que a amizade feminina e os sentimentos femininos não justificariam.

Ele a tinha deixado um pouco assustada em relação ao sr. Elton, mas quando ponderou que o sr. Knightley não poderia ter observado Robert Martin como ela observara, nem com o interesse, tampouco (ela devia ter o direito de dizer a si mesma, a despeito das pretensões do sr. Knightley) com a perícia de uma observadora como ela em tal questão, que ele falara de forma precipitada e enfurecida, ela foi capaz de acreditar que o sr. Knightley antes dissera o que desejava ressentidamente que fosse verdade, e não aquilo de que tivesse algum conhecimento. Ele decerto poderia ter ouvido o sr. Elton falar com menos reserva do que ela jamais testemunhara, e o sr. Elton poderia não ser de uma disposição imprudente ou inconsiderada em assuntos monetários; ele poderia naturalmente ser mais atento do que descuidado em relação a tais assuntos; por outro lado, o sr. Knightley não dava o devido reconhecimento à influência de uma forte paixão em guerra com todos os motivos de interesse. O sr. Knightley não via nenhum sinal de tal paixão e, é claro, ignorava os seus efeitos, mas ela via sinais de sobra para sentir alguma dúvida de que a paixão sobrepujaria quaisquer hesitações que uma prudência racional poderia sugerir originalmente e tinha total certeza de que não era característico do sr. Elton algo mais do que um grau razoável e conveniente de prudência.

A expressão e os modos animados de Harriet moldaram os de Emma: ela voltava não para pensar no sr. Martin, e sim para falar do sr. Elton. A srta. Nash lhe contara algo que ela repetiu imediatamente com grande deleite. O sr. Perry estivera na casa da sra. Goddard para prestar atendimento a uma criança doente, e a srta. Nash o vira, e ele tinha contado à srta. Nash que, enquanto voltava de Clayton Park no dia anterior, topara com o sr. Elton e constatara, para sua grande surpresa, que o sr. Elton estava na verdade em seu trajeto para Londres, e não pretendendo retornar até o dia seguinte, muito embora aquela fosse a noite do clube de uíste, que até onde se sabia ele nunca perdera antes; e o sr. Perry o repreendera por isso e lhe dissera o quanto era sujo da parte dele, o melhor jogador, o ato de se ausentar, e tentou de todas as maneiras persuadi-lo a postergar sua jornada em apenas um dia, mas não adiantava; o sr. Elton se mostrara determinado em seguir viagem e dissera num tom *bastante particular*, de fato, que estava viajando com um encargo que ele não postergaria sob nenhuma instigação no mundo; e algo sobre uma tarefa muito invejável, e sobre ser o portador de algo extremamente precioso. O sr. Perry não conseguia entendê-lo direito mas tinha plena certeza de que devia existir uma dama no caso, e lhe disse isso; e o sr. Elton apenas exibiu uma expressão embaraçada e sorridente e saiu cavalgando com grande vivacidade. A srta. Nash havia contado tudo isso para Harriet e falara muito mais ainda sobre o sr. Elton; e dissera, olhando-a de um modo tão absolutamente significativo, “que ela não pretendia entender qual poderia ser o negócio dele, mas sabia somente que qualquer mulher sobre a qual recaísse a preferência do sr. Elton haveria de ser, segundo ela pensava, a mulher mais afortunada do mundo, porque, sem sombra de dúvida, o sr. Elton não tinha igual em beleza ou afabilidade”.

Capítulo 9

O sr. Knightley podia brigar com ela, mas Emma não podia brigar consigo mesma. O cavalheiro estava tão descontente que se passou um tempo mais longo do que o habitual até o retorno dele a Hartfield. E, quando por fim os dois se viram, os graves olhares do sr. Knightley revelaram que ela não estava perdoada. Emma lamentava, mas não conseguia se arrepender. Pelo contrário, seus planos e procedimentos foram se tornando mais e mais justificados, e bem-amados para ela, por aquilo que indicaram todas as aparências nos dias seguintes.

O Retrato, emoldurado com elegância, chegou às mãos dela em segurança logo após o retorno do sr. Elton, e, tendo sido pendurado por sobre a cornija da lareira na sala de estar de uso comum, ele se levantou para contemplá-lo e suspirou suas frases incompletas de admiração bem como lhe cabia fazer; e quanto aos sentimentos de Harriet, estes estavam se configurando de forma visível no mais estável e forte afeiçoamento que seu modo de pensar e sua juventude admitiam. Emma logo se sentiu perfeitamente segura de que o sr. Martin não seria lembrado de nenhuma outra maneira exceto por fornecer um contraste com o sr. Elton – conferindo a este último a máxima vantagem.

Suas perspectivas de aprimorar a mente da pequena amiga por meio de uma grande quantidade de leituras e conversações proveitosas ainda não haviam resultado em nada mais do que alguns poucos primeiros capítulos e a intenção de avançar no dia seguinte. Era bem mais fácil jogar conversa fora do que estudar; era bem mais prazeroso deixar sua imaginação perambular e explorar a fortuna de Harriet do que ficar trabalhando para ampliar sua compreensão ou exercitá-la na sobriedade dos fatos; e a única atividade literária que engajava Harriet no momento, a única provisão mental que ela fazia para o anoitecer da vida, era o ato de coletar e transcrever todos os enigmas dos mais variados tipos com os quais ela conseguia topar num fino quarto de papel impresso a quente, paginado pela amiga e ornamentado com cifras e troféus.

Nesta era de literatura, tais coleções numa muito grandiosa escala não são incomuns. A srta. Nash, sendo a principal professora na escola da sra. Goddard, escrevera no mínimo trezentos; e Harriet, que obtivera dela sua primeira noção sobre o assunto, esperava, com o auxílio da srta. Woodhouse, conseguir muitíssimo mais. Emma colaborava com sua invenção, sua memória e seu bom gosto, e, como Harriet era dona de uma letra muito bonita, aquilo tinha tudo para ser um arranjo de primeira ordem, tanto na forma quanto na quantidade.

O sr. Woodhouse estava quase tão interessado pelo negócio como as jovens damas e tentava com muita frequência recordar algo que merecesse uma inclusão por parte delas. "Tantos enigmas astutos que costumavam abundar quando ele era novo... era um espanto que ele não conseguisse se lembrar de nenhum! Mas ele esperava que, com o tempo, acabasse por lembrar." E a recordação sempre terminava com "Kitty, moça bela, mas gelada".

Seu bom amigo Perry, com o qual ele falara a respeito, também não se lembrava, no presente momento, de qualquer coisa no tópico dos enigmas; mas ele quisera que Perry mantivesse olhos vigilantes, e, uma vez que o homem circulava tanto, algo, ele pensava, poderia surgir de tal quadrante.

Não era de modo algum desejo de sua filha que os intelectos da população de Highbury ficassem a sua disposição. O sr. Elton era o único cujo auxílio ela solicitara. Ele estava convidado a contribuir com quaisquer mistérios, charadas ou adivinhações realmente interessantes que conseguisse recordar, e Emma desfrutava do prazer de vê-lo profundamente atarefado com suas recordações – e ao mesmo tempo, segundo ela podia perceber, ardentemente cuidadoso para que nada descortês, nada que não exalasse um louvor ao sexo feminino saísse de seus lábios. As jovens deviam ao sr. Elton suas duas ou três mais polidas cifras, e a alegria e a exultação com as quais ele afinal recordou – e um tanto sentimentalmente recitou – aquela bem conhecida charada,

A primeira infortúnio indica,
Que a segunda terá de sentir;
E o conjunto a primor medica
O infortúnio no suave porvir. –

fizeram-na quase deplorar o reconhecimento de que elas já a tinham transcrito algumas páginas atrás.

– Por que não escreve para nós uma charada de autoria própria, sr. Elton? – ela perguntou. – Essa é a única garantia de frescor; e nada poderia ser mais fácil para o senhor.

"Ah, não! Ele nunca tinha escrito, praticamente nunca, qualquer coisa do tipo em sua vida. Um sujeito dos mais estúpidos! Ele temia que nem mesmo a srta. Woodhouse" – o sr. Elton parou por um momento – "ou a srta. Smith poderiam inspirá-lo."

O dia seguinte, no entanto, já produziu certa prova de inspiração. O sr. Elton as visitou por alguns instantes apenas para deixar um papel na mesa contendo, como ele dizia, uma charada que um amigo seu havia endereçado a uma jovem dama objeto de sua admiração, mas que – os modos do cavalheiro deixaram Emma imediatamente convencida – só podia ser dele mesmo.

– Eu não a ofereço à coleção da srta. Smith – ele disse. – Pertencendo ao meu amigo, não tenho nenhum direito de expô-la em qualquer medida ao exame público, mas talvez vocês não façam objeção a passar os olhos nela.

A fala era dirigida mais a Emma do que a Harriet, algo que Emma podia entender. Havia na postura do sr. Elton um profundo constrangimento, e ele julgava mais fácil encarar os olhos dela do que os de sua amiga. O cavalheiro se foi no momento seguinte. Depois de mais um instante de pausa:

– Pegue – disse Emma, sorrindo e empurrando o papel nas mãos de Harriet –, é para você. Pegue o que é seu.

Mas Harriet tremia sem parar e não conseguia tocar o papel; e Emma, nunca relutante em ser a primeira, foi obrigada a examiná-lo por conta própria:

À srta. ---------.

CHARADA

A primeira exibe dos reis a pompa fecunda,
 Senhores da terra!, seu fausto solar.
Nova imagem do homem traz a segunda,
 Contemplai o monarca do mar!

Mas, ah!, unidas, que grande inversão!
 A livre potência do homem toda se oblitera;
Senhor da terra e do mar, é um escravo no chão,
 E a mulher, adorável mulher, sozinha impera.

Teu gênio veloz a palavra irá encontrar,
 Que brilhe o consentimento em teu doce olhar!

Ela passou os olhos pelo enigma, ponderou, captou o significado, leu tudo de novo para se certificar e para dominar os versos a contento, e então, depois de passá-lo para Harriet, sentou-se feliz e sorridente, e dizendo consigo mesma, enquanto Harriet intrigava-se na leitura do papel com a imensa confusão da esperança e do embotamento, "Muito bem, sr. Elton, muito bem mesmo. Já li charadas piores. *Cortejo** – uma bela indireta. Eu lhe dou esse crédito. Isto é sondar as suas chances. Isto é dizer muito abertamente: 'Por favor, srta. Smith, conceda-me autorização para lhe dirigir a palavra. Aprove a minha charada e as minhas intenções no mesmo relance'".

* *Courtship*; a primeira sílaba, *court*, é a "corte" dos reis, e a segunda, *ship*, é o "navio" soberano do mar. (N.T.)

Que brilhe o consentimento em teu doce olhar!

"Exatamente Harriet. Doce é a palavra perfeita para o seu olhar – de todos os epítetos, o mais justo que poderia ser conferido."

Teu gênio veloz a palavra irá encontrar.

"Ora essa – o gênio veloz de Harriet! Tanto melhor. Um homem só poderia estar muitíssimo apaixonado, de fato, para descrevê-la dessa maneira. Ah!, sr. Knightley, eu queria que o senhor tivesse o benefício disso; isso, eu creio, iria convencê-lo. Por uma vez em sua vida o senhor seria obrigado a reconhecer que estava enganado. Uma charada excelente, sem dúvida! E muito a propósito. As coisas logo haverão de chegar a uma situação decisiva."

Ela se viu na obrigação de interromper essas muito aprazíveis observações, que de outro modo tenderiam a se estender em grande medida, devido à ânsia das perguntas perplexas de Harriet.

– O que pode ser, srta. Woodhouse? O que pode ser? Não faço a menor ideia... não consigo adivinhar nem um pouco. Qual poderia ser a solução? Por favor, tente descobrir, srta. Woodhouse. Por favor, me ajude. Nunca vi nada tão difícil. Será reino? Fico imaginando quem foi esse amigo... e quem poderia ser a jovem dama. A senhorita o considerou bom? Será mulher?

E a mulher, adorável mulher, sozinha impera.

– Será Netuno?

Contemplai o monarca do mar!

– Ou um tridente? Ou uma sereia? Ou um tubarão? Ou o sal? Ah, não! Sal só tem uma sílaba. Deve ser algo muito astuto, ou ele não o teria trazido. Ah, srta. Woodhouse, a senhorita acredita que um dia nós vamos descobrir?

– Sereias e tubarões? Absurdo! Minha querida Harriet, o que é que você está pensando? Qual seria o proveito, para o sr. Elton, de nos trazer uma charada escrita por um amigo sobre uma sereia ou um tubarão? Me dê o papel e ouça. "À srta. ---", leia srta. Smith.

A primeira exibe dos reis a pompa fecunda,
Senhores da terra!, seu fausto solar.

– Isso é *corte*.

Nova imagem do homem traz a segunda,
Contemplai o monarca do mar!

– Isso é *navio*, mais claro impossível. E agora vejamos a cereja do bolo.

Mas, ah!, unidas (*cortejo*, é claro), que grande inversão!
A livre potência do homem toda se oblitera;
Senhor da terra e do mar, é um escravo no chão,
E a mulher, adorável mulher, sozinha impera.

– Um elogio muito apropriado! E em seguida vem a solicitação que segundo eu creio, minha querida Harriet, você não poderá ter muita dificuldade em compreender. Leia você mesma à vontade. Não pode haver dúvida de que foi escrita por causa de você e para você.

Harriet não conseguiu resistir por mais tempo a tão encantadora persuasão. Ela leu os versos conclusivos e transbordou de palpitação e felicidade. Não conseguia falar. Mas não era necessário que ela falasse. Era suficiente que sentisse. Emma falou por ela.

– Existe um significado tão destacado e tão particular nesse elogio – ela disse – que não posso duvidar sequer por um instante das intenções do sr. Elton. Você é o objeto dele... e logo vai receber a mais completa prova disso. Eu pensava que devia ser esse o caso, pensava que eu não poderia estar tão enganada assim, mas tudo ficou claro agora; a propensão mental do sr. Elton é tão clara e decidida como foram os meus desejos nesse assunto desde o instante em que conheci você. Sim, Harriet, por todo esse tempo eu fiquei desejando que acontecesse a exata circunstância que aconteceu. Eu nunca conseguia definir se um afeiçoamento entre o sr. Elton e você era mais desejável ou mais natural. Sua probabilidade e sua elegibilidade realmente se igualaram a tal ponto! Eu me sinto muito feliz. Eu a congratulo, minha querida Harriet, do fundo do meu coração. Este é um enlace que uma mulher pode sentir orgulho de ter criado. Esta é uma união que não oferece nada senão coisas boas, que lhe dará tudo de que você precisa... consideração, independência, um lar apropriado... que vai fixá-la no centro de todos os seus verdadeiros amigos, perto de Hartfield e de mim, e que vai confirmar a nossa intimidade para sempre. Esta, Harriet, é uma aliança que nunca poderá causar rubor em nenhuma de nós duas.

"Querida srta. Woodhouse" e "Querida srta. Woodhouse" foi o máximo que Harriet, com vários abraços enternecidos, conseguiu articular a princípio; porém, quando as duas por fim alcançaram algo um pouco mais semelhante a uma conversação, restou suficientemente claro para sua amiga que ela sentia, antecipava e recordava bem como deveria. A superioridade do sr. Elton tinha vasto reconhecimento.

– Diga o que disser, a senhorita está sempre certa – exclamou Harriet –, e por isso eu suponho, e acredito, e espero que seja esse o caso, mas de outro modo eu não teria imaginado algo assim. É tão acima de qualquer coisa que eu mereça... O sr. Elton, que poderia se casar com qualquer uma! Não podem existir duas opiniões a respeito *dele*. Ele é tão absolutamente superior. Só de pensar nesses versos doces... "À srta. ---"... Minha nossa, é tão astuto! Isso poderá ser realmente dirigido a mim?

– Não posso fazer um questionamento ou escutar um questionamento a respeito disso. É uma certeza. Aceite o fato no meu julgamento. É uma espécie de prólogo da peça, um mote para o capítulo; e logo será seguido pela prosa trivial.

– É o tipo de coisa que ninguém poderia ter esperado. Tenho certeza de que, um mês atrás, eu mesma não fazia ideia nenhuma! Ocorrem mesmo as coisas mais estranhas!

– Quando senhoritas Smith e senhores Elton se conhecem... elas ocorrem mesmo... e realmente é estranho; é incomum, no curso normal dos acontecimentos, que algo tão evidentemente, tão palpavelmente desejável, requerendo arranjos prévios de outras pessoas, venha moldar-se na forma mais adequada com tamanho imediatismo. Você e o sr. Elton são feitos um para o outro pela situação; vocês pertencem um ao outro por causa de todas as circunstâncias dos seus respectivos lares. O seu casamento será equivalente ao enlace em Randalls. Parece mesmo existir algo, no ar de Hartfield, que encaminha o amor precisamente na direção certa e o envia para o exato canal por onde deveria fluir. "O curso do amor puro jamais correu macio." Uma edição de Shakespeare em Hartfield teria uma longa nota nessa passagem.

– Que o sr. Elton estivesse realmente apaixonado por mim... entre todas as pessoas, justamente eu, que não o conhecia, falar com ele na festa de São Miguel! E ele, o mais belo homem que jamais existiu, e um homem que é visto por todos com admiração, bem como ocorre com o sr. Knightley! Sua companhia tão disputada que todos dizem que ele não precisa comer uma única refeição sozinho se não quiser; tem mais convites do que os dias da semana. E tão excelente na Igreja! A srta. Nash transcreveu todos os textos com os quais ele já pregou desde que chegou a Highbury. Minha nossa! Quando penso no passado, na primeira vez em que vi o sr. Elton! Não me passava nada pela cabeça! As duas Abbott e eu entramos correndo na sala da frente para espiar pela veneziana quando soubemos que ele estava passando, e a srta. Nash veio e nos afugentou com uma reprimenda e ficou para olhar ela mesma pela janela; entretanto, ela me chamou de volta logo em seguida e me deixou olhar também, o que foi muito bondoso. E nós pensamos que ele era tão bonito! Ele estava de braços dados com o sr. Cole.

– Esta é uma aliança que, quem quer que sejam... o que quer que sejam os seus amigos, decerto vai ser agradável a eles, contanto que tenham, no mínimo, algum bom senso; e nós não vamos ficar prestando conta da nossa conduta para idiotas. Se eles estão ansiosos por vê-la casada com *felicidade*, eis aqui um homem cujo caráter amável transmite todas as garantias disso; se desejam tê-la estabelecida na mesma região e no mesmo círculo nos quais optaram por inseri-la, aqui esse desejo será realizado; e se o único objetivo deles é que você possa ser, na expressão habitual, *bem* casada, eis aqui a fortuna confortável, eis aqui o estabelecimento respeitável, a elevação no mundo que por certo lhes dará satisfação.

– Sim, é bem verdade. A senhorita usa palavras muito bonitas; adoro ouvi-la. A senhorita entende tudo. Não há como dizer quem é mais astuto entre a senhorita e o sr. Elton. Esta charada! Se eu tivesse estudado por doze meses, nunca conseguiria ter feito qualquer coisa semelhante.

– Pensei que ele tentaria experimentar suas habilidades, julgando por sua maneira de declinar a ideia ontem.

– Acredito mesmo que esta seja, sem exceção, a melhor charada que já li.

– Nunca li uma que servisse melhor ao propósito, certamente.

– É tão longa, também, como quase todas que tínhamos visto antes.

– Não considero que sua extensão seja particularmente favorável. A brevidade nunca será excessiva em coisas assim.

Harriet estava imersa demais nos versos para ouvir. As mais satisfatórias comparações iam surgindo em sua mente.

– Uma coisa – ela disse pouco depois, as faces ardendo – é ter um ótimo bom senso de uma maneira comum, como todos os outros, e, se houver alguma coisa a dizer, sentar e escrever uma carta e comunicar bem aquilo que você precisa dizer, de uma maneira sucinta; outra é escrever versos e enigmas como estes.

Emma não poderia ter desejado uma rejeição mais vivaz à prosa do sr. Martin.

– Versos tão doces! – continuou Harriet. – Estes dois últimos! Mas de que modo eu jamais conseguirei devolver o papel, ou dizer que solucionamos o mistério? Ah, srta. Woodhouse, como faremos em relação a isso?

– Deixe comigo. Você não fará nada. O sr. Elton estará aqui hoje à noite, ouso dizer, e então lhe devolverei a charada e uma bobagem qualquer vai se passar entre nós, e você não ficará comprometida. Os seus olhos doces escolherão seu próprio momento para brilhar. Pode confiar em mim.

– Ah, srta. Woodhouse, que lástima que eu não deva copiar esta linda charada no meu livro! Tenho certeza de que não tenho nenhuma que sequer possa ser comparada.

– Deixe os dois últimos versos de fora e não haverá razão para não a copiar no seu livro.

– Ah! Mas esses dois versos são...

– Os melhores de todos. Isso é certo... para desfrute pessoal; e para desfrute pessoal você deve mantê-los. Eles não terão sido nem um pouco menos escritos porque você os cortou. A parelha não deixará de existir, tampouco seu significado vai se alterar. Mas deixe-os de fora e deixará de existir qualquer espécie de *apropriação*, e restará uma bela e galante charada, cabível em qualquer coleção. Confie nisto: bem como no caso de sua paixão, ele não gostaria de ver sua charada menosprezada. Um poeta que se apaixonou deve ser incentivado em ambas as capacidades, ou então em nenhuma. Dê o livro para mim, vou copiar a charada, e então não existirá qualquer censura possível sobre você.

Harriet se submeteu, embora sua mente mal conseguisse separar as partes, de modo a ter quase certeza de que sua amiga não estava copiando uma declaração de amor. Aquilo parecia ser uma oferenda preciosa demais para qualquer grau de publicidade.

– Nunca deixarei este livro sair das minhas mãos – ela disse.

– Muito bem – retrucou Emma –, um sentimento muitíssimo natural; e quanto mais ele durar, mais ainda ficarei satisfeita. Mas ali vem o meu pai se aproximando: você não fará objeção se eu quiser ler a charada para ele. Isso lhe dará tanto prazer! Ele adora todas as coisas desse tipo, em especial qualquer coisa que faça louvor a uma mulher. Ele tem o mais carinhoso espírito de galantaria em benefício de todas nós! Você precisa deixar que eu a leia para ele.

Harriet exibiu uma expressão grave.

– Minha querida Harriet, você não deve distinguir com sutileza excessiva esta charada. Você irá trair os seus sentimentos de modo impróprio caso se mostre ciente demais, ágil demais, e passe uma impressão de atribuir significado ou até mesmo todo o significado que pode ser atribuído a ela. Não se deixe dominar por um pequeno tributo de admiração. Se ele tivesse feito questão de manter segredo, não teria trazido esse papel na minha presença, mas ele o estendeu mais na minha direção do que na sua. Não sejamos solenes demais em função do negócio. Ele conta com encorajamento suficiente para prosseguir sem que fiquemos desfalecendo aos suspiros por causa desta charada.

– Ah, não... Espero não me portar de forma ridícula em função disso. Faça como julgar melhor.

O sr. Woodhouse entrou e, muito depressa, trouxe o assunto à tona novamente pela recorrência de sua interrogação muito frequente:

– Então, minhas queridas, como anda o livro de vocês? Conseguiram alguma coisa nova?

– Sim, papai, temos algo que queremos ler para o senhor, algo bastante novo. Um pedaço de papel foi encontrado sobre a mesa nesta manhã (largado ali, segundo a nossa suposição, por uma fada), contendo uma belíssima charada, e terminamos agora mesmo de copiá-la.

Emma leu a charada para o pai bem como ele gostava que fosse lida qualquer coisa, de modo lento e claro, com duas ou três repetições e com explicações de todas as partes ao longo da leitura – e ele ficou muito satisfeito e, como Emma previra, especialmente impressionado pela conclusão lisonjeira.

– É, ficou muito adequado, de fato, isso está dito de uma forma bastante apropriada. É a mais pura verdade. "Mulher, adorável mulher." É uma charada tão bonita, minha querida, que consigo adivinhar com grande facilidade qual foi a fada que a trouxe... Ninguém poderia ter escrito de maneira tão bonita exceto você, Emma.

Emma somente assentiu com a cabeça e sorriu. Depois de pensar um pouco e soltar um suspiro muito enternecido, ele acrescentou:

– Ah! Não há dificuldade alguma em perceber a quem você puxou. A sua querida mãe era tão astuta em todas essas coisas! Se eu apenas tivesse a memória dela! Mas não consigo me lembrar de nada... nem mesmo daquele específico enigma que você já me ouviu mencionar; só consigo recordar a primeira estrofe, e são várias.

Kitty, moça bela, mas gelada,
Criou a chama que esquecer eu não consigo,
Invoquei o menino da visão vendada,
Embora temendo sua iminente chegada,
Tão fatal a meu anseio antigo.

– E isso é tudo que consigo recordar do enigma... mas ele é muito astuto do início ao fim. Mas creio, minha querida, que você disse que já o tinha.

– Sim, papai, está transcrito na nossa segunda página. Nós o copiamos do *Extratos elegantes*. O autor era Garrick.

– Sim, é isso mesmo. Gostaria de conseguir recordá-lo melhor.

Kitty, moça bela, mas gelada.

– O nome me faz pensar na pobre Isabella, pois ela por muito pouco não foi batizada Catherine em honra de sua avó. Espero que a tenhamos aqui na semana que vem. Você já pensou, minha querida, onde vai colocá-la? E que quarto será destinado às crianças?

– Ah, sim, ela terá seu próprio quarto, claro... o quarto que sempre fica com ela. E temos o quartinho das crianças, bem como de costume... Por que deveria ocorrer alguma mudança?

– Não sei, minha querida... mas faz tanto tempo que ela esteve aqui pela última vez! Desde a última Páscoa, e mesmo assim foi só por poucos dias. É muito inconveniente que o sr. John Knightley seja um advogado. Pobre Isabella! Foi tão tristemente arrancada de nós! E ela vai ficar tão triste, chegando aqui, por não ver a srta. Taylor!

– Ela não vai ficar nem um pouco surpresa, papai.

– Não sei, minha querida. Posso garantir que fiquei muitíssimo surpreso quando tomei conhecimento de que ela iria se casar.

– Nós precisamos convidar o sr. e a sra. Weston para jantar conosco enquanto Isabella estiver aqui.

– Sim, minha querida, se houver tempo. Mas – (num tom bastante deprimido) – ela virá somente por uma semana. Não haverá tempo para nada.

– É uma lástima que eles não possam permanecer mais tempo... mas parece ser um caso de necessidade. O sr. John Knightley precisa estar de volta na cidade no dia 28, e deveríamos ficar gratos, papai, por ganharmos a duração toda do tempo que eles podem conceder ao campo, pela circunstância de que dois ou três dias não sejam subtraídos em benefício da abadia. O sr. Knightley promete abrir mão de seus direitos neste Natal... muito embora, como sabe o senhor, ele não receba uma visita deles há mais tempo do que nós.

– Seria um golpe de fato muito duro, minha querida, se a pobre Isabella fosse ficar em qualquer lugar que não Hartfield.

O sr. Woodhouse jamais aceitava os direitos do sr. Knightley em relação ao irmão, ou os direitos de qualquer pessoa em relação a Isabella, exceto os dele mesmo. Ele ficou meditando por um breve tempo e então disse:

– Mas não entendo por que motivo Isabella deveria ter obrigação de voltar tão depressa, ainda que o marido tenha. Creio, Emma, que tentarei persuadi-la a permanecer mais tempo conosco. Ela e as crianças poderiam muito bem permanecer.

– Ah, papai... isso é justamente o que o senhor nunca foi capaz de conseguir, e não acredito que um dia conseguirá. Isabella não suporta ser deixada para trás pelo marido.

Isso era verdadeiro demais para qualquer contestação. Por mais indesejável que fosse, o sr. Woodhouse só pôde soltar um suspiro submisso; e Emma, vendo que o espírito do pai se abatia com a ideia do apego de sua filha pelo marido, enveredou de pronto por uma vertente do assunto que não deixaria de animá-lo.

– Harriet precisa nos conceder sua companhia na maior medida possível enquanto estiverem aqui meu irmão e minha irmã. Tenho certeza de que ela vai gostar das crianças. Temos muito orgulho das crianças, não temos, papai? Fico imaginando qual dos dois ela vai considerar o mais bonito, Henry ou John...

– É, não consigo imaginar qual dos dois. Pobres coitadinhos, eles ficarão tão contentes em vir. Eles gostam muito de ficar em Hartfield, Harriet.

– Ouso dizer que gostam, senhor. Posso garantir que não conheço quem não goste.

– Henry é um ótimo menino, mas John é muito parecido com sua mamãe. Henry é o mais velho, foi batizado em minha homenagem, não ganhou o nome do pai. John, o segundo, foi batizado em honra do pai. Algumas pessoas ficam surpresas, acredito, que o mais velho não tenha sido, mas Isabella quis chamá-lo Henry, algo que no meu entender foi muito bonito por parte dela. E ele é um menino muito astuto, de fato. Eles são todos incrivelmente astutos e têm tantos hábitos bonitos... Eles se aproximam e ficam parados ao lado da minha poltrona e dizem "Vovô, o senhor pode me dar um pedaço de barbante?", e certa vez Henry me pediu uma faca, mas eu lhe disse que facas eram feitas apenas para vovôs. Creio que o pai costuma ser duro demais com eles.

– Ele lhe parece duro – disse Emma – porque o senhor é carinhoso ao extremo; entretanto, se pudesse compará-lo com outros pais, o senhor não iria considerá-lo tão duro. Ele quer que seus meninos sejam ativos e fortes; quando se comportam mal, pode ser que lhes dirija uma palavra severa de vez em quando, mas é um pai afetuoso... certamente o sr. John Knightley é um pai afetuoso. As crianças todas gostam muito dele.

– E então o tio deles chega e os joga em direção ao teto de uma maneira tenebrosa!

– Mas eles gostam disso, papai; não há nada de que eles gostem mais. É uma diversão tão grande para eles que, se o tio não estabelecesse a regra de que se revezassem, aquele que começasse nunca daria lugar ao outro.

– Bem, isso é algo que não consigo entender.

– Esse é o caso com todos nós, papai. Metade do mundo não consegue entender os prazeres da outra metade.

Mais tarde naquela manhã, e bem quando as moças estavam se separando em preparação para o regular jantar das quatro horas, o herói da inimitável charada adentrou o recinto mais uma vez. Harriet se afastou, mas Emma foi capaz de recebê-lo com o sorriso habitual – e seu olhar perspicaz logo discerniu nele a consciência de ter feito uma investida, de ter lançado a sorte; e ela imaginou que o cavalheiro viera para conferir qual seria o resultado. Sua razão manifesta, no entanto, era perguntar se o grupo do sr. Woodhouse poderia ser formado naquela noite sem ele, ou se ele era num mínimo grau necessário em Hartfield. Se ele era, tudo mais deveria ficar de lado; não sendo assim, contudo, seu amigo Cole andara insistindo tanto sobre jantar com ele – fizera tanta questão desse jantar que ele prometera comparecer sob certas condições.

Emma agradeceu, mas não pôde aceitar que desapontasse seu amigo por conta deles; o pai dela já tinha o seu jogo assegurado. O sr. Elton voltou a insistir – ela voltou a declinar; e ele parecia estar prestes a fazer sua mesura quando, pegando da mesa o papel, ela o devolveu:

– Ah! Eis aqui a charada que o senhor deixou conosco de maneira tão prestativa; somos gratas pela oportunidade de vê-la. Ficamos tão admiradas com ela que me aventurei a copiá-la na coleção da srta. Smith. O seu amigo não irá levar isso a mal, espero. Não transcrevi além dos oito primeiros versos, é claro.

O sr. Elton certamente não soube muito bem o que dizer. Ele parecia perdido em dúvidas – um tanto confuso; disse algo sobre "honra"; olhou de relance para Emma e para Harriet e então, ao avistar o livro aberto sobre a mesa, tomou-o nas mãos e o examinou com grande atenção. Com a intenção de fazer passar um momento embaraçoso, Emma falou sorridente:

– O senhor precisa transmitir as minhas desculpas ao seu amigo, mas uma charada tão boa não deveria se restringir a um ou dois. Ele poderá estar seguro da aprovação de todas as mulheres enquanto escrever com tamanha galantaria.

– Não tenho hesitação alguma em dizer – retrucou o sr. Elton, embora hesitando de modo considerável enquanto falava –, não tenho hesitação alguma em dizer... ao menos se o meu amigo sentir algo semelhante ao que *eu* sinto... não tenho a menor dúvida de que, pudesse ele ver sua pequena efusão sendo honrada como *eu* a vejo – (olhando para o livro de novo e o recolocando na mesa) –, ele julgaria este o momento de maior orgulho da sua vida.

Depois dessa fala, tratou de partir o mais depressa possível. Emma não considerou que tivesse sido depressa demais, porque, apesar de todas as qualidades boas e agradáveis do cavalheiro, havia uma espécie de pompa em suas falas cuja tendência era lhe provocar uma vontade de rir. Ela se afastou correndo para ceder a essa vontade, deixando para Harriet a parcela delicada e sublime do prazer.

Capítulo 10

Embora transcorressem agora os meados de dezembro, ainda não houvera tempo ruim para impedir às jovens damas o exercício regular; no dia seguinte, Emma tinha uma visita caridosa para fazer a uma família empobrecida e doente que vivia um pouco afastada de Highbury.

O caminho de Hartfield para esse chalé isolado descia por Vicarage-lane, uma estradinha saindo em ângulo reto da ampla, embora irregular, rua principal do lugar e, como poderá ser inferido, contendo o abençoado domicílio do sr. Elton. Era preciso passar primeiro por algumas escassas moradias inferiores, e então, mais ou menos um quarto de milha caminho abaixo, erguia-se o vicariato – uma casa velha e não muito boa, quase tão perto da estrada quanto seria possível. Não havia vantagem alguma na situação, mas a residência tinha sido muitíssimo embelezada pelo atual proprietário e, sendo assim, não existia chance alguma de que duas amigas passassem por ela sem desacelerar o passo e sem olhares de apreciação. O comentário de Emma foi:

– Lá está ela. É para lá que você vai com o seu livro de enigmas um dia desses.

O de Harriet foi:

– Ah! Que casa formosa! É tão linda! Lá estão as cortinas amarelas que a srta. Nash admira tanto.

– Não percorro este caminho com muita frequência *no momento* – disse Emma enquanto avançavam –, mas *então* haverá um incentivo, e eu hei de gradualmente adquirir o mais íntimo conhecimento de todos os portões, tanques, sebes e árvores decotadas desta parte de Highbury.

Harriet, ela constatou, nunca em sua vida estivera no lado de dentro do vicariato, e sua curiosidade por vê-la era tão extrema que, considerando aparências exteriores e probabilidades, Emma só pôde classificar como prova de amor o fato de que o sr. Elton enxergasse nela um gênio veloz.

– Seria bom se conseguíssemos dar um jeito – ela disse –, mas não posso imaginar qualquer desculpa razoável para entrar... nenhum criado sobre o qual eu precise pedir informações à governanta... nenhuma mensagem do meu pai.

Emma ponderou, mas não conseguiu pensar em nada. Depois de um silêncio mútuo de alguns minutos, Harriet retomou assim a conversa:

– Fico tão espantada, srta. Woodhouse, que a senhorita não seja casada, ou não tenha planos de se casar! Tão charmosa como é a senhorita!

Emma riu e retrucou:

– A circunstância de eu ser charmosa, Harriet, não chega a ser suficiente para me induzir a casar; é preciso que eu considere outras pessoas charmosas... uma pessoa, pelo menos. E não apenas não tenho planos de me casar agora como tenho bem pouca intenção de me casar algum dia.

– Ah! Isso é o que a senhorita diz... Mas não consigo acreditar.

– Preciso encontrar alguém que seja muito superior a qualquer outro que eu já tenha encontrado para ficar tentada; o sr. Elton, veja bem – (Emma se recompôs) –, está fora de questão; e *não* desejo encontrar alguém assim. Prefiro não ser tentada. Não posso realmente mudar para melhor. Se eu fosse me casar, acabaria me arrependendo.

– Minha nossa! É tão estranho ouvir uma mulher falando assim!

– Não tenho os estímulos habituais que as mulheres têm para casar. Se por acaso me apaixonasse, de fato, a coisa seria diferente! Mas nunca estive apaixonada; não é o meu costume ou a minha natureza; e creio que jamais estarei. Sendo assim, sem amor, tenho certeza de que seria uma tola em mudar uma situação como a minha. De fortuna não preciso; de ocupação não preciso; de relevância não preciso: acredito que poucas mulheres casadas cheguem perto de ser tão soberanas das casas de seus maridos quanto eu sou de Hartfield, e nunca, nunca eu poderia esperar ser tão verdadeiramente adorada e importante, tão sempre primeira e sempre correta aos olhos de qualquer homem como sou aos olhos do meu pai.

– Mas, por outro lado, virar uma velha solteirona no final, como a srta. Bates!

– Essa é a imagem mais formidável que você poderia me apresentar, Harriet... E se eu pensasse que um dia poderia ser parecida com a srta. Bates, tão boba... tão satisfeita... tão sorridente... tão prosaica... tão desprovida de discernimento... tão fácil de contentar e tão propensa a contar tudo a respeito de todos ao meu redor, eu me casaria amanhã. No entanto, aqui entre *nós*, estou convencida de que não existe a menor possibilidade de semelhança, exceto em não sermos casadas.

– Mas mesmo assim a senhorita será uma velha solteirona... e isso é tão pavoroso!

– Não se preocupe, Harriet, não serei uma pobre coitada solteirona; e é somente a pobreza o que torna o celibato desprezível para um público magnânimo! Uma mulher sozinha com um rendimento muito apertado decerto será uma solteirona ridícula e desagradável! Será um perfeito alvo de gracejos para meninos e meninas. Mas uma mulher solteira com boa fortuna será sempre respeitável e poderá ser tão sensata e aprazível como qualquer outra pessoa. E a distinção não contraria tanto assim a lisura e o bom senso do mundo quanto parece contrariar a princípio, porque um rendimento muito apertado tem uma tendência de contrair a mente, de azedar o temperamento. Aqueles que mal conseguem viver, e que vivem forçosamente numa sociedade bastante pequena e quase sempre bastante inferior, poderão muito bem ser mesquinhos e irritadiços. Isso não se aplica, no entanto, à srta. Bates; ela é simplesmente afável demais e boba demais para o meu gosto; contudo, de um modo geral, ela é muitíssimo apreciada por todos, embora seja solteira e embora seja pobre. A pobreza certamente não contraiu sua mente: acredito de verdade que, se ela só tivesse um único xelim no mundo,

Elas seguiram caminhando. A estradinha fez uma ligeira curva; passada essa curva, o sr. Elton pôde ser visto imediatamente – a uma distância tão pequena que Emma só teve tempo para dizer ainda:

– Ah, Harriet, aqui vem um teste muito repentino para a nossa estabilidade nos bons pensamentos. Bem – (sorrindo) –, espero que seja possível a concessão de que, se a compaixão produziu empenho e alívio para os sofredores, ela fez tudo o que há de verdadeiramente importante. Se nos compadecemos dos miseráveis, já é suficiente que façamos o máximo por eles, o resto é solidariedade vazia, que só servirá para nos afligir.

Harriet só conseguiu responder "Ah, minha nossa, sim" antes que o cavalheiro se unisse a elas. As necessidades e os sofrimentos da pobre família, no entanto, formaram o primeiro assunto do encontro. O sr. Elton estava encaminhando-se para visitá-los. Sua visita ele agora postergaria, mas eles tiveram uma conferência muito interessante sobre o que poderia ser feito e deveria ser feito. O sr. Elton voltou-se, então, para acompanhá-las.

"O fato de toparem um com o outro numa missão como essa", pensou Emma, "de se encontrarem num esquema caridoso... isso provocará um grande aumento do amor de cada lado. Eu não ficaria espantada se provocasse a declaração. Decerto provocaria, se eu não estivesse aqui. Bem que eu gostaria de estar em outro lugar."

Ansiosa por separar-se deles o mais longe que pudesse, Emma logo em seguida se apoderou de uma pequena trilha, ligeiramente elevada num dos lados da estradinha, deixando os dois sozinhos no caminho principal. Mas ela não tinha permanecido ali sequer dois minutos quando constatou que os hábitos de dependência e imitação de Harriet estavam trazendo-a também à trilha e que, em suma, ambos logo estariam atrás dela. Aquilo não daria certo; Emma parou de imediato, sob o pretexto de ter alguma alteração por fazer nos laços da sua bota de cano curto, e, agachando-se numa completa ocupação da trilha, suplicou-lhes que tivessem a bondade de caminhar em frente, ela os seguiria em meio minuto. Os dois fizeram como lhes era solicitado e, pela altura em que julgou razoável ter dado conta de sua bota, Emma teve o conforto de um retardamento maior ainda em seu poder, tendo sido alcançada por uma criança do chalé, que partira com seu jarro, obedecendo a ordens, para buscar caldo em Hartfield. Caminhar ao lado dessa criança, e conversar com ela e lhe fazer perguntas, era a coisa mais natural do mundo, ou teria sido a coisa mais natural, estivesse ela agindo, bem naquele momento, sem segundas intenções; e dessa maneira os outros foram capazes de ficar à frente por mais tempo ainda, sem qualquer obrigação de esperar por ela. Emma encurtou a distância, entretanto, de forma involuntária – o passo da criança era veloz, e o deles, bastante lento –, e ficou tanto mais preocupada porque os dois estavam evidentemente desenvolvendo uma conversa que os interessava. O sr. Elton falava com animação, Harriet ouvia de modo muito atento e satisfeito; e Emma, tendo permitido à criança que fosse em frente, estava começando a pensar que poderia ficar para trás por mais algum tempo quando ambos voltaram o rosto, procurando-a, e ela se viu na obrigação de juntar-se aos dois.

O sr. Elton ainda estava falando, ainda engajado em certo detalhe interessante; e Emma experimentou certo desapontamento quando constatou que ele estava somente fazendo para sua bela companheira um relato da reunião da noite anterior na casa de seu amigo Cole e que ela mesma chegara para o queijo Stilton, o North-Wiltshire, a manteiga, o aipo, a beterraba e todas as sobremesas.

"Isso teria logo desembocado em algo melhor, é claro" – foi a sua reflexão de consolo. "Qualquer coisa interessa entre aqueles que amam; e qualquer coisa servirá como introdução ao que existe perto do coração. Se eu pudesse apenas ter ficado longe por mais tempo!"

Agora eles caminhavam juntos em silêncio até que puderam avistar os limites do vicariato; foi quando uma súbita resolução, de conseguir ao menos introduzir Harriet na casa, fez com que Emma voltasse a constatar outro enorme problema em sua bota e ficasse para trás de modo a repará-lo mais uma vez. Ela então rebentou o laço e, após tê-lo jogado com destreza em uma vala, foi obrigada dentro em pouco a lhes pedir que parassem e testemunhassem sua incapacidade de se ajeitar a contento de forma que pudesse caminhar até sua casa sob tolerável conforto.

– Parte do meu laço se foi – ela disse –, e não imagino de que maneira poderei dar um jeito nisso. Sou realmente uma companhia muitíssimo incômoda para ambos vocês, mas lhes garanto não ser tão despreparada com grande frequência. Sr. Elton, preciso lhe pedir licença para fazer uma parada na sua casa e solicitar à governanta um pedaço de fita ou barbante, ou qualquer outra coisa somente para manter a minha bota no pé.

O sr. Elton exibiu uma expressão de pura felicidade perante tal proposição; e nada seria capaz de superar sua vigilância e suas atenções na condução das damas pelo interior da casa e na tentativa de fazer com que tudo se mostrasse sob uma luz favorável. O aposento no qual as duas foram introduzidas era o lugar ocupado por ele na maior parte do tempo, com vista para a parte da frente; atrás deste havia outro com o qual comunicava-se diretamente; a porta entre os recintos estava aberta, e Emma passou por ela com a governanta para receber seu auxílio da maneira mais confortável. Ela teve de deixar a porta entreaberta, como a encontrara, mas tinha total intenção de que o sr. Elton a fechasse. A porta, porém, não foi fechada, permaneceu entreaberta; contudo, engajando a governanta numa conversação incessante, ela esperou tornar praticável ao dono da casa que escolhesse seu próprio assunto no aposento adjacente. Durante dez minutos ela não conseguiu ouvir nada senão sua própria voz. Aquilo não poderia ser prolongado por mais tempo. Emma foi obrigada, então, a dar o serviço por terminado e fazer a sua aparição.

Os amantes estavam de pé, lado a lado, diante de uma das janelas. O aspecto era muitíssimo favorável, e, por meio minuto, Emma sentiu a glória de ter tramado com pleno sucesso. Mas não era o caso; o sr. Elton não havia chegado ao ponto crucial. Ele se mostrara muitíssimo agradável, muitíssimo encantador; tinha dito para Harriet que as vira passando e as seguira de propósito; outras pequenas galantarias e alusões haviam sido lançadas, mas nada de muito sério.

"Cauteloso, muito cauteloso", pensou Emma. "Ele avança palmo a palmo e não vai arriscar nada até que acredite estar seguro."

Mesmo assim, embora o êxito final não tivesse sido alcançado por seu artifício engenhoso, ela não pôde senão congratular-se: aquela tinha sido uma ocasião de tremendo prazer atual para ambos e decerto haveria de impulsioná-los rumo ao grande evento.

Capítulo 11

O sr. Elton, agora, teria de se virar por conta própria. Já não estava ao alcance de Emma supervisionar sua felicidade ou acelerar suas ações. A chegada da família de sua irmã estava tão absolutamente próxima que, primeiro em antecipação e depois em realidade, este se tornou, dali por diante, o seu primordial objeto de interesse; e durante os dez dias da estadia deles em Hartfield não se poderia esperar – ela mesma não esperava – que qualquer coisa além de um auxílio fortuito e ocasional pudesse ser proporcionado por ela para os amantes. Eles poderiam avançar rapidamente se quisessem, no entanto; por certo avançariam de um jeito ou de outro, quisessem ou não. Emma sequer desejava ter mais tempo livre para os dois. No caso de certas pessoas, quanto mais você fizer por elas, tanto menos elas farão por si mesmas.

O sr. e a sra. John Knightley, tendo se ausentado de Surrey por mais tempo do que o habitual, vinham estimulando, é claro, bem mais do que o interesse habitual. Até o ano corrente, todas as férias longas desde o casamento haviam sido divididas entre Hartfield e Donwell Abbey, mas o feriado do outono recente fora dedicado a banhos de mar para as crianças, e haviam se passado, portanto, muitos meses desde que a família fora vista de maneira regular pelos parentes de Surrey, ou vista uma única vez pelo sr. Woodhouse, que ninguém conseguia induzir a viajar até Londres, nem mesmo em nome da pobre Isabella, e que, por consequência, encontrava-se agora na felicidade muitíssimo nervosa e apreensiva de prelibar aquela tão breve visita.

O sr. Woodhouse temia bastante os perigos da viagem para ela, e não temia pouco as fadigas de seus próprios cavalos e de seu cocheiro, que deveriam trazer parte do grupo na última metade do caminho, mas seus alarmes eram desnecessários: as dezesseis milhas foram vencidas com tranquilidade, e o sr. e a sra. John Knightley, e os seus cinco filhos e um competente número de amas-secas, todos alcançaram Hartfield em segurança. O alvoroço e o júbilo de tal aparecimento, os muitos com quem conversar e a quem saudar, animar e variadamente dispersar ou dispensar, produziram uma confusão ruidosa que os nervos do sr. Woodhouse não teriam suportado por nenhum outro motivo e tampouco teriam aguentado muito mais até mesmo pelo motivo presente, mas os costumes de Hartfield e os sentimentos do pai eram tão respeitados pela sra. John Knightley que, a despeito da solicitude maternal pelo imediato divertimento dos pequenos, e por terem instantaneamente o máximo de atendimento e liberdade, o máximo de comida e bebida, e de sono e brincadeiras, tudo em absoluto que pudessem desejar sem a menor demora, em momento algum foi permitido às crianças que representassem para ele uma perturbação continuada, fosse por si mesmas ou por qualquer atendimento estafante a elas.

A sra. John Knightley era uma mulherzinha bonita e elegante, com modos calmos e suaves e uma disposição notavelmente amável e afetuosa; absorta por sua família; uma esposa devotada, uma mãe capaz de todos os sacrifícios, e tão ternamente afeiçoada pelo pai e pela irmã que, não fossem esses laços mais intensos, um amor mais caloroso poderia ter parecido impossível. Ela nunca conseguia enxergar algum defeito em qualquer um deles. Não era uma mulher de forte discernimento ou qualquer agilidade mental, e, além dessa semelhança com seu pai, herdara também grande parte de sua constituição: era delicada em sua própria saúde, cuidadosa ao extremo em relação à saúde dos filhos, tinha muitos temores e muitos ataques de nervos e gostava tanto do seu próprio sr. Wingfield na cidade quanto seu pai poderia gostar do sr. Perry. Os dois eram parecidos, também, numa generalizada benevolência de temperamento e no forte hábito de estimar todos os velhos conhecidos.

O sr. John Knightley era um homem alto, cavalheiresco e muito astuto; ascendente em sua profissão, doméstico e respeitável em seu caráter privado; mas com modos reservados que o impediam de ser aprazível em todos os momentos; e capaz de ficar por vezes mal-humorado. Ele não era um homem de temperamento ruim, não era desarrazoadamente rabugento com tanta frequência que merecesse tal censura, mas seu temperamento não era sua grande perfeição, e, de fato, com uma esposa tão idólatra, quase não era possível que quaisquer defeitos naturais não acabassem sendo intensificados. A extremada doçura do temperamento da sra. John Knightley por certo estragava o dele. Ele tinha de sobra o que a esposa não possuía em matéria de clareza e presteza mental, e era capaz, por vezes, de fazer algo rude ou dizer uma coisa severa. O sr. John Knightley não era um grande favorito de sua bela cunhada. Nada que houvesse de errado nele poderia escapar à percepção de Emma. Ela era rápida em sentir as pequenas injúrias a Isabella que a própria Isabella nunca sentia. Talvez ela pudesse ter deixado passar mais, tivessem os modos do cunhado sido lisonjeiros à irmã de Isabella, mas estes eram apenas os modos de um irmão e amigo calmamente gentil, sem louvor e sem cegueira; e dificilmente qualquer quantidade de elogio pessoal a teria feito ignorar o maior defeito de todos a seus olhos no qual ele às vezes incidia: a falta de uma clemência respeitosa no tratamento dispensado ao sogro. Nesse ponto ele nem sempre dava mostras da paciência que poderia ter sido esperada. As peculiaridades e inquietações do sr. Woodhouse provocavam-lhe por vezes uma admoestação racional ou uma réplica mordaz que eram aplicadas com idêntico abuso. Isso não ocorria com frequência, pois o sr. John Knightley tinha realmente um grande respeito por seu sogro e, de modo geral, uma forte noção do que era devido a ele, mas ocorria com frequência demasiada para merecer a misericórdia de Emma, especialmente porque havia toda a dor de uma apreensão que tinha de ser suportada o tempo inteiro, ainda que a ofensa não viesse. O início de cada visita, no entanto, nada manifestava senão os mais apropriados sentimentos, e se poderia esperar que a visita presente, sendo por necessidade tão passageira, transcorresse numa cordialidade imaculada. Eles não estavam sentados e acomodados por muito tempo quando o sr. Woodhouse, suspirando e balançando a cabeça de forma melancólica, fez sua filha notar a triste mudança que Hartfield sofrera desde que ela ali estivera pela última vez.

– Ah, minha querida – ele disse –, pobre srta. Taylor... É um negócio tão penoso!

– Ah, sim! – ela exclamou com pronta simpatia. – O senhor deve sentir tanto a falta dela! E a querida Emma também! Que perda terrível para vocês dois! Estive tão entristecida por vocês... não conseguia imaginar de que maneira vocês poderiam viver sem ela. É uma mudança muito triste, de fato. Mas espero que ela esteja bastante bem, senhor.

– Bastante bem, minha querida... espero... bastante bem. Só o que sei é que a nova casa se adequou a ela toleravelmente.

Aqui o sr. John Knightley perguntou a Emma, em voz baixa, se pairavam quaisquer dúvidas no ar de Randalls.

– Ah! Não, absolutamente nenhuma. Nunca vi a sra. Weston em melhor aspecto na minha vida... ela nunca me pareceu tão bem. Papai só está exprimindo seu próprio pesar.

– Muito em honra de ambos – foi a elegante réplica.

– E o senhor a vê com frequência tolerável? – perguntou Isabella, no tom lamurioso que combinava perfeitamente com seu pai.

O sr. Woodhouse hesitou.

– Nem de perto, minha querida, com a frequência que eu poderia desejar.

– Ah, papai, nós deixamos de vê-los por um dia inteiro numa única ocasião desde que se casaram. Quer pela manhã, quer durante a noite em todos os dias, excetuando-se um, nós vimos ou o sr. Weston ou a sra. Weston, e quase sempre ambos, ou em Randalls ou aqui... e, como você poderá supor, Isabella, com frequência muitíssimo maior aqui. Os dois são muito, muito bondosos em suas visitas. O sr. Weston é de fato tão bondoso como ela. Papai, se ficar falando com esse viés melancólico, vai transmitir para Isabella uma falsa ideia de todos nós. Todos devem estar cientes de que a falta da srta. Taylor só poderá ser lamentada, mas todos podem também estar certos de que o sr. e a sra. Weston realmente impedem que lamentemos a falta dela de forma alguma na intensidade que nós mesmos havíamos antecipado... e essa é a mais exata verdade.

– Bem como deveria ser – disse o sr. John Knightley –, e bem como eu havia esperado, pelas cartas de Hartfield. O desejo dela de lhes dedicar atenção não poderia ser colocado em dúvida, e a condição dele como homem desembaraçado e social torna tudo mais fácil. Eu dizia o tempo todo para você, meu amor, que não me passava pela cabeça que a mudança em Hartfield pudesse ser assim tão substancial como você temia; e agora você tem o relato de Emma, espero que consiga ficar satisfeita.

– Ora, com toda certeza... – disse o sr. Woodhouse. – Sim, não há dúvida... não posso negar que a sra. Weston, a pobre sra. Weston, vem mesmo nos visitar com boa regularidade... mas por outro lado... ela tem sempre a obrigação de ir embora de novo.

– Seria muito difícil para o sr. Weston se ela não fosse, papai. O senhor esquece completamente o pobre sr. Weston.

– Eu acredito, de fato – disse o sr. John Knightley com afabilidade –, que o sr. Weston tem um pequeno direito a isso. Você e eu, Emma, podemos nos arriscar em tomar o partido do pobre marido. A mim, que sou um marido, e a você, que não é uma esposa, os direitos do homem poderão muito bem ser evidenciados com idêntica força. No que diz respeito a Isabella, ela já está casada por tempo suficiente para perceber a conveniência de deixar de lado todos os senhores Weston o máximo que puder.

– Eu, meu amor? – exclamou sua esposa, ouvindo e compreendendo apenas em parte. – O senhor está falando de mim? Tenho certeza de que ninguém é, nem pode ser, um melhor defensor do matrimônio do que eu; e, não fosse pela infelicidade de ter deixado Hartfield, eu jamais teria pensado na srta. Taylor senão como a mulher mais afortunada do mundo; e quanto a menosprezar o sr. Weston, o excelente sr. Weston, creio que não há nada que ele não mereça. Acredito que seja simplesmente um dos homens mais dotados de boa índole que jamais existiram. Com exceção do senhor e do seu irmão, não conheço alguém que possa equiparar-se a ele no temperamento. Nunca vou me esquecer de quando ele empinou a pipa de Henry naquele dia de vento forte na última Páscoa... e desde a sua particular bondade em setembro do ano passado, quando escreveu aquele bilhete à meia-noite com o propósito de me assegurar que não havia escarlatina em Cobham, fiquei convencida de que não poderia existir no mundo um coração mais sensível ou um homem melhor. Se alguém pode merecê-lo, só pode ser a srta. Taylor.

– Onde está o jovem? – perguntou John Knightley. – Ele já esteve aqui pela ocasião? Ou não esteve?

– Ele não esteve aqui ainda – respondeu Emma. – Havia uma grande expectativa de que viesse logo após o casamento, mas acabou em nada; e não ouvi seu nome ser mencionado nos últimos tempos.

– Mas você deveria lhes contar sobre a carta, minha querida – disse o pai dela. – Ele escreveu uma carta à pobre sra. Weston, para congratulá-la, e foi uma carta muito apropriada e elegante. Ela me mostrou o texto. Julguei que tinha sido um belo ato da parte dele, de fato. Se foi mesmo uma ideia dele, claro, não dá para dizer. Ele é bastante jovem, e talvez seu tio...

– Meu querido papai, ele tem 23 anos. O senhor esquece o quanto passa o tempo.

– Vinte e três?! Não diga! Bem, eu não poderia ter imaginado; e ele só tinha dois anos de idade quando perdeu sua pobre mãe! Bem, o tempo voa mesmo! E a minha memória é muito ruim. Todavia, foi uma carta extremamente boa e bonita, que deu enorme prazer para o sr. e a sra. Weston. Recordo que foi escrita de Weymouth, datada do dia 28 de setembro, e começava com "Minha cara Senhora", mas não me lembro de como continuava; e era assinada por "F.C. Weston Churchill". Eu me recordo disso perfeitamente.

– Isso é tão absolutamente agradável e apropriado da parte dele! – exclamou a bondosa sra. John Knightley. – Não tenho a menor dúvida de que seja um jovem muitíssimo amável. Mas como é triste que não more na casa do pai! Existe algo de tão chocante na circunstância de uma criança ser tirada dos pais e do lar onde nasceu! Nunca vou conseguir entender de que maneira o sr. Weston pôde separar-se do menino. Abrir mão de um filho! Eu realmente nunca consegui ver com bons olhos qualquer pessoa que propusesse uma coisa dessas a qualquer outra pessoa.

– Ninguém jamais viu com bons olhos os Churchill, eu imagino – observou com frieza o sr. John Knightley. – Mas você não precisa supor que o sr. Weston tenha sentido a mesma coisa que você sentiria por abrir mão de Henry ou John. O sr. Weston é antes um homem de temperamento tranquilo e jovial do que um homem de sentimentos fortes; ele enfrenta os acontecimentos tais como são e trata de desfrutá-los de uma maneira ou de outra, dependendo para seus confortos, eu desconfio, bem mais daquilo que chamamos de *sociedade*, isto é, do recurso de comer e beber, e de jogar uíste com seus vizinhos cinco vezes por semana, do que do afeto familiar ou de qualquer coisa que um lar proporcione.

Emma não foi capaz de apreciar algo que beirava uma repreensão ao sr. Weston e chegou a pensar numa contestação, mas fez um esforço e deixou passar. Ela tentaria manter a paz até onde fosse possível. E havia algo honrado e valioso nos fortes hábitos domésticos, na autossuficiência do lar para ele, disso resultando a disposição do irmão de Emma por desdenhar o padrão comum do convício social e aqueles para quem a sociedade era importante. Havia nisso um elevado direito à clemência.

Capítulo 12

O sr. Knightley iria jantar com eles – contrariando bastante a inclinação do sr. Woodhouse, que não gostava quando alguém lhe roubava uma parcela do primeiro dia com Isabella. O senso de justiça de Emma, no entanto, decidira o caso; além da consideração do que era devido a cada irmão, ela teve um particular prazer, devido à circunstância do recente desentendimento com o sr. Knightley, de granjear a ele o convite apropriado.

Emma esperava que agora pudessem se tornar amigos novamente. Julgava que já era tempo para uma reconciliação. Uma reconciliação efetiva não seria praticável. *Ela* certamente não fizera nada de errado, e *ele* jamais admitiria que tivesse feito. Concessões estariam fora de questão, mas já era tempo para que parecessem esquecer que jamais haviam brigado; e Emma esperou que pudesse até mesmo auxiliar na restauração da amizade o fato de que, quando ele entrou na sala, ela tinha uma das crianças consigo – a mais nova, uma bela garotinha com mais ou menos oito meses de idade que agora fazia sua primeira visita a Hartfield, muito feliz de dançar pelo ar nos braços de sua tia. Auxiliou de fato, porque, embora tivesse começado com olhares severos e perguntas sucintas, o sr. Knightley logo foi levado a falar de todos eles com seu jeito habitual e a tirar a criança dos braços dela com a maior sem-cerimônia da perfeita amicidade. Emma sentiu que os dois voltavam a ser amigos; com essa convicção lhe dando primeiro uma grande satisfação, e depois um pouco de atrevimento, ela não conseguiu deixar de dizer, enquanto admirava o bebê:

– É um tremendo conforto quando pensamos de modo semelhante sobre os nossos sobrinhos e sobrinhas. Quanto a homens e mulheres, as nossas opiniões são às vezes muito diferentes; com respeito a estas crianças, porém, eu noto que nós nunca discordamos.

– Se você fosse tão guiada pela natureza na sua estimativa de homens e mulheres, e tão pouco dominada pelo poder da imaginação e do capricho no tratamento que lhes dispensa como você é no que diz respeito a estas crianças, nós poderíamos pensar de modo semelhante sempre.

– Com toda certeza... as nossas discordâncias só poderão surgir porque eu estou errada.

– Sim – ele disse, sorrindo –, e por boa razão. Eu tinha dezesseis anos de idade quando você nasceu.

– Uma diferença substancial, portanto – ela retrucou –, e sem dúvida o senhor possuía um discernimento muitíssimo superior ao meu nesse período das nossas vidas, mas será que o lapso de 21 anos não aproximou bastante as nossas visões de mundo?

– Sim... *aproximou* bastante.

– Mas não o suficiente para me dar a chance de ter razão quando pensamos de maneira diferente.

– Eu ainda tenho como vantagem, em relação a você, dezesseis anos de experiência e o fato de não ser uma jovem dama bonita e uma criança mimada. Ora, minha querida Emma, sejamos amigos e não falemos mais desse assunto. Diga para sua tia, pequena Emma, que ela deveria lhe dar um exemplo melhor do que ficar renovando velhos ressentimentos e que, se não estava errada antes, ela está agora.

– Isso é verdade – ela exclamou –, é bem verdade. Pequena Emma, cresça para ser uma mulher melhor do que a sua tia. Trate de ser infinitamente mais astuta e não tenha metade da presunção. Pois bem, sr. Knightley, mais uma ou duas palavras e eu terei terminado. Até onde podiam ir as boas intenções, nós estávamos *ambos* certos, e eu devo dizer que nenhum efeito da minha perspectiva de argumentação provou estar errado até aqui. Só quero saber se o sr. Martin não está desapontado de modo muito, muito amargo.

– Um homem não poderia estar pior – foi sua resposta sucinta e completa.

– Ah! Eu lamento muito, de verdade. Vamos lá, aperte a minha mão.

Isso acabara de se passar, e com grande cordialidade, quando John Knightley fez sua aparição, e "Como é que vai, George?" e "John, como vai você?" se sucederam no mais puro estilo inglês, soterrando sob uma camada de calma que quase parecia indiferença o verdadeiro afeto que teria levado qualquer um dos dois, caso necessário, a fazer tudo pelo bem do outro.

O anoitecer foi tranquilo e conversável, na medida em que o sr. Woodhouse declinou inteiramente das cartas em benefício de uma conversa confortável com sua querida Isabella, e o pequeno grupo formou duas divisões naturais: de um lado, o sr. Woodhouse e sua filha; de outro, os dois senhores Knightley; os assuntos eram de todo distintos, ou bem raras vezes misturavam-se, com Emma apenas ocasionalmente juntando-se a um ou outro lado.

Os irmãos conversaram sobre suas próprias preocupações e atividades, mas principalmente sobre as do mais velho, cujo temperamento era em grande proporção o mais comunicativo, e que era sempre o maior orador. Na condição de magistrado, ele tinha geralmente algum aspecto da lei sobre o qual consultar John, ou, pelo menos, alguma anedota curiosa para transmitir; e na condição de agricultor, na condição de mantenedor da fazenda senhorial em Donwell, ele precisava dizer o que produziriam todos os campos no ano seguinte, bem como dar todas as informações locais que não deixariam de ser interessantes para um irmão cujo lar havia sido igualmente aquele durante a maior parte de sua vida e cujas afeições eram fortes. O plano de um dreno, a troca de uma cerca, a derrubada de uma árvore e a destinação de cada acre para trigo, nabos ou milho de primavera foram minuciados com a máxima reciprocidade de interesse que os frios modos de John tornavam possível; e se o seu solícito irmão jamais lhe permitia qualquer abertura para uma pergunta, suas perguntas chegavam quase a um tom de avidez.

Enquanto estes dois mantinham-se assim confortavelmente ocupados, o sr. Woodhouse usufruía um livre derramamento de alegres pesares e temerosos afetos com sua filha.

– Minha querida, minha pobre Isabella... – ele disse, pegando sua mão com carinho e interrompendo, por alguns momentos, seus atarefados labores para um dos cinco filhos. – Faz um tempo tão grande, um tempo tão terrivelmente grande desde a última vez em que você esteve aqui! E você deve estar tão cansada depois da sua viagem! Você precisa se deitar cedo, minha querida... e recomendo um pouco de mingau antes da cama. Você e eu vamos comer juntos uma bela tigela de mingau. Minha querida Emma, que tal nós todos comermos um pouco de mingau?

Emma não poderia imaginar tal coisa, sabendo como ela sabia que ambos os senhores Knightley eram tão inflexíveis nesse tópico como ela mesma; e somente duas tigelas foram pedidas. Após mais algum discurso em louvor do mingau, com certo espanto pelo mistério de que não fosse consumido todas as noites por todas as pessoas, ele se pôs a dizer, com um ar de reflexão séria:

– Foi um negócio esquisito, minha querida, você passar o outono em South End em vez de vir para cá. Nunca tive a melhor das opiniões a respeito do ar marinho.

– O sr. Wingfield recomendou com grande ardor que fôssemos, senhor, caso contrário não teríamos ido. Ele fez essa recomendação para todas as crianças, mas particularmente em função da debilidade na garganta da pequena Bella... não só o ar marinho, mas também banhos de mar.

– Ah, minha querida, mas Perry tinha muitas dúvidas de que o mar fosse lhe fazer qualquer bem; e, no meu próprio caso, de longa data estou perfeitamente convencido, ainda que talvez nunca tenha dito isso para você, de que o mar é bem raras vezes proveitoso para qualquer pessoa. Posso garantir que quase me matou certa vez.

– Não, não – exclamou Emma, sentindo que aquele era um assunto inseguro –, eu imploro a vocês que não falem sobre o mar. Fico invejosa e triste; eu, que nunca vi o mar! South End está proibido, por favor. Minha querida Isabella, não escutei você fazer uma indagação sobre o sr. Perry ainda; e ele nunca se esquece de você.

– Ah, o bom sr. Perry! Como ele está, senhor?

– Ora, bastante bem; mas não completamente bem. O pobre Perry sofre da bile, e ele não tem tempo para se cuidar... ele me diz que não tem tempo para se cuidar... o que é muito triste... mas sempre precisam dele por essa região toda. Suponho que não deva existir um homem com maior clientela em lugar algum. Mas também não existe um homem tão astuto em lugar algum.

– E a sra. Perry e as crianças, como vão? As crianças estão crescendo? Tenho um enorme respeito pelo sr. Perry. Espero que apareça em breve. Ele vai ficar tão contente por ver os meus pequenos.

– Creio que ele vai estar aqui amanhã, pois tenho uma ou duas perguntas mais ou menos importantes a fazer sobre a minha saúde. E, minha querida, quando quer que Perry apareça, seria melhor você deixá-lo dar uma olhada na garganta da pequena Bella.

– Ah, meu querido senhor, a garganta dela melhorou tanto que mal sinto qualquer desassossego a respeito! Ou os banhos de mar lhe foram da maior utilidade, ou então a melhora deve ser atribuída a uma excelente embrocação do sr. Wingfield que estivemos aplicando de tempos em tempos desde agosto.

– Não é muito provável, minha querida, que os banhos de mar tenham sido de algum proveito para ela, e, se eu tivesse tomado conhecimento de que estavam precisando de uma embrocação, teria falado com...

– Parece a mim que você se esqueceu da sra. e da srta. Bates – disse Emma –, ainda não escutei uma indagação sobre elas.

– Ah, as boas Bates! Fico um tanto envergonhada, mas vocês as mencionam na maioria das suas cartas. Espero que estejam bastante bem. A boa e velha sra. Bates! Vou lhe fazer uma visita amanhã, levando as minhas crianças. Elas sempre ficam tão contentes por ver as minhas crianças. E a excelente srta. Bates! Pessoas tão completamente dignas! Como elas estão, senhor?

– Ora, bastante bem, minha querida, considerando-se tudo. Mas a pobre sra. Bates teve um resfriado forte há cerca de um mês.

– Lamento muito! Mas os resfriados nunca tinham sido tão prevalecentes como foram neste outono. O sr. Wingfield me disse que nunca os tinha visto mais disseminados ou agressivos, exceto nas ocorrências de gripe mesmo.

– Foi esse o caso em boa medida, minha querida; mas não no nível que você menciona. Perry afirma que os resfriados têm se mostrado bastante disseminados, mas não tão agressivos como muitas vezes os viu em novembro. Perry não classifica este outono, em absoluto, como uma estação doentia.

– Não, até onde sei, o sr. Wingfield não o considera uma estação *muito* doentia, exceto que...

– Ah, minha pobre criancinha, a verdade é que Londres está sempre acossada por uma estação doentia. Ninguém é saudável em Londres... ninguém consegue ser. É uma coisa terrível você ser forçada a morar lá! Tão longe! E o ar é tão ruim!

– Não, nada disso... *nós* não sofremos nem um pouco com ar ruim. A nossa parte de Londres é tão absolutamente superior à maioria das outras! Seria um equívoco nos confundir com Londres em geral, meu querido senhor. A vizinhança de Brunswick Square é muito diferente de quase todo o resto. Nós somos tão absolutamente arejados! Eu teria relutância, devo confessar, em morar em qualquer outra parte da cidade; dificilmente haverá qualquer outra que seja satisfatória como ambiente para os meus filhos; mas *nós* somos tão incrivelmente arejados! O sr. Wingfield considera os arredores de Brunswick Square decididamente os mais favoráveis no aspecto do ar.

– Ah, minha querida, não é como em Hartfield. Você tenta tirar o melhor da situação... todavia, depois de ter passado uma semana em Hartfield, vocês todos se transformam em criaturas diferentes; não parecem os mesmos. Ora, não posso afirmar que, no meu entender, qualquer um de vocês esteja com boa aparência no momento.

– Lamento ouvi-lo dizer isso, senhor, mas posso lhe garantir que, com exceção daquelas pequenas palpitações e dores de cabeça nervosas das quais nunca me vejo inteiramente livre em lugar algum, eu mesma me sinto muito bem; e se as crianças estavam um tanto pálidas quando foram dormir, isso se deu somente porque estavam um pouco mais cansadas do que o habitual, por causa da viagem e da felicidade de vir para cá. Creio que o senhor terá uma opinião melhor sobre a aparência delas amanhã; pois lhe garanto que o sr. Wingfield me disse que, segundo acreditava, nunca tinha nos mandado em viagem sob tão ótimas condições. Eu confio, pelo menos, que o senhor não poderá julgar que o sr. Knightley esteja com aparência ruim – (voltando seus olhos com ansiedade afetuosa na direção do marido).

– Mediana, minha querida; não posso fazer esse elogio a você. Creio que o sr. John Knightley está muito longe de parecer bem.

– Qual é o problema? O senhor falou comigo? – exclamou o sr. John Knightley, ouvindo seu próprio nome.

– Lamento constatar, meu amor, que o meu pai não vê no senhor uma aparência muito boa, mas espero que isso se deva somente a um pouco de cansaço. Mas o meu desejo teria sido, como sabe, que o senhor visse o sr. Wingfield antes de sair de casa.

– Minha querida Isabella – ele exclamou de modo abrupto –, por favor, trate de não se preocupar com a minha aparência. Tente se contentar em medicar e mimar você mesma e as crianças, e me deixe ter a aparência que eu quiser ter.

– Não cheguei a entender muito bem o que o senhor estava dizendo ao seu irmão – exclamou Emma –, sobre a intenção do seu amigo, o sr. Graham, de trazer um administrador da Escócia para cuidar da sua nova propriedade. Mas isso dará resultado? O antigo preconceito não será forte demais?

E ela falou dessa maneira por tanto tempo e com tamanho êxito que, quando forçada a dar atenção outra vez a seu pai e sua irmã, nada teve de pior para ouvir do que a carinhosa indagação de Isabella sobre Jane Fairfax; e Jane Fairfax, muito embora não fosse uma grande favorita sua de um modo geral, ela ficava muito feliz em ajudar a louvar naquele momento.

– A doce, adorável Jane Fairfax! – disse a sra. John Knightley. – Faz tanto tempo que não a vejo, exceto de vez em quando, acidentalmente por um momento, na cidade! Que alegria sua boa avó e sua excelente tia devem sentir quando ela vem visitá-las! Sempre lamento excessivamente quando Emma me relata que ela não consegue estar em Highbury com maior regularidade; mas agora que a filha deles está casada, suponho que o coronel e a sra. Campbell não serão capazes de se separar dela de forma alguma. Ela seria uma companheira tão encantadora para Emma.

O sr. Woodhouse concordou com tudo isso, mas acrescentou:

– A nossa pequena amiga Harriet Smith, contudo, é justamente uma espécie bem semelhante de jovem adorável. Você vai gostar de Harriet. Emma não poderia ter uma companheira melhor do que Harriet.

– Fico muitíssimo feliz por saber disso, mas apenas Jane Fairfax, até onde se pode saber, será tão absolutamente talentosa e superior, tendo a exata idade de Emma.

O tópico foi discutido com grande alegria, e outros de similar importância se sucederam e com semelhante harmonia se extinguiram, mas a noite não terminou sem uma pequena reincidência de agitação. O mingau veio e proporcionou uma boa quantidade de afirmações – muitos louvores e vários comentários, o estabelecimento indubitável de seu caráter nutritivo para todas as constituições e filípicas bastante severas acerca das inúmeras casas nas quais nunca se podia encontrar algum que fosse tolerável, mas infelizmente, entre os fracassos que a filha tinha para exemplificar, o mais recente, e por consequência o mais proeminente, recaía na sua cozinheira em South End, uma jovem contratada em regime temporário que jamais tinha sido capaz de compreender o que ela queria dizer com uma bela tigela de mingau cremoso, fino, mas não fino demais. Por mais que tivesse desejado e solicitado esse mingau, ela nunca tinha conseguido comer nada que fosse tolerável. Aqui houve uma perigosa abertura.

– Ah! – disse o sr. Woodhouse, balançando a cabeça e fixando seus olhos na filha com terna preocupação.

A exclamação nos ouvidos de Emma expressava: "Ah! Não há fim nas tristes consequências da sua ida para South End. Nem vale a pena falar a respeito".

E por um breve tempo Emma teve esperança de que ele não fosse falar a respeito, de que uma silenciosa ruminação bastaria para restaurar nele o desfrute do seu próprio mingau cremoso. Após um intervalo de alguns minutos, no entanto, ele começou a dizer:

– Eu sempre haverei de lamentar muito que você tenha ido para o litoral neste outono em vez de vir para cá.

– Mas qual seria o motivo da sua lamentação, senhor? Eu lhe garanto: a viagem fez um enorme bem às crianças.

– E além do mais, se você precisasse mesmo ir para o litoral, seria melhor não ter ido para South End. South End é um lugar nocivo à saúde. Perry ficou surpreso quando soube que você se decidira por South End.

– Eu sei que essa ideia ocorre a diversas pessoas, mas trata-se mesmo de um grande equívoco, senhor. Todos nós mantivemos a nossa saúde no mais perfeito estado por lá, nunca experimentamos a menor inconveniência com a lama; e o sr. Wingfield afirma tratar-se de um rematado engano supor que o lugar seja nocivo à saúde; e eu sei que se pode confiar nele, pois ele entende como ninguém as características do ar, e o próprio irmão dele já esteve lá com a família repetidas vezes.

– Você deveria ter ido para Cromer, minha querida, se a viagem fosse mesmo necessária. Perry ficou em Cromer por uma semana certa vez, e ele o considera o melhor de todos os lugares para tomar banhos de mar. Um belo mar aberto, segundo ele, e um ar puríssimo. Além disso, pelo que eu sei, vocês poderiam ter alugado aposentos a uma boa distância do mar... um afastamento de um quarto de milha... muito confortável. Você deveria ter consultado Perry.

– Mas, meu querido senhor, a diferença da viagem... apenas considere como teria sido grande... cem milhas, talvez, em vez de quarenta.

– Ah, minha querida, é como Perry diz: quando a saúde está em jogo, nada mais deveria ser levado em consideração. Além disso, se a pessoa precisa viajar, não há muito por escolher entre quarenta e cem milhas. Melhor nem sair do lugar, melhor simplesmente permanecer em Londres do que percorrer quarenta milhas para respirar um ar pior. Isso foi precisamente o que Perry disse. Essa medida lhe pareceu bastante desajuizada.

As tentativas de Emma para deter seu pai haviam sido em vão; e agora, quando ele já estava indo longe demais, ela não se surpreendeu com a irrupção do cunhado.

– O sr. Perry – ele disse, numa voz de profundo desgosto – faria muito bem em guardar sua opinião para si até que ela fosse solicitada. Desde quando é da conta dele ficar espantado com aquilo que eu faço? Com a minha decisão de levar minha família para essa ou aquela parte do litoral? Eu espero ter o direito, assim como tem o sr. Perry, de fazer uso do meu próprio julgamento. Eu preciso tanto das orientações dele quanto preciso de seus medicamentos.

Ele fez uma pausa e, ficando menos acalorado após um momento, restringindo-se a uma secura sarcástica, acrescentou:

– Se o sr. Perry conseguir me dizer como seria possível transportar uma esposa e cinco filhos por uma distância de 130 milhas sem qualquer aumento das despesas ou inconveniências em relação a uma distância de quarenta, eu ficarei tão disposto como ele a preferir Cromer a South End.

– Verdade, verdade – exclamou o sr. Knightley com a mais pronta intervenção –, é a mais pura verdade. Eis uma consideração, de fato. Mas, John, sobre aquilo que eu estava lhe falando a respeito da minha ideia de mover o caminho para Langham, de deslocá-lo mais para o lado direito de modo que não corte as campinas da fazenda, não consigo conceber qualquer dificuldade. Eu não mexeria em nada se isso acabasse representando uma inconveniência para os habitantes de Highbury, mas, se você tiver em mente a imagem exata do feitio atual do caminho... A única maneira de prová-lo, no entanto, será recorrendo aos nossos mapas. Verei você amanhã de manhã na abadia, espero, e então nós daremos uma olhada neles, e você vai me dar a sua opinião.

O sr. Woodhouse ficou um tanto agitado por tais duras críticas a seu amigo Perry, a quem ele havia, com efeito, ainda que de forma inconsciente, atribuído vários de seus próprios sentimentos e expressões, mas a atenção tranquilizante de suas filhas gradualmente removeu o mal presente, e a imediata vigilância de um irmão – com a melhor compostura do outro – impediu qualquer renovação.

Capítulo 13

Dificilmente poderia existir uma criatura mais feliz no mundo do que a sra. John Knightley nessa breve visita em Hartfield, passeando todas as manhãs em meio a seus velhos conhecidos com seus cinco filhos e conversando sobre o que fizera todas as noites com seu pai e sua irmã. Ela não tinha nada para desejar em contrário, salvo que os dias não passassem tão depressa. Tratava-se de uma visita deliciosa – perfeita em ser um tanto curta demais.

Em geral, as noites da família eram menos comprometidas com amigos do que as manhãs, mas um completo compromisso de jantar, e além disso fora de casa, não houve como evitar, muito embora em pleno Natal. O sr. Weston não aceitaria desculpa alguma; todos eles precisariam jantar em Randalls um dia; e até o sr. Woodhouse foi persuadido a pensar ser essa uma coisa possível, em preferência a uma divisão do grupo.

Sobre a viabilidade de transportar todos eles, o sr. Woodhouse teria salientado uma dificuldade se pudesse, mas, uma vez que a carruagem e os cavalos de seu filho e sua filha estavam efetivamente em Hartfield, ele não foi capaz de fazer mais do que uma simples pergunta nesse ponto; a pergunta mal equivaleu a uma dúvida e tampouco ocupou Emma por longo tempo no trabalho de convencê-lo de que eles poderiam, numa das carruagens, encontrar espaço para Harriet também.

Harriet, o sr. Elton e o sr. Knightley, o grupo íntimo e especial, eram as únicas pessoas convidadas para encontrá-los; o horário não deveria ser tardio, bem como deveriam ser poucos os números, com os hábitos e a inclinação do sr. Woodhouse sendo consultados em tudo.

A noite anterior a esse grande evento (pois era um grandioso evento que o sr. Woodhouse jantasse fora no dia 24 de dezembro) havia sido passada por Harriet em Hartfield, e ela voltara para casa tão indisposta com um resfriado que, não fosse o seu próprio desejo fervoroso de receber os cuidados da sra. Goddard, Emma não lhe teria permitido sair de Hartfield. Emma visitou-a no dia seguinte e constatou que sua desgraça já estava decretada em relação a Randalls. Ela se mostrava muito febril e tinha uma forte dor de garganta; a sra. Goddard era puro carinho e afeto, o sr. Perry foi mencionado, e a própria Harriet estava demasiado enferma e abatida para resistir à autoridade que a excluiu do deleitável compromisso, embora não conseguisse falar de sua perda sem muitas lágrimas.

Emma ficou sentada com ela tanto quanto pôde, atendendo-a nas ausências inevitáveis da sra. Goddard e também para elevar seu espírito com a representação de como o sr. Elton ficaria deprimido quando soubesse de seu estado, e deixou-a, por fim, toleravelmente confortável na doce confiança de que o cavalheiro teria uma visita sem conforto algum e todos sentiriam muito sua falta. Ela mal avançara poucas jardas após a porta da sra. Goddard quando topou com o sr. Elton em pessoa, que vinha evidentemente em direção a essa mesma porta, e, caminhando juntos num passo lento e conversando a respeito da inválida – sobre a qual, com o rumor de uma considerável doença, ele vinha perguntar, de modo que pudesse levar algum relato dela para Hartfield –, os dois foram alcançados pelo sr. John Knightley, que retornava da diária visitação a Donwell com seus dois meninos mais velhos, cujos rostos saudáveis e incandescentes mostravam todos os benefícios de uma corrida pelo campo e pareciam garantir um veloz despacho do carneiro assado e do pudim de arroz pelos quais eles voavam para casa. Os dois grupos se uniram e seguiram juntos. Emma estava justamente descrevendo a natureza da moléstia de sua amiga: "Uma garganta bastante inflamada, com uma grande dose de calor no corpo, um pulso acelerado e fraco etc., e ela lamentava ter ouvido da sra. Goddard que Harriet era suscetível a violentas dores de garganta e muitas vezes a tinha alarmado com elas". O sr. Elton aparentou sentir o máximo alarme na ocasião, exclamando:

– Uma dor de garganta! Espero que não infecciosa. Espero que não de um tipo infeccioso e pútrido. Perry já foi vê-la? Sem dúvida, a senhorita deveria cuidar de si mesma tanto quanto de sua amiga. Permita-me lhe suplicar que não corra qualquer risco. Por que é que Perry não a vê?

Emma, que realmente não estava nem um pouco assustada por si mesma, tranquilizou esse excesso de apreensão com garantias quanto à experiência e ao cuidado da sra. Goddard; contudo, como ainda era preciso manter um grau de inquietação que ela não poderia desejar desfazer por meio da razão, preferindo inclusive alimentá-lo e incentivá-lo, logo depois acrescentou – como se fosse um assunto diferente:

– Está tão frio, tão absolutamente frio... e há uma sensação e aparência de neve tão forte que, se fosse qualquer outro lugar ou qualquer outro grupo, eu realmente tentaria não sair hoje, tentaria dissuadir o meu pai de se aventurar; no entanto, visto que ele já se decidiu e não parece sentir o frio por sua conta, não me agrada interferir, pois sei que isso seria uma decepção imensa para o sr. e a sra. Weston. Mas lhe dou a minha palavra, sr. Elton: no seu caso, eu certamente me escusaria. O senhor já me parece um pouco rouco, e, considerando-se a demanda de voz e as fadigas que o dia de amanhã vai trazer, creio que não seria mais do que simples prudência o senhor ficar em casa e cuidar de si hoje à noite.

O sr. Elton aparentou não saber muito bem o que responder; e era exatamente esse o caso, porque, embora ficasse muito gratificado com o bondoso zelo de tão bela dama e não gostasse de resistir a qualquer conselho seu, ele não sentia na verdade a menor inclinação por desistir da visita, mas Emma, ávida e atarefada demais em suas próprias concepções e perspectivas anteriores para ouvi-lo de forma imparcial ou enxergá-lo com visão clara, ficou bastante satisfeita com o reconhecimento balbuciante do cavalheiro de que fazia "muito frio, certamente muito frio", e seguiu caminhando, regozijando-se por tê-lo arrancado de Randalls e garantido a ele o poder de mandar perguntar por Harriet de hora em hora durante a noite.

– O senhor faz muito bem – ela disse. – Nós vamos apresentar as suas desculpas ao sr. e à sra. Weston.

Mas Emma mal falara tal coisa quando constatou que o seu irmão oferecia com grande civilidade um assento em sua carruagem, se o tempo fosse a única objeção do sr. Elton, e que o sr. Elton efetivamente aceitava essa oferta com a mais pronta satisfação. Estava tudo acertado; o sr. Elton deveria ir, e nunca o seu largo rosto bonito expressara maior prazer do que naquele momento; nunca o seu sorriso se mostrara mais forte, tampouco seu olhar se mostrara mais exultante do que quando ele a olhou de novo.

"Bem", ela disse consigo mesma, "isso é muito estranho! Quando eu já o tinha liberado tão bem, escolher frequentar companhia e deixar uma Harriet adoecida para trás! Muito estranho, de fato! Mas existe, acredito, em muitos homens, especialmente nos homens solteiros, tamanha inclinação... tamanha paixão por jantar fora... um compromisso de jantar é tão elevado na classe dos seus prazeres, suas ocupações, suas dignidades, quase seus deveres, que qualquer coisa dá lugar a ele, e esse deve ser o caso com o sr. Elton... um jovem muito valioso, amável e agradável, sem dúvida, e bastante apaixonado por Harriet... mas, ainda assim, não consegue recusar um convite, precisa jantar fora sempre que é solicitado. Que coisa estranha é o amor! Ele consegue enxergar gênio veloz em Harriet, mas não se dispõe a jantar sozinho por causa dela."

Pouco depois o sr. Elton os deixou, e Emma não pôde senão lhe fazer a justiça de avaliar que houvera uma grande dose de sentimento em sua maneira de citar Harriet na despedida, no tom de sua voz ao assegurar a ela que haveria de visitar a sra. Goddard para obter notícias da bela amiga, que seria essa a última coisa antes dos preparativos para a felicidade de encontrá-la outra vez, quando esperava ser capaz de transmitir um relatório melhor; e ele se afastara suspirando e sorrindo de uma forma que o favorecia bastante na balança de aprovação.

Após alguns minutos de total silêncio entre eles, John Knightley começou com:

– Eu nunca em minha vida vi um homem mais obstinado em ser agradável do que o sr. Elton. Ele não mede quaisquer esforços quando damas estão por perto. Com homens ele consegue ser racional e desafetado, mas, quando tem damas para satisfazer, todas as feições se transformam.

– Os modos do sr. Elton não são perfeitos – retrucou Emma –, mas, quando há um desejo de satisfazer, a pessoa deveria deixar passar, e a pessoa de fato deixa passar muita coisa. Quando um homem faz o seu melhor tendo apenas poderes moderados, ele tem alguma vantagem sobre a superioridade negligente. Existe no sr. Elton uma perfeita dose de bom temperamento e boa vontade que a pessoa não pode deixar de valorizar.

– Sim – disse o sr. John Knightley logo depois, com certa malícia –, ele parece ter uma boa dose de boa vontade com *você*.

– Comigo?! – ela retrucou com um sorriso atônito. – O senhor está imaginando que eu seja objeto de interesse do sr. Elton?

– Essa imaginação já me passou pela cabeça, confesso, Emma; e se ela nunca ocorreu a você antes, poderá muito bem levá-la em consideração agora.

– O sr. Elton apaixonado por mim?! Que ideia!

– Não digo que assim seja, mas você fará bem em considerar se é assim ou não, e em regular o seu comportamento de acordo. Creio que os seus modos com ele são encorajadores. Falo como amigo, Emma. Seria melhor pensar na situação e averiguar o que está fazendo e o que pretende fazer.

– Eu lhe agradeço, mas lhe garanto que o senhor está um tanto enganado. O sr. Elton e eu somos muito bons amigos, e nada mais.

E ela seguiu caminhando, divertindo-se na consideração das confusões geradas com frequência por um conhecimento parcial das circunstâncias, dos enganos nos quais pessoas com altas pretensões de julgamento ficam o tempo inteiro caindo, e não muito satisfeita com seu irmão por imaginá-la cega e ignorante, necessitada de conselho. O sr. John Knightley não disse mais nada.

O sr. Woodhouse se decidira tão completamente pela visita que, apesar do frio crescente, parecia não acalentar a menor intenção de recuar da ideia, e afinal, com grande pontualidade, partiu na companhia de sua filha mais velha em sua própria carruagem, com menos noção aparente do clima do que qualquer um dos demais – insuflado demais pela maravilha de sua própria ida e pelo prazer que esta iria proporcionar a Randalls para perceber que estava frio, e bem agasalhado demais para senti-lo. O frio, no entanto, era severo; e pela altura em que a segunda carruagem se pôs em movimento alguns flocos de neve já iam fazendo seu trajeto rumo ao chão, e o céu tinha um aspecto bastante sobrecarregado, como se só precisasse de um ar mais brando para produzir um mundo muito branco num espaço de tempo muito curto.

Emma logo percebeu que o seu companheiro não estava no mais feliz dos humores. Os preparativos e a saída de casa sob aquele clima, com o sacrifício de seus filhos depois do jantar, eram males, eram incômodos no mínimo, dos quais o sr. John Knightley não gostava de modo algum; ele não antecipava nada na visita que pudesse oferecer a menor compensação; e o percurso todo até o vicariato foi empregado por ele na manifestação do seu desgosto.

– Um homem – falou ele – precisa ter uma ótima opinião de si mesmo quando pede às pessoas que abandonem sua própria lareira e enfrentem um dia como este para ir ao encontro dele. Precisa se considerar um sujeito muitíssimo agradável; eu não seria capaz de fazer uma coisa dessas. É o maior dos absurdos... Efetivamente nevando neste momento! O desatino de não permitir às pessoas que permaneçam confortáveis em casa, e o desatino das pessoas em não ficar confortavelmente em casa quando podem! Se fôssemos obrigados a sair numa noite como esta por qualquer imposição de dever ou de negócios, que dureza isso nos pareceria... e aqui estamos nós, provavelmente com roupas bem mais finas do que as habituais, partindo de forma voluntária, sem desculpa, num desafio à voz da natureza, que pede ao homem, em tudo que alcançam a visão ou os sentimentos dele, para permanecer em casa e manter abrigado tudo aquilo que ele puder... aqui estamos nós, partindo para passar cinco horas enfadonhas na casa de outro homem, sem nada para dizer ou ouvir que não tenha sido dito e ouvido ontem, e que não poderá ser dito e ouvido novamente amanhã. Saindo num clima sombrio para retornar, provavelmente, num clima pior... quatro cavalos e quatro criados retirados para nada senão para transportar cinco criaturas ociosas e trêmulas até salas mais frias e pior companhia do que elas poderiam ter tido em casa.

Emma não se viu capaz de proferir o consentimento satisfeito que sem dúvida o seu irmão tinha o hábito de escutar, não pôde emular o "É bem verdade, meu amor" que devia ter sido normalmente administrado por sua companheira de viagem, mas teve resolução suficiente para se abster de dar qualquer resposta em absoluto. Ela não conseguiria ser condescendente, temia se mostrar conflituosa; seu heroísmo atingiu apenas o silêncio. Ela permitiu que o sr. John Knightley falasse, e arrumou os vidros, e se agasalhou sem abrir os lábios.

Eles chegaram, a carruagem fez a volta, os degraus foram baixados, e o sr. Elton, enfeitado, negro e sorridente, juntou-se aos dois no mesmo instante. Emma pensou com prazer em alguma mudança de assunto. O sr. Elton era pura obsequiosidade jovial; ele se mostrava tão absolutamente jovial em suas cortesias, na verdade, que ela começou a pensar que o cavalheiro devia ter recebido um relato sobre Harriet diferente daquele que lhe chegara. Ela mandara perguntar enquanto se vestia, e a resposta tinha sido: "Na mesma situação... nada melhor".

– O *meu* relatório da sra. Goddard – Emma falou logo em seguida – não foi tão agradável como eu esperava: "Nada melhor" foi a *minha* resposta.

O rosto do cavalheiro se fechou de imediato; e sua voz foi a voz do sentimento quando ele respondeu:

– Ah, não... eu fico entristecido por saber... Eu estava prestes a lhe dizer que, quando bati na porta da sra. Goddard, na última de todas as coisas que fiz antes de voltar para me vestir, me disseram que a srta. Smith não estava melhor, de nenhuma maneira melhor, até pior. Muito entristecido e preocupado... eu alimentara uma ilusão de que ela por certo estaria melhor depois do cordial que, como eu sabia, tinha sido dado durante a manhã.

Emma sorriu e respondeu:

– A minha visita foi útil na parte nervosa da enfermidade dela, eu espero; mas nem mesmo eu consigo desfazer uma dor de garganta por encanto; trata-se de um resfriado muitíssimo severo, com efeito. O sr. Perry esteve com ela, isso provavelmente foi dito ao senhor.

– Sim... eu imaginei... isto é... eu não...

– Ele já se acostumou com essas enfermidades de Harriet, e espero que a manhã possa nos trazer a ambos um relatório mais confortável. Mas é impossível não sentir inquietação. Uma perda tão triste para nosso grupo hoje!

– Terrível! Exatamente assim, com efeito. Sua falta será sentida o tempo todo.

Isso era muito apropriado; o suspiro que o acompanhou era realmente estimável – mas deveria ter durado mais tempo. Emma ficou bastante consternada quando, apenas meio minuto depois, o sr. Elton começou a falar de outras coisas, e com uma voz do maior entusiasmo e prazer.

– Que excelente artifício – disse ele – o uso da pele de carneiro nas carruagens. A carruagem se torna tão confortável... impossível sentir frio com tais precauções. As invenções dos dias modernos de fato deixaram uma carruagem de cavalheiro perfeitamente completa. O sujeito fica tão fechado e resguardado do tempo que sequer um sopro de ar consegue encontrar uma entrada ilícita. O clima torna-se absolutamente irrelevante. É uma tarde de muito frio... mas nesta carruagem nós nem mesmo tomamos conhecimento do assunto. Ha! Está nevando um pouco, eu percebo.

– Sim – disse John Knightley –, e creio que teremos uma boa quantidade de neve.

– Clima de Natal – observou o sr. Elton. – Um tanto oportuno; e extremamente afortunados nós podemos nos considerar por não ter começado a nevar ontem para impedir a reunião de hoje, o que podia muito possivelmente ter ocorrido, pois o sr. Woodhouse dificilmente teria se aventurado caso tivesse aparecido bastante neve no chão; mas agora isso não tem relevância. Esta é a estação perfeita, de fato, para encontros amigáveis. No Natal todo mundo chama os amigos para perto, e as pessoas não levam muito em consideração até o pior dos climas. Fiquei preso pela neve na casa de um amigo, certa vez, durante uma semana. Nada poderia ter sido mais agradável. Fui para ficar apenas uma noite e não consegui escapar por exatas sete noites.

O sr. John Knightley pareceu não compreender esse prazer, mas disse apenas, com frieza:

– Não posso desejar ficar preso pela neve durante uma semana em Randalls.

Em outra ocasião Emma poderia ter se divertido, mas naquele momento ela estava atônita demais com o ânimo do sr. Elton para ter outros sentimentos. Harriet parecia bastante esquecida na expectativa de uma reunião aprazível.

– Temos a certeza de excelentes fogos – ele continuou –, e tudo no maior conforto. Pessoas encantadoras, o sr. e a sra. Weston... a sra. Weston de fato não poderá ser louvada o bastante, e ele é exatamente o que todos valorizam, tão acolhedor, tão apreciador da sociedade... seremos um grupo pequeno, mas, quando os grupos pequenos são seletos, eles são talvez os mais agradáveis de todos. A sala de jantar do sr. Weston não acomoda mais de dez com conforto, e, de minha parte, eu preferiria, sob tais circunstâncias, ficar aquém por dois do que exceder por dois. Creio que a senhorita irá concordar comigo – (voltando-se para Emma com ar suave) –, creio que certamente terei a sua aprovação, embora o sr. Knightley, talvez, por estar acostumado com as grandes reuniões de Londres, possa não compartilhar tanto assim os nossos sentimentos.

– Não sei nada sobre as grandes reuniões de Londres, senhor... Nunca janto com ninguém.

– Não diga! – (num tom de assombro e piedade). – Não fazia ideia de que a lei fosse tão enorme escravidão. Bem, senhor, haverá de chegar o tempo no qual o senhor será recompensado por tudo isso, no qual o senhor terá pouco trabalho e enorme prazer.

– Meu primeiro prazer – retrucou John Knightley enquanto eles passavam pelo portão da entrada – será o de me ver com segurança em Hartfield outra vez.

Capítulo 14

Alguma mudança de semblante foi necessária para cada um dos cavalheiros enquanto entravam na sala de visitas da sra. Weston; o sr. Elton precisava recompor suas expressões alegres e o sr. John Knightley precisava dispersar seu mau humor. O sr. Elton precisava sorrir menos, e o sr. John Knightley, mais, de modo que se adequassem ao lugar. Somente Emma poderia se portar como a natureza propiciava e mostrar-se tão feliz quanto era. Para Emma, era uma verdadeira diversão estar com os Weston. O sr. Weston era um grande favorito, e não havia uma única criatura no mundo com quem ela falasse com tamanha falta de reserva como sua esposa; ninguém a quem ela relatasse com tamanha convicção de ser ouvida e compreendida, de ser sempre interessante e sempre inteligível, os pequenos assuntos, arranjos, perplexidades e prazeres de seu pai e de si mesma. Ela não poderia contar nada de Hartfield que não despertasse na sra. Weston uma vívida curiosidade; e meia hora de comunicação ininterrupta de todas essas pequenas questões das quais depende a felicidade diária da vida privada era uma das primeiras satisfações de cada uma.

Esse era um prazer que talvez o dia inteiro de visita não pudesse proporcionar, que certamente não dizia respeito à presente meia hora; mas a simples visão da sra. Weston, de seu sorriso, seu toque, sua voz, era gratificante para Emma, e ela determinou-se a pensar o mínimo possível sobre as esquisitices do sr. Elton, ou sobre qualquer outra coisa desagradável, e a desfrutar ao máximo de tudo o que era prazeroso.

O infortúnio do resfriado de Harriet já tinha sido bastante discutido antes de sua chegada. O sr. Woodhouse ficara sentado em segurança por tempo suficiente para comunicar a história da moléstia, além de toda a história de sua própria vinda com Isabella, e de Emma estar vindo a seguir, e com efeito mal havia chegado ao fim da sua satisfação de que James devesse vir para ver sua filha quando apareceram os outros, e a sra. Weston, que tinha sido quase totalmente absorvida em suas atenções para com ele, foi capaz de lhe dar as costas e receber sua querida Emma.

O projeto de Emma de esquecer o sr. Elton por um tempo a fez lastimar a constatação, quando todos tinham tomado seus lugares, de que o cavalheiro estava perto dela. Foi grande a dificuldade de tirar da mente aquela estranha insensibilidade no tocante a Harriet, na medida em que ele não apenas ficou colado em seu cotovelo como também ficou continuamente intrometendo um semblante feliz aos olhos dela e solicitamente se dirigindo a ela em todas as ocasiões. Em vez do esquecimento, o comportamento do sr. Elton era tal que ela não conseguiu evitar a sugestão íntima de "Poderá ser realmente como imaginou o meu irmão? Poderá ser possível que este homem esteja começando a transferir suas afeições de Harriet para mim? Absurdo e insuportável!". Todavia, o cavalheiro se mostrava tão ansioso por garantir que ela estivesse perfeitamente aquecida, dava tantas demonstrações de interesse por seu pai ou de deleite com a sra. Weston, e afinal foi começando a admirar seus desenhos com tamanho entusiasmo e tão ínfimo conhecimento que se configurou terrivelmente como um enamorado aspirante, exigindo de Emma certo esforço para que preservasse as boas maneiras. Por seu próprio bem, ela jamais seria rude; pelo bem de Harriet, na esperança de que tudo ainda pudesse terminar bem, ela foi positivamente cortês; mas tratava-se de um esforço, em especial porque algo se desenrolava entre os outros, no período mais avassalador dos disparates do sr. Elton, que ela particularmente desejava escutar. Emma ouvira o bastante para saber que o sr. Weston comunicava certas informações acerca de seu filho; conseguira ouvir as palavras "meu filho" e "Frank" e "meu filho" sendo repetidas diversas vezes, e, julgando por outros fragmentos dispersos de sílabas, suspeitou fortemente que ele estivesse anunciando uma visita antes do tempo de seu filho; entretanto, quando Emma conseguiu silenciar o sr. Elton, o assunto já estava tão completamente superado que qualquer questionamento retrospectivo por parte dela teria sido estranho.

Pois ocorria o seguinte: a despeito da resolução de Emma por nunca se casar, havia algo no nome, na ideia do sr. Frank Churchill, que sempre a interessara. Emma pensara com muita frequência – em especial desde o casamento do pai dele com a srta. Taylor – que, se um dia ela *fosse* se casar, era ele a pessoa mais indicada para lhe corresponder em idade, caráter e condição. O sr. Frank Churchill parecia – por causa da conexão entre as famílias – quase lhe pertencer. Emma não podia senão supor ser aquele um enlace que todos os conhecidos de ambos decerto tinham em mente. Que o sr. e a sra. Weston de fato pensavam na hipótese, disso ela estava plenamente convencida; além disso, embora não quisesse ser induzida por ele ou por indivíduo algum a abandonar uma situação que era, segundo acreditava, mais repleta de benefícios do que qualquer outra que ganhasse em troca, ela tinha uma grande curiosidade por vê-lo, uma decidida intenção de julgá-lo aprazível, de ser apreciada por ele num certo grau, e uma espécie de prazer na ideia de que fossem vistos como um casal na imaginação dos amigos.

Com sensações desse teor, as cortesias do sr. Elton eram pavorosamente inoportunas; mas Emma tinha a capacidade de parecer bastante polida enquanto sentia-se bastante irritada – e de pensar que o resto da visita não poderia de modo algum transcorrer sem trazer à tona outra vez a mesma informação, ou pelo menos sua essência, por intermédio do franco sr. Weston. A expectativa se comprovou, pois quando se viu afortunadamente liberta do sr. Elton e sentada junto ao sr. Weston, no jantar, ele fez uso do primeiríssimo intervalo nos cuidados de hospitalidade, do primeiríssimo descanso após o lombo de carneiro, para lhe dizer:

– Só precisamos de mais dois para fechar o número ideal. Eu gostaria de ver mais dois por aqui: a sua bela amiguinha, a srta. Smith, e o meu filho... e então eu poderia dizer que estávamos um tanto completos. Creio que a senhorita não me ouviu falando aos outros, na sala de visitas, que estamos à espera de Frank... Recebi uma carta dele nesta manhã, e ele estará conosco dentro de duas semanas.

Emma se manifestou com um grau muito apropriado de prazer e assentiu de todo quanto à proposição de que o sr. Frank Churchill e a srta. Smith pudessem tornar o grupo um tanto completo.

– Há tempos ele deseja vir ao nosso encontro – continuou o sr. Weston –, desde setembro. Todas as cartas só falam disso; mas Frank não é dono do próprio tempo. Ele tem para contentar aqueles que precisam ser contentados e que (aqui entre nós) só poderão ser contentados, às vezes, por meio de uma bela quantidade de sacrifícios. Mas agora não tenho a menor dúvida de que o verei aqui por volta da segunda semana de janeiro.

– Que tremendo prazer isso será para o senhor! E a sra. Weston é tão ansiosa por conhecê-lo que deve estar quase tão feliz quanto o senhor.

– Sim, ela estaria, não fosse que, no entender dela, ocorrerá outro protelamento. Ela não se fia tanto quanto eu na vinda de Frank, mas não conhece as partes tão bem como eu. O caso, veja bem, é o seguinte... (Mas isso fica totalmente entre nós; não mencionei sequer uma sílaba sobre o assunto na outra sala. Existem segredos em todas as famílias, claro.) O caso é o seguinte: um grupo de amigos foi convidado para visitar Enscombe em janeiro, e a vinda de Frank depende do protelamento dessa visita. Se a visita não for protelada, ele não poderá tirar os pés de casa. Mas eu sei que a visita não vai ocorrer, porque se trata de uma família pela qual certa dama de alguma importância, em Enscombe, alimenta um particular desgosto; e embora se pense ser necessário convidá-los uma vez a cada dois ou três anos, a visita em si termina sempre sendo protelada quando chega o momento. Não tenho nem sombra de dúvida nessa questão. Tenho tanta confiança de que verei Frank por aqui antes do meio de janeiro quanto tenho de que eu mesmo estarei por aqui; mas a sua boa amiga ali – (fazendo um aceno de cabeça na direção da extremidade superior da mesa) – tem em si tão poucas excentricidades, e se acostumou a testemunhá-las com tamanha raridade em Hartfield, que não sabe calcular seus efeitos com a perícia que eu adquiri num longo tempo de prática.

– Lamento muito que possa existir qualquer coisa semelhante a uma dúvida nesse caso – retrucou Emma. – Mas me disponho a ficar do seu lado, sr. Weston. Se o senhor pensa que ele virá, assim pensarei também, pois o senhor conhece Enscombe.

– Sim, tenho algum direito a esse conhecimento, muito embora eu nunca tenha estado lá na minha vida. Ela é uma mulher esquisita! Mas nunca me permito falar mal dela, por conta de Frank, pois eu de fato acredito que ela goste bastante dele. Eu costumava pensar que ela não era capaz de gostar de alguém, com exceção de si mesma; mas ela sempre foi boa com ele (a seu modo... admitindo pequenos caprichos e extravagâncias e esperando que tudo seja como ela quer). E o crédito dele não é nada pequeno, na minha opinião, por despertar tamanho afeto, porque, embora eu não fosse dizer isso a ninguém mais, em relação à maioria das pessoas ela tem tanto coração quanto uma pedra... e um temperamento diabólico.

Emma gostou tanto do tema que o encetou com a sra. Weston assim que elas se acomodaram na sala de visitas – desejando-lhe a maior alegria, mas observando estar ciente de que o primeiro encontro haveria de ser um tanto alarmante. A sra. Weston concordou, mas acrescentou que lhe causaria muito contentamento ter a certeza de enfrentar a ansiedade de um primeiro encontro na época mencionada:

– Pois não posso depender da vinda dele. Não consigo ser tão otimista como o sr. Weston. Receio muitíssimo que tudo isso acabe dando em nada. O sr. Weston, ouso dizer, já lhe contou exatamente qual é a situação atual desse assunto...

– Sim... a visita parece depender apenas do mau humor da sra. Churchill, o qual, eu imagino, deve ser a coisa mais certa do mundo.

– Minha Emma! – retrucou a sra. Weston, sorrindo. – Qual é a certeza do capricho?

A sra. Weston se voltou então para Isabella, que até ali não estivera prestando atenção:

– Deve ser do seu conhecimento, minha querida sra. Knightley, que não estamos de modo algum tão seguros de que veremos o sr. Frank Churchill, na minha opinião, como pensa o pai dele. Isso depende inteiramente dos ânimos e prazeres de sua tia; em suma, do temperamento da dama. Com vocês, minhas duas filhas, eu posso me aventurar pela verdade. A sra. Churchill é soberana em Enscombe, e é uma mulher de temperamento muito errático; e a vinda do jovem neste momento depende da vontade dela de dispensá-lo.

– Ah, a sra. Churchill; todo mundo conhece a sra. Churchill – retrucou Isabella. – E posso garantir que nunca penso naquele pobre jovem sem a maior compaixão. Viver constantemente com uma pessoa de temperamento ruim deve ser terrível. É uma situação que, para nossa felicidade, jamais nos afetou de modo algum; mas deve ser uma vida de pura tristeza. É uma bênção que ela nunca tenha chegado a ter filhos! Pobres criaturinhas, a mulher os teria feito tão infelizes!

Emma desejou que tivesse ficado sozinha com a sra. Weston. Nessa circunstância ela teria ouvido mais: a sra. Weston lhe falaria com um grau de franqueza que jamais arriscaria com Isabella e, como ela de fato acreditava, dificilmente tentaria esconder dela qualquer coisa referente aos Churchill, excetuando-se a visão do jovem cavalheiro da qual sua própria imaginação já lhe dera tamanho conhecimento instintivo. De momento, porém, não havia mais nada para ser dito. O sr. Woodhouse uniu-se a elas na sala de visitas bem pouco depois. Ficar sentado por muito tempo após o jantar representava um confinamento que ele não conseguia suportar. Nem vinho e tampouco conversação significavam qualquer coisa para ele; e de bom grado se deslocou ao encontro daquelas com as quais se sentia sempre confortável.

Enquanto ele conversava com Isabella, no entanto, Emma encontrou uma oportunidade para dizer:

– Quer dizer que a senhora não considera de modo algum assegurada essa visita do seu filho. Lamento por isso. A apresentação só poderá ser desagradável, quando quer que tenha lugar; e quanto antes estiver terminada, tanto melhor.

– Sim, e cada postergação gera um receio maior ainda de postergações adicionais. Mesmo que essa família, os Braithwaite, acabe sendo evitada, ainda temo que alguma desculpa poderá ser encontrada para nos desapontar. Eu me nego a imaginar qualquer relutância por parte dele, mas estou certa de que existe um grande desejo por parte dos Churchill para mantê-lo com eles. É um caso de ciúme. Eles sentem ciúme até mesmo do respeito dele pelo pai. Em suma, não posso ter nenhuma confiança na vinda dele, e gostaria que o sr. Weston fosse menos otimista.

– Ele deveria vir – disse Emma. – Se pudesse permanecer apenas uns poucos dias, ele deveria vir; e dificilmente alguém poderá conceber que um jovem não tenha um mínimo de autonomia para tanto. Uma *mulher* jovem, caso caia nas mãos erradas, poderá ser assediada e mantida longe daqueles com os quais deseja estar; mas ninguém conseguirá compreender um *homem* jovem sendo submetido a restrições que o impedirão de passar uma semana com seu pai, se ele quiser.

– A pessoa precisaria estar em Enscombe, e conhecer os costumes da família, antes de decidir o que ele poderá fazer – retrucou a sra. Weston. – A pessoa precisaria usar a mesma cautela, talvez, para julgar a conduta de qualquer indivíduo isolado de qualquer família isolada; mas Enscombe, creio, certamente não deve ser julgada por regras gerais, pois *ela* é tão absolutamente desatinada, e tudo fica subordinado a ela.

– Mas ela gosta tanto do sobrinho: ele é um favorito tão insuperável... Ora, de acordo com a ideia que faço da sra. Churchill, seria muitíssimo natural que, ao passo que ela não faz sacrifício algum pelo conforto do marido, a quem deve tudo, ao passo que exercita incessantes caprichos na relação com *ele*, deveria ser frequentemente governada pelo sobrinho, a quem não deve nada em absoluto.

– Minha queridíssima Emma, não queira, com o seu temperamento doce, tentar entender um que é ruim, ou estabelecer regras para ele; você precisa deixá-lo seguir seu próprio caminho. Não tenho dúvida de que ele tem, por vezes, considerável influência, mas poderá ser perfeitamente impossível que ele saiba de antemão *quando* isso vai se dar.

Emma ouviu e então disse com frieza:

– Não ficarei satisfeita, a menos que ele venha.

– Pode ser que ele tenha uma bela dose de influência em determinados pontos – continuou a sra. Weston – e, em outros, uma dose bem pequena; e entre estes, nos quais ela encontra-se além de seu alcance, como é mais do que provável, poderá estar justamente essa circunstância da intenção de sair de casa para nos visitar.

Capítulo 15

O sr. Woodhouse ficou logo pronto para o seu chá; e após tomar seu chá ele já estava bastante pronto para voltar para casa; e o máximo que suas três companheiras puderam fazer foi entretê-lo de modo a dissimular a hora tardia até que os outros cavalheiros aparecessem. O sr. Weston era tagarela e convival e avesso a separações precoces de qualquer espécie, mas por fim o grupo da sala de visitas recebeu acréscimo. O sr. Elton, num ótimo estado de espírito, foi um dos primeiros a entrar. A sra. Weston e Emma estavam sentadas juntas num sofá. Ele uniu-se às duas de imediato e, sem esperar por um convite aberto, sentou-se entre elas.

Emma, também num bom estado de espírito devido ao divertimento mental proporcionado pela expectativa do sr. Frank Churchill, dispondo-se a esquecer as recentes indecências do cavalheiro e a ficar tão satisfeita com ele como antes, prontificou-se a ouvir com os mais amigáveis sorrisos quando ele fez de Harriet seu primeiríssimo assunto.

O sr. Elton professou estar extremamente ansioso por conta da bela amiga da srta. Woodhouse – sua bela, adorável e amável amiga. "Ela sabia de algo? Tivera qualquer notícia dela desde que haviam chegado a Randalls? Ele sentia grande ansiedade... precisava confessar que a natureza da enfermidade o alarmava consideravelmente." E nesse mesmo estilo ele discursou por algum tempo de maneira muito apropriada, sem dar grande atenção a qualquer resposta, mas de um modo geral ciente o bastante quanto ao terror de uma violenta dor de garganta; e Emma passou a vê-lo com olhos um tanto indulgentes.

Mas por fim houve um descaminho incabível; era como se de súbito ele temesse uma violenta dor de garganta mais por conta dela do que por conta de Harriet; como se ansiasse de fato que ela escapasse à infecção, e não que inexistisse uma infecção na enfermidade. O sr. Elton começou a lhe suplicar com grande fervor que se abstivesse de visitar outra vez o quarto da doente no presente momento, a suplicar que ela *lhe prometesse* não correr tamanho risco até que ele pudesse consultar o sr. Perry para ouvir sua opinião; e, embora Emma procurasse rir de tal exagero e trazer o assunto de volta para o caminho apropriado, não havia como dar fim a essa extrema solicitude para com ela. Emma estava contrariada. Parecia exatamente – não havia como esconder o fato – uma pretensão de estar apaixonado por ela e não por Harriet; uma inconstância, caso fosse mesmo real, das mais desprezíveis e abomináveis! E ela teve dificuldade em manter uma boa compostura. O sr. Elton voltou-se à sra. Weston para implorar seu auxílio: "Ela não lhe daria seu apoio? Não somaria suas persuasões às dele, de modo a induzir a srta. Woodhouse a não se aproximar da casa da sra. Goddard até que restasse assegurado que a moléstia da srta. Smith não tinha qualquer infecção? Ele não ficaria satisfeito sem ouvir uma promessa... Ela não exerceria por ele a influência necessária para gerar tal promessa?"

– Tão escrupulosa pelas outras pessoas – ele continuou – e, no entanto, tão negligente consigo mesma! Ela quis que eu cuidasse do meu resfriado permanecendo em casa hoje e, entretanto, recusa-se a prometer que evitará o perigo de apanhar para si uma dor de garganta ulcerada! Por acaso isso é justo, sra. Weston? Julgue o nosso caso. Será que não tenho algum direito de reclamar? Estou certo de que terei o seu bondoso apoio e auxílio.

Emma notou a surpresa da sra. Weston – e sentiu que só poderia ser enorme – perante uma abordagem que, nas palavras e nos modos, assumia para si o direito de primeiro interessado nela; quanto a ela mesma, estava exasperada e ofendida demais para ter condições de dizer com prontidão qualquer coisa a esse respeito. Ela só conseguiu lançar um olhar ao cavalheiro, mas tratou-se de um olhar que, segundo pensou, haveria de lhe restaurar o bom senso; e então deixou o sofá, deslocando-se até um assento ao lado da irmã e dando a esta sua total atenção.

Emma não teve tempo para saber de que maneira o sr. Elton absorvera sua reprovação, tão rápido foi o aparecimento de um novo assunto; porque o sr. John Knightley agora entrava pela sala, tendo saído para examinar o tempo, comunicando a todos a informação de que o chão estava coberto de neve, acrescentando que ainda nevava muito, com um forte vento sem direção, e concluindo com estas palavras ao sr. Woodhouse:

– Este provará ser um intrépido começo para os seus compromissos de inverno, senhor. Uma novidade para o seu cocheiro e os cavalos, abrir caminho por uma tempestade de neve.

O pobre sr. Woodhouse ficou calado de tanta consternação, mas todos os demais tiveram algo a dizer; todos mostraram-se ou surpresos ou nada surpresos e tiveram alguma pergunta para fazer ou algum conforto para oferecer. A sra. Weston e Emma tentaram com o máximo ardor animá-lo e desviar suas atenções do genro, que salientava seu triunfo de uma maneira um tanto insensível.

– Admirei muitíssimo a sua resolução, senhor – ele disse –, de se aventurar fora de casa num tempo assim, porque o senhor viu, é claro, que cairia neve sem grande demora. Todo mundo deve ter visto que a neve se aproximava. Admirei a sua intrepidez; e me atrevo a dizer que chegaremos em casa muito bem. Umas duas horas a mais de neve dificilmente tornarão a estrada intransitável, e estamos em duas carruagens; se *uma* delas for derrubada pelo vento no trecho desolado do campo comum, teremos a outra disponível. Eu me atrevo a dizer que todos chegaremos a Hartfield em segurança antes da meia-noite.

O sr. Weston, com uma espécie diferente de triunfo, confessava que soubera estar nevando desde algum tempo, mas nada dissera pelo receio de deixar o sr. Woodhouse desconfortável e lhe dar pretexto para uma saída precipitada. Quanto à ocorrência de qualquer quantidade de neve caída ou passível de cair e impedir o retorno, isso não passava de uma mera brincadeira; ele receava que não seria encontrada dificuldade alguma. Gostaria que a estrada pudesse estar intransitável, de modo que lhe fosse possível mantê-los todos em Randalls; e garantiu com a máxima boa vontade que acomodações poderiam ser obtidas para todos, solicitando a concordância de sua esposa na proposição de que, com mínimos artifícios, todos os visitantes poderiam ser alojados, algo que ela mal sabia como fazer devido à consciência da disponibilidade de apenas dois quartos vagos na casa.

"O que vamos fazer, minha querida Emma? O que vamos fazer?" foi a primeira exclamação do sr. Woodhouse, e o máximo que ele conseguiu dizer durante algum tempo. Em Emma ele buscou conforto; e as garantias de segurança que ela lhe deu, sua representação da excelência dos cavalos e de James, bem como do fato de terem tantos amigos por perto, ressuscitaram-no ligeiramente.

O alarme da filha mais velha era idêntico ao dele. O horror de um bloqueio em Randalls enquanto seus filhos estavam em Hartfield tomou por inteiro sua imaginação; julgando que a estrada estivesse agora transitável apenas para pessoas aventurosas, mas num estado que não admitia retardação alguma, ela mostrou-se ávida em determinar que seu pai e Emma deveriam permanecer em Randalls enquanto ela e seu marido partissem naquele mesmo instante no enfrentamento de todas as possíveis acumulações de neve à deriva que lhes pudessem atravancar o caminho.

– Seria melhor o senhor solicitar a carruagem o quanto antes, meu amor – ela disse. – Ouso dizer que teremos condições de prosseguir se partirmos o quanto antes; e se algo muito ruim de fato nos ocorrer eu poderei sair e caminhar. Não sinto nem um pouco de medo. Não me importaria de caminhar a metade do trajeto. Poderia trocar os meus sapatos, é claro, assim que entrasse em casa; e não é o tipo de coisa que me dá frio.

– Não diga! – ele retrucou. – Então, minha querida Isabella, esta é a coisa mais extraordinária do mundo, porque tudo costuma lhe dar frio. Caminhar para casa! Você está magnificamente calçada para caminhar até Hartfield, me atrevo a dizer. Vai ser ruim o bastante para os cavalos.

Isabella voltou-se à sra. Weston para obter sua aprovação de tal plano. A sra. Weston não pôde deixar de aprová-lo. Isabella recorreu então a Emma, mas Emma não pôde desistir tão inteiramente da esperança de que todos fossem capazes de ir embora; e o ponto ainda era discutido quando o sr. Knightley, que saíra da sala imediatamente após o primeiro relatório de seu irmão sobre a neve, regressou lhes dizendo que estivera do lado de fora para examinar e que podia garantir: não haveria a menor dificuldade no percurso para casa, quando quer que eles quisessem partir, fosse agora ou dali a uma hora. Ele tinha ido além da entrada dos carros – avançara um pouco pela estrada de Highbury – em lugar algum a neve ultrapassava meia polegada de profundidade – em muitos trechos mal havia neve o bastante para branquear o chão; pouquíssimos flocos caíam de momento, mas as nuvens estavam se abrindo e todas as aparências indicavam a cessação iminente da nevada. Ele falara com os cocheiros e ambos concordavam com ele que não havia o que temer.

Para Isabella, o alívio de tais boas-novas foi enorme, e elas dificilmente foram menos aceitáveis para Emma por conta do pai, que de pronto se acalmou nesse assunto até onde lhe permitiu sua constituição nervosa; mas o alarme que havia sido infligido não pôde ser apaziguado a ponto de admitir para ele qualquer conforto enquanto continuasse em Randalls. O sr. Woodhouse estava satisfeito por não haver perigo presente no retorno para casa, mas nenhuma garantia pôde convencê-lo de que era seguro permanecer; e, ao passo que os outros iam argumentando e recomendando de variadas formas, o sr. Knightley e Emma fecharam a questão em poucas e sucintas frases – assim:

– O seu pai não vai sossegar; por que vocês não partem?

– Eu estou pronta, se os outros estiverem.

– Devo tocar a campainha?

– Sim, por favor.

E a campainha foi tocada, e as carruagens, requisitadas. Alguns minutos mais e Emma esperava ver um de seus companheiros problemáticos sendo depositado em sua própria casa, para ganhar calma e sobriedade, e o outro recuperando sua compostura e felicidade quando essa visita de sofrimento estivesse acabada.

As carruagens vieram; e o sr. Woodhouse, sempre uma pessoa de primeira importância em tais ocasiões, foi cuidadosamente acompanhado até seu próprio carro pelo sr. Knightley e pelo sr. Weston, mas tudo aquilo que os dois puderam lhe dizer não pôde impedir certa renovação de alarme com a visão da neve que de fato caíra e com a descoberta de uma noite bem mais escura do que ele havia imaginado na preparação do seu espírito. "Ele temia que eles fossem enfrentar um péssimo percurso. Temia que a pobre Isabella não fosse gostar daquilo. E a pobre Emma estaria na carruagem de trás. Ele não sabia o que seria o melhor a fazer. Eles precisavam se manter juntos o mais que pudessem." E James foi orientado, recebendo como encargo que fosse muito devagar e esperasse pela outra carruagem.

Isabella ingressou na carruagem após seu pai; John Knightley, esquecendo-se de que não fazia parte do grupo, ingressou após sua esposa com a maior naturalidade; e assim Emma constatou, ao ser escoltada e seguida pelo sr. Elton até o interior do segundo carro, que a porta seria legitimamente fechada sob tal arranjo e os dois teriam um tête-à-tête na estrada. A circunstância não teria provocado um embaraço momentâneo, teria gerado inclusive prazer, antes da suspeita que nascera justamente naquele dia; Emma poderia ter conversado com ele sobre Harriet, e os três quartos de milha não teriam parecido uma grande distância. Mas agora ela preferia que aquilo não tivesse ocorrido; acreditava que o sr. Elton bebera demais do bom vinho do sr. Weston e tinha certeza de que ele iria querer ficar falando bobagens.

Para reprimi-lo na maior intensidade possível com sua própria postura, Emma preparou-se sem demora para falar com primorosa calma e gravidade sobre o tempo e a noite, mas mal começara, mal haviam eles passado pelo portão da entrada e alcançado a outra carruagem, quando ela viu seu assunto interrompido – sua mão capturada – sua atenção requerida e o sr. Elton fazendo efetivamente violentas manifestações de amor: aproveitando-se da preciosa oportunidade, declarando sentimentos que decerto já eram bastante conhecidos, esperando – temendo – adorando – disposto a morrer se ela o rejeitasse, mas lisonjeando-se de que o seu ardente afeiçoamento e o seu inigualável amor e a sua paixão sem paralelo não deixariam de produzir certo efeito, e, em suma, muitíssimo determinado a ser aceito seriamente o mais depressa possível. Era isso mesmo. Sem escrúpulo – sem um pedido de desculpas – sem muito acanhamento aparente, o sr. Elton, o amante de Harriet, professava-se amante *dela*. Emma tentou fazê-lo parar, mas em vão; ele queria ir em frente, queria dizer tudo. Por mais enfurecida que estivesse, uma reflexão sobre a circunstância fez com que ela se contivesse quando de fato falou. Ela sentiu que aquela loucura só poderia ser embriaguez e, portanto, teve alguma esperança de que pudesse passar com o tempo. Sendo assim, com um misto do sério e do jocoso que ela esperou condizer melhor com o estado meio ébrio do cavalheiro, Emma retrucou:

– Estou muitíssimo atônita, sr. Elton. Isso tudo para *mim*! O senhor está um pouco atrapalhado... o senhor me toma pela minha amiga... ficarei feliz em repassar qualquer mensagem à srta. Smith, mas chega de dizer essas coisas para *mim*, por favor.

– A srta. Smith?! Uma mensagem à srta. Smith?! Ela estará querendo dizer o quê?

E o sr. Elton repetiu as palavras de Emma com tamanha segurança na entonação, com tamanho fingimento prepotente de assombro, que ela não conseguiu deixar de retrucar com presteza:

– Sr. Elton, esta é a mais extraordinária conduta! E eu só posso explicá-la de uma única forma: o senhor está fora de si, caso contrário não poderia falar comigo, ou de Harriet, de tal maneira. Obrigue-se na medida suficiente a não dizer mais nada e eu tentarei esquecer.

Mas o sr. Elton só tinha bebido a medida suficiente de vinho para elevar seu ânimo – não para confundir em qualquer grau seu intelecto. Ele sabia muito bem o que queria dizer e, tendo calorosamente protestado que a suspeita dela era muitíssimo infamante, e tendo ligeiramente mencionado seu respeito pela srta. Smith enquanto amiga dela – mas reconhecendo sua perplexidade por sequer ouvir o nome da srta. Smith –, voltou ao tema da sua própria paixão e se mostrou muito impaciente por uma resposta favorável.

Pensando menos em sua embriaguez, Emma começou a pensar em sua inconstância e presunção e, fazendo menos força para ser polida, retrucou:

– É impossível, para mim, duvidar por mais tempo. O senhor se fez mais do que claro. Sr. Elton, o meu assombro vai muito além de qualquer coisa que eu possa expressar. Depois de um comportamento como aquele que testemunhei durante o último mês, dedicado à srta. Smith... de todas as atenções que tive o hábito diário de observar... o senhor se dirigir a mim dessa maneira... trata-se de uma instabilidade de caráter, sem dúvida, que eu não havia imaginado ser possível! Creia em mim, senhor: estou longe, muito longe, de ficar gratificada por ser objeto de tais declarações.

– Céus! – exclamou o sr. Elton. – Qual poderá ser o significado disso? A srta. Smith! Nunca pensei na srta. Smith no decurso inteiro da minha existência... nunca lhe dei qualquer atenção, a não ser como amiga sua; nunca quis saber se ela estava viva ou morta, a não ser como amiga sua. Se ela fantasiou algo diferente, seus próprios desejos a induziram ao erro, e lamento muito, lamento tremendamente... Mas a srta. Smith, ora essa! Ah, srta. Woodhouse! Quem consegue pensar na srta. Smith quando a srta. Woodhouse está por perto? Não, juro pela minha honra, não há nenhuma instabilidade de caráter. Pensei apenas na senhorita. Contesto que eu tenha devotado a menor atenção a qualquer outra pessoa. Tudo aquilo que disse ou fiz, ao longo de várias semanas, foi com o firme propósito de salientar a minha adoração pela senhorita. A senhorita não poderá duvidar disso de verdade, a sério. Não! – (numa entonação calculada para ser insinuante) – Tenho certeza de que a senhorita viu e entendeu tudo.

Seria impossível dizer o que Emma sentiu ao ouvir isso – qual de todas as suas sensações desagradáveis foi a mais marcante. Ela estava sobrepujada em demasia para ser capaz de responder imediatamente; e alguns momentos de silêncio representando amplo encorajamento para o estado de espírito otimista do sr. Elton, ele tentou pegar a mão dela outra vez enquanto exclamava com júbilo:

– Encantadora srta. Woodhouse! Permita-me interpretar este interessante silêncio. Ele confessa que há muito tempo a senhorita me compreendeu.

– Não, senhor – bradou Emma –, ele não confessa nada disso. Muito pior do que tê-lo compreendido há muito tempo, incorri no mais completo equívoco com respeito aos seus objetivos até o atual momento. Quanto a mim, sinto muito que o senhor tenha dado passagem a quaisquer sentimentos. Nada poderia estar mais distante dos meus desejos... o seu afeiçoamento à minha amiga Harriet... o seu cortejo a ela (parecia um cortejo) me deu grande prazer, e com enorme fervor desejei o seu sucesso; contudo, tivesse eu suspeitado de que ela não era o que atraía o senhor a Hartfield, certamente o teria considerado injudicioso por fazer das suas visitas algo tão frequente. Devo acreditar que o senhor nunca procurou recomendar-se particularmente à srta. Smith? Que o senhor nunca pensou seriamente nela?

– Nunca, minha senhora – ele bradou ofendido por sua vez. – Nunca, garanto. *Eu*, pensando seriamente na srta. Smith! A srta. Smith é uma ótima moça; e eu ficaria feliz de vê-la casada num arranjo respeitável. Desejo a ela o que há de absolutamente melhor; e sem dúvida existem homens que não fariam objeção a... Todo mundo tem seu nível; quanto a mim, porém, não estou tão por baixo assim, creio. Não preciso me desesperar tão completamente de uma união entre iguais a ponto de ficar me declarando à srta. Smith! Não, senhora, as minhas visitas a Hartfield tiveram em vista somente a sua pessoa; e o incentivo que recebi...

– Incentivo?! Eu, lhe dando incentivo?! O senhor incorreu no mais rematado equívoco ao fazer tal suposição. Encarei o senhor apenas como admirador da minha amiga. Sob qualquer outra luz o senhor jamais poderia ter sido para mim algo mais do que um conhecido comum. Fico extremamente pesarosa, mas é bom que o engano seja desfeito nessa altura. Tivesse o mesmo comportamento continuado, a srta. Smith poderia ter incorrido numa concepção errônea dos seus objetivos, não tendo noção, provavelmente, não mais do que eu mesma, da gigantesca desigualdade de que o senhor é tão ciente. Não sendo assim, no entanto, o desapontamento é um só e, tenho confiança, não será duradouro. Não penso em matrimônio no momento.

O sr. Elton estava enfurecido demais para dizer qualquer outra coisa; a postura dela era decidida demais para incitar uma súplica; e nesse estado de crescente ressentimento e profunda mortificação mútua eles tiveram de permanecer juntos por mais alguns minutos, porque os temores do sr. Woodhouse os tinham confinado a um ritmo de passo. Se não tivesse ocorrido tanta raiva, teria ocorrido um embaraço desesperado; mas as emoções diretas de ambos não abriam espaço para os pequenos zigue-zagues do constrangimento. Sem que se dessem conta de quando a carruagem entrou por Vicarage-lane ou de quando parou, de repente os dois se viram diante da porta do vicariato; e o sr. Elton saiu antes que outra sílaba fosse proferida. Emma então sentiu ser indispensável lhe desejar uma boa noite. O cumprimento foi apenas devolvido, com frieza e altivez; e sob uma indescritível irritação de espírito Emma foi transportada, então, até Hartfield.

Lá ela foi saudada, com o máximo deleite, por seu pai, que tremera de pavor pelos perigos de um percurso solitário desde Vicarage-lane – dobrando uma curva sobre a qual ele não aguentava nem mesmo pensar – e nas mãos de um estranho – um mero cocheiro comum – nenhum James; e ali parecia que somente o retorno dela era necessário para fazer com que tudo corresse bem, pois o sr. John Knightley, envergonhado de seu mau humor, agora era pura gentileza e atenção, e tão particularmente solícito quanto ao conforto do pai dela que até parecia – se não completamente disposto a juntar-se a ele numa tigela de mingau – perfeitamente cônscio de sua insuperável qualidade nutritiva; e o dia foi terminando em paz e conforto para todos no pequeno grupo, com exceção de Emma. Mas sua mente jamais conhecera tamanha perturbação, e lhe foi necessário um esforço muito grande para parecer atenta e alegre até que a costumeira hora da separação permitisse o alívio da reflexão silenciosa.

Capítulo 16

O cabelo foi enrolado, e a criada foi dispensada, e Emma sentou-se para pensar e ser infeliz. Era um negócio desventurado, de fato! Tamanho desmoronamento de todas as coisas que ela vinha desejando! Tamanho desenvolvimento de todas as coisas mais importunas! Tamanho golpe para Harriet! Isso era o pior de tudo. Cada elemento trazia dor e humilhação de algum tipo ou outro; entretanto, em comparação com o malefício a Harriet, tudo era leve; e de bom grado Emma teria se submetido a sentir-se ainda mais equivocada – mais perdida em erro – mais desgraçada por um péssimo discernimento do que já estava na realidade, pudessem os efeitos de seus desatinos ter sido confinados a ela.

"Se não tivesse convencido Harriet a gostar do homem, eu conseguiria ter suportado tudo. Ele poderia ter duplicado sua presunção comigo... Mas a pobre Harriet!"

Como ela podia ter sido tão enganada? O sr. Elton protestava que nunca tinha pensado seriamente em Harriet... nunca! Emma tentou pensar em retrospecto até onde lhe foi possível, mas era tudo confusão. Ela tinha assumido a ideia, segundo supôs, e fizera com que tudo se moldasse de acordo. O comportamento do sr. Elton, no entanto, só podia ter sido imperceptível, vacilante, duvidoso, caso contrário ela não teria sido tão iludida.

O retrato! Ele se mostrara tão ávido em função do retrato! E a charada! E cem outras circunstâncias; elas tinham parecido apontar para Harriet com enorme clareza. Era óbvio, a charada, com seu "gênio veloz"... por outro lado, o "doce olhar"... na verdade, aquilo não condizia com nenhuma das duas; era uma barafunda sem qualquer bom gosto ou verdade. Quem poderia ter enxergado algo naquele disparate grosseiro?

Por certo Emma vira nos modos do sr. Elton para com ela, especialmente nos últimos tempos, uma galantaria desnecessária, mas isso passara como se fosse o jeito dele, como um mero erro de julgamento, de conhecimento, de gosto, como uma prova entre outras de que ele nem sempre vivera na melhor sociedade, de que apesar da grande distinção do seu trato a verdadeira elegância por vezes faltava; mas até aquele exato dia ela nunca suspeitara, nem mesmo por um instante, que os modos do sr. Elton pudessem significar qualquer coisa salvo um grato respeito por ela enquanto amiga de Harriet.

Do sr. John Knightley Emma era devedora pela primeira ideia nesse assunto, pelo primeiro desbravamento de sua possibilidade. Não havia como negar que aqueles irmãos tinham perspicácia. Ela recordou o que o sr. Knightley certa vez lhe dissera sobre o sr. Elton, a advertência que fizera, a convicção que havia professado de que o sr. Elton nunca iria se casar imprudentemente; e corou ao pensar em como ali aparecera um conhecimento bem mais verdadeiro de seu caráter do que qualquer interpretação que ela mesma fizera. Tratava-se de uma mortificação tenebrosa, mas o sr. Elton provava-se, sob muitos aspectos, o exato inverso do que ela pretendera e acreditara nele: orgulhoso, arrogante, pretensioso – obcecado por suas próprias reivindicações e pouco preocupado com os sentimentos dos outros.

Contrariamente ao curso natural das coisas, o desejo do sr. Elton de cortejá-la o tinha feito decair na opinião de Emma. Suas declarações e propostas não lhe proporcionavam benefício algum. Ela não dava importância alguma ao afeiçoamento do cavalheiro e se sentia insultada por suas esperanças. O sr. Elton queria um bom casamento e, cometendo a arrogância de levantar os olhos para ela, fingiu estar apaixonado, mas Emma estava perfeitamente tranquila quanto ao fato de que ele não sofreria desapontamento algum que precisasse ser levado em conta. Não havia existido afeto real na linguagem e tampouco nos modos. Suspiros e palavras bonitas tinham sido emitidos em abundância, mas ela mal conseguia conceber algum conjunto de expressões – ou imaginar algum tom de voz – menos cingido ao amor verdadeiro. Emma não precisava ter o trabalho de se compadecer dele. O sr. Elton só queria se engrandecer e se enriquecer; e se a srta. Woodhouse de Hartfield, herdeira de trinta mil libras, não podia ser assim tão facilmente obtida como ele imaginara, ele logo tentaria uma srta. Outra Qualquer com vinte ou com dez.

Mas que ele chegasse a falar de incentivo, chegasse a considerá-la ciente de seus objetivos, aquiescente com suas atenções e querendo (em suma) se casar com ele! Que chegasse a supor-se equiparável a ela em conexões ou mente! Que menosprezasse sua amiga, tão profundo entendedor das gradações de classe abaixo de si e tão cego em relação aos patamares acima, a ponto de julgar que não demonstrava qualquer presunção em se declarar para ela! Isso era muitíssimo exasperante.

Talvez não fosse justo esperar do sr. Elton que sentisse o quanto era inferior a ela em talento e em todas as elegâncias da mente. A própria ausência de tal igualdade poderia impedir essa percepção, mas ele devia saber que em fortuna e importância ela era imensamente superior. Devia saber que os Woodhouse estavam estabelecidos desde muitas gerações em Hartfield, consistindo no ramo mais novo de uma família muito antiga – e os Elton não eram ninguém. A propriedade fundiária de Hartfield certamente era pouco considerável, não representando senão uma espécie de entalho nas terras de Donwell Abbey, às quais pertencia todo o resto de Highbury, mas a fortuna dos Woodhouse por outras fontes era tamanha que os tornava secundários à própria Donwell Abbey somente por pouca diferença em todos os outros tipos de relevância; e os Woodhouse havia muito ocupavam um lugar elevado na consideração da vizinhança na qual o sr. Elton entrara pela primeira vez menos de dois anos antes – abrindo caminho como pôde, sem quaisquer alianças a não ser no comércio ou qualquer coisa que o recomendasse ao olhar público exceto sua situação e sua civilidade. Mas ele fantasiara estar apaixonado por ela; nisso, é claro, ele decerto havia se agarrado, e, depois de alguma cólera em função da aparente incongruidade dos modos distintos com a cabeça pretensiosa, Emma foi obrigada, para ser honesta, a fazer uma pausa e admitir que o seu próprio comportamento para com ele havia sido tão prestativo e complacente, tão cheio de cortesias e atenções, que (na suposição de que a verdadeira motivação dela passasse despercebida) até poderia justificar num homem com poderes ordinários de observação e delicadeza, como era o sr. Elton, a fantasia de que fosse um favorito indiscutível. Se *ela* tinha interpretado tão mal os sentimentos do cavalheiro, então ela não possuía grande autoridade para estranhar que *ele*, com a cegueira do interesse pessoal, tivesse compreendido mal os dela.

O primeiro e pior erro era responsabilidade dela. Era tolo, era errado assumir um papel tão ativo na aproximação de quaisquer duas pessoas. Era se aventurar longe demais, pretender demais, fazer pouco caso de algo que deveria ser sério, um truque de algo que deveria ser simples. Emma estava bastante inquieta e envergonhada, e determinara que nunca mais faria algo parecido.

– Aqui – ela disse – eu de fato cometi a falácia de fazer com que Harriet se tornasse muito afeiçoada por esse homem. Não fosse a minha interferência, Harriet poderia nunca ter pensado nele; e certamente nunca teria pensado nele com esperança se eu não a tivesse deixado segura do interesse dele, porque ela é modesta e humilde como eu costumava considerar o sr. Elton. Ah, se eu tivesse ficado satisfeita em persuadir Harriet a não aceitar o jovem Martin... Nesse ponto agi com bastante correção. Esse foi um bom trabalho da minha parte, mas eu devia ter parado por ali, deixando que o tempo e o acaso cuidassem do resto. Eu estava introduzindo-a em boas companhias e lhe dando a oportunidade de agradar alguém que valesse a pena; não deveria ter tentado mais do que isso. Mas agora, pobre garota, sua paz está desfeita por um bom tempo. Não fui amiga dela senão pela metade e, se Harriet *não* sentir esse desapontamento tanto assim, estou certa de que não faço a menor ideia de qualquer outro cavalheiro que possa ser minimamente desejável para ela; William Coxe...

Ah, não, eu não iria suportar William Coxe... um advogado jovem e petulante...

Emma se deteve para corar e rir de sua própria recaída, e então retomou uma cogitação mais séria e desanimadora sobre o que ocorrera, o que poderia ocorrer e o que haveria de ocorrer. A angustiante explicação que ela precisava fazer para Harriet, e tudo aquilo que a pobre Harriet sofreria, com o constrangimento dos futuros encontros, as dificuldades de continuar ou descontinuar a intimidade, de reprimir sentimentos, esconder o ressentimento e evitar a notoriedade, tudo isso já era suficiente para ocupá-la nas mais desditosas reflexões por algum tempo ainda, e ela foi dormir afinal sem nada decidido, salvo a convicção de ter cometido um erro gravíssimo e terrível.

Para uma pessoa jovem e naturalmente jovial como Emma, embora uma melancolia temporária possa se manifestar à noite, o retorno do dia dificilmente deixará de trazer o retorno do ânimo. A juventude e a jovialidade da manhã caracterizam uma feliz analogia de poderoso funcionamento, e se as angústias não forem pungentes o bastante para manter os olhos descerrados, eles fatalmente irão se abrir para sensações de dor suavizada e esperança mais brilhante.

Emma se levantou, na manhã seguinte, mais tranquila do que quando se deitara, mais pronta para ver abrandamentos do mal diante de si e para confiar que sairia do apuro toleravelmente bem.

Era uma grande consolação que o sr. Elton não estivesse realmente apaixonado por ela ou fosse tão particularmente amável a ponto de lhe ser chocante desapontá-lo – que a natureza de Harriet não fosse de uma espécie superior na qual os sentimentos são muitíssimo agudos e retentivos – e que não houvesse qualquer necessidade de que alguém viesse a tomar conhecimento do que se passara com exceção dos três principais envolvidos, e sobretudo de que o pai dela tivesse um só momento de inquietação a esse respeito.

Esses eram pensamentos bastante animadores; e a visão de uma grande quantidade de neve no chão foi um benefício adicional, pois era bem-vinda qualquer coisa que pudesse justificar uma completa separação dos três no presente momento.

A condição do tempo lhe foi muitíssimo favorável; embora fosse dia de Natal, ela não poderia ir à igreja. O sr. Woodhouse teria ficado arrasado caso sua filha sequer propusesse tal coisa, e Emma ficou salva, por consequência, tanto de instigar quanto de receber ideias desagradáveis e muitíssimo inadequadas. O chão estando coberto de neve, com a atmosfera no estado entre o gelo e o degelo, que é de todos o mais hostil ao exercício, todas as manhãs iniciando-se com chuva ou neve, tudo entrando em congelamento, Emma foi por vários dias uma muito honrada prisioneira. Nenhum relacionamento com Harriet sendo possível senão por bilhete; nenhuma igreja para ela no domingo, não mais do que no dia de Natal; e nenhuma necessidade de inventar desculpas pela ausência do sr. Elton.

Era um clima que poderia confinar todas as pessoas em casa de modo muito razoável; e embora ela esperasse e acreditasse que o cavalheiro estivesse de fato buscando conforto nessa ou naquela sociedade, era bastante agradável ver seu pai tão satisfeito com a ideia do sr. Elton completamente sozinho em seu próprio lar, sensato demais para tirar os pés de casa, bem como ouvi-lo dizer ao sr. Knightley, visitante que nenhuma condição do tempo conseguia manter inteiramente afastado deles:

– Ah, sr. Knightley, por que é que o senhor não segue o exemplo do sr. Elton e fica em casa?

Aqueles dias de confinamento teriam sido para Emma, não fosse por suas perplexidades privadas, confortáveis ao extremo – na medida em que tamanha reclusão convinha perfeitamente ao seu irmão, cujos sentimentos haveriam de ter sempre a maior importância para quem lhe fizesse companhia; e ele tinha eliminado de tal forma seu mau humor em Randalls, além disso, que o seu comportamento afável nunca lhe faltou durante o resto da estadia em Hartfield. Foi sempre agradável e prestativo, falando de todos com grande prazer. Contudo, mesmo com todas as esperanças da jovialidade, com todos os atuais confortos do adiamento, restava ainda um mal pairando sobre ela – a hora da explicação diante de Harriet – e era impossível que Emma conseguisse ficar totalmente à vontade.

Capítulo 17

O sr. e a sra. John Knightley não foram retidos por muito tempo em Hartfield. O tempo logo melhorou o suficiente para que saíssem aqueles que precisavam sair; e o sr. Woodhouse, tendo – como de costume – tentado persuadir sua filha a permanecer com todas as crianças, foi obrigado a ver o grupo todo partir e a retornar às lamentações sobre o destino da pobre Isabella – a pobre Isabella que, passando sua vida em meio aos entes que venerava, copiosa quanto aos méritos deles, cega quanto aos defeitos, e sempre inocentemente atarefada, poderia ter sido um modelo de perfeita felicidade feminina.

A noite do mesmo dia que os levou embora trouxe um bilhete do sr. Elton para o sr. Woodhouse, um longo, educado e cerimonioso bilhete, afirmando, com os melhores cumprimentos do sr. Elton, "que ele propunha deixar Highbury na manhã seguinte, a caminho de Bath, onde, em conformidade com as insistentes súplicas de alguns amigos, comprometera-se a passar algumas semanas, e muito lamentava pela impossibilidade na qual se via, devido a várias circunstâncias de clima e negócios, de se despedir em pessoa do sr. Woodhouse, de cujas amigáveis civilidades ele guardaria para sempre uma grata sensação – e, tivesse o sr. Woodhouse quaisquer pedidos, ficaria feliz em atendê-los".

Emma foi tomada pela mais agradável surpresa. A ausência do sr. Elton bem naquele momento era o seu principal objeto de desejo. Ela o admirou pelo estratagema, muito embora não fosse capaz de lhe dar grande crédito pela forma do anúncio. O ressentimento não poderia ter sido manifestado com maior clareza do que numa civilidade ao pai dela na qual ela era tão destacadamente excluída. Emma não merecera nem mesmo uma participação nos cumprimentos de abertura. Seu nome não era mencionado – e havia uma transformação tão notável em tudo isso, uma despedida solene tão desajuizada em seus gratos reconhecimentos, algo que não escaparia, conforme ela pensou a princípio, à desconfiança de seu pai.

Escapou, no entanto. O sr. Woodhouse ficou um tanto sobressaltado pela surpresa de tão repentina viagem e por seus temores de que o sr. Elton pudesse não chegar ao fim dela são e salvo, e nada viu de extraordinário na linguagem do cavalheiro. Tratou-se de um bilhete muito útil, porque lhes abasteceu com nova matéria para pensamento e conversação durante o resto daquela noite solitária. O sr. Woodhouse discorreu sobre os seus alarmes e Emma teve presença de espírito para dissipá-los racionalmente com toda a sua prontidão habitual.

Ela decidira, agora, que não deixaria Harriet no escuro por mais tempo. Tinha razão para crer que a jovem estava praticamente recuperada de seu resfriado, e era desejável que ela dispusesse do maior tempo possível para vencer sua outra enfermidade antes do retorno do cavalheiro. Emma se dirigiu à casa da sra. Goddard já no dia seguinte, portanto, para enfrentar a necessária penitência da comunicação; e a penitência foi severa. Teve de destruir todas as esperanças que havia tão industriosamente alimentado, de aparecer no ingrato papel da preferida e de reconhecer-se grosseiramente equivocada e desarrazoada em todas as suas ideias no mesmo assunto, em todas as suas observações, todas as suas convicções, todas as suas profecias ao longo das últimas seis semanas.

A confissão renovou por completo sua primeira vergonha, e a visão das lágrimas de Harriet a fez pensar que nunca mais cairia nas graças da amiga outra vez.

Harriet suportou a informação muito bem, sem culpar ninguém, e em todos os aspectos atestando tamanha candura de disposição e humilde opinião de si mesma que só pôde ser vista pela amiga, naquele momento, sob uma luz particularmente vantajosa.

Emma encontrava-se num estado de espírito para valorizar ao máximo a modéstia e a simplicidade; e aquilo que havia de mais amável e deveria ser mais encantador parecia estar no lado de Harriet, não no dela. Harriet não se considerava como alguém que tivesse algo para reclamar. O afeto de um homem como o sr. Elton teria sido uma distinção grande demais. Ela nunca poderia tê-lo merecido; e ninguém senão uma amiga tão bondosa e parcial quanto a srta. Woodhouse teria julgado tal coisa possível.

Suas lágrimas caíram em abundância – mas sua dor era tão verdadeiramente pura que nenhuma dignidade a teria tornado mais respeitável aos olhos de Emma – e ela ouviu-a e tentou consolá-la com imensa compreensão e compaixão – realmente convencida, naquele instante, de que a criatura superior entre as duas era Harriet, de que se assemelhar a ela lhe faria mais por seu bem-estar e sua felicidade do que qualquer coisa que pudessem fazer o talento ou a inteligência.

Já era tarde demais para que Emma conseguisse ser simplória e ignorante, mas ela deixou-a na confirmação de todas as prévias resoluções de que seria judiciosa e humilde, de que iria reprimir a imaginação pelo resto da vida. Seu segundo dever agora, inferior apenas às demandas do pai, era promover o conforto de Harriet e tentar lhe provar seu próprio afeto através de algum método melhor do que os seus serviços de casamenteira. Ela levou-a para Hartfield e lhe deu mostras da mais invariável generosidade, esforçando-se para ocupá-la e diverti-la, por meio de livros e conversação, de modo a tirar o sr. Elton de seus pensamentos.

Era preciso deixar que o tempo corresse, Emma sabia, para que fosse obtido tal feito; e ela só podia supor ser pouco capacitada para julgar questões desse tipo em geral e ser de todo inapta para simpatizar com um apego ao sr. Elton em particular; mas lhe pareceu razoável que na idade de Harriet, e com a plena extinção de todas as esperanças, poderia ser realizado um progresso que avançasse até um estado de compostura por ocasião do retorno do sr. Elton, a ponto de lhes permitir que se reunissem todos na comum rotina da sociabilidade sem qualquer perigo de trair sentimentos ou aumentá-los.

Harriet de fato via nele um homem perfeito, sustentando a inexistência de alguém que se equiparasse a ele em pessoa ou bondade, e provou estar, na verdade, mais resolutamente apaixonada do que Emma previra; mas lhe pareceu ser tão natural, tão inevitável lutar contra uma inclinação de tal forma *não correspondida*, que ela não compreenderia sua continuidade por longo tempo com idêntica força.

Se o sr. Elton, em seu retorno, tornasse sua indiferença indubitável e evidente – Emma não tinha dúvida de que ele o faria com grande avidez –, ela não poderia conceber que Harriet persistisse em depositar sua felicidade na visão ou na lembrança do cavalheiro.

Eles estarem fixados – tão absolutamente fixados no mesmo lugar – era ruim para cada um, para todos os três. Nenhum deles tinha o poder de trocar de endereço, ou de efetuar qualquer mudança substancial de sociedade. Eles precisavam se encontrar entre si e tirar o melhor da situação.

Harriet foi ainda mais desventurada no tom de suas companheiras na casa da sra. Goddard, com o sr. Elton sendo adorado por todas as professoras e garotas crescidas na escola; e era somente em Hartfield que ela poderia ter qualquer chance de ouvir falar dele com refrigerante moderação ou repelente verdade. Onde a ferida tinha sido infligida, ali sobretudo deveria ser encontrada uma cura; e Emma sentia que, até que visse Harriet a caminho da cura, não poderia existir paz verdadeira para ela mesma.

Capítulo 18

O sr. Frank Churchill não veio. Quando se aproximou a época estipulada, os temores da sra. Weston foram justificados com a chegada de uma carta de desculpas. No atual momento, ele não poderia ser dispensado, para sua "enorme mortificação e tristeza; mesmo assim, ele mantinha uma esperança de visitar Randalls numa data não muito distante".

A sra. Weston ficou extremamente desapontada – muito mais desapontada, na verdade, do que o seu marido, embora sua confiança em ver o jovem cavalheiro tivesse sido tanto mais sóbria. Mas um temperamento otimista, muito embora esteja sempre esperando uma quantidade inviável de bons acontecimentos, nem sempre paga por suas esperanças com alguma depressão proporcional: logo passa voando por sobre o presente fracasso e dá início a uma nova esperança. Durante meia hora, o sr. Weston ficou surpreso e pesaroso, mas então começou a perceber que uma vinda de Frank dali a dois ou três meses seria um plano muito melhor; a melhor época do ano; o melhor clima; e dessa forma, sem sombra de dúvida, ele teria condições de permanecer com eles por um tempo consideravelmente mais longo do que se tivesse vindo antes.

Tais sentimentos lhe restauraram rapidamente a tranquilidade, ao passo que a sra. Weston, de uma disposição mais apreensiva, nada previu senão uma repetição das desculpas e dos adiamentos e, depois de toda a sua preocupação por aquilo que o marido haveria de sofrer, sofreu bem mais ela mesma.

Emma não tinha ânimo, naquela altura, para realmente se importar com o cancelamento da vinda do sr. Frank Churchill, exceto pela decepção que provocava em Randalls.

Conhecê-lo, no presente momento, não lhe sugeria nenhum encanto. Ela queria, mais do que tudo, ficar sossegada e livre de tentações; todavia, como era desejável que parecesse, de um modo geral, a mesma pessoa de sempre, ela tomou o cuidado de expressar tanto interesse pela circunstância – e de se solidarizar do modo mais caloroso com o desapontamento do sr. e da sra. Weston – quanto poderia exigir naturalmente o laço de amizade entre eles.

Foi Emma quem fez o anúncio ao sr. Knightley, exclamando com a ênfase necessária (ou, por estar interpretando um papel, talvez um tanto mais) perante a conduta dos Churchill em mantê-lo afastado. Ela então tratou de falar bem mais do que sentia sobre a vantagem de tal adição à confinada sociedade de Surrey, sobre o prazer de contemplar uma pessoa nova, sobre o dia de gala que a população inteira de Highbury teria com o aparecimento do jovem, e, terminando com censuras aos Churchill outra vez, viu-se diretamente envolvida num desentendimento com o sr. Knightley; para grande diversão sua, percebeu que estava tomando para si o outro lado da questão, divergindo de sua própria opinião e fazendo uso dos argumentos da sra. Weston contra si mesma.

– Os Churchill muito provavelmente são culpados – disse o sr. Knightley com frieza. – Mas me atrevo a dizer que ele poderia vir, se quisesse.

– Não sei por que razão o senhor diz isso. Ele tem um desejo fortíssimo de vir, mas o tio e a tia não o dispensam nunca.

– Não consigo acreditar que ele não tenha o poder de vir, tendo feito tamanha questão disso. É improvável demais para que eu acredite sem alguma prova.

– O senhor é tão esquisito! O que foi que o sr. Frank Churchill fez para que o senhor suponha nele uma criatura tão desnaturada?

– Não estou em absoluto supondo nele uma criatura desnaturada quando suspeito que ele pode ter aprendido a pairar acima de seus parentes e a dar bem pouca importância para qualquer coisa salvo seu próprio prazer, por conviver com aqueles que sempre lhe deram exemplo para tanto. É muitíssimo mais natural do que se poderia desejar que um jovem cavalheiro, criado por gente orgulhosa, luxuosa e egoísta, acabe por ser também orgulhoso, luxuoso e egoísta. Se Frank Churchill quisesse visitar seu pai, ele teria encontrado uma solução para isso entre setembro e janeiro. Um homem com a idade dele... quantos anos ele tem? 23 ou 24... não poderá ser desprovido dos meios para fazer algo assim. É impossível.

– Para o senhor, que sempre foi dono de si, é fácil dizer isso ou ter essa sensação. O senhor é o pior juiz do mundo, sr. Knightley, quanto às dificuldades da dependência. O senhor não sabe como é duro administrar temperamentos.

– Não se pode conceber que um homem com 23 ou 24 anos não tenha liberdade de mente ou de membros para tal propósito. Não lhe poderá faltar dinheiro... não lhe poderá faltar ócio. Nós sabemos, pelo contrário, que ele tem ambos de sobra e fica feliz em se livrar deles nos mais indolentes antros do reino. Temos notícia dele o tempo inteiro nesse ou naquele balneário. Pouco tempo atrás ele estava em Weymouth. Isso comprova que ele consegue deixar os Churchill.

– Sim, às vezes ele consegue.

– E essas vezes são sempre que ele julgue valer a pena; sempre que exista qualquer tentação de prazer.

– É muito injusto julgar a conduta de alguém sem um íntimo conhecimento de sua situação. Ninguém que não tenha estado no interior de determinada família saberá quais poderão ser as dificuldades de algum indivíduo dessa família. Nós deveríamos estar familiarizados com Enscombe, e com o temperamento da sra. Churchill, antes que pretendêssemos decidir o que o sobrinho dela pode fazer. Talvez ele possa ser capaz, em certos momentos, de fazer muito mais do que pode em outros.

– Existe uma coisa, Emma, que um homem sempre poderá fazer se quiser: o seu dever. Não por meio de manobras e artimanhas, mas por meio do vigor e da resolução. É dever de Frank Churchill conceder a seu pai tal atenção. Ele sabe que é, a julgar por suas promessas e mensagens;

se quisesse fazê-lo, porém, isso seria viável. Um homem com noções corretas diria sem pensar duas vezes à sra. Churchill, de forma simples e resoluta: "Todo sacrifício de um mero prazer a senhora sempre me verá disposto a fazer para sua conveniência, mas preciso ir ao encontro do meu pai o quanto antes. Sei que ele ficaria magoado caso eu deixasse de lhe prestar esse sinal de respeito na presente ocasião. Hei de partir, portanto, amanhã". Se ele apenas dissesse algo assim à sra. Churchill sem pensar duas vezes, no tom de decisão apropriado para um homem, sua partida não receberia nenhuma oposição.

– Não – disse Emma, rindo –, mas talvez sua volta pudesse receber alguma. Um homem inteiramente dependente usando uma linguagem dessas! Ninguém a não ser o senhor, sr. Knightley, teria imaginado algo assim possível. Mas o senhor não faz a menor ideia dos requisitos de uma situação que seja o total oposto da sua. O sr. Frank Churchill fazendo um discurso desses para o tio e a tia que o criaram e lhe dão sustento! Parado de pé no meio da sala, eu suponho, e falando tão alto quanto possível! Como é que o senhor consegue imaginar tal conduta praticável?

– Fique certa disto, Emma, um homem sensato não veria nisso nenhuma dificuldade. Ele se sentiria no direito; e a declaração (feita, é claro, como um homem de bom senso a faria, de um modo apropriado) lhe faria mais bem, o elevaria mais alto, fixaria seus interesses com mais força entre as pessoas das quais ele depende, do que toda uma tática de artifícios e expedientes jamais poderia fazer. O respeito seria somado ao afeto. Eles sentiriam que podem confiar nele, que o sobrinho que fizera o certo por seu pai faria o certo por eles; pois sabem tão bem quanto ele, tão bem quanto deve saber o mundo inteiro, que ele deveria fazer essa visita para o pai, e, por mais que estejam exercendo seu poder de postergação de forma mesquinha, no íntimo não pensam algo melhor sobre o jovem por essa submissão a tais caprichos. O respeito pela conduta correta é sentido por todas as pessoas. Se ele apenas agisse dessa maneira, de acordo com princípios, de modo consistente, regular, as pequenas mentes dos Churchill se curvariam à dele.

– Duvido bastante disso. O senhor gosta muito de fazer com que pequenas mentes se curvem; mas quando pequenas mentes pertencem a pessoas ricas com autoridade, creio que elas têm uma propensão ao dilatamento, tornando-se praticamente tão incontroláveis quanto as grandes. Posso imaginar que se o senhor, com a sua personalidade, sr. Knightley, fosse transportado e inserido de uma hora para outra na situação do sr. Frank Churchill, seria capaz de dizer e fazer precisamente o que acabou de recomendar para ele; e poderia ter obtido um ótimo efeito. Os Churchill poderiam não ter uma única palavra para dizer em resposta; só que o senhor não teria nenhum hábito de precoce obediência e longa observância para romper. Para quem o tem, poderia não ser tão fácil irromper de uma hora para outra numa perfeita independência e reduzir a nada todos os direitos que eles possuem de lhe solicitar gratidão e respeito. Pode ser que o sr. Frank Churchill tenha uma noção tão firme como a sua sobre o que seria correto, mas não seja, sob circunstâncias particulares, tão capacitado para fazer algo nesse sentido.

– Nesse caso, não seria uma noção tão firme assim. Se deixasse de produzir um empenho idêntico, não poderia ser uma convicção idêntica.

– Ah, a diferença de situação e hábito! Gostaria que o senhor tentasse entender o que um jovem amável decerto sentiria caso se opusesse diretamente àqueles pelos quais, enquanto criança e menino, ele demonstrou deferência durante a vida toda.

– O seu jovem amável será um jovem muito fraco se essa for a primeira ocasião na qual ele leva em frente uma resolução de agir certo contrariando a vontade de outros. Já deveria ser um hábito, por essa altura, que ele cumprisse o seu dever em vez de ficar cedendo ao oportunismo. Posso admitir os temores de uma criança, mas não os de um homem. Tendo se tornado um indivíduo mais racional, ele deveria ter erguido a cabeça e descartado todos os aspectos indignos da autoridade dos Churchill. Deveria ter feito oposição à primeira tentativa por parte deles de fazê-lo menosprezar o pai. Tivesse ele começado como deveria, não teria surgido qualquer dificuldade agora.

– Nós nunca iremos concordar sobre o sr. Frank Churchill – exclamou Emma –, mas não há nada de extraordinário nisso. Não me passa pela cabeça que ele seja um jovem fraco: tenho certeza de que não é. O sr. Weston não seria cego ao desatino, ainda que no próprio filho; mas é bastante provável que ele tenha uma disposição mais submissa, condescendente, branda, um temperamento que não caberia na sua concepção de um homem perfeito. Ouso dizer que ele tem; e muito embora isso possa lhe cortar certas vantagens, várias outras lhe serão asseguradas.

– Sim; todas as vantagens de ficar parado quando deveria se mover, levar uma vida de mero prazer ocioso e se considerar um experimentado perito em encontrar desculpas para tanto. Ele consegue se sentar para escrever uma bela carta floreada, cheia de promessas e falsidades, persuadindo-se de que descobriu o melhor método do mundo para preservar a paz em casa e evitar que seu pai tenha qualquer direito de reclamar. Suas cartas me causam repugnância.

– Os seus sentimentos são singulares, sr. Knightley. Elas parecem causar satisfação a todas as outras pessoas.

– Suspeito que não causem satisfação à sra. Weston. Dificilmente poderão satisfazer uma mulher com o bom senso e os sentimentos aguçados que ela tem: fazendo as vezes de mãe, mas sem o afeto de mãe para cegá-la. É por conta dela que alguma atenção a Randalls é duplamente devida, e por certo ela sente duplamente a omissão. Fosse ela mesma uma pessoa importante, Frank Churchill teria vindo, ouso dizer; e não teria feito diferença se viesse ou não. Consegue imaginar o seu amigo sendo remisso em considerações desse tipo? Pensa que ela não diz isso para si mesma muitas vezes? Não, Emma, o seu jovem amável só consegue ser amável em francês, não em inglês. Ele pode ser muito "aimable", ter muito boas maneiras e ser muito agradável, mas não poderá ter nenhuma delicadeza inglesa no tocante aos sentimentos das outras pessoas: não existe nada de realmente amável nele.

– O senhor parece estar determinado a pensar mal dele.

– Eu?! Nem um pouco – retrucou o sr. Knightley, bastante descontente. – Não quero pensar mal dele. Eu teria tanta presteza em reconhecer seus méritos quanto qualquer outro homem, mas não ouço falar de nenhum, com exceção dos que são meramente pessoais: que ele é bem crescido e tem boa aparência, com modos macios e aceitáveis.

– Bem, se não tiver nada mais para recomendá-lo, ele já será um tesouro em Highbury. Raras vezes contemplamos um bom jovem cavalheiro, bem-educado e agradável. Não devemos ser meticulosos e pedir de quebra todas as virtudes. O senhor não consegue imaginar, sr. Knightley, a *sensação* que a vinda dele vai produzir? Não haverá senão um único assunto percorrendo as paróquias de Donwell e Highbury; um único interesse... um único objeto de curiosidade; tudo dirá respeito ao sr. Frank Churchill; não pensaremos nem falaremos em mais ninguém.

– Eu lhe peço perdão por ser tão exaltado. Se eu o julgar conversável, ficarei feliz em conhecê-lo; no entanto, se não passar de um janota tagarela, não vai ocupar grande parcela do meu tempo ou dos meus pensamentos.

– A ideia que faço do sr. Frank Churchill é que ele consegue adaptar sua conversação ao gosto de todas as pessoas e tem o poder, bem como a intenção, de ser universalmente agradável. Com o senhor ele vai falar sobre agricultura; comigo, sobre pintura ou música; e assim por diante com todo mundo, dispondo da informação geral em todos os assuntos que o capacita para seguir o exemplo ou tomar a iniciativa bem de acordo com os requisitos do decoro, falando extremamente bem em ambos os casos; essa é a ideia que faço dele.

– E a minha – disse o sr. Knightley com ardor – é que, se ele acabar se revelando qualquer coisa desse tipo, será o sujeito mais insuportável na face da Terra! Ora! Sendo aos 23 anos o rei de seus interlocutores... o grande homem... o político experiente que se mostra pronto para decifrar a personalidade de todas as pessoas e fazer com que os talentos de todos conduzam à demonstração de sua própria superioridade, ficar distribuindo suas lisonjas por todos os lados de modo a fazer com que todas as pessoas pareçam idiotas quando comparadas a ele! Minha querida Emma, o seu próprio bom senso não conseguiria suportar tamanha fatuidade quando chegasse a hora.

– Não direi mais nada sobre ele – Emma exclamou –, o senhor vê tudo pelo lado ruim. Somos ambos preconceituosos; o senhor contra, e eu a favor dele; e não teremos a menor chance de entrar em acordo até que ele esteja realmente aqui.

– Preconceituoso?! Não sou preconceituoso.

– Mas eu sou em grande medida, e sem me sentir nem um pouco envergonhada disso. O meu amor pelo sr. e pela sra. Weston me confere um decisivo preconceito a favor dele.

– Ele é uma pessoa na qual nunca penso por muito tempo seguido – disse o sr. Knightley com um grau de aborrecimento que fez Emma trocar de assunto no mesmo instante, muito embora ela não conseguisse entender por que razão ele precisava ficar zangado.

Sentir aversão por um jovem apenas porque ele parecia ser de uma disposição diferente da sua era indigno da genuína liberalidade de espírito que ela tinha se acostumado a sempre reconhecer no sr. Knightley, pois, apesar de toda a elevada autoestima de que ela sempre o acusara, nunca antes supusera sequer por um momento que tal amor-próprio pudesse fazê-lo ser injusto em relação ao mérito de outro.

Capítulo 19

Emma e Harriet estavam caminhando juntas certa manhã e, na opinião de Emma, falando mais do que o suficiente sobre o sr. Elton para o dia. Ela não conseguia pensar que o consolo de Harriet ou seus próprios pecados exigissem mais e foi tratando diligentemente, portanto, de se livrar do assunto enquanto retornavam, mas o tema irrompeu novamente quando ela pensava que já tinha obtido êxito, e, depois de falar por algum tempo sobre o quanto deviam sofrer os pobres no inverno e não receber qualquer outra resposta que não um muito lamurioso "O sr. Elton é tão bom com os pobres!", ela julgou que algo mais precisava ser feito.

Estavam justamente se aproximando da casa onde moravam a sra. e a srta. Bates. Emma decidiu visitá-las e procurar segurança nos números. Havia sempre razão suficiente para tal atenção; a sra. e a srta. Bates adoravam ser visitadas, e Emma sabia que era considerada pelos pouquíssimos que jamais se atreviam a enxergar imperfeições nela como uma pessoa bastante negligente nesse respeito, como alguém que não contribuía com sua parcela devida para o escasso suprimento de confortos das pessoas conhecidas.

Ela recebera inúmeras insinuações do sr. Knightley – e algumas de seu próprio coração – quanto a essa deficiência sua, mas nenhuma era capaz de contrabalançar a convicção de que aquilo era muito desagradável – uma perda de tempo – mulheres maçantes – e todos os horrores do iminente perigo de topar com gente da segunda ou da terceira classe de Highbury, pessoas que ficavam lhes visitando a toda hora, e por isso Emma raramente chegava perto delas. Mas agora ela tomava uma súbita resolução de não passar pela porta das damas sem entrar – observando, enquanto ia fazendo a proposição para Harriet, que, até onde tinha condições de calcular, elas estavam bem naquele momento bastante a salvo de qualquer carta de Jane Fairfax.

A casa pertencia a pessoas de negócios. A sra. e a srta. Bates ocupavam o andar da sala de visitas; e ali, no muito moderado aposento que era tudo para elas, as visitantes foram saudadas com a maior cordialidade, até mesmo com gratidão – a calma e esmerada idosa, sentada com seu tricô no canto mais aquecido, querendo até mesmo entregar seu lugar à srta. Woodhouse, e sua mais ativa e falante filha, quase prestes a sobrecarregá-las de cuidados e carinhos, agradecimentos pela visita, solicitude pelos sapatos delas, ansiosas indagações sobre a saúde do sr. Woodhouse, joviais comunicações sobre a saúde de sua mãe e o bolo doce do bufê: "A sra. Cole tinha saído dali pouco antes, quisera fazer uma ligeira visita de dez minutos e havia tido a bondade de se sentar com elas por uma hora e *ela* pegara um pedaço de bolo e havia tido a gentileza de dizer que gostara muito; e por isso ela esperava que a srta. Woodhouse e a srta. Smith lhes fizessem o favor de comer um pedaço também".

A menção dos Cole por certo seria seguida pela menção do sr. Elton. Havia intimidade entre os dois, e o sr. Cole tivera notícias do sr. Elton desde a partida deste. Emma sabia o que viria; elas precisariam ver a carta de novo e confirmar por quanto tempo ele já se ausentara, e o quanto ele estava envolvido com diversas companhias, e como ele era um favorito por onde quer que fosse, e como tinha estado cheio de gente o baile do Mestre de Cerimônias; e ela enfrentou tudo muito bem, com todos os elogios e demonstrações de interesse que poderiam ser requeridos, e sempre se adiantando de modo a evitar que Harriet tivesse obrigação de dizer uma palavra.

Para isso Emma tinha se preparado quando entrara na casa, mas ela pretendia, uma vez que tivesse esgotado garbosamente o tópico do sr. Elton, não mais ser incomodada por qualquer tema espinhoso e sobrevoar de longe por sobre todas as soberanas e senhoritas de Highbury com suas reuniões de jogo. Emma não tinha se preparado para ver Jane Fairfax suceder o sr. Elton, mas este foi de fato afugentado pela srta. Bates – ela se afastou dele afinal, num salto abrupto para os Cole, de modo a introduzir uma carta de sua sobrinha.

– Ah, sim... o sr. Elton, eu soube... certamente, no que diz respeito à dança... a sra. Cole estava me dizendo que a dança nos salões em Bath foi... a sra. Cole teve a gentileza de se sentar por algum tempo conosco, falando de Jane; pois assim que chegou a sra. Cole começou a perguntar sobre ela, Jane é tão absolutamente uma favorita por lá. Sempre que está conosco, a sra. Cole não sabe como demonstrar o bastante sua gentileza; e devo dizer que Jane merece tudo isso tanto quanto qualquer pessoa poderá merecer. Então ela começou a perguntar por Jane no mesmo instante, dizendo: "Eu sei que vocês não podem ter recebido notícias recentes dela, porque não é a época das cartas dela"; e quando eu disse imediatamente: "Mas na verdade tivemos, recebemos uma carta dela hoje de manhã mesmo", não sei se alguma vez eu vi uma pessoa mais surpresa. "Vocês receberam, palavra de honra?", falou ela, "Bem, isso é um tanto inesperado. Por favor, permitam-me ouvir o que ela diz."

A polidez de Emma mostrou-se disponível no mesmo instante – para dizer, com sorridente interesse:

– Vocês tiveram notícias tão recentes da srta. Fairfax? Fico extremamente feliz. Espero que ela esteja bem.

– Muito obrigada. A senhorita é tão gentil – respondeu a tia, deixando-se lograr com felicidade ao mesmo tempo em que procurava avidamente pela carta. – Ah! Aqui está ela. Eu tinha certeza de que não poderia estar muito longe, mas eu colocara o meu material de costura em cima, veja, sem me dar conta, e por isso ela estava um tanto escondida, mas eu a tinha nas mãos tão pouco tempo atrás que estava quase certa de que só podia estar na mesa. Estive lendo-a para a sra. Cole e, depois que ela foi embora, fiquei lendo-a de novo para a minha mãe, pois isso é um prazer tão grande para ela... uma carta de Jane Fairfax... e ela nunca consegue ouvir o bastante; por isso eu sabia que não poderia estar muito longe, e aqui ela está, justamente embaixo do meu material de costura... e já que a senhorita tem a gentileza de desejar ouvir o que ela diz... mas em primeiro lugar eu realmente preciso, para ser justa com Jane, pedir desculpas por ela ter escrito uma carta tão curta... somente duas páginas, veja, quase não chegando a duas, e de um modo geral ela enche o papel todo e cruza metade. A minha mãe com frequência se admira que eu consiga decifrar tudo tão bem. Com frequência ela diz, quando abrimos a carta: "Bem, Hetty, agora creio que você vai se dedicar à decifração desse xadrez todo"; a senhora não diz isso mesmo? E então eu falo para ela: tenho certeza de que ela daria um jeito de decifrar por conta própria, se não tivesse alguém que o fizesse por ela, cada uma das palavras... tenho certeza de que se debruçaria sobre a carta até que tivesse decifrado cada uma das palavras. E é isso mesmo, embora os olhos da minha mãe não estejam tão bons quanto já foram, ela consegue enxergar espantosamente bem ainda, graças a Deus, com ajuda dos óculos. É uma bênção tão grande! Os da minha mãe são realmente ótimos, de fato. Jane costuma dizer com frequência, quando está conosco: "Tenho certeza, vovó, de que a senhora deve ter tido olhos muito fortes para enxergar como enxerga, e tendo feito tantos trabalhos excelentes também! Bem que eu gostaria que os meus olhos me durassem da mesma forma".

Tudo isso, tendo sido falado em extrema velocidade, obrigou a srta. Bates a fazer uma pausa para retomar o fôlego; e Emma disse algo muito cortês sobre a excelência da caligrafia da srta. Fairfax.

– A senhorita é extremamente gentil – retrucou a srta. Bates, gratificada no máximo grau. – A senhorita é uma juíza e tanto, e as suas próprias cartas são a coisa mais linda. Tenho certeza de que nenhum outro louvor nos daria tanto prazer quanto nos dá o da srta. Woodhouse. A minha mãe não nos ouve; perceba, ela está um pouco surda. Minha senhora – (dirigindo-se a ela) –, a senhora ouviu isso que a srta. Woodhouse teve a generosidade de dizer sobre a caligrafia de Jane?

E Emma teve o benefício de ouvir seu próprio elogio tolo sendo repetido duas vezes antes que a boa idosa conseguisse compreendê-lo. Ela ficou refletindo, enquanto isso, sobre a possibilidade – sem parecer rude demais – de fugir da carta de Jane Fairfax e já tinha quase tomado a resolução de escapar sem maior demora sob alguma desculpa qualquer quando a srta. Bates voltou-se de novo para ela e a fez lhe dar atenção.

– A surdez da minha mãe é uma coisinha de nada, veja bem, é muito insignificante. Se eu apenas levantar a minha voz e repetir qualquer coisa duas ou três vezes, ela irá me ouvir com toda a certeza; por outro lado, está bastante acostumada com a minha voz. Mas é incrível que sempre ouça Jane melhor do que me ouve. Jane fala de uma maneira tão distinta! Entretanto, não encontrará sua vovó nem um pouco mais surda do que era dois anos atrás, o que já é grande coisa, na idade da minha mãe; e realmente já se passaram dois anos cheios desde que ela esteve aqui pela última vez. Nunca antes ficamos tanto tempo sem vê-la e, como eu estava dizendo à sra. Cole, mal vamos conseguir aproveitar o bastante a presença dela agora.

– Vocês esperam a srta. Fairfax para breve?

– Ah, sim; semana que vem.

– Não diga! Isso decerto será um prazer enorme.

– Obrigada. A senhorita é muito gentil. Sim, semana que vem. Todo mundo fica tão surpreso; e todo mundo diz as mesmas coisas generosas. Tenho certeza de que ela vai ficar tão feliz por ver seus amigos em Highbury quanto eles poderão ficar por vê-la. Sim, sexta ou sábado; ela não sabe dizer qual dos dois, porque o coronel Campbell vai precisar da carruagem num dia ou no outro. É tão absolutamente bondoso, por parte deles, enviá-la pelo caminho todo! Mas sempre fazem isso, claro. Sim, sexta ou sábado que vem. Foi sobre isso que ela nos escreveu. Essa é a razão para Jane ter escrito fora das regras, como costumamos dizer, porque, na rotina comum, não teríamos recebido notícias dela antes da próxima terça ou quarta-feira.

– Sim, foi o que imaginei. Eu temia que pudesse haver bem pouca chance de ouvir falar alguma coisa sobre a srta. Fairfax hoje.

– Isso é tão generoso de sua parte! Não, não teríamos ouvido falar, não tivesse sido por essa particular circunstância, sua vinda para cá dentro de tão pouco tempo. A minha mãe está tão maravilhada! Pois ela vai ficar conosco durante três meses no mínimo. Três meses, Jane afirma com absoluta segurança, como terei o prazer de ler para vocês. O caso é o seguinte: os Campbell estão indo para a Irlanda. A sra. Dixon convenceu seu pai e sua mãe a viajar para vê-la o quanto antes. Eles não tinham planejado viajar até o verão, mas ela está tão impaciente por voltar a vê-los... porque, até se casar, em outubro passado, ela nunca ficava longe deles por mais do que uma semana, o que deve fazer com que seja muito estranho estar num reino diferente, eu quase ia dizendo, mas, de todo modo, num país diferente, e sendo assim ela escreveu uma carta muito urgente para sua mãe... ou seu pai, juro que não sei qual dos dois foi, mas veremos isso num instante na carta de Jane... escreveu em nome do sr. Dixon tanto quanto no dela mesma, para insistir que os dois viajassem o quanto antes, e eles os encontrariam em Dublin e os levariam até a casa de campo, Balycraig, uma residência magnífica, imagino. Jane ouviu falar um bocado de sua beleza, isto é, do sr. Dixon... não me ocorre que ela jamais tenha ouvido falar nisso de qualquer outra pessoa; mas era muito natural, veja bem, que ele gostasse de falar sobre sua própria casa enquanto fazia suas visitas de cortejo... e na medida em que Jane costumava com muita frequência sair para caminhar com eles... porque o coronel e a sra. Campbell eram muito rigorosos em não permitir que a filha saísse com frequência para caminhar acompanhada somente pelo sr. Dixon, e eu não os culpo nem um pouco por isso; é claro que ela ouviu tudo que ele pudesse estar contando à srta. Campbell sobre sua própria casa na Irlanda. E creio que ela nos informou que ele mostrara certos desenhos do lugar, panoramas que ele mesmo fizera. É um jovem muitíssimo amável e charmoso, acredito. Jane teve grandes anseios de ir à Irlanda por causa dos relatos do sr. Dixon.

Nesse momento, com uma engenhosa e animadora suspeita ingressando na mente de Emma no tocante a Jane Fairfax, àquele charmoso sr. Dixon e ao fato de não ter ido à Irlanda, ela disse, com um desígnio insidioso de maior descoberta:

– A senhorita deve se sentir muito afortunada pela circunstância de que tenham permitido à srta. Fairfax que viesse ao seu encontro em tal ocasião. Considerando a amizade muito particular entre ela e o sr. Dixon, dificilmente a senhorita teria esperado que ela pudesse ser dispensada de acompanhar o coronel e a sra. Campbell.

– É bem verdade, é bem verdade, sem dúvida. Isso é precisamente aquilo que sempre tememos, porque não teríamos apreciado que Jane permanecesse tão afastada de nós por meses a fio... incapaz de vir caso acontecesse alguma coisa. Mas, veja bem, tudo acaba sendo resolvido da melhor maneira. Eles querem com todas as forças (o sr. e a sra. Dixon) que ela viaje com o coronel e a sra. Campbell; confiam bastante nisso; nada pode ser mais gentil ou insistente do que o convite *conjunto* deles, Jane afirma, como vocês ouvirão dentro em breve; o sr. Dixon não parece ter regredido nem um pingo em suas atenções. É um jovem muitíssimo charmoso. Desde o auxílio que ele prestou a Jane em Weymouth, quando eles tinham saído para fazer aquele passeio na água, e ela, pelo súbito rodopio disso ou daquilo entre as velas, teria sido arremessada mar adentro de uma só vez, e na verdade já estava praticamente perdida, não fosse o sr. Dixon, com a maior presença de espírito, tê-la agarrado pela roupa (nunca consigo pensar nisso sem tremer de medo!)... Mas desde que soubemos da história daquele dia passei a ter um apreço tão grande pelo sr. Dixon!

– Contudo, apesar da imensa urgência de seu amigo e de seu próprio desejo de conhecer a Irlanda, a srta. Fairfax prefere devotar o tempo à senhorita e à sra. Bates?

– Sim... inteiramente por iniciativa dela, inteiramente por sua própria escolha; e o coronel e a sra. Campbell consideram que Jane age muito bem, fazendo justamente o que eles recomendariam; e de fato eles *desejam* particularmente que ela experimente o ar de sua terra natal, visto que nos últimos tempos ela não tem estado tão bem como de costume.

– Fico preocupada por saber disso. Creio que eles julgam com sabedoria. Mas a sra. Dixon deve estar muito desapontada. A sra. Dixon, pelo que sei, possui um grau não muito notável de beleza pessoal; não pode, de modo algum, ser comparada com a srta. Fairfax.

– Não, não. A senhorita é muito generosa por dizer tais coisas, mas certamente não. Não há comparação possível entre as duas. A srta. Campbell sempre foi absolutamente feia... mas amável e elegante ao extremo.

– Sim, isso sim, é claro.

– Jane pegou um resfriado forte, pobrezinha!, na distante data de 7 de novembro (como irei ler para vocês) e desde então não voltou a ficar bem. Um tempo bem longo, não é mesmo, para um resfriado não largar dela? Jane não o mencionou antes porque não queria nos alarmar. Bem típico dela! Tão atenciosa! Mas, enfim, ela se mostra tão longe de estar bem que os seus bondosos amigos, os Campbell, pensam que seria melhor se ela fosse para casa e experimentasse um ar que sempre lhe cai bem; e eles não têm a menor dúvida de que três ou quatro meses em Highbury vão curá-la inteiramente... e com toda certeza é bem melhor que ela venha para cá em vez de viajar até a Irlanda, se não está bem. Ninguém cuidaria dela como nós.

– Esse me parece ser o arranjo mais desejável do mundo.

– E assim ela deve vir ao nosso encontro sexta-feira ou sábado que vem, com os Campbell saindo da cidade rumo a Holyhead na segunda-feira seguinte, como vocês irão constatar pela carta de Jane. Tão repentino! Não lhe será difícil imaginar, querida srta. Woodhouse, o alvoroço no qual fui lançada! Se não fosse pelo problema de sua saúde... mas receio que devemos esperar vê-la emagrecida e com aparência péssima. Preciso lhes contar a coisa desventurada que se deu comigo nesse ponto. Sempre faço questão de ler as cartas de Jane somente para mim primeiro, antes de lê-las em voz alta para a minha mãe, veja bem, por temer que possa existir qualquer coisa nelas que vá perturbá-la. Jane queria que eu fizesse assim, por isso sempre faço; e assim comecei hoje, com a minha cautela usual, mas tão logo cheguei à menção de que ela estava mal explodi de pavor exclamando: "Deus me abençoe! A pobre Jane está doente!", algo que a minha mãe, estando vigilante, pôde ouvir distintamente, ficando alarmada e triste. Todavia, lendo em frente, constatei que a situação não estava nem perto de ser tão ruim como eu supusera no início; e trato a questão agora com tanta leveza que ela nem pensa muito a respeito. Mas não consigo entender como pude ser tão desprevenida! Se Jane não melhorar logo, vamos chamar o sr. Perry. A despesa não será levada em consideração; e embora ele seja tão generoso, e goste tanto de Jane que, ouso dizer, não cobraria nada pelo atendimento, não iríamos tolerar que assim fosse, é claro. Ele tem esposa e família para sustentar e não deve ficar doando seu tempo por aí. Bem, agora que já lhes dei uma ligeira ideia das coisas sobre as quais Jane escreveu, iremos nos dedicar à carta dela, e tenho certeza de que ela conta sua própria história bem melhor do que consigo contar por ela.

– Receio que precisemos sair correndo – disse Emma, olhando de relance para Harriet e começando a se levantar. – O meu pai está nos esperando. Eu não tinha intenção, julguei que não teria condições de permanecer mais do que cinco minutos quando entrei na casa. Só lhes fiz essa visita porque não quis passar pela porta sem perguntar pela sra. Bates, mas fui retida de uma maneira tão prazerosa! Agora, no entanto, precisamos desejar à senhorita e à sra. Bates um bom dia.

E nem tudo que poderia ser instado para retê-la sucedeu-se. Emma se viu de novo na rua – feliz com isto: embora muito lhe tivesse sido forçado a contragosto, embora ela tivesse de fato escutado a substância toda da carta de Jane Fairfax, ela tinha sido capaz de escapar da carta em si.

Capítulo 20

Jane Fairfax era órfã, o único rebento da filha mais nova da sra. Bates.

O casamento do tenente Fairfax, do --- regimento de infantaria, com a srta. Jane Bates tivera seu dia de fama e prazer, de esperança e interesse, mas agora nada restava do evento, salvo a melancólica lembrança do marido morrendo em ação no estrangeiro – de sua viúva sucumbindo à consunção e à tristeza logo depois – e essa garota.

Por nascimento ela pertencia a Highbury; e quando, aos três anos de idade, ao perder sua mãe, tornou-se a propriedade, o encargo, a consolação, a queridinha da avó e da tia, todas as probabilidades pareciam indicar que a garota iria fixar-se ali de maneira permanente, que lhe seria ensinado somente aquilo que recursos muito limitados poderiam ordenar e que iria crescer sem quaisquer vantagens de conexão ou aprimoramento sendo enxertadas naquilo que a natureza lhe dera no aspecto aprazível, no bom discernimento e nas parentes bondosas e bem-intencionadas.

Mas os sentimentos compassivos de um amigo do pai proporcionaram uma transformação no seu destino. Esse era o coronel Campbell, que estimara Fairfax no mais alto grau como um excelente oficial e um jovem muitíssimo merecedor; mais ainda, ficara em dívida por atenções de Fairfax que, segundo acreditava, durante um severo tifo epidêmico, haviam salvado sua vida. Esses eram méritos que ele não veio a desconsiderar com o tempo, embora alguns anos tenham transcorrido desde a morte do pobre Fairfax até que o seu próprio retorno à Inglaterra lhe desse o poder de fazer algo. Quando de fato retornou, foi atrás da criança e se interessou por ela. O coronel Campbell era um homem casado, tendo um único rebento, uma garota que tinha mais ou menos a idade de Jane; e Jane tornou-se hóspede dos Campbell, fazendo-lhes longas visitas e se transformando numa favorita de todos; quando estava prestes a completar nove anos, o grande apego de sua filha pela menina e o seu próprio desejo de ser um amigo verdadeiro se uniram para produzir uma proposta do coronel Campbell de assumir o encargo total de sua educação. A proposta foi aceita; e desse período em diante Jane havia pertencido à família do coronel Campbell e vivera com eles inteiramente, só visitando sua avó de tempos em tempos.

O plano era que Jane haveria de ser criada para educar outras, com as pouquíssimas centenas de libras que ela herdara do pai tornando impossível a independência. Prover outra espécie de ajuda estava fora de alcance para o coronel Campbell, pois, embora sua renda – com salário e nomeações – fosse considerável, sua fortuna era moderada e precisava ser toda de sua filha; proporcionando-lhe uma educação, porém, ele esperou abastecê-la dos meios para uma respeitável subsistência futura.

Era essa a história de Jane Fairfax. Ela caíra em boas mãos, nada conhecera senão bondade por parte dos Campbell e ganhara uma excelente educação. Na constante vivência com pessoas sensatas e bem informadas, seu coração e seu discernimento haviam recebido todas as vantagens da disciplina e da cultura; e a residência do coronel Campbell sendo localizada em Londres, cada talento mais superficial tinha merecido a devida justiça na supervisão de mestres de primeira categoria. Sua disposição e suas habilidades eram igualmente dignas de tudo aquilo que a amizade poderia fazer; e aos dezoito ou dezenove anos ela era, até onde uma idade tão precoce poderá ser qualificada para o cuidado de crianças, plenamente capacitada para o ofício da instrução, mas Jane era demasiado adorada para que aceitassem seu afastamento. Nem pai nem mãe conseguiam promovê-lo, e a filha não conseguia suportá-lo. O dia maligno foi postergado. Era fácil decidir que ela era jovem demais ainda; e Jane permaneceu com eles, partilhando, como uma segunda filha, de todos os prazeres racionais de uma sociedade requintada e de uma judiciosa mistura de lar e divertimento, mantendo como única vicissitude a espera do futuro, as prudentes sugestões do seu próprio bom discernimento para lembrá-la de que tudo isso poderia em breve acabar.

O afeto da família toda – o caloroso apego da srta. Campbell em particular – era tão mais honroso para cada parte pela circunstância da positiva superioridade de Jane tanto na beleza quanto nas aptidões. A evidência de que a natureza tinha sido favorável a ela nas feições não poderia deixar de ser vista pela jovem dama, tampouco seus poderes mentais privilegiados deixariam de ser constatados pelos pais. Elas continuaram juntas com admiração inabalada, no entanto, até o casamento da srta. Campbell, que, devido ao acaso, à sorte que tantas vezes desafia previsões nos assuntos matrimoniais, concedendo mais atrativos às qualidades moderadas do que às qualidades superioras, conquistou os afetos do sr. Dixon, um cavalheiro jovem, rico e agradável, quase tão logo eles se conheceram, e teve a vida resolvida do modo mais feliz e aceitável, ao passo que Jane Fairfax ainda tinha de ganhar seu pão.

O evento tivera lugar muito recentemente; era recente demais para que sua amiga menos afortunada fizesse qualquer tentativa de dar início ao trajeto do seu dever, muito embora ela tivesse alcançado agora a idade que o seu próprio discernimento fixara para começar. Ela decidira desde longo tempo que os 21 anos seriam esse período. Com a fortitude de uma noviça devotada, Jane decidira que aos 21 completaria o sacrifício e abandonaria todos os prazeres da vida, das relações racionais, da sociedade de semelhantes, da paz e da esperança, mergulhando para sempre na penitência e na mortificação.

O bom senso do coronel e da sra. Campbell não pôde se opor a tal resolução, ainda que os seus sentimentos se opusessem. Enquanto vivessem, nenhum empenho seria necessário, a casa da família seria dela para sempre; e pensando apenas no próprio conforto eles a teriam retido por completo, mas isso seria egoísmo – se tinha de acontecer por fim, melhor que acontecesse logo. Talvez os dois começassem a sentir que poderia ter sido mais bondoso e mais sensato que tivessem resistido à tentação de qualquer protelamento, poupando-a de saborear os divertimentos de sossego e lazer aos quais agora ela precisaria renunciar. O afeto, entretanto, ficaria contente por se agarrar ainda em qualquer desculpa razoável para não apressar o momento desditoso. Ela nunca estivera de todo bem desde a época do casamento da filha; e até que ela tivesse recuperado completamente sua força usual eles precisariam lhe proibir o comprometimento com deveres que, longe de se mostrarem compatíveis com um corpo enfraquecido e uma vivacidade variável, pareciam, sob as mais favoráveis circunstâncias, exigir mais do que a perfeição humana em corpo e mente para que fossem cumpridos com tolerável conforto.

Com respeito a não os acompanhar na viagem à Irlanda, seu relato para sua tia nada continha senão verdade, ainda que pudessem existir algumas verdades não contadas. Tinha sido sua própria escolha conceder o período da ausência deles a Highbury; passar, talvez, seus últimos meses de perfeita liberdade com as bondosas parentes por quem era tão venerada; e os Campbell, qualquer que pudesse ser a sua motivação, fosse uma motivação única, ou dupla, ou tripla, deram ao arranjo sua imediata sanção, afirmando que confiavam mais em alguns meses passados no ar da terra natal, para uma recuperação da saúde dela, do que em qualquer outra coisa. O certo é que ela viria e que Highbury, em vez de dar as boas-vindas àquela perfeita novidade que por tanto tempo lhe tinha sido prometida – o sr. Frank Churchill –, teria de se contentar por enquanto com Jane Fairfax, que só poderia trazer o frescor de uma ausência de dois anos.

Emma lastimava ter de prestar cortesias a uma pessoa da qual não gostava durante três longos meses! Fazer sempre mais do que desejava e menos do que gostaria! A razão para não gostar de Jane Fairfax poderia ser uma pergunta difícil de responder; o sr. Knightley certa vez lhe dissera que era porque ela via na srta. Fairfax a imagem da jovem dama realmente talentosa que ela mesma gostaria de transmitir aos outros; e, embora essa acusação tivesse sido refutada com grande avidez na época, ocorriam momentos de introspecção nos quais sua consciência não conseguia de todo absolvê-la. Mas "ela jamais poderia ter amizade com a srta. Fairfax; ela não sabia como, mas havia tanta frieza e reserva; uma indiferença tão aparente caso agradasse ou não; e além disso sua tia era uma tagarela eterna!... e as pessoas faziam tamanho estardalhaço em função dela!... e todos sempre haviam imaginado que elas deviam ser tão íntimas... porque as idades eram semelhantes, todo mundo acabara supondo que decerto elas gostavam muito uma da outra". Essas eram as suas razões; ela não tinha nenhuma que fosse melhor.

O desgosto era tão injusto – cada defeito imputado era tão magnificado pela imaginação – que ela nunca enxergava Jane Fairfax pela primeira vez depois de qualquer ausência considerável sem sentir que a tinha injuriado; e agora, quando a visita devida foi feita, na chegada da jovem, depois de um intervalo de dois anos, Emma ficou particularmente impressionada com o efeito da aparência e das maneiras que durante aqueles dois anos inteiros ela tratara de depreciar. Jane Fairfax mostrou-se muito elegante, notavelmente elegante; e a própria Emma dava o máximo valor à elegância. Sua altura era boa, bem na medida para que quase todos a considerassem alta e ninguém pudesse considerá-la muito alta; sua figura era particularmente graciosa; seu tamanho era de um muito adequado meio-termo, entre gorda e magra, embora uma ligeira aparência de má saúde parecesse assinalar o mais provável dos dois males. Emma não pôde deixar de sentir tudo isso; e também o rosto dela – suas feições –, havia mais beleza no conjunto todo do que ela tinha recordado; não era regular, mas era uma beleza muito aprazível. Aos seus olhos, de um cinza profundo, com sobrancelhas e cílios escuros, o louvor nunca tinha sido negado, e a pele, da qual ela tinha se acostumado a cavilar pela falta de cor, exibia tanta clareza e delicadeza que realmente não necessitava de maior viço. Tratava-se de um estilo de beleza no qual a elegância era a característica reinante, e como tal ela precisava, por uma questão de honra, segundo todos os seus princípios, admirá-la: uma elegância que, fosse de pessoa ou de mente, ela via tão pouco em Highbury. Ali, não ser vulgar era uma distinção e um mérito.

Para resumir, durante a primeira visita ela ficou contemplando Jane Fairfax com dobrada complacência – pela sensação de prazer e pela sensação de fazer justiça – e firmou a determinação de que nunca mais iria nutrir desgosto pela jovem. Quando levava em conta sua história de fato, sua situação bem como sua beleza, quando considerava qual seria o destino de toda aquela elegância, as alturas das quais ela iria cair, como ela teria de viver, parecia impossível sentir algo que não fosse compaixão e respeito; especialmente se a todos os bem conhecidos pormenores que lhe conferiam interesse fosse adicionada a mais do que provável circunstância de um afeiçoamento pelo sr. Dixon, que ela criara para si com grande naturalidade. Nesse caso, nada poderia ser mais digno de pena ou mais honroso do que os sacrifícios pelos quais ela se decidira. Emma estava bastante disposta, agora, a inocentá-la de ter seduzido as afeições do sr. Dixon em detrimento da esposa, ou de qualquer coisa maliciosa que a sua imaginação pudesse ter sugerido a princípio. Se havia sido amor, poderia ser um amor simples, solitário e infrutífero somente por parte dela. Jane Fairfax poderia ter sorvido inconscientemente o triste veneno enquanto participante da conversação do sr. Dixon com a srta. Campbell e agora, movida pelo melhor, pelo mais puro dos motivos, poderia estar negando a si mesma essa visita à Irlanda e optando por se apartar efetivamente do cavalheiro e de seus parentes através de uma imediata iniciação da sua carreira de laborioso dever.

De um modo geral, Emma despediu-se dela com sentimentos um tanto suavizados e caridosos, a ponto de olhar em volta no caminho para casa e lamentar que Highbury não lhe fornecesse um jovem cavalheiro que fosse digno de lhe dar a independência; ninguém que lhe propiciasse o desejo de maquinar em seu benefício.

Tais sentimentos eram graciosos, mas não foram duradouros. Antes que ela tivesse se comprometido por meio de qualquer profissão pública de amizade eterna por Jane Fairfax, ou feito mais no sentido de uma retratação de preconceitos e erros prévios do que dizer ao sr. Knightley: "Ela certamente é bonita; ela é mais do que bonita!", Jane já passara um fim de tarde em Hartfield com avó e tia, e tudo já ia reincidindo bastante no estado habitual. As exasperações anteriores reapareceram. A tia se mostrou maçante como sempre; mais maçante, porque a sua ansiedade pela saúde da jovem agora somava-se à veneração de seus poderes; e eles tiveram de ouvir a descrição exata de como ela comera pouco pão com manteiga no desjejum e de quão pequena tinha sido a fatia de carneiro que ela comera no jantar, bem como tiveram de contemplar exibições de novos gorros e bolsas de trabalho para sua mãe e para si; e as afrontas a Jane ressurgiram. Eles quiseram ouvir música; Emma foi obrigada a tocar; e os agradecimentos e elogios que necessariamente se seguiram lhe pareceram uma afetação de franqueza, um ar de grandiosidade, tencionando apenas ostentar em estilo mais elevado sua própria performance superior. Ela mostrou-se, além disso, o que era o pior de tudo, tão fria, tão cautelosa! Não havia como extrair sua verdadeira opinião. Envolta num manto de polidez, Jane Fairfax parecia determinada a não correr risco algum. Ela mostrou-se repugnantemente, suspeitosamente reservada.

Se alguma coisa podia ser mais, quando tudo era muitíssimo, a srta. Fairfax foi mais reservada no tema de Weymouth e dos Dixon do que em qualquer outra coisa. Ela parecia obstinada em não oferecer nenhuma luz quanto ao caráter do sr. Dixon, ou sua própria estima pela companhia dele, ou alguma opinião sobre a compatibilidade do enlace. Era tudo uma suave aprovação indiscriminada; nada ficava delineado ou distinto. A postura não lhe foi proveitosa, no entanto. Sua cautela foi desperdiçada. Emma se apercebeu do artifício e retornou às primeiras conjecturas. Provavelmente *havia* algo mais a esconder do que sua própria preferência; talvez o sr. Dixon tivesse chegado muito perto de trocar uma amiga pela outra, ou tivesse optado pela srta. Campbell apenas em nome das futuras doze mil libras.

A mesma reserva prevaleceu em outros tópicos. Ela e o sr. Frank Churchill haviam estado em Weymouth ao mesmo tempo. Era do conhecimento de todos que os dois se conheciam um pouco, mas sequer uma sílaba de verdadeira informação pôde Emma obter quanto ao real feitio do cavalheiro. “Ele era bonito?” – “Ela acreditava que as pessoas reconheciam nele um belo jovem”. “Ele era agradável?” – “Todos julgavam que sim”. “Ele parecia ser um jovem sensato, um jovem bem informado?” – “Num balneário, ou num típico círculo de conhecidos em Londres, era difícil decidir em tais pontos. Somente as boas maneiras poderiam ser avaliadas com segurança, antes de um conhecimento bem mais longo do que aquele que até ali eles tinham do sr. Churchill. Ela acreditava que todos consideravam aprazíveis os modos dele.” Emma não pôde perdoá-la.

Capítulo 21

Emma não pôde perdoá-la; entretanto, na medida em que nem a exasperação nem o ressentimento foram percebidos pelo sr. Knightley, que fizera parte do grupo e testemunhara somente atenções apropriadas e comportamento agradável de cada parte, ele tratou de manifestar na manhã seguinte, estando em Hartfield de novo para tratar de negócios com o sr. Woodhouse, sua aprovação quanto à noite toda – não tão abertamente quanto poderia tê-la manifestado estivesse o pai dela fora da sala, mas falando com clareza suficiente para se fazer muito inteligível a Emma. Ele tinha se acostumado a considerá-la injusta com Jane e agora sentia grande prazer em notar um aprimoramento.

– Uma noite muito prazerosa – ele começou a falar, assim que o sr. Woodhouse foi convencido do que era necessário, sob termos que ele pudesse compreender, e os papéis foram levados embora –, particularmente prazerosa. Você e a srta. Fairfax nos presentearam com ótima música. Não conheço uma situação mais luxuosa, senhor, do que o sujeito ficar sentado à vontade para ser entretido durante uma noite inteira por duas jovens como essas, por vezes com música e por vezes com conversação. Tenho certeza de que a srta. Fairfax deve ter considerado a noite prazerosa, Emma. Você não deixou faltar nada. Fiquei contente que a tenha feito tocar tanto; por ela não dispor de nenhum instrumento na casa da avó, deve ter sido uma grande indulgência.

– Fico feliz que o senhor tenha aprovado – disse Emma, sorrindo. – Mas espero não ser muitas vezes deficiente no que é devido aos convidados em Hartfield.

– Não, minha querida – disse o pai dela no mesmo instante –, *isso* eu sei que você não é. Não há ninguém que demonstre metade das suas atenções e cortesias. Se existe um problema é que as suas atenções são demasiadas. O bolinho ontem à noite... se tivesse sido oferecido a todos uma única vez, penso que já teria sido suficiente.

– Não – disse o sr. Knightley, quase ao mesmo tempo –, você não é muitas vezes deficiente; não é muitas vezes deficiente seja nos modos ou na compreensão. Creio que entende o que quero dizer, portanto.

Um olhar ardiloso expressou: "Eu entendo muito bem", mas ela disse apenas:

– A srta. Fairfax é reservada.

– Eu sempre lhe disse que ela era... um pouco, mas você logo vai superar por inteiro a porção de sua reserva que deveria ser superada, a porção que tem como fundamento a timidez. O que surge da discrição precisa ser honrado.

– O senhor a considera tímida. Não percebo isso.

– Minha querida Emma – ele disse, transferindo-se de sua cadeira para uma mais próxima dela –, não vai querer me dizer, espero, que não teve uma noite prazerosa.

– Ah, não! Fiquei muito satisfeita com a minha própria perseverança em fazer perguntas e me divertiu pensar em quão pouca informação obtive.

– Estou desapontado – foi a única resposta do sr. Knightley.

– Espero que todos tenham desfrutado de uma noite prazerosa – disse o sr. Woodhouse com seu jeito tranquilo. – Eu desfrutei. Em certo momento senti o fogo um pouco demais, mas então movi a minha cadeira para trás um pouco, bem pouquinho, e o fogo não me incomodou. A srta. Bates estava bastante loquaz e bem-humorada, como sempre, apesar de falar um tanto rápido demais. Todavia ela é muito agradável, e a sra. Bates também, de uma maneira diferente. Gosto de amizades antigas; e a srta. Jane Fairfax é uma jovem dama muito bonitinha, uma jovem dama muito bonita e muito bem comportada, sem dúvida. Ela deve ter considerado a noite agradável, sr. Knightley, porque teve Emma.

– É verdade, senhor; e Emma, porque teve a srta. Fairfax.

Emma notou a ânsia do sr. Knightley e, querendo aplacá-la, pelo menos de momento, falou, e com uma sinceridade que ninguém poderia questionar:

– Ela é uma espécie de criatura elegante da qual a gente não consegue tirar os olhos. Fico olhando para ela com admiração o tempo inteiro; e de fato me compadeço dela do fundo do meu coração.

O sr. Knightley pareceu sentir-se gratificado demais para chegar a expressar algo; e antes que ele conseguisse retrucar qualquer coisa o sr. Woodhouse, cujos pensamentos repousavam nas Bates, disse:

– É uma grande pena que as circunstâncias delas tenham de ser tão limitadas! Uma grande pena mesmo! E muitas vezes desejei... mas o que a gente pode se aventurar a fazer é tão pouco... presentes pequenos, insignificantes, de qualquer coisa incomum... Agora matamos um porco cevado, e Emma está pensando em lhes mandar um lombo ou um pernil; ele é bem pequeno e delicado... o porco de Hartfield não é um porco qualquer... mas não deixa de ser porco... e, minha querida Emma, a menos que pudéssemos ter certeza de que elas o fizessem em boas fatias fritas, bem como são fritas as nossas, sem a menor gordura, e não o assassem, porque não há estômago que aguente um porco assado... penso que seria melhor mandarmos o pernil – não concorda comigo, minha querida?

– Meu querido papai, eu mandei a parte traseira toda. Sabia que o senhor iria desejar algo assim. Haverá o pernil para salgar, claro, o que é ótimo, e o lombo para ser preparado da maneira que elas quiserem.

– Isso mesmo, minha querida, é isso mesmo. Não tinha pensado nisso antes, mas essa foi a melhor saída. Elas não devem salgar demais o pernil; e assim, quando não é salgado demais, e quando é muito cuidadosamente cozido, bem como Serle cozinha os nossos, e é comido muito moderadamente, com um nabo cozido e uma pequena cenoura ou pastinaca, não o considero nocivo.

– Emma – disse o sr. Knightley logo em seguida –, tenho uma novidade para você. Você gosta de novidades...

e no meu caminho para cá soube de um item que, creio eu, será do seu interesse.

– Uma novidade?! Ah, sim, adoro novidades. O que é? O senhor está sorrindo assim por quê? Onde foi que ficou sabendo? Em Randalls?

Ele só teve tempo para dizer: "Não, não em Randalls; nem mesmo cheguei perto de Randalls", quando a porta foi escancarada e a srta. Bates e a srta. Fairfax adentraram a sala. Cheia de agradecimentos e novidades, a srta. Bates não sabia por onde começar. O sr. Knightley logo viu que perdera o seu momento e nenhuma outra sílaba de comunicação lhe restaria.

– Ah, meu caro senhor, como vai nesta manhã? Minha cara srta. Woodhouse... chego aqui um tanto afetada. Uma anca de porco tão linda! Isso é tão beneficente de sua parte! A senhorita soube da novidade? O sr. Elton vai se casar.

Emma sequer tivera tempo de pensar no sr. Elton e foi apanhada de tamanha surpresa que não pôde evitar um pequeno sobressalto e um pequeno rubor perante tais palavras.

– Eis a minha novidade... julguei que seria do seu interesse – disse o sr. Knightley com um sorriso que implicava uma convicção de certa parte do que se passara entre eles.

– Mas onde *o senhor* poderia ter tomado conhecimento disso? – exclamou a srta. Bates. – Onde é que poderia ter tomado conhecimento disso, sr. Knightley? Pois não se passaram nem mesmo cinco minutos desde que recebi o bilhete do sr. Cole... não, não podem ter sido mais do que cinco... ou pelo menos dez... pois eu já tinha colocado gorro e casaco, estava pronta para sair... só tinha descido para falar com Patty de novo sobre o porco... Jane estava parada no corredor, não estava, Jane?, porque a minha mãe temia tanto que não tivéssemos um tacho para salgar que fosse grande o suficiente. Então eu falei que desceria para ver, e Jane falou: "Devo descer no seu lugar? Pois creio que a senhorita está com um pequeno resfriado, e Patty andou lavando a cozinha". "Ah, minha querida!", falei eu... bem, e foi então que chegou o bilhete. Uma srta. Hawkins... isso é tudo que eu sei. Uma srta. Hawkins de Bath. Mas, sr. Knightley, de que maneira o senhor poderia ter tomado conhecimento disso? Pois no mesmo instante em que o sr. Cole contou à sra. Cole a respeito ela se sentou e escreveu para mim. Uma srta. Hawkins...

– Estive tratando de negócios com o sr. Cole uma hora e meia atrás. Ele acabara de ler a carta do sr. Elton quando fui introduzido e de pronto passou-a às minhas mãos.

– Pois bem! Isso é um tanto... suponho que jamais tenha existido uma notícia despertando maior interesse. Meu caro senhor, é de fato muito beneficente. A minha mãe envia suas melhores saudações e considerações, e mil agradecimentos, e afirma que o senhor a deixa bastante oprimida.

– Nós consideramos o nosso porco de Hartfield... – retrucou o sr. Woodhouse –, de fato ele é certamente tão superior a qualquer outro porco que Emma e eu não poderemos ter um prazer maior do que...

– Ah, meu caro senhor, como diz a minha mãe, os nossos amigos são simplesmente bons demais conosco. Se alguma vez existiram pessoas que, sem dispor para si de grande riqueza, tiveram tudo que poderiam desejar, tenho certeza de que somos nós. Podemos muito bem dizer que "a nossa sorte está lançada em bondosa herança". Bem, sr. Knightley, quer dizer que o senhor efetivamente viu a carta; bem...

– Era uma carta sucinta, um mero anúncio... mas jovial, exultante, é claro... – (aqui houve um olhar malicioso para Emma). – Ele tinha experimentado a bem-aventurança de... não recordo as palavras exatas... ninguém tem obrigação de lembrá-las. A informação dava conta, como afirmou a senhorita, de que ele iria se casar com uma srta. Hawkins. A julgar por seu estilo, eu diria que o arranjo acabou de ser firmado.

– O sr. Elton se casando! – Emma exclamou tão logo pôde falar. – Ele terá os votos de todos por sua felicidade.

– Ele é bastante jovem para firmar casamento – foi a observação do sr. Woodhouse. – Seria melhor não se apressar. Ele me parecia muito bem como estava. Sempre ficávamos contentes de vê-lo em Hartfield.

– Uma nova vizinha para todos nós, srta. Woodhouse! – disse a srta. Bates com alegria. – A minha mãe está tão satisfeita! Ela diz que não consegue suportar ver o pobre vicariato sem uma dona. É uma grande novidade, sem dúvida. Jane, você nunca viu o sr. Elton! Não admira que tenha tanta curiosidade por vê-lo.

A curiosidade de Jane não parecia ser de uma natureza tão absorvente a ponto de ocupá-la por inteiro.

– Não... nunca vi o sr. Elton – ela retrucou, sobressaltando-se com tal apelo. – Por acaso ele é... ele é um homem alto?

– Quem há de responder a tal pergunta? – exclamou Emma. – O meu pai diria “sim”; o sr. Knightley, “não”; e a srta. Bates e eu, que ele fica bem no meio-termo. Quando tiver permanecido aqui por um tempo um pouco maior, srta. Fairfax, a senhorita irá entender que o sr. Elton é o modelo de perfeição em Highbury, tanto na pessoa quanto na mente.

– É bem verdade, srta. Woodhouse, ela irá mesmo. Ele é absolutamente o melhor dos jovens cavalheiros... Mas, minha querida Jane, talvez você se lembre, eu lhe falei ontem que ele tinha precisamente a altura do sr. Perry. A srta. Hawkins... ouso dizer, uma excelente jovem. As extremadas atenções dele com a minha mãe... querendo que ela se sentasse no banco do vicariato de modo que pudesse ouvir melhor, porque a minha mãe, vejam bem, é um pouco surda... não é grande coisa, mas ela não ouve muito prontamente. Segundo Jane, o coronel Campbell é um pouco surdo. Ele imaginou que poderia melhorar caso se banhasse... os banhos quentes... mas ela diz que o recurso não lhe proporcionou nenhum benefício duradouro. O coronel Campbell, percebam, é um anjo para nós. E o sr. Dixon parece ser um jovem cavalheiro bastante encantador, totalmente digno dele. É uma tremenda felicidade quando boas pessoas se reúnem... e elas sempre se reúnem. Agora teremos aqui o sr. Elton e a srta. Hawkins; e temos os Cole, pessoas excelentes; e os Perry... suponho que nunca existiu um casal melhor ou mais feliz do que o sr. e a sra. Perry. Dou a minha palavra, senhor – (voltando-se para o sr. Woodhouse) –, creio que existem poucos lugares com a sociedade que Highbury tem. Sempre repito que somos bastante abençoadas nos nossos vizinhos. Meu caro senhor, se há uma coisa que minha mãe adora mais do que qualquer outra, é uma carne de porco... um lombo de porco assado...

– Sobre quem é ou o que é a srta. Hawkins, ou há quanto tempo ele a conhece – disse Emma –, ninguém poderá saber nada, suponho. A pessoa sente que não há como ser uma intimidade muito longa. Ele se ausentou por somente quatro semanas.

Ninguém tinha qualquer informação para dar; e, após mais algumas especulações, Emma disse:

– A senhorita se mantém calada, srta. Fairfax... mas espero que queira demonstrar algum interesse por essa notícia. A senhorita, que nos últimos tempos tanto escutou e tanto viu de tais questões, que deve ter se aprofundado tanto no assunto por conta da srta. Campbell... não iremos perdoar que a senhorita demonstre indiferença quanto ao sr. Elton e à srta. Hawkins.

– Quando eu puder conhecer o sr. Elton – retrucou Jane –, ouso dizer que ficarei interessada... mas receio que *isso* seja necessário para mim. E, uma vez que já se passaram alguns meses desde o casamento da srta. Campbell, a impressão pode estar um pouco apagada.

– Sim, ele se ausentou por somente quatro semanas, como a senhorita observou, srta. Woodhouse – disse a srta. Bates –, quatro semanas ontem. Uma srta. Hawkins. Bem, sempre tive uma forte sensação de que seria uma jovem dama destas redondezas; não que eu jamais tenha... a sra. Cole me sussurrou certa vez... mas eu disse no mesmo instante: "Não, o sr. Elton é um jovem muitíssimo digno... mas"... Em suma, não creio que eu seja particularmente rápida em descobertas desse tipo. Não tenho essa pretensão. Vejo aquilo que está diante de mim. Ao mesmo tempo, ninguém poderia se admirar de que o sr. Elton tivesse aspirado... A srta. Woodhouse me permite tagarelar com tamanho bom humor. Ela sabe que por nada no mundo eu faria uma ofensa. Como vai a srta. Smith? Ela parece já estar bastante recuperada. A senhorita teve notícias recentes da sra. John Knightley? Ah, aquelas queridas criancinhas! Jane, sabia que sempre tenho a sensação de que o sr. Dixon é parecido com o sr. John Knightley? Quero dizer, na pessoa... alto e com aquela espécie de olhar... e não muito falante.

– Nada disso, minha querida tia; não há semelhança alguma em absoluto.

– Muito estranho! Mas a gente nunca forma de antemão uma ideia correta sobre alguém. A gente pega uma noção e sai acreditando nela. O sr. Dixon, segundo você diz, não é, estritamente falando, bonito.

– Bonito?! Ah, não... longe disso... certamente feio. Eu disse à senhorita que ele era feio.

– Minha querida, você disse que a srta. Campbell não admitia que ele fosse feio, e que você mesma...

– Ah, quanto a mim, o meu julgamento não vale nada. Quando tenho admiração por alguém, sempre o considero bem-apessoado. Mas referi o que acreditava ser a opinião geral quando o chamei de feio.

– Bem, minha querida Jane, acredito que precisamos sair às pressas. O tempo não parece muito bom, e vovó vai ficar inquieta. A senhorita é demasiado amável, srta. Woodhouse, mas realmente precisamos nos despedir. Essa foi uma notícia muitíssimo agradável, de fato. Vou apenas dar uma passada na casa da sra. Cole, mas não ficarei sequer três minutos; e, Jane, seria melhor seguir direto para casa... não gostaria de vê-la embaixo de uma chuvarada! Pensamos que ela já melhorou só por estar em Highbury. Muito obrigada, pensamos mesmo. Não farei questão de visitar a sra. Goddard, porque realmente não creio que ela queira saber de qualquer coisa, exceto de porco *cozido*: quando prepararmos o pernil, o negócio será outro. Um bom dia, meu caro senhor. Ah! O sr. Knightley está saindo também. Bem, isso é tão absolutamente...! Tenho certeza de que, se Jane ficar cansada, o senhor vai ter a bondade de lhe dar o braço. O sr. Elton e a srta. Hawkins... Eu lhes desejo um bom dia.

Emma, sozinha com seu pai, teve metade de suas atenções requerida por ele nas lamentações de que os jovens demonstrassem tamanha pressa para se casar – e se casar com estranhos, ainda por cima –, e a outra metade pôde ceder ao seu próprio ponto de vista no tema. Aquela era uma notícia divertida e muito bem-vinda para ela, provando que o sr. Elton não poderia ter sofrido por muito tempo; mas lamentava por Harriet: Harriet decerto ficaria sentida – e só lhe restou esperar que, transmitindo pessoalmente a primeira informação, pudesse poupá-la de ser inteirada de modo abrupto por outras pessoas. Era bem provável que Harriet lhe fizesse uma visita por aquela altura. Se encontrasse a srta. Bates no caminho! E depois, quando começou a chover, Emma se viu na obrigação de supor que o tempo deteria Harriet na casa da sra. Goddard e a novidade indubitavelmente se precipitaria sobre ela sem preparação.

O aguaceiro foi pesado, porém curto; e não foi mais de cinco minutos após seu fim que Harriet apareceu, exibindo a expressão afogueada e agitada que uma impetuosa corrida até ali por certo tinha causado; e o "Ah, srta. Woodhouse, a senhorita não imagina o que acabou de acontecer!" que no mesmo instante prorrompeu tinha todas as evidências de uma perturbação correspondente. Com o golpe já desferido, Emma sentiu que a maior bondade que poderia demonstrar seria somente ouvir; e Harriet, não sendo contida, soltou avidamente o que tinha para contar. "Ela partira da casa da sra. Goddard meia hora antes – temera que fosse chover – temera que fosse cair um aguaceiro a qualquer momento – mas julgou que poderia chegar a Hartfield primeiro – e saíra com grande pressa, na maior velocidade possível; mas então, enquanto passava pela casa onde uma jovem estava fazendo um vestido para ela, pensou em apenas entrar para ver como andava o trabalho; e embora não lhe parecesse que tivesse permanecido meio minuto na casa, tão logo saiu começou a chover, e ela não soube o que fazer; então se pôs a correr o mais rápido possível e se abrigou na Ford's." A Ford's era o principal estabelecimento unindo armarinho e loja de lã e roupa branca; a mais importante loja da região em tamanho e estilo. "E então ali ela ficara sem fazer a menor ideia de qualquer coisa no mundo por dez minutos seguidos, talvez, quando... quando, de repente, quem foi que entrou? Com toda certeza, era tão absolutamente singular! Mas eles sempre faziam compras na Ford's... quem foi que entrou, se não Elizabeth Martin e seu irmão? Querida srta. Woodhouse! Tente imaginar... Pensei que haveria de desmaiar. Não soube o que fazer. Eu estava sentada perto da porta... Elizabeth me viu no mesmo instante, mas ele não me viu; estava ocupado com o guarda-chuva. Tenho certeza de que ela me viu, mas desviou o rosto na mesma hora, como se não tivesse visto nada; e os dois foram quase até a outra extremidade da loja; e eu me mantive sentada perto da porta! Ah, minha nossa... Eu estava tão arrasada! Tenho certeza de que devia estar tão branca como o meu vestido. Eu não podia ir embora, entenda, por causa da chuva, mas queria tanto estar em qualquer lugar do mundo que não aquele... Ah, minha nossa, srta. Woodhouse... Bem, por fim, creio, ele olhou ao redor e me viu, pois em vez de seguir em frente com as compras começaram a sussurrar um com o outro. Tenho certeza de que estavam falando de mim; e não pude evitar o pensamento de que ele estava convencendo sua irmã a conversar comigo (será que estava, srta. Woodhouse?), porque dentro em pouco ela se aproximou... chegou bem perto de mim e me perguntou como eu passava, e pareceu ter vontade de me apertar a mão se eu quisesse. Não fez nada disso do modo como costumava fazer; pude perceber que ela estava alterada; contudo, parecia *tentar* ser muito amigável, e apertamos as mãos, e ficamos conversando por algum tempo; mas já não sei o que eu disse... eu estava tremendo tanto! Lembro ter ouvido que ela lamentava por nunca nos encontrarmos agora; e eu a considerei quase bondosa demais! Minha nossa, srta. Woodhouse, fiquei absolutamente arrasada! Por aquela altura estava começando a me recuperar e determinei que nada poderia me impedir de escapar dali... e então... tente imaginar! Constatei que ele estava vindo na minha direção também... bem devagar, entenda, como se não soubesse o que fazer ao certo; e então ele veio e falou comigo, e eu respondi... e por um minuto fiquei com a mais terrível sensação, entenda, não é possível dizer como; e criei coragem e falei que já não chovia e que eu precisava partir; e assim me fui; e eu não me afastara três jardas da porta quando ele veio atrás de mim somente para dizer que, se eu estava indo para Hartfield, ele considerava muito melhor que pegasse o caminho dos estábulos do sr. Cole, pois encontraria o caminho mais próximo completamente inundado por aquela chuva. Ah, minha nossa! Pensei que haveria de cair morta! Então falei que lhe ficava muito agradecida; a senhorita sabe que eu não poderia fazer menos do que isso; e então ele voltou para junto de Elizabeth e eu vim pelo caminho dos estábulos... acredito ter vindo... mas eu mal sabia onde estava ou qualquer coisa relacionada. Ah, srta. Woodhouse, eu preferia ter feito qualquer coisa de modo a não ter passado por isso; e mesmo assim, entenda, houve uma espécie de satisfação em ver nele um comportamento tão agradável e gentil. E Elizabeth também! Ah, srta. Woodhouse, fale comigo, por favor, e me deixe confortável outra vez."

Emma desejou fazê-lo com a maior sinceridade, mas não estava ao seu alcance fazê-lo de imediato. Ela se via na obrigação de parar e pensar. Ela mesma não se sentia completamente confortável. As condutas do jovem e da irmã dele pareciam resultar de sentimentos verdadeiros, e ela não pôde senão se compadecer deles. De acordo com a descrição de Harriet, houvera uma interessante mistura de afeto ferido e genuína delicadeza no comportamento dos dois. Mas ela já os tinha tomado antes por pessoas bem-intencionadas e dignas; e que diferença isso fazia nos malefícios da conexão? Era um disparate se angustiar por causa disso. É claro, ele decerto lastimava perdê-la – todos eles decerto lastimavam tal perda. Não apenas o amor, mas também a ambição sofrera provavelmente uma mortificação. Todos eles poderiam ter esperado se engrandecer no relacionamento com Harriet; e, além do mais, qual era o valor da descrição de Harriet? Tão facilmente satisfeita... com tão pequeno discernimento... o que significava o louvor dela?

Emma fez um esforço e de fato tentou deixá-la confortável – classificando tudo isso que se passara como uma mera ninharia, pouco merecedora de uma consideração demorada.

– Isso pode ser aflitivo de momento – ela disse –, mas você parece ter se comportado extremamente bem; e agora terminou... e nunca mais deverá... nunca mais poderá, como um primeiro encontro, ocorrer de novo, e, portanto, você não precisa ficar pensando a respeito.

Harriet disse que era "bem verdade" e que "não ficaria pensando a respeito", mas continuou falando a respeito – continuou sem conseguir falar de outra coisa; e Emma, por fim, de modo a tirar os Martin da cabeça de sua amiga, obrigou-se a precipitar a notícia que pretendera comunicar com tamanha cautela e ternura, mas não sabendo se deveria sentir regozijo ou raiva, vergonha ou mero divertimento, perante tal estado de espírito por parte da pobre Harriet – tal conclusão da importância do sr. Elton para ela!

Os direitos do sr. Elton, no entanto, foram gradualmente reavivados. Embora ela não sentisse o impacto inicial da informação como poderia ter sentido um dia antes, ou uma hora antes, o interesse logo cresceu; e antes que a primeira conversa entre as duas tivesse terminado ela convenceu a si mesma de todas as sensações de curiosidade, espanto e pesar, dor e prazer, em relação a essa bem-aventurada srta. Hawkins, que poderiam acabar colocando os Martin em adequada subordinação na sua mente.

Emma entendeu que poderia ficar bastante contente pela ocorrência de tal encontro, que se mostrara proveitoso no amortecimento do primeiro choque sem reter qualquer influência que pudesse alarmar. Com a vida que Harriet agora levava, os Martin não poderiam chegar até ela sem procurá-la onde até então não haviam demonstrado nem coragem e tampouco condescendência para procurá-la, porque desde a rejeição do irmão as irmãs nunca tinham pisado na casa da sra. Goddard; e doze meses poderiam se passar sem que as partes fossem reunidas por acaso com alguma necessidade ou até mesmo alguma capacidade de falar.

Capítulo 22

A natureza humana inclina-se de modo tão favorável por aqueles que passam por situações interessantes que uma pessoa jovem quando se casa ou morre com toda certeza é alvo de comentários amáveis.

Não se passara sequer uma semana desde a primeira menção ao nome da srta. Hawkins em Highbury quando se descobriu, de uma maneira ou de outra, que ela tinha todas as recomendações de pessoa e mente; que era bonita, elegante, altamente talentosa e perfeitamente adorável; e com a chegada do próprio sr. Elton, que vinha para triunfar em suas felizes perspectivas e fazer circular a fama dos méritos da dama, pouco mais lhe restou por fazer além de informar seu nome de batismo e dizer de quem eram as músicas que ela mais tocava.

O sr. Elton que retornava era um homem muito feliz. Ele viajara rejeitado e mortificado – desapontado numa esperança muito otimista depois de uma manifestação continuada do que lhe parecera ser um forte encorajamento, e não apenas perdendo a dama certa, mas vendo-se rebaixado ao nível de uma dama muito errada. Viajara profundamente ofendido; voltava noivo de outra – e de outra, é claro, superior à primeira na medida em que, sob circunstâncias assim, o que se ganha sempre é superior ao que se perde. Ele voltava jovial e satisfeito consigo mesmo, ávido e atarefado, não dando à srta. Woodhouse a mínima importância e desprezando a srta. Smith.

A encantadora Augusta Hawkins, em acréscimo a todas as perfeitas vantagens da beleza e do mérito, tinha em sua posse uma fortuna independente com milhares suficientes para que fossem sempre tomados por dez – um ponto de certa dignidade, bem como de certa conveniência: a história causava bom efeito; ele não tinha se lançado aos braços de qualquer uma – ele ganhara uma mulher de dez mil libras ou algo próximo disso; e ele a ganhara com tão deliciosa rapidez – a primeira hora de apresentação havia sido sucedida muito em seguida por atenções distintivas; a história que ele tinha para contar à sra. Cole sobre a ascensão e o progresso do caso era tão gloriosa – eram tão acelerados os passos do encontro acidental ao jantar na residência do sr. Green e à reunião na casa da sra. Brown – sorrisos e rubores ascendendo em importância – com sinais ricamente dispersos de percepção e agitação – a dama se deixara impressionar com tamanha facilidade – demonstrara uma disposição tão doce – em suma, para usar uma frase muitíssimo inteligível, mostrara-se tão absolutamente acessível a ele que a prudência e a vaidade foram gratificadas na mesma proporção.

Ele arrebatara tanto substância quanto sombra – tanto fortuna quanto afeto – e era simplesmente o homem feliz que deveria ser; falando apenas de si mesmo e de seus próprios interesses – esperando ser parabenizado – pronto para ser ridicularizado – e, com sorrisos cordiais e destemidos, abordando agora todas as jovens da região com as quais, algumas semanas antes, teria sido galante com maior cautela.

O casamento não era um evento distante, visto que as partes só tinham a si mesmas para contentar e nada tinham por esperar salvo as preparações necessárias; e quando ele partiu de novo para Bath formou-se uma expectativa geral, que certa insinuação da sra. Cole não parecia desmentir, de que traria sua noiva quando voltasse a entrar em Highbury.

Durante essa momentânea estadia do sr. Elton, Emma mal o tinha visto, mas por tempo suficiente para sentir que o primeiro encontro estava superado e adquirir a impressão de que o cavalheiro não havia melhorado com a mistura de ressentimento e pretensão que agora se disseminara em sua postura. Ela estava, de fato, começando a ficar um tanto espantada por algum dia ter considerado minimamente agradável o sr. Elton; e a visão dele era tão inseparavelmente relacionada com certos sentimentos de grande mal-estar que, a não ser sob uma luz moral, como uma penitência, uma lição, uma fonte de lucrativa humilhação para sua própria mente, ela teria ficado agradecida pela garantia de que nunca o veria novamente. Emma desejava tudo de bom ao sr. Elton, mas ele lhe causava dor, e o bem-estar do cavalheiro a vinte milhas de distância iria ministrar maior satisfação.

A dor de sua contínua residência em Highbury, no entanto, por certo haveria de ser amenizada por seu casamento. Muitas solicitudes vãs seriam evitadas – muitos constrangimentos seriam suavizados. Uma *sra. Elton* seria uma desculpa para qualquer mudança de relacionamento; a intimidade anterior poderia perecer sem comentários. Seria quase um reinício da vida de civilidade.

Sobre a dama, individualmente, Emma não pensava grande coisa. Ela era boa o bastante para o sr. Elton, sem dúvida; talentosa o bastante para Highbury; bonita o bastante – para parecer feia, provavelmente, ao lado de Harriet. Quanto às conexões, nisso Emma sentia uma perfeita tranquilidade, persuadida de que, depois de todas as suas próprias jactanciosas reivindicações e seu desdém por Harriet, ele nada fizera. Nesse ponto a verdade parecia ser alcançável. *Aquilo* que ela era deveria ser incerto, mas *quem* ela era poderia ser descoberto; e, deixando de lado as dez mil libras, nada indicava que fosse superior a Harriet em qualquer aspecto. Ela não trazia nome nenhum, sangue nenhum, aliança nenhuma. A srta. Hawkins era a mais nova das duas filhas de um... mercador, é claro, como ele precisava ser chamado... de Bristol; entretanto, visto que o conjunto dos lucros de sua vida mercantil parecia ser tão absolutamente moderado, não era injusto supor que a dignidade do seu ramo de comércio tivesse sido também bastante moderada. Ela costumava passar parte de todos os invernos em Bath, mas Bristol era o seu lar, o coração de Bristol; pois, embora pai e mãe tivessem morrido alguns anos antes, restava um tio – no ramo da lei – não era possível arriscar uma definição mais distintamente honrosa do sujeito do que afirmar que ele atuava no ramo da lei; e com ele a filha vivera. Emma imaginara nele o burro de carga de algum advogado, estúpido demais para crescer. E a grandiosidade toda da conexão parecia depender da irmã mais velha, que era *muito bem casada* com um cavalheiro de *grande relevância*, perto de Bristol, possuidor de duas carruagens! Era esse o resumo da história; era essa a glória da srta. Hawkins.

Se ela pudesse ao menos ter comunicado a Harriet os seus sentimentos sobre tudo isso! Ela persuadira Harriet a se apaixonar, mas, ai dela, a amiga não se deixaria persuadir tão facilmente a esquecer a paixão. O fascínio de um objeto que ocupasse os inúmeros espaços vazios da mente de Harriet não seria desfeito por palavras. O objeto do amor haveria de ser substituído por outro; ele certamente seria, de fato; nada podia ser mais claro; até mesmo um Robert Martin teria sido suficiente; mas nada mais, ela temia, iria curá-la. Harriet era uma dessas pessoas que, depois de ter começado, estaria sempre apaixonada. E agora, pobre garota, ela estava consideravelmente pior devido a esse reaparecimento do sr. Elton. Ela tinha sempre um vislumbre do cavalheiro em algum lugar ou outro. Emma o viu apenas uma vez; mas duas ou três vezes por dia, de maneira infalível, Harriet *simplesmente* o encontrava, ou *simplesmente* quase o encontrava, *simplesmente* ouvia sua voz ou via seu ombro, *simplesmente* vivenciava um acontecimento que o preservaria em sua imaginação com todos os favorecimentos calorosos da surpresa e da conjectura. Ela ficava, além disso, ouvindo perpétuas considerações a respeito dele, porque, exceto quando em Hartfield, ela constava sempre entre aqueles que não viam defeitos no sr. Elton e não consideravam nada tão interessante como a discussão de seus interesses; e todos os relatos, portanto, todos os palpites – e tudo aquilo que já ocorrera e poderia ocorrer no arranjo de seus assuntos, abrangendo renda, criados e mobília – mantinham-se numa contínua agitação em volta dela. O interesse de Harriet pelo sr. Elton se fortalecia por invariáveis louvores a ele, e os seus remorsos eram mantidos vivos e os seus sentimentos sofriam irritação com as incessantes repetições quanto à felicidade da srta. Hawkins e as contínuas observações de que ele parecia muito afeiçoado! Seu ar enquanto ele caminhava pela casa... o próprio assentamento de seu chapéu comprovando totalmente o quanto ele estava apaixonado!

Tivesse sido um entretenimento admissível, não tivesse ocorrido dor alguma para sua amiga ou censura para ela mesma nas vacilações da mente de Harriet, Emma teria se divertido com tais variações. Por vezes o sr. Elton predominava, por vezes os Martin; e cada um era ocasionalmente útil como um freamento do outro. O noivado do sr. Elton tinha sido a cura da agitação de topar com o sr. Martin. A infelicidade produzida pelo conhecimento do noivado havia sido um pouco colocada de lado pelo aparecimento de Elizabeth Martin na casa da sra. Goddard alguns dias depois. Harriet não estava em casa, mas um bilhete tinha sido preparado e deixado para ela, escrito em perfeito estilo tocante, uma pequena mistura de reprovação com grande dose de bondade; e até o aparecimento do próprio sr. Elton ela se mantivera muito ocupada com isso, continuamente ponderando sobre aquilo que poderia ser feito em retribuição e desejando fazer mais do que ousava confessar. Mas o sr. Elton, em pessoa, afugentara todas essas preocupações. Durante a permanência dele, os Martin foram esquecidos; e, na mesma manhã em que ele partiu de volta para Bath, Emma, de modo a dissipar um pouco da angústia ocasionada pelo fato, julgou ser melhor que Harriet retribuísse a visita de Elizabeth Martin.

Como deveria ser reconhecida essa visita – o que seria necessário – e o que poderia ser mais seguro foram pontos que provocaram duvidosa consideração. Ignorar completamente a mãe e as irmãs, tendo recebido um convite para visitá-las, seria ingratidão. Não podia ser... e, no entanto, o perigo de uma renovação da amizade!

Depois de muito pensar, Emma não conseguiu encontrar solução melhor do que uma retribuição da visita por parte de Harriet – mas de uma maneira que, caso elas tivessem discernimento, as deixaria convencidas de que aquela não deveria ser mais do que uma amizade formal. Ela pretendia levá-la na carruagem, deixá-la em Abbey-Mill e avançar um pouco mais longe, retornando para buscá-la sem grande delonga – não permitindo que houvesse tempo para solicitações insidiosas ou perigosas recorrências ao passado e oferecendo a mais decisiva prova do grau de intimidade que era escolhido para o futuro.

Ela não conseguia pensar em nada melhor: e, muito embora houvesse naquilo alguma coisa que o seu próprio coração não era capaz de aprovar – alguma espécie de ingratidão meramente disfarçada –, aquilo precisava ser feito, ou o que seria de Harriet?

Capítulo 23

Pouco ânimo tinha Harriet para uma visitação. Apenas meia hora antes de ter sido procurada pela amiga na casa da sra. Goddard, ela fora levada por seus astros agourentos ao exato local onde, naquele momento, um baú endereçado ao *rev. Philip Elton, White-Hart, Bath*, podia ser visto na operação que o levantava e acomodava na carroça do açougueiro, pela qual seria transportado até onde passavam as diligências; e tudo neste mundo, com exceção do baú e do endereço, consequentemente desapareceu.

Harriet foi, no entanto; e quando as duas chegaram à fazenda, quando ela teve de descer na extremidade do amplo e esmerado caminho de cascalho que levava, por entre macieiras em espaldeira, até a porta da frente, a visão de todas as coisas que haviam lhe proporcionado tanto prazer no outono anterior foi começando a reavivar uma ligeira agitação local; e quando elas se despediram Emma observou que Harriet olhava em volta com uma espécie de curiosidade temerosa e decidiu, assim, não permitir que a visita ultrapassasse o sugerido quarto de hora. Ela mesma, por sua vez, seguiu em frente para conceder essa porção de tempo a uma velha criada que estava casada e estabelecida em Donwell.

O quarto de hora trouxe Emma de novo ao portão branco pontualmente; e a srta. Smith, sendo convocada, dirigiu-se ao encontro dela sem demora – e desacompanhada de qualquer moço alarmante. Ela vinha solitariamente pelo caminho de cascalho – uma srta. Martin apenas aparecendo na porta e se despedindo dela, segundo parecia, com cerimoniosa civilidade.

Harriet não pôde transmitir com grande presteza um relato inteligente. Seus sentimentos eram demasiados; mas por fim Emma extraiu dela o bastante para compreender a feição do encontro e a feição da dor que era gerada. Ela só tinha visto a sra. Martin e as duas moças. As damas a tinham recebido com desconfiança, se não com frieza; e a conversação tratara quase o tempo todo de nada além do mais rasteiro lugar-comum – até praticamente o último minuto, quando a sra. Martin, dizendo de súbito que na sua percepção a srta. Smith estava crescida, introduzira um tema mais interessante com modos mais calorosos. Naquela mesma sala, em setembro passado, ela tinha sido medida com suas duas amigas. Podiam ser vistos os memorandos e as marcas a lápis no lambril junto à janela. *Ele* os fizera. Todas elas pareciam recordar o dia, a hora, o grupo, a ocasião... pareciam sentir a mesma noção, os mesmos pesares... pareciam prontas para retornar ao mesmo bom entendimento; e estavam justamente começando a interagir como antes (Harriet, Emma tinha de suspeitar, sendo a mais pronta de todas para ser cordial e feliz) quando a carruagem reaparecera e tudo havia terminado. O estilo da visita e sua brevidade foram avaliados, então, como decisivos. Catorze minutos concedidos às pessoas com as quais ela gratamente passara seis semanas nem mesmo seis meses antes! Emma não pôde senão enxergar o quadro todo e sentir com quanta justiça elas poderiam se ressentir, com quanta naturalidade Harriet haveria de sofrer. Era uma coisa ruim. Ela teria dado quase tudo, ou suportado quase tudo, para conhecer os Martin numa posição mais alta na vida. Eles eram tão merecedores que algo um *pouco* mais alto já teria bastado; sendo como era, porém, como ela poderia ter agido de outra forma? Impossível! Ela não tinha motivo para se arrepender. Eles precisavam ser separados; mas havia uma grande dose de dor no processo – tamanha dose para ela mesma, nessa altura, que Emma logo sentiu a necessidade de uma pequena consolação – e resolveu passar por Randalls, a caminho de casa, de modo a obtê-la. Sua mente já não aguentava mais o sr. Elton e os Martin. O refresco de Randalls era absolutamente necessário.

O esquema era bom; quando a carruagem parou diante da porta, porém, elas ouviram que "nem patrão nem patroa estavam em casa"; ambos haviam saído um bom tempo antes; o homem acreditava que eles tivessem ido para Hartfield.

– Isso é péssimo – Emma exclamou enquanto elas se afastavam. – E agora vamos justamente perder a visita deles; é tão exasperante! Não sei se alguma vez já me senti tão desapontada.

E ela se recostou no seu canto para dar livre vazão a seus resmungos, ou para suprimi-los por meio da razão; provavelmente um pouco de ambas as coisas – sendo esse o processo mais comum de uma mente que não é malévola. Dentro em pouco a carruagem parou; Emma ergueu a cabeça; quem os tinha parado eram o sr. e a sra. Weston, esperando no lado de fora para falar com ela. Houve um prazer instantâneo na contemplação do casal – e um prazer maior ainda foi transmitido por som, porque o sr. Weston de pronto abordou-a da seguinte maneira:

– Como vai? Como vai? Estivemos conversando com o seu pai... fiquei contente de vê-lo tão bem. Frank vai chegar amanhã... recebi uma carta nesta manhã... nós o veremos amanhã pela hora do jantar com absoluta certeza... ele está em Oxford hoje e vem para ficar duas semanas inteiras; eu sabia que assim seria. Se ele tivesse vindo no Natal, não poderia ter ficado três dias; desde sempre me contentou que ele não viesse no Natal; agora teremos o clima ideal para ele, bom, seco, firme. Desfrutaremos de sua presença completamente; tudo acabou sendo resolvido exatamente como poderíamos desejar.

Não havia como resistir a tal notícia, nenhuma possibilidade de evitar a influência de um rosto tão feliz como se mostrava o do sr. Weston, com tudo sendo confirmado pelas palavras e pelo semblante de sua esposa – palavras mais escassas e um semblante mais contido, mas não menos pertinentes. Saber que *ela* considerava certa a vinda do jovem era suficiente para fazer com que Emma também a considerasse certa, e sinceramente ela se regozijou pelo júbilo deles. Tratava-se de uma reanimação magnífica para um espírito exausto. O passado desgastado foi engolido pela novidade do que viria; e na velocidade de um pensamento fugaz ela teve a esperança de que o sr. Elton não mais seria mencionado agora.

O sr. Weston lhe comunicou a história dos compromissos em Enscombe que permitiam a seu filho responder pelo fato de contar com duas semanas inteiras a seu dispor, bem como a rota e o método da viagem; e ela ouviu, e sorriu, e congratulou.

– Eu hei de levá-lo a Hartfield em breve – disse ele na conclusão.

Emma imaginou ter visto, após essa fala, um toque no braço por parte da esposa.

– Será melhor seguirmos em frente, sr. Weston – ela disse. – Estamos detendo as moças.

– Ora, ora, estou pronto – (e voltando-se de novo para Emma) –, mas a senhorita não deve acalentar a expectativa de um jovem tão *ótimo* assim; a senhorita só teve o *meu* relato, é claro; ouso dizer que ele não tem nada de realmente extraordinário – (embora seus próprios olhos cintilantes exprimissem, naquele momento, uma convicção muito diferente).

Emma foi capaz de apresentar uma expressão de perfeita ignorância e inocência e de responder num modo que não apropriava nada.

– Pense em mim amanhã, minha querida Emma, por volta das quatro horas – foi a injunção de despedida da sra. Weston, expressa com alguma ânsia e direcionada somente para ela.

– Quatro horas?! Acredite em mim, ele vai estar aqui às três – foi a rápida emenda do sr. Weston.

E assim se encerrou um encontro muitíssimo satisfatório. O ânimo de Emma havia subido até praticamente atingir a felicidade; tudo assumia um ar diferente; James e seus cavalos não pareciam exibir metade da morosidade anterior. Quando olhou as sebes, julgou que o sabugueiro, pelo menos, dentro em breve haveria de florescer; quando voltou-se para Harriet, viu algo como uma expressão primaveril, um sorriso tenro até mesmo ali.

– Será que o sr. Frank Churchill vai passar também por Bath, além de Oxford? – foi uma pergunta, no entanto, que não ofereceu bom agouro.

Mas nem a geografia nem a tranquilidade poderiam surgir de uma hora para outra, e Emma se dispôs, então, a decidir que ambas surgiriam no devido tempo.

A manhã do interessante dia chegou, e a fiel pupila da sra. Weston não se esqueceu às dez, às onze ou tampouco às doze horas de que deveria pensar nela às quatro.

– Minha queridíssima e ansiosa amiga – disse ela, em solilóquio mental, quando saiu de seu quarto e foi descendo as escadas –, sempre zelosa em excesso pelo conforto de todos e nunca pelo seu; eu a vejo agora em todas as suas pequenas inquietações, entrando repetidas vezes no quarto dele para ter certeza de que tudo está certo.

O relógio bateu doze horas quando ela passava pelo saguão.

– São doze horas, não irei me esquecer de pensar na senhora daqui a quatro horas; e por volta desse horário amanhã, talvez, ou um pouco mais tarde, poderei estar pensando na possibilidade de que todos eles nos visitem aqui. Tenho certeza de que o trarão em breve.

Ela abriu a porta da sala e viu dois cavalheiros sentados com seu pai: o sr. Weston e o filho dele. Os dois haviam entrado poucos minutos antes, e o sr. Weston mal terminara sua explicação sobre Frank ter chegado com um dia de antecedência – e o pai dela encontrava-se ainda no meio de suas muito polidas saudações e congratulações – quando Emma apareceu para ganhar sua parcela de surpresa, apresentação e prazer.

O Frank Churchill por tanto tempo comentado, tão elevado em interesse, estava de fato diante dela – ele lhe foi apresentado e ela não julgou que se dissera demais em louvor dele; o sr. Churchill era um jovem *muito* bem-apessoado; altura, porte, trato, tudo era irrepreensível, e o seu semblante possuía uma grande dose do espírito e da vivacidade do semblante de seu pai; ele parecia ser perspicaz e sensato. Emma sentiu imediatamente que haveria de gostar dele; e havia um bem-educado desembaraço nos modos e uma prontidão para conversar que a convenceram de que ele vinha com intenção de se tornar íntimo dela – e de que íntimos eles logo seriam.

Ele alcançara Randalls na noite anterior. Emma ficou satisfeita com a avidez por chegar que o fizera alterar seu plano e viajar antes, e mais tarde, e mais rápido, de forma que pudesse ganhar meio dia.

– Eu lhes falei ontem – exclamou o sr. Weston com exultação –, falei a todas vocês que ele iria estar aqui antes do tempo estipulado. Eu me recordei daquilo que eu mesmo costumava fazer. O sujeito não consegue ficar se arrastando numa viagem; não consegue deixar de avançar mais rápido do que havia planejado; e o prazer de surpreender os amigos antes do início da vigia vale muito mais do que qualquer ligeiro esforço necessário.

– É um grande prazer quando podemos nos entregar a ele – disse o jovem –, apesar de não existirem muitas residências nas quais, até aqui, eu possa tomar essa liberdade; mas vindo para *casa* eu senti que poderia fazer qualquer coisa.

A palavra *casa* levou o pai a contemplá-lo com renovada complacência. Emma se certificou no mesmo instante de que ele sabia como se fazer agradável; a convicção foi fortalecida por aquilo que se seguiu. Ele estava muitíssimo satisfeito com Randalls, julgando-a uma casa disposta no mais admirável arranjo, mal querendo admitir até mesmo que fosse muito pequena, admirando a localização, a caminhada para Highbury, Highbury em si, Hartfield ainda mais, e professando ter sempre sentido a espécie de interesse pelo campo que a terra *natal* desperta como nenhum outro lugar e a maior das curiosidades por visitá-lo. A ideia de que o sr. Frank Churchill nunca antes tivesse sido capaz de se entregar a tão amável sentimento passou suspeitosamente pela cabeça de Emma; no entanto, mesmo que fosse uma falsidade, tratava-se de uma falsidade encantadora, encantadoramente manipulada. Suas maneiras não tinham nenhum ar de estudo ou exagero. Ele realmente passava uma impressão e falava como se estivesse num estado de raro prazer.

Os assuntos abordados, de um modo geral, foram típicos de um relacionamento que se abre. Da parte dele vieram as indagações “Era ela uma mulher de cavalos? – Cavalgadas aprazíveis? – Caminhadas aprazíveis? – Tinham eles uma ampla vizinhança? – Highbury, quem sabe, fornecia sociedade suficiente? Existiam diversas casas muito bonitas dentro e nos arredores do vilarejo... – Bailes... eles tinham bailes? Aquela era uma sociedade musical?".

Quando satisfeito em todos esses pontos, porém, e uma vez que a amizade havia proporcionalmente avançado, ele maquinou para encontrar uma oportunidade, enquanto os dois pais se mantinham envolvidos um com o outro, de introduzir sua madrasta e de falar dela com tão elegante louvor, tão calorosa admiração, tamanha gratidão pela felicidade que ela havia garantido a seu pai e pela muito gentil recepção que ele mesmo tivera, que acabou dando mais uma prova do seu talento em saber como agradar – e da sua inquestionável avaliação de que era vantajoso tentar agradá-la. Ele não arriscou uma palavra de louvor além daquilo que Emma sabia ser totalmente merecido pela sra. Weston. Sem sombra de dúvida, porém, ele só poderia saber bem pouco do assunto; tinha noção do quanto seria bem-vindo; não poderia ter certeza de muito mais. "O casamento de seu pai", ele disse, "tinha sido a mais sábia das medidas, todos os amigos decerto sentiam grande regozijo; e a família da qual ele recebera tamanha bênção para sempre seria considerada como tendo lhe conferido a mais alta obrigação."

O sr. Frank Churchill chegou o mais perto que pôde de agradecer a ela pelos méritos da srta. Taylor sem parecer esquecer de todo que, no decorrer normal das coisas, seria de se supor antes a srta. Taylor como formadora do caráter da srta. Woodhouse do que a srta. Woodhouse como tendo formado a srta. Taylor. E por fim, como que determinado a qualificar sua opinião completamente por ter viajado ao encontro do seu objeto de interesse, ele rematou tudo com uma perplexidade pela beleza e pela juventude que via na dama.

– Para modos elegantes, agradáveis, eu estava preparado – ele disse –, mas confesso que, levando tudo em consideração, não havia esperado mais do que uma mulher de certa idade muito toleravelmente bem-apessoada; não sabia que haveria de encontrar na sra. Weston uma bela jovem.

– No que diz respeito aos meus sentimentos, o senhor nunca poderá ver perfeição demasiada na sra. Weston – disse Emma. – Fosse o senhor considerá-la uma jovem de *dezoito* anos, eu ouviria isso com prazer; mas *ela* se mostraria pronta para brigar com o senhor pelo uso de tais palavras. Não a deixe imaginar que o senhor falou dela como uma bela jovem.

– Eu não cometeria essa insensatez, espero – ele retrucou. – Não, tenha certeza de que – (com uma mesura galante) –, quando eu me dirigir à sra. Weston, saberei muito bem quem poderei louvar sem qualquer perigo de ser julgado extravagante nos meus termos.

Emma especulou se a mesma suspeita do que poderia ser esperado da intimidade deles, que havia se apoderado de sua mente com força, jamais tinha passado pela cabeça do sr. Frank Churchill; e se os elogios dele deviam ser considerados como sinais de condescendência ou provas de desafio. Ela teria de conviver mais com o jovem para entender seus modos; de momento, sentia somente que esses modos eram agradáveis.

Emma não tinha dúvida alguma sobre os pensamentos recorrentes do sr. Weston. Ela detectara seu olhar perspicaz espiando na direção deles inúmeras vezes com uma expressão feliz e, mesmo nas ocasiões em que poderia ter se forçado a não olhar, confiava que estivesse quase sempre ouvindo.

A perfeita isenção do seu próprio pai de qualquer pensamento do tipo, a completa deficiência nele de toda sorte de penetração ou suspeita semelhante, era uma circunstância muitíssimo confortável. Felizmente ele não estava mais longe de aprovar matrimônios do que de prevê-los. Muito embora fizesse objeção a todos os casamentos jamais arranjados, o sr. Woodhouse nunca sofria de antemão com o receio de algum arranjo; era como se ele não conseguisse julgar tão ruins os discernimentos de quaisquer duas pessoas a ponto de suspeitar que pretendessem casar até que isso pudesse ser provado contra elas. Emma bendisse o privilégio dessa cegueira. Seu pai agora podia, sem o revés de uma única conjectura desagradável, sem vislumbrar a menor traição possível no seu visitante, dar livre curso a todas as suas naturais e bondosas cortesias – com solícitas perguntas acerca das acomodações do sr. Frank Churchill em sua jornada pelos tristes perigos de dormir duas noites na estrada e expressando uma ansiedade muito pura e genuína por averiguar se o jovem certamente havia escapado de apanhar um resfriado, algo que, todavia, ele não lhe permitiria saber com segurança antes do transcurso de mais uma noite.

Concluída uma visita razoável, o sr. Weston começou a se mexer. "Ele precisava partir. Tinha um negócio a tratar no Crown sobre o seu feno e diversos pedidos da sra. Weston para pegar na Ford's, mas não precisava apressar ninguém mais." Seu filho, bem-educado demais para dar ouvidos à insinuação, também se levantou no mesmo instante, dizendo:

– Já que o senhor segue para tratar de negócios, vou aproveitar a oportunidade para fazer uma visita que precisa ser feita mais dia menos dia e, portanto, poderá muito bem ser feita hoje. Tenho a honra de conhecer uma vizinha sua – (voltando-se para Emma) –, uma dama residente em Highbury ou nas proximidades; uma família de nome Fairfax. Não terei nenhuma dificuldade, eu suponho, em encontrar a casa; embora Fairfax, creio eu, não seja o nome certo... eu deveria dizer Barnes, ou Bates. Vocês conhecem alguma família com esse nome?

– Com toda certeza nós conhecemos – exclamou o pai dele. – A sra. Bates... nós passamos pela casa dela... eu vi a srta. Bates na janela. É verdade, é verdade, você conhece a srta. Fairfax; eu lembro que você a conheceu em Weymouth, e ela é uma ótima moça. Não deixe de visitá-la.

– Não há necessidade para uma visita minha nesta manhã – disse o jovem. – Outro dia dará no mesmo; mas houve um grau de intimidade em Weymouth que...

– Ah, vá hoje, vá hoje! Não fique adiando. Fazer a coisa certa nunca pode ser deixado para depois. E, além do mais, eu preciso lhe fazer uma sugestão, Frank: qualquer falta de atenção a ela *aqui* deveria ser cuidadosamente evitada. Você a viu com os Campbell, quando ela interagia de igual para igual com todas as pessoas, mas aqui ela está com uma pobre avó que mal possui o suficiente para sobreviver. Se você não fizer logo essa visita, estará cometendo uma desfeita.

O filho pareceu ficar convencido.

– Já pude ouvi-la falando da amizade – disse Emma –, ela é uma jovem muito elegante.

O sr. Frank Churchill concordou, mas com um "sim" tão fraco que ela inclinou-se a quase duvidar de sua real conformidade; contudo, teria de existir no mundo requintado uma espécie de elegância muito distinta caso Jane Fairfax pudesse ser tida como dotada somente de uma dose ordinária dessa qualidade.

– Se o senhor nunca ficou particularmente impressionado com as boas maneiras dela antes – disse ela –, creio que ficará hoje. O senhor vai vê-la sob uma luz vantajosa; vê-la e ouvi-la... não, receio que não vai ouvi-la nem um pouco, porque ela tem uma tia que não consegue segurar a língua.

– O senhor conhece a srta. Jane Fairfax, é isso mesmo? – falou o sr. Woodhouse, sempre o último a ingressar na conversação. – Conceda-me permissão, portanto, para lhe garantir que o senhor verá nela uma jovem dama muito agradável. Ela está em Highbury visitando sua vovó e sua tia, pessoas muito dignas; sou amigo delas a vida inteira. Elas ficarão extremamente gratas por vê-lo, tenho certeza, e um dos meus criados o acompanhará para lhe mostrar o caminho.

– Meu caro senhor, sob hipótese alguma no mundo; o meu pai pode me orientar.

– Mas o seu pai não irá tão longe; ele só está indo até o Crown, bem no outro lado da rua, e as residências são inúmeras; o senhor poderia ficar bastante perdido, e o trajeto é bastante sujo, a menos que a pessoa se mantenha no passeio; mas o meu cocheiro pode lhe dizer onde seria melhor atravessar a rua.

O sr. Frank Churchill declinou mesmo assim, com uma expressão da máxima seriedade, e o seu pai lhe deu entusiástico apoio exclamando:

– Meu bom amigo, isso é um tanto desnecessário; Frank reconhece uma poça de água quando a vê; quanto à sra. Bates, do Crown ele poderá chegar até lá em dois pulos.

Foi permitido a eles que partissem sozinhos; e assim, com um cordial aceno de cabeça por parte de um e uma graciosa mesura por parte de outro, os dois cavalheiros se despediram. Emma continuou sentindo-se muito agradada com aquele começo de amizade, podendo agora se comprometer a pensar neles em Randalls a qualquer hora do dia com plena confiança na tranquilidade de todos.

Capítulo 24

A manhã seguinte trouxe o sr. Frank Churchill de volta. O jovem veio com a sra. Weston, à qual, bem como a Highbury, ele parecia devotar um apego muito cordial. Ele ficara sentado em casa com a sra. Weston, segundo parecia, no maior dos companheirismos, até a costumeira hora do exercício dela e, sendo instado a escolher o percurso, imediatamente se decidira por Highbury. "Ele não duvidava que existissem percursos muito aprazíveis em todas as direções, mas, no que dependesse de sua decisão, ele sempre haveria de optar pelo mesmo. Highbury, a etérea, jovial e alegre Highbury, seria sua constante atração." Highbury, com a sra. Weston, significava Hartfield; e a sra. Weston acreditava que ele fazia interpretação idêntica. Para lá os dois caminharam diretamente.

Emma mal havia esperado essa visita: porque o sr. Weston, que aparecera por meio minuto de modo a ouvir que o seu filho era muito bonito, nada sabia sobre os planos deles; e foi uma surpresa agradável para ela, portanto, percebê-los caminhando juntos até a casa de braços dados. Ela queria de fato vê-lo de novo e especialmente vê-lo na companhia da sra. Weston, de cuja influência no comportamento do jovem dependeria sua opinião sobre ele. Se o jovem se mostrasse deficiente nesse ponto, nada poderia servir de compensação. Ao ver os dois juntos, porém, ela sentiu-se perfeitamente satisfeita. Não era só nas palavras bonitas ou no elogio hiperbólico que ele cumpria seu dever; nada poderia ser mais apropriado ou amável do que sua constante postura em relação à sra. Weston – nada poderia denotar mais agradavelmente o seu desejo de considerá-la como amiga e de conquistar o afeto dela. E Emma dispôs de tempo suficiente para formar um julgamento razoável, na medida em que a visita estendeu-se até o fim da manhã. Todos saíram para caminhar juntos por uma hora ou duas – primeiro pelo caminho de arbustos de Hartfield e depois por Highbury. Ele estava maravilhado com tudo, admirando Hartfield o bastante para os ouvidos do sr. Woodhouse, e, quando ficou acertado que seguiriam mais longe, confessou seu desejo de ser apresentado ao vilarejo todo e encontrou matéria para elogios e interesse com muito mais frequência do que Emma poderia ter imaginado.

Alguns dos objetos de sua curiosidade revelaram sentimentos muito amáveis. Implorou que lhe mostrassem a casa na qual seu pai vivera por tanto tempo e que havia sido a moradia do pai de seu pai e, ao recordar que uma senhora idosa que cuidara dele ainda vivia, caminhou em busca do chalé dessa senhora de uma extremidade à outra da rua; embora em certos pontos de procura ou observação não houvesse mérito positivo, eles demonstravam no conjunto uma boa vontade para com Highbury em geral que só poderia se assemelhar muito a um mérito para quem lhe fazia companhia.

Emma prestou atenção e decidiu que, com tais sentimentos como aqueles agora demonstrados, não seria justo supor que alguma vez ele tivesse permanecido ausente por opção voluntária; não estivera interpretando um papel ou fazendo uma ostentação de declarações insinceras; e o sr. Knightley certamente não lhe fizera justiça.

Fizeram sua primeira pausa no Crown Inn, uma casa não muito considerável, ainda que a principal de seu tipo, onde eram mantidos alguns pares de cavalos de posta, mais pela conveniência da vizinhança do que por alguma corrida na estrada; e os companheiros do sr. Frank Churchill não haviam esperado que pudessem ser detidos por qualquer interesse despertado ali; passando em frente, porém, contaram a história da enorme sala visivelmente adicionada, que fora construída muitos anos antes para servir como salão de baile e, enquanto a vizinhança se mantivera numa condição particularmente populosa e dançante, havia sido usada ocasionalmente como tal; mas aqueles dias brilhantes já estavam havia muito extintos, e agora o mais alto propósito para o qual ela era requerida era o de acomodar um clube de uíste estabelecido entre os cavalheiros e os quase cavalheiros do lugar. O sr. Frank Churchill foi tomado de um imediato interesse. A característica de salão de baile o fisgou e, em vez de seguir em frente, parou por vários minutos diante das duas janelas corrediças superiores, que estavam abertas, com o fim de olhar para dentro, contemplar sua capacidade e lamentar que o seu propósito original tivesse cessado. Não viu nenhum defeito no salão, não quis aceitar nenhuma das falhas que eles sugeriram. Não, havia extensão suficiente, largura suficiente, beleza suficiente. Seria possível reunir o número ideal para o conforto. Eles deveriam organizar bailes ali no mínimo duas vezes por mês durante o inverno. Por que motivo a srta. Woodhouse não reavivava os bons e velhos tempos do salão? Ela, que era capaz de fazer qualquer coisa em Highbury! A falta de famílias adequadas no vilarejo e a convicção de que ninguém além do vilarejo ou dos arredores imediatos poderia ser tentado a comparecer foram mencionadas, mas ele não ficou satisfeito. O jovem não conseguia ficar convencido de que tantas casas vistosas como as que via em sua volta não pudessem fornecer suficiente número para tal reunião; e mesmo quando pormenores foram citados e famílias foram descritas ele permaneceu relutante em admitir que a inconveniência de tal mistura representaria qualquer problema – ou que pudesse haver a menor dificuldade para que todos retornassem aos seus devidos lugares na manhã seguinte. Ele argumentava como um jovem muito empenhado em dançar; e Emma sentiu-se bastante surpresa por ver a constituição dos Weston prevalecer tão decididamente contra os hábitos dos Churchill. Ele parecia ter tudo da vida e do espírito, dos sentimentos alegres e das inclinações sociais do seu pai, e nada do orgulho ou da reserva de Enscombe. De orgulho, de fato, talvez mal existisse a medida suficiente; sua indiferença em relação à confusão de classe beirava demais uma deselegância de pensamento. Ele não teria condições de julgar, no entanto, o malefício do qual fazia pouco caso. Tratava-se apenas da efusão de um ânimo exaltado.

Por fim foi persuadido a se afastar da fachada do Crown; tendo chegado agora quase diante da casa onde se alojavam as Bates, Emma recordou a planejada visita do dia anterior e lhe perguntou se ele a fizera.

– Sim, ah, sim! – ele respondeu. – Eu ia justamente falar disso. Uma visita muito bem-sucedida. Encontrei as três damas em casa; e me senti muito grato à senhorita por sua informação preparatória. Se a tia falastrona tivesse me apanhado totalmente de surpresa, eu teria preferido cair morto. Sendo como foi, apenas caí na armadilha de fazer uma visita bastante desarrazoada. Dez minutos teriam sido mais do que suficientes, talvez plenamente apropriados; e eu tinha dito ao meu pai que sem dúvida estaria em casa antes dele, mas não houve como escapar, não houve pausa, e, para o meu máximo assombro, constatei, quando ele (não me encontrando em nenhum outro lugar) veio se juntar a mim afinal, que eu efetivamente havia permanecido com elas por um tempo bem próximo de três quartos de hora. A boa dama não me dera possibilidade de fuga em momento algum.

– E como lhe pareceu a aparência da srta. Fairfax?

– Ruim, péssima... quero dizer, se é que se pode admitir uma aparência ruim numa jovem dama. Mas a expressão é quase inaceitável, sra. Weston, não é mesmo? Damas não podem ter aparência ruim. E, falando sério, a srta. Fairfax é naturalmente tão pálida que quase sempre transmite uma impressão de saúde debilitada. Uma tez descorada muitíssimo deplorável.

Emma jamais concordaria com isso e começou a fazer uma calorosa defesa da tez da srta. Fairfax. "Certamente o aspecto nunca era brilhante, mas ela não admitia que tivesse uma tonalidade doentia de um modo geral; e havia uma delicadeza e uma suavidade na pele da jovem que conferiam às características do rosto uma peculiar elegância." O sr. Frank Churchill escutou-a com toda a devida deferência; ele reconhecia que já ouvira muitas pessoas dizendo a mesma coisa – mas precisava confessar que, no seu entender, nada poderia compensar a falta de um bom rubor de saúde. Quando as feições eram medíocres, uma boa tez conferia beleza a todos os traços; e quando eram boas, o efeito era... felizmente ele não precisava tentar descrever qual era o efeito.

– Bem – disse Emma. – Não há como disputar em matéria de gosto. Ao menos o senhor tem admiração pela jovem afora sua tez.

Ele balançou a cabeça e riu.

– Não consigo separar a srta. Fairfax de sua tez.

– O senhor a via com frequência em Weymouth? Costumavam circular na mesma sociedade?

Nesse momento, estavam se aproximando da Ford's, e o jovem exclamou com afobação:

– Ah! Esta deve ser precisamente a loja que todas as pessoas frequentam em todos os dias de suas vidas, como me informa o meu pai. Ele mesmo vem a Highbury em seis dos sete dias, segundo afirma, e tem sempre algum negócio por fazer na Ford's. Se não lhes for inconveniente, entremos, por favor, para que eu possa dar prova de pertencer ao lugar, de ser um verdadeiro cidadão de Highbury. Preciso comprar alguma coisa na Ford's. Isso vai acabar com a minha liberdade de forasteiro. Ouso dizer que vendem luvas.

– Ah, sim, luvas e tudo mais! Admiro de verdade o seu patriotismo. O senhor vai ser adorado em Highbury. Já era muito popular antes da sua vinda por ser o filho do sr. Weston, mas gaste meio guinéu na Ford's e a sua popularidade será fundada nas suas virtudes pessoais.

Entraram; e, enquanto os lustrosos e bem amarrados embrulhos de "Castores para Homens" e "Couros de Tan" eram descidos e dispostos no balcão, ele disse:

– Mas eu lhe peço perdão, srta. Woodhouse, a senhorita estava falando comigo, estava dizendo algo no exato momento dessa explosão do meu *amor patriae*. Não me deixe perder o que a senhorita ia dizendo. Eu lhe garanto que o máximo nível de fama pública não iria compensar a perda de alguma felicidade na vida privada.

– Só estava perguntando se o senhor convivera bastante com a srta. Fairfax e o grupo dela em Weymouth.

– E agora que entendi a sua pergunta, devo declará-la uma indagação muito injusta. É sempre prerrogativa da dama decidir sobre o grau de intimidade. A srta. Fairfax já deve ter comunicado sua versão; não pretendo me comprometer alegando mais do que ela queira permitir.

– Nunca vi nada igual! O senhor responde tão discretamente quanto ela mesma poderia responder. Mas o relato da srta. Fairfax sobre tudo deixa tanta coisa por ser imaginada, ela é tão absolutamente reservada, tão absolutamente relutante em fornecer a menor das informações a respeito de qualquer pessoa, que realmente acredito que o senhor poderá dizer o que bem quiser sobre a sua intimidade com ela.

– Poderei mesmo? Então vou falar a verdade, e nada me cai tão bem. Encontrei a srta. Fairfax repetidas vezes em Weymouth. Eu já conhecia os Campbell um pouco na cidade; e em Weymouth frequentávamos quase sempre o mesmo círculo. O coronel Campbell é um homem muito agradável, e a sra. Campbell é uma mulher de coração aberto e bastante amistosa. Gosto de todos eles.

– O senhor conhece a situação de vida da srta. Fairfax, deduzo... aquilo que ela está destinada a ser.

– Sim – (um tanto hesitante) –, creio que sei.

– Está tocando em assuntos delicados, Emma – disse a sra. Weston, rindo –, lembre-se de que eu estou aqui. O sr. Frank Churchill mal sabe o que dizer quando você fala da situação de vida da srta. Fairfax. Vou me afastar um pouco mais.

– Certamente me esqueço de pensar *nela* – disse Emma – como jamais tendo sido outra coisa que não minha amiga e minha mais estimada amiga.

O jovem exibiu uma expressão de quem entendia e honrava perfeitamente tal sentimento.

Quando as luvas estavam compradas e o grupo já saíra da loja, Frank Churchill perguntou:

– Alguma vez a senhorita ouviu a jovem dama de que falávamos tocando?

– Se alguma vez a ouvi?! – repetiu Emma. – O senhor esquece o quanto ela pertence a Highbury. Ouvi a srta. Fairfax em todos os anos das nossas vidas desde que nós duas começamos. Ela toca magnificamente.

– A senhorita crê nisso, é mesmo? Queria o parecer de alguém que pudesse realmente opinar. Ela me pareceu tocar bem, isto é, com bom gosto considerável, mas eu mesmo não sei nada dessa matéria. Sou um tremendo apreciador de música, mas sem a menor habilidade ou qualquer direito de julgar a performance de alguém. Não poucas vezes ouvi o desempenho dela sendo admirado; e me lembro de uma prova de que a consideravam muito talentosa: um homem, um homem bastante musical e apaixonado por outra mulher... noivo desta... prestes a se casar... jamais pedia, no entanto, que essa outra mulher se sentasse ao instrumento em lugar da dama em questão... jamais parecia gostar de ouvir uma caso pudesse ouvir a outra. Aquilo, pensei, num homem de reconhecido talento musical, era uma boa prova.

– Uma prova e tanto! – falou Emma, divertindo-se enormemente. – O sr. Dixon é bastante musical, é mesmo? Com o senhor, em meia hora saberemos mais sobre eles todos do que a srta. Fairfax teria concedido em meio ano.

– Sim, o sr. Dixon e a srta. Campbell eram as pessoas; e considerei aquela uma prova muito forte.

– Muito forte certamente foi; para falar a verdade, bem mais forte do que, fosse *eu* a srta. Campbell, poderia ter sido minimamente agradável para mim. Eu não conseguiria perdoar um homem que tivesse mais música do que amor... mais ouvidos do que olhos... uma sensibilidade mais aguçada para sons refinados do que para os meus sentimentos. Qual parecia ser a reação da srta. Campbell a isso?

– Veja bem, a srta. Fairfax era uma grande amiga dela.

– Belo conforto! – falou Emma, rindo. – Antes fosse preferida uma estranha do que uma grande amiga; com uma estranha isso poderia não voltar a ocorrer... mas a desgraça de ter uma grande amiga sempre por perto e fazendo tudo melhor do que você! Pobre sra. Dixon! Bem, fico feliz que ela tenha ido se fixar na Irlanda.

– A senhorita está certa. Aquilo não era muito lisonjeiro à srta. Campbell, mas ela realmente não parecia se importar.

– Tanto melhor, ou tanto pior; não sei se uma coisa ou outra. Entretanto, seja por doçura ou por estupidez dela... excesso de amizade ou sentimentos embotados... havia uma pessoa, creio eu, que deveria ter se importado: a própria srta. Fairfax. *Ela* deveria ter se importado com a distinção imprópria e perigosa.

– Quanto a isso... eu não...

– Ah! Não imagine que espero do senhor ou de qualquer outra pessoa um relatório das sensações da srta. Fairfax. Elas não são conhecidas, acredito, por nenhum ser humano exceto ela mesma. Mas, se ela continuou a tocar quando quer que fosse instada pelo sr. Dixon, qualquer um pode acreditar no que quiser.

– Parecia existir tamanho bom entendimento entre todos eles... – Frank Churchill começou a dizer com certa precipitação, mas, contendo-se, acrescentou: – Entretanto, para mim é impossível dizer em que termos eles realmente estavam, como tudo poderia estar se passando nos bastidores. Só posso dizer que havia uma placidez exterior. Mas a senhorita, que conhece a srta. Fairfax desde criança, decerto poderá julgar melhor do que eu o caráter dela e como provavelmente se comportaria em situações críticas.

– Eu a conheço desde criança, sem dúvida; fomos crianças e mulheres juntas; e é natural supor que sejamos íntimas... que tivéssemos ido ao encontro uma da outra quando quer que ela visitasse suas amigas. Mas nunca foi esse o caso. Mal sei como isso se deu; um pouco talvez, pela maldade da minha parte, pela tendência de sentir aversão por uma garota tão idolatrada e exaltada como ela sempre foi, pela tia, pela avó e por todos em volta. E depois, a reserva dela! Eu jamais conseguiria me afeiçoar por uma pessoa tão completamente reservada.

– É uma qualidade muitíssimo repulsiva, de fato – ele falou. – Não raras vezes é bastante conveniente, sem dúvida, mas aprazível nunca é. Existe segurança na reserva, mas atrativo não há. Ninguém consegue amar uma pessoa reservada.

– Não até que cesse a reserva para conosco; e nesse caso a atração poderá ser tanto maior. Mas precisarei estar mais necessitada de uma amiga ou de uma companheira agradável do que jamais estive até hoje para ter o trabalho de conquistar a reserva de alguém com o fim de obter alguma. A minha intimidade com a srta. Fairfax está totalmente fora de questão. Não tenho motivos para ter má opinião sobre ela... nem um pouco... exceto que essa tão extrema e perpétua cautela nas palavras e nos modos, esse pavor de transmitir uma ideia distinta sobre qualquer pessoa, acaba sugerindo uma suspeita de que possa existir algo a esconder.

O sr. Frank Churchill manifestou sua perfeita concordância, e, depois de tão longa caminhada conjunta, de tão semelhantes pensamentos, Emma sentiu-se tão conhecedora do jovem que mal conseguiu acreditar ser aquele apenas o segundo encontro. Ele não era exatamente o que ela tinha esperado: não tanto um homem mundano em algumas de suas noções, não tanto um filho mimado da fortuna, e por isso alguém melhor do que ela tinha esperado. Suas ideias pareciam ser mais moderadas – seus sentimentos, mais calorosos. Ficou particularmente impressionada por seu modo de considerar a casa do sr. Elton, a qual, bem como a igreja, ele ficou contemplando sem aceitar os muitos defeitos apontados pelos demais. Não, ele não admitia que pudesse ser uma casa ruim; não era uma casa de cujo dono se pudesse ter pena. Se fosse compartilhada com a mulher que ele amasse, homem algum, no seu entender, seria merecedor de pena por possuir aquela casa. Por certo existiam amplos aposentos nela para todos os verdadeiros confortos. O homem que quisesse mais teria de ser um cabeça-dura.

A sra. Weston riu e afirmou que ele não sabia o que estava dizendo. Acostumado apenas com uma casa enorme e nunca tendo pensado nas inúmeras vantagens e acomodações relacionadas a seu tamanho, ele não teria competência para julgar as inevitáveis privações pertencentes a uma moradia pequena. Mas Emma, em sua própria mente, determinou que ele sabia, *sim*, o que estava dizendo e que ele demonstrava uma muito amável inclinação por fixar residência cedo na vida, e por se casar, devido a dignos motivos. Ele poderia não ter noção das usurpações à paz doméstica ocasionadas pela falta de um quarto de governanta ou por uma péssima copa de mordomo, mas sem dúvida ele compreendia perfeitamente bem que Enscombe não poderia fazê-lo feliz e que, quando quer que se afeiçoasse por alguém, de boa vontade abandonaria grande parte da riqueza para que lhe fosse permitido um casamento precoce.

Capítulo 25

A ótima opinião de Emma sobre Frank Churchill foi um pouco abalada, no dia seguinte, pela informação de que ele tomara o rumo de Londres meramente para cortar o cabelo. Uma súbita veleidade parecia tê-lo acometido durante o desjejum e ele solicitara um carro e partira, pretendendo retornar a tempo para o jantar, mas sem nenhum objetivo mais importante, aparentemente, do que obter um corte de cabelo. Por certo não havia mal algum em viajar dezesseis milhas duas vezes com tal missão, mas havia naquilo um ar de janotismo e desatino que ela não foi capaz de aprovar. Aquilo não condizia com a racionalidade de planejamento, com a moderação nas despesas ou até mesmo com o coração caloroso e altruísta que ela imaginara identificar nele um dia antes. Vaidade, extravagância, o amor pela mudança, a inquietação de um temperamento que precisava estar sempre fazendo algo, fosse bom ou ruim; negligência quanto ao prazer do pai e da sra. Weston, indiferença sobre como sua conduta poderia ser vista de um modo geral; ele tornava-se passível de todas essas acusações. Seu pai somente o chamou de janota e considerou aquela uma ótima história, mas o desgosto da sra. Weston ficou mais do que claro quando ela se referiu à questão da maneira mais superficial possível e sem fazer qualquer comentário a não ser o de que "todos os jovens gostavam de ter seus pequenos caprichos".

Com exceção dessa pequena rasura, Emma constatou que até ali a visita do sr. Frank Churchill havia dado para sua amiga somente ideias boas a respeito dele. A sra. Weston mostrava grande prontidão em dizer o quanto ele se fazia um companheiro atento e afável – o quanto ela via de satisfatório em sua disposição como um todo. O jovem parecia ser dono de um temperamento bastante franco – certamente um temperamento muito vívido e jovial; ela não conseguia notar nada de errado em suas noções – só enxergava uma grande dose de noções absolutamente corretas; falava do tio com caloroso respeito, gostava de falar sobre ele – dizia que o tio seria o melhor homem do mundo no que dependesse apenas dele; e, embora não houvesse como sentir grande afeto pela tia, reconhecia sua bondade com gratidão e parecia ter sempre intenção de falar dela com respeito. Era tudo muito promissor, e, não fosse por aquela infeliz excentricidade do corte de cabelo, nada havia para denotá-lo indigno da eminente honra que a imaginação de Emma lhe dera – se não por estar realmente apaixonado por ela, ao menos por estar muito próximo disso, escapando apenas devido à indiferença dela (pois ainda mantinha sua resolução de nunca casar); a honra, em suma, de ser apontado como alvo dela por todos os conhecidos em comum.

O sr. Weston, por sua vez, acrescentou ao cômputo uma virtude que tinha decerto algum peso. Ele a levou a entender que Frank acalentava extrema admiração por ela – a considerava belíssima e encantadora; e assim, com tanto a ser dito do jovem na conta total, ela concluiu que não deveria julgá-lo com dureza excessiva. Como a sra. Weston comentara, "todos os jovens gostavam de ter seus pequenos caprichos".

Havia uma pessoa entre os novos conhecidos do cavalheiro, em Surrey, com disposição menos leniente. Em geral ele era visto, nas paróquias de Donwell e Highbury, com grande benevolência; generosas concessões eram feitas para os pequenos excessos de um jovem tão bonito – um jovem que sorria o tempo todo e fazia tão belas mesuras; mas havia entre eles um espírito que não poderia ser amolecido, em seu poder de censura, por mesuras ou sorrisos: o do sr. Knightley. A circunstância lhe foi contada em Hartfield; num primeiro momento ele se manteve calado, mas Emma o escutou dizendo consigo mesmo quase imediatamente depois, por sobre um jornal que segurava nas mãos:

– Hum! Bem o sujeito tolo e frívolo que eu tinha imaginado.

Emma chegou perto de se ressentir, mas um instante de observação a convenceu de que aquilo era dito pelo sr. Knightley, na verdade, apenas como um alívio para os seus próprios sentimentos, sem intenção de provocar; e deixou passar, portanto.

Embora por um lado não fossem portadores de boas notícias, o sr. e a sra. Weston, sob outro aspecto, faziam nessa manhã uma visita particularmente oportuna. Algo aconteceu, enquanto eles estavam em Hartfield, para fazer com que Emma desejasse se aconselhar com os dois; e houve um aspecto ainda mais afortunado: ela queria exatamente o conselho que os dois lhe deram.

O acontecimento foi o seguinte: os Cole haviam fixado residência em Highbury alguns anos antes e eram ótimas pessoas – amigáveis, liberais e despretensiosos; por outro lado, porém, eram de origem baixa, no ramo do comércio, e apenas moderadamente distintos. Nos primeiros tempos de seu estabelecimento no campo, haviam vivido na proporção de seus rendimentos, com tranquilidade, recebendo poucas pessoas, e essas poucas sem grandes gastos; mas os últimos dois anos lhes haviam trazido um considerável aumento de recursos – a casa na cidade rendera maiores lucros e a sorte, de um modo geral, sorrira para eles. Com a riqueza, seus objetivos cresceram: seu desejo por uma casa maior, sua inclinação por mais companhia. Eles fizeram acréscimos na casa, no número de criados, em despesas de todos os tipos; e por aquela altura, na fortuna e no estilo de vida, só ficavam atrás da família de Hartfield. O amor dos Cole pela sociedade, com sua nova sala de jantar, fez com que todos se preparassem para vê-los recebendo convidados em jantares; e algumas recepções, sobretudo entre os homens solteiros, já tinham sido realizadas. As tradicionais e melhores famílias Emma mal conseguia supor que fossem ter a presunção de convidar – nem Donwell, nem Hartfield e tampouco Randalls. Nenhuma tentação faria com que *ela* comparecesse, caso a convidassem; e Emma lamentava que os conhecidos hábitos de seu pai fossem conferir para sua recusa menos significado do que ela desejaria. Os Cole eram bastante respeitáveis a seu modo, mas alguém precisava lhes ensinar que não lhes cabia estabelecer os termos nos quais as famílias superiores os visitariam. Essa lição, Emma temia muitíssimo, os Cole só receberiam dela mesma; do sr. Knightley ela pouco esperava – do sr. Weston, não esperava nada.

Mas Emma planejara o enfrentamento de tal presunção com tantas semanas de antecedência que, quando veio por fim o insulto, ela o absorveu com uma reação bastante diferente. Donwell e Randalls haviam recebido seus convites, e nenhum chegara para seu pai e ela; e a explicação da sra. Weston com "Eu suponho que eles não queiram tomar essa liberdade com vocês; eles sabem que vocês não jantam fora" não foi suficiente. Emma sentia que gostaria de ter contado com o poder da recusa; e depois, na medida em que a ideia do grupo a ser reunido lá, consistindo precisamente daqueles cuja sociedade ela mais estimava, foi ocorrendo várias e várias vezes, ela já não soube se não poderia ter cedido à tentação de aceitar. Harriet estaria lá na noite do evento, e as Bates. Eles haviam conversado a respeito enquanto caminhavam por Highbury no dia anterior, e Frank Churchill lamentara sua ausência com enorme fervor. "Não poderia terminar em dança a noite?" tinha sido uma pergunta dele. Essa simples possibilidade agia como irritação adicional em seu ânimo; e o fato de lhe restar uma solidão grandiosa, mesmo na suposição de que a omissão tivesse por objetivo lisonjear, não passava de um débil conforto.

Foi justamente a chegada desse convite enquanto os Weston estavam em Hartfield o que tornou a presença deles tão aceitável, pois, ainda que o primeiro comentário dela, após a leitura do convite, tivesse sido "É claro que só posso declinar", Emma tratou de lhes perguntar o que aconselhavam que ela fizesse com tão grande rapidez que o conselho deles, apoiando sua ida, foi absolutamente instantâneo e bem-sucedido.

Ela confessou que, levando tudo em consideração, a ideia de comparecer à reunião já não lhe parecia completamente absurda. Os Cole expressavam-se de uma maneira tão adequada – havia uma grande dose de atenção verdadeira na forma do convite – uma grande dose de consideração por seu pai. "Eles teriam solicitado antes a honra, mas haviam esperado a chegada de um biombo de Londres, o qual, tinham esperança, poderia proteger o sr. Woodhouse de qualquer corrente de ar e assim o induziria tão mais prontamente a lhes dar a honra de sua companhia." De um modo geral, ela mostrou-se bastante persuadível, e, ficando logo em seguida decidida entre os três a estratégia para realizar o feito sem negligenciar o conforto dele – o quanto era certo que a sra. Goddard, se não a sra. Bates, aceitaria lhe fazer companhia –, restava convencer o sr. Woodhouse a consentir que sua filha saísse para jantar numa data agora bem próxima e passasse a noite inteira longe dele. Quanto à ida *dele*, Emma não queria que ele julgasse tal coisa possível; o horário seria demasiado tardio, e o grupo, numeroso demais. O sr. Woodhouse logo se mostrou bastante resignado.

– Não tenho grande apreço por visitas de jantar – ele disse. – Nunca tive. Tampouco tem Emma. As horas avançadas não condizem conosco. Lamento que o sr. e a sra. Cole tenham feito isso. Creio que seria muito melhor se eles aparecessem numa tarde qualquer, no próximo verão, e tomassem seu chá conosco... nos levassem em sua caminhada vespertina; eles poderiam muito bem fazer isso, visto que os nossos horários são tão razoáveis, e ainda voltar para casa sem que ficassem a céu aberto na umidade da noite. Eu nunca permitiria que alguém fosse exposto aos orvalhos de uma noite de verão. Todavia, visto que se mostram tão absolutamente desejosos de ter a querida Emma jantando com eles, e visto que vocês dois estarão lá, e o sr. Knightley também, para cuidar dela, não posso querer impedir tal coisa, contanto que o tempo se apresente como deveria, nem úmido, nem frio, nem ventoso.

Ele se voltou à sra. Weston com uma expressão de suave censura:

– Ah, srta. Taylor... se não tivesse se casado, a senhorita teria ficado em casa comigo.

– Ora, senhor – exclamou o sr. Weston –, uma vez que levei a srta. Taylor embora, compete a mim ocupar o lugar dela, se eu puder; e tomarei o rumo da sra. Goddard num instante, se o senhor assim desejar.

Mas a ideia de fazer qualquer coisa num *instante* estava aumentando – e não diminuindo – a agitação do sr. Woodhouse. As damas eram mais capacitadas para suavizá-la. O sr. Weston precisava ficar quieto e tudo tinha de ser deliberadamente arranjado.

Com esse tratamento, o sr. Woodhouse logo se recompôs o bastante para falar como de costume. "Ele ficaria feliz em ver a sra. Goddard. Ele tinha um grande respeito pela sra. Goddard; e Emma deveria escrever um bilhete convidando-a. James poderia levar a mensagem. Mas em primeiro lugar era preciso escrever uma resposta para a sra. Cole.

– Você vai apresentar as minhas desculpas, minha querida, com a maior cortesia possível. Dirá que sou praticamente um inválido e que não vou a lugar algum, e que, portanto, sou obrigado a declinar de tão atencioso convite; começando com os meus *cumprimentos*, é claro. Mas você fará tudo de maneira correta. Não preciso lhe dizer o que deve ser feito. Não podemos nos esquecer de comunicar para James que a carruagem será requerida na terça-feira. Com ele não terei motivos para temer por você. Não estivemos lá mais do que uma vez desde que fizeram a nova aproximação; mesmo assim, não tenho a menor dúvida de que James vai levá-la com grande segurança. E quando chegar lá precisa lhe dizer a que horas quer que ele volte para buscá-la; e seria melhor indicar um horário adiantado. Não vai gostar de permanecer até tarde. Vai ficar bastante cansada quando terminar o chá.

– Mas o senhor não desejaria que eu saísse antes de ficar cansada, papai...

– Ah, não, meu amor; mas você logo vai ficar cansada. Serão inúmeras pessoas falando ao mesmo tempo. Você não vai gostar do ruído.

– Mas, meu caro senhor – exclamou o sr. Weston –, se Emma for embora cedo, isso irá desfazer a reunião.

– E não haverá grande mal se desfizer – disse o sr. Woodhouse. – Quanto mais cedo são desfeitas essas reuniões, tanto melhor.

– Mas o senhor não leva em consideração o que poderão pensar os Cole. A saída de Emma imediatamente após o chá poderia representar uma ofensa. São pessoas de boa índole, não superestimam seus próprios direitos; mesmo assim, por certo sentirão que alguém saindo às pressas não é grande elogio; e uma saída precipitada da srta. Woodhouse teria maior repercussão do que a saída de qualquer outra pessoa na sala. O senhor não desejaria desapontar e mortificar os Cole, estou certo disso; são pessoas do melhor tipo, amigáveis como ninguém, e já são seus vizinhos por *dez* anos.

– Não, sob hipótese alguma neste mundo. Sr. Weston, sou muito grato pela lembrança. Ficaria extremamente triste se lhes causasse alguma dor. Sei bem o quanto são pessoas dignas. Perry me conta que o sr. Cole sequer toca em licor de malte. Olhando para ele, o senhor não imaginaria, mas ele sofre da bile... o sr. Cole sofre muito da bile. Não, eu nunca seria capaz de lhes causar alguma dor. Minha querida Emma, precisamos levar isso em consideração. Tenho certeza de que, para não correr o risco de magoar o sr. e a sra. Cole, você permaneceria um pouco mais do que poderia desejar. Não vai se importar com o cansaço. Estará perfeitamente segura, claro, entre os seus amigos.

– Ah, sim, papai. Não tenho receio no que diz respeito a mim; e não teria nenhum escrúpulo em sair tão tarde quanto a sra. Weston, não fosse por pensar no senhor. Só temo que fique esperando acordado a minha chegada. Não temo que não vá ficar extremamente confortável com a sra. Goddard. Ela adora *piquet*... No entanto, quando ela voltar para casa, temo que o senhor vá ficar esperando acordado, sozinho, em vez de se deitar na sua hora de costume... e a ideia de algo assim destruiria completamente a minha tranquilidade. O senhor precisa me prometer que não vai esperar acordado.

Ele prometeu, sob a condição de algumas promessas por parte dela, tais como: se chegasse em casa com frio, não deixaria de se aquecer dos pés à cabeça; se chegasse com fome, iria pegar algo para comer; sua própria criada iria esperá-la acordada; e Serle e o mordomo iriam conferir se tudo estava em ordem na casa, como de costume.

Capítulo 26

Frank Churchill retornou, e se tinha ou não tinha chegado a tempo para o jantar do pai não se soube em Hartfield, pois a sra. Weston ansiava demais que ele fosse um favorito do sr. Woodhouse para revelar qualquer imperfeição que pudesse ser ocultada.

Ele retornou, tendo cortado o cabelo, e riu de si mesmo com a maior boa vontade, mas de fato sem parecer minimamente envergonhado do que fizera. Não tinha nenhuma razão para desejar que o cabelo crescesse para esconder alguma confusão no rosto; nenhuma razão para desejar que não tivesse despendido dinheiro para melhorar seu ânimo. Mostrava-se tão intrépido e vivaz como sempre. Depois de vê-lo, Emma fez consigo a seguinte interpretação moral: "Não sei se deveria ser assim, mas certamente coisas tolas deixam de ser tolas quando são feitas por pessoas sensatas de uma maneira despudorada. Maldade é sempre maldade, mas desatino não é sempre desatino... O ato depende da personalidade do autor. Sr. Knightley, ele *não* é um jovem frívolo e tolo. Se fosse, teria feito de forma diferente o que fez. Ou teria se rejubilado pelo ato, ou então teria sentido vergonha. Ou teria se manifestado a ostentação de um janota, ou então teriam aparecido as evasões de uma mente fraca demais para defender suas próprias vaidades. Não, tenho a mais perfeita certeza de que ele não é frívolo ou tolo".

Com a terça-feira veio a agradável perspectiva de vê-lo de novo, e por um tempo mais delongado do que até então; de julgar os seus modos como um todo e, por dedução, o significado desses modos quando devotados a ela; de adivinhar se passaria muito tempo até que ela se visse na obrigação de assumir um ar de frieza; e de imaginar quais poderiam ser as observações daqueles que agora os viam juntos pela primeira vez.

Ela pretendia ser muito feliz, ainda que a cena tivesse de se desenrolar na casa do sr. Cole, e sem conseguir esquecer que, entre as deficiências do sr. Elton, inclusive no tempo de suas boas graças, nenhuma lhe causara maior aborrecimento do que sua propensão por jantar na casa do sr. Cole.

A tranquilidade do sr. Woodhouse estava amplamente assegurada, com a sra. Bates, bem como a sra. Goddard, tendo condições de vir; e o último dever obsequioso de Emma antes de sair de casa foi apresentar seus cumprimentos a elas quando os três sentaram-se juntos após o jantar e, enquanto seu pai notava carinhosamente a beleza do seu vestido, oferecer às duas damas todas as compensações ao seu alcance – servindo-lhes grandes fatias de bolo e taças cheias de vinho – por quaisquer abnegações relutantes que o cuidado dele pela constituição delas pudesse tê-las obrigado a praticar durante a refeição. Emma providenciara para elas um jantar abundante; desejava poder saber se tinham sido autorizadas a comê-lo.

Ela seguiu outra carruagem até a porta do sr. Cole e ficou satisfeita por ver que era o carro do sr. Knightley; porque o sr. Knightley, não possuindo cavalos para manter, tendo pouco dinheiro de sobra e uma grande dose de saúde, atividade e independência, tinha uma inclinação demasiada, na opinião de Emma, por se virar como podia e não usar sua carruagem com a frequência que convinha ao proprietário de Donwell Abbey. Ela teve uma oportunidade, agora, de expressar sua aprovação enquanto esta ainda ardia em seu coração, pois ele veio lhe dar a mão na descida.

– O senhor chegou como sempre deveria chegar – disse ela –, como um cavalheiro. Fico bastante contente por vê-lo.

O sr. Knightley agradeceu, observando:

– É muito afortunado que tenhamos chegado no mesmo momento! Porque, se tivéssemos nos encontrado somente na sala de visitas, duvido que você teria visto em mim uma qualidade mais cavalheiresca do que de costume. Não poderia ter identificado como eu vim através da minha expressão ou dos meus modos.

– Sim, eu teria, tenho certeza de que eu teria. Sempre transparece um olhar de constrangimento ou alvoroço quando as pessoas chegam de uma forma que sabem estar abaixo delas. O senhor pensa que se sai muito bem, ouso dizer, mas no seu caso é uma espécie de bravata, um ar de afetada despreocupação; sempre observo isso quando quer que me ocorra encontrá-lo sob tais circunstâncias. *Agora* o senhor não tem desafio algum. Não teme que o suponham envergonhado. Não está se esforçando por parecer mais alto do que todos os demais. *Agora* ficarei realmente muito feliz por entrar na mesma sala com o senhor.

– Garota absurda! – foi a réplica dele, mas sem qualquer traço de irritação.

Assim como no caso do sr. Knightley, Emma teve todas as razões para ficar satisfeita com o resto do grupo. Foi recebida com um cordial respeito que não poderia senão agradar e tratada com a mais alta consequência que poderia desejar. Quando chegaram os Weston, seus mais ternos olhares de amor, os mais acentuados olhares de admiração foram direcionados a ela, tanto do marido quanto da esposa; o filho abordou-a com uma jovial avidez que a destacou como seu peculiar objeto de interesse, e no jantar ela o viu sentado a seu lado, e, segundo fortemente acreditou, não sem alguma destreza por parte dele.

O grupo era bastante grande, já que incluía uma outra família, uma irrepreensível e decente família da região que os Cole tinham a vantagem de poder nomear entre os seus conhecidos, e a parte masculina da família do sr. Cox, o advogado de Highbury. As damas menos dignas haveriam de vir mais à noite, com a srta. Bates, a srta. Fairfax e a srta. Smith; mas já no jantar os convivas eram numerosos demais para que qualquer tópico de conversação fosse compartilhado por todos; e assim, enquanto a política e o sr. Elton eram discutidos, Emma pôde razoavelmente submeter todas as suas atenções aos modos deleitosos de seu vizinho. O primeiro som remoto no qual ela se obrigou a prestar atenção foi o nome de Jane Fairfax. A sra. Cole parecia estar relatando algo a respeito dela que prometia ser muito interessante. Ela escutou e o considerou bastante merecedor de atenção. Aquela parte adorada de Emma, sua imaginação, ganhava um divertido abastecimento. A sra. Cole ia contando que havia visitado a srta. Bates e, tão logo entrara na sala, havia se deparado com a visão inesperada de um piano-forte – um instrumento de aparência muito elegante –, não um piano de cauda, mas um piano quadrado de tamanho grande; e a essência da história, o remate do diálogo que se sucedeu em surpresa, indagações e congratulações por parte dela – e em explicações por parte da srta. Bates – foi o fato de que tal piano-forte havia chegado de Broadwood, no dia anterior, para grande assombro tanto da tia quanto da sobrinha... algo inteiramente imprevisto; num primeiro momento, de acordo com o relato da srta. Bates, a própria Jane ficara um tanto perdida, um tanto perplexa por tentar adivinhar quem poderia ser o responsável pela entrega – mas agora estavam ambas perfeitamente convencidas de que o piano só poderia ter vindo de um único quadrante: é claro que o responsável tinha de ser o coronel Campbell.

– Não se pode supor outra coisa – acrescentou a sra. Cole –, e me causou até mesmo surpresa que tenha existido alguma dúvida. Mas Jane, ao que parece, recebera uma carta bem recente deles, e não havia uma única palavra nesse ponto. Ela sabe melhor do que todos como eles costumam agir, mas eu não consideraria o silêncio dos Campbell como razão possível de que não pretendessem presenteá-la. Eles poderiam ter optado por lhe fazer uma surpresa.

A sra. Cole tinha muito a concordar com ela; todos os que se manifestaram a esse respeito estavam igualmente convictos de que aquilo só poderia vir do coronel Campbell, e igualmente extasiados com a maravilha de tal presente; e houve um número suficiente de falantes ávidos para que Emma pudesse desenvolver seus próprios pensamentos e ainda prestar atenção à sra. Cole.

– Eu juro, não sei se alguma vez ouvi qualquer coisa que me desse maior satisfação! Sempre me deixou um tanto magoada que Jane Fairfax, tocando tão magnificamente, não tivesse um instrumento. Isso parecia uma tremenda vergonha, mais ainda considerando quantas casas existem nas quais belos instrumentos são absolutamente jogados fora. É como levarmos um tapa, com toda certeza! E ontem mesmo estive dizendo ao sr. Cole que me sentia realmente envergonhada de contemplar o nosso novo piano-forte de cauda na sala de visitas, sem saber diferenciar uma nota da outra, e sendo que as nossas meninas, que mal estão começando, talvez nunca venham a tirar dele algo proveitoso; e temos a pobre Jane Fairfax, soberana na música, desprovida de qualquer coisa que se assemelhe a um instrumento, não dispondo nem mesmo da mais velha e deplorável espineta do mundo para se divertir. Estive dizendo tudo isso ao sr. Cole ainda ontem, e ele concordou em tudo comigo; só que ele é tão particularmente apreciador de música que não conseguiu resistir à extravagância de fazer a compra, na esperança de que algum dos nossos bons vizinhos pudesse ocasionalmente nos conceder o obséquio de dar ao piano um melhor uso do que nos é possível; e essa é de fato a razão pela qual o instrumento foi comprado... não fosse assim, tenho certeza de que estaríamos envergonhados. Acalentamos grandes esperanças de que a srta. Woodhouse possa se deixar persuadir a experimentá-lo nesta noite.

A srta. Woodhouse transmitiu sua devida aquiescência e, constatando que nada mais poderia ser fisgado de qualquer comunicação da sra. Cole, voltou-se para Frank Churchill.

– O senhor está sorrindo por quê? – ela quis saber.

– Não, eu é que lhe faço essa pergunta.

– Eu?! Devo estar sorrindo de prazer, com o coronel Campbell sendo tão pródigo e generoso. Trata-se de um belo presente.

– Belíssimo.

– Até me admira que ela não o tenha recebido antes.

– Talvez a srta. Fairfax nunca tenha permanecido aqui por tanto tempo.

– Ou quem sabe ele não lhe cedia o uso do instrumento da família... que deve estar agora num aposento fechado, completamente intocado.

– Esse é um piano de cauda, e ele poderia considerá-lo grande demais para a casa da sra. Bates.

– O senhor pode *dizer* o que quiser... mas o seu semblante comprova que os seus *pensamentos* nesse assunto são muito semelhantes aos meus.

– Não sei. Antes creio que a senhorita está me creditando perspicácia num exagero que não mereço. Sorri porque a senhorita sorriu, e provavelmente vai me parecer suspeita qualquer coisa que lhe parecer suspeita; mas de momento não vejo nada que possa ser questionado. Se o coronel Campbell não é a pessoa certa, quem poderá ser?

– O que diz o senhor da sra. Dixon?

– A sra. Dixon! É bem verdade, claro. Não tinha pensado na sra. Dixon. Ela deve saber tão bem como seu pai o quanto um instrumento seria mais do que aceitável; e talvez esse modo de presentear, o mistério, a surpresa, tenha mais a ver com a maquinação de uma jovem dama, não condizendo tanto com um homem de idade. É a sra. Dixon, me atrevo a dizer. Eu falei à senhorita que as suas suspeitas guiariam as minhas.

– Se é assim, o senhor precisa estender as suas suspeitas e incluir nelas o *sr.* Dixon.

– O sr. Dixon! Bem pensado. Sim, percebo de imediato que o presente decerto é ação conjunta do sr. e da sra. Dixon. Comentávamos outro dia, veja só, o ardor com o qual ele admira o desempenho da srta. Fairfax.

– Sim, e o que o senhor me contou a respeito disso confirmou uma ideia que já me passara pela cabeça. Não pretendo criticar as boas intenções tanto do sr. Dixon quanto da srta. Fairfax, mas não consigo fugir da suspeita de que, tendo pedido a amiga dela em casamento, ou ele teve o infortúnio de se apaixonar por *ela*, ou então ele se apercebeu de uma pequena afeição por parte dela. Poderíamos supor vinte coisas sem que adivinhássemos a coisa certa; mas tenho certeza de que deve haver uma causa específica para que ela optasse por vir a Highbury em vez de viajar à Irlanda com os Campbell. Aqui ela teria de levar uma vida de privação e penitência; lá, tudo teria sido puro divertimento. Quanto ao pretexto de experimentar o ar da terra natal, vejo isso como uma mera desculpa. No verão a ideia seria passável; mas o que é que o ar da terra natal de uma pessoa qualquer poderá fazer por ela nos meses de janeiro, fevereiro e março? Boas lareiras e carruagens teriam muito melhor efeito na maioria dos casos de saúde delicada e, ouso dizer, no dela. Não exijo que o senhor adote todas as minhas suspeitas, embora professe adotá-las com tanta nobreza, mas lhe digo quais são elas honestamente.

– E eu dou minha palavra: elas têm um ar de grande probabilidade. A preferência do sr. Dixon pela música dela em detrimento da amiga, posso garantir, é inegável.

– E além disso ele salvou a vida da srta. Fairfax. O senhor já ouviu falar disso? Um passeio na água; e por algum acidente ela estava caindo do barco. O sr. Dixon conseguiu pegá-la.

– Conseguiu. Eu estava lá... fazia parte do grupo.

– Estava mesmo? Ora! Mas não chegou a observar nada, é claro, porque a ideia parece ser uma novidade para o senhor. Se eu tivesse estado lá, creio que teria feito algumas descobertas.

– Ouso dizer que teria feito; mas eu, simplório que sou, nada vi senão o fato de que a srta. Fairfax por pouco não foi arremessada da embarcação e o sr. Dixon conseguiu pegá-la. Foi num piscar de olhos. E ainda que as consequentes sensações de choque e alarme fossem muito fortes e bem mais duradouras... na verdade, creio que deve ter se passado meia hora antes que algum de nós voltasse a ficar confortável... mesmo assim, a sensação foi generalizada demais para que fosse observável qualquer traço de peculiar ansiedade. Não pretendo dizer, no entanto, que a senhorita não pudesse ter feito descobertas.

Aqui a conversa foi interrompida. Eles foram chamados a partilhar do embaraço de um intervalo bastante longo entre os pratos e se viram na obrigação de ser tão formais e ordeiros quanto os outros; com a segurança de uma mesa novamente coberta, porém, com cada prato de canto posicionado no lugar certo, tendo sido restauradas no ambiente a ocupação e a tranquilidade, Emma disse:

– A chegada desse piano-forte é decisiva para mim. Eu queria saber um pouco mais, e isso me diz quase tudo. Pode confiar em mim, logo teremos notícia de que se trata de um presente do sr. e da sra. Dixon.

– E se os Dixon absolutamente negarem qualquer conhecimento do fato teremos de concluir que o piano veio dos Campbell.

– Não, estou certa de que não veio dos Campbell. A srta. Fairfax sabe que não veio dos Campbell, caso contrário eles teriam sido lembrados no primeiro instante. Ela não teria ficado intrigada se tivesse ousado lhes atribuir o feito. Posso não ter conseguido convencer o senhor, mas eu mesma estou perfeitamente convencida de que o sr. Dixon é um personagem principal nessa história.

– A senhorita de fato me ofende, supondo que eu não esteja convencido. Os seus raciocínios conduzem o meu julgamento inteiramente. A princípio, enquanto supus que a senhorita estivesse satisfeita com o coronel Campbell como benfeitor, vi a questão como mera bondade paternal, pensando se tratar da coisa mais natural do mundo. Contudo, quando a senhorita mencionou a sra. Dixon, pude sentir o quanto era bem mais provável que aquele fosse o tributo da calorosa amizade feminina. E agora só consigo enxergar a questão sob uma única luz: como uma dádiva de amor.

Não havia motivo para seguir insistindo no assunto. A convicção parecia real; ele aparentava senti-la. Emma não disse mais nada, outros temas tiveram sua vez; e o resto do jantar se passou; a sobremesa se sucedeu; as crianças entraram, sendo levadas a falar e sendo admiradas em meio ao ritmo habitual da conversação; foram ditas algumas coisas astutas, outras categoricamente bobas, mas nem as primeiras nem as segundas em proporção muito maior – nada pior do que comentários corriqueiros, repetições enfadonhas e gracejos pesados.

As damas ainda não haviam permanecido por muito tempo na sala de visitas quando as outras damas, em suas diferentes divisões, apareceram. Emma observou a entrada de sua particular amiguinha e, se não pôde exultar com sua dignidade ou graça, pôde não apenas adorar a florescente doçura e os modos ingênuos mas também se rejubilar, com todo o coração, pela disposição leve, animada e pouco sentimental que lhe permitia tantos alívios de prazer em meio às dores cruciantes do afeto frustrado. Lá estava ela, sentada – e quem teria imaginado quantas lágrimas a moça derramara recentemente? Estar em sociedade, ela mesma muito bem vestida e vendo outras muito bem vestidas, ficar sentada e sorrir e se mostrar bonita, sem dizer nada, era suficiente para a felicidade da presente hora. Jane Fairfax de fato exibia um ar e uma postura de superioridade, mas Emma suspeitava que ela de bom grado teria trocado de sentimentos com Harriet, de muito bom grado teria comprado para si a mortificação de ter amado – sim, de ter amado até mesmo o sr. Elton em vão – por meio da entrega de todos os perigosos prazeres de saber-se adorada pelo marido de sua amiga.

Em tão numeroso grupo, não era necessário que Emma fosse ao encontro dela. Emma não queria falar do piano-forte, sentia-se ela mesma inteirada demais do segredo para considerar justa uma aparência de curiosidade ou interesse, e por isso manteve-se propositadamente distanciada; pelas outras, porém, o assunto foi introduzido quase no mesmo instante, e ela percebeu o rubor de constrangimento com o qual foram recebidas as congratulações, o rubor de culpa que acompanhou o nome do "meu excelente amigo coronel Campbell".

A sra. Weston, bondosa e musical, mostrou-se particularmente interessada pela circunstância, e Emma não conseguiu deixar de se divertir com sua perseverança em querer se aprofundar na questão, tendo tanto a perguntar e dizer sobre tom, toque ou pedal e não tendo a menor suspeita do desejo de falar do assunto tão pouco fosse possível que ela lia com a maior clareza no semblante da bela heroína.

Logo vieram se unir a elas alguns dos cavalheiros; e o primeiríssimo de todos foi Frank Churchill. Ele atravessou a sala, o primeiro e o mais bonito, e, depois de apresentar seus cumprimentos *en passant* à srta. Bates e à sobrinha desta, seguiu caminho diretamente para o lado oposto do círculo, onde estava sentada a srta. Woodhouse, e só se dispôs a sentar quando conseguiu encontrar um assento ao lado dela. Emma deduziu o que todas as presentes deviam estar pensando. Ela era o objeto de interesse do cavalheiro, e todas decerto percebiam tal fato. Ela o apresentou para sua amiga, a srta. Smith, e depois, em momentos convenientes, ouviu o que cada um dos dois pensava sobre o outro. "Ele nunca tinha visto um rosto tão adorável e estava encantado com a ingenuidade da jovem dama." E ela: "Com toda certeza, claro, isto era lhe fazer um elogio exagerado, mas ela pensava mesmo que algumas expressões eram um pouco parecidas com as do sr. Elton". Emma reprimiu sua indignação e apenas deu as costas para ela em silêncio.

Sorrisos de cumplicidade se passaram entre Emma e o cavalheiro quando primeiro dirigiram seus olhares à srta. Fairfax; mas era muitíssimo prudente que evitassem falar. Frank Churchill disse a ela que estivera impaciente por sair da sala de jantar – detestava permanecer à mesa por muito tempo – era sempre o primeiro a se levantar quando podia – que o seu pai, o sr. Knightley, o sr. Cox e o sr. Cole haviam permanecido, muito absortos em questões da paróquia – que durante o tempo em que ele lhes fizera companhia, no entanto, a conversa tinha sido prazerosa o bastante, uma vez que ele os considerava, de um modo geral, cavalheiros distintos e sensatos; e proferiu palavras tão bonitas a respeito de Highbury como um todo – afirmando que o vilarejo abundava de famílias agradáveis – que Emma começou a sentir que havia se acostumado a nutrir pelo lugar um desprezo um tanto excessivo. Ela o interrogou sobre a sociedade em Yorkshire, sobre a extensão da vizinhança em torno de Enscombe e coisas do tipo; e pôde concluir pelas respostas que, no tocante a Enscombe, não acontecia quase nada; que as visitações dos

Churchill recaíam num âmbito de grandes famílias, nenhuma delas muito próxima; e que até mesmo quando datas eram fixadas e convites eram aceitos havia uma forte chance de que a sra. Churchill não estivesse com saúde ou com ânimo para sair de casa; que eles faziam questão de não visitar pessoas novas e que, embora ele tivesse os seus compromissos em separado, não era sem dificuldade, sem considerável argumentação *por vezes*, que ele conseguia escapar ou introduzir um conhecido por uma noite.

Emma percebeu que Enscombe não tinha como satisfazer e que Highbury, quando vista por seu melhor ângulo, poderia razoavelmente agradar um jovem cavalheiro que tivesse mais isolamento em casa do que gostaria. A importância de Frank Churchill em Enscombe era muito evidente. Ele não se vangloriava, mas escapava naturalmente a noção de que ele persuadira sua tia onde o tio nada conseguia fazer, e, quando ela riu e se deu conta disso, o jovem reconheceu acreditar (com exceção de um ou dois pontos) que poderia *com o tempo* persuadi-la a qualquer coisa. Frank Churchill mencionou então um desses pontos nos quais sua influência falhara. Ele tivera um intenso desejo de ir para o exterior – quisera com grande avidez, de fato, obter permissão para viajar – mas ela não quisera ouvir falar do assunto. Isso se dera no ano anterior. *Agora*, Frank Churchill disse, ele estava começando a perder esse desejo intenso.

O ponto de persuasão impossível que ele não mencionou, segundo Emma supôs, era o bom comportamento em relação ao pai.

– Fiz a mais tenebrosa descoberta – falou ele, após uma breve pausa. – Amanhã completo uma semana de visita... a metade do meu tempo. Não sabia que os dias podiam voar com tamanha velocidade. Uma semana amanhã! E mal comecei a me divertir. Acabei de conhecer a sra. Weston e outras pessoas! Não gosto de sequer recordar.

– Talvez agora o senhor comece a se arrepender de ter perdido um dia inteiro, em meio a tão poucos, para obter um corte de cabelo.

– Não – disse ele, sorrindo –, isso não é motivo de arrependimento sob hipótese alguma. Não sinto qualquer prazer em ver os meus amigos a menos que possa me julgar digno de ser visto.

Com os demais cavalheiros encontrando-se agora no recinto, Emma se viu na obrigação de dar as costas ao jovem por alguns minutos e ouvir o sr. Cole. Quando já se afastara o sr. Cole e as atenções de Emma puderam retornar ao estado anterior, ela viu Frank Churchill contemplando fixamente o ponto mais distante da sala, na direção da srta. Fairfax, que estava sentada no exato lado oposto.

– Qual é o problema? – ela quis saber.

O sr. Churchill se sobressaltou.

– Obrigado por me despertar – ele retrucou. – Creio ter sido muito rude, mas realmente a srta. Fairfax arrumou o cabelo de uma maneira tão esquisita... de uma maneira tão absolutamente esquisita... que não consigo tirar os olhos dela. Nunca vi uma coisa tão bizarra! Aqueles cachos! Isso só pode ser uma invenção dela. Não vejo ninguém com aparência semelhante! Preciso ir perguntar a ela se é uma moda irlandesa. Devo ir? Sim, irei... irei mesmo... e a senhorita observará como ela reage... se ela fica ruborizada.

Ele partiu sem perda de tempo; e Emma logo em seguida o viu parado diante da srta. Fairfax conversando com ela, mas, quanto ao efeito da conversa sobre a jovem dama, visto que descuidadamente o cavalheiro se posicionara no exato ponto entre as duas, no exato ponto em frente à srta. Fairfax, ela não conseguiu distinguir nada em absoluto.

Antes que ele conseguisse retornar, seu assento foi tomado pela sra. Weston.

– Esse é o luxo de um grupo numeroso – ela falou. – Podemos ficar perto de todos e dizer tudo. Minha querida Emma, estou ansiosa por conversar com você. Andei fazendo descobertas e formando planos, bem como você costuma fazer, e preciso lhe contar qual é a minha ideia enquanto ela ainda está fresca. Você sabe como foi que a srta. Bates e sua sobrinha vieram para cá?

– *Como*?! Elas foram convidadas, não foram?

– Ah, sim... Mas como foram transportadas para cá? A forma da vinda para cá?

– Elas caminharam, eu deduzo. De que outra maneira elas poderiam vir?

– É bem verdade. Pois veja, pouco tempo atrás me ocorreu o quanto seria triste que Jane Fairfax tivesse de caminhar de volta para casa, tarde da noite, com o frio que costuma fazer agora durante as noites. E quando olhei para ela, embora me parecesse estar no auge da boa aparência, passou pela minha cabeça que estava aquecida e que correria um risco particularmente alto, portanto, de apanhar um resfriado. Pobre moça! Não consegui suportar essa ideia; e assim, tão logo entrou na sala o sr. Weston e consegui lhe dirigir a palavra, falei com ele sobre a carruagem. Você poderá imaginar o quão prontamente ele aprovou os meus desejos; contando com o consentimento dele, tratei de seguir no mesmo instante ao encontro da srta. Bates, querendo lhe garantir que a carruagem estaria disponível a ela antes de nos levar para casa, pois pensei que isso seria um conforto imediato para ela. Boa alma! Ela demonstrou a maior gratidão possível, tenha certeza. "Ninguém jamais tinha sido mais afortunada do que ela!", mas com muitos, muitos agradecimentos "não havia razão para que nós tivéssemos trabalho, porque a carruagem do sr. Knightley as trouxera e haveria de levá-las de volta para casa." Fiquei um tanto surpresa... muito contente, estou certa disso... mas realmente um tanto surpresa. Uma atenção mais do que generosa... uma atenção tão bem pensada! O tipo de coisa que pouquíssimos homens teriam pensado. E assim, para resumir, conhecendo quais são os costumes dele, sinto uma grande inclinação por pensar que a carruagem só foi usada com o propósito de acomodá-las. Suspeito, de fato, que ele jamais teria solicitado uma parelha de cavalos apenas para si mesmo e que isso foi somente uma desculpa para lhes dar auxílio.

– É muito provável – disse Emma –, não há nada mais provável. Não conheço um homem que seja mais propenso a fazer esse tipo de coisa do que o sr. Knightley... a fazer alguma coisa que seja realmente de boa índole, útil, atenciosa ou benevolente. Ele não é um homem galante, mas é muito humano; e esse, considerando-se a saúde precária de Jane Fairfax, pareceria ser um caso de humanidade para ele, e, num ato de generosidade sem ostentação, eu não apostaria em nenhum outro nome antes de pensar no sr. Knightley. Sei que ele veio com cavalos hoje, porque chegamos juntos; e ri dele pela situação, mas ele não deixou escapar o menor indício.

– Bem – disse a sra. Weston, sorrindo –, você lhe dá o crédito de uma benevolência mais simples e desinteressada do que eu quero lhe dar; porque, enquanto ia falando a srta. Bates, uma suspeita disparou na minha cabeça, e desde então não consigo pensar em outra coisa. Quanto mais eu penso, tanto mais isso parece provável. Para resumir, formei um enlace entre o sr. Knightley e Jane Fairfax. Veja só a consequência de conviver com você! O que é que você me diz?

– O sr. Knightley e Jane Fairfax?! – Emma exclamou. – Querida sra. Weston, como pôde pensar em tal coisa? O sr. Knightley! O sr. Knightley não deve se casar! A senhora não gostaria de ver o pequeno Henry alijado de Donwell, gostaria? Ah, não, não, Henry precisa ficar com Donwell. Não posso de modo algum consentir que o sr. Knightley se case e tenho certeza de que isso não é nem um pouco provável. Fico espantada que a senhora chegue a pensar numa coisa dessas.

– Minha querida Emma, eu lhe contei o que me levou a ter essa ideia. Não quero esse enlace... não quero prejudicar o nosso querido Henry... mas a ideia me foi sugerida pelas circunstâncias; além disso, se o sr. Knightley realmente desejasse se casar, você não iria querer que ele se abstivesse por conta de Henry, um menino com seis anos de idade que nada sabe do assunto...

– Sim, eu iria querer. Eu não suportaria ver Henry sendo suplantado. O sr. Knightley se casar! Não, jamais tive semelhante ideia, e não sou capaz de adotá-la agora. E Jane Fairfax, também, de todas as mulheres!

– Nada disso, ela foi sempre uma grande favorita dele, como você sabe muito bem.

– Mas a imprudência de tal enlace!

– Não estou falando de sua prudência; falo meramente de sua probabilidade.

– Não vejo probabilidade alguma nisso, a menos que a senhora tenha qualquer fundamento melhor do que o mencionado. A boa índole do sr. Knightley, sua humanidade, como eu disse, seria mais do que suficiente para explicar os cavalos. Ele tem um enorme respeito pelas Bates, é claro, independentemente de Jane Fairfax – e sempre fica contente de lhes demonstrar atenção. Minha querida sra. Weston, não queira se lançar ao ofício de casamenteira. A senhora o desempenha muito mal. Jane Fairfax, soberana da abadia! Ah, não, não... todos os meus sentimentos se revoltam. Pelo próprio bem do sr. Knightley, eu não desejaria que cometesse tamanha loucura.

– Imprudência, se você quiser... mas loucura não. Excetuando a desigualdade nas fortunas, e talvez certa disparidade nas idades, não consigo ver nada de inadequado.

– Mas o sr. Knightley não quer se casar. Tenho certeza de que essa ideia sequer lhe ocorre. Não a coloque na cabeça dele. Por que razão ele deveria se casar? O sr. Knightley é tão feliz quanto possível sozinho; com sua fazenda, e suas ovelhas, e sua biblioteca, e a paróquia toda para administrar; e ele é extremamente apegado aos filhos do irmão; não tem o menor motivo seja para se casar, seja para preencher seu tempo ou seu coração.

– Minha querida Emma, enquanto ele seguir pensando assim, assim será; mas se ele realmente estiver apaixonado por Jane Fairfax...

– Absurdo! Ele pouco se importa com Jane Fairfax. Em termos de amor, tenho certeza, ele não se importa. Ele faria qualquer ato bondoso para ela ou sua família, mas...

– Bem – disse a sra. Weston, rindo –, quem sabe o ato mais bondoso que ele pudesse lhes fazer fosse dar a Jane um lar muitíssimo respeitável.

– Mesmo podendo ser ótimo para ela, tenho certeza de que seria péssimo para ele; uma conexão bastante vergonhosa e degradante. Como ele conseguiria suportar que a srta. Bates lhe pertencesse? Que ela frequentasse o tempo todo a abadia, agradecendo-lhe o dia inteiro por sua grande generosidade em ter se casado com Jane? "Tão absolutamente generoso e prestativo! Mas ele sempre havia sido um vizinho tão absolutamente generoso!" E depois desviando de súbito, no meio de uma frase, para a velha anágua de sua mãe: "Não que fosse uma anágua assim tão absolutamente velha... pois ela duraria um enorme tempo ainda... e, sem dúvida, ela precisava reconhecer, agradecida, que as anáguas delas eram todas muito resistentes."

– Que vergonha, Emma! Não fique imitando a dama. Vai me fazer rir a contragosto. E dou a minha palavra: não acredito que o sr. Knightley fosse ficar muito importunado pela srta. Bates. Ele não se deixa irritar por coisas pequenas. Ela poderia seguir falando, e, se ele mesmo quisesse dizer alguma coisa, somente falaria mais alto, abafando a voz dela. Mas a questão não é saber se seria ou não uma conexão ruim para ele, mas se ele a deseja; e creio que sim. Já pude ouvi-lo falar, e você por certo também, com tão altos louvores a Jane Fairfax! O interesse que manifesta por ela... sua ansiedade quanto à saúde da jovem... sua preocupação por ela não contar com uma perspectiva mais feliz! Já pude ouvi-lo se expressando de um modo tão caloroso nesses pontos! Um tamanho admirador da performance dela ao piano-forte e de sua voz! Já pude ouvi-lo dizendo que a música da srta. Fairfax não o cansaria nunca. Ah! E tinha quase esquecido uma ideia que me ocorreu... esse piano-forte que foi enviado a ela por alguém... muito embora todos nós tenhamos ficado tão satisfeitos em considerá-lo um presente dos Campbell, não poderá ter vindo do sr. Knightley? Não consigo deixar de suspeitar que isso seria bem típico dele, mesmo que não estivesse apaixonado.

– Então isso não poderá servir de argumento para comprovar que ele está apaixonado. Mas não creio que isso seja em absoluto uma coisa característica dele. O sr. Knightley não faz nada misteriosamente.

– Já pude ouvi-lo lamentando repetidas vezes que ela não tivesse um instrumento; mais vezes do que uma circunstância semelhante deveria, segundo suponho, no curso natural das coisas, ocorrer a ele.

– Muito bem; e se ele tivesse desejado lhe dar um piano, teria dito isso a ela.

– Poderiam existir escrúpulos de delicadeza, minha querida Emma. Tenho uma forte desconfiança de que o presente vem do sr. Knightley. Estou certa de que ele ficou particularmente calado quando a sra. Cole nos contou a respeito no jantar.

– A senhora pega uma ideia, sra. Weston, e sai acreditando nela, como diversas vezes me censurou por fazer. Não vejo indício algum de um afeiçoamento... não acredito nem por um segundo no piano-forte... e somente uma prova me convencerá de que o sr. Knightley acalenta qualquer pensamento de se casar com Jane Fairfax.

Elas debateram o ponto por mais algum tempo da mesma maneira, com Emma ganhando mais terreno na mente da amiga, pois das duas a sra. Weston era quem mais costumava ceder; até que um pequeno alvoroço no recinto lhes indicou que o chá terminara e que o instrumento estava sendo preparado – com o sr. Cole se aproximando delas ao mesmo tempo para suplicar à srta. Woodhouse que lhes desse a honra de experimentá-lo. Frank Churchill, de quem na ânsia de sua conversação com a sra. Weston ela não vira sinal algum, exceto que havia encontrado um assento ao lado da srta. Fairfax, seguiu o sr. Cole e acrescentou suas muito insistentes súplicas; e como, sob todos os aspectos, convinha melhor a Emma tomar a frente, ela manifestou sua muito apropriada complacência.

Ela conhecia bem demais as limitações dos seus próprios poderes para tentar mais do que uma performance que conseguisse executar com crédito; não lhe faltava nem gosto e tampouco espírito nas pequenas coisas que são geralmente aceitáveis, e era capaz de acompanhar bem sua própria voz. Um acompanhamento para sua canção lhe causou agradável surpresa – uma segunda voz, desempenhada de leve, mas com correção, por Frank Churchill. Emma implorou pelo devido perdão ao término da canção e tudo se seguiu como de costume. Ele foi acusado de ter uma voz magnífica e um perfeito conhecimento de música, fatos que foram apropriadamente negados; e os fatos de que ele nada sabia da matéria e não tinha voz alguma foram redondamente asseverados. Os dois cantaram juntos uma vez mais; e Emma quis então entregar seu lugar à srta. Fairfax, cuja performance, tanto vocal quanto instrumental – ela jamais poderia esconder isto de si mesma –, era infinitamente superior à dela.

Com sentimentos contraditórios, Emma se sentou a uma pequena distância da aglomeração em volta do instrumento para ouvir. Frank Churchill cantou de novo. Eles haviam cantado juntos uma ou duas vezes, ao que parecia, em Weymouth. Mas a visão do sr. Knightley entre os mais atentos logo arrebatou grande parte dos pensamentos de Emma; e ela foi levada por uma linha de raciocínio, no tema das suspeitas da sra. Weston, que só era interrompida momentaneamente pelos doces sons das vozes unidas. Suas objeções a um casamento do sr. Knightley não diminuíram de modo algum. Ela não conseguia ver nada senão malefícios nessa ideia. Seria um grande desapontamento para o sr. John Knightley e, consequentemente, para Isabella. Uma verdadeira injúria para as crianças; uma mudança mais do que mortificante, uma perda substancial para todos eles; uma enorme dedução no conforto diário do pai dela; e, no caso dela mesma, Emma simplesmente não conseguia tolerar a ideia de ver Jane Fairfax em Donwell Abbey. Uma sra. Knightley que todos eles deixassem passar! Não... o sr. Knightley não deveria se casar nunca. O pequeno Henry deveria continuar na condição de herdeiro de Donwell.

Logo em seguida, o sr. Knightley olhou para trás e veio se sentar ao lado dela. A princípio falaram apenas da performance. A admiração do sr. Knightley era certamente bastante calorosa; mesmo assim ela ponderou que, não fosse pela sra. Weston, tal circunstância não teria lhe despertado atenção. Numa espécie de pedra de toque, contudo, ela começou a falar sobre a generosidade do amigo em transportar a tia e a sobrinha, e, ainda que a resposta revelasse um tom de cortar o assunto pela raiz, acreditou ver nesta um mero indicativo de que o cavalheiro não gostava de se deter em qualquer generosidade pessoal.

– Com frequência sinto uma inquietação – ela disse – de que não me atrevo a tornar a *nossa* carruagem mais útil em tais ocasiões. Não é que não tenha esse desejo, mas o senhor sabe que o meu pai julgaria ser impossível que James atrelasse os cavalos com tal propósito.

– Totalmente fora de questão, totalmente fora de questão – ele retrucou. – Mas você deve ter esse desejo com grande frequência, tenho certeza.

E ele sorriu com tamanho prazer aparente diante de tal convicção, que ela teve de avançar mais um passo.

– Esse presente dos Campbell... – ela disse. – Esse piano-forte é uma dádiva muito generosa.

– Sim – ele retrucou, e sem o menor embaraço aparente. – Mas eles teriam feito melhor se lhe tivessem dado algum aviso. Surpresas são coisas tolas. O prazer não é intensificado, e a inconveniência é muitas vezes considerável. Eu esperaria um melhor julgamento por parte do coronel Campbell.

Daquele momento em diante, Emma poderia ter afiançado sob juramento que o sr. Knightley não tinha envolvimento algum na doação do instrumento. Contudo, se ele estava inteiramente livre de um peculiar afeiçoamento – se não havia qualquer preferência efetiva –, isso continuava sendo uma questão duvidosa. Quando ia chegando ao fim a segunda canção de Jane, a voz dela engrossou.

– Basta – ele disse ao término da execução, pensando em voz alta. – A senhorita já cantou mais do que o suficiente para uma noite; agora sossegue.

Logo surgiu, no entanto, a súplica por outra canção. "Mais uma; eles não queriam cansar a srta. Fairfax sob hipótese alguma; queriam apenas pedir mais uma." E Frank Churchill foi ouvido dizendo:

– Esta eu creio que a senhorita conseguiria interpretar sem esforço; a primeira função é tão absolutamente trivial... A força da canção recai sobre a segunda voz.

O sr. Knightley se irritou.

– Aquele sujeito – ele disse indignado – só pensa em exibir sua própria voz. Isso não pode ficar assim – (e ele tocou a srta. Bates, que naquele momento ia passando a seu alcance). – Srta. Bates, a senhorita vai cometer a loucura de permitir que a sua sobrinha cante até ficar rouca dessa maneira? Trate de interferir. Eles não têm a menor misericórdia com a jovem.

A srta. Bates, em sua forte ansiedade por Jane, não conseguiu permanecer nem mesmo para demonstrar gratidão – avançou e deu fim a qualquer apresentação adicional. A porção de concerto da noite cessou ali – porque a srta. Woodhouse e a srta. Fairfax eram as únicas jovens damas artistas; mas logo (dentro de cinco minutos) uma proposta de dança – oriunda ninguém soube exatamente de onde – foi promovida com tamanha eficácia pelo sr. e pela sra. Cole que tudo foi sendo rapidamente recolhido para proporcionar o espaço adequado. A sra. Weston, perita em suas quadrilhas, estava sentada e começou uma valsa irresistível; e Frank Churchill, tendo procurado Emma com a mais apropriada galantaria, obtivera para si a mão dela e a conduzira à posição principal.

Enquanto esperava que os demais jovens pudessem se posicionar em pares, Emma encontrou tempo, a despeito dos elogios que recebia por sua voz e seu bom gosto, para olhar em volta e conferir o que acontecia com o sr. Knightley. Aquilo seria um teste. Ele quase nunca dançava. Se ele se mostrasse bastante alerta em solicitar a mão de Jane Fairfax agora, isso poderia prognosticar alguma coisa. Não houve nenhum indício aparente. Não; ele estava falando com a sra. Cole – seus olhares eram despreocupados; Jane foi convidada por outro e ele ainda estava falando com a sra. Cole.

Emma já não se alarmava por conta de Henry – os interesses do menino ainda estavam seguros – e ela liderou os movimentos com genuíno espírito e divertimento. Não mais do que cinco casais puderam ser congregados, mas o caráter raro e repentino da dança tornou-a encantadora, e ela se viu acompanhada de um parceiro condizente. Os dois formavam um casal digno de ser contemplado.

Duas danças, infelizmente, eram o máximo que se poderia permitir. Já estava ficando tarde, e a srta. Bates ansiava em voltar para casa por conta de sua mãe. Após algumas tentativas, portanto, de obter permissão para um reinício, foram obrigados a expressar seus agradecimentos à sra. Weston, exibir semblantes pesarosos e dar tudo por acabado.

– Talvez tenha sido melhor assim – disse Frank Churchill, enquanto acompanhava Emma até a carruagem. – Eu precisaria ter convidado a srta. Fairfax, e os movimentos lânguidos dela não teriam caído no meu gosto depois dos seus.

Capítulo 27

Emma não se arrependeu de sua condescendência em comparecer ao evento dos Cole. A visita lhe proporcionou várias recordações agradáveis no dia seguinte; e tudo aquilo que ela talvez pudesse ter perdido no âmbito da reclusão digníssima seria sem dúvida amplamente recompensado no esplendor da popularidade. Ela por certo encantara os Cole – pessoas dignas que mereciam ser feitas felizes! E deixara para trás um nome que não se dissiparia tão cedo.

A perfeita felicidade, até mesmo na memória, não é comum; e havia dois pontos nos quais Emma não se sentia totalmente tranquila. Ela hesitava sobre ter transgredido ou não o seu dever de mulher para mulher ao trair suas suspeitas quanto aos sentimentos de Jane Fairfax para Frank Churchill. Isso dificilmente seria correto, mas a ideia tinha sido tão forte que não pôde senão escapar, e a submissão do jovem a tudo o que ela dissera era um elogio ao seu poder de penetração que lhe tornava difícil ter plena certeza de que deveria ter segurado sua língua.

A outra circunstância de lamento era relacionada também a Jane Fairfax, e disso ela não tinha qualquer dúvida. Ela lamentava sincera e inequivocamente a inferioridade do seu próprio talento em tocar e cantar. Lastimou do fundo do coração a ociosidade da sua infância – e se sentou e praticou com grande vigor durante uma hora e meia.

Emma foi então interrompida pela entrada de Harriet e, se o louvor dela pudesse tê-la satisfeito, logo poderia ter ficado consolada.

– Ah, se eu apenas soubesse tocar tão bem quanto a senhorita e a srta. Fairfax!

– Não nos classifique no mesmo nível, Harriet. O meu desempenho no instrumento não é mais semelhante ao dela do que uma lamparina é semelhante ao sol.

– Ah, minha nossa, penso que das duas a senhorita toca melhor! Penso que a senhorita toca tão bem como ela. Tenho certeza de que eu iria preferir muito antes ouvir a senhorita. Todo mundo comentou, ontem à noite, o quanto a senhorita tocou bem.

– Quem tivesse um mínimo de conhecimento deveria ter sentido a diferença. A verdade, Harriet, é que o meu desempenho ao piano é bom o bastante para ser elogiado, mas o de Jane Fairfax vai muito além.

– Bem, sempre pensarei que a senhorita toca tão bem quanto ela, ou que, se existe alguma diferença, ninguém jamais conseguiria perceber. O sr. Cole comentou o quanto a senhorita tinha bom gosto; e Frank Churchill falou bastante sobre o seu bom gosto, e que valorizava o bom gosto muito mais do que a execução.

– Ah, mas Jane Fairfax tem ambas as coisas, Harriet.

– A senhorita tem certeza? Vi que ela tinha execução, mas não sei se tinha qualquer bom gosto. Ninguém comentou a respeito. E detesto quanto cantam em italiano. Não dá para entender uma única palavra. Além disso, se ela toca mesmo tão maravilhosamente, veja bem, isso não é mais do que a obrigação dela, porque terá de ensinar. As Cox ficaram especulando, ontem à noite, se por acaso ela entraria numa grande família. Como lhe pareceram as Cox?

– Bem como sempre me parecem: muito vulgares.

– Elas me contaram uma coisa – Harriet disse um tanto hesitante –, mas não é nada de muito relevante.

Emma obrigou-se a perguntar o que elas haviam dito, embora temerosa de produzir o nome do sr. Elton.

– Contaram que o sr. Martin jantou com eles no último sábado.

– Ah!

– O sr. Martin apareceu em função de algum negócio com o pai delas, que o convidou a permanecer para jantar.

– Ah!

– Elas falaram bastante sobre ele, sobretudo Anne Cox. Não sei o que ela quis dizer, mas me perguntou se eu pensava que deveria ficar lá de novo no próximo verão.

– Ela quis apenas ser impertinentemente curiosa, bem como deveria ser uma Anne Cox dessas.

– Ela disse que o sr. Martin se mostrou muito agradável no dia do jantar. Ele se sentou ao lado dela. A srta. Nash acredita que qualquer uma das Cox ficaria muito contente de se casar com ele.

– Não duvido. Acredito que elas sejam, sem exceção, as moças mais vulgares em Highbury.

Harriet tinha negócios por fazer na Ford's. Emma considerou que seria muitíssimo prudente acompanhá-la. Outro encontro acidental com os Martin era possível e, no presente estado de sua amiga, seria perigoso.

Harriet, tentada por tudo e influenciada por meia palavra, sempre se demorava muito numa compra; e assim, enquanto ela ficava se debruçando sobre musselinas e mudando de ideia, Emma foi até a porta para se divertir. Muito não poderia ser esperado do tráfego até mesmo na parte mais movimentada de Highbury – o sr. Perry passando às pressas, o sr. William Cox entrando pela porta do escritório, os cavalos de carruagem do sr. Cole retornando do exercício, ou um garoto mensageiro desgarrado, ou uma mula teimosa, eram os mais vívidos objetos que ela poderia presumir aguardar – e, quando seus olhos apanharam apenas o açougueiro com sua bandeja, uma velha muito arrumada regressando da loja para casa com sua cesta cheia, dois cães de rua brigando por um osso sujo e uma fileira de crianças vadias em volta da pequena janela em arco do padeiro com os olhos cravados no bolo de gengibre, ela soube que não tinha motivo algum para reclamar e se divertiu o bastante – o suficiente para permanecer junto à porta. Uma mente vívida e sossegada consegue passar bem sem ver nada, e não consegue ver nada que não sirva.

Ela contemplou a estrada de Randalls. O cenário se ampliou; duas pessoas apareceram – a sra. Weston e o seu enteado; eles vinham entrando em Highbury – a caminho de Hartfield, é claro. Os dois estavam parando primeiro, entretanto, na casa da sra. Bates, que ficava um pouco mais perto de Randalls do que a Ford's; e já iam quase batendo quando avistaram Emma. No mesmo instante atravessaram a estrada e vieram na direção dela; e as delícias da noite anterior pareceram conferir um renovado prazer ao presente encontro. A sra. Weston informou-a de que visitaria as Bates de modo a ouvir o novo instrumento.

– Pois o meu companheiro me fez saber – ela disse – que absolutamente prometi à srta. Bates, ontem à noite, fazer-lhes uma visita nesta manhã. Eu mesma não estava ciente disso. Não sabia que tinha fixado uma data, mas, como ele diz que fixei, estou indo agora.

– E enquanto a sra. Weston realizar sua visita eu talvez tenha licença, espero – disse Frank Churchill –, para tomar parte no seu grupo e aguardar por ela em Hartfield, se a senhorita estiver indo para casa.

A sra. Weston ficou desapontada.

– Pensei que o senhor pretendia ir comigo. Elas ficariam encantadas.

– Eu?! Eu não passaria de um estorvo. Mas quem sabe... eu possa ser um estorvo aqui também. A srta. Woodhouse aparenta não desejar a minha presença. A minha tia sempre me afugenta quando está fazendo compras. Ela diz que a incomodo até a morte; e a srta. Woodhouse parece ser capaz de quase dizer a mesma coisa. O que devo fazer?

– Não estou aqui por quaisquer negócios meus – disse Emma –, só estou esperando a minha amiga. Ela provavelmente estará pronta dentro em pouco, e então iremos para casa. Mas seria melhor que o senhor acompanhasse a sra. Weston e ouvisse o instrumento.

– Bem, se esse é o seu conselho... Mas – (com um sorriso) –, se o coronel Campbell tiver empregado um amigo descuidado, e se o piano provar ter um tom medíocre, o que é que eu direi? Não serei capaz de dar auxílio algum à sra. Weston. Ela pode se virar muito bem por conta própria.

Uma verdade desagradável seria palatável saindo dos lábios dela, mas eu sou a criatura mais desgraçada do mundo numa falsidade cortês.

– Não acredito nem um pouco nisso – retrucou Emma. – Estou convencida de que o senhor é capaz de ser tão insincero como as pessoas próximas quando necessário, mas não há razão para supor que o instrumento seja medíocre. É bem o contrário, na verdade, se entendi o parecer da srta. Fairfax ontem à noite.

– Venha comigo, por favor – disse a sra. Weston –, se não for muito desagradável para o senhor. Não precisaremos nos deter por muito tempo. Iremos depois para Hartfield. Seguiremos as damas até Hartfield. Eu realmente quero que o senhor faça essa visita comigo. Elas ficarão tão gratas pela atenção! E eu pensava que o seu desejo fosse esse.

Ele não pôde dizer mais nada e, com a esperança de Hartfield como recompensa, retornou com a sra. Weston até a porta da sra. Bates. Emma observou a entrada dos dois e então se juntou a Harriet no interessante balcão, tentando, com a máxima força de sua própria mente, convencê-la de que, se ela queria musselina lisa, era perda de tempo olhar as estampadas e que uma fita azul, por mais linda que fosse, mesmo assim jamais combinaria com o seu estampa amarelo. Por fim ficou tudo resolvido, inclusive a destinação do embrulho.

– Devo enviá-lo à residência da sra. Goddard, minha senhora? – perguntou a sra. Ford.

– Sim... não... sim, à residência da sra. Goddard. Só que o meu vestido de estampa está em Hartfield. Não, a senhora deverá mandá-lo para Hartfield, por favor. Mas, pensando bem, a sra. Goddard vai querer vê-lo. E eu poderia levar o vestido de estampa para casa em qualquer dia. Mas vou querer a fita o quanto antes... então seria melhor que ela fosse para Hartfield... pelo menos a fita. A senhora poderia fazer dois embrulhos, sra. Ford, não poderia?

– Não vale a pena, Harriet, darmos à sra. Ford o trabalho de dois embrulhos.

– Não faz grande diferença.

– Não me daria o menor trabalho, minha senhora – disse a prestativa sra. Ford.

– Ah, mas na verdade prefiro muito antes que seja num só! Então, por favor, a senhora deverá enviar tudo à residência da sra. Goddard... não sei... Não, eu creio, srta. Woodhouse, que eu poderia muito bem receber as compras em Hartfield e levá-las para casa comigo à noite. Qual é o seu conselho?

– Que você não dedique ao assunto sequer meio segundo a mais. Para Hartfield, por favor, sra. Ford.

– É, assim será bem melhor – disse Harriet bastante satisfeita –, não me agradaria nada que fosse tudo enviado à residência da sra. Goddard.

Vozes aproximaram-se da loja – ou melhor, uma voz e duas damas: a sra. Weston e a srta. Bates encontraram-nas à porta.

– Minha querida srta. Woodhouse – disse a última –, chego aqui correndo para lhe suplicar o favor de vir e se sentar conosco um pouquinho, para nos dar a sua opinião sobre o nosso novo instrumento; a senhorita e a srta. Smith. Como vai, srta. Smith? Muito bem, eu lhe agradeço. E implorei à sra. Weston que viesse comigo, de forma que o meu sucesso fosse garantido.

– Espero que a sra. Bates e a srta. Fairfax estejam...

– Muito bem, eu lhe fico muito agradecida. A minha mãe está magnificamente bem; e Jane não pegou resfriado algum ontem à noite. Como está o sr. Woodhouse? Fico felicíssima de receber uma informação tão boa. A sra. Weston me contou que a senhorita estava aqui. Ah, então, falei eu, preciso ir até lá correndo, tenho certeza de que a srta. Woodhouse vai me permitir que apenas corra ao encontro dela e lhe rogue que entre um pouco; a minha mãe ficará tão absolutamente feliz de vê-la... e estamos formando um grupo tão ótimo, ela não poderá recusar. "Faça isso, por favor", disse o sr. Frank Churchill, "vai valer a pena que tenhamos a opinião da srta. Woodhouse sobre o instrumento." Mas, falei eu, o meu sucesso será mais garantido se um de vocês quiser me acompanhar. "Ah", falou ele, "espere meio minuto até que termine o meu serviço." Porque, tente acreditar nisso, srta.

Woodhouse, lá estava ele, da maneira mais prestativa deste mundo, apertando o rebite dos óculos da minha mãe. O rebite saiu, perceba, hoje de manhã. Tão absolutamente prestativo! Porque a minha mãe não tinha como usar seus óculos... não conseguia colocá-los. E por falar nisso: todo mundo deveria possuir dois pares de óculos; deveria mesmo. Foi o que Jane disse. A primeira coisa que queria fazer era levá-los para John Saunders, mas isso ou aquilo me atrapalhou a manhã toda; primeiro isso, depois aquilo, não há como dizer o quê, claro. Num determinado momento Patty veio dizer que lhe parecia ser necessária uma limpeza na chaminé da cozinha. "Ah, Patty", falei eu, "não me venha com as suas más notícias. Eis aqui o rebite solto dos óculos da sua patroa." Então voltaram para casa as maçãs assadas, a sra. Wallis as mandou por seu garoto; eles são extremamente corteses e prestativos conosco, os Wallis, sempre... Já ouvi algumas pessoas afirmando que a sra. Wallis pode ser mal-educada e dar respostas muito rudes, mas nós nunca recebemos deles nada senão a maior das atenções. E não pode ser por causa do valor dos nossos gastos atuais, pois o que é o nosso consumo de pão, não é mesmo? Somos apenas três... além da querida Jane, no momento... e ela realmente não come nada... faz um desjejum tão chocante, a senhorita ficaria um tanto assustada se visse. Não ouso permitir que a minha mãe saiba o quão pouco ela come... portanto eu digo uma coisa e depois digo outra, e o fato passa despercebido. Mas por volta do meio-dia ela fica com fome, e não há nada de que ela goste tanto quanto essas maçãs assadas, e elas são extremamente saudáveis, porque aproveitei a oportunidade outro dia de perguntar ao sr. Perry; me aconteceu de topar com ele na rua. Não que antes disso eu tivesse qualquer dúvida... tantas vezes ouvi o sr. Woodhouse recomendando uma maçã assada. Creio que só dessa maneira o sr. Woodhouse considera essa fruta totalmente saudável. Nós comemos bolinhos de maçã, no entanto, com muita frequência. Patty prepara um excelente bolinho de maçã. Bem, sra. Weston, a senhora triunfou, espero, e as damas nos farão esse obséquio.

Emma ficaria "muito feliz de visitar a sra. Bates etc.", e elas afinal se afastaram da loja sem qualquer retardamento adicional por parte da srta. Bates além de:

– Como vai, sra. Ford? Eu lhe peço perdão. Não a tinha visto antes. Soube que a senhora recebeu da cidade uma encantadora coleção de novas fitas. Jane voltou para casa maravilhada ontem. Obrigada, as luvas são ótimas... apenas um pouco largas demais no pulso, mas Jane vai ficar com elas.

– Eu estava falando do quê? – disse ela, começando de novo quando já estavam todas na rua.

Emma tentou adivinhar o ponto da miscelânea toda que ela iria escolher.

– Garanto que não consigo recordar o que eu estava falando. Ah! Os óculos da minha mãe. O sr. Frank Churchill foi tão absolutamente prestativo! "Ah", falou ele, "creio que consigo apertar o rebite; esse tipo de serviço me agrada tremendamente." E assim, percebam, ele revelou ser tão absolutamente... Na verdade devo dizer que, por mais que eu tivesse ouvido falar dele antes e por maior que fosse a minha expectativa, ele supera de longe qualquer coisa... de fato a parabenizo, sra. Weston, com grande fervor. Ele parece ser tudo que o mais afeiçoado pai poderia... "Ah", falou ele, "consigo apertar o rebite. Essa espécie de serviço me agrada tremendamente." Nunca esquecerei o jeito dele. E quando tirei do armário as maçãs assadas e pedi que os nossos amigos nos fizessem o grande obséquio de pegar alguma, "Ah", falou ele na mesma hora, "não há nada no âmbito das frutas que chegue perto de ser tão bom, e essas são as maçãs caseiras de aparência mais apetitosa que já vi na minha vida." Isso, percebam, foi tão absolutamente... E tenho certeza de que, pelo jeito dele, não se tratava de um mero elogio. De fato são maçãs muito deliciosas, e a sra. Wallis lhes faz plena justiça... só que não costumamos assá-las mais do que duas vezes, e o sr. Woodhouse nos fez prometer que não deixaríamos de assá-las três vezes... mas a srta. Woodhouse vai nos fazer a bondade de não mencionar esse fato. As próprias maçãs são do melhor tipo possível para serem assadas, sem sombra de dúvida; todas elas vindas de Donwell... parte do muitíssimo generoso abastecimento do sr. Knightley. Ele nos manda um saco todos os anos; e certamente nunca existiu em lugar nenhum uma maçã que se conservasse tão bem quanto qualquer uma de suas árvores... acredito que sejam duas. A minha mãe afirma que na juventude dela o pomar já era famoso. Mas fiquei realmente um tanto chocada outro dia... porque o sr. Knightley nos visitou certa manhã, e Jane estava comendo essas maçãs, e nós falamos sobre elas e contamos o quanto ela gostava delas, e ele perguntou se não tínhamos chegado ao fim do nosso estoque. "Tenho certeza de que devem ter chegado", falou ele, "e vou lhes mandar uma nova provisão, pois tenho muitíssimo mais do que jamais poderei usar. William Larkins me permitiu guardar uma quantidade bem maior do que a costumeira neste ano. Vou lhes mandar um pouco mais antes que já não sirvam para nada." Então implorei a ele que não mandasse... porque, realmente, quanto às nossas estarem terminando, eu não podia de modo algum afirmar que nos restassem ainda inúmeras... não tínhamos mais do que meia dúzia, de fato; mas deveriam ser todas guardadas para Jane; e eu não suportaria de forma alguma que ele nos mandasse mais, tão caridoso como já se mostrara; e Jane disse o mesmo. E quando ele foi embora ela quase brigou comigo... Não, eu não deveria dizer "brigou", porque nunca em nossa vida nós tivemos uma briga; mas ela ficou bastante perturbada por eu ter reconhecido que as maçãs estavam praticamente acabando; queria que eu tivesse lhe passado a impressão de que nos restavam inúmeras. "Ah", falei eu, "minha querida, eu de fato disse o máximo que pude." Entretanto, naquela mesmíssima semana William Larkins apareceu com um enorme cesto de maçãs, da mesma espécie de maçãs, um alqueire no mínimo, e fiquei extremamente gratificada, e desci para falar com William Larkins e lhe disse tudo, como vocês podem supor. William Larkins é um conhecido tão antigo! Sempre fico contente de vê-lo. No entanto, descobri depois, através de Patty, que, segundo dissera William, essas eram todas as maçãs *daquele* tipo que o patrão dele tinha; ele trouxera todas... e agora o patrão não teria uma única para cozinhar ou assar. William não parecia se importar pessoalmente, estava bastante satisfeito por pensar que o patrão vendera tantas; pois William, percebam, leva em conta o lucro do seu patrão mais do que qualquer outra coisa; mas a sra. Hodges, ele disse, estava um tanto descontente por terem sido todas despachadas. Ela não conseguia suportar a ideia de que o seu patrão não tivesse condições de comer outra torta de maçã nesta primavera. Ele contou isso a Patty mas lhe pediu para não dar importância e se certificar de não nos dizer nada nesse respeito, porque a sra. Hodges *podia* ser rabugenta de vez em quando, e, contanto que fossem vendidos não sei quantos sacos, não faria diferença quem comesse o restante. E Patty me contou, fiquei extremamente chocada, de fato! Eu não permitiria por nada neste mundo que o sr. Knightley tivesse um mínimo conhecimento disso! Ele ficaria tão absolutamente... eu queria que Jane também não soubesse; infelizmente, porém, quando me dei conta eu já mencionara o fato.

A srta. Bates mal terminara quando Patty abriu a porta, e suas visitantes subiram as escadas sem dispor de qualquer narração regular para ouvir, perseguidas apenas pelos sons de sua boa vontade desnorteada.

– Por favor, tome cuidado, sra. Weston, há um degrau na curva. Por favor, tome cuidado, srta. Woodhouse, a nossa escadaria é um tanto escura... um tanto mais escura e mais estreita do que alguém poderia desejar. Srta. Smith, por favor, tome cuidado. Srta. Woodhouse, estou bastante preocupada, tenho certeza de que a senhorita bateu o pé. Srta. Smith, o degrau na curva...

Capítulo 28

O aspecto da pequena sala de estar, enquanto entravam, era o retrato da tranquilidade: a sra. Bates, privada do seu trabalho habitual, dormitando num dos lados do fogo, Frank Churchill, a uma mesa perto dela, muito ativamente ocupado com os óculos da dama, e Jane Fairfax, de pé e de costas para eles, concentrada em seu piano-forte.

Por mais atarefado que estivesse, no entanto, o jovem mesmo assim foi capaz de mostrar um semblante muitíssimo feliz ao rever Emma.

– Isto é um prazer – ele disse numa voz um tanto baixa –, chegando ao menos dez minutos antes do que eu havia calculado. Vocês me encontram tentando ser útil; digam-me se pensam que terei sucesso.

– O quê?! – exclamou a sra. Weston. – Não terminou ainda? O senhor não ganharia um sustento muito bom trabalhando como prateiro, nesse ritmo.

– Não estive trabalhando ininterruptamente – ele retrucou –, estive ajudando a srta. Fairfax a tentar fazer com que o instrumento parasse totalmente no lugar, não estava bem firme; um desnível no piso, acredito. Nós estivemos calçando uma das pernas com papel. Foi muito gentil que se deixassem convencer a vir. Eu quase temia que já estivessem voltando às pressas para casa.

Frank Churchill maquinou para que ela se sentasse ao lado dele e ficou suficientemente ocupado em vigiar a melhor maçã assada para ela, e em tentar fazer com que ela o ajudasse ou aconselhasse em seu trabalho até que Jane Fairfax sentisse estar preparada o bastante para se sentar ao piano-forte outra vez. A suspeita de que ela não estava imediatamente preparada foi despertada de fato em Emma pelo estado de seus nervos; Jane ainda não tomara posse do instrumento por tempo suficiente para tocá-lo sem emoção; precisava buscar uma motivação racional para reter o poder da performance; e Emma não pôde senão se compadecer de tais sentimentos, qualquer que fosse a origem, e não pôde senão decidir que nunca os exporia de novo ao cavalheiro vizinho.

Por fim Jane começou e, ainda que os primeiros compassos fossem débeis, os poderes do instrumento receberam aos poucos sua plena justiça. A sra. Weston havia se deleitado antes e se deleitou de novo; Emma juntou-se a ela em seu mais intenso elogio; e o piano-forte, com todas as discriminações apropriadas, foi pronunciado no conjunto como altamente promissor.

– Quem quer que o coronel Campbell possa ter empregado – disse Frank Churchill, com um sorriso para Emma –, a pessoa não escolheu mal. Pude ouvir uma boa dose do bom gosto do coronel Campbell em Weymouth; e a suavidade das notas superiores, estou certo disso, é exatamente o que o coronel e *todo aquele grupo* iriam particularmente prezar. Ouso dizer, srta. Fairfax, que ou ele passou para seu amigo instruções muito minuciosas, ou então escreveu ele mesmo para Broadwood. A senhorita não concorda?

Jane não lhe voltou o rosto. Ela não tinha obrigação de ouvir. A sra. Weston estivera falando com ela naquele mesmo momento.

– Não é justo – disse Emma num sussurro –, o meu palpite foi aleatório. Não a perturbe.

Frank Churchill balançou a cabeça com um sorriso, exibindo a expressão de quem sente bem pouca dúvida e bem pouca misericórdia. Logo em seguida recomeçou:

– Os seus amigos na Irlanda devem estar se rejubilando com o seu prazer nesta ocasião, srta. Fairfax. Ouso dizer que pensam com frequência na senhorita e especulam qual será o dia, o dia preciso em que o instrumento irá lhe chegar às mãos. A senhorita imagina que o coronel Campbell possa saber que a coisa toda está se desenrolando justamente neste momento? Imagina que seja consequência de uma imediata comissão dele, ou que ele poderá ter enviado apenas uma instrução geral, uma ordem indefinida quanto a tempo, dependendo de contingências e conveniências?

Ele fez uma pausa. Ela não poderia senão ouvir; ela não poderia deixar de responder.

– Até que eu receba uma carta do coronel Campbell – ela disse numa voz de forçada calma –, não posso imaginar nada com qualquer confiança. Tudo terá de ser conjectura.

– Conjectura... é, por vezes conjecturamos a coisa certa, e por vezes conjecturamos a coisa errada. Eu gostaria de poder conjecturar com quanta presteza conseguirei deixar este rebite completamente firme. Quantos disparates a pessoa fala, srta. Woodhouse, quando trabalha duro, isso se chegar a falar; os seus verdadeiros operários, suponho, seguram a língua; mas nós, cavalheiros trabalhadores, se soltarmos alguma palavra... a srta. Fairfax disse algo a respeito de conjecturas. Pronto, está feito. Tenho aqui o prazer, minha senhora – (dirigindo-se à sra. Bates) –, de lhe restituir os seus óculos, curados por enquanto.

Frank Churchill ganhou os mais calorosos agradecimentos tanto da mãe quanto da filha; para escapar um pouco da última, foi até o piano-forte, rogando à srta. Fairfax, ainda sentada ao instrumento, que tocasse um pouco mais.

– Se a senhorita for bastante bondosa – ele disse –, será uma das valsas que dançamos ontem à noite; permita-me revivê-las. A senhorita não gostou delas como eu gostei; pareceu cansada o tempo inteiro. Creio que ficou contente quando paramos de dançar, mas eu teria dado mundos... todos os mundos que alguém jamais poderia dar... por outra meia hora.

Ela tocou.

– Que felicidade é ouvir outra vez uma melodia que *já* nos deu alegria! Se não estou enganado, esta foi dançada em Weymouth.

Jane Fairfax levantou os olhos para ele por um momento, ficou profundamente corada e tocou outra coisa. Ele pegou algumas músicas numa cadeira perto do piano-forte e, voltando-se para Emma, disse:

– Eis aqui uma total novidade para mim. A senhorita conhece? Cramer. E aqui nós temos um novo conjunto de melodias irlandesas. Isso, vindo de tal quadrante, nós poderíamos esperar. Foi tudo enviado com o instrumento. Muito bem pensado pelo coronel Campbell, não foi? Ele sabia que a srta. Fairfax não poderia ter música nenhuma por aqui. Honro particularmente essa parte do préstimo; fica demonstrado que o ato se originou no fundo do coração. Nada feito às pressas; nada incompleto. Somente o verdadeiro afeto poderia ter proporcionado algo assim.

Emma desejou que ele fosse menos incisivo, mas não conseguiu deixar de julgar a situação divertida; e quando, lançando seu olhar na direção de Jane Fairfax, captou os vestígios de um sorriso, quando viu que com todo o profundo rubor do constrangimento houvera um sorriso de secreto deleite, ela sentiu menos escrúpulo na diversão e bem menos compunção em relação à jovem. Essa amável, correta e perfeita Jane Fairfax aparentemente acalentava sentimentos muito repreensíveis.

Frank Churchill trouxe até ela todas as músicas e os dois observaram-nas juntas. Emma valeu-se da oportunidade para sussurrar:

– O senhor fala com clareza excessiva. Ela irá entendê-lo.

– Espero que sim. Por mim, deveria entender tudo. Não sinto a menor vergonha da minha intenção.

– Mas eu sinto uma vergonha quase completa, de fato, e gostaria de nunca ter desenvolvido essa ideia.

– Fico muito contente que a senhorita tenha chegado a desenvolvê-la e que a tenha comunicado para mim. Tenho agora uma chave para todas as expressões e manias esquisitas da jovem dama. A vergonha que fique com ela. Se fez algo errado, deveria senti-lo.

– Ela não deixa inteiramente de senti-lo, acredito.

– Não vejo muitos sinais disso. Ela está tocando *Robin Adair* neste momento... a favorita *dele*.

Dentro em pouco a srta. Bates, passando perto da janela, divisou o sr. Knightley a cavalo, não muito longe.

– O sr. Knightley, ora essa! Preciso falar com ele, se possível, só para lhe agradecer. Não vou abrir a janela aqui; isso causaria frio a todos; mas posso entrar no quarto da minha mãe, percebam. Ouso dizer que ele entrará quando souber quem está aqui. É tão maravilhoso que todos vocês se encontrem desta maneira! A nossa pequena sala tão honrada!

Ela seguiu falando enquanto entrava no aposento adjacente e, abrindo ali o batente, de pronto chamou a atenção do sr. Knightley, e cada sílaba da conversação pôde ser distintamente ouvida pelos outros, como se tivesse ocorrido no interior daquele mesmo recinto.

– Como vai? Como vai? Muito bem, eu lhe agradeço. Nós lhe somos tão devedoras pela carruagem ontem à noite... Chegamos bem a tempo; minha mãe nos esperava bem naquele momento. Por favor, entre; queira entrar. O senhor vai encontrar alguns amigos aqui.

Assim começou a srta. Bates; e o sr. Knightley pareceu estar determinado a ser ouvido por sua vez, pois com um tom muitíssimo resoluto e imperioso falou:

– Como vai a sua sobrinha, srta. Bates? Quero perguntar sobre vocês todas, mas em particular sobre a sua sobrinha. Como está a srta. Fairfax? Espero que não tenha apanhado nenhum resfriado ontem à noite. Como está ela hoje? Conte-me como está a srta. Fairfax.

E a srta. Bates se viu na obrigação de lhe dar uma resposta direta antes que ele se dispusesse a ouvi-la em qualquer outro tópico. Os ouvintes se divertiram; e a sra. Weston dirigiu a Emma um olhar de particular significado. Mas Emma balançou a cabeça mesmo assim, num inabalável ceticismo.

– Somos tão devedoras! Nós lhe somos tão absolutamente devedoras pela carruagem – retomou a srta. Bates.

Ele a interrompeu com:

– Estou indo para Kingston. Posso fazer alguma coisa por vocês?

– Ah, minha nossa, Kingston... está indo mesmo? A sra. Cole estava dizendo outro dia que queria algo de Kingston.

– A sra. Cole tem criados para mandar até lá. Posso fazer alguma coisa por *vocês*?

– Não, agradeço ao senhor. Mas entre, por favor. O senhor faz ideia de quem está aqui? A srta. Woodhouse e a srta. Smith; tiveram a imensa bondade de nos visitar para ouvir o novo piano-forte. Por favor, deixe o seu cavalo no Crown e entre.

– Bem – disse ele, num tom de ponderação –, por cinco minutos, talvez.

– E aqui estão a sra. Weston e o sr. Frank Churchill também! Simplesmente maravilhoso; tantos amigos!

– Não, agora não, agradeço à senhorita. Eu não poderia permanecer nem por dois minutos. Preciso seguir para Kingston o mais depressa que puder.

– Ah, entre, por favor! Eles ficarão tão absolutamente felizes por vê-lo.

– Não, não, a sua sala está cheia o bastante. Eu lhes farei uma visita outro dia para ouvir o piano-forte.

– Bem, lamento muito! Ah, sr. Knightley, que reunião maravilhosa ontem à noite! Extremamente aprazível... O senhor já tinha visto uma dança igual? Não foi uma coisa maravilhosa? A srta. Woodhouse e o sr. Frank Churchill; eu nunca tinha visto nada semelhante.

– Ah!, maravilhosa mesmo, sem dúvida; não posso dizer nada menos, pois suponho que a srta. Woodhouse e o sr. Frank Churchill estejam ouvindo todas as nossas palavras. E – (elevando ainda mais o tom de sua voz) – não vejo por que motivo a srta. Fairfax não deva ser mencionada também. Creio que a srta. Fairfax dança muito bem; e a sra. Weston é a melhor de todas as pianistas de quadrilha, sem exceção, da Inglaterra. Agora, se os seus amigos tiverem alguma gratidão, eles dirão alguma coisa em voz bem alta sobre a senhorita e sobre mim em retribuição; mas não posso ficar para ouvir.

– Ah!, sr. Knightley, só mais um momento; algo importante... tão chocadas! Jane e eu estamos ambas tão chocadas quanto às maçãs!

– Qual é o problema agora?

– Só de pensar que o senhor nos mandou o seu estoque todo de maçãs. O senhor disse que tinha inúmeras, e agora não lhe restou uma única. Nós realmente estamos tão chocadas! A sra. Hodges pode muito bem estar zangada. William Larkins mencionou o fato aqui. O senhor não deveria ter feito isso, sem dúvida não deveria. Ah! Lá se vai ele. O sr. Knightley não suporta ouvir agradecimentos. Mas pensei que ele teria permanecido agora, e teria sido uma pena não ter mencionado... Bem – (retornando à sala) –, não fui capaz de obter sucesso. O sr. Knightley não pode parar. Está indo para Kingston. Ele me perguntou se poderia fazer alguma coisa...

– Sim – disse Jane –, nós ouvimos as bondosas ofertas dele, ouvimos tudo.

– Ah!, sim, minha querida, ouso dizer que devem ter ouvido, porque, percebam, a porta estava aberta, e a janela estava aberta, e o sr. Knightley falou alto. Vocês decerto ouviram tudo, com toda certeza. "Posso fazer alguma coisa por vocês em Kingston?", perguntou ele, por isso eu apenas mencionei... Ah!, srta. Woodhouse, precisa partir? A senhorita parece mal ter chegado; tão absolutamente obsequioso da sua parte.

Emma julgou que realmente já era hora de estar em casa; a visita já durava tempo demais; e quando, num exame dos relógios, percebeu-se que grande parte da manhã estava esgotada, a sra. Weston e seu companheiro, despedindo-se também, só puderam se permitir caminhar com as duas jovens damas até os portões de Hartfield antes que partissem para Randalls.

Capítulo 29

Seria possível sobreviver inteiramente sem dança. Exemplos são conhecidos de jovens que passaram vários e vários meses consecutivos sem frequentar qualquer baile de qualquer gênero com prejuízo algum resultando para corpo ou para mente, mas quando é feita uma iniciação – quando as alegrias do movimento rápido já foram sentidas, mesmo que ligeiramente – terá de ser um grupo muito sisudo aquele que não pedir mais.

Frank Churchill dançara uma vez em Highbury e ansiava por dançar de novo; e a última meia hora de uma noite que o sr. Woodhouse foi persuadido a passar com sua filha em Randalls foi empregada pelos jovens em esquemas nesse assunto. Foi de Frank a primeira ideia, e foi dele o maior entusiasmo por levá-la em frente, porque a dama julgava melhor as dificuldades e era quem mais se mostrava solícita em termos de acomodação e aparência. Mas mesmo assim ela sentia inclinação suficiente por mostrar outra vez como dançavam encantadoramente o sr. Frank Churchill e a srta. Woodhouse – por fazer algo em que não precisava ficar ruborizada na comparação com Jane Fairfax – e até mesmo pela mera dança em si, sem nenhum dos perversos auxílios da vaidade – ajudá-lo primeiro a medir em passos o aposento no qual estavam para ver o número que poderiam fazê-lo conter – e depois a tirar as dimensões da outra sala, na esperança de descobrir, a despeito de tudo aquilo que o sr. Weston pudesse dizer sobre os tamanhos exatamente iguais, que era um pouco maior.

A primeira proposição e requisição do jovem, de que a dança iniciada na casa do sr. Cole fosse ali terminada – de que o mesmo grupo fosse reunido e de que os mesmos músicos fossem contratados – encontrou a mais pronta aquiescência. O sr. Weston embarcou na ideia com total regozijo, e a sra. Weston comprometeu-se com imensa boa vontade a tocar sem parar enquanto eles desejassem continuar dançando; e seguira-se a interessante ocupação de calcular ao exato quem se faria presente e de distribuir a indispensável divisão de espaço para todos os casais.

"Com a senhorita e a srta. Smith, e a srta. Fairfax, serão três, e com as duas senhoritas Cox, cinco", tinha sido repetido inúmeras vezes. "E teremos os dois Gilbert, o jovem Cox, o meu pai e eu, além do sr. Knightley. Sim, isso será mais do que suficiente para uma noite prazerosa. Com a senhorita e a srta. Smith, e a srta. Fairfax, serão três, e com as duas senhoritas Cox, cinco; e para cinco casais haverá espaço de sobra."

Mas logo veio de um lado:

– Mas haverá espaço decente para cinco casais? Eu realmente acredito que não haverá.

De outro:

– E, afinal de contas, cinco casais não são suficientes para fazer valer a pena uma dança. Cinco casais não são nada, quando pensamos a respeito seriamente. Não vai adiantar *convidar* cinco casais. Isso só pode ser admissível como uma ideia de momento.

Alguém disse que a *srta.* Gilbert era esperada na casa do irmão e precisava ser convidada com os demais. Outro alguém acreditava que a *sra.* Gilbert teria dançado naquela noite se tivesse recebido convite. Foi dita uma palavra em benefício de um segundo jovem Cox; e por fim, com o sr. Weston nomeando uma família de primos que precisava ser incluída e outra conhecida de longa data que não poderia ser deixada de fora, tornou-se inquestionável que os cinco casais seriam no mínimo dez, resultando a muito interessante especulação sobre as possíveis maneiras nas quais eles poderiam ser dispostos.

As portas das duas salas ficavam bem na frente uma da outra. "Não poderiam eles usar ambas as salas e atravessar dançando a passagem?" Esse parecia ser o melhor plano;

mas não era tão bom assim, visto que muitos quiseram algo melhor. Emma disse que seria esquisito; a sra. Weston ficou aflita quanto à ceia; e o sr. Woodhouse apresentou fervorosa oposição por conta da saúde. A ideia o deixou tão absolutamente infeliz, de fato, que não houve insistência possível.

– Ah, não! – disse ele. – Isso seria o cúmulo da imprudência. Não consigo suportar essa ideia em nome de Emma! Emma não é forte. Ela pegaria um resfriado tenebroso. O mesmo ocorreria com a pobre Harriet. E o mesmo com todos vocês. Sra. Weston, a senhora ficaria de cama; não permita que eles aventem algo tão bárbaro. Por favor, não permita que aventem essa ideia. Esse jovem – (falando mais baixo) – é muito inconsequente. Não conte ao pai dele, mas esse jovem não é bem certo. Ficou abrindo as portas a noite toda e mantendo-as abertas sem a menor consideração. Ele não pensa na corrente de ar. Não pretendo colocar a senhora contra ele, mas sem dúvida não é bem certo!

A sra. Weston lastimou tal acusação; reconheceu a importância do caso e falou tudo em seu poder para desfazer a impressão. Todas as portas foram agora fechadas, o plano da passagem foi abandonado, e o primeiro esquema de dançar apenas na sala na qual eles estavam foi retomado – e com imensa boa vontade por parte de Frank Churchill: o espaço que um quarto de hora antes havia sido taxado como praticamente inviável para cinco casais foi agora proposto como bastante capaz de abrigar dez.

– Fomos magnânimos demais – ele disse. – Admitimos um espaço desnecessário. Dez casais poderão bailar aqui muito bem.

Emma objetou. "Seria uma aglomeração – uma triste aglomeração; e o que poderia ser pior do que dançar sem espaço para mudar de direção?"

"Era bem verdade", Frank Churchill retrucou em tom grave, "era muito ruim." Mesmo assim ele continuou tirando medidas, e mesmo assim ele terminou com:

– Creio que haverá um espaço bastante tolerável para dez casais.

– Não, não – ela falou –, o senhor está sendo um tanto desarrazoado. Seria terrível que ficássemos bailando tão próximos uns dos outros! Nada poderá estar mais distante do prazer do que dançar numa aglomeração... e na aglomeração de uma sala pequena!

– Não há como negar esse fato – ele retrucou. – Concordo plenamente com a senhorita. Uma aglomeração numa sala pequena... srta. Woodhouse, a senhorita tem o dom de pintar quadros em poucas palavras. Primoroso, extraordinário! Todavia, tendo avançado tanto, a pessoa reluta em desistir da questão. Isso seria um desapontamento para o meu pai... e de um modo geral... não sei se... sou até da opinião de que dez casais poderiam bailar aqui muito bem.

Emma percebeu que a natureza da galantaria do sr. Frank Churchill era um pouco voluntariosa e que ele preferia fazer oposição a perder o prazer de dançar com ela, mas aceitou o elogio e perdoou o resto. Tivesse ela jamais pretendido *se casar* com ele, poderia ter valido a pena fazer uma pausa para ponderar, tentando entender o valor dessa preferência do cavalheiro e o caráter de seu temperamento; para todos os fins da intimidade entre os dois, porém, Frank Churchill era afável o bastante.

O dia seguinte não havia chegado à metade e o jovem já estava em Hartfield; entrou na sala com um sorriso muitíssimo agradável que certificava a continuidade do esquema. Logo ficou claro que ele vinha para anunciar uma melhoria.

– Bem, srta. Woodhouse – ele começou quase de imediato –, a sua inclinação por dançar ainda não foi completamente afugentada de medo, espero, pelos terrores dos pequenos aposentos do meu pai. Trago comigo uma nova proposta nesse tema: uma sugestão do meu pai que só depende da sua aprovação para ser transformada em realidade. Posso contar com a honra de ter a sua mão nas duas primeiras danças desse pequeno projeto de baile, a ser realizado não em Randalls, mas no Crown Inn?

– No Crown?!

– Sim; se a senhorita e o sr. Woodhouse não tiverem qualquer objeção, e confio que não poderão ter, meu pai espera que seus amigos façam a grande bondade de visitá-lo lá. Melhores acomodações ele pode lhes prometer, bem como uma acolhida não menos grata do que em Randalls. Foi uma ideia pessoal dele. A sra. Weston não vê qualquer objeção ao plano, contanto que vocês fiquem satisfeitos. Isso é o que nós três sentimos. Ah! A senhorita estava perfeitamente certa! Dez casais, em qualquer um dos aposentos de Randalls, teria sido uma coisa insuportável! Terrível! Senti o tempo inteiro que a senhorita só poderia estar com a razão, mas fiquei ansioso demais por assegurar *qualquer coisa* que pudesse servir. Não é uma boa troca? A senhorita consente? Posso contar com o seu consentimento?

– Esse me parece ser um plano ao qual ninguém poderá fazer objeção, se o sr. e a sra. Weston não fazem. Eu o considero admirável e, até onde posso responder por mim, ficarei mais do que feliz... Parece-me a única melhoria possível. Papai, o senhor não a considera uma melhoria excelente?

Ela foi obrigada a repetir e explicar tal melhoria até que esta fosse de todo compreendida; e então, devido à completa novidade, representações adicionais foram necessárias para tornar aceitável a ideia.

"Não; ele julgava que aquilo estava muito longe de ser uma melhoria – um plano muito ruim – muito pior do que o outro. Um recinto numa hospedaria era sempre úmido e perigoso; jamais adequadamente arejado ou propício para ser habitado. Se eles precisavam dançar, era melhor que dançassem em Randalls. Ele nunca estivera no salão do Crown em sua vida – não conhecia sequer de vista as pessoas que o mantinham. Ah, não! Um plano muito ruim. No Crown eles pegariam resfriados piores do que em qualquer outro lugar."

– Eu ia observar, senhor – disse Frank Churchill –, que uma das maiores recomendações dessa mudança seria o ínfimo perigo de qualquer pessoa pegar um resfriado... um perigo tão menor no Crown do que em Randalls! O sr.

Perry poderia ter motivo para lamentar essa alteração, mas ninguém mais poderia.

– Meu caro cavalheiro – disse o sr. Woodhouse –, o senhor está muito enganado caso suponha no sr. Perry esse tipo de caráter. O sr. Perry fica extremamente preocupado quando qualquer um de nós cai doente. Mas não entendo de que maneira o salão no Crown poderá ser mais seguro para vocês do que a casa do seu pai.

– Justamente pela circunstância de ser mais amplo, senhor. Não teremos necessidade alguma de abrir as janelas, em absoluto... sequer uma vez ao longo da noite toda; e é esse terrível hábito de ficar abrindo as janelas, deixando incidir ar frio em corpos aquecidos, o que (como bem sabe o senhor) causa o malefício.

– Abrir as janelas! Mas com absoluta certeza, sr. Churchill, ninguém pensaria em abrir as janelas em Randalls. Ninguém poderia ser tão imprudente! Nunca ouvi falar em algo assim. Dançar com janelas abertas! Estou certo de que nem o seu pai e tampouco a sra. Weston (a minha pobre srta. Taylor) iriam tolerar tal coisa.

– Ah, senhor... mas um jovem inconsequente pode às vezes passar por trás de uma cortina de janela e levantar o caixilho sem despertar suspeita. Eu mesmo já soube de muitos casos parecidos.

– Soube mesmo, senhor? O céu me proteja! Eu nunca poderia ter imaginado algo assim. Mas vivo fora do mundo e muitas vezes fico atônito com aquilo que ouço. Todavia, isso de fato faz diferença, e, talvez, quando viermos a debater a questão com cuidado... mas coisas desse tipo exigem uma boa dose de consideração. Não podemos sair tomando decisões precipitadas. Se o sr. e a sra. Weston fizerem o grande obséquio de nos visitar aqui certa manhã, poderemos debater a questão com cuidado e ver o que pode ser feito.

– Mas, infelizmente, senhor, o meu tempo é tão limitado...

– Ah! – interrompeu Emma. – Haverá tempo de sobra para debater tudo com cuidado. Não há pressa alguma, em absoluto. Se dermos um jeito de usar o Crown, papai, será muito conveniente para os cavalos. Eles estarão tão próximos de seu próprio estábulo.

– Estarão mesmo, minha querida. Isso é ótimo. Não que James alguma vez reclame, mas é correto que poupemos os nossos cavalos quando podemos. Se eu pudesse ter certeza de que os aposentos são totalmente arejados... mas poderemos confiar na sra. Stokes? Duvido. Eu não a conheço, nem mesmo de vista.

– Posso responder por todos os detalhes dessa natureza, senhor, porque tudo estará sob os cuidados da sra. Weston. A sra. Weston se compromete a dirigir tudo.

– Pronto, papai! Agora o senhor terá de ficar satisfeito... A nossa querida sra. Weston, que é o desvelo em pessoa. O senhor não se lembra daquilo que o sr. Perry falou, tantos anos atrás, quando tive sarampo? "Se a *srta. Taylor* se compromete a enrolar a srta. Emma, o senhor não precisa ter qualquer temor." Quantas vezes ouvi o senhor falando disso como um tremendo elogio a ela!

– Sim, é bem verdade. O sr. Perry falou isso mesmo. Nunca poderei esquecer. Pobre Emma! Você ficou muito mal com o sarampo; isto é, teria ficado muito mal, não fosse pela grande atenção de Perry. Ele veio quatro vezes por dia durante uma semana. Disse, desde o princípio, que se tratava de um tipo muito bom, o que foi o nosso grande conforto; mas o sarampo é uma enfermidade terrível. Espero que, quando quer que os pequeninos da pobre Isabella tenham sarampo, ela mande chamar Perry.

– O meu pai e a sra. Weston estão no Crown neste momento – disse Frank Churchill –, examinando as capacidades da casa. Deixei-os por lá e vim para Hartfield, impaciente por ouvir a sua opinião e esperando que pudesse ser persuadida a ir ao encontro deles e lhes dar o seu conselho no próprio local. Foi o que ambos desejaram que eu dissesse. Seria o maior dos prazeres para os dois se a senhorita me permitisse acompanhá-la até o Crown. Não poderão fazer nada de modo satisfatório sem a sua presença.

Emma sentiu-se muitíssimo feliz em ser convocada para tal concílio, e, com seu pai empenhado em pensar sobre a questão toda enquanto ela estivesse ausente, os dois jovens partiram juntos e sem demora rumo ao Crown. Lá estavam o sr. e a sra. Weston, deleitados por vê-la e por receber sua aprovação, muito atarefados e muito felizes em suas diferentes maneiras – ela com alguma ligeira aflição, e ele julgando que tudo era perfeito.

– Emma – disse ela –, este papel é pior do que eu havia esperado. Veja! Em certos lugares está terrivelmente sujo; e o lambril está mais amarelo e desamparado do que qualquer coisa que eu poderia ter imaginado.

– Minha querida, você é detalhista demais – disse o marido dela. – Qual é a importância disso tudo? Não verá nada sob a luz de velas. Tudo estará tão limpo quanto em Randalls sob a luz de velas. Nunca enxergamos nada disso nas nossas noites de clube.

Aqui as damas provavelmente trocaram olhares que davam a entender: "Os homens nunca conseguem ver se as coisas estão sujas ou não"; e os cavalheiros talvez tenham pensado consigo mesmos: "As mulheres fazem questão de seus pequenos absurdos e cuidados desnecessários".

Surgiu uma perplexidade, no entanto, que os cavalheiros não desdenharam. Dizia respeito à sala da ceia. Na época da construção do salão de baile, ceias não haviam entrado em questão; e uma pequena sala de jogos adjacente era o único acréscimo. O que poderia ser feito? Essa sala de jogos seria solicitada como sala de jogos agora; ou, se as cartas fossem convenientemente votadas como desnecessárias pelos quatro ali presentes, mesmo assim não seria ela pequena demais para qualquer ceia confortável? Outro aposento de bem melhor tamanho poderia ser assegurado para tal propósito – mas ficava na outra extremidade da casa, e uma longa e dificultosa passagem precisava ser percorrida para que se chegasse até ele. Isso criava uma dificuldade. A sra. Weston receou correntes de ar para os jovens nessa passagem; e nem Emma nem os cavalheiros puderam tolerar a perspectiva de ficarem miseravelmente abarrotados na ceia.

A sra. Weston propôs que eles não tivessem uma ceia regular; somente sanduíches etc., dispostos na pequena sala; mas a sugestão foi desprezada e tida como repulsiva. Uma dança privada sem convivas sentados para cear foi pronunciada como uma infame fraude aos direitos de homens e mulheres; e a sra. Weston não deveria voltar a tocar no assunto. Ela então enveredou por outro expediente e, depois de observar o interior da duvidosa sala, comentou:

– Não penso que seja *tão* absolutamente pequena. Não seremos muitos, não é mesmo?

E o sr. Weston, andando energicamente com longos passos pelo corredor, foi exclamando ao mesmo tempo:

– Você está exagerando quanto ao comprimento desta passagem, minha querida. É uma coisa de nada, no fim das contas; e nenhum sinal de corrente de ar saindo das escadas.

– Eu queria – disse a sra. Weston – que pudéssemos saber que tipo de arranjo, em geral, os nossos convidados apreciariam mais. Fazer o que fosse mais agradável a todos deveria ser o nosso objetivo... se pudéssemos apenas adivinhar o que seria isso.

– Sim, é bem verdade – Frank exclamou –, é bem verdade. A senhora quer as opiniões dos seus vizinhos. Isso não me admira. Se pudéssemos averiguar o que a maioria deles... os Cole, por exemplo. Não estão muito longe daqui. Devo chamá-los? Ou a srta. Bates. Ela está mais perto ainda. Eu não sei se a srta. Bates não será tão provavelmente capaz de compreender as inclinações das demais pessoas como qualquer uma delas. Creio que precisamos mesmo de um concílio maior. Que tal se eu for convidar a srta. Bates para se juntar a nós?

– Bem... se o senhor quiser – disse a sra. Weston um tanto hesitante –, se o senhor considera que ela possa ser de algum proveito.

– O senhor não obterá nada de útil ao nosso propósito com a srta. Bates – disse Emma. – Ela será toda encantamento e gratidão, mas não lhe dirá nada. Não irá sequer escutar as suas perguntas. Não vejo vantagem alguma em consultar a srta. Bates.

– Mas ela é tão divertida, tão extremamente divertida! Gosto muito de ouvir a srta. Bates falando. Eu não preciso trazer a família inteira, é claro.

Aqui o sr. Weston se juntou a eles e, ao ouvir o que era proposto, concedeu sua resoluta aprovação.

– É, faça isso mesmo, Frank. Vá buscar a srta. Bates, e nos permita encerrar de vez esse assunto. Ela vai gostar do plano, tenho certeza; e não conheço uma pessoa mais adequada para nos ensinar a desfazer as dificuldades. Busque a srta. Bates. Estamos ficando um pouco meticulosos demais. Ela é uma lição ambulante de como sermos felizes. Mas busque ambas. Convide ambas.

– Ambas, senhor?! Por acaso a dama idosa...

– A dama idosa! Não, a jovem dama, com toda certeza. Irei considerá-lo um enorme cabeça-dura, Frank, se você trouxer a tia sem a sobrinha.

– Ah! Peço perdão, senhor. Não recordei de imediato. Sem sombra de dúvida, se o senhor assim deseja, tentarei persuadir ambas.

E ele se foi correndo.

Muito antes de Frank Churchill ter reaparecido, acompanhando a baixa, esmerada e saltitante tia com sua elegante sobrinha, a sra. Weston, como a dócil mulher e boa esposa que era, já examinara outra vez a passagem e constatara que a sua malignidade era bem menor do que havia imaginado antes – que se tratava, na verdade, de uma insignificância; e aqui terminaram as dificuldades da decisão. Tudo mais, ao menos na especulação, transcorreu em perfeita suavidade. Todos os arranjos secundários de mesas e cadeiras, luzes e música, chá e ceia foram se formando ao natural – ou foram relegados como meras insignificâncias que poderiam ser resolvidas mais cedo ou mais tarde entre a sra. Weston e a sra. Stokes. Todos os convidados por certo viriam; Frank já escrevera para Enscombe com a proposta de permanecer alguns dias além da sua quinzena, o que não poderia ser recusado de modo algum. E uma dança encantadora eles haveriam de ter.

Com a maior cordialidade, quando chegou, a srta. Bates concordou que eles de fato teriam. Como conselheira ela não foi necessária, mas como aprovadora (um papel bem mais seguro) foi verdadeiramente bem-vinda. Sua aprovação, ao mesmo tempo geral e minuciosa, calorosa e incessante, não pôde senão agradar; e por outra meia hora ficaram todos andando para lá e para cá, entre os diferentes aposentos, uns sugerindo, outros prestando atenção, e todos num alegre antegozo do futuro. O grupo não se dispersou sem que Emma fosse positivamente assegurada para as duas primeiras danças pelo herói da noite, tampouco sem que escutasse o sr. Weston sussurrando à esposa: "Ele pediu a mão dela, minha querida. Isso mesmo. Eu sabia que ele pediria!"

Capítulo 30

Uma única coisa faltava para fazer da perspectiva do baile algo completamente satisfatório para Emma: que o evento fosse fixado numa data dentro do limite autorizado da permanência de Frank Churchill em Surrey, porque, a despeito da confiança do sr. Weston, ela não conseguia considerar ser de todo impossível que os Churchill acabassem por não permitir sequer um dia extra na quinzena do sobrinho. Mas isso não foi julgado factível. As preparações tinham de ser realizadas sem afobação, nada poderia estar adequadamente pronto até que despontasse a terceira semana, e por alguns dias eles teriam de planejar, proceder e nutrir esperanças em meio à incerteza – sob o risco – na sua opinião, o grande risco de que fosse tudo em vão.

Enscombe, no entanto, deu mostras de grande benevolência, benevolência no fato, se não na palavra. O desejo do jovem de permanecer por mais tempo evidentemente não agradou, mas não recebeu oposição. Tudo era seguro e próspero, e, na medida em que a eliminação de uma solicitude geralmente abre caminho para outra, Emma, estando agora certa de seu baile, começou a adotar como seu aborrecimento seguinte a exasperante indiferença do sr. Knightley a esse respeito. Fosse porque ele mesmo não dançava, fosse porque o plano tinha sido formado sem que o consultassem, o cavalheiro parecia ter decidido que o baile não estimularia o seu interesse, descartando que aquilo lhe despertasse qualquer curiosidade presente ou lhe proporcionasse qualquer divertimento futuro. Para suas voluntárias comunicações, Emma não conseguiu obter uma réplica mais aprobatória do que:

– Muito bem. Se os Weston julgam valer a pena esse trabalho todo em nome de poucas horas de entretenimento ruidoso, nada tenho a dizer em contrário, exceto que não deverão escolher prazeres para mim. Ah!, sim, preciso me fazer presente; não poderia recusar; e vou tentar ficar acordado até quando me for possível; mas seria mais do meu agrado estar em casa, conferindo o relatório semanal de William Larkins; muito mais, confesso. Prazer em ver uma dança! Comigo não, de fato... Não gosto de olhar... não entendo como alguém pode gostar. A dança primorosa, creio, como a virtude, deve se recompensar por si mesma. As pessoas paradas em volta, na maioria das vezes, ficam pensando em algo muito diferente.

O alvo, Emma sentiu, era ela; e ficou um tanto irritada. Não era em louvor de Jane Fairfax, contudo, que o sr. Knightley se mostrava tão indiferente, ou tão indignado; ele não se deixava guiar pelos sentimentos *dela* na reprovação ao baile, pois *ela* gostava da ideia num grau extraordinário. O baile a tornara animada – franca – e ela disse voluntariamente:

– Ah!, srta. Woodhouse, espero que não aconteça nada para impedir o baile. Que desapontamento isso seria! Estou contando os dias, devo reconhecer, com um *enorme* prazer.

Não era para obsequiar Jane Fairfax, portanto, que ele teria preferido a companhia de William Larkins. Não! Ela se sentia mais e mais convencida de que a sra. Weston estava um tanto enganada quanto a essa suposição. Havia uma grande dose de afeição amigável e compadecida por parte dele – mas nada de amor.

Ai dela! Logo deixou de haver ocasião para brigar com o sr. Knightley. Dois dias de jubilosa segurança foram imediatamente sucedidos pela destruição de tudo. Chegou uma carta do sr. Churchill para urgir o instantâneo retorno de seu sobrinho. A sra. Churchill estava mal – tão mal que não poderia ficar sem a companhia dele; estivera num estado de grande sofrimento (assim dizia o marido) quando escrevera para seu sobrinho dois dias antes, muito embora, com sua usual relutância em causar dor e seu constante hábito de jamais pensar em si mesma, não tivesse mencionado nada; mas agora sua situação era péssima e não poderia ser desdenhada; ela precisava suplicar-lhe que regressasse para Enscombe sem demora.

O teor dessa carta foi transmitido de imediato para Emma num bilhete da sra. Weston. Quanto à partida do jovem, isso era inevitável. Ele teria de partir dentro de poucas horas, embora não sentisse qualquer verdadeiro alarme pela tia que diminuísse a sua repugnância. Ele conhecia bem as doenças da dama, que jamais ocorriam senão em nome de sua própria conveniência.

A sra. Weston acrescentou "que ele só poderia se permitir o tempo de correr até Highbury, após o jantar, e se despedir ali dos poucos amigos que, segundo ele supunha, sentiam algum interesse por ele; e que apareceria em Hartfield a qualquer momento".

Esse bilhete desafortunado acabou com o desjejum de Emma. Uma vez lido, não houve como fazer qualquer outra coisa que não lamentar e exclamar. A perda do baile... a perda do jovem... e tudo aquilo que o jovem deveria estar sentindo! Isso era desafortunado demais! Teria sido uma noite tão encantadora! Todos tão alegres! E ela e seu par, os mais alegres de todos! "Eu disse que assim seria", foi a única consolação.

Os sentimentos do sr. Woodhouse foram bastante distintos. Pensou acima de tudo na doença da sra. Churchill e quis saber como ela estava sendo tratada; e, quanto ao baile, era chocante ver a querida Emma desapontada, mas todos estariam mais seguros em casa.

Emma ficou pronta para receber o visitante algum tempo antes de sua chegada, mas, se isso valia por uma repreensão à impaciência dele, a expressão pesarosa e o total desânimo do jovem, quando ele de fato apareceu, poderiam redimi-lo. Ele sentia que o desgosto pela partida quase não podia ser descrito. Seu abatimento era mais do que evidente. Frank Churchill pareceu ficar realmente perdido nos primeiros minutos; quando despertou da prostração, foi somente para dizer:

– De todas as coisas horrendas, a despedida é a pior.

– Mas o senhor vai voltar – disse Emma. – Esta não vai ser a sua única visitação a Randalls.

– Ah! – (balançando a cabeça). – A incerteza de quando poderei ter condições de retornar! Tentarei voltar com o maior fervor! Esse vai ser o centro de todos os meus pensamentos e cuidados! E se o meu tio e a minha tia forem à cidade nesta primavera... mas receio... eles não botaram os pés fora de casa na última primavera... receio que esse seja um costume extinto.

– Não podemos desistir do nosso pobre baile.

– Ah! Esse baile! Por que motivo ficamos esperando? Por que não aproveitar de uma vez o prazer? Quantas vezes a felicidade é destruída pela preparação, pela tola preparação! A senhorita nos falou que assim seria. Ah, srta. Woodhouse, como é possível que tenha sempre tanta razão?

– Sem dúvida, lamento muito ter razão nesse caso. Eu teria preferido muito antes me sentir alegre do que sábia.

– Se eu puder voltar, deveremos manter o nosso baile. O meu pai conta com isso. Não se esqueça do nosso compromisso.

Emma olhou para ele com benevolência.

– Tive uma semana e tanto! – ele continuou. – Cada dia foi mais precioso e mais encantador do que o precedente! Cada dia me fazendo menos apto a suportar a minha outra casa. Felizes aqueles que podem permanecer em Highbury!

– Uma vez que o senhor nos faz agora tão ampla justiça – disse Emma, rindo –, vou me arriscar a perguntar se não veio até nós com certa desconfiança num primeiro momento... Por acaso nós não ultrapassamos as suas expectativas? Tenho certeza de que sim. Tenho certeza de que o senhor não tinha grandes expectativas de gostar de nós. O senhor não teria demorado tanto para vir se tivesse uma ideia prazerosa de Highbury.

Ele riu um tanto intencionalmente, e, embora negasse o sentimento, Emma se convenceu de que havia sido esse o caso.

– E precisa ir embora nesta manhã mesmo?

– Sim; o meu pai ficou de vir ao meu encontro aqui: caminharemos de volta e terei de partir o quanto antes. Quase receio que ele apareça no próximo instante.

– Não lhe sobram nem mesmo cinco minutos para conceder a suas amigas, a srta. Fairfax e a srta. Bates? Que desventurado! A mente poderosa e argumentativa da srta. Bates poderia ter fortalecido a sua.

– Sim... eu *já* lhes fiz uma visita; passando pela porta, julguei que seria melhor. Era o certo a fazer. Entrei para ficar três minutos e fui detido pela ausência da srta. Bates. Ela tinha saído; e senti ser impossível não esperar até que ela entrasse. É uma mulher da qual podemos, da qual *devemos* rir; mas da qual não desejaríamos fazer pouco caso. Era melhor fazer a minha visita, então...

Frank Churchill hesitou, se levantou, andou até uma janela.

– Para resumir – disse ele –, talvez, srta. Woodhouse... creio que dificilmente a senhorita não terá qualquer suspeita...

Ele olhou para Emma, como que querendo ler seus pensamentos. Ela mal soube o que dizer. Aquilo parecia ser o preâmbulo de algo absolutamente sério que ela não desejava. Forçando-se a falar, portanto, na esperança de se esquivar, ela disse com calma:

– O senhor agiu com total correção; foi muitíssimo natural fazer a sua visita, então...

O sr. Frank Churchill ficou calado. Emma acreditou que ele estivesse olhando para ela – provavelmente refletindo sobre o que ela dissera e tentando entender sua postura. Ela pôde ouvi-lo suspirar. Era natural, por parte do jovem, sentir que tinha *motivo* para suspirar. Ele não poderia crer que ela o encorajasse. Alguns instantes embaraçosos transcorreram e, sentando-se outra vez, de uma maneira mais determinada ele disse:

– Foi algo que me fez sentir que todo o resto do meu tempo poderia ser concedido a Hartfield. A minha consideração por Hartfield é a mais calorosa...

Ele parou de novo, levantou-se de novo e pareceu estar bastante constrangido. Frank Churchill estava mais apaixonado por ela do que Emma supusera; e quem poderá dizer como aquilo teria terminado se o pai dele não tivesse aparecido?

O sr. Woodhouse logo se juntou a eles; e a necessidade do esforço lhe devolveu a compostura.

Alguns poucos minutos adicionais, no entanto, completaram a presente tribulação. O sr. Weston, sempre alerta quando havia um negócio a resolver e tão incapaz de procrastinar qualquer mal inevitável como de prever qualquer um que fosse duvidoso, disse que "era hora de partir"; e o jovem, embora pudesse suspirar e de fato suspirasse, não pôde senão concordar e se levantar para dar seu adeus.

– Terei notícias de todos vocês – ele disse. – Essa é a minha principal consolação. Tomarei conhecimento de tudo aquilo que se passar entre vocês. Fiz a sra. Weston garantir que trocaria correspondências comigo. Ela teve a bondade de me fazer essa promessa. Ah! A bênção de uma correspondente do sexo feminino quando você está realmente interessado pelos ausentes! Ela vai me contar tudo. Com suas cartas, estarei na querida Highbury outra vez.

Um muito amistoso aperto de mãos e um muito fervoroso "Adeus" encerraram o discurso, e a porta logo se fechara por trás de Frank Churchill. O aviso se dera com breve antecedência – e breve havia sido aquele encontro; ele partira; e Emma se sentiu tão triste com a despedida, prevendo tão grande perda na sua pequena sociedade com o sr. Frank Churchill ausente, que começou a temer que estivesse entristecida demais e afetada demais.

Aquela era uma triste mudança. Eles haviam se reunido quase todos os dias desde a chegada do jovem. Certamente a estadia de Frank Churchill em Randalls havia conferido às duas últimas semanas uma grande animação – uma animação indescritível; a ideia, a expectativa de vê-lo que cada manhã trouxera, a certeza de suas atenções, sua vivacidade, seus modos! Aquela tinha sido uma quinzena cheia de alegria, e desamparada haveria de ser a queda de tal patamar ao transcurso normal dos dias de Hartfield. Em acréscimo a todas as outras recomendações, o jovem *quase* lhe confessara estar apaixonado por ela. A força ou constância do afeto ao qual ele poderia estar sujeito era outra questão; mas de momento ela não conseguia duvidar de uma decidida e calorosa admiração por parte dele, uma consciente preferência por ela; e essa persuasão, somando-se a tudo mais, inspirou em Emma o pensamento de que ela *devia* estar um pouco apaixonada por ele, a despeito de toda a sua prévia determinação em contrário.

– Eu certamente devo – ela disse. – Essa sensação de apatia, cansaço, estupidez, essa indisposição por ficar sentada e ocupada, esse sentimento de que tudo é enfadonho e insípido na casa inteira! Devo estar apaixonada; eu teria de ser a criatura mais esquisita do mundo para não estar... por algumas semanas, pelo menos. Bem! O que é ruim para certas pessoas é sempre bom para outras. Terei muitos companheiros de luto pelo baile, se não por Frank Churchill; mas o sr. Knightley vai ficar feliz. Ele poderá passar a noite com o seu adorado William Larkins, se quiser.

O sr. Knightley, no entanto, não demonstrou nenhuma felicidade triunfante. Ele não poderia dizer que lamentasse por sua própria conta; sua expressão de grande jovialidade teria entrado em contradição com suas palavras; mas disse, e com muita firmeza, que lamentava pelo desapontamento dos demais, acrescentando com considerável bondade:

– Você, Emma, que tem tão poucas oportunidades de dançar, realmente anda tendo pouca sorte; anda tendo bem pouca sorte!

Passaram-se alguns dias antes que ela encontrasse Jane Fairfax e julgasse o seu honesto pesar perante a calamitosa mudança; quando elas de fato se viram, porém, a compostura da jovem foi algo abominável. Ela estivera particularmente adoentada, contudo, sofrendo fortes dores de cabeça, tanto que sua tia declarou acreditar que, tivesse o baile sido realizado, Jane não teria comparecido; e era uma caridade atribuir parte daquela indecorosa indiferença ao langor da saúde debilitada.

Capítulo 31

Emma continuou sem alimentar qualquer dúvida de que estivesse apaixonada. Suas ideias só variavam na questão do quanto. A princípio pensara que fosse bastante; depois, não muito. Ela sentia grande prazer em ouvir comentários a respeito de Frank Churchill, e, por causa dele, um prazer maior do que nunca em ver o sr. e a sra. Weston; pensava no jovem com muita frequência, um tanto impaciente por uma carta com a qual pudesse saber como ele estava, como estava seu ânimo, como estava sua tia e quais eram as chances de que ele voltasse a Randalls naquela primavera. Por outro lado, contudo, não pôde admitir que estivesse infeliz, tampouco, após a primeira manhã, que tivesse menos disposição para ocupações do que de costume; manteve-se atarefada e jovial como sempre; e, por mais que ele fosse adorável, pôde mesmo assim imaginar nele alguns defeitos; além disso, embora pensasse tanto no jovem e, enquanto desenhava ou trabalhava, formasse mil divertidos estratagemas para o progresso e o término daquele afeiçoamento, fantasiando interessantes diálogos e inventando cartas elegantes, a conclusão de cada declaração imaginária por parte dele determinava que ela *o rejeitava*. O afeto entre os dois deveria forçosamente se apaziguar em amizade. Todos os sentimentos mais ternos e encantadores haveriam de marcar a separação, mas os dois precisavam se separar. Quando Emma se apercebeu disso, ocorreu-lhe que não poderia estar muito apaixonada, porque, apesar de sua prévia e firme determinação de jamais abandonar seu pai, de jamais se casar, um forte afeiçoamento certamente deveria produzir uma luta maior do que aquela que ela conseguia prever em seus próprios sentimentos.

– Não me vejo fazendo qualquer uso da palavra *sacrifício* – ela disse. – Em nenhuma das minhas réplicas astutas ou delicadas negativas existe qualquer alusão a fazer um sacrifício. Suspeito mesmo que ele não seja realmente necessário a minha felicidade. Tanto melhor. Certamente não vou me persuadir a sentir mais do que sinto. Estou apaixonada na medida certa. Lamentaria estar mais.

Levando tudo em conta, Emma ficou igualmente satisfeita com sua visão dos sentimentos dele.

– *Ele* está sem dúvida muito apaixonado... tudo indica isso... muito apaixonado, de fato! E quando voltar, se o seu afeto for o mesmo, deverei me resguardar para não o encorajar. Seria simplesmente indesculpável agir de outra maneira, uma vez que estou bastante decidida. Não que eu imagine que no entender dele eu lhe tenha dado algum encorajamento até aqui. Não, se tivesse acreditado que eu pudesse compartilhar seus sentimentos, ele não teria se mostrado tão miserável. Tivesse ele se julgado encorajado, seus olhares e sua linguagem na despedida teriam sido diferentes. Entretanto, preciso me resguardar. Isso na suposição de que o seu afeto continue o mesmo; mas não sei se devo acalentar essa expectativa; não vejo nele exatamente esse tipo de homem... de modo algum posso confiar em sua firmeza ou constância. Seus sentimentos são calorosos, mas consigo imaginá-los bastante instáveis. Toda e qualquer consideração do assunto, em suma, me faz saudar com gratidão que a minha felicidade não esteja mais profundamente envolvida. Ficarei muito bem outra vez em questão de pouco tempo... e então terei passado por uma coisa boa, pois dizem que todo mundo se apaixona uma vez na vida, e terei escapado com facilidade.

Quando a carta dele à sra. Weston chegou, Emma obteve uma leitura atenta; e fez essa leitura com um grau de prazer e admiração que a levou, a princípio, a balançar a cabeça diante de suas próprias sensações e a crer que havia subestimado a força dessas sensações. Tratava-se de uma carta longa e bem escrita, contendo as minúcias de sua viagem e de seus sentimentos, expressando da forma mais natural e honrada afeto, gratidão e respeito e descrevendo com espírito e precisão todos os detalhes exteriores e locais que pudessem ser tidos como atraentes. Nenhum floreio suspeito, agora, de desculpas ou preocupação; era uma linguagem de verdadeiros sentimentos para com a sra. Weston; e a transição de Highbury para Enscombe, o contraste entre os lugares em algumas das maiores bênçãos da vida social era tocado na medida suficiente para mostrar o quão agudamente era sentido e quanto mais poderia ter sido dito não fossem as restrições da decência. O encanto de seu próprio nome não estava faltando. A *srta. Woodhouse* aparecia mais de uma vez, e nunca sem algo de agradável conexão, fosse um elogio a seu bom gosto ou uma recordação do que ela dissera; e na última das leituras, desadornado como estava de qualquer ampla grinalda de galantaria, seus olhos puderam ainda discernir o efeito da influência que ela exercia e reconhecer aquele que era talvez o maior elogio de todos os transmitidos. Comprimidas no mais baixo canto desocupado estavam as seguintes palavras: "Não tive um momento de sobra na terça-feira, como a senhora sabe, para dedicar à linda amiga da srta. Woodhouse. Por favor, apresente a ela minhas desculpas e meu adeus". Isso, Emma não pôde duvidar, era voltado de todo para ela mesma. Harriet era lembrada somente por ser amiga *dela*. As informações e perspectivas de Frank Churchill quanto a Enscombe não eram nem piores nem melhores do que as previstas; a sra. Churchill estava se recuperando e ele ainda não ousava, nem mesmo em sua própria imaginação, fixar uma data para o seu retorno a Randalls.

No entanto, por mais gratificante ou estimulante que fosse a carta na parte substancial, os sentimentos ocasionados, ela constatou todavia, quando dobrou a carta e a devolveu à sra. Weston, não haviam acrescentado qualquer calor duradouro, e ela ainda ficaria bem sem o autor, e ele teria de aprender a ficar bem sem ela. Suas intenções estavam inalteradas. Sua resolução de rejeitá-lo só se tornou mais interessante pelo acréscimo de um esquema para dar a ele consolação e felicidade subsequentes. A recordação de Harriet e as palavras que a revestiam, a "linda amiga", lhe sugeriam a ideia de que Harriet a sucedesse nas afeições do cavalheiro. Isso era impossível? Não... Harriet era sem dúvida imensamente inferior a ele no discernimento, mas ele se impressionara muito com o rosto adorável da jovem e com a calorosa simplicidade de seus modos; e todas as probabilidades de circunstância e conexão a favoreciam. Para Harriet, de fato, isso seria vantajoso e encantador.

– Não devo me demorar nisso – ela disse. – Não devo pensar nisso. Conheço bem o perigo de ceder a tais especulações. Mas coisas mais estranhas já ocorreram; e, quando deixarmos de gostar um do outro como gostamos agora, esse será o meio de confirmar o nosso ingresso naquela espécie de amizade verdadeira e desinteressada que já posso aguardar com prazer.

Era ótimo ter um conforto guardado em benefício de Harriet, embora pudesse ser mais sensato impedir que a imaginação o tocasse com frequência, pois o desastre espreitava nesse quadrante. Assim como a chegada de Frank Churchill sucedera o noivado do sr. Elton na conversação de Highbury, assim como o interesse mais recente sobrepujara inteiramente o primeiro, do mesmo modo, agora, perante o desaparecimento de Frank Churchill, os assuntos referentes ao sr. Elton iam assumindo a mais irresistível forma. O dia do casamento foi nomeado. Ele logo estaria entre eles novamente; o sr. Elton e sua noiva. Mal houve tempo de debater a primeira carta de Enscombe e "o sr. Elton e sua noiva" já estavam na boca de todos, e Frank Churchill foi esquecido. Emma sentiu repugnância só de ouvir falar. Ela tivera três semanas de feliz isenção do sr. Elton; e a mente de Harriet, ela tivera motivos para esperar, vinha ganhando força nos últimos tempos. Com a perspectiva do baile do sr. Weston, ao menos, houvera uma grande dose de insensibilidade para com outras coisas, mas agora ficava evidente demais que ela não atingira um estado de compostura capaz de resistir ao efetivo ataque – nova carruagem, campainha tocando e tudo mais.

Capítulo 32

A sra. Elton foi vista pela primeira vez na igreja – mas, ainda que a devoção pudesse ser interrompida, a curiosidade não pôde ser satisfeita por uma noiva num banco de capela, e teria de ser transferido às visitas formais, que seriam em seguida realizadas, o ato de verificar se ela era mesmo muito bonita, ou apenas um tanto bonita, ou nem um pouco bonita.

Emma experimentou sentimentos, menos de curiosidade do que de orgulho ou decência, que a fizeram optar por não apresentar seus cumprimentos por último; e fez questão de que Harriet fosse com ela, para que a pior parte da coisa toda terminasse o mais depressa possível.

Ela não pôde entrar outra vez na casa, não pôde se ver no mesmo aposento no qual se refugiara com tão vão artifício três meses antes, querendo atar sua bota, sem *recordar*. Mil pensamentos vexaminosos insistiram em ocorrer. Elogios, charadas e horríveis confusões; e não era de se supor que a pobre Harriet não estivesse recordando também, mas ela se comportou muito bem e ficou apenas bastante pálida e calada. A visita foi muito curta, é claro; e houve tanto constrangimento e ocupação mental para encurtá-la que Emma não se autorizou inteiramente a formar uma opinião sobre a dama – e, sob nenhuma hipótese, a expressar alguma senão com termos vazios de sentido como "elegantemente vestida e muito amável".

Emma não conseguiu realmente gostar dela; não quis ser precipitada em encontrar defeitos, mas suspeitou que não houvesse a menor elegância... desembaraço, mas nada de elegância. Ela tinha quase certeza de que para uma jovem dama, uma estranha, uma noiva, havia desembaraço demais. Sua figura era bastante boa; seu rosto não era desprovido de beleza; mas nem feições, nem ar, nem voz nem modos eram elegantes. Emma julgou que no mínimo isso acabaria se tornando evidente.

Quanto ao sr. Elton, seus modos não pareciam... mas não, ela não iria se permitir uma palavra apressada ou espirituosa sobre os modos do cavalheiro. Receber visitas de casamento implicaria sempre uma cerimônia embaraçosa, e um homem teria de ser o mais gracioso possível para se sair bem da situação. A mulher era mais favorecida, ela podia contar com o auxílio de belas roupas e com o privilégio do acanhamento, mas o homem só poderia depender de seu próprio bom senso; e quando Emma considerou o peculiar infortúnio do pobre sr. Elton em estar a um só tempo na mesma sala com a mulher que pouco antes desposara, com a mulher que desejara desposar e com a mulher que haviam esperado que desposasse, precisou lhe conceder o direito de manifestar tão pouca sensatez e de parecer tão afetado e tão pouco realmente desembaraçado quanto lhe fosse possível.

– Bem, srta. Woodhouse – Harriet disse quando já tinham saído da casa, e depois de ter esperado em vão que sua amiga começasse a falar. – Bem, srta. Woodhouse – (com um suave suspiro) –, qual é a sua opinião sobre ela? Não é bastante charmosa?

Houve uma pequena hesitação na resposta de Emma.

– Ah, sim... muito... uma jovem muito amável.

– Eu a considero bonita, bastante bonita.

– Muito bem-vestida, de fato; um vestido notavelmente elegante.

– Não fico nem um pouco surpresa que ele tenha se apaixonado.

– Ah!, não; não há nada que possa nos causar a menor surpresa. Uma bela fortuna, e a jovem surgiu no caminho dele.

– Eu me atrevo a dizer – retornou Harriet, suspirando de novo –, me atrevo a dizer que ela deve ter se apegado muito a ele.

– Pode ser que sim, mas nem todo homem está destinado a se casar com a mulher que mais o ama. A srta. Hawkins talvez quisesse um lar e poderá ter julgado ser essa a melhor oferta que provavelmente teria.

– Sim – Harriet falou com fervor –, e nesse caso ela fez bem, ninguém jamais teria uma melhor. Bem, eu lhes desejo felicidade do fundo do meu coração. E agora, srta. Woodhouse, não creio que me importarei em vê-los de novo. O sr. Elton se mostra superior como sempre; mas estando casado, claro, é uma coisa bem diferente. Não, de fato, srta. Woodhouse, a senhorita não precisa temer; posso me sentar agora e admirá-lo sem nenhum grande pesar. Saber que ele não se casou com qualquer uma é um tremendo conforto! Ela parece ser mesmo uma jovem encantadora, justamente o que ele merece. Feliz criatura! Ele a chamou de "Augusta". Que adorável!

Quando a visita foi retribuída, Emma se decidiu. Ela pôde agora ver mais e julgar melhor. Ocorrendo que Harriet não estivesse em Hartfield e que o seu pai estivesse presente para entreter o sr. Elton, ela teve para si um quarto de hora da conversação da dama e pôde prestar atenção com tranquilidade; e esse quarto de hora deixou-a bastante convencida de que a sra. Elton era uma mulher vaidosa, extremamente orgulhosa de si mesma e com tendência a superestimar sua própria importância; de que ela pretendia brilhar e ser muito superior, mas com modos que haviam sido formados numa péssima escola, atrevidos e pretensiosos; de que todas as suas noções eram extraídas de um único círculo de pessoas, de um único estilo de vida; de que, se não era tola, ela era ignorante; e de que a sua companhia por certo não faria bem algum ao sr. Elton.

Harriet teria lhe proporcionado um enlace muito melhor. Por mais que não fosse sagaz ou refinada, ela o teria ligado a pessoas que eram; mas a srta. Hawkins, como seria razoável supor a partir de sua presunção desembaraçada, tinha sido a melhor de seu próprio círculo. O rico cunhado perto de Bristol era o orgulho da união, e a casa dele, com suas carruagens, era o orgulho dele.

O primeiríssimo assunto quando se sentaram foi Maple Grove, "o domicílio do meu irmão, o sr. Suckling" – uma comparação de Hartfield com Maple Grove. Os terrenos de Hartfield eram pequenos, mas esmerados e bonitos; e a casa era moderna e bem construída. A sra. Elton parecia estar muito favoravelmente impressionada com o tamanho da sala, com a entrada e com tudo que podia ver ou imaginar. "Muito parecido com Maple Grove, sem dúvida! Ela estava um tanto atordoada pela semelhança! Aquela sala tinha o exato formato e tamanho da sala matinal em Maple Grove, a sala favorita de sua irmã." Ela recorreu ao sr. Elton. "Não era espantosamente parecida? Ela de fato quase conseguia imaginar que estivesse em Maple Grove."

– E a escadaria... Ora, enquanto entrava, pude observar o quanto a escadaria era absolutamente parecida; situada exatamente na mesma parte da casa. Realmente não consegui deixar de soltar uma exclamação! Eu lhe garanto, srta. Woodhouse, é simplesmente delicioso para mim ser lembrada de um lugar que venero tanto quanto Maple Grove. Passei tantos meses felizes lá! – (com um pequeno suspiro de sentimento). – Uma casa muito charmosa, sem dúvida nenhuma. Todo mundo que a vê fica impressionado com sua beleza, mas para mim ela é praticamente um lar. Quando quer que a senhorita seja transplantada como eu, srta. Woodhouse, vai entender o quanto é absolutamente delicioso toparmos com qualquer coisa que apresente uma mínima semelhança com aquilo que deixamos para trás. Sempre digo que esse é sem dúvida um dos males do matrimônio.

Emma pronunciou a mais trivial réplica que lhe foi possível, mas esta foi de todo suficiente para a sra. Elton, que só queria continuar falando sozinha.

– Tão extremamente semelhante a Maple Grove! E não é meramente a casa; os terrenos, eu lhe garanto, até onde pude observar, são notavelmente parecidos. Os loureiros em Maple Grove podem ser vistos na mesma profusão e ficam posicionados bem da mesma maneira... logo após o gramado; e tive um vislumbre de uma bela árvore grande, com um banco em volta, que me trouxe à mente uma imagem exatamente igual! O meu irmão e a minha irmã ficarão encantados com este lugar. As pessoas que têm para si terrenos extensos sempre ficam contentes de ver qualquer coisa nesse mesmo estilo.

Emma duvidou da verdade desse sentimento. Tinha uma forte noção de que as pessoas que possuíam terrenos extensos se importavam bem pouco com os terrenos extensos de qualquer outra pessoa; mas seria perda de tempo atacar um erro tão inveterado, e por isso ela só disse como réplica:

– Quando a senhora tiver visto mais desta região, receio que pensará ter superestimado Hartfield. Surrey abunda de belezas.

– Ah, sim, tenho plena noção disso! Este é o jardim da Inglaterra, claro. Surrey é o jardim da Inglaterra.

– Sim, mas não devemos depositar as nossas pretensões nessa distinção. Muitos condados, acredito, são chamados de jardim da Inglaterra, tanto quanto Surrey.

– Não, não creio – retrucou a sra. Elton com o mais satisfeito sorriso. – Nunca ouvi qualquer outro condado ser chamado assim além de Surrey.

Emma ficou calada.

– O meu irmão e a minha irmã nos prometeram uma visita na primavera, ou no máximo no verão – continuou a sra. Elton –, e essa vai ser a nossa temporada de exploração. Enquanto eles estiverem conosco, iremos explorar um bocado, ouso dizer. Eles terão sua caleche-landau, é claro, que acomoda quatro pessoas perfeitamente; e assim, portanto, sem falar na *nossa* carruagem, teremos condições de explorar as diferentes belezas extremamente bem. Dificilmente eles viriam no carro leve, creio, nessa estação do ano. Na verdade, quando se aproximar a época, decididamente recomendarei que eles tragam a caleche-landau; isso será tão absolutamente preferível... Quando as pessoas ingressam numa bela região dessa espécie, não é mesmo, srta. Woodhouse, naturalmente desejam ver tanto quanto possível; e o sr. Suckling aprecia explorações extremamente. Fizemos explorações a King's-Weston duas vezes no último verão, dessa maneira, magnificamente, tão logo eles passaram a ter a caleche-landau.

Suponho que vocês devem ter vários passeios desse tipo aqui, srta. Woodhouse, todos os verões...

– Não; não imediatamente aqui. Estamos um tanto distanciados das impressionantes belezas que atraem esses grupos de passeio dos quais a senhora fala; e somos pessoas muito sossegadas, creio eu, mais dispostas a ficar em casa do que a mergulhar em esquemas de prazer.

– Ah! Não há nada como ficar em casa para um verdadeiro conforto. Ninguém poderá ser mais devotado ao lar do que eu. Fui um belo exemplo disso em Maple Grove. Inúmeras vezes Selina disse, quando estava indo para Bristol: "Eu realmente não consigo fazer com que essa moça tire os pés de casa. Eu realmente preciso ir sozinha, muito embora eu deteste ficar presa na caleche-landau sem companhia; mas Augusta, creio eu, com sua própria boa vontade, nunca daria um passo além dos limites do parque". Inúmeras vezes ela disse isso; e mesmo assim não sou nenhuma defensora da reclusão total. Acredito, pelo contrário, que é uma coisa muito ruim quando as pessoas se isolam completamente da sociedade e que é bem mais recomendável que a pessoa interaja com o mundo num grau adequado e não viva nele nem muito nem pouco. Entendo perfeitamente a sua situação, no entanto, srta. Woodhouse – (olhando na direção do sr. Woodhouse). – O estado de saúde do seu pai deve ser um grande problema. Por que motivo ele não experimenta Bath? Ele deveria experimentar. Permita-me recomendar Bath à senhorita. Eu lhe garanto que não tenho a menor dúvida de que Bath faria bem ao sr. Woodhouse.

– O meu pai experimentou Bath mais de uma vez anteriormente, mas sem obter qualquer benefício; e o sr. Perry, cujo nome, eu ouso dizer, não lhe será desconhecido, não concebe que a medida possa ter mais chances de ser útil agora.

– Ah! Isso é uma lástima... Pois lhe garanto, srta. Woodhouse: quando as águas de fato funcionam, o alívio que elas dão é simplesmente maravilhoso. Na minha vida em Bath, vi casos assim! E o lugar é tão alegre que não poderia deixar de ser proveitoso ao ânimo do sr. Woodhouse, o qual, segundo soube, se vê por vezes bastante deprimido. E quanto às recomendações do lugar à *senhorita*, creio que não preciso ter o trabalho de me demorar nelas. As vantagens de Bath para os jovens são mais do que bem conhecidas. Isso seria uma encantadora introdução no caso da senhorita, que viveu uma vida tão reclusa; e eu poderia imediatamente lhe garantir algumas das melhores companhias do lugar. Um bilhetinho meu lhe traria um pequeno bando de conhecidos; e a minha particular amiga, a sra. Partridge, a dama com a qual sempre resido quando em Bath, ficaria muitíssimo feliz em lhe demonstrar qualquer atenção e seria a pessoa perfeita para sair com a senhorita em público.

Isso era o máximo que Emma conseguiria suportar sem ser indelicada. A ideia de ficar em dívida com a sra. Elton por algo que era denominado como uma *introdução* – de sair em público sob os auspícios de uma amiga da sra. Elton, provavelmente certa viúva vulgar e arrojada que, com ajuda de algum pensionista, mal conseguia se virar para sobreviver! A dignidade da srta. Woodhouse, de Hartfield, afundava de fato!

Ela reprimiu em seu íntimo, no entanto, qualquer uma das reprovações que pudesse ter manifestado e apenas agradeceu à sra. Elton com frieza, "mas que eles fossem para Bath estava totalmente fora de questão; e ela não estava perfeitamente convencida de que o lugar pudesse convir melhor a ela do que ao pai". E então, para evitar maior indignação e ultraje, mudou de assunto sem perda de tempo:

– Não lhe pergunto se tem dotes musicais, sra. Elton. Nessas ocasiões, a reputação de uma dama quase sempre a precede; e todos em Highbury já estão fartos de saber que a senhora faz apresentações magníficas.

– Ah, não, de modo algum; devo protestar contra qualquer ideia semelhante! Apresentações magníficas! Muito longe disso, eu lhe garanto. Considere bem o quadrante mais do que parcial do qual saíram as suas informações. Amo a música com todas as minhas forças... tenho paixão por música; e os meus amigos me dizem que não sou inteiramente desprovida de bom gosto; em todos os outros aspectos, porém, juro pela minha honra que a minha performance é *médiocre* até o último grau. No seu caso, srta. Woodhouse, sei que toca da maneira mais encantadora. Eu lhe garanto que obtive a maior dose de satisfação, conforto e deleite em ficar sabendo que ingressaria numa sociedade tão musical. Simplesmente não consigo viver sem música. É um imperativo da vida para mim, e, tendo convivido sempre com uma sociedade muito musical, tanto em Maple Grove quanto em Bath, isso teria sido um sacrifício dos mais graves. Foi o que disse honestamente ao sr. E. quando ele falou do meu futuro lar e expressou seus temores de que o isolamento da residência pudesse ser desagradável; e a inferioridade da casa também... sabendo dos lugares com os quais me habituara... é claro que ele não estava totalmente livre de apreensões. Enquanto ele argumentava desse modo, eu honestamente falei que abriria mão *do mundo*... recepções, bailes, peças... porque o isolamento não me causava temor algum. Abençoada com tantos recursos em meu íntimo, o mundo não era necessário para *mim*. Poderia viver muito bem sem o mundo. Para quem não tivesse recursos o caso seria diferente; mas os meus recursos me tornavam bastante independente. Quanto a recintos com tamanhos menores do que aqueles com os quais me acostumara, realmente não perderia sequer um minuto pensando nisso. Eu tinha esperança de que seria perfeitamente capaz de fazer qualquer sacrifício de tal monta. Por certo me acostumara com luxos de todos os tipos em Maple Grove, mas assegurei a ele, de fato, que duas carruagens não eram necessárias a minha felicidade, tampouco aposentos espaçosos. "Mas", falei, "sendo bastante honesta, não creio que conseguirei viver sem uma sociedade minimamente musical. Não faço nenhuma outra condição; sem música, porém, a vida seria vazia de sentido para mim."

– Não se pode supor – disse Emma, sorrindo – que o sr. Elton hesitaria em lhe garantir que temos uma sociedade *muito* musical em Highbury; e espero que a senhora não acabe julgando que ele edulcorou a verdade mais do que poderá ser perdoado, em consideração do motivo.

– Não, de modo algum, não tenho a menor dúvida a esse respeito. Estou maravilhada por me ver inserida em tal círculo. Espero que venhamos a fazer juntas pequenos e adoráveis concertos com muita frequência. Creio, srta. Woodhouse, que a senhorita e eu deveríamos estabelecer um clube musical e promover encontros regulares, semanais, na sua casa ou na nossa. Não será um bom plano? Se *nós* nos empenharmos, creio que não tardaremos em encontrar aliados. Algo dessa natureza seria particularmente desejável para *mim*, como um incentivo para que eu não deixe de praticar; pois as mulheres casadas, veja bem... a história delas é quase sempre desfavorável. Elas são propensas demais a desistir da música.

– Mas a senhora, que aprecia tão extremamente a música... não pode haver qualquer perigo, com toda certeza.

– Essa deveria ser a minha esperança, mas na verdade, quando olho em volta, pensando nas minhas conhecidas, eu tremo. Selina desistiu da música inteiramente... jamais toca no instrumento... embora ela tocasse de modo adorável. E o mesmo pode ser dito da sra. Jeffereys (que se chamava Clara Partridge) e das duas Milman, que agora são a sra. Bird e a sra. James Cooper; e de outras que eu não seria capaz de enumerar. Dou a minha palavra: é suficiente para nos deixar com medo. Eu costumava ficar bastante zangada com Selina, mas, na verdade, começo a compreender que uma mulher casada tem diversas coisas que lhe tomam atenção. Acredito ter ficado meia hora, hoje de manhã, enclausurada com a minha governanta.

– Mas todas as coisas desse tipo – disse Emma – logo entrarão numa rotina tão regular...

– Bem – disse a sra. Elton, rindo –, isso veremos.

Emma, vendo-a tão determinada em negligenciar sua música, não teve mais nada para dizer; após um momento de silêncio, a sra. Elton escolheu outro assunto.

– Estivemos visitando Randalls – ela disse – e encontramos ambos em casa; e os dois parecem ser pessoas muito amáveis. Gostei deles extremamente. O sr. Weston parece ser uma excelente criatura... já é praticamente um favorito de primeira categoria no meu coração, garanto. E *nela* transparece uma bondade tão verdadeira... existe algo de tão maternal e compassivo na sra. Weston que ela nos conquista de maneira instantânea. Ela foi a sua preceptora, eu creio?

Emma ficou quase atônita demais para responder; mas a sra. Elton mal esperou pela afirmativa para prosseguir:

– Tendo tomado conhecimento disso, fiquei um tanto atônita quando vi nela uma dama tão distinta! Mas ela é de fato uma verdadeira fidalga.

– Os modos da sra. Weston – disse Emma – sempre foram particularmente bons, com uma decência, uma elegância e uma simplicidade que os tornariam o modelo mais seguro para qualquer jovem dama.

– E a senhorita consegue imaginar quem apareceu enquanto estávamos lá?

Emma ficou bastante perdida. O tom implicava um velho conhecido... e de que maneira ela seria capaz de adivinhar?

– Knightley! – continuou a sra. Elton. – Knightley em pessoa! Não foi uma grande sorte? Isso porque, não estando em casa quando ele nos procurou em visita outro dia, eu jamais o tinha visto antes e, é claro, sendo ele um amigo tão particular do sr. E., eu sentia uma enorme curiosidade. "O meu amigo Knightley" tinha sido tantas vezes mencionado que eu estava muitíssimo impaciente por conhecê-lo; e preciso fazer ao meu *caro sposo* a justiça de dizer que ele não precisa ter vergonha de seu amigo. Knightley é um cavalheiro e tanto. Gostei muito dele. Decididamente, creio, trata-se de um homem bastante cavalheiresco.

Felizmente, chegara o momento da despedida. Eles se foram; e Emma pôde respirar.

– Mulher insuportável! – foi a sua imediata exclamação. – Pior do que eu havia imaginado. Absolutamente insuportável! Knightley! Eu teria me recusado a crer nisso. Knightley! Nunca o tinha visto na vida e o chama de Knightley! E descobre que ele é um cavalheiro! Uma criaturinha vulgar e arrivista, com o seu sr. E., e seu *caro sposo*, e seus recursos, e todos os seus ares de pretensão atrevida e refinamento mal-educado. Efetivamente descobrir que o sr. Knightley é um cavalheiro! Duvido que ele possa retribuir o elogio e descobrir nela uma dama. Eu me recusaria a crer nisso! E a proposta de que eu e ela nos uníssemos para formar um clube musical! Quem ouvisse pensaria que éramos amigas do peito! E a sra. Weston! Atônita por constatar que a pessoa que me educara fosse uma mulher distinta! Cada vez pior. Nunca cheguei a topar com alguém semelhante. Muito além da minha expectativa. Harriet é desonrada por qualquer comparação. Ah! O que Frank Churchill lhe diria, caso estivesse aqui? Como ficaria zangado e como iria se divertir! Ah! Aqui estou eu, pensando nele de modo automático. Sempre a primeira pessoa na qual eu penso! Como me pego de surpresa! Frank Churchill reaparece na minha mente o tempo inteiro!

Tudo isso correu tão fluentemente por seus pensamentos que, quando seu pai já se reacomodara, após o alvoroço da partida dos Elton, estando pronto para falar, ela foi muito toleravelmente capaz de prestar atenção.

– Bem, minha querida – ele começou de maneira ponderada –, considerando-se que a vimos hoje pela primeira vez, parece ser uma espécie muito bonita de jovem dama; e me atrevo a dizer que ela ficou bastante satisfeita com você. Ela fala um pouco rápido demais. Há uma certa rapidez na voz que até machuca os ouvidos. Mas acredito estar sendo exigente; não gosto de vozes estranhas; e ninguém fala como você e a pobre srta. Taylor. Entretanto, ela parece ser uma jovem dama muito obsequiosa, com modos bonitos, e sem dúvida será para ele uma ótima esposa. Muito embora, no meu entender, fosse preferível que ele não tivesse se casado. Apresentei as melhores desculpas ao meu alcance por não ter sido capaz de visitar o sr. e a sra. Elton nessa feliz ocasião; afirmei ter esperança de *poder* visitá-los no decorrer do verão. Mas deveria ir antes. Não visitar uma noiva é um grave descuido. Ah! Isso só salienta o triste inválido que sou! Mas não gosto da curva para Vicarage-lane.

– Ouso dizer que as suas desculpas foram aceitas. O sr. Elton o conhece.

– Sim, mas a jovem dama... uma noiva... eu deveria ter ido apresentar os meus cumprimentos a ela se possível. Isso foi muito deficiente da minha parte.

– Mas, meu querido papai, o senhor é um inimigo do casamento e, sendo assim, por que razão deveria ficar tão ansioso por apresentar os seus cumprimentos a uma *noiva*? Isso não deveria ser recomendação alguma para *o senhor*. O senhor estará incentivando que as pessoas se casem, tratando-as com tanta deferência.

– Não, minha querida, nunca incentivei ninguém a se casar, mas sempre desejaria dedicar todas as devidas atenções a uma dama... e uma noiva, sobretudo, jamais pode ser negligenciada. É do conhecimento de todos que mais é devido a *ela*. Uma noiva, veja bem, é sempre a primeira num grupo de pessoas, sejam quem forem as demais.

– Bem, papai, se isso não é um incentivo ao casamento, então não sei o que é. E nunca teria esperado que o senhor pudesse outorgar sua sanção a tais iscas de vaidade para pobres jovens damas.

– Minha querida, você não entende o que eu quero dizer. Essa é uma mera questão de boa educação e cortesia comum e não tem nada a ver com incentivar alguém a se casar.

Emma não quis insistir. Seu pai estava ficando nervoso e não conseguia entender o que *ela* queria dizer. Sua mente retornou às ofensas da sra. Elton, e por muito, muito tempo essas ofensas ocuparam o seu pensamento.

Capítulo 33

Emma não foi impelida, por qualquer descoberta subsequente, a retratar-se de sua má opinião sobre a sra. Elton. Sua observação se mostrara bastante correta. Tal como a sra. Elton pareceu no segundo encontro, voltou a parecer depois, quando quer que as duas se encontrassem – cheia de si, presunçosa, ignorante e mal-educada. Ela tinha um pouco de beleza e um pouco de talento, mas tão pouco discernimento que julgava ter chegado para avivar e aprimorar uma vizinhança campestre com o seu conhecimento superior do mundo; e concebia que a srta. Hawkins ocupara um lugar na sociedade que somente a importância da sra. Elton poderia superar.

Não havia razão para supor que as ideias do sr. Elton divergissem das de sua esposa em qualquer medida. Ele parecia estar não apenas feliz com a sra. Elton, mas também orgulhoso. Tinha o ar de quem se congratulava por ter trazido para Highbury uma mulher a quem nem mesmo a srta. Woodhouse poderia igualar; e quase todos os novos conhecidos da jovem, tendentes ao elogio, ou pouco habituados a julgar, seguindo o exemplo da boa vontade da srta. Bates ou tomando como certo que a noiva só poderia ser tão astuta e tão agradável como ela mesma professava ser, estavam mais do que satisfeitos; de modo que os louvores à sra. Elton passaram de boca em boca da devida maneira, desimpedidos pela srta. Woodhouse, que prontamente continuou sua primeira contribuição e de bom grado comentou ser ela "muito amável e muito elegantemente vestida".

Num aspecto a sra. Elton se mostrou pior ainda do que parecera no início. Seus sentimentos mudaram em relação a Emma. Ofendida, provavelmente, pelo ínfimo encorajamento com o qual se deparavam suas propostas de intimidade, ela recuou por sua vez e foi se tornando aos poucos mais fria e mais distante; embora o efeito fosse agradável, a má vontade que o produzia exacerbava forçosamente o desgosto de Emma. Os modos da jovem também – e os do sr. Elton – eram desagradáveis em relação a Harriet; eram escarnecedores e negligentes; Emma esperou que pudessem operar rapidamente a cura de Harriet, mas as sensações que poderiam incitar tal comportamento abatiam ambas com grande intensidade. Não era de se duvidar que o afeiçoamento da pobre Harriet representara uma dádiva para o despimento da reserva conjugal, e a sua própria participação na história, sob as menos favoráveis cores para ela e sob as mais apaziguadoras para ele, segundo todas as probabilidades também tinha sido contada. Ela era, é claro, o objeto do conjunto desgosto dos dois. Quando não tinham mais nada para dizer, devia ser sempre fácil sair abusando da srta. Woodhouse; e a inimizade que não ousavam demonstrar num aberto desrespeito a ela encontrava vazão mais ampla no tratamento desdenhoso dedicado a Harriet.

Jane Fairfax caiu por inteiro nas graças da sra. Elton; e desde o começo. Não somente quando um estado de guerra com uma das jovens damas pudesse decerto recomendar a outra, mas desde o primeiro instante; e ela não ficava satisfeita em expressar uma natural e razoável admiração, mas também insistia, sem solicitação, ou apelo, ou privilégio, em querer ajudá-la e favorecê-la. Antes que Emma tivesse perdido a sua confiança, e por volta do terceiro encontro entre as duas, ela pôde ouvir todas as bravatas paladínicas da sra. Elton na questão.

– Jane Fairfax é absolutamente encantadora, srta. Woodhouse. Sinto uma verdadeira veneração por ela. Uma criatura doce, interessante. Tão dócil e refinada... e com tão belos talentos! Posso lhe garantir, creio que ela possui talentos extraordinários. Não tenho escrúpulos em afirmar que toca extremamente bem. Sei o bastante de música para falar sem hesitação nesse ponto. Ah! Ela é absolutamente encantadora! A senhorita vai rir do meu ardor, mas lhe dou a minha palavra: não consigo falar de outra coisa que não Jane Fairfax.

E a situação dela parece ser calculada para nos afetar! Srta. Woodhouse, precisamos nos empenhar e tentar fazer algo por ela. Precisamos fazer com que ela seja vista. Os talentos que ela possui não deveriam permanecer desconhecidos, não podemos tolerar algo assim. Ouso dizer que a senhorita conhece estes encantadores versos do poeta:

"Flores inúmeras vicejam despercebidas
E dissipam sua fragrância no ar deserto."

– Não podemos permitir que sejam confirmados no caso da doce Jane Fairfax.

– Não consigo imaginar que possa existir qualquer perigo nesse sentido – foi a calma resposta de Emma. – E, quando a senhora conhecer melhor a situação da srta. Fairfax e entender como foi o lar dela, com o coronel e a sra. Campbell, não concebo que irá supor que os talentos dela possam ser desconhecidos.

– Ah!, mas, querida srta. Woodhouse, ela vive agora em tamanho isolamento, em tamanha obscuridade, tão desperdiçada... Quaisquer vantagens de que possa ter usufruído com os Campbell encontram-se tão palpavelmente acabadas! E acredito que ela sinta isso. Tenho certeza de que sente. Ela é tão completamente tímida e calada. Não há como deixar de ver que sente a falta de um incentivo. Gosto dela mais ainda por isso. Devo confessar que isso representa uma recomendação para mim. Sou uma grande defensora da timidez... e tenho certeza de que não é frequente toparmos com pessoas tímidas. Nas pessoas que são em alguma medida inferiores, porém, essa qualidade é extremamente cativante. Ah!, eu asseguro à senhorita, Jane Fairfax tem uma personalidade maravilhosa, e ela me interessa mais do que consigo expressar.

– A senhora parece sentir com muita intensidade, mas não estou ciente de como a senhora ou qualquer um dos conhecidos da srta. Fairfax aqui, qualquer um daqueles que a conhecem há mais tempo do que a senhora, poderão lhe demonstrar qualquer outra atenção além...

– Minha querida srta. Woodhouse, uma vasta quantidade de coisas poderá ser feita por aqueles que tiverem a ousadia de agir. A senhorita e eu não precisamos temer. Se *nós* dermos o exemplo, muitos o seguirão até onde puderem; embora nem todos desfrutem das nossas situações. *Nós* possuímos carruagens para buscá-la e transportá-la para casa, e *nós* vivemos num estilo que não poderia fazer do acréscimo de Jane Fairfax, em qualquer dado momento, o menor dos inconvenientes. Eu ficaria extremamente descontente se Wright nos preparasse um jantar que pudesse me fazer lamentar ter convidado *mais* do que Jane Fairfax para tomar parte na refeição. Esse tipo de coisa nem me passa pela cabeça. Não é provável que eu *de fato* lamentasse, levando em conta o que sempre costumei ter. O meu maior perigo, talvez, na manutenção doméstica, poderá ser bem outra coisa: fazer demais e ser descuidada demais com as despesas. Maple Grove será provavelmente o meu modelo mais do que deveria ser... porque não queremos de maneira alguma passar a impressão de que podemos nos igualar ao meu irmão, o sr. Suckling, nos rendimentos. Entretanto, a minha resolução é definitiva em tratar Jane Fairfax com maior atenção. Certamente a terei com muita frequência na minha casa, haverei de apresentá-la onde quer que me seja possível, promoverei reuniões musicais para expor seus talentos e ficarei constantemente à espreita de uma situação elegível. O meu círculo de conhecidos é tão vasto que não tenho muita dúvida de que dentro em pouco saberei de algo que lhe sirva. Haverei de apresentá-la de uma maneira muito especial, é claro, ao meu irmão e a minha irmã quando vierem ao nosso encontro. Tenho certeza de que gostarão dela extremamente; e quando ela ganhar alguma intimidade com eles os seus temores irão sumir por completo, porque de fato não há nada nos modos de um ou de outro que não seja imensamente conciliador. Haverei de chamá-la com muita frequência, por certo, enquanto eles estiverem comigo e me arrisco a dizer que vez por outra encontraremos um lugar para ela na caleche-landau num dos nossos passeios exploratórios.

“Pobre Jane Fairfax!”, pensou Emma. “A senhorita não merece isso; pode ter agido errado no tocante ao sr. Dixon, mas essa é uma punição que vai além do que a senhorita pode merecer! A gentileza e a proteção da sra. Elton! ‘Jane Fairfax e Jane Fairfax.’ Céus! Não quero supor que ela ouse sair por aí me chamando de Emma Woodhouse! Mas juro pela minha honra: parece não haver limite na licenciosidade da língua dessa mulher!”

Emma não teve de dar ouvidos a tais pavoneamentos outra vez – a qualquer um que fosse tão exclusivamente dirigido a ela, tão repugnantemente decorado por um “querida srta. Woodhouse”. A transformação por parte da sra. Elton dentro em breve apareceu, e ela foi deixada em paz – nem forçada a ser a muito particular amiga da sra. Elton e tampouco, sob as orientações da sra. Elton, a muito ativa benfeitora de Jane Fairfax, e apenas compartilhando com outros, de um modo geral, o conhecimento do que era sentido, do que era ponderado, do que era feito.

Ela observou os acontecimentos com certa diversão. A gratidão da srta. Bates pelas atenções da sra. Elton a Jane se deu no mais alto estilo da inocência simples e calorosa. Ela se tornou uma de suas grandes sumidades – a mais amável, afável e maravilhosa mulher –, talentosa e condescendente na medida certa, bem como a sra. Elton pretendia ser considerada. A única surpresa de Emma foi constatar que Jane Fairfax pudesse aceitar tais atenções e tolerar a sra. Elton como parecia fazer. Ela soube da jovem caminhando com os Elton, sentando-se com os Elton, passando um dia com os Elton! Isso era espantoso! Ela não teria conseguido acreditar ser possível que o gosto e o orgulho da srta. Fairfax pudessem suportar o que o vicariato tinha para oferecer em termos de sociedade e amizade.

– Ela é um enigma, um enigma e tanto! – disse Emma. – Optar por permanecer aqui mês após mês, enfrentando privações de todos os tipos! E agora optar pela mortificação dos cuidados da sra. Elton e pela penúria de sua conversação, em vez de voltar para os companheiros superiores que sempre amaram-na com um afeto tão verdadeiro e generoso.

Jane viera para Highbury, declaradamente, para uma estadia de três meses; os Campbell encontravam-se na Irlanda para uma estadia de três meses; mas agora os Campbell haviam prometido à filha que permaneceriam no mínimo até o meio do verão, e renovados convites haviam chegado pedindo à jovem que partisse ao encontro deles. De acordo com a srta. Bates – tudo vinha dela –, a sra. Dixon escrevera no mais premente tom. Bastava que Jane quisesse partir e os meios seriam encontrados, criados enviados, amigos providenciados... eles não deixariam que surgisse a menor dificuldade de viagem; mas mesmo assim ela declinara!

"Ela deve ter algum motivo, mais poderoso do que parece, para recusar esse convite", foi a conclusão de Emma. "Ela deve estar passando por alguma penitência, infligida ou pelos Campbell, ou por ela mesma. Há um grande medo, uma grande cautela, uma grande resolução em algum lugar. Ela *não* pode estar com os Dixon. O decreto foi emitido por alguém. Mas por que deveria ela consentir em estar com os Elton? Eis aqui um belo mistério desconexo."

Quando Emma manifestou em voz alta, diante dos poucos que conheciam a sua opinião sobre a sra. Elton, a sua perplexidade com essa parte do assunto, a sra. Weston arriscou a seguinte desculpa para Jane:

– Não podemos supor que ela teve qualquer grande divertimento no vicariato, minha querida Emma... mas é melhor do que sempre ficar em casa. A tia dela é uma boa criatura, mas, na condição de companheira constante, deve ser muito enfadonha. Precisamos levar em conta o que a srta. Fairfax deixa para trás antes de condená-la por aquilo que vai buscar.

– Tem razão, sra. Weston – disse o sr. Knightley com ardor –, a srta. Fairfax é tão capacitada como qualquer um de nós para formar uma justa opinião sobre a sra. Elton. Pudesse ter escolhido com quem se associar, ela não teria escolhido essa dama. Mas – (com um sorriso recriminador para Emma) – ela recebe da sra. Elton atenções que ninguém mais lhe dedica.

Emma sentiu que a sra. Weston lhe dirigia um olhar momentâneo; e ela mesma estava impressionada pelo ardor do cavalheiro. Com um leve rubor, ela retrucou logo depois:

– Atenções como as da sra. Elton, no meu entender, teriam antes repugnado do que gratificado a srta. Fairfax. Os convites da sra. Elton, no meu entender, teriam sido qualquer coisa menos convidativos.

– Não seria um espanto para mim – disse a sra. Weston – se a srta. Fairfax tivesse sido atraída contrariando a sua própria inclinação, devido à ânsia de sua tia em aceitar as cortesias da sra. Elton para ela. A pobre srta. Bates poderá muito provavelmente ter comprometido sua sobrinha e impelido a jovem a uma maior aparência de intimidade do que o seu próprio bom senso teria ditado, a despeito do muito natural desejo por alguma mudança.

Ambas ficaram bastante ansiosas por ouvi-lo falar de novo, e após alguns instantes de silêncio ele disse:

– Outra coisa precisa ser levada em consideração também: a sra. Elton não fala *com* a srta. Fairfax como fala *dela*. Todos sabemos a diferença entre os pronomes ele ou ela e tu, os mais comuns no nosso modo de falar; todos sentimos a influência de algo que ultrapasse a simples cortesia nos nossos relacionamentos pessoais uns com os outros... algo implantado com maior antecedência. Não podemos transmitir a ninguém a desagradável sensação de que talvez estejamos totalmente fartos da hora anterior. Sentimos as coisas de maneira diferente. E além da operação disso, como um princípio geral, podem ter certeza de que a srta. Fairfax intimida a sra. Elton com sua superioridade tanto na mente quanto nos modos, e também de que, frente a frente, a sra. Elton a trata com todo o respeito que ela poderia reivindicar. Uma mulher como Jane Fairfax provavelmente jamais apareceu no caminho da sra. Elton... e nenhum grau de vaidade poderá impedir nela o reconhecimento de sua própria pequenez comparativa em ação, se não em consciência.

– Eu sei que o senhor tem a mais alta estima por Jane Fairfax – disse Emma; o pequeno Henry estava em seus pensamentos, e uma mistura de delicadeza e alarme a deixou indecisa sobre o que dizer a seguir.

– Sim – ele retrucou –, todo mundo deve saber que tenho a mais alta estima por ela.

– E, no entanto – disse Emma, irrompendo de maneira precipitada e com um olhar malicioso, mas logo se detendo... era melhor, contudo, confirmar de uma vez por todas o pior...

Ela se apressou:

– E, no entanto, talvez o senhor mesmo mal se dê conta do quanto é alta essa estima. O tamanho da sua admiração poderá pegá-lo de surpresa um dia desses.

O sr. Knightley mexia com afinco nos botões inferiores das suas grossas perneiras de couro e, fosse pelo esforço de prendê-los ou por alguma outra causa, exibiu um rosto corado ao responder:

– Ah! É a isso que quer chegar? Mas está miseravelmente atrasada. O sr. Cole me fez essa insinuação seis semanas atrás.

Ele parou. Emma sentiu seu pé ser pressionado pela sra. Weston e ficou sem saber o que pensar. Poucos instantes depois, ele prosseguiu:

– Isso, contudo, não vai acontecer nunca, posso lhe garantir. A srta. Fairfax, me atrevo a dizer, não me aceitaria se eu pedisse a sua mão; e tenho plena certeza de que nunca irei pedi-la.

Emma retribuiu a pressão de sua amiga com interesse e ficou satisfeita o bastante para exclamar:

– O senhor não é presunçoso, sr. Knightley. Isso posso lhe conceder.

Ele mal pareceu ouvi-la; ficou pensativo e, num tom que deixava transparecer o seu descontentamento, logo em seguida disse:

– Então você andou decidindo que eu deveria me casar com Jane Fairfax.

– Não decidi nada disso. O senhor já censurou demais o meu hábito de formar enlaces para que me aventurasse a tomar tamanha liberdade. Isso que acabei de dizer não tem importância alguma. A pessoa diz esse tipo de coisa, é claro, sem sequer pensar num significado sério. Ah, não, eu dou a minha palavra de que não tenho o menor desejo de que se case com Jane Fairfax ou com Jane seja lá quem for! O senhor não entraria e se sentaria conosco dessa forma confortável caso fosse casado.

O sr. Knightley ficou pensativo de novo. O resultado de seu devaneio foi:

– Não, Emma, não creio que o tamanho da minha admiração por ela alguma vez vá me pegar de surpresa. Nunca pensei nela dessa maneira, eu lhe garanto.

E logo depois:

– Jane Fairfax é uma jovem encantadora... mas nem mesmo Jane Fairfax é perfeita. Ela tem um defeito: não tem o temperamento franco que um homem desejaria numa esposa.

Emma não pôde senão se rejubilar por ouvir que ela tinha um defeito.

– Bem – disse ela –, e o senhor silenciou o sr. Cole sem demora, eu suponho?

– Sim, sem qualquer demora. Ele me fez uma insinuação discreta; eu lhe disse que estava enganado; ele me pediu desculpas e não disse mais nada. Cole não pretende ser mais sábio ou mais espirituoso do que as pessoas circundantes.

– Nesse aspecto ele é tão diferente da querida sra. Elton, que pretende ser mais sábia e mais espirituosa do que o mundo todo! Fico imaginando como ela deve falar dos Cole... como deve chamá-los! Como conseguirá encontrar para eles alguma denominação que esteja enraizada o bastante na vulgaridade intrometida? Ela chama o senhor de "Knightley"; como deverá fazer com o sr. Cole? E assim não me causa surpresa que Jane Fairfax aceite as cortesias dela e consinta em lhe fazer companhia. Sra. Weston, o seu argumento pesa mais comigo. Consigo bem mais prontamente compreender a tentação de fugir da srta. Bates do que consigo acreditar no triunfo da mente da srta. Fairfax perante a sra. Elton. Não coloco nenhuma fé na hipótese de que a sra. Elton se reconheça como inferior em pensamento, palavra ou ação; ou de que ela respeite qualquer restrição além de sua própria regra exígua de boas maneiras.

Não consigo imaginar que ela não vá ficar continuamente insultando sua visitante com louvores, incentivos e ofertas de auxílio, que ela não vá ficar continuamente detalhando suas intenções magnificentes, desde a obtenção para ela de uma situação permanente até a inclusão da jovem num daqueles deleitáveis passeios exploratórios que haverão de ter lugar na caleche-landau.

– Jane Fairfax possui sentimento – disse o sr. Knightley. – Não acuso a jovem de falta de sentimento. Suas sensibilidades, suspeito, são fortes, e o seu temperamento é excelente no poder de abstenção, paciência, autocontrole; mas lhe falta franqueza. Ela é reservada, mais reservada, creio, do que costumava ser... E eu amo um temperamento franco. Não... até que Cole aludisse ao meu suposto afeiçoamento, isso nunca me passara pela cabeça. Eu via Jane Fairfax e conversava com ela sempre com admiração e prazer... mas sem qualquer pensamento além disso.

– Bem, sra. Weston – falou Emma num tom triunfal, após a saída do cavalheiro –, o que me diz agora sobre o sr. Knightley se casando com Jane Fairfax?

– Ora, realmente, querida Emma, digo que ele está tão completamente ocupado pela ideia de *não* estar apaixonado pela jovem que eu não ficaria espantada se ele acabasse se apaixonando afinal. Não abuse de mim.

Capítulo 34

Todos os moradores de Highbury ou das redondezas que jamais tinham visitado o sr. Elton se mostraram dispostos a lhe devotar atenção quando de seu casamento. Jantares e saraus foram organizados para o cavalheiro e sua dama; e os convites jorraram com tal velocidade que ela logo teve o prazer de constatar que os dois nunca teriam um dia desimpedido.

– Estou vendo como é – ela disse. – Já estou vendo a vida que vou levar entre vocês. Dou a minha palavra de que seremos absolutamente dissipados. Parecemos ser de fato um verdadeiro sucesso. Se viver no campo é isto, não é nada muito formidável. Da próxima segunda-feira até sábado, eu lhe garanto, não teremos um único dia desimpedido! Uma mulher com menos recursos do que eu não precisaria se dar por perdida.

Nenhum convite era inoportuno à sra. Elton. Seus hábitos de Bath tornavam os saraus perfeitamente naturais para ela, e Maple Grove lhe dera o gosto pelos jantares. Ela ficou um pouco chocada diante da ausência de duas salas de visitas, dos fracassados bolinhos de gala e da inexistência de gelo nas noites de carta em Highbury. A sra. Bates, a sra. Perry, a sra. Goddard e outras estavam um bocado atrasadas em conhecimento do mundo, mas *ela* logo lhes mostraria como tudo deveria ser arranjado. No decorrer da primavera, ela iria retribuir todas as cortesias com um evento muito superior, no qual suas mesas de carta seriam providas com velas exclusivas e baralhos lacrados no mais alto estilo; e com mais criados contratados para o evento do que a renda da casa poderia fornecer – para distribuir os refrescos exatamente na hora apropriada e na ordem apropriada.

Emma, nesse meio-tempo, não pôde ficar satisfeita sem um jantar em Hartfield para os Elton. Eles não poderiam fazer menos que os outros, ou ficariam expostos a odiosas surpresas e à ideia de que eram capazes de deplorável ressentimento. Um jantar teria de haver. Quando Emma já falara sobre o assunto por dez minutos, o sr. Woodhouse, não sentindo nenhuma relutância, fez apenas a costumeira estipulação de não ficar sentado à extremidade inferior da mesa, com a costumeira e regular dificuldade de decidir quem deveria fazê-lo por ele.

As pessoas que teriam de ser convidadas exigiram pouca reflexão. Além dos Elton, precisariam vir os Weston e o sr. Knightley; até aqui tudo era óbvio; e não era muito menos inevitável que a pobre Harriet devesse ser chamada na condição de oitava, mas esse convite não foi feito com igual satisfação, e sob muitos aspectos Emma ficou particularmente satisfeita quando Harriet implorou pela permissão de declinar. "Ela preferia não estar na companhia *dele* mais do que pudesse evitar. Ainda não era de todo capaz de ver juntos o cavalheiro e sua charmosa esposa sem experimentar desconforto. Se a srta. Woodhouse não ficasse descontente, ela preferia permanecer em casa." Isso era precisamente o que Emma teria desejado, tivesse ela julgado tal desejo possível o bastante. Emma ficou maravilhada com a fortitude de sua amiguinha – porque somente sua fortitude, ela sabia, a faria desistir do convívio social e permanecer em casa; e ela pôde agora convidar a exata pessoa que realmente desejava para ser a oitava, Jane Fairfax. Desde a sua última conversa com a sra. Weston e o sr. Knightley, Emma vinha sentindo com frequência maior uma consciência pesada em relação a Jane Fairfax. As palavras do sr. Knightley calavam fundo em sua mente. Ele dissera que Jane Fairfax havia recebido atenções da sra. Elton que ninguém mais lhe dedicava.

– Isso é bem verdade – ela disse –, ao menos no que diz respeito a mim, que fui o alvo de tudo, e é bastante vergonhoso. Sendo da mesma idade e tendo conhecido a jovem desde sempre, eu deveria ter sido mais sua amiga. Ela nunca irá gostar de mim agora. Eu a negligenciei por tempo demais. Mas vou lhe dar mais atenção do que jamais dei.

Todos os convites obtiveram êxito. Estavam todos desimpedidos e alegres. O interesse preparatório do jantar, no entanto, ainda não passara. Uma circunstância um tanto desafortunada ocorreu. Os dois pequenos Knightley mais velhos estavam comprometidos em fazer ao vovô e à tia uma visita de algumas semanas na primavera, e o papai agora propunha trazê-los e permanecer um dia inteiro em Hartfield – dia esse que seria o exato dia do evento. Os compromissos profissionais do cavalheiro não lhe permitiam uma protelação, mas tanto pai quanto filha ficaram aflitos com a situação. O sr. Woodhouse considerava um jantar para oito pessoas o máximo que os seus nervos poderiam suportar – e eis que surgia uma nona – e Emma receava que seria uma nona bastante mal-humorada em sequer ser capaz de vir a Hartfield por 48 horas sem topar com um jantar para convidados.

Emma consolou seu pai melhor do que poderia consolar a si mesma, argumentando que, muito embora ele certamente fosse torná-los nove, por outro lado sempre falava tão pouco... o acréscimo de ruído seria ínfimo. Na verdade ela pensava consigo que seria uma triste mudança para si mesma ter de ver o cunhado, com sua expressão séria e sua conversação relutante no outro lado da mesa, em lugar do irmão dele.

O evento se mostrou mais favorável ao sr. Woodhouse do que a Emma. John Knightley veio; mas o sr. Weston foi chamado inesperadamente à cidade, tendo de se ausentar naquele preciso dia. Ele poderia ter condições de se juntar a eles ao longo da noite, mas certamente não para o jantar. O sr. Woodhouse estava bastante à vontade; e vê-lo assim, com a chegada dos meninos e a filosófica serenidade do cunhado em ouvi-lo falar de seu destino, removeu até mesmo a maior parte do aborrecimento de Emma.

O dia chegara, o grupo estava pontualmente reunido, e o sr. John Knightley desde cedo pareceu se devotar à tarefa de ser agradável. Em vez de arrastar seu irmão até uma janela enquanto esperavam pelo jantar, ficou falando com a srta. Fairfax. A sra. Elton, tão elegante como rendas e pérolas poderiam fazê-la, ele contemplou em silêncio – querendo apenas observar o suficiente para informar Isabella –, mas a srta. Fairfax era uma velha conhecida e uma moça tranquila, e podia conversar com ela. Ele a encontrara antes do desjejum, tendo retornado de uma caminhada com seus meninos, enquanto ia justamente começando a chover. Era natural expressar algumas esperanças polidas em torno do assunto, e ele disse:

– Espero que não tenha se aventurado muito longe nesta manhã, srta. Fairfax, pois tenho certeza de que teria se molhado. *Nós* entramos em casa bem a tempo. Espero que a senhorita tenha voltado de imediato.

– Fui somente ao serviço postal – disse ela – e consegui voltar antes que chovesse mais forte. É o meu encargo diário. Sempre vou pegar as cartas quando estou aqui. Isso poupa trabalho e é algo para me tirar de casa. Uma caminhada antes do desjejum me faz bem.

– Não uma caminhada na chuva, eu diria.

– Não, mas não chovia em absoluto quando saí.

O sr. John Knightley sorriu e retrucou:

– Ou seja, a senhorita optou por fazer a sua caminhada, porque não se afastara sequer seis jardas da sua própria porta quando tive o prazer de encontrá-la; e Henry e John tinham visto mais pingos do que conseguiam contar muito tempo antes. O serviço postal exerce um grande fascínio num determinado período das nossas vidas. Quando a senhorita tiver vivido até a minha idade, vai começar a pensar que nunca vale a pena enfrentar uma chuva por causa de cartas.

Houve um ligeiro rubor e então esta resposta:

– Não posso nutrir a esperança de que um dia estarei situada como está o senhor, em meio a todos os mais queridos parentes, e, portanto, não posso esperar que o simples fato de ficar mais velha me torne indiferente quanto a cartas.

– Indiferente?! Ah, não! Nunca imaginei que a senhorita poderia se tornar indiferente. As cartas não são matéria para indiferença; em geral são uma maldição bastante positiva.

– O senhor está falando das cartas de negócios; as minhas são cartas de amizade.

– Muitas vezes pensei que essas eram as piores entre as duas – ele retrucou com frieza. – Os negócios, veja bem, podem trazer dinheiro, mas dificilmente a amizade o trará.

– Ah! O senhor não está falando sério agora. Conheço bem demais o sr. John Knightley... tenho plena certeza de que ele compreende o valor da amizade tão bem como qualquer outra pessoa. Posso facilmente acreditar que cartas valem bem pouco para o senhor, muito menos do que para mim, mas não é o fato de que o senhor tem dez anos a mais do que eu o que faz a diferença, não é a idade, mas a situação. O senhor tem todos os entes mais queridos sempre à disposição, e eu, provavelmente, nunca mais os terei; e sendo assim, até que eu tenha deixado para trás todos os meus afetos, um serviço postal, creio, sempre exercerá o poder de me tirar de casa num clima pior do que o de hoje.

– Quando falei que a senhorita seria transformada pelo tempo, pelo progresso dos anos – disse John Knightley –, quis dar a entender a mudança de situação que o tempo geralmente acarreta. Considero que uma coisa inclui a outra. O passar do tempo costuma diminuir o interesse de todos os afetos que não pertençam ao círculo diário... mas essa não é a mudança que eu tinha em vista para a senhorita. Na condição de velho amigo, devo ter a sua permissão, srta. Fairfax, para esperar que daqui a dez anos a senhorita tenha o mesmo número concentrado de objetos que eu tenho.

Isso estava dito com gentileza, e bem longe de causar ofensa. Um amável "obrigada" pareceu destinado a dar pouca importância ao assunto, mas um rubor, um lábio trêmulo e uma lágrima no olho revelaram que ela não o sentia como desimportante. As atenções da jovem foram então reivindicadas pelo sr. Woodhouse, o qual, de acordo com o seu hábito em tais ocasiões, percorrendo o círculo de seus convidados e apresentando seus particulares cumprimentos às damas, terminou o périplo com ela e, com toda a sua mais amena urbanidade, disse:

– Lamento muito tomar conhecimento, srta. Fairfax, da sua saída na chuva hoje de manhã. Jovens damas deveriam se cuidar melhor. Jovens damas são plantas delicadas. Elas deveriam cuidar de sua saúde, de sua compleição. Minha querida, a senhorita trocou as suas meias?

– Sim, senhor, de fato troquei; e fico muito agradecida por sua bondosa solicitude a meu respeito.

– Minha querida srta. Fairfax, as jovens damas merecem certamente todos os cuidados. Espero que a sua vovó e a sua tia estejam bem. Elas constam entre as minhas mais antigas amigas. Eu só queria que a minha saúde me permitisse ser um melhor vizinho. A senhorita nos concede uma imensa honra hoje, com toda certeza. A minha filha e eu somos ambos altamente sensíveis a sua bondade e sentimos a maior satisfação ao vê-la em Hartfield.

O compassivo e polido ancião poderia então se sentar – e constatar que cumprira o seu dever e fizera com que todas as belas damas se sentissem acolhidas e à vontade.

Por essa altura, a caminhada na chuva tinha chegado aos ouvidos da sra. Elton, e as admoestações da dama se abatiam agora sobre Jane.

– Minha querida Jane, o que é isso que ouvi? Indo ao serviço postal na chuva! Isso não pode ser, eu lhe garanto. Garota má, como pôde fazer uma coisa dessas? É um sinal de que eu não estava presente para cuidar de você.

Jane lhe garantiu com grande paciência que não apanhara resfriado algum.

– Ah, não diga isso a *mim*! Você realmente é uma péssima garota e não sabe como cuidar de si mesma. Indo ao serviço postal, ora essa! Sra. Weston, já tinha ouvido uma coisa semelhante? Precisamos categoricamente exercer a nossa autoridade.

– O meu conselho – disse a sra. Weston num tom gentil e persuasivo – eu certamente sinto a tentação de dar. Srta. Fairfax, a senhorita não deve correr tais riscos. Suscetível como tem se mostrado a severos resfriados, de fato a senhorita deveria ser particularmente cuidadosa, sobretudo nesta época do ano. A primavera, sempre penso, exige mais do que a cautela comum. Melhor esperar uma hora ou duas, ou até mesmo um meio dia para pegar as suas cartas do que correr o risco de provocar outra vez a sua tosse. A senhorita não sente que teria sido melhor? Sim, tenho certeza de que a senhorita é demasiado razoável; a sua expressão indica que não faria outra vez uma coisa dessas.

– Ah! Ela *não fará* tal coisa outra vez – retorquiu avidamente a sra. Elton. – Nós não permitiremos que ela faça tal coisa outra vez – (fazendo um significativo aceno de cabeça) –, é preciso providenciar um arranjo, de fato é preciso. Falarei com o sr. E. O homem que vai pegar as nossas cartas todas as manhãs... um dos nossos homens, não me lembro do nome... haverá de perguntar sobre as suas também e trazê-las para você. Isso irá obviar todas as dificuldades, é claro; e de *nós*, eu realmente creio, minha querida Jane, você não poderá ter nenhum escrúpulo em aceitar tal acomodação.

– A senhora é extremamente bondosa – disse Jane –, mas não posso abandonar a minha caminhada matinal. Tenho recomendação de sair ao ar livre o máximo possível, preciso caminhar para algum lugar, e o serviço postal é um destino; e dou a minha palavra: não lembro que tivesse enfrentado antes uma manhã ruim.

– Minha querida Jane, não diga mais nada a esse respeito. O negócio está determinado, isto é – (rindo afetadamente) –, até onde eu posso presumir determinar qualquer coisa sem a concordância do meu senhor e mestre. Veja bem, sra. Weston, a senhora e eu precisamos ser cautelosas em como nos expressamos. Mas fico de fato lisonjeada, minha querida Jane, por saber que a minha influência não está totalmente desgastada. Se eu não encontrar quaisquer dificuldades insuperáveis, portanto, considere esse ponto como resolvido.

– Perdão – disse Jane com fervor –, não posso de forma alguma consentir com tal arranjo, tão desnecessariamente trabalhoso para o seu criado. Se o encargo não fosse um prazer para mim, ele poderia ser feito, como sempre ocorre quando não estou aqui, pela criada da minha vó.

– Ah, minha querida! Mas com tanta coisa que Patty tem para fazer! E é uma gentileza empregar os nossos criados.

Jane exibiu a expressão de quem não queria se deixar vencer; contudo, em vez de responder, ela começou a falar de novo com o sr. John Knightley.

– O serviço postal é um estabelecimento tão maravilhoso! – ela exclamou. – A regularidade, a eficiência do serviço! Se pensarmos em tudo que eles têm para fazer, e em tudo que fazem tão bem, é realmente espantoso!

– O serviço é certamente muito bem organizado.

– Tão raras vezes aparece alguma negligência ou confusão! Tão raras vezes uma carta, entre as milhares que atravessam constantemente o reino, vai parar no lugar errado... e sequer uma em um milhão, suponho, efetivamente é perdida! E quando consideramos a variedade das letras, e das letras ruins também, que precisam ser decifradas, a perplexidade só aumenta!

– Os funcionários se tornam peritos com o hábito. Eles precisam começar com alguma presteza da vista e da mão e vão se aprimorando no exercício. Se a senhorita quiser alguma explicação adicional – ele continuou, sorrindo –, eles são pagos pelo serviço. Essa é a chave para grande parte da competência. O público paga e deve ser bem servido.

As variedades da caligrafia foram discutidas por mais algum tempo, com as usuais observações.

– Já ouvi afirmarem – disse John Knightley – que o mesmo tipo de caligrafia com frequência prevalece numa família, e, onde o mesmo mestre ensina, isso é bastante natural. Não fosse por essa razão, eu diria que a semelhança deveria ser principalmente restrita ao sexo feminino, pois os meninos aprendem muito pouco após uma idade precoce e rabiscam qualquer letra que conseguem produzir. Isabella e Emma, creio, de fato escrevem muito parecido. Nem sempre consegui diferenciar suas caligrafias.

– Sim – disse o irmão dele hesitante –, existe uma semelhança. Sei o que você quer dizer... mas Emma tem a letra mais forte.

– Isabella e Emma escrevem ambas magnificamente – disse o sr. Woodhouse –, e sempre escreveram. E a pobre sra.

Capítulo 35

Quando as damas retornaram à sala de visitas após o jantar, Emma constatou ser quase impossível impedir a formação de dois grupos distintos, a tal ponto a sra. Elton perseverava em julgar e se comportar mal, monopolizando Jane Fairfax e desprezando a anfitriã. Ela e a sra. Elton foram obrigadas a ficar quase sempre ou conversando entre si, ou caladas entre si. A sra. Elton não lhes deixava escolha. Se Jane a reprimia por certo tempo, ela logo recomeçava, e, embora muito do que se passava entre as duas fosse ouvido num meio sussurro, sobretudo por parte da sra. Elton, não houve como evitar a percepção dos temas principais: o serviço postal, apanhar resfriado, buscar cartas e amizade foram tópicos submetidos a longa discussão; e estes foram sucedidos por um que decerto era no mínimo igualmente desagradável para Jane – perguntas a respeito de ter ou não tomado conhecimento até ali de alguma situação que pudesse lhe convir, com promessas quanto à planejada atividade da sra. Elton.

– Eis que chegou abril! – ela exclamou. – Estou ficando um tanto ansiosa por sua causa. Junho logo chegará.

– Mas jamais fixei junho ou qualquer outro mês... apenas aguardava o verão de um modo geral.

– Mas você realmente não tomou conhecimento de nada?

– Nem mesmo fiz qualquer indagação; não desejo indagar nada ainda.

– Ah, minha querida, nunca poderá ser cedo demais para começarmos; você não tem noção da dificuldade de obter exatamente a coisa desejada.

– Eu, sem noção?! – falou Jane, balançando a cabeça. – Querida sra. Elton, quem poderá ter pensado nisso como eu já pensei?

– Mas você não viu tanto do mundo quanto eu já vi. Você não sabe quantas candidatas sempre podem ser encontradas para situações de *primeira* categoria. Pude ver uma grande quantidade nos arredores de Maple Grove. Uma prima do sr. Suckling, a sra. Bragge, recebeu uma tremenda infinidade de petições; todas ansiavam por ingressar em sua família, pois ela frequenta o mais alto círculo. Velas de cera na sala de aulas! Imagine só como é desejável! De todas as casas no reino, a da sra. Bragge é aquela na qual eu mais gostaria de introduzi-la.

– O coronel e a sra. Campbell deverão estar na cidade outra vez em meados do verão – disse Jane. – Precisarei passar algum tempo com eles; tenho certeza de que desejarão isso; depois, provavelmente, poderei de bom grado me fazer disponível. Mas não seria do meu agrado que a senhora tivesse o trabalho de fazer quaisquer indagações por enquanto.

– Trabalho?! É, conheço bem os seus escrúpulos. Teme me dar trabalho; mas eu lhe garanto, minha querida Jane, que os Campbell dificilmente poderão ter mais interesse por você do que eu. Vou escrever à sra. Partridge amanhã ou depois de amanhã e lhe darei o estrito encargo de ficar à espreita por qualquer coisa elegível.

– Obrigada, mas me agradaria muito mais que a senhora não mencionasse o assunto a ela; não desejo ficar dando trabalho a ninguém antes de se aproximar a hora certa.

– Mas, minha querida criança, a hora certa *está* se aproximando; eis aqui abril, e junho, ou digamos até mesmo julho, a hora está muito próxima, com essa tremenda meta por cumprir diante de nós. A sua inexperiência realmente me faz rir! Uma situação como a que você merece, que os seus amigos lhe demandariam, não é algo que ocorre todos os dias, não pode ser obtida num piscar de olhos; sem dúvida, sem dúvida, precisamos começar a investigar o quanto antes.

– Eu lhe peço perdão, minha senhora, mas essa não é a minha intenção de modo algum; eu mesma não vou fazer investigação alguma, e lamentaria que os meus amigos fizessem. Quando eu estiver bastante determinada em relação ao momento apropriado, não terei qualquer receio de ficar desempregada por muito tempo. Existem lugares na cidade, escritórios, nos quais uma procura logo resultaria em algo... escritórios que vendem não exatamente carne humana, mas intelecto humano.

– Ah, minha querida, carne humana! Você me deixa um tanto chocada; se está se referindo a uma experiência no tráfico de escravos, eu lhe garanto que o sr. Suckling foi sempre um grande defensor da abolição.

– Não quis dizer, não estava pensando no tráfico de escravos – retrucou Jane. – O tráfico de preceptoras, eu lhe garanto, era tudo que tinha em vista; algo muitíssimo diferente, por certo, em relação à culpa daqueles que o desempenham; quanto à maior desgraça das vítimas, porém, não sei onde ela recai. Mas quero apenas dizer que existem escritórios de propaganda e que, recorrendo a eles, eu encontraria muito depressa, sem dúvida, algo que servisse.

– Algo que servisse! – retrucou a sra. Elton. – É, *isso* deve convir às ideias humildes que você tem de si mesma; conheço bem a criatura modesta que você é; mas os seus amigos não ficarão satisfeitos em vê-la enfrentando qualquer coisa que lhe seja oferecida, qualquer situação inferior e ordinária, numa família que não frequente certo círculo ou seja capaz de comandar as elegâncias da vida.

– A senhora é muito amável, mas, em relação a tudo isso, sou muito indiferente; não seria um objetivo, para mim, viver entre os ricos; as minhas mortificações, creio eu, só seriam tanto maiores; eu sofreria mais devido à comparação. Uma família distinta é a minha única condição.

– Eu a conheço, eu a conheço; você enfrentaria qualquer coisa; mas serei um pouco mais meticulosa, e tenho certeza de que os bons Campbell ficarão ao meu lado; com os seus talentos superiores, você tem o direito de frequentar o círculo mais alto. Só o seu conhecimento musical já lhe permitiria estabelecer os seus próprios termos, ter tantos aposentos quantos pudesse desejar e interagir com a família como bem quisesse; isto é... não sei... se dominasse a harpa, poderia fazer isso tudo, tenho absoluta certeza; mas não só toca como também canta; sim, realmente acredito que você poderia, mesmo sem a harpa, estipular as condições que desejasse; e deveria e haverá de se ver deleitável, honrada e confortavelmente estabelecida antes que os Campbell ou eu tenhamos qualquer descanso.

– A senhora pode muito bem classificar na mesma categoria o deleite, a honra e o conforto de tal situação – disse Jane –, com toda certeza são coisas bem semelhantes; entretanto, meu desejo de que não tentem nada por mim no presente momento é muito sério. Eu lhe fico extremamente grata, sra. Elton, fico grata a qualquer pessoa que se compadeça de mim, mas o meu desejo de que nada seja feito até o verão é bastante sério. Por mais dois ou três meses hei de permanecer onde estou, e como estou.

– E eu também decidi da maneira mais séria, eu lhe garanto – retrucou alegremente a sra. Elton –, estar sempre na espreita, e utilizando também os meus amigos na vigia, de modo que nada que seja de todo irrepreensível possa nos escapar.

Nesse estilo ela seguiu em frente, jamais completamente interrompida por nada até que o sr. Woodhouse entrou na sala; então sua vaidade trocou de alvo, e Emma pôde ouvi-la dizendo no mesmo meio sussurro para Jane:

– Ali vem o meu queridíssimo galanteador, ora essa! Só de pensar no cavalheirismo dele, saindo antes dos outros homens! Que adorável criatura ele é... eu lhe garanto que gosto dele tremendamente. Admiro toda essa polidez excêntrica e antiquada; é muito mais ao meu gosto do que esse desembaraço moderno; o desembaraço moderno com frequência me repugna. Mas esse bom e velho sr. Woodhouse, queria que você tivesse ouvido as falas galantes que me dirigiu no jantar. Ah, posso lhe garantir, comecei a pensar que o meu *caro sposo* sentiria o mais absoluto ciúme! Imagino que eu já seja uma favorita; ele reparou no meu vestido. Você também gosta? Escolha de Selina... vistoso, creio, mas não sei se não é enfeitado demais; me causa um enorme desgosto a ideia de ficar enfeitada demais... simplesmente um horror de atavios. Preciso colocar alguns ornamentos *agora* porque isso é esperado de mim. Uma noiva, é claro, precisa parecer uma noiva, mas o meu gosto natural é todo pela simplicidade; um estilo simples no vestir é tão infinitamente preferível ao adornamento... Mas devo pertencer à minoria, imagino; poucas pessoas parecem valorizar a simplicidade no vestir; a ostentação e o adornamento são tudo. Tenho uma certa vontade de colocar enfeites como estes no meu vestido de popelina branco e prata. Crê que ficaria bonito?

O grupo todo mal se unira de novo na sala de visitas quando o sr. Weston fez sua aparição entre eles. Havia retornado para um jantar tardio e caminhara para Hartfield assim que o jantar terminara; tinha sido aguardado demais pelos melhores entendedores para que houvesse surpresa – mas houve grande alegria. O sr. Woodhouse ficou quase tão contente por vê-lo agora como teria ficado triste por vê-lo antes. Somente John Knightley sofreu um mudo assombro. Que um homem que poderia ter passado sua noite com calma, em casa, depois de um dia de negócios em Londres, chegasse a sair de novo e caminhar meia milha rumo à casa de outro homem, com o propósito de ficar em companhia mista até a hora de dormir, de finalizar o seu dia com os esforços da cortesia e o ruído dos números, era uma circunstância que o impressionava profundamente. Um homem que se mantivera em movimento desde as oito horas da manhã e que agora poderia estar imóvel, que falara por muito tempo e poderia estar calado, que suportara mais de uma multidão e poderia estar sozinho! Um homem capaz de abandonar a independência e a tranquilidade da sua própria lareira e de, na noite de um gelado dia de abril, sob chuva e neve, outra vez sair correndo mundo afora! Pudesse o sr. Weston, com um toque do dedo, ter instantaneamente levado sua esposa de volta, teria existido um motivo; mas a vinda do cavalheiro iria provavelmente antes prolongar do que desfazer a reunião. John Knightley olhou para ele com espanto, depois encolheu os ombros e disse: "Eu teria me recusado a crer em algo assim, até mesmo no caso *dele*".

O sr. Weston, enquanto isso, perfeitamente livre de qualquer suspeita quanto à indignação que causava, feliz e jovial como de costume, e com o mais pleno direito de ser o principal orador – conferido sempre por um dia passado em qualquer lugar fora de casa –, ia se fazendo agradável entre os demais; tendo respondido às indagações da esposa quanto a seu jantar, convencendo-a de que nenhuma de todas as cuidadosas orientações que ela transmitira para os criados tinha sido esquecida, e tendo divulgado a parcela de notícias públicas que ouvira, ele agora passava para uma comunicação familiar, a qual, embora fosse dirigida principalmente à sra. Weston, seria do mais alto interesse, sem a menor dúvida, a todos naquela sala. Ele deu à esposa uma carta, uma carta de Frank para ela; ele topara com a correspondência no caminho e havia tomado a liberdade de abri-la.

– Leia, leia – ele disse –, vai lhe dar prazer; bem poucas linhas... não vai lhe tomar muito tempo; leia para Emma.

As duas damas correram os olhos pela carta e o sr. Weston ficou sentado, sorrindo e falando com elas o tempo todo, numa voz um pouco contida mas bastante audível para todos.

– Bem, ele está vindo; boas-novas, eu creio. Bem, o que é que me diz? Sempre lhe disse que ele logo estaria outra vez aqui, não disse? Anne, minha querida, não é verdade que sempre lhe disse isso e que você nunca quis acreditar em mim? Na cidade na próxima semana, veja só... no mais tardar, me arrisco a dizer, pois *ela* é mais impaciente do que o cavalheiro das trevas quando alguma coisa precisa ser feita; segundo todas as probabilidades, eles já estarão por lá amanhã ou sábado. Quanto à enfermidade dela, não é nada, claro. Mas é algo excelente que mais uma vez tenhamos Frank conosco tão perto assim, na cidade. Eles irão permanecer por um bom tempo quando de fato vierem, e ele passará metade do seu tempo conosco. Isso é precisamente o que eu queria. Bem, são ótimas notícias, não são? Você já terminou? Emma leu tudo? Chega, chega; teremos uma boa conversa a esse respeito num outro momento, mas agora não será possível.

Vou somente mencionar a circunstância para os outros de um modo comum.

A sra. Weston sentiu a mais agradável das satisfações na ocasião. Sua expressão e suas palavras não tinham nada que as reprimisse. Ela estava feliz, sabia que estava feliz, e sabia que devia estar feliz. Suas congratulações foram calorosas e francas; mas Emma não pôde falar com a mesma fluência. *Ela* ficou um pouco ocupada em pesar seus próprios sentimentos e em tentar entender o grau de sua agitação – segundo ela inclinava-se a pensar, uma agitação considerável.

A sra. Weston, no entanto, ávida demais para conseguir observar grande coisa, comunicativa demais para desejar que outros falassem, ficou mais do que contente com o que ela de fato chegou a dizer e logo se afastou com o propósito de alegrar o resto dos amigos dele por meio de uma comunicação parcial daquilo que a sala inteira decerto já pudera escutar.

Foi bom que o sr. Weston tivesse tomado a alegria de todos como certa, caso contrário ele poderia não ter considerado nem o sr. Woodhouse nem o sr. Knightley particularmente deleitados. Eles foram os primeiros, depois da sra. Weston e de Emma, a merecer a honra da felicidade. Deles o sr. Weston teria passado à srta. Fairfax, mas ela estava tão imersa em conversação com John Knightley que a interrupção teria sido incisiva demais; vendo-se próximo da sra. Elton, então, e as atenções da dama estando desimpedidas, ele forçosamente começou a inteirá-la do assunto.

Capítulo 36

– Espero poder ter em breve o prazer de apresentar à senhora o meu filho – disse o sr. Weston.

A sra. Elton, muito disposta a supor que um particular elogio fosse dedicado a ela com tal esperança, exibiu seu mais gracioso sorriso.

– A senhora já ouviu falar de um certo Frank Churchill, eu presumo – ele continuou –, e sabe ser ele o meu filho, embora não leve o meu nome.

– Ah, sim, e ficarei muito feliz de conhecê-lo! Estou certa de que o sr. Elton não perderá tempo em visitá-lo; e teremos ambos grande prazer em vê-lo no vicariato.

– A senhora é muito amável. Frank vai ficar extremamente feliz, tenho certeza. Ele deverá estar na cidade na próxima semana, se não antes. Soubemos da novidade hoje numa carta. Topei com as correspondências nesta manhã no meu caminho e, reconhecendo a letra do meu filho, ousei abri-la... muito embora eu não fosse o destinatário... era para a sra. Weston. Ela é a principal correspondente de Frank, posso lhe assegurar. Quase nunca recebo uma carta.

– E assim o senhor de fato abriu algo que era destinado a ela! Ah! Sr. Weston – (rindo afetadamente) –, devo protestar contra isso. Um precedente muitíssimo perigoso, de fato! Imploro ao senhor: não permita que os seus vizinhos sigam o seu exemplo. Dou a minha palavra: se isso é o que devo esperar, nós, mulheres casadas, precisamos começar a nos empenhar! Ah, sr. Weston, eu teria me recusado a crer em algo assim de sua parte!

– É verdade, nós, homens, somos um caso perdido. A senhora precisa tomar cuidado, sra. Elton. Esta carta nos informa... é uma carta breve, escrita com pressa, somente para nos dar a notícia... nos informa que os três estão vindo à cidade sem demora, por conta da sra. Churchill... ela não passou bem o inverno todo, e considera Enscombe fria demais para ela... de modo que os três deverão vir para o sul sem perda de tempo.

– Não diga! Vêm de Yorkshire, creio. Enscombe fica em Yorkshire?

– Sim, eles moram a mais ou menos 190 milhas de Londres. Uma viagem considerável.

– Sim, palavra de honra, muito considerável. Sessenta e cinco milhas mais longe do que Maple Grove até Londres. Mas o que é a distância, sr. Weston, para pessoas de vasta fortuna? O senhor ficaria espantado em saber de que maneira o meu irmão, o sr. Suckling, às vezes voa de um canto a outro. O senhor dificilmente vai acreditar em mim, mas duas vezes numa mesma semana ele e o sr. Bragge foram para Londres e voltaram com quatro cavalos.

– O problema da distância desde Enscombe – disse o sr. Weston – é que a sra. Churchill, *no nosso entender*, não foi capaz de sair do sofá por uma semana inteira. Na última carta de Frank ela reclamava, segundo ele, por se sentir fraca demais para entrar em sua estufa sem ter ajuda dos braços tanto dele quanto do tio! Isso, veja bem, revela um enorme grau de fraqueza... mas agora ela está tão impaciente por chegar à cidade que pretende dormir apenas duas noites na estrada... é o que Frank nos escreve. Damas delicadas por certo têm constituições um tanto extraordinárias, sra. Elton. A senhora precisa me conceder isso.

– Não, de fato, não vou lhe conceder coisa alguma. Tomo sempre o partido do meu próprio sexo. Tomo mesmo. Já vou avisando... O senhor terá em mim uma formidável antagonista nesse ponto. Sempre defendo as mulheres. E lhe garanto: se o senhor soubesse como Selina se sente a respeito de dormir numa estalagem, não ficaria espantado com os incríveis esforços da sra. Churchill em evitar tal coisa. Selina costuma dizer que é simplesmente um horror para ela; e creio que desvendei um pouco de sua meticulosidade. Ela sempre viaja com seus próprios lençóis; uma excelente precaução. A sra. Churchill faz o mesmo?

– Esteja certa disso, a sra. Churchill faz tudo aquilo que qualquer outra dama refinada já fez. A sra. Churchill não fica em segundo plano perante qualquer outra dama do reino em...

A sra. Elton interveio com avidez:

– Ah!, sr. Weston, não me interprete mal. Selina não é nenhuma dama refinada, eu lhe garanto. Não se deixe levar por essa ideia.

– Não é? Então ela não serve de modelo para a sra. Churchill, que é a dama mais completamente refinada que alguém já contemplou.

A sra. Elton começou a pensar que agira errado em fazer tão caloroso desmentido. Não era de modo algum seu objetivo levar alguém a crer que sua irmã *não* fosse uma dama refinada; talvez houvesse pouca espirituosidade nessa simulação. E ela ficou considerando a melhor maneira de se retratar enquanto prosseguia o sr. Weston:

– A sra. Churchill não cai muito nas minhas boas graças, como a senhora poderá suspeitar; mas isso fica só entre nós. Ela gosta muito de Frank, e, portanto, não vou falar mal da dama. Além do mais, ela não está bem de saúde agora; mas *nessa* condição, de fato, segundo seus próprios relatos, ela sempre esteve. Eu não diria isso para qualquer pessoa, sra. Elton, mas não tenho muita fé na enfermidade da sra. Churchill.

– Se ela está realmente enferma, por que não ir para Bath, sr. Weston? Para Bath ou para Clifton?

– A sra. Churchill botou na cabeça que Enscombe é fria demais para ela. O fato, suponho, é que ela está cansada de Enscombe. Ela já experimentou naquele lugar, agora, a maior residência fixa que teve e começou a desejar uma mudança. Aquela é uma propriedade isolada. Uma bela propriedade, mas isolada.

– Sim, é como Maple Grove, ouso dizer. Nada poderá ser mais isolado da estrada do que Maple Grove. Uma plantação tão imensa por todos os lados! A pessoa parece ficar separada de tudo... no mais completo isolamento. E a sra. Churchill provavelmente não tem saúde ou animação como Selina para desfrutar de tal espécie de reclusão. Ou quem sabe ela poderá não ter recursos em seu íntimo a ponto de se qualificar para uma vida no campo. Sempre digo que uma mulher não pode ter recursos demasiados... e me sinto muito grata por ter tantos em mim que acabo sendo bastante independente da sociedade.

– Frank esteve aqui por uma quinzena em fevereiro.

– É o que recordo ter ouvido. Ele vai encontrar um *acréscimo* à sociedade de Highbury quando voltar; isto é, se eu puder ter a ousadia de me chamar de acréscimo. Mas talvez ele jamais tenha ouvido falar na existência de tal criatura no mundo.

Esse era um pedido de elogio desesperado demais para ser ignorado, e o sr. Weston, de muito bom grado, exclamou de imediato:

– Minha cara senhora! Ninguém senão a senhora poderia julgar tal coisa possível. Não ter ouvido falar na senhora! Creio que as cartas da sra. Weston, nos últimos tempos, ficaram repletas de bem pouco mais do que a sra. Elton.

Ele fizera o seu dever e podia retornar a seu filho.

– Quando Frank nos deixou – ele prosseguiu –, era um tanto incerto quando poderíamos vê-lo de novo, o que torna essa notícia de hoje duplamente bem-vinda. Foi algo completamente inesperado. Isto é, *eu* sempre tive uma forte impressão de que ele logo estaria por aqui de novo, tinha certeza de que algo favorável surgiria... mas ninguém acreditou em mim. Ele e a sra. Weston estavam ambos tenebrosamente desalentados. "Como ele conseguiria dar jeito de vir? E como se poderia supor que o tio e a tia o dispensariam outra vez?", e assim por diante... Sempre senti que algo aconteceria em nosso favor; e aconteceu mesmo, veja só. Já pude observar uma coisa, sra. Elton, no decorrer da minha vida: se as coisas parecem se colocar contra nós num determinado mês, com toda certeza elas são corrigidas no mês seguinte.

– É bem verdade, sr. Weston, é a mais perfeita verdade. É justamente o que eu costumava dizer para certo cavalheiro do meu círculo nos tempos de galanteio, quando, porque as coisas não corriam muito bem, não avançavam na imensa velocidade que os seus sentimentos solicitavam, ele ficava propenso a entrar em desespero e exclamar ter certeza de que, naquele ritmo, seria *maio* antes que víssemos o manto açafrão de Himeneu! Ah! O trabalho que tive para dissipar essas ideias sombrias e lhe sugerir perspectivas mais alegres! A carruagem... tivemos desapontamentos em relação à carruagem; certa manhã, recordo, ele me procurou no auge do desespero.

Ela foi interrompida por um ligeiro acesso de tosse, e o sr. Weston no mesmo instante aproveitou a oportunidade para continuar:

– A senhora mencionou maio. Maio é o exato mês que a sra. Churchill irá passar, segundo lhe prescreveram ou ela mesma se prescreveu, num lugar mais quente do que Enscombe... em suma, que ela irá passar em Londres; de modo que temos uma deleitável perspectiva de frequentes visitas por parte de Frank ao longo da primavera toda... precisamente a estação do ano que deveríamos ter escolhido para isso: os dias tendo quase a duração máxima; tempo ameno e agradável, sempre convidando ao ar livre, e nunca quente demais para o exercício. Quando ele esteve aqui antes, tentamos tirar o melhor da situação; mas houve um bocado de tempo molhado, úmido, desanimador; é sempre assim na primavera, claro, e não conseguimos fazer metade do que pretendíamos. Agora teremos a nossa chance. A diversão será completa; e não sei, sra. Elton, se a incerteza dos nossos encontros, a espécie de expectativa constante que teremos quanto à vinda dele hoje ou amanhã, e a qualquer hora, não poderá ser mais propícia à felicidade do que já contarmos com a presença efetiva de Frank na casa. Creio que seja isso mesmo. Creio que esse é o estado de espírito que nos dá mais animação e deleite. Espero que a senhora possa ficar satisfeita com o meu filho; mas não deve esperar um prodígio. Todos o consideram um ótimo jovem, mas não espere um prodígio. A parcialidade da sra. Weston por ele é tremenda e, como poderá supor, muitíssimo gratificante para mim. Ela pensa que não há quem se compare a Frank.

– E eu lhe garanto, sr. Weston: tenho bem pouca dúvida de que a minha opinião penderá do modo mais decidido a favor dele. Já ouvi tanta coisa em louvor do sr. Frank Churchill... Ao mesmo tempo, é justo salientar, sou uma dessas pessoas que sempre julgam por si mesmas e não são, sob hipótese alguma, implicitamente guiadas por outras. Já vou avisando que, tal como me parecer o seu filho, assim o julgarei. Não costumo ficar lisonjeando.

O sr. Weston devaneava.

– Espero – ele disse pouco depois – não ter sido severo com a pobre sra. Churchill. Se ela está doente, eu lamentaria lhe fazer qualquer injustiça; mas existem certos traços em seu caráter que me dificultam falar dela com a clemência que eu poderia desejar. A senhora por certo não é ignorante, sra. Elton, da minha ligação com a família e tampouco do tratamento com o qual me deparei, e, aqui entre nós, a culpa deve recair nela por inteiro. Ela foi a instigadora. A mãe de Frank jamais teria sido desprezada como foi não fosse por ela. O sr. Churchill é orgulhoso, mas seu orgulho não é nada perto do orgulho de sua esposa: o dele é um tipo de orgulho tranquilo, indolente, cavalheiresco, que não faz mal a ninguém e apenas faz dele um homem meio desamparado e cansativo, mas o orgulho dela é arrogância e insolência! E uma coisa inclina qualquer um a tolerar menos: a sra. Churchill não tem nenhum pretexto justo de família ou sangue. Ela não era ninguém quando ele a desposou, quando muito a filha de um homem distinto; todavia, desde que foi transformada numa Churchill, superou os Churchill todos nas mais altas e poderosas reivindicações; mas em si mesma, posso lhe assegurar, ela é uma arrivista.

– Veja só! Bem, isso deve ser infinitamente exasperante! Tenho um verdadeiro horror por arrivistas. Maple Grove me transmitiu um profundo desgosto por pessoas desse tipo, porque há uma família naquela vizinhança que causa um enorme aborrecimento ao meu irmão e à minha irmã com os ares que se dá! A sua descrição da sra. Churchill me fez pensar nela no mesmo instante. Pessoas de nome Tupman, estabelecidas muito recentemente por lá e estorvadas por várias conexões inferiores, mas dando-se ares imensos e pensando que podem estar em pé de igualdade com as famílias antigas e enraizadas. Um ano e meio é o máximo dos máximos que eles poderão ter morado em West Hall; e como conseguiram sua fortuna ninguém sabe. Vieram de Birmingham, que não é um lugar para prometer grande coisa, não é mesmo, sr. Weston... Ninguém tem grandes expectativas em relação a Birmingham. Sempre digo que o próprio som da palavra tem algo de medonho; mas nada mais é positivamente conhecido a respeito dos Tupman, muito embora inúmeras coisas, eu lhe garanto, sejam suspeitadas; e mesmo assim, a julgar por suas maneiras, eles evidentemente pensam estar à altura inclusive do meu irmão, o sr. Suckling, que calha de ser um de seus mais próximos vizinhos. É algo infinitamente péssimo. O sr. Suckling, que é um residente de Maple Grove há onze anos, cujo pai a teve antes dele... é o que acredito, pelo menos... tenho quase certeza de que o velho sr. Suckling havia completado a aquisição antes de sua morte.

Eles foram interrompidos. O chá estava sendo distribuído, e o sr. Weston, tendo dito tudo o que quisera dizer, logo aproveitou a oportunidade para se afastar.

Depois do chá, o sr. e a sra. Weston e o sr. Elton se sentaram com o sr. Woodhouse para jogar cartas. Os cinco remanescentes se viram na dependência de seus próprios poderes, e Emma duvidou que fossem se dar muito bem, pois o sr. Knightley parecia pouco disposto à conversação, a sra. Elton buscava uma atenção que ninguém se inclinava a lhe prestar e ela mesma sentia uma inquietação no espírito que a teria feito preferir ficar calada.

O sr. John Knightley provou ser mais falante do que o irmão. Ele teria de deixá-los bem cedo na manhã seguinte e logo começou com:

– Bem, Emma, não acredito que eu tenha mais alguma coisa para dizer sobre os meninos; mas você tem a carta da sua irmã, e tudo estará registrado ali por extenso, podemos ter certeza. O meu encargo seria bem mais conciso que o dela, e provavelmente num espírito não muito parecido; tudo aquilo que tenho para recomendar pode ser resumido em não os mimar e não os medicar.

– Tenho confiança de que poderei satisfazer vocês dois – disse Emma –, pois farei tudo ao meu alcance para deixá-los felizes, o que será suficiente para Isabella; e a felicidade deve prevenir a falsa indulgência e o medicamento.

– E se eles lhe forem muito importunos você deverá mandá-los de volta para casa.

– Isso é muito provável. O senhor pensa que sim, não pensa?

– Creio ter noção de que poderão ser ruidosos demais para o seu pai; ou até mesmo algum estorvo para você, se os seus compromissos de visitação continuarem aumentando como têm aumentado nos últimos tempos.

– Aumentando?!

– Certamente; você deve estar ciente de que o último meio ano fez uma grande diferença no seu modo de vida.

– Diferença?! Não estou nem um pouco ciente.

– Não pode haver dúvida de que está bem mais comprometida com encontros do que costumava estar. Este exato momento é testemunha. Aqui estou eu, aparecendo por apenas um dia, e você está comprometida com um jantar para convidados! Quando foi que isso aconteceu antes, ou qualquer coisa semelhante? A sua vizinhança vai aumentando e você interage mais com ela. Pouco tempo atrás, cada carta para Isabella trazia um relato de renovadas alegrias: jantares na casa do sr. Cole ou bailes no Crown. A diferença que Randalls, e só Randalls, faz nas suas atividades é imensa.

– Sim – disse o irmão dele com rapidez –, é Randalls o que causa tudo isso.

– Muito bem; e uma vez que Randalls, eu suponho, dificilmente terá menos influência do que até agora, parece-me algo possível, Emma, que Henry e John possam por vezes atrapalhar. E, se atrapalharem, peço apenas que os mande para casa.

– Não – clamou o sr. Knightley –, a consequência não precisa ser essa. Que sejam mandados para Donwell. Eu certamente terei tempo livre.

– Dou a minha palavra – exclamou Emma –, vocês me divertem! Eu gostaria de saber quantos entre todos os meus numerosos compromissos ocorrem sem que vocês participem e por que motivo correrei o suposto perigo de não ter tempo livre para cuidar dos meninos. Esses espantosos compromissos meus... eles foram o quê? Jantar uma vez com os Cole... e falar dos preparativos para um baile que não houve. Posso entender o senhor – (acenando com a cabeça para o sr. John Knightley) –, a sua bem-aventurança em encontrar tantos dos seus amigos aqui de uma só vez o deleita demais para passar despercebida. Mas no caso do senhor – (voltando-se para o sr. Knightley) –, que sabe como são muito, muito raras as ocasiões nas quais me ausento de Hartfield por duas horas, o motivo que o faz antever tamanha sequência de dissipação para mim eu não consigo imaginar. E quanto aos meus queridos meninos, devo dizer o seguinte: se a tia Emma não tem tempo para eles, não creio que fossem ficar muito melhor nas mãos do tio Knightley, que se ausenta de casa por cinco horas quando ela se ausenta por uma... e que, quando está em casa, está ou lendo sozinho, ou acertando suas contas.

O sr. Knightley parecia tentar não sorrir, e conseguiu fazê-lo sem dificuldade com a sra. Elton começando a lhe dirigir a palavra.

Capítulo 37

Uma ínfima dose de quieta reflexão foi suficiente para satisfazer Emma quanto à natureza de sua agitação por tomar conhecimento dessa notícia de Frank Churchill. Ela logo se convenceu de que não era por si própria que se sentia minimamente temerosa ou constrangida; era por ele. Seu próprio afeiçoamento havia retrocedido, na verdade, a um mero nada; era perda de tempo ficar pensando a respeito; mas, se o jovem, que sem dúvida tinha sido sempre, de longe, o mais apaixonado dos dois, fosse retornar com o mesmo calor de sentimento que levara consigo na partida, isso seria bastante aflitivo. Se uma separação de dois meses não o tivesse arrefecido, infortúnios e perigos aguardavam-na; um acautelamento seria necessário para os dois. Emma não queria que os seus próprios afetos voltassem a ficar enredados, e seria incumbência dela evitar qualquer encorajamento aos afetos dele.

Emma desejava ser capaz de impedir uma positiva declaração por parte do jovem. Essa seria uma conclusão tão dolorosa para o atual relacionamento deles! Entretanto, não conseguia deixar de antecipar algum acontecimento decisivo. Sentia que a primavera não terminaria sem acarretar uma crise, um evento, alguma coisa que abalasse o caráter sereno e tranquilo do seu atual estado de espírito.

Não demorou muito, embora tenha demorado um tanto mais do que o sr. Weston previra, até que ela tivesse o poder de formar alguma opinião sobre os sentimentos de Frank Churchill. A família de Enscombe não chegou à cidade tão depressa como se imaginara, mas ele apareceu em Highbury bem pouco tempo depois. Veio a cavalo para uma visita de poucas horas; ainda não tinha condições de fazer mais; no entanto, como vinha de Randalls imediatamente para Hartfield, agora Emma poderia exercer toda a sua perspicaz observação e prontamente determinar a influência que ele sofria e como ela teria de agir. Os dois se encontraram com a máxima cordialidade. Não poderia existir qualquer dúvida quanto ao grande prazer do cavalheiro em vê-la. Mas Emma teve uma dúvida quase instantânea sobre o jovem já não lhe devotar a importância de antes, sobre o jovem já não sentir a mesma ternura no mesmo grau. Ela o vigiou bem. Ficava bastante claro que Frank Churchill estava menos apaixonado do que já estivera. A ausência, somada provavelmente à convicção quanto à indiferença dela, produzira esse muito natural e muito desejável efeito.

Ele estava bastante animado, disposto a conversar e rir como sempre, e parecia encantado em falar de sua visita anterior e recorrer a velhas histórias; e não deixava de revelar alguma agitação. Não era em sua calma que Emma lia sua comparativa indiferença. Ele não estava calmo; seu espírito se mostrava evidentemente alvoroçado; havia um desassossego em seus gestos. Por mais vivaz que Frank Churchill fosse, a vivacidade presente parecia não satisfazê-lo; mas o que firmou a crença dela na questão foi a permanência do jovem por um mero quarto de hora e sua saída precipitada para fazer outras visitas em Highbury. "Ele vira um grupo de velhos conhecidos na rua enquanto passava... não havia parado, não teria parado para trocar mais do que uma palavra... mas lhe ocorria o pensamento vaidoso de que ficariam desapontados caso ele não os visitasse, e, por mais que desejasse permanecer mais tempo em Hartfield, precisava sair correndo."

Ela não tinha nenhuma dúvida de que o cavalheiro estava menos apaixonado, mas nem seu espírito agitado e tampouco sua saída apressada transmitiam a impressão de uma perfeita cura; e ela inclinou-se bastante a julgar implícito um temor de que retornasse o poder da mulher amada, com a discreta resolução de não voltar a ser tentado por muito tempo na presença dela.

Essa foi a única visita de Frank Churchill no decorrer de dez dias. Ele ficava sempre desejando, pretendendo vir

– mas ficava sempre impedido. Sua tia não suportaria que ele a deixasse. Esse era o relato que o próprio jovem fazia em Randalls. Se falava com plena sinceridade, se realmente tentava vir, seria de se deduzir que a mudança da sra. Churchill para Londres não se mostrara nada proveitosa para o elemento voluntarioso ou nervoso de sua moléstia. Que ela estava muito doente era incontestável; ele se declarara convencido disso em Randalls. Embora grande parte pudesse ser um capricho, ele não podia duvidar, quando pensava em retrospecto: a dama encontrava-se num estado de saúde mais debilitado do que meio ano antes. Frank não acreditava que essa condição procedesse de qualquer coisa que o cuidado e a medicina não pudessem remover, ou ao menos que ela não pudesse ter vários anos de existência pela frente; mas não se deixara convencer por todas as dúvidas de seu pai, não a ponto de dizer que as queixas da sra. Churchill fossem meramente imaginárias ou que ela estivesse mais forte do que nunca.

Logo se evidenciou que Londres não era o lugar certo para ela. Ela não conseguia suportar o barulho; seus nervos sofriam sob contínua irritação; ao fim dos dez dias, uma carta do sobrinho para Randalls comunicou a mudança de planos. Eles iriam se transferir imediatamente para Richmond. Haviam recomendado à sra. Churchill a perícia médica de uma pessoa eminente por lá, e além disso ela tinha paixão pelo lugar. Uma casa mobiliada numa localização favorita foi obtida, e muitos benefícios eram esperados com a mudança.

Emma soube que Frank escrevera com a maior das animações a respeito desse arranjo, e que parecia ter apreciado imensamente a bênção de ter pela frente dois meses de uma vizinhança tão próxima com tantos queridos amigos – porque a casa tinha sido alugada para maio e junho. Ela foi informada de que agora o jovem escrevera com enorme confiança de que lhes faria visitas frequentes, quase tão frequentes como ele poderia desejar.

Emma percebeu de que maneira o sr. Weston entendia essas jubilosas perspectivas. Ele a considerava como a fonte de toda a felicidade oferecida. Ela esperava não ser esse o caso. Dois meses haveriam de trazer a comprovação.

A particular felicidade do sr. Weston era indiscutível. Ele estava maravilhado. Essa era precisamente a circunstância que ele poderia ter desejado. Agora eles realmente teriam Frank na vizinhança. O que eram nove milhas para um jovem? Uma hora de cavalgada. Ele apareceria o tempo todo. Nesse aspecto, a diferença entre Richmond e Londres era suficiente para equivaler à grande diferença entre sempre o ver e nunca o ver. Dezesseis milhas... nada disso, dezoito... por certo eram dezoito milhas cheias até Manchester-street... representavam um obstáculo sério. Fosse Frank alguma vez capaz de escapar, o dia seria perdido na vinda e na volta. Não havia conforto algum em tê-lo em Londres; daria no mesmo tê-lo em Enscombe; mas Richmond era uma distância mais do que propícia para um relacionamento tranquilo. Mais perto seria pior!

Uma coisa boa foi imediatamente convertida em certeza por essa transferência: o baile no Crown. O evento ainda não tinha sido esquecido, mas muito antes já se reconhecera como vã qualquer tentativa de fixar uma data. Agora, no entanto, sua realização era inevitável; todas as preparações foram retomadas, e, bem pouco tempo após a transferência dos Churchill para Richmond, um bilhete sucinto de Frank, afirmando que sua tia já se sentia muito melhor com a mudança e que ele tinha certeza de ser capaz de se unir a eles por 24 horas a qualquer dado momento, induziu-os a nomear a data mais próxima possível.

O baile do sr. Weston se tornaria realidade. Bem poucos amanhãs interpunham-se entre os jovens de Highbury e a felicidade.

O sr. Woodhouse se resignou. A época do ano abrandava o malefício para ele. Maio era melhor do que fevereiro para tudo. A sra. Bates comprometera-se a passar a noite em Hartfield, James estava devidamente notificado, e ele esperava, com grande otimismo, que nem o querido Henry nem o querido John fossem ter qualquer problema enquanto a querida Emma se ausentasse.

Capítulo 38

Não voltou a ocorrer infortúnio algum para impedir o baile. O dia se aproximou, o dia chegou; depois de uma manhã marcada por ansiosa vigília, Frank Churchill, na plena certeza de sua própria pessoa, chegou a Randalls antes do jantar, e tudo estava seguro.

Não se passara um segundo encontro até ali entre o jovem e Emma. O salão no Crown haveria de testemunhá-lo; mas isso seria melhor do que um encontro comum numa multidão. O sr. Weston se mostrara tão absolutamente fervoroso em suas súplicas para que ela comparecesse muito cedo, para que chegasse tão logo fosse possível após a chegada deles, com o propósito de que tivessem a opinião dela quanto à decência e ao conforto dos aposentos antes que quaisquer outros aparecessem, que ela não pôde contrariá-lo, e teria de passar, portanto, um intervalo de calmaria em companhia do jovem. Ela estava encarregada de transportar Harriet, e as duas se deslocaram para o Crown em boa hora, o grupo de Randalls tendo chegado com pequena e suficiente antecedência.

Frank Churchill parecia ter estado à espreita; e, ainda que não dissesse grande coisa, seus olhos declaravam a intenção de usufruir uma noite prazerosa. Todos perambularam juntos pelo lugar para conferir se tudo estava como deveria estar e dentro de poucos minutos foram acrescidos pelo conteúdo de outra carruagem, cujo som, a princípio, Emma não conseguiu ouvir sem grande surpresa. “Tão desarrazoadamente cedo!”, ela estava prestes a exclamar, mas logo em seguida constatou se tratar de uma família de velhos conhecidos, que vinha, como ela mesma, por um particular desejo, para colaborar com o julgamento do sr. Weston; e os recém-chegados foram seguidos tão de perto por outra carruagem de primos, instados a comparecer cedo com o mesmo fervor distintivo na mesma incumbência, que era como se metade dos convivas pudesse dentro em pouco estar reunida com o propósito da inspeção preparatória.

Emma percebeu que o seu gosto não era o único no qual o sr. Weston confiava e sentiu que ser a favorita e íntima de um homem que tinha tantos íntimos e confidentes não era a mais elevada distinção na escala da vaidade. Ela gostava dos modos francos do sr. Weston, mas um coração menos aberto teria conferido a ele um caráter superior. A benevolência generalizada, e não a amizade generalizada, era o que fazia de um homem o que ele deveria ser. Ela conseguia imaginar um homem assim.

O grupo todo continuou andando, e observou e voltou a louvar; depois, nada mais tendo a fazer, formou uma espécie de semicírculo em volta do fogo para comentar de variados modos, até que fossem iniciados outros assuntos, que, mesmo sendo *maio*, um fogo à noite ainda era muito aprazível.

Emma constatou não ser culpa do sr. Weston que o número de conselheiros privados não fosse maior ainda. Eles haviam parado em frente à porta da sra. Bates para oferecer o uso de sua carruagem, mas tia e sobrinha seriam levadas pelos Elton.

Frank mantinha-se ao lado dela, mas sem muita constância; havia uma inquietação que revelava uma mente pouco à vontade. Ele ficava olhando em volta, indo até a porta, espreitando o som de outras carruagens – impaciente por começar, ou receando estar sempre perto dela.

A sra. Elton foi mencionada.

– Creio que vá chegar logo – ele disse. – Tenho uma grande curiosidade por ver a sra. Elton, ouvi falar tanto dela. Não poderá demorar muito, creio, até que a sra. Elton apareça.

Uma carruagem foi ouvida. Ele se pôs a caminho no mesmo instante; ao retornar, porém, falou:

– Estou esquecendo que não a conheço. Nunca vi o sr. ou a sra. Elton. Não cabe a mim recepcioná-los.

O sr. e a sra. Elton apareceram; e se passaram todos os sorrisos e gestos apropriados.

– Mas a srta. Bates e a srta. Fairfax! – exclamou o sr. Weston, olhando em volta. – Pensávamos que vocês as trariam.

O equívoco era insignificante. A carruagem foi agora enviada em busca delas. Emma ansiava por saber qual poderia ser a primeira opinião de Frank sobre a sra. Elton – de que maneira ele tinha sido afetado pela estudada elegância do vestido dela e por seus sorrisos de amabilidade. Com grande presteza, ele tratou de se qualificar para formar uma opinião, dirigindo-lhe a mais adequada atenção quando as apresentações já estavam feitas.

Dentro de poucos minutos, a carruagem voltou. Alguém falava de chuva.

– Vou pedir que sejam providenciados guarda-chuvas – disse Frank para seu pai. – Não podemos nos esquecer da srta. Bates – e lá se foi ele.

O sr. Weston fez menção de segui-lo, mas a sra. Elton o deteve para gratificá-lo com sua opinião sobre o filho dele – e começou a falar tão bruscamente que o próprio jovem, muito embora não se afastasse nem um pouco devagar, dificilmente deixou de ouvi-la.

– Um ótimo jovem cavalheiro, sem dúvida, sr. Weston. O senhor deve se lembrar de como lhe falei sinceramente que iria formar a minha opinião; e fico feliz por lhe dizer que estou extremamente satisfeita com ele. O senhor pode acreditar em mim. Jamais faço elogios. Considero que é um jovem muito bonito, e seus modos são precisamente o que aprecio e aprovo... tão verdadeiramente um cavalheiro, sem o menor traço de arrogância ou fatuidade. O senhor decerto sabe que tenho um vasto desgosto por jovens fátuos... um verdadeiro horror por eles. Nunca foram tolerados em Maple Grove. Nem o sr. Suckling nem mim jamais tivemos qualquer paciência com eles e costumávamos às vezes dizer coisas bem mordazes! Selina, que é um pouco meiga demais, suportava muito melhor esse tipo de gente.

As atenções do sr. Weston mantiveram-se presas enquanto a dama falou do filho dele; quando a sra. Elton passou para Maple Grove, porém, ele conseguiu recordar que era preciso atender damas recém-chegadas e teve de se afastar às pressas com alegres sorrisos.

A sra. Elton voltou-se à sra. Weston.

– Não tenho a menor dúvida de que se trata da nossa carruagem com a srta. Bates e Jane. O nosso cocheiro e os nossos cavalos são tão extremamente expeditos! Acredito que nos deslocamos mais rápido do que qualquer outra pessoa. Como é prazeroso mandar uma carruagem nossa para uma amiga! Soube que vocês tiveram a bondade de fazer essa oferta, mas numa próxima oportunidade isso será de todo desnecessário. Tenha total certeza de que eu sempre cuidarei *delas*.

A srta. Bates e a srta. Fairfax, escoltadas pelos dois cavalheiros, adentraram o salão; e a sra. Elton pareceu pensar que era dever tanto dela quanto da sra. Weston recepcioná-las. Os gestos e os movimentos da dama poderiam ser entendidos por qualquer pessoa que ficasse observando como Emma, mas suas palavras, as palavras de todos ali, logo se perderam sob o jorro incessante da srta. Bates, que entrou falando e só foi terminar seu discurso muito tempo depois de ter sido admitida no círculo junto ao fogo. Enquanto a porta ia sendo aberta foi possível ouvi-la:

– Tão absolutamente prestativo de sua parte! Nenhuma chuva em absoluto. Nada de muito significativo. Não me importo comigo. Sapatos bem grossos. E Jane afirma... Pois bem! – (tão logo ela passou pela porta). – Pois bem! Isto é mesmo brilhante! Isto é admirável! Efetuado de maneira excelente, palavra de honra. Nada faltando. Eu não teria imaginado algo assim. Tão bem iluminado... Jane, Jane, veja... Você já tinha visto alguma coisa...? Ah!, sr. Weston, o senhor realmente deve ter recorrido à lâmpada de Aladim. A boa sra. Stokes não reconheceria o seu próprio salão. Eu a vi enquanto entrava; estava parada na entrada. "Ah!, sra. Stokes", falei eu... mas não tive tempo para dizer mais – (ela foi agora recebida pela sra. Weston). – Muito bem, eu lhe agradeço, minha senhora. Espero que a senhora esteja bastante bem. Fico muito feliz por saber. Temia tanto que a senhora pudesse ter uma dor de cabeça! Vendo a senhora passar com tanta frequência, e sabendo bem o enorme trabalho que a senhora devia enfrentar... Encantada por saber, de fato. Ah!, querida sra. Elton, eu lhe sou tão devedora pela carruagem! Em excelente hora. Jane e eu bastante prontas. Não detivemos os cavalos sequer por um momento. A mais confortável das carruagens. Ah!, e tenho certeza de que os nossos agradecimentos são devidos a sua pessoa, sra. Weston, nessa questão... A sra. Elton enviara um bilhete para Jane com enorme generosidade, de outro modo teríamos ficado... Mas duas ofertas assim num só dia! Nunca existiram vizinhos iguais. Eu disse a minha mãe: "Palavra de honra, minha senhora"... Muito obrigada, a minha mãe está incrivelmente bem. Foi à casa do sr. Woodhouse. Eu a fiz levar seu xale... porque as noites não estão quentes... seu grande xale novo... presente de casamento da sra. Dixon. Tão generoso da parte dela pensar na minha mãe! Comprado em Weymouth, percebam... escolha do sr. Dixon. Havia três outros, Jane afirma, diante dos quais eles hesitaram por algum tempo. O coronel Campbell preferia muito mais um oliva. Minha querida Jane, você tem certeza de que não molhou os pés? Não eram senão duas ou três gotas, mas eu temo tanto... mas o sr. Frank Churchill foi tão extremamente... e havia um capacho para pisar... nunca esquecerei a extrema cortesia dele. Ah, sr. Frank Churchill, preciso lhe contar que os óculos da minha mãe nunca mais apresentaram defeito; o rebite nunca mais saiu. A minha mãe fala o tempo todo na sua boa índole. Ela não fala, Jane? Não falamos o tempo todo no sr. Frank Churchill? Ah, eis a srta. Woodhouse! Querida srta. Woodhouse, como vai? Muito bem, obrigada, bastante bem. Este é um encontro simplesmente mágico! Que transformação! Eu não deveria lisonjear, eu sei – (encarando Emma com imensa complacência) –, isso seria rude... mas dou a minha palavra, srta. Woodhouse, a senhorita de fato está com uma aparência... Como lhe parece o cabelo de Jane? A senhorita é uma autoridade. Ela mesma o arranjou. Ela arranja seu cabelo de uma maneira simplesmente maravilhosa! Nenhuma cabeleireira de Londres, creio, faria igual. Ah, o dr. Hughes, ora essa... e a sra. Hughes! Preciso ir falar com o sr. e a sra. Hughes por um minuto. Como vão? Como vão? Muito bem, obrigada. Isto é encantador, não é? Onde está o querido sr. Richard? Ah, lá está ele! Melhor não o incomodar. Muito mais bem ocupado conversando com as jovens damas. Como vai, sr. Richard? Vi o senhor outro dia, ia passando pela cidade a cavalo... Sra. Otway, ora essa! E o bom sr. Otway, e a srta. Otway e a srta. Caroline. Um exército de amigos! E o sr. George e o sr. Arthur! Como vão? Como vão todos vocês? Bastante bem, eu lhes fico muito agradecida. Nunca esteve melhor. Não estou ouvindo outra carruagem? Quem será? Muito provavelmente os valorosos Cole. Dou a minha palavra, é magnífico ficar assim, entre tão bons amigos! E um fogo tão digno! Já estou ficando tostada. Nada de café, muito obrigada, para mim... nunca bebo café. Um pouco de chá, por favor, senhor, mais tarde... nenhuma pressa... Ah, lá vem ele! Tudo tão bom!

Frank Churchill retornou para o seu posto ao lado de Emma, e, tão logo a srta. Bates ficou quieta, ela se viu forçosamente escutando a conversa entre a sra. Elton e a srta. Fairfax, que estavam posicionadas um pouco atrás dela. Frank mostrava-se prestativo. Se o jovem estava escutando também ou não, isso ela não conseguia determinar. Após uma bela quantidade de louvores a Jane por seu vestido e sua aparência, louvores recebidos de maneira muito discreta e adequada, a sra. Elton evidentemente desejava louvores para si mesma – numa série de "Você gosta do meu vestido?", "Você gosta dos meus adornos?", "Wright arranjou bem o meu cabelo?", com várias outras perguntas relativas, todas respondidas com paciente polidez. Então a sra. Elton disse:

– Ninguém poderá pensar menos em vestidos, de um modo geral, do que eu... mas numa ocasião como esta, quando todos os olhares recaem de tal modo em cima de mim, e num agradecimento aos Weston (os quais, não tenho dúvida, estão promovendo este baile sobretudo em minha honra), não desejaria parecer inferior às outras. E vejo bem poucas pérolas no salão além das minhas... Então Frank Churchill é um ótimo dançarino, segundo eu soube. Veremos se os nossos estilos combinam. Frank Churchill certamente é um jovem cavalheiro muito distinto. Gosto muito dele.

Nesse momento Frank começou a falar de novo – tão vigorosamente que Emma não pôde senão imaginar que o jovem ouvira os elogios dirigidos a ele e não queria ouvir mais nada. As vozes das damas foram abafadas por certo tempo, até que outra suspensão voltou a destacar distintamente o timbre da sra. Elton. O sr. Elton acabara de se juntar a elas, e sua esposa exclamava:

– Ah! O senhor nos encontrou afinal, não é mesmo, no nosso isolamento? Estava dizendo agora mesmo para Jane que o senhor devia estar começando a ficar impaciente por notícias nossas.

– Jane?! – repetiu Frank Churchill com um olhar de surpresa e descontentamento. – Que desembaraço... mas a srta. Fairfax não desaprova isso, suponho.

– O senhor gostou da sra. Elton? – perguntou Emma num sussurro.

– Nem um pouco.

– O senhor é ingrato.

– Ingrato?! A senhorita está querendo dizer o quê? – então ele trocou o cenho franzido por um sorriso. – Não, não me diga... não desejo saber o que a senhorita quer dizer. Onde está o meu pai? Quando vamos começar a dançar?

Emma mal conseguiu compreendê-lo; Frank parecia padecer de um humor ruim. Afastou-se para encontrar seu pai, mas regressou num piscar de olhos acompanhado tanto do sr. quanto da sra. Weston. Ele os encontrara numa certa perplexidade que precisava ser exposta para Emma. Ocorrera pouco antes à sra. Weston que a sra. Elton deveria merecer um convite para iniciar o baile; que ela esperaria tal convite; e isso interferia em todos os desejos do casal de conceder a Emma essa distinção. Emma ouviu a triste verdade com fortitude.

– E como faremos para lhe dar um par apropriado? – perguntou a sra. Weston. – Ela irá pensar que Frank deveria lhe pedir a mão.

Frank voltou-se no mesmo instante para Emma, reivindicando a promessa que ela lhe fizera; e se vangloriou de já ser um homem comprometido, recebendo do pai um olhar da mais perfeita aprovação – e então ficou esclarecido: a sra. Weston desejava que *ele* mesmo dançasse com a sra. Elton, e a tarefa deles era ajudar a persuadi-lo para tanto, algo que foi obtido com bastante presteza. O sr. Weston e a sra. Elton tomaram a frente, com o sr. Frank Churchill e a srta. Woodhouse logo atrás. Emma precisou se sujeitar à posição secundária em relação à sra. Elton, embora sempre tivesse considerado aquele baile como peculiarmente planejado para ela. Isso era quase o suficiente para fazê-la pensar em se casar.

A sra. Elton detinha sem dúvida uma vantagem, por aquela altura, na vaidade completamente gratificada, porque, embora tivesse pretendido iniciar com Frank Churchill, ela nada perderia com a mudança. O sr. Weston poderia ser superior ao filho. Apesar desse pequeno percalço, no entanto, Emma sorria de prazer, deleitada em ver o respeitável comprimento da formação dos dançantes e em sentir que tinha diante de si diversas horas de festividade incomum. Ficou mais perturbada por constatar que o sr. Knightley não dançaria do que por qualquer outra coisa. Lá estava ele, em meio aos espectadores, onde não deveria estar; ele deveria estar dançando, e não se colocando no nível dos maridos, dos pais, dos jogadores de uíste, que fingiam sentir algum interesse pela dança até que fossem organizadas as suas partidas... ele parecia tão jovem! O sr. Knightley não poderia ter se mostrado sob uma luz mais vantajosa em nenhum lugar, talvez, exceto naquele no qual se posicionara. Sua figura alta, firme, aprumada – em meio às formas volumosas e aos ombros caídos dos homens idosos – era tal que, na sensação de Emma, não deixaria de atrair os olhares de todos, e, com exceção de seu próprio parceiro, não havia um único na longa fileira de jovens cavalheiros que pudesse ser comparado a ele. Ele deu alguns passos à frente, e esses poucos passos foram suficientes para comprovar as maneiras cavalheirescas e a graça natural com as quais ele decerto teria dançado caso tivesse somente se dado esse trabalho. Quando atraía seu olhar, ela forçava o sr. Knightley a sorrir; de um modo geral, porém, ele mantinha um ar muito sério. Emma desejou que ele pudesse apreciar mais um salão de baile, que pudesse gostar mais de Frank Churchill. Ele parecia observá-la repetidas vezes. Emma não deveria se lisonjear com a ideia de que pensava nos movimentos dela, mas não temeu que criticasse o seu comportamento. Não havia nada que se assemelhasse a flerte entre ela e seu par. Eles mais pareciam amigos alegres e desembaraçados do que amantes. Era incontestável que Frank Churchill já não pensava nela como antes.

O baile prosseguiu de modo aprazível. Os ansiosos cuidados e as incessantes atenções da sra. Weston não foram desperdiçados. Todos pareciam felizes; e o louvor de ser aquele um baile encantador, que raras vezes é outorgado antes do encerramento, foi repetidamente concedido no mais absoluto início do baile presente. Em matéria de acontecimentos muito importantes e muito dignos de registro, a noite não foi mais produtiva do que costumam ser as reuniões desse tipo. Houve um acontecimento, no entanto, que causou certa impressão em Emma. As duas últimas danças antes da ceia começaram e Harriet não tinha par, sendo a única jovem dama sentada, e, com o número de dançantes sempre igual até ali, o fato de que alguém pudesse restar desimpedido era um espanto! Mas o espanto de Emma se atenuou pouco depois, quando ela viu o sr. Elton saltitando pelo salão. Ele não convidaria Harriet para dançar se fosse possível evitar tal coisa; Emma tinha certeza de que não convidaria... e esperava que o cavalheiro fugisse a qualquer momento para dentro da sala de jogos.

Uma fuga, no entanto, não estava em seus planos. Ele veio para o ponto do salão no qual estavam agrupados os espectadores, falou com alguns e perambulou diante deles, como que para ostentar a sua liberdade e a sua resolução de mantê-la. Ele não se omitia de ficar por vezes diretamente perante a srta. Smith, ou de falar com quem estivesse perto dela. Emma viu tudo. Ela não estava dançando ainda; estava abrindo caminho desde o fundo, e teve condições, portanto, de olhar em volta, e apenas virando a cabeça um pouco conseguiu enxergar tudo. Quando Emma chegou à metade da formação, o grupo todo ficou exatamente às costas dela, e ela já não quis permitir que seus olhos espiassem, mas o sr. Elton estava tão perto que ela conseguia ouvir cada sílaba de um diálogo que bem naquele momento se dava entre ele e a sra. Weston; e ela percebeu que a esposa do cavalheiro, estando logo à frente dela, não apenas também ouvia como também o incentivava por meio de significativos olhares. A bondosa e gentil sra. Weston deixara seu assento para ir ao encontro do cavalheiro e perguntar:

– Não dança, sr. Elton?

E a pronta resposta foi:

– Sem pensar duas vezes, sra. Weston, se a senhora quiser dançar comigo.

– Eu?! Ah, não... Eu arranjaria para o senhor uma parceira melhor. Eu não danço bem.

– Se a sra. Gilbert desejar dançar – ele falou –, terei grande prazer, estou certo disso... porque, muito embora eu mesmo comece a me sentir quase como um velho casado, como se os meus dias de dançarino estivessem terminados, me daria enorme prazer em qualquer momento bailar com uma velha amiga como a sra. Gilbert.

– A sra. Gilbert não pretende dançar, mas há uma jovem dama desimpedida que eu ficaria muito feliz em ver dançando... a srta. Smith.

– A srta. Smith! Ah, eu não tinha percebido! A senhora é extremamente amável, e, se eu não fosse um velho casado... Mas os meus dias de dançarino estão terminados, sra. Weston. A senhora vai me desculpar. Qualquer outra coisa eu lhe faria com a maior alegria, às suas ordens... mas os meus dias de dançarino estão terminados.

A sra. Weston não disse mais nada; e Emma pôde imaginar a surpresa e a mortificação com as quais ela decerto retornava para o seu assento. Esse era o sr. Elton! O amável, prestativo e gentil sr. Elton. Emma olhou em volta por um instante; o cavalheiro havia se unido ao sr. Knightley a certa distância e se fixava para uma conversação acomodada, enquanto sorrisos de alto júbilo se passavam entre ele e a sua esposa. Ela não quis olhar de novo. Seu coração ardia, e ela temia que o seu rosto pudesse estar tão quente quanto.

Momentos depois, teve uma visão mais feliz: o sr. Knightley levando Harriet à formação de dança! Nunca ela ficara mais surpresa, raras vezes mais deleitada, do que naquele instante. Agora ela era toda prazer e gratidão, tanto por Harriet quanto por si mesma, e ansiava por agradecer ao amigo, e, embora estivesse distante demais para falar, seu semblante lhe disse muita coisa tão logo ele a viu de novo.

Os movimentos do sr. Knightley na dança provaram ser bem o que ela tinha imaginado, extremamente bons; e Harriet quase teria parecido afortunada demais não fosse pelo cruel estado das coisas anterior e pelo mais completo prazer e mais alto senso de distinção que anunciavam suas feições alegres. A distinção não era desperdiçada, ela saltava mais alto do que nunca, voando pelo meio e ostentando uma contínua sequência de sorrisos.

O sr. Elton se refugiara na sala de jogos com uma expressão (Emma acreditava) bastante tola. Emma não pensava que o cavalheiro chegasse a ter o coração endurecido da esposa, embora estivesse ficando muito parecido com ela – *ela* manifestou alguns de seus sentimentos, observando de modo audível para seu parceiro:

– Knightley apiedou-se da pobrezinha srta. Smith! Muito caridoso, veja só.

A ceia foi anunciada. O deslocamento começou; e a srta. Bates pôde ser ouvida desse momento, sem interrupção, até o instante em que se sentou à mesa e pegou sua colher.

– Jane, Jane, minha querida Jane, onde está você? Eis aqui a sua palatina. A sra. Weston implora que você coloque a sua palatina. Ela afirma estar com medo de que existam correntes de ar na passagem, muito embora tudo tenha sido feito... uma porta pregada... montes de tapetes... Minha querida Jane, você precisa, sim. Sr. Churchill, ah, o senhor é amável demais! O senhor o coloca tão bem! Fico tão gratificada! Excelente dança, de fato! Sim, minha querida, corri para casa, como disse que faria, para ajudar a vovó a se deitar, e voltei para cá, e ninguém sentiu a minha falta. Saí sem dizer uma única palavra, bem como lhe falei. A vovó estava muito bem, teve uma noite maravilhosa com o sr. Woodhouse, uma vasta dose de conversa e de gamão. O chá foi preparado no andar de baixo, biscoitos e maçãs assadas e vinho antes que ela fosse embora; uma sorte estupenda em alguns de seus lances; e ela perguntou sem parar sobre você, se estava se divertindo e quem eram os seus parceiros. "Ah", falei eu, "não irei me antecipar a Jane; eu a deixei dançando com o sr. George Otway; ela vai adorar contar tudo pessoalmente à senhora amanhã; seu primeiro par foi o sr. Elton, não sei quem vai lhe pedir a mão a seguir, talvez o sr. William Cox." Meu caro senhor, é amável demais. Não há ninguém que o senhor não prefira...? Não estou desamparada. Ora, o senhor é tão bondoso... Dou a minha palavra, Jane num braço e eu no outro! Parem, parem, vamos ficar um pouco para trás, a sra. Elton está avançando; querida sra. Elton, como está elegante! Que renda linda! E agora vamos todos no séquito dela. Simplesmente a rainha da noite! Bem, aqui estamos nós na passagem. Dois degraus, Jane, tome cuidado com os dois degraus. Ah, não, é um degrau só! Bem, eu podia jurar que eram dois. Tão absolutamente esquisito! Eu estava convicta de que eram dois, e é um só. Nunca vi qualquer coisa semelhante no conforto e no estilo... Velas por todos os lados. Eu estava lhe contando sobre a sua vovó, Jane... Houve um certo desapontamento. As maçãs assadas e os biscoitos, excelentes a seu modo, claro; mas houve um delicado fricassê de moleja e um pouco de aspargo trazidos a princípio, e o bom sr. Woodhouse, considerando que o aspargo não estava cozido a contento, mandou levar tudo de volta. Ora, não há nada que a vovó adore mais do que moleja e aspargo... e assim ela ficou bastante desapontada, mas concordamos que não faríamos menção disso a ninguém, por receio de que chegasse aos ouvidos da querida srta. Woodhouse, que ficaria tão absolutamente preocupada! Bem, isto é brilhante! Sou pura estupefação! Não teria imaginado uma coisa dessas! Tamanha elegância e profusão! Não tinha visto nada igual desde... Bem, onde sentaremos, onde sentaremos? Em qualquer lugar, contanto que Jane não pegue uma corrente de ar. Onde *eu* vou me sentar não tem importância. Ah!, o senhor recomenda este lado? Bem, tenho certeza, sr. Churchill... só que parece bom demais... mas que seja como quiser o senhor. Qualquer orientação sua, nesta casa, não poderá estar errada. Querida Jane, de que maneira recordaremos metade dos pratos para contar à vovó? Sopa também! Que bênção! Eu não deveria ser servida tão depressa, mas o cheiro está excelente, e não consigo deixar de começar.

Emma não teve nenhuma oportunidade de falar com o sr. Knightley durante a ceia, mas, quando todos já tinham voltado ao salão de baile, seus olhos o convidaram irresistivelmente a ir ao encontro dela e ser agradecido. Ele foi ardoroso na sua reprovação à conduta do sr. Elton; este agira com imperdoável rudeza; e os olhares da sra. Elton também receberam a devida parcela de censura.

– Eles visavam ferir não apenas Harriet – ele disse. – Emma, por que motivo eles são seus inimigos?

O sr. Knightley olhava para ela com sorridente penetração; não recebendo resposta, acrescentou:

– *Ela* não deveria estar zangada com você, suspeito, não importa o que ele sinta. Diante dessa suposição, você não dirá nada, é claro; mas confesse, Emma: você quis que ele se casasse com Harriet.

– Eu quis – retrucou Emma –, e eles não conseguem me perdoar.

O sr. Knightley balançou a cabeça; mas houve ao mesmo tempo um sorriso de indulgência, e ele disse apenas:

– Não irei repreender você. Vou deixá-la com suas próprias reflexões.

– O senhor acredita que serei ajudada por essas bajuladoras? O meu espírito vaidoso alguma vez me diz que estou errada?

– Não o seu espírito vaidoso, mas o seu espírito sério. Se um a leva pelo caminho errado, tenho certeza de que o outro a faz perceber o fato.

– Eu mesma confesso ter cometido um completo equívoco em relação ao sr. Elton. Existe nele uma pequenez que o senhor descobriu e eu não; e eu me sentia totalmente convencida de que ele estava apaixonado por Harriet. Foi por meio de uma série de confusões estranhas!

– E, em retribuição por você confessar tanta coisa, vou lhe fazer a justiça de dizer que você teria escolhido melhor para ele do que ele escolheu para si mesmo. Harriet Smith possui algumas qualidades de primeira categoria das quais a sra. Elton é totalmente desprovida. Uma jovem despretensiosa, sincera, simples... infinitamente a ser preferida por qualquer homem de bom senso e bom gosto em detrimento de uma mulher como a sra. Elton. Julguei Harriet mais conversável do que esperava.

Emma ficou extremamente gratificada. Foram interrompidos pelo alvoroço do sr. Weston, que conclamava todos para o recomeço da dança.

– Venham, srta. Woodhouse, srta. Otway, srta. Fairfax, o que é que vocês estão fazendo? Venha, Emma, dê o exemplo para os seus companheiros. Todos estão preguiçosos! Todos estão dormindo!

– Eu estou pronta – disse Emma – para quem me quiser.

– Vai dançar com quem? – perguntou o sr. Knightley.

Ela hesitou por um momento e então respondeu:

– Com o senhor, se me convidar.

– Aceita? – disse ele, oferecendo a mão.

– Aceito, claro. O senhor demonstrou que sabe dançar, e, bem, na verdade não somos irmão e irmã tanto assim a ponto de fazer disso algo minimamente impróprio.

– Irmão e irmã! Não, não mesmo.

Capítulo 39

Essa pequena explicação com o sr. Knightley proporcionou a Emma considerável prazer; foi uma das agradáveis recordações do baile que a fizeram, para melhor desfrutá-las, caminhar pelo gramado na manhã seguinte. Emma estava extremamente alegre por terem chegado a tão bom entendimento a respeito dos Elton e por suas opiniões sobre tanto marido quanto esposa serem tão parecidas; e o louvor a Harriet por parte dele, sua concessão em favor dela, era peculiarmente gratificante. A impertinência dos Elton, que por alguns minutos ameaçara arruinar para Emma o resto da noite, havia sido a causa de algumas de suas maiores satisfações; e ela ansiava por outro feliz resultado: a cura da paixão avassaladora de Harriet. Pela maneira com a qual Harriet falara sobre a circunstância quando as duas ainda não haviam saído do salão de baile, ela tinha fortes esperanças. Era como se os seus olhos de repente se abrissem e ela ganhasse a capacidade de ver que o sr. Elton não era a criatura superior que ela imaginara. A febre havia passado, e Emma não conseguia nutrir grande receio de que o pulso voltasse a ser acelerado por cortesias injuriosas. Ela confiava que os sentimentos malignos dos Elton forneceriam toda a disciplina de contundente desprezo que ainda pudesse ser necessária. Harriet racional, Frank Churchill não muito apaixonado, e o sr. Knightley não querendo brigar com ela; que verão completamente feliz ela decerto tinha pela frente!

Emma não veria Frank Churchill naquela manhã. O jovem lhe dissera que não poderia se permitir o prazer de parar em Hartfield, uma vez que deveria estar em casa por volta da metade do dia. Ela não lamentava o fato.

Tendo arranjado todas essas questões, tendo examinado e colocado todas em ordem, ela começou a voltar para casa – com o ânimo reavivado para enfrentar as demandas dos dois pequenos meninos, bem como as do avô deles – no exato momento em que o grande portão de ferro se abriu e entraram duas pessoas que ela nunca esperara ver juntas: Frank Churchill, com Harriet apoiada em seu braço... efetivamente Harriet! Um momento bastou para convencê-la de que algo extraordinário havia ocorrido. Harriet parecia branca e assustada, e ele tentava animá-la. O portão de ferro e a porta da frente não distavam sequer vinte jardas; os três logo se viram no saguão, e Harriet, imediatamente afundando numa poltrona, desmaiou.

Uma jovem dama que desmaia precisa ser recuperada; perguntas precisam ser respondidas, e surpresas devem ser explicadas. Tais eventos são muito interessantes, mas seu suspense não pode perdurar muito. Bem poucos minutos deixaram Emma inteirada de tudo.

A srta. Smith e a srta. Bickerton, outra pensionista de primeira classe na casa da sra. Goddard que também estivera no baile, haviam saído juntas para caminhar e seguido por uma estrada – a estrada de Richmond – que, embora fosse aparentemente pública o bastante para oferecer segurança, as colocara numa situação de alarme. Mais ou menos meia milha depois de Highbury, fazendo uma curva repentina e profundamente sombreada por olmos em ambos os lados, a estrada ficava bastante isolada por um trecho considerável; e as jovens damas, avançando um pouco por esse trecho, repentinamente haviam percebido a uma pequena distância diante delas, num caminho relvado mais amplo na lateral, um grupo de ciganos. Uma criança vigilante se aproximou delas para pedir esmola; e a srta. Bickerton, excessivamente assustada, soltou um forte grito e, exclamando a Harriet que seguisse atrás dela, subiu correndo um barranco íngreme, abriu uma frágil sebe no topo e tratou de fugir o mais depressa possível por um atalho de volta para Highbury. Mas a pobre Harriet não conseguiu segui-la. Ela sofrera severas câimbras depois da dança, e sua primeira tentativa de subir o barranco lhe trouxera um violento retorno das dores, deixando-a de todo impotente; e nesse estado, e tremendamente aterrorizada, ela se vira na obrigação de permanecer.

Como poderiam ter se comportado aqueles andarilhos, tivessem sido mais corajosas as jovens damas, por certo é duvidoso; mas tamanho convite ao ataque era irresistível; e Harriet foi logo assaltada por meia dúzia de crianças, encabeçadas por uma mulher robusta e um menino corpulento, todos eles clamorosos, todos impertinentes na expressão do rosto – ainda que não absolutamente nas palavras. Mais e mais assustada, Harriet lhes prometeu dinheiro de imediato e, sacando sua bolsa, lhes deu um xelim, implorando que não solicitassem mais ou abusassem dela. Então ela teve condições de caminhar, embora muito lentamente, e foi se afastando... mas seu terror e sua bolsa eram tentadores demais, e ela foi seguida – ou melhor, cercada – pelo bando todo e por mais pedidos.

Nesse estado Frank Churchill a encontrara, Harriet tremendo e condicionando, os ciganos ruidosos e insolentes. Pelo mais afortunado acaso, Frank se atrasara na saída de Highbury, e a demora o trouxe ao socorro dela naquele momento crítico. A amenidade da manhã o induzira a caminhar, deixando para encontrar seus cavalos em outra estrada, uma milha ou duas além de Highbury – e, ocorrendo que na noite anterior tomara emprestada uma tesoura da srta. Bates, e tendo esquecido de devolvê-la, ele tinha sido obrigado a parar na porta dela e a entrar por alguns minutos; estava, portanto, mais atrasado do que planejara, e, estando a pé, não foi visto pelo grupo todo até chegar bem perto deles. O terror que a mulher e o menino haviam provocado em Harriet passou a ser a sina deles. Frank Churchill os deixara completamente assustados; e Harriet, agarrando-se avidamente ao cavalheiro, mal capaz de falar, teve apenas força suficiente para chegar a Hartfield antes que o seu espírito desmoronasse. Fora ideia dele trazê-la para Hartfield: ele não pensara em nenhum outro lugar.

A essência da história toda era essa – da comunicação dele bem como da de Harriet, tão logo ela recuperara os sentidos e a fala. Ele não ousava permanecer por mais tempo, só queria garantir que ela ficaria bem; os diversos retardamentos não lhe permitiam perder um único minuto a mais; e então, com Emma comprometendo-se a certificar a sra. Goddard quanto à segurança de Harriet e a notificar o sr. Knightley sobre a existência de tal grupo de pessoas nas redondezas, ele partiu com todas as mais gratas bênçãos que ela pôde proferir por sua amiga e por si mesma.

Uma aventura como essa, um belo jovem cavalheiro e uma adorável jovem dama lançados um ao encontro do outro de tal maneira, dificilmente deixaria de sugerir certas ideias ao mais frio coração e ao mais inabalável cérebro. Foi o que Emma pensou, pelo menos. Poderia um linguista, poderia um gramático, poderia até mesmo um matemático ter visto o que ela viu, ter testemunhado aquele aparecimento dos dois e ouvido a história do caso, sem sentir que circunstâncias haviam conspirado para fazê-los peculiarmente interessantes um para o outro? E muitíssimo mais uma pessoa inventiva, como ela, arderia de tanta especulação e previsão! Especialmente com a imensa base de antecipação que sua mente já criara.

Era uma coisa mais do que extraordinária! Nada do tipo jamais se passara, nos limites de sua memória, com qualquer jovem dama do lugar; nenhuma defrontação, nenhum alarme dessa espécie; e agora isso acontecera com aquela exata pessoa e na exata hora em que aquela outra exata pessoa por acaso ia passando para salvá-la! Isso certamente era mais do que extraordinário! E tendo conhecimento, como ela tinha, do estado de espírito favorável de ambos no presente período, o assombro era maior ainda. Frank queria superar seu afeiçoamento por ela mesma, e Harriet mal se recuperava de sua mania pelo sr. Elton. Era como se tudo se unisse para prometer as mais interessantes consequências. Não era possível que a ocorrência não acabasse recomendando um ao outro com muita força.

Nos poucos minutos de conversa que Emma pudera ter ainda com Frank Churchill, enquanto Harriet se mantivera parcialmente insensível, ele havia falado sobre o terror da jovem, sobre a sua ingenuidade, sobre o seu fervor ao se agarrar e se apoiar no braço dele, com uma sensibilidade jovial e deleitada; e bem no final, quando já se passara o relato da própria Harriet, ele havia expressado sua indignação diante do abominável desatino da srta. Bickerton nos mais calorosos termos. Tudo haveria de seguir o seu rumo natural, é claro, sem impulso e sem auxílio. Ela não daria sequer um passo, não soltaria uma única insinuação. Não, estava farta de interferências. Não podia existir mal algum num esquema, num mero esquema passivo. Não era mais do que um desejo. Além desse ponto ela não avançaria sob hipótese alguma.

A primeira resolução de Emma foi manter longe de seu pai o conhecimento do que se passara, ciente da ansiedade alarmada que tal coisa ocasionaria; mas ela logo sentiu que a ocultação seria por certo impossível. Em questão de meia hora o assunto se disseminara por todos os cantos de Highbury. Aquele era um acontecimento muito propício para engajar os que mais falam, os novos e os inferiores; e todos os jovens e criados das redondezas logo mergulharam na felicidade de uma notícia tenebrosa. O baile da noite anterior parecia ter sido soterrado pelos ciganos. O pobre sr. Woodhouse tremia em sua poltrona e, como Emma previra, não se deu por satisfeito sem que as duas prometessem nunca mais se aventurar além do caminho de arbustos. Representou algum conforto para ele o fato de que várias indagações a respeito dele e da srta. Woodhouse (pois os vizinhos sabiam que ele adorava quando indagavam a seu respeito), bem como da srta. Smith, lhe chegaram durante o resto do dia; e ele teve o prazer de retribuí-las, em resposta, afirmando que todos os três não estavam nada bem – uma informação (embora não fosse exatamente verdadeira, pois ela estava perfeitamente bem e Harriet não diferia muito) na qual Emma não quis interferir. Ela tinha um infeliz estado de saúde, de um modo geral, para a filha de tal homem, pois mal sabia dizer o que era uma indisposição, e, se o pai não inventasse moléstias para ela, Emma não poderia figurar numa mensagem.

Os ciganos não esperaram pelas operações da justiça – trataram de sumir às pressas. As jovens damas de Highbury poderiam voltar a caminhar em segurança antes de seu pânico ter começado, e a história toda logo definhou numa questão de pouca importância senão para Emma e seus sobrinhos: na imaginação dela o caso não perdera terreno, e Henry e John continuavam pedindo todos os dias a história de Harriet e os ciganos, e continuavam corrigindo-a com tenacidade caso ela divergisse da narrativa original no mais mínimo detalhe.

Capítulo 40

Bem poucos dias haviam se passado desde a aventura quando Harriet, certa manhã, veio ao encontro de Emma com um pequeno pacote nas mãos e, depois de se sentar e hesitar, assim começou:

– Srta. Woodhouse... se a senhorita dispõe de algum tempo livre... eu tenho algo que gostaria de lhe contar... uma espécie de confissão a fazer... e então, veja bem, estará tudo acabado.

Emma ficou em boa medida surpresa, mas rogou que falasse. Havia uma seriedade nos modos de Harriet que a preparava, quase tanto quanto suas palavras, para algo mais do que ordinário.

– É o meu dever, e estou certa de que é o meu desejo – ela continuou –, não ter reservas com a senhorita nesse tema. Visto que sou felizmente uma criatura bastante mudada *num aspecto*, é muito adequado que a senhorita deva ter a satisfação de saber disso. Não quero dizer mais do que o necessário... me sinto envergonhada demais por ter sucumbido como sucumbi e me atrevo a dizer que a senhorita me compreende.

– Sim – disse Emma –, espero que sim.

– Como foi que pude alimentar essa fantasia por tanto tempo? – Harriet exclamou com ardor. – Parece loucura! Não consigo ver nada nele, agora, que seja minimamente extraordinário. Pouco me importa encontrá-lo ou não, exceto que, das duas coisas, prefiro não o ver, e na verdade eu percorreria qualquer distância alternativa para evitá-lo; mas não invejo sua esposa nem um pouco; não tenho por ela nem a admiração nem a inveja que já tive; ela é muito charmosa, me atrevo a dizer, e tudo isso, mas a considero muito mal-humorada e desagradável: nunca vou me esquecer do olhar dela naquela noite! Entretanto, eu lhe garanto, srta. Woodhouse, não desejo a ela mal algum. Não, eles que sejam cada vez mais felizes juntos, isso não vai me causar sequer um momento a mais de tormento; e para convencer a senhorita de que falo a verdade, vou agora destruir... o que devia ter destruído muito tempo atrás... o que nunca devia ter guardado... sei disso muito bem – (corando enquanto falava). – Entretanto, agora vou destruir tudo; e é o meu particular desejo fazer isso na sua presença, de forma que a senhorita veja como me tornei racional. A senhorita não consegue imaginar o que contém este pacote? – ela perguntou, com um olhar acanhado.

– Não consigo fazer a menor ideia. Ele alguma vez lhe deu alguma coisa?

– Não... não posso chamá-los de presentes, mas são coisas que tiveram grande valor para mim.

Ela levantou o pacote em sua direção e Emma leu as palavras *Tesouros preciosíssimos* na parte de cima. Sua curiosidade atingira o auge. Harriet desembrulhou o pacote; Emma ficou olhando com impaciência. Em meio a uma abundância de papel prateado havia uma bela e pequena caixa Tunbridge, que Harriet abriu; o interior era bem forrado com o mais macio algodão; com exceção do algodão, porém, Emma só viu um pequeno pedaço de emplastro de seda.

– Agora – disse Harriet – a senhorita *por certo* recorda.

– Não, de fato não recordo.

– Minha nossa! Eu não teria imaginado ser possível que a senhorita não fosse lembrar o que se passou nesta exata sala em função do emplastro de seda, uma das últimas vezes em que chegamos a nos encontrar aqui! Foi bem poucos dias antes de começar a inflamação na minha garganta... pouco antes de chegarem o sr. e a sra. John Knightley; creio que naquela noite mesmo. A senhorita não se lembra de como ele cortou o dedo com o seu canivete novo, quando a senhorita recomendou o emplastro de seda? Mas como a senhorita não tinha nenhum à mão, e sabendo que eu tinha, a senhorita desejou que eu o fornecesse ao cavalheiro; e assim tirei o meu e cortei um pedaço para ele, mas estava grande demais e ele o cortou num pedaço menor e ficou brincando com a sobra por algum tempo antes de me devolvê-la. E então, no meu desatino, não pude evitar fazer daquilo um tesouro; então guardei essa sobra para nunca mais usá-la, e eu a contemplava de vez em quando como um grande regalo.

– Minha queridíssima Harriet! – exclamou Emma, colocando a mão diante do rosto e saltando de pé. – Você me deixa mais envergonhada de mim mesma do que consigo suportar. Se me lembro? Sim, me lembro de tudo agora; tudo, exceto que você tinha guardado essa relíquia: não fazia ideia disso até o presente momento... mas o corte no dedo, e a minha recomendação do emplastro de seda, e dizendo que eu não tinha nenhum à mão! Ah, meus pecados, meus pecados! E eu tinha um monte o tempo todo no meu bolso! Um dos meus truques disparatados! Mereço ficar sob um rubor contínuo por todo o resto da minha vida. Bem – (sentando-se de novo) –, vá em frente: o que mais?

– E a senhorita realmente tinha um pouco consigo? Tenho certeza de que nunca suspeitei de nada, a senhorita falou com tanta naturalidade.

– E então efetivamente guardou esse pedaço de emplastro de seda por causa dele! – exclamou Emma, recuperando-se do estado de vergonha e sentindo-se dividida entre o espanto e a diversão.

E ela secretamente acrescentou em seu íntimo: "Deus me abençoe! Quando é que eu teria pensado em guardar no algodão um pedaço de emplastro de seda no qual Frank Churchill tivesse ficado mexendo? Nunca cheguei a esse ponto".

– Eis aqui – recomeçou Harriet, voltando-se de novo para sua caixa –, eis aqui uma coisa ainda mais valiosa, quer dizer, que foi mais valiosa, porque é algo que realmente pertenceu a ele, sendo que o emplastro de seda nunca pertenceu.

Emma ficou ávida por ver esse tesouro superior. Era o toco de um velho lápis, a parte sem grafite.

– Isto aqui era realmente dele – disse Harriet. – A senhorita não se lembra daquela manhã? Não, ouso dizer que não se lembra. Mas certa manhã... esqueço qual era o dia exato... mas talvez fosse a terça ou quarta-feira antes *daquela noite*, ele queria fazer um memorando no seu caderno de anotações; era sobre cerveja de abeto. O sr. Knightley andara lhe falando algo sobre o preparo de cerveja de abeto, e ele queria registrar por escrito, mas quando tirou seu lápis havia tão pouco grafite que ele logo cortou o resto todo, o lápis não serviria, de modo que a senhorita emprestou outro para ele, e este aqui foi deixado em cima da mesa como se não prestasse mais para nada. Mas eu não tirei os olhos do toco e, tão logo criei coragem, peguei-o para mim e nunca mais me separei dele desde aquele momento.

– Eu de fato me lembro! – exclamou Emma. – Eu me lembro perfeitamente disso. Falando sobre cerveja de abeto. Ah, sim! O sr. Knightley e eu dizendo ambos que gostávamos, e o sr. Elton parecendo ter decidido que haveria de aprender a gostar também. Eu me lembro perfeitamente disso. Espere; o sr. Knightley estava parado bem aqui, não estava? Tenho a impressão de que ele estava parado bem aqui.

– Ah!, não sei. Não consigo recordar. É muito esquisito, mas não consigo recordar. O sr. Elton estava sentado aqui, eu me lembro, muito perto de onde estou agora.

– Bem, vá em frente.

– Ah, isso é tudo! Não tenho nada mais para lhe mostrar ou dizer, exceto que vou agora jogar os dois objetos no fogo, e quero que a senhorita me veja fazendo isso.

– Minha pobre Harriet! E realmente teve alguma felicidade guardando essas relíquias?

– Sim, a simplória que fui! Mas me sinto bastante envergonhada disso agora e gostaria de poder esquecer tão facilmente como consigo queimá-las. Foi muito errado da minha parte, é claro, manter quaisquer lembranças quando ele já estava casado. Eu sabia que era... mas não tive resolução suficiente para me desfazer delas.

– Mas, Harriet, será necessário queimar o emplastro de seda? Não tenho nada para dizer em defesa do resto de lápis velho, mas o emplastro de seda poderia ser útil.

– Eu ficarei mais feliz em queimá-lo – retrucou Harriet. – Ele tem uma aparência desagradável para mim. Preciso me livrar de tudo. Lá vai tudo, e este é o fim, graças aos céus, do sr. Elton.

"E quando", pensou Emma, "haverá um início do sr. Churchill?"

Ela teve, pouco tempo depois, razões para crer que o início já estava dado, e não pôde senão esperar que a cigana, embora não tivesse *anunciado* nenhum destino, pudesse ganhar o crédito de que selara o de Harriet. Cerca de quinze dias após o alarme, as duas chegaram a uma explanação suficiente, e de uma maneira bastante involuntária. Emma não estava pensando no assunto naquele momento, tornando mais valiosa a informação recebida. Ela meramente disse, no decorrer de uma conversa trivial: "Bem, Harriet, quando quer que você acabe se casando eu lhe daria o conselho de fazer isso e aquilo", e não mais pensou a respeito, até que, passado um minuto de silêncio, ela ouviu Harriet dizendo num tom muito sério:

– Eu nunca irei me casar.

Emma então levantou os olhos e compreendeu o caso no mesmo instante, e, após um momento de debate sobre deixar que aquilo passasse despercebido ou não, retrucou:

– Nunca se casar?! Eis uma nova resolução.

– É uma resolução que nunca irei mudar, entretanto.

Depois de outra ligeira hesitação:

– Espero que isso não resulte de um... espero que não seja um elogio ao sr. Elton...

– O sr. Elton, ora essa! – exclamou Harriet indignada. – Ah, não... – e Emma só conseguiu captar as palavras: – ...tão superior ao sr. Elton!

Emma dedicou um tempo maior, agora, à consideração. Deveria ela não avançar além disso? Deveria ela deixar a questão passar, parecendo não suspeitar de nada? Talvez Harriet pudesse considerá-la fria ou zangada se deixasse; ou então, se ficasse totalmente calada, isso poderia somente levar Harriet a pedir que ela ouvisse demais; e contra qualquer procedimento semelhante à falta de reservas anterior, contra uma discussão tão aberta e frequente de esperanças e chances, ela ficou perfeitamente resolvida. Seria mais sensato, acreditou Emma, dizer e saber, o quanto antes, tudo aquilo que ela pretendia dizer e saber. O procedimento mais simples era sempre o melhor. Ela determinara de antemão até onde avançaria em qualquer investida desse gênero; e seria mais seguro para ambas que a lei judiciosa da sua própria mente fosse estabelecida com rapidez. Ela estava decidida, e assim falou:

– Harriet, não vou fingir ter alguma dúvida sobre o que você quer dizer. A sua resolução, ou melhor, a sua expectativa de nunca se casar resulta de uma ideia de que a pessoa da sua preferência seria demasiado superior em termos de situação para pensar em você. Não é isso?

– Ah, srta. Woodhouse, acredite em mim, não tenho a presunção de supor... De fato, não sou tão louca assim. Mas é um prazer para mim admirá-lo a distância e pensar na sua infinita superioridade em relação a todo o resto do mundo, com a gratidão, o espanto e a veneração que são tão apropriados... sobretudo no meu caso.

– Não fico nem um pouco surpresa com você, Harriet. O serviço que ele lhe rendeu foi suficiente para aquecer o seu coração.

– Serviço?! Ah! Era uma obrigação tão inexprimível! A simples recordação daquilo, e de tudo o que senti na ocasião, quando vi que ele se aproximava... seu nobre olhar, e a minha desgraça antes. Tamanha transformação! De um momento para o outro, tamanha transformação! Do perfeito tormento para a perfeita felicidade.

– É muito natural. É natural e é honrado... Sim, é honrado, creio, escolher tão bem e com tanta gratidão. Mas que acabe sendo uma preferência afortunada é mais do que posso prometer. Não aconselho que você se permita sucumbir a isso, Harriet. Não me comprometo de modo algum a crer numa possível retribuição. Considere o que pretende fazer. Talvez seja mais sensato de sua parte que você sufoque os seus sentimentos enquanto puder; de todo modo, não se deixe levar longe demais por eles, a menos que esteja persuadida do afeto dele. Observe bem o cavalheiro. Faça com que o comportamento dele seja o guia das suas sensações. Eu lhe dou agora essa advertência porque nunca mais voltarei a falar com você sobre esse assunto. Estou determinada contra toda e qualquer interferência. Daqui por diante nada sei a respeito. Que nenhum nome jamais passe por nossos lábios. Nós agimos antes de modo muito errado; agora seremos cautelosas. Ele é superior a você, não há dúvida, e de fato parecem existir objeções e obstáculos de uma natureza muito séria; mas mesmo assim, Harriet, coisas mais espantosas já tiveram lugar, já ocorreram enlaces de maior disparidade. Mas tome cuidado. Não gostaria de vê-la otimista demais; contudo, não importando como isso possa terminar, fique segura de uma coisa: elevar os seus pensamentos a *ele* é um sinal de bom gosto que sempre saberei valorizar.

Harriet beijou a mão dela com silenciosa e submissa gratidão. Emma estava muito decidida em considerar que tal afeiçoamento não era nada ruim para sua amiga. A tendência desse sentimento seria elevar e refinar sua mente – e por certo salvá-la do perigo da degradação.

Capítulo 41

Nesse estado de planos, e esperanças, e conivência, junho se abriu sobre Hartfield. Para Highbury, de um modo geral, o mês não trouxe nenhuma mudança relevante. Os Elton ainda falavam de uma visita dos Suckling e do uso a ser feito da caleche-landau; e Jane Fairfax ainda estava na casa de sua avó; e como a volta dos Campbell da Irlanda foi mais uma vez adiada, e agosto, em vez de meados do verão, estava fixado para o retorno, era provável que ela fosse ali permanecer por outros dois meses cheios, pelo menos sob a condição de que fosse capaz de derrotar a atividade da sra. Elton em seu auxílio e se salvar de ser precipitada numa situação deleitável a contragosto.

O sr. Knightley, que – por alguma razão que só ele compreendia – certamente tomara um precoce desgosto por Frank Churchill, gostava do jovem cada vez menos. Ele começou a suspeitar de alguma falsidade naquele cortejo a Emma. Que Emma era seu alvo parecia incontestável. Todas as coisas declaravam esse fato: as próprias atenções do jovem, as insinuações de seu pai, o resguardado silêncio de sua madrasta. Era tudo em uníssono: palavras, conduta, discrição e indiscrição contavam a mesma história. Mas, ao passo que tantos o devotavam a Emma, e com a própria Emma o transferindo para Harriet, o sr. Knightley começou a suspeitar nele alguma inclinação por flertar com Jane Fairfax. Ele não conseguia entender o caso, mas existiam sintomas de inteligência entre os dois – ao menos era o que ele pensava –, sintomas de admiração por parte dele que, após tê-los observado, ele não pôde se persuadir a considerar como inteiramente vazios de significado, por mais que desejasse escapar de qualquer um dos erros imaginativos de Emma. *Ela* não estava presente quando a suspeita surgiu pela primeira vez. Ele estava jantando com a família de Randalls, e Jane, na casa dos Elton; e ele vira ser dirigido à srta. Fairfax um olhar, mais do que um único olhar, algo que, vindo do admirador da srta. Woodhouse, parecia um pouco fora de propósito. Quando esteve de novo em companhia deles, o sr. Knightley não conseguiu deixar de se lembrar do que vira; tampouco conseguiu evitar observações que, a menos que ele fosse como Cowper junto ao fogo no crepúsculo, "Eu mesmo criando o que via", lhe provocaram suspeita maior ainda de que houvesse um quê de afeição privada, de entendimento privado inclusive, entre Frank Churchill e Jane.

Ele saíra caminhando certo dia depois do jantar, como fazia com muita frequência, para passar sua noite em Hartfield. Emma e Harriet estavam indo caminhar; ele se juntou às duas, e, no retorno, toparam com um grupo mais numeroso que, a exemplo deles, julgava ser mais sensato sair cedo para o exercício, na medida em que o tempo ameaçava chuva: o sr. e a sra. Weston com o filho deles mais a srta. Bates com sua sobrinha, reunidos por acidente no passeio. Todos se uniram; quando chegaram aos portões de Hartfield, Emma, sabendo que aquele era exatamente o tipo de visitação que seria bem-vindo para o pai, instou a todos que entrassem e bebessem chá com ele. O grupo de Randalls acatou a proposta imediatamente; e a srta. Bates, após um discurso bastante longo ao qual poucas pessoas prestaram atenção, também considerou ser possível aceitar o muitíssimo amável convite da srta. Woodhouse.

Enquanto entravam no terreno, o sr. Perry passou a cavalo. Os cavalheiros falaram de seu cavalo.

– A propósito – disse Frank Churchill à sra. Weston logo em seguida –, no que deram os planos do sr. Perry de montar a carruagem dele?

A sra. Weston pareceu ficar surpresa e disse:

– Não sabia que ele sequer tinha tais planos.

– Ora, soube disso através da senhora. A senhora me contou numa carta três meses atrás.

– Eu?! Impossível!

– Foi a senhora, sim. Eu me lembro perfeitamente. A senhora mencionou essa circunstância como algo por certo muito iminente. A sra. Perry havia contado para alguém e estava extremamente feliz com a novidade, que resultava de uma persuasão *dela*, porque, no entender da dama, ficar exposto ao tempo ruim fazia um tremendo mal ao sr. Perry. A senhora decerto vai se recordar agora...

– Dou a minha palavra, só agora estou tomando conhecimento disso.

– Só agora?! Realmente, só agora?! Céus! Como pode ser? Então devo ter sonhado... mas estava completamente convencido... Srta. Smith, a senhorita caminha como se estivesse cansada... não lamentará estar de volta em casa.

– O que é isso, o que é isso – exclamou o sr. Weston –, sobre Perry e uma carruagem? Perry vai montar a carruagem dele, Frank? Fico contente que ele tenha recursos para tanto. Você ficou sabendo através dele mesmo, é isso?

– Não, senhor – retrucou seu filho, sorrindo –, ao que parece fiquei sabendo através de ninguém. Muito estranho! Eu estava realmente convencido de que a sra. Weston mencionara essa circunstância numa de suas cartas para Enscombe, várias semanas atrás, com todos esses pormenores; mas, visto que ela declara jamais ter ouvido sequer uma sílaba desse assunto até aqui, por certo deve ter sido um sonho. E sou um grande sonhador. Sonho com todos em Highbury quando estou distante; e quando esgoto os meus amigos particulares, então começo a sonhar com o sr. e a sra. Perry.

– É estranho, no entanto – observou seu pai –, que você tenha tido um sonho tão regular e conectado sobre pessoas nas quais não poderíamos esperar que você estivesse pensando em Enscombe. Perry montando sua carruagem! E sua esposa o persuadindo a fazê-lo numa preocupação com sua saúde... justamente o que acontecerá, não tenho dúvida, mais cedo ou mais tarde; apenas um pouco prematuro. Que ar de probabilidade às vezes impregna um sonho! E por outras vezes a coisa não passa de um monte de absurdos! Bem, Frank, o seu sonho certamente demonstra que Highbury permanece nos seus pensamentos quando você está ausente. Emma, você é uma grande sonhadora, eu imagino...

Emma não chegou a ouvi-lo. Ela tinha se adiantado em relação a seus convidados de modo a preparar o pai para o surgimento deles, já estando fora do alcance da insinuação do sr. Weston.

– Ora, para falar a verdade – exclamou a srta. Bates, que ficara tentando ser ouvida em vão nos dois minutos anteriores –, se devo me manifestar nesse tópico, não há como negar que o sr. Frank Churchill poderia ter... não estou querendo dizer que ele não sonhou tal coisa... eu mesma posso garantir que tenho às vezes os sonhos mais estranhos do mundo... mas, se me perguntarem a respeito, terei de reconhecer que houve uma ideia nesses moldes na primavera passada, porque a própria sra. Perry a mencionou a minha mãe, e os Cole estavam tão inteirados como nós... mas isso era um segredo e tanto, ninguém mais tinha conhecimento dele, o plano mal surgira três dias antes. A sra. Perry ansiava muito que ele tivesse uma carruagem e veio ao encontro da minha mãe com grande animação, certa manhã, porque julgava ter obtido êxito. Jane, você não se lembra da vovó nos contando a respeito quando chegamos em casa? Não recordo para onde tínhamos caminhado... muito provavelmente para Randalls; sim, creio que foi para Randalls. A sra. Perry sempre teve um particular apreço por minha mãe... na verdade, não sei quem não tem... e ela lhe mencionara o assunto de maneira confidencial; não tinha qualquer objeção em contar para nós, é claro, mas aquilo deveria ficar entre nós, e, daquele dia em diante, até hoje eu nunca tinha mencionado para criatura alguma que estava inteirada. Ao mesmo tempo, não irei positivamente afirmar que jamais soltei qualquer insinuação, porque eu sei que de vez em quando entrego algo sem perceber. Sou falante, percebam; sou falante até demais; e aqui e ali já deixei escapar alguma coisa que não deveria ter deixado. Não sou como Jane; bem que gostaria de ser. Posso afirmar que *ela* nunca traiu a menor coisa neste mundo. Onde ela está? Ah, logo atrás! Recordo perfeitamente a vinda da sra. Perry. Um sonho extraordinário, de fato!

O grupo estava entrando no saguão. Os olhos do sr. Knightley haviam precedido os olhos da srta. Bates num olhar de relance dirigido a Jane. Do rosto de Frank Churchill, onde pensava enxergar confusão suprimida ou desdenhada, ele se voltara involuntariamente para o rosto dela, mas ela ficara de fato para trás, ocupada demais com seu xale. O sr. Weston havia entrado. Os outros dois cavalheiros esperaram junto à porta para deixá-la passar. O sr. Knightley suspeitou em Frank Churchill a determinação de trocar um olhar com ela – ele parecia observá-la intensamente – em vão, contudo, se fosse esse o caso – Jane passou entre os dois, ingressando no saguão, sem olhar nem um, nem outro.

Não houve tempo para reparos ou explicações adicionais. O sonho teria de ser deixado de lado e o sr. Knightley teria de tomar o seu assento com os demais em volta da ampla e moderna mesa circular que Emma introduzira em Hartfield – e que ninguém senão Emma teria tido a capacidade de instalar ali, persuadindo seu pai a usá-la em lugar da Pembroke de dimensões menores na qual duas de suas refeições diárias, ao longo de quarenta anos, haviam sido comprimidas. O chá foi distribuído de modo aprazível e ninguém parecia ter pressa de sair dali.

– Srta. Woodhouse – disse Frank Churchill, depois de examinar, atrás dele, uma mesa que podia ser alcançada de sua cadeira –, os seus sobrinhos levaram embora seus alfabetos, suas caixas de letras? A caixa costumava ficar aqui. Onde ela está? Esta é uma noite de aparência mais ou menos enfadonha, que deveria ser tratada mais como inverno do que como verão. Tivemos um grande divertimento com aquelas letras certa manhã. Quero intrigar a senhorita mais uma vez.

Emma ficou satisfeita com a ideia, e, tendo apresentado a caixa, a mesa foi logo coberta com alfabetos espalhados que ninguém parecia estar tão disposto a utilizar quanto os dois. Eles começaram rapidamente a formar palavras um para o outro, ou para qualquer outra pessoa que quisesse ser desafiada. A quietude do jogo tornava-o particularmente elegível para o sr. Woodhouse, que com muita frequência se sentira perturbado pelas modalidades mais animadas introduzidas ocasionalmente pelo sr. Weston e que agora se mantinha ocupado em lamentar alegremente, com terna melancolia, a partida dos "pobres menininhos", ou então em salientar com carinho, enquanto apanhava qualquer letra extraviada perto de si, quão lindamente a escrevera Emma.

Frank Churchill colocou uma palavra diante da srta. Fairfax. Ela passou um ligeiro olhar pela mesa e se lançou à tarefa. Frank estava ao lado de Emma, Jane em frente aos dois – e o sr. Knightley situado de modo a vê-los todos; e o seu objetivo era ver tanto quanto pudesse, com a menor observação aparente possível. A palavra foi descoberta e, com um débil sorriso, empurrada para longe. Se a intenção fosse misturá-la imediatamente com as outras, tirando-a de vista, ela deveria ter olhado a mesa em vez de ter apenas olhado para o outro lado, pois a palavra não foi misturada; e Harriet, ávida por cada nova palavra e nada desvendando, pegou-a para si sem demora e se lançou ao trabalho. Ela estava sentada ao lado do sr. Knightley e se voltou a ele para pedir ajuda. A palavra era *confusão*; enquanto Harriet a proclamava, exultante, um rubor nas faces de Jane conferiu ao termo um significado que de outro modo não seria ostensivo. O sr. Knightley conectou a palavra ao sonho; entender como era possível tudo aquilo, porém, estava fora do seu alcance. Como poderia ter sido tão adormecida a delicadeza, a discrição da favorita dele? Por certo existia, o sr. Knightley temeu, um decidido envolvimento. A dissimulação e a falsidade pareciam vir ao encontro dele a cada instante. Aquelas letras não eram senão um veículo para o galanteio e o truque. Era uma brincadeira de criança, escolhida para ocultar um jogo mais profundo por parte de Frank Churchill.

Com grande indignação, ele continuou a observá-los; com grande alarme e desconfiança, observou também suas duas companheiras cegas. Ele viu uma pequena palavra sendo preparada para Emma e lhe sendo passada com um olhar furtivo e recatado. Ele viu que Emma logo resolvera o enigma e o julgara imensamente divertido, embora fosse uma palavra que lhe sugeria ser mais apropriado parecer censurar, pois ela disse: "Absurdo! Que vergonha!". Ele ouviu Frank Churchill dizendo a seguir, com um olhar de relance na direção de Jane: "Vou dar o enigma para ela... devo?", e não menos nitidamente ouviu Emma se opondo a isso com um fervor ávido e risonho: "Não, não, o senhor não deve; o senhor não fará isso, não mesmo".

Ele fez, contudo. O jovem galante, que parecia amar sem sentimento e se recomendar sem complacência, repassou a palavra diretamente à srta. Fairfax e, com uma particular dose de serena cortesia, lhe rogou que a estudasse. A excessiva curiosidade do sr. Knightley por saber qual poderia ser essa palavra o fez aproveitar cada oportunidade possível para disparar seu olhar na direção das letras, e ele não demorou muito até constatar que a resposta era *Dixon*. A percepção de Jane Fairfax pareceu acompanhar a dele; a compreensão da jovem era certamente mais capacitada para captar o significado secreto, a inteligência superior daquelas cinco letras assim arranjadas. Ela estava evidentemente contrariada; ergueu os olhos e, vendo-se observada, corou mais profundamente do que ele jamais a percebera corar e, dizendo apenas: "Eu não sabia que nomes próprios eram autorizados", empurrou para longe as letras com uma disposição até mesmo irritada, parecendo ter resolvido que não perderia seu tempo com nenhuma outra palavra que pudesse ser oferecida. Seu rosto foi desviado daqueles que a tinham atacado e voltado na direção de sua tia.

– Sim, é bem verdade, minha querida – exclamou esta última, embora Jane não tivesse proferido sequer uma palavra –, eu ia justamente dizer essa mesma coisa. É hora de partirmos, de fato. A noite já está chegando ao fim, e a vovó estará esperando por nós. Meu caro senhor, é amável demais. Nós realmente precisamos lhe desejar boa noite.

A presteza de Jane em se mover provou-a tão pronta como sua tia preconcebera. Ela se levantou imediatamente, querendo deixar a mesa; mas tantos começaram a se mover também que ela não conseguiu escapar; e o sr. Knightley pensou ter visto outra coleção de letras ansiosamente empurrada na direção dela e resolutamente varrida para longe por ela, não examinada. Depois ela ficou procurando seu xale – Frank Churchill também o procurou; o escuro da noite aumentava e a sala ficou tumultuada: o sr. Knightley não saberia dizer como havia sido a despedida dos dois.

Ele permaneceu em Hartfield após a saída de todos, seus pensamentos plenamente ocupados por aquilo que vira; tão ocupados que, quando as velas vieram para favorecer suas observações, ele foi obrigado – sim, ele decerto era obrigado, como amigo – como um ansioso amigo – a fazer para Emma alguma insinuação, alguma pergunta. Ele não seria capaz de vê-la numa situação de tamanho perigo sem tentar preservá-la. Era o seu dever.

– Por favor, Emma – ele falou –, posso perguntar no que consistiu o grande divertimento, a pungente ferroada da última palavra que você e a srta. Fairfax decifraram? Eu vi a palavra e fiquei curioso para saber de que maneira ela pôde ser tão absolutamente divertida para uma e tão absolutamente perturbadora para outra.

Emma ficou extremamente confusa. Ela não suportaria lhe dar a verdadeira explicação – porque, embora suas suspeitas não estivessem de modo algum removidas, ela se sentia muito envergonhada de jamais as ter divulgado.

– Ah! – ela exclamou com evidente embaraço. – Era uma coisa de nada; um mero gracejo entre nós.

– O gracejo – ele retrucou num tom grave – pareceu restrito a você e ao sr. Churchill.

Ele imaginara que ela falaria de novo, mas ela não falou. Ela preferiu se ocupar com qualquer coisa para não precisar falar. O sr. Knightley meditou por algum tempo em seu assento, hesitando. Uma variedade de males cruzou sua mente. Interferência – infrutífera interferência. A reação confusa de Emma e a reconhecida intimidade pareciam declarar que os seus afetos estavam comprometidos. Mas ele precisava falar. Era o que ele lhe devia: arriscar qualquer coisa que pudesse estar envolvida numa interferência mal recebida, mas não arriscar o seu bem-estar; enfrentar qualquer coisa, menos a lembrança de um descuido em tal causa.

– Minha querida Emma – ele disse afinal, com fervorosa gentileza –, você considera que compreende perfeitamente o grau de familiaridade entre o cavalheiro e a dama dos quais estivemos falando?

– Entre o sr. Frank Churchill e a srta. Fairfax? Ah, sim, perfeitamente. O senhor duvida disso por quê?

– Você nunca teve, num momento qualquer, razões para crer que ele admirava a dama, ou que ela o admirava?

– Nunca, nunca! – ela exclamou com a mais franca avidez. – Nunca, nem mesmo durante um vigésimo de momento, qualquer ideia semelhante me ocorreu. E como é possível que isso tenha passado pela sua cabeça?

– Imaginei recentemente ter visto sintomas de afeiçoamento entre os dois; certos olhares expressivos que, segundo acreditei, não pretendiam ser públicos.

– Ah, o senhor me diverte tremendamente! Fico encantada por constatar que o senhor pode cometer a transigência de deixar a sua imaginação vaguear... mas não é o caso... lamento muito frustrá-lo na sua primeira tentativa... mas de fato não é o caso. Não há qualquer admiração entre os dois, posso lhe garantir; e as aparências que despertaram a sua atenção derivaram de alguma circunstância peculiar; foram antes sentimentos de uma natureza totalmente diferente; é impossível explicar exatamente... o caso é em boa medida desatinado... mas a parte que tem condições de ser comunicada, a parte atinada, é que os dois estão mais longe de qualquer afeiçoamento ou admiração um pelo outro como quaisquer duas criaturas poderão estar neste mundo. Isto é, eu *presumo* que assim seja por parte dela, e posso *afiançar* que assim é por parte dele. Afianço a indiferença do cavalheiro.

Emma falava com uma confiança que desnorteou – com uma satisfação que silenciou o sr. Knightley. Ela assumira uma disposição jovial e teria prolongado a conversação, querendo conhecer os pormenores de tais suspeitas, com a descrição de cada olhar, com todos os ondes e comos de uma circunstância que a divertia imensamente, mas a jovialidade do sr. Knightley não estava em paridade com a dela. Ele constatou não poder ser útil, e os seus sentimentos encontravam-se por demais irritados para qualquer conversa. De modo a não ser irritado até um absoluto estado febril junto ao fogo que os brandos hábitos do sr. Woodhouse requeriam quase todas as noites ao longo do ano, ele logo em seguida se despediu às pressas e caminhou rumo ao frescor e à solidão de Donwell Abbey.

Capítulo 42

Após ter sido alimentado por longo tempo com esperanças de uma veloz visita do sr. e da sra. Suckling, o mundo de Highbury foi obrigado a suportar a mortificação de saber que eles não poderiam vir de modo algum antes do outono. Nenhuma importação de novidades desse gênero poderia enriquecer as provisões intelectuais do vilarejo no presente momento. No intercâmbio diário de notícias, eles teriam de se restringir mais uma vez aos outros tópicos com os quais a vinda dos Suckling se unira por algum tempo, tais como os últimos relatos sobre a sra. Churchill, cuja saúde parecia fornecer todos os dias um informe diferente, e a situação da sra. Weston, cuja felicidade, era de se esperar, no devido tempo poderia ser tão intensificada pela chegada de um filho como a de todos os seus vizinhos já era pela proximidade de tal bênção.

A sra. Elton ficou mais do que desapontada. Era o adiamento de uma grande dose de prazer e ostentação. Todas as suas apresentações e recomendações teriam de esperar, e todos os passeios planejados continuariam sendo apenas comentados. Foi o que ela pensou a princípio, mas uma ligeira reflexão a convenceu de que nem tudo precisaria ser postergado. Por que não deveriam eles fazer uma exploração até Box Hill, ainda que os Suckling não viessem? Poderiam voltar para lá com os Suckling no outono. Ficou decidido que iriam para Box Hill. A perspectiva de tal passeio era de conhecimento geral desde longo tempo – havia inclusive gerado a ideia de outro. Emma nunca estivera em Box Hill; queria ver o que todas as pessoas julgavam tão digno de ser visto, e ela e o sr. Weston haviam concordado em escolher uma manhã bonita e seguir para lá de carro. Somente dois ou três convidados seletos teriam o privilégio de acompanhá-los, e o passeio seria realizado de uma maneira discreta, despretensiosa e elegante, infinitamente superior ao alvoroço e à preparação, ao consumo regular de comidas e bebidas, à ostentação de piquenique dos Elton e Suckling.

Havia um entendimento tão completo entre os dois nesse assunto que Emma não pôde senão sentir alguma surpresa, e um pequeno desagrado, quando ouviu do sr. Weston que ele havia proposto à sra. Elton, visto que irmão e irmã lhe tinham faltado, que os dois grupos deveriam se unir e fazer juntos o passeio; e que, com a sra. Elton tendo muito prontamente aderido à proposta, assim haveria de ser se ela não tivesse objeção. Ora, uma vez que a sua objeção nada era senão seu grande desgosto pela sra. Elton, do qual o sr. Weston já deveria estar perfeitamente ciente, não faria sentido alegá-lo de novo – não seria possível alegá-lo sem censurar o sr. Weston, algo que causaria dor à esposa dele; e Emma se viu, portanto, na obrigação de consentir com um arranjo que ela teria feito quase tudo para evitar, um arranjo que provavelmente iria expô-la inclusive à degradação de que a tomariam por integrante do grupo da sra. Elton! Todos os sentimentos eram ofendidos; e a tolerância de sua submissão exterior deixava um débito pesado de secreta severidade nas suas reflexões sobre a incontrolável boa vontade do temperamento do sr. Weston.

– Fico contente que você aprove o que fiz – ele disse muito confortavelmente. – Mas eu pensava que você aprovaria. Esquemas desse tipo de nada valem sem números. Um grupo nunca será grande demais. Um grupo grande garante a sua própria diversão. E ela é uma mulher de boa índole no fim das contas. Não poderíamos deixá-la de fora.

Emma não negou nada em voz alta e não concordou com nada em seu íntimo.

Eles estavam agora em meados de junho, e o tempo era bom; e a sra. Elton ia ficando impaciente por nomear o dia e definir com o sr. Weston sobre torta de pombo e cordeiro frio quando um cavalo de tração se mostrou coxo e lançou tudo numa triste incerteza. Poderiam se passar semanas, poderiam se passar apenas alguns dias até que o cavalo fosse utilizável, mas não seria possível aventurar quaisquer preparações, e tudo era uma melancólica estagnação. Os recursos da sra. Elton eram inadequados para tamanho ataque.

– Isso não é muitíssimo enervante, Knightley? – ela exclamou. – E um tempo tão perfeito para explorações! Esses atrasos e desapontamentos são simplesmente detestáveis. O que é que nós vamos fazer? O ano vai se acabar nesse ritmo, e nada feito. Antes dessa época no ano passado, eu lhe garanto, nós fizemos um delicioso passeio exploratório de Maple Grove até Kings Weston.

– Seria melhor a senhora explorar até Donwell – retrucou o sr. Knightley. – Isso poderá ser feito sem cavalos. Venha comer os meus morangos. Eles estão amadurecendo depressa.

Se o sr. Knightley não falava sério; ele se viu obrigado a prosseguir com seriedade, pois sua proposta foi agarrada com deleite, e o “Ah, nada me agradaria tanto!” não foi mais claro nas palavras do que nos modos. Donwell era famosa por seus canteiros de morangos, que pareciam valer por um pretexto para os convites; mas nenhum pretexto era necessário; canteiros de repolho teriam sido suficientes para tentar a dama, que só queria ir para qualquer lugar. Ela lhe prometeu repetidas vezes que o visitaria – bem mais vezes do que ele desconfiara – e ficou extremamente gratificada por tamanha prova de intimidade, por tamanho elogio distintivo, como ela optava por considerá-lo.

– Você pode confiar em mim – ela disse. – Certamente vou aparecer. Basta nomear o seu dia que apareço. Você me permitirá levar Jane Fairfax?

– Não poderei nomear um dia – ele disse – antes de ter falado com algumas pessoas com as quais gostaria de recepcionar a senhora.

– Ah, deixe tudo isso comigo! É só me dar carta branca. Eu sou Dama Benfeitora, veja bem. O grupo é meu. Vou levar amigos comigo.

– Espero que a senhora leve Elton – falou ele. – Mas não vou lhe dar o trabalho de fazer quaisquer outros convites.

– Ah! Agora você me olha de uma maneira muito ardilosa. Mas considere: você não precisa ficar com receio de delegar poder a *mim*. Não sou nenhuma jovem dama em busca de promoção. Mulheres casadas, veja bem, podem ser autorizadas com segurança. O grupo é meu. Deixe tudo comigo. Vou convidar os seus convidados.

– Não – ele retrucou com calma –, só há uma mulher casada no mundo a quem eu algum dia permitirei que convide os convidados que quiser para Donwell, e essa mulher é...

– A sra. Weston, eu suponho – interrompeu a sra. Elton um tanto mortificada.

– Não... A sra. Knightley; e, até que ela passe a existir, eu mesmo vou administrar tais assuntos.

– Ah! Você é uma criatura esquisita! – a sra. Elton exclamou, satisfeita por não ter uma preferida acima dela. – É um humorista e pode dizer o que bem quiser. Um humorista e tanto. Bem, levarei Jane comigo... Jane e sua tia. O resto deixo para você. Não faço qualquer objeção a encontrar a família de Hartfield. Não tenha escrúpulos. Sei que é apegado a eles.

– A senhora certamente os encontrará, se eu puder convencê-los; e visitarei a srta. Bates no meu caminho para casa.

– Isso é de todo desnecessário; vejo Jane todos os dias... mas faça como quiser. Será uma atividade matinal, veja bem, Knightley; uma coisa bastante simples. Vou usar um gorro amplo e levarei um dos meus pequenos cestos pendurado no meu braço. Aqui... provavelmente este cesto com fita cor-de-rosa. Nada poderia ser mais simples, veja. E Jane terá outro parecido. Não será nada formal ou espalhafatoso... uma espécie de reunião cigana. Iremos caminhar pelos seus jardins e colher nós mesmas os morangos, e sentar embaixo das árvores; e seja lá o que mais o senhor queira oferecer, terá de ser tudo ao ar livre; uma mesa disposta na sombra, claro. Tudo do modo mais natural e simples possível. Não é essa a sua ideia?

– Não exatamente. A minha ideia do simples e do natural terá de se dar com a mesa disposta na sala de jantar. A naturalidade ou simplicidade para cavalheiros e damas, eu creio, com seus criados e mobília, será mais bem observada com refeições dentro de casa. Quando vocês se cansarem de comer morangos no jardim, haverá carne fria na casa.

– Bem, como quiser; só não promova uma grande exibição. E, a propósito, será que eu ou a minha governanta podemos lhe ser úteis de alguma forma com a nossa opinião? Por favor, seja sincero, Knightley. Se desejar que eu fale com a sra. Hodges ou inspecione qualquer coisa...

– Não desejo isso nem um pouco, muito obrigado.

– Bem... mas caso surjam quaisquer dificuldades, a minha governanta é extremamente astuta.

– Posso afiançar que a minha se julga tão astuta como qualquer outra e desprezaria qualquer auxílio.

– Eu gostaria de ter um burro. O negócio seria que nós todas fôssemos em burros, Jane, a srta. Bates e eu... e o meu *caro sposo* caminhando ao lado. Realmente preciso falar com ele sobre comprar um burro. Para uma vida no campo, concebo que isso seja uma espécie de imperativo; porque, por mais que uma mulher tenha recursos intermináveis, não é possível que fique o tempo inteiro trancada em casa; e caminhadas muito longas, veja bem... no verão há poeira, e no inverno há lama.

– A senhora não encontrará nem uma nem outra coisa entre Donwell e Highbury. Donwell-lane nunca fica poeirenta e agora está perfeitamente seca. Venha num burro, no entanto, se a senhora preferir. A senhora pode pedir o da sra. Cole emprestado. Eu gostaria que tudo ficasse ao seu gosto tanto quanto possível.

– Estou certa de que gostaria. Sem dúvida eu lhe faço justiça, meu bom amigo. Sob esses peculiares modos secos e ásperos, sei que tem o mais caloroso coração. Como digo ao sr. E., você não passa de um tremendo humorista. Sim, acredite em mim, Knightley, tenho a mais plena noção do seu cuidado comigo nesse esquema como um todo. Acertou em cheio naquilo que me agrada.

O sr. Knightley tinha outra razão para evitar uma mesa na sombra. Ele desejava persuadir o sr. Woodhouse, bem como Emma, a tomar parte no grupo; e sabia que levar qualquer um dos dois a ficar sentado ao ar livre para comer iria inevitavelmente fazê-lo passar mal. O sr. Woodhouse não deveria, sob um especioso pretexto de passeio matinal com uma ou duas horas passadas em Donwell, ser atraído para uma situação de sofrimento.

O sr. Woodhouse foi convidado de boa-fé. Nenhum horror emboscado haveria de admoestá-lo por sua fácil credulidade. Ele consentiu. Fazia dois anos que não visitava Donwell. "Numa manhã bonita ele, e Emma, e Harriet, poderiam muito bem ir; e ele poderia sentar-se quieto com a sra. Weston enquanto as queridas garotas caminhassem pelos jardins. Ele não supunha que pudessem ficar molhadas agora no meio do dia. Gostaria imensamente de rever a velha casa e ficaria muito feliz em encontrar o sr. e a sra. Elton e qualquer outro dos vizinhos. Ele não conseguia ver nenhuma objeção em absoluto a uma visita dele, e de Emma, e de Harriet, numa manhã bem bonita. Considerava uma ótima ideia esse convite do sr. Knightley; algo muito gentil e sensato; bem mais astuto do que jantar fora. Ele não gostava de jantar fora."

O sr. Knightley teve a boa fortuna da mais pronta concordância de todos. O convite foi tão universalmente bem recebido que era como se, a exemplo da sra. Elton, todos os demais avaliassem o esquema como um elogio pessoal. Emma e Harriet professaram as mais altas expectativas de prazer; e o sr. Weston, sem ser solicitado, prometeu fazer com que Frank viesse se juntar ao grupo, se possível – uma prova de aprovação e gratidão bastante dispensável. O sr. Knightley foi então obrigado a dizer que ficaria contente por vê-lo; e o sr. Weston comprometeu-se a escrever sem perda de tempo e a não poupar argumentos para induzi-lo a ir.

Nesse meio-tempo, o cavalo coxo se recuperou tão depressa que o passeio para Box Hill voltou a entrar em feliz consideração; e afinal Donwell teve um dia fixado, com o dia seguinte reservado para Box Hill; o tempo parecia oferecer as mais propícias condições.

Sob um sol brilhante de meio-dia, quase no auge do verão, o sr. Woodhouse foi transportado com segurança em sua carruagem, tendo uma das janelas baixadas para desfrutar do ar fresco do passeio; e num dos mais confortáveis aposentos da abadia, especialmente preparado para ele com um fogo durante a manhã toda, se instalou alegremente, bastante à vontade, disposto a falar com prazer sobre aquilo que se conquistara e aconselhando a todos que se aproximassem, se sentassem e não se aquecessem. A sra. Weston, que parecia ter caminhado até ali com o propósito de se cansar e de ficar sentada com ele o tempo inteiro, permaneceu, quando todos os outros foram convidados ou persuadidos a sair, na condição de paciente ouvinte e simpatizante do sr. Woodhouse.

Emma permanecera sem visitar a abadia por tanto tempo que, tão logo se certificou quanto ao conforto do pai, ficou contente por deixá-lo e olhar ao redor – ávida por refrescar e corrigir a memória com uma observação mais particular, com um entendimento mais exato de uma casa e de um terreno que nunca deixariam de ser interessantes para ela e para sua família.

Ela experimentou todo o honesto sentimento de orgulho e complacência que a sua aliança com os proprietários atual e futuro poderia razoavelmente justificar enquanto contemplava os respeitáveis tamanho e estilo da construção, sua conveniente, adequada e característica situação, baixa e protegida; seus amplos jardins descendo até distantes campinas banhadas por um córrego do qual a abadia, com todo o antigo descaso em relação à perspectiva, mal tinha uma visão – e sua abundância de árvores em fileiras e alamedas que nem a moda e tampouco a extravagância haviam extirpado. A casa era maior do que Hartfield e diferia dela em todos os aspectos, cobrindo um bocado de terreno, tortuosa e irregular, com vários recintos confortáveis e um ou dois aposentos elegantes. Era justamente o que deveria ser e aparentava ser o que era; e Emma sentiu um crescente respeito por ela enquanto residência de uma família de tão verdadeira nobreza, imaculada no sangue e no discernimento. Alguns defeitos de temperamento John Knightley tinha, mas Isabella obtivera os mais irrepreensíveis laços familiares. Ela não lhes dera nem homens, nem nomes nem lugares que pudessem provocar o menor rubor. Tais sentimentos eram prazerosos, e Emma caminhou sem rumo e se entregou a eles até lhe ser necessário fazer como faziam os outros em volta dos canteiros de morangos. O grupo todo estava reunido, com exceção de Frank Churchill, que era esperado para chegar de Richmond a qualquer momento; e a sra. Elton, em todo o seu aparato de felicidade, com o seu grande gorro e o seu cesto, estava mais do que pronta para ser a primeira nos atos de colher, aceitar ou falar – morangos e nada mais, agora só seria possível pensar ou falar sobre morangos. "A melhor fruta na Inglaterra – a favorita de todos – sempre nutritiva. Aqueles os melhores canteiros e as melhores espécies. Delicioso você poder colher os seus – a única maneira de realmente apreciá-los. A manhã decididamente o melhor período – nunca cansando – todas as espécies ótimas – o almiscarado infinitamente superior – nenhuma comparação – os outros dificilmente comestíveis – almiscarados muito escassos – o chileno preferido – branco silvestre o melhor sabor de todos – preço dos morangos em Londres – abundância nos arredores de Bristol – Maple Grove – cultivo – canteiros quando renovar – jardineiros pensando exatamente o oposto – nenhuma regra geral – impossível convencer os jardineiros – fruta deliciosa – só que substanciosa demais para ser comida em grande quantidade – inferior às cerejas – groselhas mais refrescantes – única objeção a colher morangos o agachamento – morrendo de cansaço – não aguentava mais – precisava ir se sentar à sombra."

Desse modo, durante meia hora, se deu a conversação – interrompida somente uma vez pela sra. Weston, que saíra, em sua solicitude pelo enteado, para perguntar se ele havia chegado; e ela estava um pouco inquieta; tinha certos temores em relação ao cavalo do jovem.

Foram encontrados assentos toleravelmente protegidos pela sombra; e agora Emma era obrigada a escutar o que falavam a sra. Elton e Jane Fairfax. Uma situação, a mais desejável das situações, era discutida. A sra. Elton tomara conhecimento de tal possibilidade naquela manhã e estava em êxtase. Não era com a sra. Suckling, não era com a sra. Bragge, mas em esplendor e felicidade era quase como se fosse: era com uma prima da sra. Bragge, uma amiga da sra. Suckling, uma dama conhecida em Maple Grove. Magnífico, encantador, superior, primeiros círculos, esferas, posições, classes, tudo; e a sra. Elton delirava em poder fechar a oferta de imediato. Por parte dela tudo era fervor, energia e triunfo; e ela se recusava positivamente a ceder à negativa de sua amiga, muito embora a srta. Fairfax continuasse lhe assegurando que não iria se comprometer em qualquer coisa no presente momento, repetindo os mesmos motivos que já tinham sido ouvidos em seus rogos anteriores. Mesmo assim a sra. Elton insistia em obter autorização para escrever uma mensagem aquiescente pelo correio do dia seguinte. Era espantoso para Emma que Jane conseguisse suportar tudo aquilo. A jovem de fato parecia vexada, de fato falava em tom incisivo – e por fim, numa tomada de ação incomum para ela, propôs uma retirada. "Não deveriam todos caminhar? Não desejaria o sr. Knightley lhes mostrar os jardins, os jardins como um todo? Ela queria ver a extensão por inteiro." A pertinácia de sua amiga parecia ser mais do que ela conseguia suportar.

Fazia calor, e, após caminhar por algum tempo pelos jardins de uma maneira difusa, dispersa, quase sem qualquer grupo de três, eles seguiram uns aos outros, inconscientemente, até a deliciosa sombra de uma ampla e curta alameda de tílias que, estendendo-se além do jardim num afastamento equidistante do rio, parecia representar o fim das áreas de passeio. A alameda não levava para lugar algum – exceto para uma vista no final por sobre um baixo muro de pedra com pilares altos que pareciam destinados em sua ereção a transmitir o aspecto de uma aproximação da casa que jamais havia existido ali. Por mais discutível, no entanto, que pudesse ser o gosto de tal terminação, era em si um encantador percurso de caminhada, e a vista que a encerrava era extremamente bonita. O considerável declive quase ao pé do qual se situava a abadia gradualmente adquiria uma forma mais íngreme além do limite de seus terrenos; e a uma distância de meia milha se via uma inclinação de considerável brusquidão e grandiosidade, bem revestida com madeira; e ao fundo dessa inclinação, favoravelmente posicionada e protegida, erguia-se Abbey-Mill Farm, com campinas na frente e o rio encerrando e envolvendo tudo numa bela curva.

Era uma visão adorável – adorável para olhos e mente. Verdor inglês, cultura inglesa, conforto inglês, tudo isso visto sob um sol que era brilhante sem ser opressivo.

Nesse caminho Emma e o sr. Weston encontraram todos os outros agrupados; e na direção do panorama ela imediatamente percebeu o sr. Knightley e Harriet distintos dos demais, andando na frente com tranquilidade. O sr. Knightley e Harriet! Era um estranho tête-à-tête, mas ela ficou contente por vê-lo. Houvera um tempo em que ele a teria desdenhado como companheira e lhe dado as costas sem grande cerimônia. Agora eles pareciam imersos em prazerosa conversação. Houvera um tempo, também, no qual Emma teria lamentado ver Harriet num ponto que tanto favorecia Abbey-Mill Farm, mas agora ela não temia tal coisa. A fazenda podia ser contemplada sem perigo com todos os seus suplementos de beleza e prosperidade, ricas pastagens, rebanhos espraiados, pomar em flor e suave coluna de fumaça subindo. Ela juntou-se aos dois diante do muro e os encontrou mais engajados em falar do que em observar a vista. Ele estava informando Harriet sobre métodos de agricultura etc., e Emma ganhou um sorriso que parecia dizer: "Estas são as minhas preocupações. É um direito meu falar sobre tais assuntos sem levantar a suspeita de introduzir Robert Martin". Ela não nutriu essa suspeita. A história era velha demais. Robert Martin provavelmente já deixara de pensar em Harriet. Caminharam juntos, dando algumas voltas ao longo da alameda. A sombra era muito refrescante, e Emma considerou aquela a parte mais prazerosa do dia.

A retirada seguinte os levou à casa; todos precisavam entrar e comer; e todos já estavam sentados e ocupados, e

Frank Churchill ainda não aparecera. A sra. Weston olhava e olhava – em vão. O pai dele não admitia estar inquieto e ria dos temores da madrasta, mas ela não pôde ser curada do desejo de que o jovem se desfizesse de sua égua preta. Ele falara de sua vinda com uma certeza incomum. "Sua tia estava tão melhor que ele não tinha qualquer dúvida de poder ir ao encontro deles." O estado da sra. Churchill, entretanto, como vários se prontificaram a lembrá-la, era passível de variações repentinas que bem poderiam frustrar o sobrinho dela na mais razoável confiança; e a sra. Weston foi persuadida por fim a crer – ou a dizer – que era decerto algum ataque da sra. Churchill o que o impedia de vir. Emma ficou olhando para Harriet enquanto a questão era considerada; esta se comportou muito bem e não traiu qualquer emoção.

O repasto frio estava terminado e os convivas precisavam sair outra vez para ver o que ainda não fora visto, os velhos tanques de peixes da abadia – e talvez alcançar inclusive o trevo, cujo corte seria iniciado no dia seguinte, ou, no mínimo, ter o prazer de sentir calor e se refrescar novamente. O sr. Woodhouse, que já realizara sua pequena ronda na parte mais alta dos jardins, onde nenhuma umidade do rio poderia ser imaginada nem mesmo por ele, não se mexeu do seu lugar; e sua filha resolveu permanecer com ele, de modo que a sra. Weston pudesse ser persuadida pelo marido a sair para o exercício e a variedade dos quais seu espírito parecia necessitar.

O sr. Knightley fizera tudo a seu alcance para o entretenimento do sr. Woodhouse. Livros de gravuras, gavetas de medalhas, camafeus, corais, conchas e todo tipo de coleção familiar encontrável em seus armários haviam sido preparados para seu velho amigo com o propósito de matar agradavelmente o tempo; e a bondade obtivera um perfeito resultado. O sr. Woodhouse tivera uma manhã de pura diversão. A sra. Weston lhe mostrara todos os objetos e agora ele queria mostrar todos os objetos para Emma, afortunado em não ter qualquer semelhança com uma criança exceto na total falta de gosto por aquilo que via, pois ele era lento, metódico e constante. Antes que começasse essa segunda vistoria, no entanto, Emma se dirigiu até o saguão para ganhar alguns momentos de livre observação da entrada e do primeiro piso da casa – e mal havia chegado ali quando Jane Fairfax apareceu, entrando às pressas pela porta do jardim, com uma expressão de fugitiva. Pouco esperando encontrar a srta. Woodhouse, houve um sobressalto a princípio; mas a srta. Woodhouse era justamente a pessoa que ela procurava.

– A senhorita poderia me fazer a gentileza – ela perguntou –, quando derem pela minha falta, de dizer que fui para casa? Estou indo neste momento. A minha tia não tem noção de como já está tarde, tampouco de como já nos ausentamos por um longo tempo; mas estou certa de que o nosso retorno é desejado, e me determinei a voltar agora mesmo. Não fiz menção disso a ninguém, só causaria importunação e trabalho. Alguns foram para os tanques, outros para o passeio das tílias. Até que todos entrem, não darão pela minha falta; quando derem, a senhorita poderia me fazer a bondade de dizer que fui embora?

– Certamente, se esse é o seu desejo; mas a senhorita não vai andar até Highbury sozinha, vai?

– Vou; que dano eu sofreria? Ando rápido. Em vinte minutos estarei em casa.

– Mas é longe demais, longe mesmo, para uma caminhada totalmente solitária. Permita que o criado do meu pai a leve. Permita-me solicitar a carruagem. Ela poderá chegar em cinco minutos.

– Obrigada, obrigada... mas sob hipótese alguma. Prefiro caminhar. E que *eu* possa ter medo de caminhar sozinha! Eu, que muito em breve talvez precise proteger outras!

Ela falava com grande agitação; e Emma retrucou muito compadecidamente:

– Isso não é motivo para que a senhorita fique exposta ao perigo agora. Vou solicitar a carruagem. Até o calor seria um perigo. A senhorita já está cansada.

– Estou – ela respondeu –, estou cansada, mas não é a espécie de cansaço... uma caminhada veloz vai me refrescar.

Srta. Woodhouse, não há quem não saiba, por vezes, o que é ter o espírito fatigado. O meu, confesso, está exausto. A maior gentileza que a senhorita pode me mostrar é me permitir que eu aja segundo a minha própria vontade, dizendo apenas que fui embora quando for necessário.

Emma não teve o que acrescentar em oposição. Ela percebia tudo e, tendo penetrado seus sentimentos, promoveu sua saída imediata da casa e vigiou seu afastamento seguro com o zelo de uma amiga. Seu olhar de despedida foi agradecido; e suas palavras de despedida, "Ah, srta. Woodhouse, o conforto de ficar às vezes sozinha!", pareceram irromper de um coração sobrecarregado e descrever em certo grau a contínua resistência que tinha de ser praticada por ela inclusive perante algumas das pessoas que mais a amavam.

– Que lar, de fato! Que tia! – disse Emma, entrando de novo no saguão. – Sinto a maior piedade da senhorita. E, quanto mais trair a sua sensibilidade em relação a esses verdadeiros horrores, tanto mais eu gostarei da senhorita.

Jane não se ausentara por um quarto de hora e eles mal haviam realizado algumas observações da Praça de São Marcos, em Veneza, quando Frank Churchill entrou na sala. Emma não estivera pensando nele, havia se esquecido de pensar nele, mas ficou muito contente por vê-lo. A sra. Weston iria se acalmar. A égua preta era inocente; tinham razão *aqueles* que haviam nomeado a sra. Churchill como a causa. Uma piora temporária na enfermidade dela detivera o jovem, um ataque nervoso que havia durado algumas horas; e ele praticamente desistira de sequer pensar em vir até a última hora; e, caso tivesse previsto a cavalgada que faria sob um sol tão quente, ou como haveria de chegar tarde a despeito de toda a sua pressa, ele acreditava que nem teria saído. O calor era excessivo; ele nunca enfrentara qualquer coisa parecida – quase desejava ter permanecido em casa – nada o matava mais do que o calor – ele conseguia suportar qualquer grau de frio etc., mas o calor era intolerável; e ele se sentou, escolhendo a maior distância possível dos débeis vestígios do fogo do sr. Woodhouse e exibindo a mais deplorável aparência.

– O senhor logo vai se refrescar, basta sentar quieto – disse Emma.

– Assim que me refrescar, tomarei o meu caminho de volta. Mal podiam abrir mão de mim; mas vocês haviam feito tanta questão da minha vinda! Vocês todos irão embora dentro em pouco, suponho, com o grupo todo se dispersando. Encontrei *uma* de vocês enquanto vinha... Uma loucura, com este tempo! Absoluta loucura!

Emma ouviu, e olhou, e logo percebeu que a melhor definição para o estado de Frank Churchill seria encontrada no expressivo termo "de mau humor". Algumas pessoas ficavam sempre irritadiças quando passavam calor. Talvez a constituição do cavalheiro fosse assim; sabendo que comer e beber era muitas vezes a cura de tais queixas incidentais, Emma recomendou que ele provasse alguma coisa; uma abundância de tudo poderia ser encontrada na sala de jantar; e ela humanamente apontou a porta.

"Não – ele não iria comer. Ele não estava com fome; isso somente o faria sentir mais calor." Passados dois minutos, no entanto, Frank capitulou em seu próprio benefício e, resmungando alguma coisa sobre cerveja de abeto, saiu. Emma retornou todas as suas atenções para o pai, dizendo em segredo:

– Fico contente por ter deixado de estar apaixonada por ele. Não me agradaria um homem que se transtorna tão facilmente com uma manhã quente. O temperamento simples e doce de Harriet não verá problema nisso.

Frank Churchill se ausentou por tempo suficiente para ter tido uma refeição muito confortável e voltou tanto melhor – bastante refrescado, tendo voltado a si, com boas maneiras, capaz de puxar uma cadeira para perto deles, demonstrar interesse pela ocupação dos dois e lamentar, de uma forma razoável, que tivesse chegado tão tarde. Não estava em seu melhor ânimo, mas parecia estar tentando levantá-lo, e afinal se forçou a falar disparates muito agradavelmente. Eles observavam paisagens da Suíça.

– Tão logo a minha tia fique bem, partirei para o exterior – ele disse. – Nunca ficarei sossegado enquanto não tiver visto alguns destes lugares. Vocês terão os meus esboços, mais cedo ou mais tarde, para olhar... ou o meu trajeto para ler... ou o meu poema. Eu haverei de fazer algo para me expor.

– Pode ser que sim... mas não por meio de esboços na Suíça. O senhor nunca irá conhecer a Suíça. O seu tio e a sua tia nunca lhe permitirão sair da Inglaterra.

– Eles poderão ser induzidos a viajar também. Um clima quente poderá ser prescrito para ela. A minha expectativa de que viajaremos todos para o exterior não é nada pequena. Eu lhe garanto que não é. Estou sentindo uma forte persuasão, nesta manhã, de que logo estarei no exterior. Eu deveria viajar. Cansei de não fazer nada. Preciso de uma mudança. Estou falando sério, srta. Woodhouse, seja lá o que os seus olhos penetrantes estejam fantasiando... já estou farto da Inglaterra e a deixaria para trás amanhã, se pudesse.

– O senhor está farto da indulgência e da prosperidade. O senhor não pode inventar para si algumas dificuldades e se contentar em permanecer?

– *Eu*, farto da indulgência e da prosperidade?! A senhorita está completamente enganada. Não vejo a mim mesmo nem como próspero nem como indulgente. Sou frustrado em todas as coisas materiais. Não me considero nem um pouco uma pessoa bem-aventurada.

– O senhor não está tão arrasado, porém, como estava quando primeiro apareceu aqui. Vá comer e beber um pouco mais e o senhor ficará muito bem. Outra fatia de carne fria e outro gole de Madeira e água o deixarão quase em pé de igualdade com o resto de nós.

– Não... não vou sair daqui. Vou ficar sentado com a senhorita. A senhorita é a minha melhor cura.

– Nós iremos para Box Hill amanhã; o senhor vai nos acompanhar. Não é a Suíça, mas terá de ser alguma coisa para um jovem que necessita tanto de uma mudança. O senhor vai permanecer e ir conosco?

– Não, certamente não; irei para casa no frescor do entardecer.

– Mas o senhor poderá voltar no frescor da manhã.

– Não... não vai valer a pena. Se eu voltar, vou ficar irritado.

– Então permaneça em Richmond, por favor.

– Se eu permanecer, porém, ficarei mais irritado ainda. Será insuportável pensar em todos vocês lá sem mim.

– Essas são dificuldades que o senhor precisa estabelecer para si. Escolha o seu próprio grau de irritação. Não vou insistir mais.

O resto do grupo ia retornando agora, e logo estavam todos reunidos. No caso de alguns, a visão de Frank Churchill representou grande alegria; outros o viram com muita compostura; mas houve uma dose muito generalizada de aflição e perturbação quando o desaparecimento da srta. Fairfax foi explicado. A constatação de que era hora para todos partirem encerrou o assunto; e eles se despediram com um ligeiro arranjo final para o esquema do dia seguinte. A pequena inclinação de Frank Churchill por excluir-se diminuiu tanto que suas últimas palavras para Emma foram:

– Bem, se *a senhorita* deseja que eu permaneça para tomar parte no passeio, eu permaneço.

Ela lhe sorriu em aceitação; e nada menos do que uma intimação de Richmond haveria de fazê-lo retornar antes do entardecer seguinte.

Capítulo 43

Eles tiveram um ótimo dia para Box Hill; e todas as outras circunstâncias exteriores de arranjo, acomodação e pontualidade favoreciam um passeio prazeroso. O sr. Weston coordenou tudo, oficiando com segurança o percurso entre Hartfield e o vicariato, e todos chegaram em boa hora. Emma e Harriet foram juntas; a srta. Bates e sua sobrinha, com os Elton; os cavalheiros a cavalo. A sra. Weston permaneceu com o sr. Woodhouse. Não faltava nada, exceto que fossem felizes quando lá chegassem. Sete milhas foram percorridas numa expectativa de diversão, e todos experimentaram um choque de admiração no momento da chegada; no montante geral do dia, porém, houve deficiência. Houve um langor, uma falta de animação e uma falta de união que não puderam ser superados. Eles separavam-se demais em grupos. Os Elton caminhavam juntos; o sr. Knightley se encarregava da srta. Bates e de Jane; e Emma e Harriet pertenciam a Frank Churchill. E o sr. Weston tentou, em vão, fazer com que se harmonizassem melhor. A divisão pareceu ser acidental a princípio, mas nunca variou substancialmente. O sr. e a sra. Elton, de fato, não demonstravam a menor relutância em interagir e ser tão agradáveis quanto pudessem; mas durante as duras horas inteiras passadas na colina pareceu existir um princípio de separação entre os outros grupos que era forte demais para ser removido por quaisquer belos panoramas, ou qualquer fria colação, ou qualquer jovial sr. Weston.

A princípio foi tudo puro tédio para Emma. Ela nunca tinha visto Frank Churchill tão calado e estúpido. Ele não dizia nada que valesse a pena ouvir – olhava sem ver – admirava sem inteligência – escutava sem saber o que ela falava. Na medida em que ele se mostrava tão maçante, não era nenhum espanto que Harriet fosse maçante da mesma forma, e ambos estavam insuportáveis.

Quando todos se sentaram, a situação melhorou; para o gosto de Emma, melhorou muitíssimo, pois Frank Churchill se tornou mais loquaz e alegre, fazendo dela o seu alvo principal. Todas as atenções distintivas que pudessem ser prestadas foram prestadas a ela. Diverti-la e ser agradável a seus olhos parecia ser sua única preocupação – e Emma, contente por ser alentada, não lamentando ser lisonjeada, sentiu-se também alegre, à vontade, e lhe deu pleno e amigável incentivo, com admissão para os modos galantes, como jamais lhe dera no inicial e mais animado período da intimidade entre os dois – um incentivo que agora, porém, em sua própria estimativa, não significava nada, muito embora no julgamento da maioria das pessoas espectadoras aquilo devesse ter tido uma aparência que nenhuma palavra inglesa senão "flerte" poderia descrever com precisão. "O sr. Frank Churchill e a srta. Woodhouse flertaram excessivamente." Eles escancaravam-se à possibilidade dessa frase – e ao seu envio numa carta para Maple Grove por uma dama e para a Irlanda por outra. Não era que Emma estivesse jovial e descuidada devido a qualquer felicidade verdadeira; era antes porque ela se sentia menos alegre do que havia esperado. Emma ria porque estava desapontada; e embora gostasse dele por suas atenções e considerasse todas, fosse em amizade, admiração ou jocosidade, extremamente judiciosas, elas não se mostravam capazes de reconquistar seu coração. Ela ainda o queria como amigo.

– Fico tão agradecido à senhorita – ele disse – por ter pedido que eu viesse hoje! Se não tivesse sido a senhorita, eu certamente teria perdido toda a felicidade deste passeio. Eu estava bastante determinado a ir embora.

– Sim, o senhor estava muito irritado; e não sei com o quê, exceto que se atrasara demais para pegar os melhores morangos. Fui uma amiga mais bondosa do que o senhor merecia. Mas o senhor foi humilde: implorou que eu lhe desse a ordem de vir.

– Não diga que eu estava irritado. Estava cansado. O calor me dominou.

– Hoje está mais quente.

– Não nos meus sentimentos. Eu me sinto perfeitamente confortável hoje.

– O senhor se sente confortável porque está seguindo um comando.

– O seu comando? Sim.

– Talvez tenha sido a minha intenção que o senhor dissesse isso, mas estava me referindo ao comando do autodomínio. O senhor havia, de uma forma ou de outra, rompido limites ontem, querendo fugir do seu próprio manejo; mas hoje o senhor está de volta e, uma vez que eu não posso estar sempre ao seu lado, é melhor confiar no seu temperamento sob o seu próprio comando do que sob o meu.

– Dá no mesmo. Não sou capaz de nenhum autodomínio sem um motivo. Falando ou não, a senhorita me comanda. E a senhorita pode estar sempre comigo; *está* sempre comigo.

– Desde as três horas ontem à tarde. A minha influência perpétua não pode ter começado antes, ou o senhor não teria estado tão mal-humorado antes.

– Três horas ontem à tarde! Essa é a sua data. Eu pensava ter visto a senhorita pela primeira vez em fevereiro.

– A sua galantaria é realmente irrespondível. Mas – (baixando a voz) – ninguém mais está falando além de nós, e é um tanto demasiado ficarmos proferindo disparates para o entretenimento de sete pessoas caladas.

– Não estou dizendo nada que me cause vergonha – ele retrucou com vívida desfaçatez. – Vi a senhorita pela primeira vez em fevereiro. Que todos na colina me ouçam, se puderem. Que o meu timbre se avolume até Mickleham de um lado e Dorking de outro. Vi a senhorita pela primeira vez em fevereiro... Os nossos companheiros – (agora sussurrando) – estão excessivamente entorpecidos. O que faremos para despertá-los? Qualquer disparate servirá. Eles *irão* falar. Damas e cavalheiros, fui ordenado pela srta. Woodhouse (a qual, onde quer que esteja, sempre preside) a dizer que ela deseja saber o que todos vocês estão pensando.

Alguns riram e responderam com bom humor. A srta. Bates disse várias coisas; a sra. Elton se assoberbou diante da ideia de que a srta. Woodhouse presidisse o grupo; e a resposta do sr. Knightley foi a mais distinta:

– Será que a srta. Woodhouse tem certeza de que gostaria de saber o que todos nós estamos pensando?

– Ah, não, não! – exclamou Emma, rindo tão despreocupadamente quanto pôde. – Sob hipótese alguma neste mundo. Isso é simplesmente a última coisa cujo impacto eu suportaria neste exato momento. Permitam-me tomar conhecimento de qualquer coisa, menos daquilo em que vocês todos estão pensando. Não direi bem "todos". Há uma ou duas pessoas, talvez – (olhando de relance a sra. Weston e Harriet) –, cujos pensamentos eu não temeria conhecer.

– É uma espécie de coisa – exclamou a sra. Elton de maneira enfática – sobre a qual *eu* não teria me julgado no privilégio de perguntar. Muito embora, talvez, como a *dama de companhia* do grupo... *eu* nunca fui em qualquer círculo... passeios exploratórios... jovens damas... mulheres casadas...

Seus resmungos eram sobretudo dirigidos ao marido; e ele murmurou em resposta:

– É bem verdade, meu amor, é bem verdade. Exatamente assim, de fato... nunca se ouviu falar... mas certas damas dizem qualquer coisa. Melhor deixar passar como se fosse um gracejo. Todo mundo sabe o que é devido a *você*.

– Não está dando certo – Frank sussurrou para Emma –, eles se sentem, na maioria, afrontados. Vou atacá-los com maior tato. Damas e cavalheiros, fui ordenado pela srta. Woodhouse a dizer que ela descarta o seu direito de saber exatamente o que todos vocês poderão estar pensando e exige apenas algo muito divertido de cada um de vocês, de uma maneira geral. Temos aqui sete de vocês, além de mim (que já sou, ela tem o prazer de dizer, muito divertido de antemão), e ela exige apenas de cada um de vocês ou uma coisa muito astuta, seja em prosa ou verso, original ou repetida... ou duas coisas moderadamente astutas... ou três coisas muito enfadonhas de fato, e ela se compromete a rir de todas entusiasticamente.

– Ah, muito bem! – exclamou a srta. Bates. – Então não preciso me inquietar. "Três coisas muito enfadonhas de fato." Disso sou bastante capaz, percebam. Poderei ter a certeza de dizer três coisas enfadonhas tão logo abrir a minha boca, não poderei? – (olhando em volta com a mais bem-humorada confiança no consentimento de todos). – Não concordam todos que poderei?

Emma não conseguiu resistir:

– Ah, minha cara dama, mas pode haver uma dificuldade. Perdoe-me, mas a senhorita deverá se limitar ao número estabelecido... apenas três de uma vez.

A srta. Bates, enganada pela cerimônia escarnecedora nos modos de Emma, não captou de imediato seu significado; quando a compreensão a golpeou, porém, tal significado não pôde lhe causar raiva, embora um ligeiro rubor demonstrasse que pudera lhe causar dor.

– Ah!, bem... com toda certeza. Sim, entendi o que ela quer dizer – (voltando-se para o sr. Knightley) –, e vou tentar segurar a minha língua. Por certo me faço muito desagradável, caso contrário ela não teria dito algo assim para uma velha amiga.

– Eu gosto do seu plano – exclamou o sr. Weston. – De acordo, de acordo. Farei o meu melhor. Estou criando uma charada. Quanto vai valer uma charada?

– Pouco, eu receio, senhor, muito pouco – respondeu seu filho. – Mas nós seremos indulgentes, especialmente com a pessoa que abrir o caminho.

– Não, não – disse Emma –, não vai valer pouco. Uma charada do sr. Weston haverá de livrar não apenas ele como a pessoa depois dele. Por favor, senhor, permita-me ouvi-la.

– Eu mesmo duvido que seja algo muito astuto – disse o sr. Weston. – É um pouco prosaico demais, mas aqui vai: quais são as duas letras do alfabeto que expressam perfeição?

– Quais duas letras? Que expressam perfeição? Garanto que não sei.

– Ah, vocês nunca vão adivinhar! Você – (para Emma) –, tenho certeza, nunca vai adivinhar. Vou lhe contar. "M" e "A". Em-ma. Entendeu?

O entendimento e a gratificação vieram juntos. Podia ser uma sagacidade bastante medíocre, mas Emma viu nela suficientes méritos para rir e se divertir; e o mesmo se deu com Frank e Harriet. A charada não pareceu tocar o resto do grupo com força semelhante; alguns pareceram enfadados, e o sr. Knightley disse num tom grave:

– Isso explica qual é a espécie de coisa astuta desejada, e o sr. Weston se saiu pessoalmente muito bem; mas ele deve ter acabado com todos os demais. A *perfeição* não deveria ter aparecido tão depressa.

– Ah!, no meu caso, protesto que preciso ser dispensada – disse a sra. Elton. – *Eu* realmente não posso tentar... não sou nem um pouco afeiçoada por esse tipo de coisa. Me ocorreu que me mandaram certa vez um acróstico com o meu nome, algo que não me agradou nem um pouco. Eu sabia de quem aquilo vinha. Um presunçoso abominável! O senhor sabe a quem me refiro – (acenando com a cabeça para o marido). – Coisas desse tipo ficam muito bem no Natal, quando a pessoa fica sentada em volta do fogo; mas completamente fora de lugar, na minha opinião, quando a pessoa está fazendo explorações pelo campo no verão. A srta. Woodhouse precisa me dispensar. Não sou uma dessas pessoas que têm coisas sagazes ao dispor de todo mundo. Não tenho a pretensão de ser sagaz. Conto com uma bela dose de vivacidade à minha própria maneira, mas realmente preciso ter a permissão de julgar quando devo falar e quando devo segurar a minha língua. Queira me liberar, por favor, sr. Churchill. Libere o sr. E., Knightley, Jane e eu. Não temos nada de astuto para dizer... nenhum de nós.

– Sim, sim, por favor me libere – acrescentou seu marido com uma espécie de consciência zombeteira. – *Eu* não tenho nada para dizer que possa entreter a srta. Woodhouse ou qualquer outra jovem dama. Um velho casado... que já não presta para nada. Que tal caminharmos, Augusta?

– Não há nada que eu deseje mais. Estou realmente cansada de ficar explorando por tanto tempo no mesmo ponto. Venha, Jane, pegue o meu outro braço.

Jane declinou da oferta, no entanto, e marido e esposa se foram.

– Feliz casal! – falou Frank Churchill tão logo eles deixaram de poder ouvi-lo. – Como combinam bem um com o outro! Muito afortunados... casando-se como se casaram, a partir de uma intimidade formada somente num lugar público! Os dois se conheceram, creio, no decorrer de bem poucas semanas em Bath! Peculiarmente afortunados! Porque, no que diz respeito a qualquer conhecimento verdadeiro da personalidade de uma pessoa que Bath, ou qualquer lugar público, pode oferecer... é tudo um nada; não pode haver o menor conhecimento. É somente vendo as mulheres em seus próprios lares, inseridas em seu próprio círculo, bem como sempre são, que se poderá formar algum julgamento justo. Com menos do que isso, é tudo palpite ou sorte... e geralmente será má sorte. São incontáveis os homens que já se comprometeram a partir de um conhecimento superficial e se arrependeram pelo resto de suas vidas!

A srta. Fairfax, que raras vezes havia falado antes, exceto entre os seus próprios confederados, falou agora:

– Tais coisas ocorrem mesmo, sem dúvida.

Ela foi interrompida por uma tosse. Frank Churchill se voltou na direção dela para ouvi-la.

– A senhorita estava falando... – ele disse com gravidade.

Ela recuperou sua voz.

– Eu ia somente observar que, embora tais circunstâncias desafortunadas de fato ocorram às vezes tanto a homens quanto a mulheres, não consigo imaginá-las como muito frequentes. Um afeiçoamento apressado e imprudente poderá surgir... mas geralmente há tempo, depois, para uma recuperação. Por certo é possível entender a minha opinião de que somente temperamentos fracos e irresolutos (cuja felicidade deve estar sempre à mercê do acaso) irão enfrentar um conhecimento desafortunado como uma inconveniência, uma opressão eterna.

Frank Churchill não falou nada em resposta; meramente olhou e fez uma mesura em submissão; ele logo depois disse, num tom animado:

– Bem, tenho tão pouca confiança no meu próprio julgamento que, quando acabar me casando, espero que alguém escolha por mim a minha esposa. A senhorita me faria esse favor? – (voltando-se para Emma). – Escolheria uma esposa para mim? Tenho certeza de que qualquer escolha sua me agradaria. A senhorita provê a família, não é mesmo? – (com o sorriso para o pai dele). – Encontre alguém para mim. Não tenho pressa alguma. Adote-a, eduque-a.

– E devo fazer dela uma réplica de mim.

– Com absoluta certeza, se a senhorita puder.

– Muito bem. Aceito a tarefa. O senhor terá uma esposa encantadora.

– Ela precisa ser muito animada e ter olhos castanhos. Essas são as minhas únicas exigências. Ficarei no exterior por um par de anos... e, quando retornar, vou procurar a senhorita para obter a minha esposa. Lembre-se.

Emma não corria nenhum perigo de se esquecer. Aquela era uma tarefa para tocar todos os mais estimados sentimentos. Não seria Harriet a exata criatura descrita? Excetuando-se os olhos castanhos, dois anos mais poderiam fazer dela tudo aquilo que ele desejava. Ele poderia inclusive ter Harriet em seus pensamentos naquele momento; quem saberia dizer? A referência à educação dela parecia sugeri-lo.

– Agora, minha senhora – disse Jane para sua tia –, que tal irmos ao encontro da sra. Elton?

– Como quiser, minha querida. Não há nada que eu deseje mais. Estou bastante pronta. Estava pronta para ter ido com ela, mas agora vai dar no mesmo. Logo alcançaremos a sra. Elton. Lá está ela... não, é outra pessoa. É uma das damas no grupo do carro irlandês, não é nem um pouco parecida com ela. Bem, ora essa...

As duas se afastaram, seguidas meio minuto depois pelo sr. Knightley. Permaneceram apenas o sr. Weston, seu filho, Emma e Harriet; e a vivacidade do jovem cavalheiro atingiu agora um ápice que era quase desagradável. Até Emma se cansou afinal da lisonja e da hilaridade, desejando antes poder andar sossegadamente sem qualquer companhia, ou sentar-se quase sozinha e sem que lhe dessem a menor atenção, numa tranquila observação das belas paisagens abaixo dela. O aparecimento dos criados, procurando por eles para lhes dar notícia das carruagens, foi uma visão alegre; e até o alvoroço do agrupamento e dos preparativos de partida, com a solicitude da sra. Elton por receber a *sua* carruagem primeiro, foi algo suportado de bom grado, na perspectiva do calmo trajeto para casa que haveria de finalizar os muito questionáveis divertimentos daquele dia de prazer. Por outro esquema semelhante, composto de tantas pessoas mal-arranjadas, ela esperava nunca mais se deixar atrair.

Esperando pela carruagem, de súbito ela viu o sr. Knightley a seu lado. Ele olhou em volta, como que para ver se não havia ninguém por perto, e então disse:

– Emma, preciso mais uma vez falar com você como me acostumei a falar... um privilégio antes tolerado do que autorizado, talvez, mas mesmo assim preciso usá-lo. Não consigo constatar que você agiu errado sem lhe fazer uma repreensão. Como você pôde ser tão insensível com a srta. Bates? Como pôde ser tão insolente na sua sagacidade diante de uma mulher com o temperamento, a situação e a idade dela? Emma, eu não teria julgado algo assim possível.

Emma recordou, corou, lamentou, mas tentou fazer pouco do caso.

– Ora, como eu poderia ter deixado de dizer o que disse? Ninguém conseguiria deixar de dizê-lo. Não foi tão absolutamente ruim. Eu me atrevo a dizer que ela não me entendeu.

– Eu lhe garanto que ela entendeu. A srta. Bates sentiu por inteiro o que quis dizer. Ela falou a respeito depois. Gostaria que pudesse ter ouvido como ela falou a respeito... com quanta franqueza e generosidade. Gostaria que você pudesse ter ouvido a srta. Bates honrando a sua clemência em ser capaz de lhe devotar as imensas atenções que ela ficava o tempo todo recebendo de você e do seu pai quando a companhia dela era decerto tão fastidiosa.

– Ah! – exclamou Emma –, sei que não existe melhor criatura no mundo; mas o senhor precisa reconhecer uma coisa: o bom e o ridículo estão misturados nela de uma maneira muitíssimo desafortunada.

– Estão misturados – ele disse –, reconheço; e, fosse ela próspera, eu não me importaria com grande parte da ocasional prevalência do ridículo sobre o bom. Fosse ela uma mulher de fortuna, eu permitiria que todos os absurdos inofensivos tivessem sua vez, não brigaria com você por quaisquer liberdades de trato. Estivesse ela em igualdade de situação com você... mas, Emma, considere como está longe de ser esse o caso. Ela é pobre; ela despencou dos confortos para os quais nasceu; e, se ela viver até uma idade avançada, provavelmente haverá de despencar mais. A situação da srta. Bates deveria merecer forçosamente a sua compaixão. Foi algo péssimo de sua parte, de fato! Você, que ela conhece desde criança pequena, que ela viu crescer numa época em que as atenções dela configuravam uma honra... ver você agora, num capricho impensado e no orgulho do momento, rindo dela, humilhando-a... e além disso na presença da sobrinha... e na presença de outros, muitos dos quais (certamente *alguns*) seriam inteiramente guiados pelo tratamento que *você* lhe desse. Isso não é agradável para você, Emma... e está muito longe de ser agradável para mim, mas eu preciso, eu vou... vou lhe dizer verdades enquanto eu puder, satisfeito por provar ser seu amigo através de um muito leal aconselhamento e confiando que mais cedo ou mais tarde você me fará maior justiça do que consegue fazer agora.

Enquanto conversavam, eles iam avançando na direção da carruagem; a carruagem estava pronta, e, antes que Emma conseguisse falar outra vez, o sr. Knightley já lhe dera sua mão e ela entrara. Ele interpretara mal os sentimentos que a tinham levado a manter o rosto virado e a língua imóvel.

Tais sentimentos eram constituídos apenas de raiva contra si mesma, mortificação e profunda preocupação. Ela não tinha sido capaz de falar e, tendo entrado na carruagem, afundou em seu assento, sobrepujada por um momento; em seguida, censurando-se por não ter feito qualquer gesto de despedida, sem qualquer sinal de reconhecimento e partindo com aparente rabugice, ela olhou para fora com voz e mão, ávida por se mostrar diferente; mas era tarde demais. O sr. Knightley já estava de costas e os cavalos se moviam. Ela continuou olhando para trás, mas em vão; e dentro em pouco, com algo que parecia ser uma velocidade incomum, eles já tinham descido metade da colina, e tudo já ficara distante. Ela estava contrariada numa medida que ultrapassava o que poderia ter sido expresso – quase além daquilo que conseguiria esconder. Nunca se sentira tão agitada, mortificada, entristecida, em qualquer circunstância de sua vida. Sentia-se violentamente atingida. A verdade da representação do sr. Knightley não havia como negar – calava fundo em seu coração. Como podia ter sido tão brutal, tão cruel com a srta. Bates? Como podia ter manifestado uma opinião tão ruim sobre alguém que ela estimava? E como admitia deixá-lo partir sem dizer uma única palavra de gratidão, de concordância, de amabilidade comum?

O tempo não a recompôs. Quanto mais ela refletia, tanto mais parecia sentir. Emma nunca tinha ficado tão deprimida. Felizmente não era necessário falar. Só havia Harriet, que não parecia estar animada por sua vez, exausta e muito disposta a ficar calada; e Emma sentiu as lágrimas escorrendo pelo rosto durante quase o caminho todo para casa sem fazer a menor questão de contê-las, por mais extraordinárias que fossem.

Capítulo 44

A desgraça de um esquema para Box Hill se manteve nos pensamentos de Emma durante a noite toda. Como iriam considerar esse esquema os demais integrantes do grupo ela não saberia dizer. Eles, em suas diferentes casas e diferentes maneiras, poderiam estar pensando em retrospecto com prazer; no entender dela, porém, aquela tinha sido uma manhã mais completamente desperdiçada, mais totalmente despida de satisfação racional na ocasião, e mais digna de ser abominada em recordação, do que qualquer uma que ela jamais passara. Em comparação, uma noite inteira de gamão com seu pai era pura felicidade. *Nisso*, de fato, residia um prazer verdadeiro, pois nisso ela estava abrindo mão das mais doces horas entre as 24 para o conforto do pai e sentindo que, por menos merecido que pudesse ser o grau de carinhoso afeto e crédula estima que recebia dele, ela não poderia, em sua conduta como um todo, ser passível de qualquer reprovação severa. Enquanto filha, Emma esperava não ser desprovida de coração. Segundo acreditava, ninguém poderia ter dito para ela: "Como você pôde ser tão insensível com o seu pai? Eu preciso, eu vou lhe dizer verdades enquanto eu puder". A srta. Bates nunca mais iria... não, nunca! Se um comportamento atencioso, no futuro, pudesse abolir o passado, ela poderia ter alguma esperança de ser perdoada. Ela se mostrara muitas vezes remissa, sua consciência lhe dizia isso; remissa, talvez, mais em pensamento do que nos atos; desdenhosa, indelicada. Mas isso haveria de mudar. No calor da verdadeira contrição, ela iria visitar a srta. Bates na manhã seguinte sem falta, e esse haveria de ser o início, por parte dela, de um relacionamento regular, igual e gentil.

Emma não se viu menos determinada com a chegada da manhã e partiu cedo, de modo que nada pudesse impedi-la.

Não era improvável, ela pensou, que chegasse a ver o sr. Knightley no caminho; ou ele poderia, talvez, aparecer enquanto ela estivesse fazendo sua visita. Ela não tinha objeção a isso; não ficaria envergonhada de transparecer a penitência que era tão justa e verdadeiramente sua. Seus olhos fitaram Donwell ao longo do caminho, mas ela não viu o cavalheiro.

"As damas estavam todas em casa." Ela nunca se regozijara com o som dessas palavras antes, tampouco jamais entrara pela passagem ou subira as escadas com qualquer desejo de dar prazer que não fosse uma concessão obrigatória, muito menos de obter prazer exceto em subsequente ridículo.

Houve um alvoroço com a sua aproximação – uma boa dose de movimentação e conversa. Ela ouviu a voz da srta. Bates, algo precisava ser feito às pressas; a criada exibiu uma expressão assustada e constrangida, desejou que ela fizesse o favor de aguardar um momento e então a introduziu antes da hora. Tia e sobrinha pareciam estar ambas escapando para o quarto adjacente. De Jane ela teve um distinto vislumbre, a visão de um rosto extremamente abatido; e, antes que a porta tivesse isolado as duas, ela pôde ouvir a srta. Bates dizendo:

– Bem, minha querida, eu *direi* que você está deitada na cama, e tenho certeza de que está mal o bastante.

A pobre sra. Bates, cortês e humilde como de costume, passava uma impressão de que não entendia muito bem o que estava acontecendo.

– Receio que Jane não esteja muito bem – ela disse –, mas não sei; me *disseram* que ela está bem. Ouso dizer que a minha filha estará conosco dentro em pouco, srta. Woodhouse. Espero que a senhorita encontre uma cadeira. Queria que Hetty não tivesse saído. Sou bastante incapaz... Já escolheu uma cadeira, minha senhorita? Está sentada no melhor lugar? Tenho certeza de que ela estará conosco dentro em pouco.

Emma desejava seriamente a confirmação dessa certeza; temeu, por um momento, que a srta. Bates quisesse manter-se afastada dela. Mas a srta. Bates logo apareceu – "Muito feliz e agradecida" –, mas a consciência de Emma lhe disse que não havia mais a volubilidade jovial de antes – os modos e a expressão eram menos relaxados. Uma indagação bastante amigável sobre a srta. Fairfax, ela esperava, poderia desbravar um retorno aos velhos sentimentos. O toque pareceu imediato.

– Ah, srta. Woodhouse, a senhorita é tão bondosa! Suponho que ouviu falar... e veio nos dar os seus votos de alegria. Isto não parece muito alegre de mim, sem dúvida – (piscando uma lágrima ou duas) –, mas deixá-la partir será uma grande provação para nós, depois de tê-la conosco por tanto tempo, e ela está com uma dor de cabeça terrível neste exato momento, escrevendo a manhã inteira; cartas tão compridas, perceba, que precisavam ser escritas para o coronel Campbell e a sra. Dixon. "Minha querida", falei eu, "você vai ficar cega"... pois lágrimas lhe cobriam os olhos perpetuamente. A gente não pode se admirar, a gente não pode se admirar. É uma grande mudança; e embora se trate de algo espantosamente afortunado... uma situação, suponho, do tipo que nenhuma jovem jamais encontrou em sua primeira emancipação... não nos considere ingratas, srta. Woodhouse, diante de uma bem-aventurança tão surpreendente – (de novo dispersando suas lágrimas) –, mas, pobre alminha!, se a senhorita pudesse ver a dor de cabeça que ela tem... Quando a pessoa enfrenta uma grande dor, é claro, a pessoa não consegue sentir uma bênção da maneira mais merecida. Ela está tão abatida quanto possível. Só de olhar para ela, ninguém imaginaria o quanto está encantada e feliz por ter assegurado uma situação tão boa. A senhorita precisa desculpá-la por não vir ao seu encontro... ela não tem condições... ela se retirou em seu quarto... quero que fique deitada na cama. "Minha querida", falei eu, "direi que você está deitada na cama"; entretanto, ela não está; está caminhando de um lado para outro no quarto. Mas, agora que já escreveu suas cartas, ela me disse que logo vai ficar bem. Ficará extremamente triste por perder a sua visita, srta. Woodhouse, mas a sua bondade a desculpará. A senhorita foi mantida esperando na porta... fiquei um tanto envergonhada... mas havia de certa forma um pequeno alvoroço... pois ocorreu que nós não tínhamos ouvido a batida e até a sua chegada nas escadas não sabíamos que alguém estava vindo. "É apenas a sra.

Cole", falei eu, "pode ter certeza. Ninguém mais apareceria tão cedo." "Bem", falou ela, "é preciso enfrentar a situação mais cedo ou mais tarde, e pode muito bem ser agora." Mas então Patty entrou e disse que era a senhorita. "Ah!", falei eu, "é a srta. Woodhouse: tenho certeza de que você vai querer vê-la." "Não posso ver ninguém", falou ela; e se levantou e quis ir embora; e isso foi o que nos levou a manter a senhorita esperando... e extremamente tristes e envergonhadas nós ficamos. "Se você precisa ir, minha querida", falei eu, "então vá, e direi que você está deitada na cama."

Emma ficou muito sinceramente interessada. Seu coração vinha se afeiçoando por Jane fazia um bom tempo; e aquele retrato de seus presentes sofrimentos agiu como uma cura para todas as mesquinhas suspeitas anteriores, deixando-lhe nada senão piedade; e a recordação das menos justas e menos amáveis sensações do passado a obrigou a admitir que Jane podia muito naturalmente resolver que veria a sra. Cole ou qualquer outra amiga constante quando podia não suportar ver a srta. Woodhouse. Ela pronunciou o que sentia com fervorosa lástima e solicitude – sinceramente desejando que as circunstâncias transmitidas pela srta. Bates, a serem agora esclarecidas, pudessem conferir à srta. Fairfax a maior dose possível de conforto e vantagem. "Aquilo era decerto uma severa provação para todas elas. Ela entendera que tudo seria postergado até o retorno do coronel Campbell."

– Tão absolutamente generoso! – retrucou a srta. Bates. – Mas a senhorita é sempre generosa.

Não havia como suportar esse "sempre"; e para romper a tenebrosa gratidão Emma lhe fez uma indagação direta:

– Posso perguntar para onde a srta. Fairfax está indo?

– Para uma certa sra. Smallridge... mulher encantadora... muitíssimo superior... para ficar encarregada de suas três meninas pequenas... crianças maravilhosas. Impossível que alguma situação pudesse ser mais repleta de conforto; se excetuarmos, talvez, a própria família da sra. Suckling, e a da sra. Bragge; mas a sra. Smallridge é íntima de ambas, e exatamente na mesma vizinhança: morando a meras quatro milhas de Maple Grove. Jane vai ficar a uma distância de meras quatro milhas de Maple Grove.

– A sra. Elton, suponho, é a pessoa a quem a srta. Fairfax deve...

– Sim, a nossa boa sra. Elton. A mais incansável e verdadeira amiga. Ela não quis aceitar uma recusa; não permitiu que Jane dissesse "não", porque, quando Jane tomou conhecimento (foi anteontem, na exata manhã que passamos em Donwell), quando Jane tomou conhecimento, se mostrou bastante decidida em não aceitar a oferta, e pelas razões que a senhorita mencionou; exatamente como disse a senhorita, ela tinha colocado na cabeça que não queria ter nada fechado até o retorno do coronel Campbell, e nada seria capaz de fazer com que ela ingressasse num compromisso qualquer no presente momento... e foi o que ela disse à sra. Elton várias e várias vezes... e garanto que me pareceu que ela nunca iria mudar de ideia! Mas a nossa boa sra. Elton, cujo julgamento nunca lhe falta, viu mais longe do que eu. Nem todo mundo teria resistido com a firmeza que ela demonstrou, rejeitando a resposta de Jane; mas ela positivamente declarou que *não* escreveria ontem qualquer negativa do tipo, como Jane queria que ela fizesse; ela esperaria... e, com toda certeza, ontem à noite ficou tudo acertado: Jane iria. Uma bela surpresa para mim! Não fazia a menor ideia! Jane levou a sra. Elton para um canto e lhe disse de pronto que, tendo pensado melhor sobre as vantagens da situação da sra. Smallridge, ela tinha tomado a resolução de aceitar a oferta. Sequer uma palavra chegou aos meus ouvidos até estar tudo acertado.

– Vocês passaram a noite com a sra. Elton?

– Sim, nós todas; a sra. Elton fez questão de que fôssemos. Isso ficou combinado na colina, enquanto andávamos com o sr. Knightley. "Vocês *todas precisam* passar a sua noite conosco", falou ela, "eu verdadeiramente preciso da presença de *todas* vocês."

– O sr. Knightley estava lá também, por acaso?

– Não, o sr. Knightley não; ele declinou desde o primeiro instante; e muito embora eu pensasse que ele apareceria, porque a sra. Elton declarou que não o deixaria escapar, ele não apareceu... mas a minha mãe e Jane e eu estávamos todas lá, e uma noite muito agradável nós tivemos. Amigos tão bondosos, não é mesmo, srta. Woodhouse, a gente deve sempre considerar agradáveis, embora todos parecessem um tanto exaustos após o passeio da manhã. Até o prazer, não é mesmo, é cansativo... e não posso dizer que algum dos presentes parecesse ter gostado muito do passeio. Entretanto, *eu* sempre pensarei nele como um passeio muito aprazível e me sentirei extremamente agradecida aos bondosos amigos que me incluíram nele.

– A srta. Fairfax, suponho, ainda que a senhorita não se apercebesse, estivera formando essa resolução o dia inteiro.

– Ouso dizer que sim.

– Quando quer que possa chegar a hora, isso decerto será importuno para ela e para todos os seus amigos... mas espero que o encargo dela lhe proporcione todas as mitigações possíveis... quero dizer, em relação à reputação e aos modos da família.

– Muito obrigada, minha querida srta. Woodhouse. Sim, sem dúvida, há tudo neste mundo para poder fazê-la feliz na situação. Afora os Suckling e os Bragge, não há outro estabelecimento com crianças que seja igual, que seja tão liberal e elegante, em meio a todos os conhecidos da sra. Elton. A sra. Smallridge, uma mulher simplesmente maravilhosa! Um estilo de vida quase idêntico ao de Maple Grove... e quanto às crianças, afora os pequenos Suckling e os pequenos Bragge, não há crianças doces e elegantes que se equiparem em lugar algum. Jane será tratada com tamanha consideração e bondade! Ela não terá nada senão prazer, uma vida de prazer. E o salário dela! Realmente não posso me aventurar a nomear o salário dela na sua presença, srta. Woodhouse. Até a senhorita, acostumada como é a grandes somas, dificilmente acreditaria que tanto pudesse ser dado a uma jovem como Jane.

– Ah, minha cara senhorita – exclamou Emma –, se as outras crianças forem em qualquer medida parecidas com aquilo que eu mesma lembro ter sido, pensarei que cinco vezes o montante daquilo que jamais ouvi nomearem como salário em ocasiões assim será mais do que merecido.

– A senhorita é tão nobre nas suas ideias!

– E quando é que a srta. Fairfax vai deixá-las?

– Muito em breve, muito em breve de fato; essa é a pior parte. Dentro de uma quinzena. A sra. Smallridge tem a maior pressa. A minha pobre mãe não sabe como enfrentar a perda. Por isso tento tirar a ideia da cabeça dela e falar: "Por favor, minha senhora, vamos parar de pensar nisso".

– Os amigos todos decerto ficarão tristes por perdê-la; e o coronel e a sra. Campbell não ficarão tristes por constatar que ela se comprometeu antes do retorno deles?

– Sim, Jane diz ter certeza de que ficarão; mesmo assim, esta é uma situação que, segundo Jane sente, ela não teria justificativa para declinar. Fiquei tão atônita quando ela começou a me contar o que andara dizendo à sra. Elton, e quando a sra. Elton, ao mesmo momento, veio me dar suas congratulações! Foi antes do chá... espere... não, não podia ser antes do chá, porque bem naquela hora estávamos indo jogar cartas... e, no entanto, foi antes do chá, porque me lembro de pensar... Ah, não, agora recordei, agora sei; aconteceu algo antes do chá, mas não foi isso. O sr. Elton foi atender a um chamado e saiu da sala antes do chá, o filho do velho John Abdy queria falar com ele. Pobre John, tenho um grande respeito pelo velho; ele trabalhou para o meu pobre pai por 27 anos; e agora, pobre velho, está acamado, num péssimo estado, com gota reumática nas juntas... preciso ir vê-lo hoje; e Jane irá comigo, tenho certeza, se conseguir sair de casa. E o filho do pobre John veio falar com o sr. Elton para obter licença da paróquia; ele mesmo está muito bem de vida, perceba, com posição de chefia no Crown, cavalariço e tudo mais, mas mesmo assim ele não pode deixar seu pai sem alguma ajuda; e assim, ao voltar, o sr. Elton nos contou o que John cavalariço estivera lhe contando, e então se soube sobre o carro ter sido enviado a Randalls para levar o sr. Frank Churchill para Richmond. Isso foi o que aconteceu antes do chá. Foi depois do chá que Jane falou com a sra. Elton.

A srta. Bates mal concedeu a Emma o tempo necessário para dizer o quanto aquela circunstância era perfeitamente nova para ela, mas, supondo ser impossível que Emma pudesse ignorar quaisquer pormenores sobre a ida do sr. Frank Churchill, tratou de relatá-los todos, e o fato não teve importância.

O que o sr. Elton soubera do cavalariço nesse assunto, consistindo na acumulação do conhecimento do próprio cavalariço com o conhecimento dos criados em Randalls, era que um mensageiro viera de Richmond pouco após o grupo ter retornado de Box Hill – mensageiro esse que, entretanto, não tinha sido mais do que algo já esperado – e que o sr. Churchill enviara para seu sobrinho bem poucas linhas contendo, de um modo geral, um tolerável informe sobre a sra. Churchill e apenas desejando que ele não adiasse o retorno além do início da manhã seguinte; mas que, com o sr. Frank Churchill tendo resolvido ir para casa diretamente, sem mais demora, e com seu cavalo parecendo estar resfriado, Tom tinha sido imediatamente enviado ao Crown para buscar o carro, e o cavalariço saíra e vira o carro passar, com o postilhão imprimindo um bom ritmo e conduzindo com ímpeto.

Não havia nada nisso tudo para espantar ou interessar, e as atenções de Emma só se mantiveram presas na medida em que havia uma relação com o assunto que já ocupava sua mente. O contraste entre a importância da sra. Churchill no mundo e a de Jane Fairfax a impressionava; uma era tudo, a outra, nada – e ela ficou refletindo sobre a diferença no destino da mulher, e um tanto inconsciente do objeto no qual seus olhos se fixavam, até ser despertada pela afirmação da srta. Bates:

– É, eu sei o que há nos seus pensamentos: o piano-forte. O que será do instrumento? É bem verdade. A pobre Jane estava falando disso agora mesmo. "Você precisa ir", falou ela. "Você e eu precisamos nos separar. Você não terá qualquer utilidade aqui... Que ele permaneça, no entanto", falou ela. "Dê acomodação para o instrumento até que o coronel Campbell retorne. Falarei com ele a respeito; ele ajeitará tudo para mim; ele vai me ajudar a sair de todas as minhas dificuldades." E até hoje, eu acredito, ela não sabe se o presente veio dele ou da filha dele.

Agora Emma se viu na obrigação de pensar no piano-forte; e a recordação de todas as suas fantasiosas e injustas conjecturas anteriores foi tão pouco prazerosa que ela logo se permitiu acreditar que a sua visita já se alongara o bastante e, com uma repetição de todas as coisas que ela podia se aventurar a dizer sobre os bons votos que realmente desejava, despediu-se.

Capítulo 45

As pensativas meditações de Emma, enquanto caminhava para casa, não foram interrompidas; entrando na sala de estar, porém, ela encontrou pessoas que haveriam de despertá-la. O sr. Knightley e Harriet haviam chegado durante a sua ausência e estavam sentados com seu pai. O sr. Knightley levantou-se no mesmo ato e, de uma maneira decididamente mais grave do que a usual, disse:

– Eu não partiria sem vê-la, mas não tenho tempo a perder e por isso preciso ir embora o quanto antes. Estou indo para Londres, vou passar alguns dias com John e Isabella. Você tem alguma coisa para mandar ou dizer, além do "amor" que ninguém entrega?

– Nada em absoluto. Mas não é este um esquema repentino?

– Sim... bastante... Ando pensando nele faz algum tempo.

Emma teve certeza de que não a perdoara; não parecia o mesmo. O tempo, contudo, pensou ela, diria a ele que os dois deveriam ser amigos outra vez. Enquanto ele se mantinha parado, como que pretendendo ir mas não indo, o pai dela iniciou suas indagações.

– Bem, minha querida, e você chegou lá em segurança? E como você encontrou a minha valorosa e velha amiga e sua filha? Ouso dizer que elas devem ter ficado muito agradecidas pela sua ida. A querida Emma foi visitar a sra. e a srta. Bates, sr. Knightley, como lhe contei antes. Ela é sempre tão atenciosa com elas!

O rubor do rosto de Emma intensificou-se com esse louvor injusto; e com um sorriso e um sacudir da cabeça – que falaram muito – ela olhou para o sr. Knightley. Foi como se surgisse uma impressão instantânea em favor dela, como se os olhos dele recebessem a verdade dos dela e tudo aquilo que se passara de bom nos sentimentos dela fosse de uma só vez apreendido e honrado. Ele olhou para ela com uma incandescência de respeito. Emma ficou calorosamente gratificada... e um instante depois ficou ainda mais, com um pequeno movimento de mais do que comum cordialidade por parte dele. O sr. Knightley lhe tomou a mão; se ela mesma não fizera o primeiro gesto, Emma não saberia dizer – ela poderia, talvez, ter antes oferecido a mão – mas ele tomou-a, pressionou-a, e estava certamente a ponto de levá-la aos lábios – quando, por um capricho qualquer, de súbito a soltou. A razão pela qual ele sentiu tal escrúpulo, pela qual mudou de ideia quando não faltava senão consumar o ato, ela não conseguiu perceber. Ele teria demonstrado melhor julgamento, Emma pensou, se não tivesse parado. A intenção, contudo, era indubitável, e, fosse porque os modos dele tivessem em geral tão pouca galantaria, ou fosse lá como se desse aquilo, ela julgou que nada lhe caía tão bem. Nele aquilo assumia uma natureza simples porém muito dignificada. Ela não conseguia deixar de recordar a tentativa com grande satisfação. Aquilo expressava uma perfeita disposição amistosa. O sr. Knightley os deixou no instante seguinte – se foi de um momento para o outro. Ele sempre se movia com a presteza de uma mente que não podia ser nem indecisa nem dilatória, mas agora parecera mais abrupto do que de costume no seu desaparecimento.

Emma não poderia lamentar ter ido ao encontro da srta. Bates, mas desejou que a tivesse deixado dez minutos antes; teria sido um grande prazer discutir a situação de Jane Fairfax com o sr. Knightley. Tampouco lamentaria que ele estivesse partindo para Brunswick Square, pois sabia o quanto essa visita seria apreciada – mas tal viagem poderia ter ocorrido em melhor hora, e ter estado ciente dela com maior antecedência teria sido mais agradável. Os dois separavam-se como grandes amigos, no entanto; ela não poderia estar enganada quanto ao significado do semblante do cavalheiro e àquela galantaria inacabada; era tudo para assegurá-la de que ela tinha recuperado plenamente a boa opinião dele. O sr. Knightley ficara sentado com eles por meia hora, Emma descobriu. Era uma pena que ela não tivesse voltado mais cedo!

Na esperança de desviar os pensamentos de seu pai da desagradável ida do sr. Knightley a Londres, e de uma ida tão súbita – e de uma ida a cavalo, algo que, ela sabia, seria de todo muito ruim –, Emma comunicou sua notícia de Jane Fairfax, e a sua confiança no efeito foi justificada: a comunicação proporcionou uma suspensão muito útil, gerando interesse sem perturbá-lo. Havia muito ele se decidira pela emancipação de Jane Fairfax como preceptora, conseguindo falar a respeito com jovialidade, mas a ida para Londres do sr. Knightley tinha sido um golpe inesperado.

– Fico de fato muito contente, minha querida, por saber que ela está tão confortavelmente estabelecida. A sra. Elton é muito bem-intencionada e agradável, e me atrevo a dizer que os seus conhecidos são justamente o que deveriam ser. Espero que se trate de uma situação seca, e que tomem bastante cuidado da saúde dela. Essa deveria ser uma preocupação primordial, como posso garantir que a saúde da srta. Taylor sempre foi para mim. Veja bem, minha querida, ela vai ser para essa nova dama o que a srta. Taylor foi para nós. E espero que ela se saia melhor num aspecto, não sendo induzida a ir embora depois de ter feito daquele o seu lar por tanto tempo.

O dia seguinte trouxe uma notícia de Richmond para lançar tudo mais num segundo plano. Uma mensagem expressa chegou a Randalls anunciando a morte da sra. Churchill! Embora Frank não tivesse tido nenhuma razão especial para precipitar o retorno por conta dela, a dama não vivera mais do que 36 horas na presença do sobrinho. Um ataque súbito de natureza extraordinária, divergente de qualquer coisa prenunciada por seu estado geral, a levara depois de uma breve luta. A grande sra. Churchill não mais existia.

A notícia foi sentida como tais coisas devem ser sentidas. Todos manifestaram algum grau de tristeza e gravidade, de enternecimento para com a falecida e de solicitude pelos amigos sobreviventes – e, no momento razoável, curiosidade por saber onde ela seria enterrada. Goldsmith nos diz que, quando uma graciosa mulher cede ao desatino, nada lhe resta senão morrer; e, quando ela cede a ser desagradável, esse fim deverá ser igualmente recomendado como um eliminador da má reputação. A sra. Churchill, tendo inspirado desgosto por no mínimo 25 anos, era agora mencionada com misericordiosas concessões. Num ponto ela foi plenamente justificada. Até então ninguém jamais admitira que ela tivesse alguma doença séria. O acontecimento absolveu-a de todas as culpas caprichosas e egoístas da reclamação imaginária.

"Pobre sra. Churchill! Sem dúvida ela estivera sofrendo muito, mais do que qualquer pessoa jamais supusera – e a dor contínua era uma provação para o temperamento. Tratava-se de um triste acontecimento – um grande choque – apesar de todos os seus defeitos, o que faria o sr. Churchill sem ela? A perda do sr. Churchill seria terrível, sem dúvida. O sr. Churchill nunca conseguiria superar aquilo." Até o sr. Weston balançou a cabeça e disse com expressão solene: "Ah!, pobre mulher, quem teria imaginado algo assim?", e resolveu que o seu luto deveria ser o mais elegante possível; e sua esposa ficou suspirando e moralizando por sobre os seus amplos debruns com uma comiseração e um bom senso verdadeiros e firmes. Como aquilo afetaria Frank esteve nos primeiros pensamentos de ambos. Essa foi também uma das primeiríssimas especulações de Emma. A reputação da sra. Churchill, o pesar de seu marido – ela sondou os dois mentalmente, com pasmo e compaixão, e então se deteve, com sentimentos abrandados, em como Frank poderia ser afetado pelo acontecimento, em como ele poderia ser beneficiado e libertado. Num instante ela percebeu todas as possíveis benesses. Agora, um relacionamento com Harriet Smith não encontraria obstáculo algum. O sr. Churchill, independente de sua esposa, não era temido por ninguém – um homem tranquilo e manejável que poderia ser persuadido a qualquer coisa por seu sobrinho. Só restava desejar que o sobrinho formasse esse relacionamento que, com toda a sua boa vontade na causa, Emma não conseguia sentir qualquer certeza de já estar formado.

Harriet comportou-se extremamente bem na ocasião, com grande autodomínio. Por mais que pudesse estar sentindo alguma esperança mais brilhante, não traiu nada. Emma ficou gratificada em observar nela tamanha prova de um temperamento fortalecido e se absteve de qualquer alusão que pudesse colocar em perigo a sua manutenção. Elas falaram sobre a morte da sra. Churchill, portanto, com mútua clemência.

Foram recebidas em Randalls breves cartas de Frank comunicando apenas o que era imediatamente importante no estado e nos planos deles. O sr. Churchill estava melhor do que se poderia esperar; e o primeiro deslocamento deles, na partida do funeral para Yorkshire, haveria de se dar rumo à casa de um muito velho amigo em Windsor, a quem o sr. Churchill estivera prometendo uma visita nos últimos dez anos. No presente momento, nada poderia ser feito por Harriet; o único desejo ainda possível por parte de Emma eram bons votos para o futuro.

Uma preocupação mais urgente era demonstrar atenção a Jane Fairfax, cujas perspectivas iam se fechando enquanto as de Harriet se abriam, e cujos compromissos não autorizavam nenhuma perda de tempo, agora, aos habitantes de Highbury que desejassem lhe demonstrar bondade – e no caso de Emma esse desejo passou a ser uma prioridade. Dificilmente ela sentia um arrependimento mais forte do que o inspirado por sua frieza pretérita; e a pessoa que por vários meses ela estivera negligenciando era agora precisamente aquela com a qual ela teria esbanjado todas as distinções de respeito ou simpatia. Emma queria ser útil para ela; queria demonstrar uma estima por sua sociedade, atestando respeito e consideração. Resolveu convencer a srta. Fairfax a passar um dia em Hartfield. Um bilhete foi escrito para lhe instar. O convite foi recusado, e por meio de uma mensagem verbal. "A srta. Fairfax não estava bem o bastante para escrever"; e quando da visita do sr. Perry a Hartfield, naquela mesma manhã, transpareceu que estava tão indisposta que tivera de ser visitada, muito embora num desafio de seu próprio consentimento, pelo sr. Perry em pessoa, e que ela estava sofrendo severas dores de cabeça e uma febre nervosa numa intensidade que o fazia duvidar da possibilidade de que ela se transferisse para a casa da sra. Smallridge na data prevista. Sua saúde parecia, naquele momento, completamente desarranjada – o apetite um tanto perdido –, e, embora não existissem quaisquer sintomas absolutamente alarmantes, nada que tocasse a enfermidade pulmonar (a permanente apreensão da família), o sr. Perry sentia-se inquieto em função dela. Ele julgava que ela se responsabilizara por algo que ultrapassava suas capacidades e sabia em seu íntimo ser esse o caso, embora não o reconhecesse. Seu espírito parecia estar sobrepujado. Sua presente residência, o sr. Perry não podia deixar de observar, era desfavorável para uma desordem nervosa – confinada sempre num único quarto – ele teria desejado algo diferente – e sua boa tia, embora fosse uma velha amiga, ele precisava confessar, não era a melhor companheira para uma inválida de tal descrição. Os cuidados e atenções não podiam ser questionados; eles eram, na verdade, grandes até demais. Ele muito temia que a srta. Fairfax derivasse mais malefícios do que benefícios de tais cuidados. Emma ouvia tudo com a mais calorosa preocupação, afligia-se por ela cada vez mais e olhava em volta, ávida por descobrir alguma maneira de ser útil. Tirá-la – nem que fosse por somente uma hora ou duas – de sua tia, proporcionar a ela uma mudança de ares e de cenário e uma calma conversação racional, por apenas uma hora ou duas, poderia lhe fazer bem; e na manhã seguinte Emma escreveu de novo para dizer, na mais sensível linguagem que pôde dominar, que a buscaria com a carruagem a qualquer hora que Jane nomeasse – mencionando contar com a decidida opinião do sr. Perry em favor de tal exercício para sua paciente. A resposta limitou-se a este conciso bilhete:

"Cumprimentos e agradecimentos da srta. Fairfax, mas um tanto incapacitada para qualquer exercício."

Emma sentiu que o seu próprio bilhete havia merecido algo melhor; mas era impossível brigar com palavras cuja trêmula desigualdade revelava indisposição tão claramente, e ela só pensou em como poderia contrapor com maior eficácia essa relutância em ser vista ou auxiliada. A despeito da resposta, portanto, solicitou a carruagem e se dirigiu à casa da sra. Bates, na esperança de que Jane se deixasse induzir a lhe fazer companhia – mas isso de nada serviu; a srta. Bates veio até a porta da carruagem toda gratidão e concordando com ela muito fervorosamente na ideia de que um arejamento poderia ser do máximo proveito – e todos os argumentos possíveis numa mensagem foram tentados – mas tudo em vão. A srta. Bates foi obrigada a retornar sem sucesso; Jane se mostrava um tanto inflexível; a mera proposta de sair parecia deixá-la pior. Emma desejou que pudesse ter visto a jovem para testar seus próprios poderes, mas, quando estava quase a ponto de sugerir tal desejo, a srta. Bates deixou transparecer que havia prometido à sobrinha não permitir a entrada da srta. Woodhouse sob hipótese alguma. "De fato, a verdade era que a pobre Jane não suportaria ver ninguém – absolutamente ninguém – a sra. Elton, de fato, não poderia ser rejeitada – e a sra. Cole fizera tamanha questão – e a sra. Perry dissera tanta coisa – mas, com exceção delas, Jane realmente não veria ninguém."

Emma não queria ser colocada na classe das senhoras Elton, e senhoras Perry, e senhoras Cole, que forçavam suas entradas em qualquer lugar; tampouco seria capaz de sentir qualquer direito de preferência para si; ela submeteu-se, portanto, e fez apenas uma indagação adicional à srta. Bates quanto à dieta e ao apetite da sobrinha, com os quais ansiava por ser capaz de contribuir. Nesse tópico a pobre srta. Bates mostrou-se muito infeliz e muito comunicativa; Jane mal chegava a comer alguma coisa; o sr. Perry recomendava comida nutritiva, mas tudo aquilo que elas conseguiam obter (e ninguém jamais tivera vizinhos tão bons) era repugnante.

Emma, chegando em casa, chamou a governanta no mesmo instante para uma verificação de seus estoques; e uma remessa de araruta da mais superior qualidade foi despachada sem demora para a srta. Bates com um bilhete muito amigável. A araruta foi devolvida em meia hora, com mil agradecimentos da srta. Bates, mas "a querida Jane não se daria por satisfeita sem a devolução do presente; era uma coisa que ela não tinha como aceitar – e, além do mais, Jane insistia que ela dissesse que não lhe faltava nada em absoluto".

Quando Emma soube, depois, que Jane Fairfax havia sido vista perambulando pelas campinas, a certa distância de Highbury, na tarde do exato dia no qual ela tinha, alegando estar incapacitada para qualquer exercício, recusado tão peremptoriamente sair em sua companhia na carruagem, não pôde ter a menor dúvida – juntando todas as peças – de que Jane resolvera não receber nenhuma bondade *dela*. Ela lamentou, lamentou muito. Seu coração se afligiu por um estado que pareceu tão mais deplorável com essa espécie de irritação do espírito, inconsistência de ação e desigualdade de poderes; e lhe causou mortificação que ela ganhasse tão pouco crédito por sentimentos apropriados ou fosse estimada como tão pouco digna na condição de amiga; mas teve o consolo de saber que suas intenções eram boas e de ser capaz de dizer a si mesma que, pudesse o sr. Knightley ter privado de todas as suas tentativas de auxiliar Jane Fairfax, pudesse ele até mesmo ter tomado conhecimento do que se passava no coração dela, ele não teria encontrado, na presente ocasião, nada para censurar.

Capítulo 46

Certa manhã, por volta de dez dias após o falecimento da sra. Churchill, Emma foi chamada ao andar de baixo para ver o sr. Weston, que "não podia permanecer cinco minutos e queria particularmente falar com ela". Ele a encontrou na porta da sala de estar e, mal lhe perguntando como ela estava no timbre natural de sua voz, baixou-a imediatamente para dizer, sem ser ouvido pelo sr. Woodhouse:

– Você poderia vir a Randalls em algum momento nesta manhã? Venha, se for possível. A sra. Weston quer vê-la. Ela precisa vê-la.

– Ela não está bem?

– Não, não, nada disso; apenas um pouco agitada. Ela teria solicitado a carruagem para vir ao seu encontro, mas ela precisa vê-la *sozinha*, e isso, veja bem... – (acenando com a cabeça na direção do sr. Woodhouse). – Ora essa! Você pode vir?

– Certamente. Agora mesmo, se o senhor quiser. É impossível recusar o que o senhor pede dessa maneira. Mas qual será o problema? Ela não está doente mesmo?

– Você pode confiar em mim; mas pare de fazer perguntas. Você saberá de tudo no devido tempo. O negócio mais inexplicável! Mas silêncio total!

Adivinhar o que tudo aquilo queria dizer era impossível até mesmo para Emma. Algo realmente importante parecia ser anunciado pela expressão do sr. Weston; também na condição de amiga da sra. Weston, porém, ela tentou não ficar inquieta e, acertando com seu pai que faria sua caminhada agora, ela e o sr. Weston logo saíram da casa juntos e tomaram o rumo de Randalls num passo apressado.

– Agora – disse Emma, quando já estavam razoavelmente afastados do portão da entrada –, agora, sr. Weston, permita-me saber o que aconteceu.

– Não, não – ele retrucou num tom grave. – Não me peça isso. Prometi a minha esposa que deixaria tudo para ela. Ela vai lhe fazer a revelação toda melhor do que eu faria. Não fique impaciente, Emma; tudo vai vir à tona muito em breve.

– Revele tudo para mim – exclamou Emma paralisada de terror. – Por Deus! Sr. Weston, conte-me tudo agora mesmo. Algo aconteceu em Brunswick Square. Sei que aconteceu. Conte-me, ordeno que o senhor me conte o que é neste exato momento.

– Não, você está de fato enganada.

– Sr. Weston, não brinque comigo. Considere quantos dos meus mais queridos amigos estão agora em Brunswick Square. É com qual deles? Eu ordeno ao senhor por tudo que é sagrado, não queira esconder algo de mim.

– Eu lhe dou a minha palavra, Emma.

– A sua palavra?! Por que não a sua honra? Por que não me dar a sua palavra de honra de que o fato não tem nada a ver com eles? Céus! O que é que poderá ser *revelado* a mim que não tenha relação com alguém dessa família?

– Eu juro pela minha honra – ele falou com muita seriedade –, não tem; não há o menor grau de ligação com qualquer ser humano de nome Knightley.

A coragem de Emma retornou e ela seguiu caminhando.

– Foi um erro meu – ele continuou – falar numa *revelação* a você. Eu não devia ter usado a expressão. Na verdade, o caso não lhe diz respeito... diz respeito somente a mim... isto é, nós esperamos. Ora essa! Em suma, minha querida Emma, não há motivo para tamanha inquietação nesse assunto. Não digo que não seja um negócio desagradável, mas as coisas poderiam ser bem piores. Se andarmos rápido, logo estaremos em Randalls.

Emma constatou que precisava esperar; e agora isso lhe requeria pouco esforço. Não fez perguntas adicionais, portanto, meramente empregando sua própria imaginação, e esta logo lhe salientou a probabilidade de que fosse alguma preocupação monetária – algo que acabara de vir à luz, de uma natureza desagradável nas circunstâncias da família, algo que o recente acontecimento em Richmond havia trazido para o primeiro plano. Sua imaginação mostrou-se muito ativa. Meia dúzia de filhos ilegítimos, talvez, e o pobre Frank deserdado! Isso, embora muito indesejável, não seria uma fonte de agonia para ela; inspirava pouco mais do que uma curiosidade animada.

– Quem é aquele cavalheiro a cavalo? – Emma perguntou enquanto avançavam, falando mais para ajudar o sr. Weston a guardar seu segredo do que com qualquer outro propósito.

– Não sei. Um dos Otway. Não é Frank; não é Frank, eu lhe garanto. Você não irá vê-lo. Ele deve estar a meio caminho de Windsor por esta altura.

– O seu filho esteve com vocês, então?

– Ah, sim, você não sabia? Bem, bem, não importa.

Por um momento ele ficou calado; depois acrescentou, num tom muito mais resguardado e acanhado:

– Sim, Frank apareceu nesta manhã, apenas para perguntar como estávamos.

Eles apressaram o passo e rapidamente se viram em Randalls.

– Bem, minha querida – disse o sr. Weston enquanto entravam na sala –, eu a trouxe, e agora espero que você logo fique melhor. Eu as deixarei a sós. Não há proveito em adiar. Não estarei distante, se precisarem de mim.

E Emma pôde distintamente ouvi-lo acrescentar, num tom mais baixo, antes de sair da sala:

– Cumpri à risca o que prometi. Ela não faz a menor ideia.

A sra. Weston parecia estar tão abatida e tinha um ar de tamanha perturbação que o desassossego de Emma se intensificou; e, assim que as duas ficaram sozinhas, ela perguntou com avidez:

– O que foi, minha querida amiga? Alguma coisa de um teor muito desagradável, eu deduzo, se passou; permita-me saber o quanto antes, por favor, o que foi. Caminhei o trajeto todo no mais completo suspense. Nós duas abominamos qualquer suspense. Não permita que o meu perdure. Vai lhe fazer bem falar sobre a sua aflição, seja ela qual for.

– Não faz nenhuma ideia mesmo? – perguntou a sra. Weston numa voz trêmula. – Não consegue, minha querida Emma... não consegue formar um palpite do fato que está prestes a ouvir?

– Até onde o fato disser respeito ao sr. Frank Churchill, consigo.

– Você está certa. O fato diz respeito a ele, e vou lhe contar tudo agora mesmo – (retomando seu trabalho e parecendo resoluta em não levantar os olhos). – Ele esteve aqui nesta manhã mesmo com a mais extraordinária das missões. É impossível expressar a nossa surpresa. Ele veio falar com o pai sobre um assunto... para anunciar um relacionamento...

Ela parou para respirar. Emma pensou primeiro em si mesma e depois em Harriet.

– Mais do que um relacionamento, na verdade – retomou a sra. Weston. – Um noivado... um positivo noivado. O que você dirá, Emma... o que qualquer pessoa dirá quando souber que Frank Churchill e a srta. Fairfax estão noivos... nada disso, que eles noivaram há muito tempo?!

Emma chegou a saltar de surpresa; horrorizada, ela exclamou:

– Jane Fairfax?! Por Deus! A senhora está brincando! Não está falando sério, está?

– Pode muito bem ficar perplexa – devolveu a sra. Weston, ainda desviando os olhos e continuando a falar com avidez, de modo que Emma tivesse tempo para se recuperar. – Pode muito bem ficar perplexa. Mas é isso mesmo. Existe um solene compromisso entre eles desde outubro... formado em Weymouth e mantido em segredo diante de todos. Sequer uma criatura tendo conhecimento além deles... nem os Campbell, nem a família dela, nem a dele. É algo tão assombroso que, mesmo estando perfeitamente convencida do fato, eu mesma quase não consigo crer. É simplesmente inacreditável. Eu pensava que o conhecia.

Emma mal ouvia o que era dito. Sua mente se dividia entre duas ideias: suas próprias conversações prévias com ele sobre a srta. Fairfax e a pobre Harriet; e por algum tempo ela só conseguiu exclamar e exigir confirmação, repetidas confirmações.

– Bem – ela disse afinal, tentando se recuperar –, esta é uma circunstância sobre a qual preciso pensar por meio dia, no mínimo, antes que possa começar a compreendê-la. O quê?! Noivo dela durante o inverno todo... antes que qualquer um dos dois tivesse chegado a Highbury?

– Noivo desde outubro... secretamente noivo. Isso me magoou, Emma, muitíssimo; magoou o pai dele na mesma medida. *Certa parte* de sua conduta nós não podemos desculpar.

Emma ponderou por um momento e então retrucou:

– Não vou fingir que *não* entendi a senhora, e, para lhe dar a maior dose de alívio ao meu alcance, fique segura de que as atenções dele comigo não foram seguidas por nenhum efeito como esse que a senhora receia.

A sra. Weston levantou os olhos, temendo acreditar; mas o semblante de Emma mostrava-se tão firme como suas palavras.

– Para que a senhora possa ter menos dificuldade em acreditar nessa jactância da minha perfeita indiferença no momento – ela continuou –, vou lhe contar ainda que houve um período, nos nossos primeiros dias de intimidade, em que de fato gostei dele, quando me dispus bastante a ficar afeiçoada por ele... não, eu estava afeiçoada... e como isso veio a cessar seja talvez o mistério. Afortunadamente, porém, isso cessou. De algum tempo para cá, pelo menos nos últimos três meses, eu realmente deixei de dar qualquer importância para ele. A senhora pode acreditar em mim, sra. Weston. Essa é a pura verdade.

A sra. Weston beijou-a com lágrimas de alegria e, quando conseguiu encontrar palavras, assegurou-lhe que aquela declaração lhe fizera mais bem do que qualquer outra coisa no mundo poderia fazer.

– O sr. Weston vai ficar quase tão aliviado como eu – ela disse. – Nesse ponto nós ficamos arrasados. Era o nosso mais caro desejo que vocês dois pudessem se apegar um ao outro... e estávamos persuadidos de que era esse o caso. Imagine o que andamos sentindo por sua causa.

– Eu escapei; e que eu tenha escapado deve ser uma questão de agradecido assombro para vocês e para mim. Mas isso não faz *dele* um inocente, sra. Weston; e devo afirmar que, no meu entender, ele tem grande culpa. Que direito ele tinha de vir ao nosso encontro com afeição e fidelidade comprometidas, e com modos tão *absolutamente* descomprometidos? Que direito tinha ele de tentar agradar como certamente tentou... de distinguir qualquer jovem mulher com perseverantes atenções como certamente distinguiu... enquanto pertencia na verdade a outra? Como poderia saber se não acabaria causando um grande mal? Como poderia saber se não acabaria fazendo com que eu me apaixonasse por ele? Muito errado, muito errado mesmo.

– A julgar por certa coisa que ele disse, minha querida Emma, eu até imagino...

– E como pôde *ela* suportar tal comportamento?! Compostura com uma testemunha! Ficar observando enquanto repetidas atenções eram oferecidas a outra mulher bem na sua frente e não se ressentir disso... Esse é um grau de placidez que não consigo nem compreender nem respeitar.

– Ocorreram desentendimentos entre os dois, Emma; ele afirmou isso explicitamente. Frank não teve tempo para entrar em maiores explicações. Ele ficou aqui somente um quarto de hora, e num estado de agitação que não lhe permitiu sequer o pleno uso do tempo em que pôde permanecer... mas que haviam ocorrido desentendimentos ele afirmou de maneira decidida. A presente crise, de fato, parecia ter sido ocasionada por eles; e esses desentendimentos podiam muito possivelmente decorrer da incorreção da conduta dele.

– Incorreção?! Ah, sra. Weston, essa é uma censura suave demais! Muito, muito além da incorreção! Com isso ele se afundou, não sei dizer o quanto ele se afundou na minha opinião. Tão diferente daquilo que um homem deveria ser! Nenhum vestígio da integridade reta, da estrita adesão ao princípio e à verdade, do desprezo por truques e pequenezas que um homem deveria ostentar em todas as transações de sua vida.

– Nada disso, querida Emma, agora preciso defendê-lo, porque, ainda que tenha errado neste caso, eu o conheço por tempo suficiente para poder asseverar que ele tem muitas, inúmeras boas qualidades; e...

– Por Deus! – exclamou Emma, sem prestar atenção. – A sra. Smallridge, também! Jane efetivamente a ponto de se transferir como preceptora! Qual poderia ser a intenção dele com uma indelicadeza tão horrível? Tolerar que a jovem assumisse um encargo... tolerar até mesmo que ela pensasse numa medida como essa!

– Ele não tinha conhecimento algum disso, Emma. Nesse item posso absolvê-lo plenamente. Foi uma resolução particular dela, não comunicada para ele, ou pelo menos não comunicada de uma maneira que transmitisse convicção. Sei que até ontem, segundo ele disse, ele estava no escuro quanto aos planos dela. Essa novidade o surpreendeu não sei como, mas por meio de alguma carta ou mensagem... e foi a descoberta do que ela estava fazendo, desse exato projeto dela, o que o determinou a se apresentar sem perda de tempo, confessar tudo para o tio, depositar suas esperanças na bondade dele e, em suma, dar fim ao miserável estado de segredo que havia sido sustentado por tanto tempo.

Emma começou a escutar melhor.

– Frank deverá me mandar notícias em breve – continuou a sra. Weston. – Ele me disse, na despedida, que logo nos escreveria; e falou de uma maneira que pareceu me prometer muitos pormenores que agora não podiam ser dados. Vamos esperar, portanto, por essa carta. Ela poderá trazer várias atenuações; poderá tornar inteligíveis e desculpáveis várias coisas que agora não têm como ser entendidas. Não sejamos severos, não tenhamos pressa de condená-lo. Tenhamos paciência. Preciso amá-lo; e agora que me vejo satisfeita num ponto, no ponto essencial, fico sinceramente ansiosa na esperança de que tudo acabe bem, e confiando de bom grado que assim será. Ambos devem ter sofrido muitíssimo sob tal sistema de sigilo e segredo.

– Os sofrimentos *dele* – Emma retrucou com secura – não parecem ter lhe causado grande mal. Bem, e como foi que o sr. Churchill reagiu?

– Do modo mais favorável ao sobrinho... deu seu consentimento quase sem qualquer dificuldade. Tente conceber o que os acontecimentos de uma semana fizeram naquela família! Enquanto a pobre sra. Churchill vivesse, suponho que não poderia ter existido uma esperança, uma chance, uma possibilidade; mas mal seus restos mortais começaram a descansar no jazigo da família e o marido já foi persuadido a fazer o exato oposto do que ela teria exigido. Que bênção quando a influência indevida não sobrevive ao túmulo! Ele deu seu consentimento com bem pouca persuasão.

"Ah", pensou Emma, "ele teria feito a mesma coisa por Harriet!"

– Isso ficou acertado ontem à noite, e Frank saiu com a primeira luz nesta manhã. Ele parou em Highbury, na casa das Bates, imagino, por algum tempo, e então veio para cá; mas estava com tanta pressa de voltar para o tio, a quem ele é justamente agora mais necessário do que nunca, que, como lhe contei, só pôde ficar conosco por um quarto de hora. Estava muito agitado, muito mesmo, num grau que o fazia parecer uma criatura totalmente diferente do que qualquer coisa que eu jamais vira nele antes. Em acréscimo a tudo mais, houvera o choque de encontrá-la em tão péssima condição, algo de que ele não tivera nenhuma suspeita prévia, e todas as aparências indicavam que ele andara sentindo muitíssimo.

– E a senhora realmente acredita que o caso entre os dois transcorreu com tão perfeito sigilo? Os Campbell, os Dixon, nenhum deles tinha conhecimento do noivado?

Emma não conseguia mencionar o nome Dixon sem um pequeno rubor.

– Não; nenhum. Ele disse positivamente que nenhuma criatura no mundo tivera conhecimento além dos dois envolvidos.

– Bem – disse Emma –, suponho que aos poucos nós ficaremos reconciliados com a ideia e lhes desejo muita felicidade. Mas sempre vou considerar tudo isso uma espécie muito abominável de procedimento. O que foi tudo isso, a não ser um sistema de hipocrisia e fraude, espionagem e traição? Vir ao nosso encontro com profissões de transparência e simplicidade... e que aliança secreta para nos julgar a todos! Eis que fomos, no decorrer todo do inverno e da primavera, completamente ludibriados, imaginando-nos em pé de igualdade na honra e na verdade com duas pessoas em nosso meio que podem ter ficado transmitindo, comparando e colocando em julgamento sentimentos e palavras que nunca foram destinados aos ouvidos de ambos. Eles precisam assumir a consequência caso tenham ouvido falar de si mesmos, um contando ao outro, de uma maneira não perfeitamente agradável!

– Eu me sinto bastante à vontade nesse aspecto – retrucou a sra. Weston. – Tenho plena certeza de nunca ter dito qualquer coisa sobre um para o outro que ambos não pudessem ter ouvido.

– A senhora teve sorte. A sua única confusão se restringiu aos meus ouvidos, quando a senhora imaginou um certo amigo nosso apaixonado pela dama.

– É verdade. Mas visto que sempre tive uma inquebrantável boa opinião sobre a srta. Fairfax, jamais poderia ter falado mal dela sob qualquer confusão; e quanto a falar mal dele, nisso não corri perigo.

Nesse momento o sr. Weston apareceu a uma pequena distância da janela, evidentemente à espreita. Sua esposa lhe dirigiu um olhar que o convidou a entrar e, enquanto ele fazia a volta, acrescentou:

– Agora, querida Emma, permita-me suplicar-lhe que permaneça e transpareça todas as impressões que poderão tranquilizar o coração dele e incliná-lo a ficar satisfeito com o enlace. Tiremos o melhor dessa situação... e, na verdade, quase tudo poderá ser razoavelmente dito em favor dela. Não é uma conexão que possa gratificar; mas, se o sr. Churchill não pensa assim, por que deveríamos nós? E poderá ser uma circunstância muito afortunada para ele, para Frank, quero dizer, que tenha se unido a uma jovem com a firmeza de caráter e o bom discernimento pelos quais sempre lhe dei crédito e ainda me disponho a lhe dar crédito, a despeito desse grande desvio da estrita regra da correção. E quanto poderá ser dito de sua situação até mesmo por esse erro!

– Muito, sem dúvida! – Emma exclamou comovidamente. – Se uma mulher pode ser desculpada em algum momento por pensar apenas em si mesma, será numa situação como a de Jane Fairfax. Podemos quase dizer que "o mundo não é dela, tampouco a lei do mundo".

Ela saudou a entrada do sr. Weston com um semblante sorridente, exclamando:

– Um belo truque o senhor andou aplicando em mim, eu lhe dou a minha palavra! Tratou-se de um artifício, suponho, para brincar com a minha curiosidade, para exercitar o meu talento de adivinhação. Mas realmente me assustou. Pensei que o senhor tinha perdido no mínimo metade da sua propriedade. E eis que, em vez de ser uma questão de condolência, acaba por ser uma questão de felicitação. Eu o felicito, sr. Weston, do fundo do meu coração, pela perspectiva de ganhar como filha uma das mais adoráveis e talentosas jovens da Inglaterra.

A troca de um ou dois olhares rápidos com sua esposa o convenceu de que tudo estava tão bem como aquele discurso proclamava; e o feliz efeito em seu espírito foi imediato. Seu aspecto e sua voz recuperaram a vivacidade habitual: ele apertou e sacudiu a mão dela com energia e gratidão e enveredou pelo assunto de modo a provar que agora só precisava de tempo e persuasão para considerar o noivado uma coisa não muito ruim. Suas companheiras sugeriram apenas o que podia paliar a imprudência ou suavizar objeções; e pela altura em que já tinham discutido tudo juntos e ele já tinha discutido tudo de novo com Emma, na caminhada de volta para Hartfield, o sr. Weston sentia-se perfeitamente reconciliado, não muito longe de pensar que se tratava da melhor coisa que Frank poderia ter feito na vida.

Capítulo 47

"Harriet, pobre Harriet!" Eram essas as palavras; nelas residiam as ideias torturantes das quais Emma não conseguia se livrar e que constituíam o verdadeiro infortúnio da questão para ela. Frank Churchill se comportara muito mal perante ela mesma – muito mal de diversas maneiras –, mas não era tanto o comportamento *dele* quanto o dela *mesma* o que a fazia sentir tamanha raiva de Frank. Era o apuro no qual ele a lançara por conta de Harriet o que matizava mais profundamente a ofensa. Pobre Harriet! Ser pela segunda vez o joguete dos equívocos e das lisonjas de sua amiga! O sr. Knightley usara palavras proféticas ao dizer certa vez: "Emma, você não foi nem um pouco amiga de Harriet Smith". Ela temia não ter feito por Harriet nada senão um desserviço. Era verdade que não precisava se responsabilizar, no caso atual como no anterior, por ser a única e original autora do malefício, por ter sugerido sentimentos que de outra forma poderiam jamais ter entrado na imaginação de Harriet, pois Harriet reconhecera sua admiração e preferência por Frank Churchill antes que ela sequer tivesse lhe feito uma insinuação nesse assunto; mas ela se sentia completamente culpada por ter encorajado algo que poderia ter reprimido. Ela poderia ter prevenido a indulgência e a intensificação de tais sentimentos. Sua influência teria bastado. E agora ela tinha plena consciência de que devia ter agido para preveni-las. Sentia que estivera colocando em risco a felicidade da amiga sob os mais insuficientes fundamentos. O bom senso a teria orientado a dizer para Harriet que ela não deveria se permitir pensar nele e que existiam quinhentas chances contra uma de que ele jamais chegasse a se importar com ela.

– Ao bom senso, porém – ela acrescentou –, receio não ter dado a menor atenção.

Ela sentia extrema raiva de si mesma. Se não pudesse ter sentido raiva de Frank Churchill também, a situação seria terrível. Quanto a Jane Fairfax, Emma podia pelo menos aliviar seus sentimentos de qualquer solicitude presente por conta dela. Harriet lhe daria suficiente ansiedade; já não precisava ficar infeliz por causa de Jane, cujos problemas e cuja saúde debilitada, tendo, é claro, a mesma origem, decerto estavam sendo igualmente curados. Seus dias de insignificância e medo haviam chegado ao fim. Ela logo estaria bem, e feliz, e próspera. Emma conseguia imaginar agora o motivo pelo qual suas próprias atenções haviam sido desdenhadas. Essa descoberta tinha escancarado diversas questões menores. O motivo havia sido, sem dúvida, o ciúme. Aos olhos de Jane ela representara, sem dúvida, uma rival; e qualquer coisa que conseguisse oferecer em auxílio ou interesse poderia ser muito bem repelida. Tomar um ar na carruagem de Hartfield teria sido um lento suplício, e a araruta da despensa de Hartfield teria sido um veneno. Ela entendia tudo e, até onde a sua mente conseguia se desprender da injustiça e do egoísmo dos sentimentos raivosos, reconhecia que Jane Fairfax não teria nem elevação e tampouco felicidade além do seu merecido quinhão. Mas a pobre Harriet era um encargo tão absorvente! Bem pouca piedade poderia sobrar para qualquer outra pessoa. Emma sentia um aflito temor de que este segundo desapontamento seria mais severo do que o primeiro. Considerando-se os méritos muito superiores do objeto de interesse, só poderia ser; e a julgar pelo efeito aparentemente mais forte na mente de Harriet, produzindo reserva e autodomínio, seria. Ela precisava comunicar a verdade dolorosa, contudo, e tão logo fosse possível. Uma injunção de sigilo constara nas palavras de despedida do sr. Weston. "De momento, o caso todo deveria ser mantido em completo segredo. O sr. Churchill fizera questão disso, como um sinal de respeito à esposa que ele tão recentemente perdera; e todos admitiam que tal respeito não era mais do que o devido decoro." Emma prometera; mesmo assim, Harriet teria de ser excetuada. Esse era o seu dever superior.

A despeito de sua vexação, ela não conseguia deixar de sentir como quase ridícula a circunstância de que precisaria desempenhar perante Harriet uma versão idêntica da tarefa perturbadora e delicada que a sra. Weston acabara de cumprir perante ela mesma. A informação que lhe tinha sido tão ansiosamente anunciada ela teria de anunciar ansiosamente, agora, para outra. Seu coração disparou com o som dos passos e da voz de Harriet; assim se sentira também a pobre sra. Weston, Emma supunha, quando *ela* se aproximara de Randalls. Pudesse a decorrência da revelação guardar uma idêntica semelhança! Mas disso, infelizmente, não poderia existir a menor chance.

– Bem, srta. Woodhouse! – exclamou Harriet, entrando na sala com ímpeto. – Não se trata da notícia mais esquisita que jamais houve?

– Você se refere a qual notícia? – retrucou Emma, incapaz de adivinhar, por olhar ou voz, se Harriet podia de fato ter recebido alguma insinuação.

– Sobre Jane Fairfax. A senhorita alguma vez ouviu uma coisa mais estranha? Ah, não precisa ficar com medo de reconhecer o fato diante de mim, pois o sr. Weston em pessoa me contou. Acabei de topar com ele. Ele me falou que era para ser um grande segredo e que, portanto, eu não deveria pensar em mencioná-lo a ninguém exceto a senhorita, mas disse que a senhorita sabia.

– O sr. Weston lhe contou o quê? – perguntou Emma ainda perplexa.

– Ah, ele me contou tudo a respeito: que Jane Fairfax e o sr. Frank Churchill irão se casar, e que os dois estão confidencialmente noivos um do outro desde um longo tempo. É a coisa mais esquisita!

Era uma coisa esquisita mesmo; o comportamento de Harriet era tão extremamente esquisito que Emma não sabia como interpretá-lo. Sua personalidade parecia estar absolutamente transformada. Era como se ela não quisesse demonstrar nenhuma dose de agitação, desapontamento ou peculiar preocupação com a descoberta. Emma ficou olhando para ela, totalmente incapaz de falar.

– A senhorita tinha qualquer ideia – exclamou Harriet – de que o sr. Frank Churchill estivesse apaixonado por ela? A senhorita, talvez, bem que poderia ter. A senhorita – (corando enquanto falava) –, que consegue ver o que se passa no coração de todo mundo; mas ninguém mais...

– Eu lhe dou a minha palavra – disse Emma –, começo a duvidar que eu tenha qualquer talento desse tipo. Por acaso você consegue me perguntar a sério, Harriet, se eu imaginava o sr. Frank Churchill afeiçoado por outra mulher bem ao mesmo momento em que eu encorajava você (de uma maneira tácita, se não aberta) a dar vazão aos seus próprios sentimentos? Nunca tive a mais ligeira suspeita, até a última hora, de que o sr. Frank Churchill nutrisse um mínimo interesse por Jane Fairfax. Tenha total certeza de que, se eu tivesse, teria feito a você as devidas advertências.

– Para mim?! – exclamou Harriet atônita e corando. – Por que motivo a senhorita deveria me fazer advertências? A senhorita não pensa que me importo com o sr. Frank Churchill...

– Fico encantada em ouvi-la falar do assunto com tamanha bravura – retrucou Emma, sorrindo –, mas não tem como negar que houve uma ocasião... e uma ocasião não muito distante, além disso... na qual me deu razão para deduzir que se importava com ele...

– Ele?! Nunca, nunca. Querida srta. Woodhouse, como pôde se equivocar comigo a esse ponto? – (afastando-se, perturbada).

– Harriet! – Emma exclamou após um momento de pausa. – Está querendo dizer o quê? Céus, está querendo dizer o quê? Equivocar-me com você? Será que devo supor, então...

Ela não conseguiu falar mais nada. Sua voz estava perdida; e ela se sentou, esperando com grande terror até que Harriet respondesse.

Harriet, que havia parado a certa distância, com seu rosto virado em outra direção, não disse coisa alguma de imediato;

quando por fim falou, sua voz estava quase tão agitada como a de Emma.

– Eu não teria julgado possível – ela começou – que a senhorita pudesse não ter me compreendido! Sei que tínhamos concordado em jamais nomeá-lo, mas, considerando o quanto ele é infinitamente superior a todos os demais, eu não teria julgado possível que pudesse dar a entender qualquer outra pessoa. O sr. Frank Churchill, realmente! Não sei quem olharia para ele na companhia do outro. Espero ter bom gosto suficiente para não pensar no sr. Frank Churchill, que não é ninguém ao lado dele. E que a senhorita tenha se equivocado tanto é espantoso! Posso afirmar com certeza: não fosse a minha crença de ser inteiramente aprovada e deliberadamente incentivada pela senhorita no meu afeiçoamento, teria considerado quase uma presunção grande demais, a princípio, ousar pensar nele. A princípio, se a senhorita não tivesse dito a mim que coisas mais assombrosas haviam acontecido, que haviam ocorrido enlaces de maior disparidade (essas foram as suas exatas palavras), eu não teria ousado dar vazão a... não teria julgado possível... Mas se *a senhorita*, que sempre tivera intimidade com ele...

– Harriet! – exclamou Emma, recompondo-se com grande determinação. – Tratemos de nos entender agora, sem qualquer possibilidade de equívocos adicionais. Por acaso você está falando... do sr. Knightley?

– Com toda certeza estou. Nunca pôde me ocorrer a ideia de qualquer outra pessoa... e pensava que a senhorita estivesse ciente disso. Quando falamos dele, falamos com a maior clareza possível.

– Nem tanto – devolveu Emma com uma calma forçada –, pois tudo aquilo que você disse, na ocasião, me pareceu dizer respeito a uma pessoa diferente. Eu poderia quase asseverar que você *nomeara* o sr. Frank Churchill. Estou certa de que o serviço que o sr. Frank Churchill lhe rendeu, ao protegê-la dos ciganos, foi mencionado.

– Ah, srta. Woodhouse, como a senhorita se esquece!

– Minha querida Harriet, eu me lembro perfeitamente da essência do que falei na ocasião. Eu lhe disse que não me admirava do seu afeiçoamento... que, considerando-se o serviço que ele lhe rendera, isso era extremamente natural; e você concordou comigo, expressando-se do modo mais caloroso quanto a sua percepção de tal serviço e mencionando até mesmo quais haviam sido as suas sensações ao vê-lo se aproximando em seu socorro. Essa impressão é forte na minha memória.

– Ah, minha nossa! – exclamou Harriet. – Recordei agora o que a senhorita quer dizer; mas eu estava pensando em algo muito diferente naquela conversa. Não eram os ciganos... não era o sr. Frank Churchill a quem eu me referia. Não! – (com alguma elevação) –, estava pensando numa circunstância bem mais preciosa: no sr. Knightley vindo e me convidando para dançar quando o sr. Elton não quis bailar comigo... e quando não havia outro par no salão. A ação bondosa foi essa; essa foi a benevolência generosa e nobre; esse foi o serviço que me fez começar a sentir o quanto ele era superior a todos os outros seres na face da Terra.

– Por Deus! – exclamou Emma. – Esse foi o mais desafortunado, o mais deplorável engano! O que faremos agora?

– A senhorita não teria me incentivado, então, se tivesse me compreendido. Pelo menos, no entanto, não posso estar em pior situação do que por certo estaria se o outro tivesse sido a pessoa; e agora... *é* possível...

Ela se calou por alguns instantes. Emma não conseguiu falar.

– Não me admira, srta. Woodhouse – ela recomeçou –, que a senhorita sinta uma grande diferença entre os dois em relação a mim ou a qualquer outra. A senhorita deve pensar que um está quinhentos milhões de vezes mais acima de mim do que o outro. Mas espero, srta. Woodhouse, que supondo... que se... por mais estranho que possa parecer... Mas a senhorita sabe que foram as suas próprias palavras, que coisas *mais* espantosas já tinham acontecido, que haviam tido lugar enlaces de *maior* disparidade do que um enlace entre mim e o sr. Frank Churchill; e, portanto, fica parecendo que até mesmo uma coisa como esta poderá ter ocorrido antes... e se eu tiver a imensa sorte, além de qualquer expressão, a ponto de... se o sr. Knightley for realmente... se *ele* não se importar com a disparidade, espero, querida srta. Woodhouse, que a senhorita não se posicione contra isso e tente colocar dificuldades no caminho. Mas a senhorita é boa demais para fazer isso, tenho certeza.

Harriet estava parada junto a uma das janelas. Emma se virou para olhar para ela com grande consternação e disse afobadamente:

– Você tem alguma ideia de que o sr. Knightley possa retribuir o seu afeto?

– Sim – Harriet retrucou com modéstia mas sem temor –, devo dizer que tenho.

O olhar de Emma foi retirado no mesmo instante; e ela ficou meditando em seu assento, numa silenciosa e imóvel atitude, por alguns minutos. Poucos minutos foram suficientes para que ela passasse a conhecer o seu próprio coração. Uma mente como a dela, quando abria espaço à suspeita, fazia rápido progresso. Ela tocou – admitiu – reconheceu a verdade completa. Por que razão era tão pior que Harriet estivesse apaixonada pelo sr. Knightley do que pelo sr. Frank Churchill? Por que razão o mal era tão terrivelmente intensificado por Harriet nutrir alguma esperança de uma retribuição? Disparou em sua mente, com a velocidade de uma flecha, que o sr. Knightley não deveria se casar com ninguém senão com ela mesma!

Sua própria conduta, bem como seu próprio coração, surgiu diante dela nos mesmos poucos minutos. Emma viu tudo com uma clareza que jamais a tinha abençoado antes. Quão inadequadamente ela estivera agindo perante Harriet! Quão inconsiderada, quão indelicada, quão irracional, quão insensível havia sido a sua conduta! A cegueira, a loucura que a impelira! A constatação a golpeou com tenebrosa força, e ela estava prestes a se dar os nomes mais feios do mundo. Uma parcela de autorrespeito, no entanto, apesar de todos esses deméritos, uma preocupação com sua própria aparência e um forte senso de justiça perante Harriet (não haveria necessidade alguma de *compaixão* pela jovem que acreditava ser amada pelo sr. Knightley – mas a justiça exigia que ela não fosse deixada triste por qualquer frieza agora) incutiram em Emma a resolução de ficar sentada e resistir por mais algum tempo com calma, com até mesmo aparente bondade. Para sua própria vantagem, de fato, era conveniente que a máxima extensão das esperanças de Harriet fosse investigada; e Harriet nada fizera para perder seu direito à consideração e ao interesse que haviam sido tão voluntariamente formados e mantidos, ou para merecer o menosprezo da pessoa cujos conselhos jamais lhe tinham indicado a direção correta. Despertando das reflexões, portanto, e subjugando sua emoção, ela se voltou para Harriet outra vez e, num tom de voz mais convidativo, renovou a conversa – porque, quanto ao assunto introdutório, a espantosa história de Jane Fairfax, esse era um tema completamente soterrado e perdido. Nenhuma das duas pensava em alguém que não fosse o sr. Knightley ou elas mesmas.

Harriet, que se mantivera de pé num devaneio nada infeliz, ficou mesmo assim contente de voltar à realidade por intervenção dos modos agora encorajadores de uma juíza e amiga como a srta. Woodhouse, e só estava esperando um convite para transmitir a história de suas esperanças com um deleite enorme, ainda que trêmulo. Os tremores de Emma enquanto ela perguntava, e enquanto ela escutava, foram ocultados com maior eficácia dos que os de Harriet, mas não foram menos presentes. Sua voz não se mostrou instável, mas sua mente padeceu toda a perturbação forçosamente criada por tamanho desenvolvimento do eu, tamanha irrupção de um mal ameaçador, tamanha confusão de súbitas e desconcertantes emoções. Ela escutou com muito sofrimento interior, mas com grande paciência exterior, o detalhamento de Harriet. Metódico, ou bem-arranjado, ou muito bem-apresentado, não se poderia esperar que tal detalhamento pudesse ser, mas ele continha, quando separado do vasto teor de fraqueza e tautologia da narração, uma substância para derrubar o seu espírito – especialmente com as circunstâncias corroborantes que a sua própria memória resgatava em favor da muitíssimo aprimorada opinião do sr. Knightley sobre Harriet.

Harriet se conscientizara de uma diferença no comportamento dele a partir daquelas duas danças decisivas. Emma sabia que ele a tinha julgado, naquela ocasião, muito superior ao que pudera esperar. Desde aquela noite, ou pelo menos desde o momento em que a srta. Woodhouse a incentivou a pensar nele, Harriet havia começado a perceber que o cavalheiro conversava com ela bem mais do que o habitual e que os modos dele diante dela estavam de fato bastante diferentes: modos bondosos e doces! Ultimamente ela ficara mais e mais ciente disso. Quando haviam caminhado todos juntos, tantas vezes o sr. Knightley se aproximara e caminhara com ela, conversando da maneira mais encantadora! Ele parecia querer conhecê-la melhor. Emma sabia ter sido exatamente esse o caso. Ela observara tal mudança com frequência, quase na mesma medida. Harriet repetiu expressões de aprovação e louvor da parte dele – e Emma sentiu nelas uma forte conformidade com o que soubera quanto à opinião dele sobre Harriet. O sr. Knightley a louvava por ser desprovida de artifício ou afetação, por ter sentimentos simples, honestos e generosos. Emma sabia que ele via tais recomendações em Harriet; ele havia se demorado no assunto mais de uma vez em companhia dela. Muito do que sobrevivia na memória de Harriet, diversos pormenores das atenções que ela recebera do cavalheiro, um olhar, uma fala, um deslocamento de uma cadeira para outra, um elogio implícito, uma preferência inferida, havia passado despercebido, pois insuspeitado por Emma. Circunstâncias que podiam se avolumar num relato de meia hora, contendo múltiplas provas para aquela que as vira, tinham escapado à percepção daquela que agora as ouvia; mas as duas últimas ocorrências mencionadas, as duas de mais intensa promessa para Harriet, não eram destituídas de algum grau de testemunho por parte da própria Emma. A primeira foi a caminhada do sr. Knightley com Harriet em separado dos demais no passeio das tílias em Donwell, por onde os dois haviam andado durante algum tempo antes da vinda de Emma, e na qual ele fizera um esforço (ela estava convencida disso) para garantir a companhia exclusiva da jovem; e a princípio ele falara com ela de uma maneira particular como jamais havia feito antes, de uma maneira muito particular, sem dúvida! (Harriet não conseguiu relembrar o fato sem enrubescer.) O sr. Knightley parecera estar quase lhe perguntando se as afeições dela estavam comprometidas. Mas, tão logo ela (a srta. Woodhouse) deu sinal de que pudesse vir ao encontro dos dois, ele mudou de assunto e começou a falar sobre agricultura. A segunda foi a circunstância de que ele se sentara para conversar com Harriet por quase meia hora antes que Emma voltasse de sua visita, justamente na última manhã que ele passaria em Hartfield – embora tivesse dito, quando entrara na casa, que não poderia permanecer por mais de cinco minutos –, e contara para ela, durante a conversação, que, muito embora precisasse partir para Londres, era bastante a contragosto que ele admitia sair de casa, uma confissão bem maior (segundo Emma sentiu) do que aquela que ele fizera para *ela*. O grau superior de confidência para com Harriet marcado por esse item lhe causou severa dor.

No tópico da primeira das duas circunstâncias ela chegou a se aventurar, após ligeira reflexão, na seguinte pergunta:

– Não poderia ele... Não é possível que, quando indagando, como você pensou, sobre o estado dos seus afetos, ele pudesse estar aludindo ao sr. Martin... ele pudesse ter em vista o interesse do sr. Martin?

Mas Harriet rejeitou a suspeita com vigor.

– O sr. Martin?! De jeito nenhum! Não houve sequer uma insinuação do sr. Martin. Espero que agora o meu juízo já me livre de ter qualquer consideração pelo sr. Martin ou de levantar essa suspeita.

Tendo dado por encerradas as suas evidências, Harriet apelou a sua querida srta. Woodhouse que dissesse se não tinha bons fundamentos para uma esperança.

– Eu nunca teria cometido a presunção de pensar nisso a princípio – ela disse –, não fosse a senhorita. A senhorita me aconselhou a observá-lo com grande cuidado e a fazer com que o comportamento dele fosse o guia do meu... e assim eu fiz. Mas agora pareço sentir que posso merecê-lo e que, se eu for escolhida por ele, não será uma coisa tão absolutamente assombrosa.

Os sentimentos amargos ocasionados por essa fala, os inúmeros sentimentos amargos, exigiram o máximo empenho por parte de Emma na busca de forças para dizer em resposta:

– Harriet, só posso me aventurar a declarar que o sr. Knightley é o último homem no mundo que transmitiria intencionalmente para qualquer mulher a ideia de que sentisse por ela mais do que sente na verdade.

Harriet pareceu ficar prestes a venerar sua amiga por uma sentença tão satisfatória; e Emma só foi salva de arrebatamentos e ternuras, que naquele momento teriam sido uma penitência tenebrosa, pelo som dos passos de seu pai. Ele se aproximava pelo saguão. Harriet sentia-se agitada demais para encontrá-lo. "Ela não conseguiria se recompor – o sr. Woodhouse iria ficar alarmado – era melhor ela ir embora"; com o mais pronto incentivo de sua amiga, portanto, ela escapuliu por outra porta, e, no momento em que desapareceu, esta foi a espontânea irrupção dos sentimentos de Emma: "Ah, Deus! Se eu jamais a tivesse visto!".

O resto do dia e a noite subsequente mal foram suficientes para os seus pensamentos. Emma via-se aturdida em meio à confusão de todos os fatos que haviam se precipitado sobre ela no decorrer das horas anteriores. Cada instante trouxera uma surpresa renovada; e cada surpresa era por certo uma fonte de humilhação para ela. Como entender tudo aquilo? Como entender os enganos que ela infligira desse modo a si mesma, e sob os quais vivera? Os graves erros, a sua própria cegueira na cabeça e no coração! Ficou imóvel, andou, tentou o seu quarto, tentou o caminho de arbustos – em todos os lugares, em todas as posturas percebia que agira com a máxima fraqueza, que tinha sido iludida por outros no mais mortificante grau, que havia iludido a si mesma num grau mais mortificante ainda, que estava desventurada e provavelmente não teria naquele dia senão o começo da desventura.

Entender, entender completamente o seu próprio coração, foi a primeira diligência. Para esse ponto convergiram todos os momentos de lazer que as demandas do seu pai lhe permitiam e todos os momentos de involuntária desatenção.

Por quanto tempo já era tão caro a ela o sr. Knightley, como todos os sentimentos o declaravam agora ser? Quando tivera início a sua influência, tamanha influência? Quando ele havia sucedido ao lugar no afeto dela que Frank Churchill ocupara, certa vez, por um breve período? Emma olhou para trás; comparou os dois – comparou-os como sempre haviam figurado em sua estima desde a época em que o último foi conhecido por ela – e como teriam sido comparados a qualquer momento por ela, se lhe tivesse – ah!, se lhe tivesse ocorrido, por qualquer abençoada felicidade, instituir a comparação. Emma percebeu que nunca existira um tempo no qual ela não considerasse o sr. Knightley infinitamente superior, ou no qual a consideração que ele lhe dedicava não fosse infinitamente a mais cara. Percebeu que, convencendo-se, imaginando, agindo no sentido contrário, ela se mantivera na mais completa ilusão, ignorando completamente o seu próprio coração – e, em suma, que nunca se importara de verdade com o sr. Frank Churchill!

Essa foi a conclusão da primeira série de reflexões. Esse foi o autoconhecimento, na primeira etapa da investigação, que Emma alcançou – e sem grande demora em alcançá-lo. Ela se sentia indignada do modo mais pesaroso, envergonhada de toda e qualquer sensação, exceto daquela que lhe tinha sido revelada – o seu afeto pelo sr. Knightley. Todas as outras partes da sua mente eram repugnantes.

Com insuportável vaidade, ela julgara decifrar os sentimentos de todas as pessoas; com imperdoável arrogância, quisera organizar o destino de todas as pessoas. Comprovou-se que ela estivera universalmente equivocada; e não se podia dizer que ela nada fizera – pois fizera estragos. Emma causara malefícios a Harriet, a si própria e, como temia muitíssimo, ao sr. Knightley. Acabasse ocorrendo essa mais desigual de todas as conexões, nela teria de residir por inteiro a censura de lhe ter dado início, porque, quanto ao afeiçoamento do cavalheiro, ela só podia considerá-lo como gerado exclusivamente por uma consciência do afeiçoamento de Harriet – e, mesmo que não fosse esse o caso, ele nunca teria chegado a conhecer Harriet não fosse o desatino dela.

O sr. Knightley e Harriet Smith! Era uma união para ultrapassar todos os assombros do gênero. O relacionamento entre Frank Churchill e Jane Fairfax tornava-se corriqueiro, surrado e rançoso na comparação, sem provocar a menor surpresa, sem apresentar a menor disparidade, sem proporcionar nada que pudesse ser dito ou pensado. O sr. Knightley e Harriet Smith! Tamanha elevação no lado dela! Tamanho rebaixamento no lado dele! Era horrível para Emma pensar o quanto isso haveria de afundá-lo na opinião geral, prever os sorrisos, as zombarias, o divertimento provocado às custas dele, a mortificação e o desdém do irmão, as mil inconveniências pessoais. Poderia ser? Não; era impossível. E no entanto isso estava longe, muito longe, de ser impossível. Seria uma circunstância nova que um homem com habilidades de primeira classe fosse cativado por poderes muito inferiores? Seria uma novidade que um homem, talvez atarefado demais para procurar, fosse o prêmio de uma jovem que o procurasse? Seria uma novidade que qualquer coisa neste mundo fosse desigual, inconsistente, incôngrua? Ou que o acaso e a circunstância (como causas secundárias) dirigissem o destino humano?

Ah! Se nunca tivesse apresentado Harriet! Se tivesse deixado a jovem no lugar devido, e onde ele lhe dissera que era o seu lugar devido! Se ela não a tivesse, com um desatino que língua nenhuma poderia expressar, impedido de se casar com um jovem irrepreensível que a teria feito feliz e respeitável no âmbito de vida ao qual ela deveria pertencer, tudo estaria em segurança; nada existiria da tenebrosa sequência.

Como pudera Harriet ter tido a presunção de elevar seus pensamentos ao sr. Knightley? Como pudera ela ousar imaginar-se a escolhida de tal homem antes de ser efetivamente assegurada do fato? Mas Harriet já era menos humilde, tinha menos escrúpulos do que antigamente. Sua inferioridade, fosse na mente ou na situação, parecia ser pouco sentida. Harriet pareceu ter sido mais sensível quanto ao sr. Elton precisar se rebaixar para casar com ela do que parecia ser agora em relação ao sr. Knightley. E isso não era, ai dela, obra sua também? Quem fizera grandes esforços para transmitir a Harriet noções de autoimportância, senão ela mesma? Quem senão ela mesma lhe ensinara que precisava se elevar, caso possível, e que dispunha de grandes direitos a um estabelecimento de alto mundo? Se Harriet, abandonando a humildade, tornara-se pretensiosa, isso era obra dela também.

Capítulo 48

Até agora, quando via-se ameaçada pela perda dessa condição, Emma nunca soubera o quanto de sua felicidade dependia de ser a *primeira* com o sr. Knightley, a primeira no interesse e no afeto. Satisfeita que assim fosse, e sentindo ser esse um merecimento seu, ela o desfrutara sem reflexão – e só passou a vê-lo como indescritivelmente importante com o terror de ser suplantada. Por muito, muito tempo ela tinha sido a primeira, no seu entender – porque, uma vez que o sr. Knightley não tinha parentes do sexo feminino, somente os direitos de Isabella poderiam ter sido comparados com os dela, e ela sempre soubera exatamente até onde ele amava e estimava Isabella. Ela mesma já vinha sendo a primeira com ele por muitos anos; não havia merecido tal condição; havia sido muitas vezes negligente ou petulante, fazendo pouco caso dos conselhos dele ou até mesmo propositadamente opondo-se a ele, ignorando a metade dos seus méritos e brigando com o cavalheiro porque ele recusava-se a reconhecer a falsa e insolente avaliação que ela fazia de si mesma – e mesmo assim, devido à ligação familiar, ao hábito e à pura excelência mental, ele lhe devotara o seu amor e o seu zelo desde garota, com uma diligência por aprimorá-la e uma ânsia por vê-la no caminho correto que nenhuma outra criatura partilhara em qualquer medida. Apesar de todos os seus defeitos, Emma sabia que era estimada por ele; não poderia dizer, talvez, muito estimada? Entretanto, quando se apresentaram as sugestões da esperança que aqui precisam se seguir, ela não pôde ter a presunção de ceder a elas. Harriet Smith poderia se julgar indigna de ser peculiarmente, exclusivamente, apaixonadamente amada pelo sr. Knightley. *Ela* não poderia. Ela não poderia se lisonjear com qualquer ideia de cegueira no afeiçoamento dele por *ela*. Ela recebera uma prova muito recente da imparcialidade de tal sentimento. Como ele ficara chocado com o comportamento dela em relação à srta. Bates! Como ele lhe falara sobre o assunto com expressões diretas, fortes! Não fortes demais para tal ofensa – mas muito, muitíssimo fortes para que derivassem de qualquer sentimento mais brando do que a perfeita justiça de uma boa vontade clarividente. Emma não tinha nenhuma esperança, nada merecendo a denominação da esperança, de que o sr. Knightley pudesse ter esse tipo de afeto por ela que estava agora em questão; mas havia uma esperança (por vezes débil, por vezes bem mais forte) de que Harriet pudesse estar enganada, superestimando o interesse dele por *ela*. Desejar tal coisa era obrigação sua, pelo bem dele – mesmo que a consequência não proporcionasse nada para ela mesma e ele permanecesse solteiro pela vida toda. Com efeito, pudesse estar segura disso, de que o sr. Knightley jamais chegasse a se casar, Emma ficaria perfeitamente satisfeita, segundo acreditava. Que ele apenas continuasse a ser o mesmo sr. Knightley para ela e para seu pai, o mesmo sr. Knightley para o mundo todo; que Donwell e Hartfield nada perdessem das relações de amizade e confiança, e a paz dela estaria plenamente assegurada. Um casamento, de fato, não daria certo para ela; seria incompatível com o que devia para o seu pai e com o que sentia por ele. Nada deveria separá-la de seu pai. Ela não se casaria, nem mesmo se recebesse uma proposta do sr. Knightley.

Tinha de ser um ardente desejo seu que Harriet sofresse um desapontamento; e ela esperava que, quando tivesse condições de vê-los juntos outra vez, pudesse ao menos ter condições de averiguar quais eram as chances para tanto. Ela os vigiaria, dali por diante, com a mais estrita observância; e, por mais que até ali tivesse interpretado deploravelmente inclusive aqueles que vigiava, não sabia como admitir que agora viesse a ser cega. A volta do sr. Knightley já era esperada todos os dias. O poder da observação seria conferido depressa – pavorosamente depressa, segundo lhe parecia, quando seus pensamentos se mantinham num mesmo curso.

No meio-tempo, Emma decidiu, não veria Harriet. Não faria bem a nenhuma das duas, não faria bem ao problema, que continuassem falando a respeito. Ela resolvera que não se deixaria convencer enquanto conseguisse duvidar, e no entanto não tinha nenhuma autoridade para se opor à confiança de Harriet. Falar só causaria irritação. Emma escreveu para ela, portanto, num tom gentil porém decisivo, para suplicar-lhe que não viesse a Hartfield no presente momento, reconhecendo ser sua convicção que seria melhor evitar todo e qualquer aprofundamento confidencial de *determinado* tópico, e esperando que, se elas permitissem a passagem de alguns dias até um novo encontro, exceto em companhia de outros – ela só fazia objeção a um tête-à-tête –, poderiam ser capazes de agir como se tivessem esquecido a conversação de ontem. Harriet se submeteu, e aprovou, e ficou grata.

Esse ponto mal estava arranjado quando chegou uma visitante para arrancar os pensamentos de Emma por algum tempo do único assunto que os absorvera, dormindo ou andando, nas últimas 24 horas: a sra. Weston, que estivera visitando sua nora eleita e que passara em Hartfield no caminho para casa – quase tanto por dever a Emma quanto por seu prazer pessoal – para relatar todos os pormenores de tão interessante entrevista.

O sr. Weston lhe fizera companhia na casa da sra. Bates e cumprira sua parcela dessa essencial atenção de maneira muito garbosa, mas a sra. Weston, tendo então induzido a srta. Fairfax a sair com ela para tomar um pouco de ar, agora retornava com bem mais para dizer – e bem mais para dizer com satisfação – do que um quarto de hora passado na sala da sra. Bates, com o imenso estorvo dos sentimentos embaraçados, poderia ter propiciado.

Um pouco de curiosidade Emma sentia; e escutou o relato de sua amiga com o maior interesse ao seu alcance. A própria sra. Weston saíra para fazer a visita com uma boa dose de agitação; e em primeiro lugar sequer quisera sair de casa no atual momento, de modo que pudesse meramente escrever à srta. Fairfax, adiando a cerimoniosa visitação até que algum tempo tivesse se passado e o sr. Churchill já estivesse reconciliado com a divulgação pública do noivado; além disso, levando tudo em consideração, ela pensava que tal visita não poderia ser feita sem disseminar relatos; mas o sr. Weston pensara de outro modo; ele estava extremamente ansioso para demonstrar a sua aprovação à srta. Fairfax e à família dela e não concebia que qualquer suspeita pudesse ser estimulada – ou então, caso acabasse sendo, que a disseminação tivesse grande importância, pois "tais coisas", ele observou, "sempre se espalhavam". Emma sorriu e sentiu que o sr. Weston tinha ótimas razões para dizer isso. Os dois tinham ido, em suma – e enorme havia sido a evidente exibição de angústia e confusão por parte da dama. Ela mal conseguira enunciar algumas palavras, e todas as expressões e ações haviam deixado claro o quão profundamente estava sofrendo de constrangimento. A quieta e sincera satisfação da velha senhora e o arrebatado deleite de sua filha – que provara inclusive estar jubilosa demais para falar como de costume – haviam oferecido uma cena gratificante, mas quase comovente. Mostravam-se ambas tão verdadeiramente respeitáveis em sua felicidade, tão desinteressadas em todas as sensações, pensavam tanto em Jane, tanto nas demais pessoas e tão pouco em si mesmas, que todos os mais amáveis sentimentos acionavam-se por elas. A recente enfermidade da srta. Fairfax havia oferecido um razoável argumento para que a sra. Weston a convidasse para tomar um pouco de ar; ela recuara e declinara num primeiro momento, mas, sendo pressionada, cedera; e no decorrer do passeio de carro, por meio de um suave incentivo, a sra. Weston havia superado em tamanha medida o embaraço da companheira que a fizera conversar sobre o importante tema. Desculpas pelo silêncio aparentemente indelicado no início da recepção e as mais calorosas expressões da gratidão que ela sentia o tempo todo em relação a ela mesma e ao sr. Weston precisaram necessariamente abrir a causa; mas quando essas efusões foram colocadas de lado as duas haviam discutido em boa medida o estado presente e futuro do noivado. A sra. Weston estava convencida de que tal conversação decerto tinha sido um tremendo alívio para sua companheira, reprimida no interior de sua própria mente como tudo estivera por tanto tempo, e sentia-se muito satisfeita com tudo aquilo que ela dissera no tema.

– Sobre a desgraça do que ela sofrera durante a dissimulação de tantos meses – continuou a sra. Weston –, ela foi enérgica. Esta foi uma das suas expressões: "Não direi que desde o meu ingresso no noivado eu não tenha tido alguns momentos felizes; mas posso dizer que jamais conheci a bênção de uma hora tranquila". E o lábio tremente que a proferiu, Emma, foi um atestado que senti no meu coração.

– Pobre garota! – exclamou Emma. – Ela crê que agiu errado, então, por ter consentido com um noivado secreto?

– Errado?! Ninguém, acredito, poderá culpá-la mais do que ela mesma se dispõe a culpar-se. "A consequência", disse ela, "foi um estado de perpétuo sofrimento para mim; e não poderia ter sido diferente. Mas depois de toda a punição que uma má conduta pode acarretar, ela continua sendo uma conduta não menos má. A dor não é nenhuma expiação. Nunca poderei ser isenta de culpa. Eu agi contrariando todo o meu senso de correção; e o rumo afortunado que tudo acabou tomando, assim como a bondade que agora recebo, é algo que não deveria ter ocorrido, segundo me diz a minha consciência. Não imagine, minha senhora", ela continuou, "que eu tenha tido uma educação errada. Não permita que qualquer reflexão recaia sobre os princípios ou cuidados dos amigos que me criaram. O erro foi todo meu; e posso lhe garantir que, por mais que as atuais circunstâncias possam parecer me desculpar, mesmo assim me causa pavor tornar a história conhecida ao coronel Campbell."

– Pobre garota! – exclamou Emma outra vez. – Então ela o ama excessivamente, suponho. Só pode ter sido por força do afeiçoamento que ela se deixou induzir a formar o noivado. Seu afeto decerto sobrepujou o seu julgamento.

– Sim, não tenho a menor dúvida de que a jovem é extremamente afeiçoada por ele.

– Receio – devolveu Emma, suspirando – que devo ter várias vezes contribuído para deixá-la infeliz.

– Da sua parte, meu amor, isso foi feito de forma muito inocente. Mas ela provavelmente tinha um pouco disso em mente quando aludiu aos mal-entendidos sobre os quais ele já nos fizera insinuações. Uma consequência natural do malefício no qual ela se metera, disse ela, foi o de se fazer *desarrazoada*. A consciência de ter agido mal a tinha exposto a mil inquietudes e a tornara capciosa e irritadiça num grau que devia ter sido... que havia sido... duro de suportar para ele. "Eu não fiz as concessões", disse ela, "que deveria ter feito ao temperamento e ao ânimo dele... ao ânimo encantador, e à alegria, à disposição jovial, que sob quaisquer outras circunstâncias, tenho certeza, teriam sido tão constantemente enfeitiçantes para mim como foram no início." Ela então começou a falar de você e da grande bondade que lhe demonstrara durante sua enfermidade; e, com um rubor que me mostrou o quanto tudo estava conectado, desejou que eu agradecesse a você quando tivesse uma oportunidade... os maiores agradecimentos não seriam demasiados... por todos os desejos e todas as tentativas de lhe fazer bem. Ela tinha noção de que você nunca recebera qualquer reconhecimento apropriado por parte dela mesma.

– Se eu não soubesse de sua felicidade agora – disse Emma séria –, e ela só pode estar feliz, a despeito de todos os pequenos problemas apontados por sua consciência escrupulosa, não suportaria esses agradecimentos; porque, ah, sra. Weston, se fosse elaborado um cálculo do mal e do bem que causei à srta. Fairfax! Bem – (reprimindo-se e tentando se animar) –, tudo isso será esquecido. A senhora é muito gentil em me trazer esses pormenores interessantes. Eles a colocam sob uma luz bastante vantajosa. Tenho certeza de que ela é muito boa; espero que ela possa ser muito feliz. É adequado que a fortuna esteja no lado dele, pois creio que o mérito estará todo no dela.

Tal conclusão não poderia passar sem resposta pela sra. Weston. Ela tinha uma boa opinião a respeito de Frank em quase todos os aspectos – e o que era mais, amava-o bastante, e a defesa que fez, portanto, foi fervorosa. Falou com boa dose de razão e no mínimo com idêntico afeto – mas suas instâncias eram demasiadas para prender a atenção de Emma, que logo se deslocou para Brunswick Square ou Donwell; ela se esqueceu de tentar ouvir; e quando a sra. Weston terminou com "Ainda não recebemos a carta pela qual estamos tão ansiosos, mas espero que possa chegar em breve", ela teve de fazer uma pausa antes de responder, e por fim teve de responder ao acaso antes de sequer começar a recordar qual era essa carta pela qual eles estavam tão ansiosos.

– Você está bem, minha Emma? – foi a pergunta da sra. Weston na despedida.

– Ah, perfeitamente! Estou sempre bem, não tenha dúvida. Certifique-se de me transmitir o conteúdo da carta tão logo possível.

As comunicações da sra. Weston abasteceram Emma de mais alimento para reflexões desagradáveis, intensificando sua estima, sua compaixão e seu senso de prévia injustiça em relação à srta. Fairfax. Ela lamentou amargamente não ter procurado uma familiaridade maior com a jovem e corou pelos sentimentos invejosos que por certo haviam sido, em certa medida, a causa. Tivesse ela correspondido aos conhecidos desejos do sr. Knightley no prestamento de tais atenções à srta. Fairfax – o que era de todas as formas a sua obrigação –, tivesse tentado conhecê-la melhor, tivesse feito sua parte no sentido da intimidade, tivesse se empenhado em encontrar uma amiga nela em lugar de Harriet Smith, ela decerto teria sido poupada, na maior probabilidade, de todas as dores que a oprimiam agora. Nascimento, habilidades e educação haviam igualmente indicado uma como associada para ela, digna de ser recebida com gratidão; e a outra... o que era ela? Supondo até mesmo que as duas nunca tivessem se tornado amigas íntimas, que ela nunca tivesse sido admitida na confidência da srta. Fairfax naquela importante questão – o que era muitíssimo provável –, mesmo assim, conhecendo-a como deveria e como poderia tê-la conhecido, ela decerto teria sido preservada das abomináveis suspeitas de uma ligação imprópria com o sr. Dixon, as quais ela mesma não apenas estupidamente moldara e acalentara como também imperdoavelmente transmitira; uma ideia que, como ela muito temia, tornara-se matéria de substancial aflição à delicadeza dos sentimentos de Jane por intermédio da leviandade ou do descaso dos de Frank Churchill. De todas as fontes de malignidade ao redor da primeira desde a vinda para Highbury, ela mesma, segundo sua convicção, por certo havia sido a pior. Ela por certo havia sido uma inimiga perpétua. Os três nunca poderiam ter estado juntos sem que ela tivesse apunhalado a paz de Jane Fairfax de mil maneiras diferentes; e o caso de Box Hill talvez tivesse sido a agonia de uma mente que não suportava mais.

O entardecer desse dia foi muito longo – e melancólico – em Hartfield. O clima intensificou até onde pôde o aspecto sombrio. Uma chuva fria e tempestuosa se abateu e julho não se mostrou senão nas árvores e nos arbustos, que o vento ia despojando, e na duração do dia, que apenas tornava visíveis por mais tempo essas cruéis imagens.

O clima afetou o sr. Woodhouse, e ele só pôde ser mantido em tolerável conforto por atenções quase incessantes da parte de sua filha e por esforços que jamais tinham exigido dela metade do empenho presente. A situação a fez recordar o primeiro tête-à-tête desamparado que os dois haviam tido, no entardecer do dia do casamento da sra. Weston; mas o sr. Knightley logo aparecera, depois do chá, e dissipara todos os pensamentos melancólicos. Ai dela! Essas encantadoras provas dos atrativos de Hartfield, transmitidas naquele tipo de visitação, poderiam dentro em breve terminar. O retrato que ela então pintara quanto às privações do inverno vindouro se provara errôneo: amigo nenhum os desertara, prazer nenhum tinha sido perdido. Mas suas atuais premonições, ela temia, não conheceriam qualquer contradição similar. A perspectiva que tinha pela frente agora se mostrava ameaçadora numa intensidade que não poderia ser inteiramente dissipada – que talvez não viesse a ser nem mesmo parcialmente desanuviada.

Se tivesse lugar tudo aquilo que poderia ter lugar em meio ao círculo dos seus amigos, Hartfield haveria de ficar comparativamente deserta, e a ela restaria revigorar seu pai com o mero ânimo da felicidade arruinada.

A criança por nascer em Randalls haveria de ser um vínculo mais amado do que até mesmo ela; e o coração e o tempo da sra. Weston se manteriam ocupados com o bebê. Eles perderiam-na – e provavelmente, em grande medida, seu marido também. Frank Churchill não haveria de retornar ao encontro deles; e a srta. Fairfax, era razoável supor, logo deixaria de pertencer a Highbury. Os dois estariam casados, estabelecidos ou em Enscombe ou nas proximidades. O que havia de bom seria completamente retirado; e se a essas perdas a de Donwell fosse adicionada, qual seria o total restante de sociedade animada ou racional ao alcance deles? O sr. Knightley não mais aparecendo ali para o seu conforto noturno! Não mais entrando a qualquer hora pela porta, como se quisesse o tempo todo trocar seu próprio lar pelo deles! Como suportar algo assim? E se eles o perdessem por causa de Harriet; se tivessem de pensar, dali por diante, que o sr. Knightley encontrava tudo de que precisava na companhia de Harriet; se Harriet acabasse sendo a escolhida, a primeira, a bem-amada, a amiga, a esposa à qual ele recorreria para todas as melhores bênçãos da existência; o que mais poderia intensificar a desgraça de Emma salvo a reflexão – nunca muito distante de sua mente – de que havia sido tudo obra sua?

Quando de um clímax como esse, ela não conseguia se abster de um sobressalto, ou de um pesado suspiro, ou até mesmo de uma caminhada pela sala por alguns segundos; e a única fonte de onde conseguia extrair algo semelhante a consolação ou compostura consistia numa resolução sobre melhorar sua própria conduta e na esperança de que, por mais inferiores em vivacidade ou jovialidade que pudessem ser o inverno seguinte e todos os futuros invernos de sua vida em relação ao passado, eles mesmo assim a veriam mais racional, mais familiarizada consigo mesma, e lhe deixariam menos arrependimentos quando terminassem.

Capítulo 49

O clima continuou sendo bastante o mesmo durante toda a manhã seguinte; e a mesma solidão e a mesma melancolia pareciam reinar em Hartfield; mas no período da tarde o céu clareou; o vento mudou para um quadrante mais brando; as nuvens foram varridas; era verão outra vez. Com a grande avidez que uma transição como essa propicia, Emma decidiu sair ao ar livre o quanto antes. Nunca o primor de visão, aroma e sensação da natureza, tranquila, cálida e brilhante após uma tempestade, lhe tinha sido tão atraente. Ela ansiava pela serenidade que essas qualidades poderiam gradualmente introduzir e, por ocasião da chegada do sr. Perry logo após o jantar, com uma hora descomprometida para conceder ao sr. Woodhouse, não perdeu tempo em sair às pressas para o caminho de arbustos. Ali, com espírito revigorado e pensamentos um pouco aliviados, Emma tinha dado algumas voltas quando viu o sr. Knightley passando pela porta do jardim e vindo em sua direção. Tratava-se do primeiro indício de que o cavalheiro retornara de Londres. Ela pensara nele um momento antes como estando inquestionavelmente dezesseis milhas longe dali. Só houve tempo para o mais veloz preparo mental. Precisava transparecer compostura e calma. Em meio minuto estavam juntos. Os "Como vai?" foram comedidos e constrangidos de ambas as partes. Ela perguntou sobre os amigos mútuos; estavam todos bem. Quando os deixara? Naquela manhã mesmo. Ele devia ter tido uma cavalgada molhada. Sim. Ele pretendia caminhar com ela, Emma constatou. "Ele acabara de espiar a sala de jantar e, não sendo necessário ali, preferia ficar ao ar livre." Ela julgou que o cavalheiro não se mostrava alegre nem na expressão do rosto nem nas palavras; e a primeira causa possível para isso, sugerida por seus temores, poderia ser a contingência de que ele comunicara seus planos ao irmão e se atormentava pelo modo como haviam sido recebidos.

Os dois caminharam juntos. Ele ficou calado. Ela julgou que ele a observava com frequência, tentando obter uma visão mais ampla de seu rosto do que lhe conviria oferecer. E essa crença produziu outro terror. Talvez o sr. Knightley quisesse conversar com ela sobre o seu afeiçoamento por Harriet; ele podia estar aguardando por um incentivo para começar. Ela não se sentia, não poderia se sentir capaz de dizer a primeira palavra num assunto desse tipo. Ele mesmo deveria fazer tudo. Mas ela não conseguia suportar o silêncio. Com ele isso era mais do que anormal. Ela considerou, determinou e, tentando sorrir, começou:

– O senhor tem uma notícia para ouvir, agora que está de volta, que o deixará bastante surpreso.

– Tenho? – ele falou com calma, olhando para ela. – De que natureza?

– Ah, da melhor natureza no mundo... um casamento.

Após esperar um momento, como que para ter certeza de que Emma não pretendia dizer mais nada, ele retrucou:

– Se está falando da srta. Fairfax e de Frank Churchill, já estou inteirado.

– Como é possível? – exclamou Emma, voltando as faces ardentes para o sr. Knightley, porque, falando, ocorrera-lhe que ele poderia ter visitado a sra. Goddard no caminho.

– Recebi algumas linhas do sr. Weston sobre os negócios da paróquia, e ao fim delas ele me fez um breve relato do que acontecera.

Emma sentiu-se um tanto aliviada e pôde dentro em pouco dizer, com um pouco mais de compostura:

– *O senhor* provavelmente ficou menos surpreso do que qualquer um de nós, pois tivera suas suspeitas. Não esqueci que numa ocasião o senhor tentou me fazer uma advertência. Eu devia ter lhe dado razão, mas... – (com uma voz abatida e um pesado suspiro) – pareço ter sido condenada à cegueira.

Por alguns instantes nada foi dito, e Emma não suspeitou ter estimulado qualquer interesse particular até que viu seu braço sendo tomado e envolvido pelo dele, sendo pressionado contra o coração dele, e o escutou pronunciar num tom de grande sensibilidade, falando baixo:

– O tempo, minha queridíssima Emma, irá curar a ferida. O seu excelente bom senso; os seus empenhos em benefício do seu pai; sei que não irá se permitir...

O braço foi pressionado mais uma vez enquanto ele acrescentava, numa modulação mais entrecortada e reprimida:

– Os sentimentos da mais calorosa amizade... Indignação... Patife abominável!

E num tom mais alto e mais estável ele concluiu:

– Ele logo vai desaparecer. Os dois logo estarão em Yorkshire. Sinto muito por *ela*. Merece um destino melhor.

Emma o entendeu e, tão logo pôde se recuperar da palpitação de prazer, excitada por tão carinhosa consideração, retrucou:

– O senhor é muito gentil, mas está enganado, e preciso corrigi-lo. Não necessito dessa espécie de compaixão. A minha cegueira em relação ao que se passava me fez agir com eles de uma maneira da qual sempre sentirei vergonha, e fui muito tolamente tentada a dizer e fazer várias coisas que bem poderão me tornar alvo de desagradáveis conjecturas, mas não tenho nenhuma outra razão para lamentar não ter conhecido antes o segredo.

– Emma! – exclamou o sr. Knightley, olhando avidamente para ela. – Estará você, de fato...? – e se conteve. – Não, não, posso entendê-la... me perdoe... fico contente por ver que até consegue dizer tudo isso. Ele não é nenhum motivo de arrependimento, de fato! E não vai demorar muito, espero, até isso passar a ser mais do que apenas um reconhecimento da sua razão. É afortunado que os seus afetos não tenham se emaranhado com maior profundidade... pelas suas maneiras, devo confessar, nunca consegui me certificar quanto ao grau do que sentia... só podia ter certeza de que havia uma preferência... e uma preferência que no meu entender ele nunca mereceu. Ele é uma desgraça para o gênero masculino. E ainda será recompensado com aquela doce jovem? Jane, Jane, você será uma criatura infeliz.

– Sr. Knightley – disse Emma, tentando demonstrar vivacidade, mas realmente confusa –, me vejo numa situação extraordinária. Não posso permitir que o senhor persista no seu erro; e, no entanto, uma vez que os meus modos transmitiram essa impressão, talvez eu tenha tanta razão para me sentir envergonhada de confessar que nunca cheguei a ficar minimamente afeiçoada pela pessoa da qual estamos falando quanto poderia ser natural que uma mulher se sentisse ao confessar exatamente o contrário. Mas nunca cheguei a ficar.

O sr. Knightley ouvia em perfeito silêncio. Emma queria que ele falasse, mas ele não falou. Ela julgou que teria de dizer algo mais antes de merecer a clemência do cavalheiro; mas era uma situação dura que ela estivesse na obrigação de se rebaixar ainda mais na opinião dele. Emma prosseguiu, no entanto:

– Tenho bem pouco a dizer pela minha própria conduta. Fui tentada pelas atenções dele e me permiti parecer satisfeita. Uma velha história, provavelmente... um caso comum... e não mais do que já ocorreu a centenas do meu sexo antes; e no entanto não poderá ser tão mais desculpável no caso de alguém que se norteia como eu pelo discernimento. Várias circunstâncias auxiliaram a tentação. Ele era o filho do sr. Weston... estava continuamente aqui... eu sempre o julgava muito agradável... e, em suma, porque – (com um suspiro) –, permita-me dilatar engenhosamente as causas, todas elas se centram nisto afinal... a minha vaidade foi lisonjeada e permiti suas atenções. Nos últimos tempos, contudo... por algum tempo, de fato... nem me passou pela cabeça que significassem alguma coisa. Eu as considerava um hábito, um truque, nada que exigisse seriedade da minha parte. Ele me ludibriou, mas não me feriu. Nunca me afeiçoei por ele. E agora consigo toleravelmente compreender seu comportamento. Ele nunca quis me seduzir. Tudo não passava de um mero ofuscamento para esconder sua real situação com outra. O objetivo dele era cegar todos ao seu redor; e ninguém, tenho certeza, pôde ser mais eficazmente levado à cegueira do que eu... exceto que *não* fiquei cega... o que foi a minha bem-aventurança... que, em suma, eu estava de uma maneira ou de outra imune a ele.

Aqui ela esperava por uma resposta – por algumas palavras para dizer que a sua conduta era pelo menos inteligível; mas ele ficou calado e, até onde ela podia julgar, mergulhado em pensamentos. Por fim, e toleravelmente no seu tom habitual, ele disse:

– Nunca tive uma grande opinião sobre Frank Churchill. Suponho, no entanto, que talvez eu o tenha subestimado. O meu relacionamento com ele não foi senão superficial. E mesmo que eu não o tenha subestimado até aqui, mesmo assim ele poderá se sair bem. Com tal mulher ele tem uma chance. Não tenho motivos para lhe desejar qualquer coisa de ruim... e pelo bem dela, cuja felicidade vai depender do bom caráter e da boa conduta dele, certamente vou lhe desejar coisas boas.

– Não tenho a menor dúvida de que os dois serão felizes juntos – disse Emma. – Creio que o afeto entre os dois é muito recíproco e muito sincero.

– Ele é um homem mais do que afortunado! – devolveu o sr. Knightley enérgico. – Tão cedo na vida... aos 23 anos... um período no qual, se um homem escolhe uma esposa, geralmente escolhe mal. Ter arrebatado tal prêmio aos 23! Que anos de felicidade, segundo qualquer cálculo humano, esse homem terá pela frente! Assegurado do amor de tal mulher... de um amor desinteressado, pois o caráter de Jane Fairfax atesta seu desinteresse; tudo em favor dele... igualdade de situação... isto é, no que diz respeito à sociedade ou a todos os hábitos e procedimentos que são importantes; igualdade em todos os pontos menos num... e este, uma vez que a pureza de coração da dama não pode ser questionada, sendo um ponto que haverá de aumentar a felicidade do cavalheiro, pois vai caber a ele conceder as únicas vantagens que a jovem não tem. Um homem sempre desejaria dar para uma mulher um melhor lar do que aquele do qual a tirou; e o homem que consegue fazê-lo, quando não há duvida sobre a consideração *dela*, só pode ser, creio, o mais feliz dos mortais. Frank Churchill é de fato um favorito da fortuna. Tudo acaba se desdobrando em seu benefício. Ele conhece uma jovem num balneário, conquista o afeto dela, não consegue nem mesmo cansá-la com um tratamento negligente... e, tivessem Frank Churchill e sua família procurado pelo mundo inteiro uma esposa perfeita para ele, não teriam encontrado uma mulher superior a ela. A tia se opõe. A tia morre. Ele só precisa falar. Os amigos se mostram ávidos em promover sua felicidade. Ele não foi honesto com ninguém... e todos ficam encantados em perdoá-lo. É um homem afortunado, de fato!

– O senhor fala como se o invejasse.

– E eu sem dúvida o invejo, Emma. Num aspecto ele é objeto da minha inveja.

Emma não conseguiu dizer mais nada. Eles pareciam estar a meia sentença de Harriet, e o primeiro sentimento dela foi o de evitar o assunto, se possível. Ela formou seu plano: iria falar de alguma coisa totalmente diferente... das crianças em Brunswick Square. E terminava de ganhar fôlego para começar quando foi sobressaltada pelo sr. Knightley, que afirmou:

– Você não quer me perguntar qual é o ponto da inveja. Está determinada, eu vejo, a não ter nenhuma curiosidade. Você é sensata... mas *eu* não posso ser sensato. Emma, preciso lhe contar o que não quer perguntar, muito embora eu possa desejar não ter dito nada no momento seguinte.

– Ah, então não fale, não fale! – ela exclamou com avidez. – Espere um pouco, considere, não se comprometa.

– Obrigado – disse ele num timbre de profunda mortificação, e nenhuma outra sílaba se seguiu.

Emma não suportaria causar dor ao sr. Knightley. Ele desejava lhe fazer uma confidência – talvez consultá-la; por mais que lhe custasse, ela ouviria. Talvez pudesse ajudá-lo em sua resolução, ou reconciliá-lo com a ideia; talvez pudesse emitir um justo louvor de Harriet, ou fazer com que ele reconhecesse sua própria independência e aliviá-lo de um estado de indecisão que era por certo mais intolerável do que qualquer alternativa para uma mente como a dele. Os dois haviam alcançado a casa.

– Vai entrar, eu suponho – ele falou.

– Não – retrucou Emma, bastante legitimada pelo modo deprimido no qual ele ainda falava –, gostaria de dar mais uma volta. O sr. Perry não foi embora.

Depois de avançar alguns passos, ela acrescentou:

– Interrompi o senhor de maneira indelicada momentos atrás, sr. Knightley, e receio ter lhe causado dor. Mas, se tiver algum desejo de falar abertamente comigo na condição de amigo, ou de pedir a minha opinião sobre qualquer coisa que possa ter em vista... na condição de amiga, sem dúvida, estou a sua disposição. Ouvirei o que for que queira falar. Vou lhe dizer exatamente o que penso.

– Na condição de amigo?! – repetiu o sr. Knightley. – Emma, essa, eu receio, é uma palavra... Não, não tenho nenhum desejo... Espere, sim, por que razão devo hesitar? Já fui longe demais para continuar escondendo. Emma, aceito a sua oferta, por mais extraordinário que isso possa parecer, eu aceito-a, e me refiro a você como amigo. Diga-me, então: jamais terei alguma chance de obter êxito?

Ele parou em seu fervor para sondar a pergunta, e a expressão de seus olhos a sobrepujou.

– Minha queridíssima Emma – disse ele –, pois queridíssima você sempre será, qualquer que seja o resultado desta hora de conversa, minha queridíssima, amada Emma... diga-me de uma vez. Diga "Não" se isso é o que deve ser dito.

Ela realmente não conseguiu dizer nada.

– Você fica calada – exclamou o sr. Knightley com grande animação –, absolutamente calada! Por enquanto não peço mais nada.

Emma estava quase prestes a desfalecer na agitação do momento. O terror de ser despertada do mais feliz dos sonhos era talvez o sentimento proeminente.

– Não consigo fazer discursos, Emma – ele logo retomou, e num tom de ternura sincera, decidida e inteligível que era toleravelmente convincente. – Se o meu amor por você fosse menor, eu poderia ser capaz de falar mais a respeito. Mas você sabe como sou. Não ouve de mim nada senão a verdade. Eu a culpei e censurei, e você suportou tudo como nenhuma outra mulher na Inglaterra teria suportado. Suporte as verdades que eu gostaria de lhe contar agora, queridíssima Emma, tão bem como suportou as outras. Os meus modos talvez possam ter, na mesma medida, bem pouco para recomendá-las. Deus sabe que tenho sido um enamorado bastante medíocre. Mas você me compreende. Sim, veja bem, você compreende os meus sentimentos... e vai retribuí-los se puder. De momento só peço para ouvir, ouvir uma vez a sua voz.

Enquanto ele falava, a mente de Emma se mantivera extremamente ocupada e, com a mais admirável velocidade de pensamento, tivera condições – e no entanto sem perder uma única palavra – de captar e entender a exata verdade como um todo; de perceber que as esperanças de Harriet haviam sido totalmente infundadas, um equívoco, uma ilusão, uma ilusão tão completa como todas as ilusões que ela mesma tivera – que Harriet não era nada; que ela mesma era tudo; que as coisas que ela estivera dizendo no tocante a Harriet haviam sido todas tomadas como a linguagem dos seus próprios sentimentos; e que a sua agitação, suas dúvidas, sua relutância, suas palavras de desencorajamento haviam sido todas tomadas como um desencorajamento em relação a ela mesma. E não apenas houve tempo para tais convicções, com seu imenso ardor concomitante de felicidade; houve tempo também para o regozijo de que o segredo de Harriet não escapara de seus lábios e para uma resolução de que não precisaria e não deveria escapar. Esse era o máximo serviço que ela poderia prestar agora para sua pobre amiga, porque, quanto a qualquer inclinação pelo heroísmo de sentimento que poderia tê-la induzido a rogar ao sr. Knightley que transferisse o seu afeto dela mesma para Harriet, por ser esta infinitamente a mais digna das duas – ou inclusive pela mais simples sublimidade de resolver rejeitá-lo de uma só vez e para sempre, sem conceder motivo algum, pois ele não poderia se casar com ambas –, Emma não a tinha. Ela sentia por Harriet, condoída e contrita, mas nenhum ataque insano de generosidade, opondo-se a todas as circunstâncias prováveis e razoáveis, acometeu sua mente. Ela conduzira sua amiga por um mau caminho, e isso lhe valeria por uma repreensão eterna; mas o seu julgamento foi tão forte como seus sentimentos, e tão forte como jamais havia sido antes, na reprovação de qualquer aliança do tipo para ele como algo desigual e degradante. O caminho para Emma era nítido, ainda que um tanto pedregoso. Então, sendo solicitada, ela falou. O que disse ela? Justamente o que deveria dizer, é claro. Uma dama sempre diz o que deve. Ela disse o bastante para mostrar que não havia motivo para desespero – e para convidá-lo a dizer mais de sua parte. Ele *havia* se desesperado em determinado momento; havia recebido tamanha injunção de cautela e silêncio que pudera sentir a momentânea destruição de todas as esperanças: ela começara recusando-se a ouvi-lo. A mudança tinha sido talvez um tanto súbita; a proposta de dar mais uma volta, com a renovação da conversa que ela encerrara no instante anterior, poderia ser um pouco extraordinária! Ela sentira sua própria inconsistência, mas o sr. Knightley teve a grande gentileza de tolerá-la e de não buscar maiores explicações.

Raras, bem raras vezes a verdade completa faz parte de qualquer revelação humana; raras vezes pode ocorrer que alguma coisa não seja um pouco disfarçada, ou um pouco equivocada; mas quando, como neste caso, ainda que a conduta seja equivocada, os sentimentos não são, isso não poderá ter muita importância. O sr. Knightley não poderia imputar a Harriet um coração mais compadecido do que o dela, ou um coração mais disposto a aceitar o dele.

O sr. Knightley não suspeitara sequer minimamente, de fato, da sua própria influência. Ele a seguira pelo caminho de arbustos sem acalentar a menor ideia de testá-la. Viera, em sua ansiedade por ver como ela suportava o noivado de Frank Churchill, sem nenhum objetivo egoísta, sem nenhum objetivo em absoluto senão o de tentar, caso ela lhe permitisse uma abertura, acalmá-la ou aconselhá-la. O resto havia sido obra do momento, o efeito imediato do que ele ouvia em seus sentimentos. A deliciosa garantia quanto à total indiferença de Emma em relação a Frank Churchill, de que ela tinha um coração completamente desligado dele, fizera nascer a esperança de que, com o tempo, ele mesmo pudesse ganhar o afeto da jovem; mas não se tratara de uma esperança imediata – sua única aspiração, na momentânea conquista do julgamento pela avidez, consistira em ouvir que ela não proibia sua tentativa de seduzi-la. As esperanças superiores que gradualmente se abriram foram se mostrando mais encantadoras na mesma escala. O afeto que ele pedira permissão para criar se pudesse já era dele! Em meia hora ele passara de um estado de espírito completamente aflito para um estado tão semelhante à perfeita felicidade que nenhum outro nome se mostraria mais apropriado.

A mudança *nela* foi igual. Essa meia hora proporcionara para ambos a mesma certeza preciosa de que eram amados, livrara ambos do mesmo grau de ignorância, ciúme ou desconfiança. Da parte dele houvera um duradouro ciúme, tão antigo como a chegada ou até mesmo a expectativa de Frank Churchill. Ele se apaixonara por Emma e se enciumara de Frank Churchill quase ao mesmo tempo, um sentimento tendo provavelmente o esclarecido quanto ao outro. Fora o seu ciúme de Frank Churchill o que o levara embora do campo. O passeio de Box Hill o fizera se decidir pela partida. Ele se pouparia de testemunhar outra vez aquelas atenções autorizadas e incentivadas. Partira para aprender a ser indiferente. Mas partira para o lugar errado. Havia uma felicidade doméstica excessiva na casa do irmão; a mulher ostentava uma forma amável demais ali; Isabella era parecida demais com Emma – diferindo apenas nas marcantes inferioridades que sempre colocavam diante dele a figura brilhante da outra – para que muito pudesse ter sido feito, mesmo que tivesse sido maior o tempo dele. O sr. Knightley permanecera, contudo, vigorosamente, dia após dia – até que o correio daquela mesma manhã lhe transmitira a história de Jane Fairfax. Então, com o contentamento que só podia ser sentido, ou melhor, que ele não teve escrúpulos em sentir, nunca tendo acreditado que Frank Churchill fosse minimamente merecedor de Emma, a terna solicitude foi tão grande, a ansiedade por ela foi tão aguda, que não pôde permanecer por mais tempo. Cavalgara para casa em meio à chuva e caminhara para lá logo após o jantar, sem demora, para ver como a melhor e mais doce de todas as criaturas, impecável apesar de todos os seus pecados, suportava tal descoberta.

Ele a encontrara agitada e abatida. Frank Churchill era um vilão. Ele a ouviu declarar que nunca o amara. O caráter de Frank Churchill não era um caso perdido. Emma lhe pertencia por inteiro, na mão e na palavra, quando voltaram para entrar na casa; e se tivesse conseguido pensar em Frank Churchill, naquele momento, ele poderia tê-lo tomado por um ótimo sujeito.

Capítulo 50

Que sentimentos totalmente diferentes Emma trazia consigo para dentro de casa em relação àqueles que levara na saída! Somente ousara ter, na ocasião, a esperança de um pequeno refrigério para o sofrimento – e agora se via numa primorosa palpitação de felicidade, e no seu entender uma felicidade, além disso, que haveria de ser maior ainda quando a palpitação já tivesse passado.

Eles se sentaram para o chá – o mesmo grupo em volta da mesma mesa – tantas vezes ocorrera essa reunião! E tantas vezes os olhos de Emma tinham recaído sobre os mesmos arbustos no gramado e observado aquele mesmo belo efeito do sol ocidental! Mas nunca com um estado de espírito semelhante, nunca com qualquer coisa parecida; e foi com dificuldade que ela pôde invocar em dose suficiente a sua postura usual para ser a dama atenciosa da casa, ou até mesmo a filha atenciosa.

O pobre sr. Woodhouse mal suspeitava o que era tramado contra si no peito daquele homem que ele tão cordialmente saudava e de quem tão ansiosamente esperava que não tivesse apanhado um resfriado em sua cavalgada. Pudesse ele ter visto o coração, teria se importado bem pouco com os pulmões; mas sem fazer a mais remota ideia do mal iminente, sem a mais tênue percepção de qualquer coisa extraordinária no semblante ou modos de ambos, repetiu aos dois com grande conforto todos os artigos de notícia que recebera do sr. Perry e seguiu falando com enorme contentamento pessoal, totalmente alheio a qualquer suspeita daquilo que os dois poderiam ter lhe contado em resposta.

Enquanto permaneceu com eles o sr. Knightley, a febre de Emma continuou; mas quando ele se foi, ela começou a ficar um pouco tranquilizada e arrefecida – e no decorrer da noite insone que era o tributo a pagar por tal entardecer ela encontrou dois pontos de consideração muito sérios, com os quais passou a sentir que até mesmo a sua felicidade haveria de ter alguma mácula: seu pai e Harriet. Emma não conseguia estar sozinha sem sentir o imenso peso das reivindicações isoladas de cada um; e a questão era como resguardar o bem-estar de ambos ao máximo. No que dizia respeito ao pai, a questão foi logo respondida. Ela mal podia saber o que o sr. Knightley pediria; mas uma conferência muito sucinta com o seu próprio coração produziu a mais solene resolução de jamais abandonar seu pai. Chegou inclusive a chorar diante da ideia, como se pecasse no pensamento. Enquanto ele vivesse, a relação não poderia passar de um noivado; mas ela se lisonjeou com a circunstância de que, despido do perigo de arrastá-la para longe, o noivado poderia se tornar um aumento de conforto para ele. A decisão mais difícil era como fazer o seu melhor perante Harriet; como poupá-la de qualquer dor desnecessária; como lhe proporcionar qualquer reparação possível; como parecer menos sua inimiga. Nesses temas a sua perplexidade e a sua perturbação foram tremendas – e a sua mente teve de repassar inúmeras vezes todas as amargas exprobrações e tristes lamentações que já a tinham acometido. Só conseguiu determinar afinal que ainda evitaria um encontro com a jovem e que lhe faria todas as comunicações necessárias por carta; que seria indizivelmente desejável, por enquanto, fazer com que ela fosse removida de Highbury durante algum tempo; e também – entregando-se a mais um esquema – quase determinar que poderia ser praticável obter que Harriet recebesse um convite para visitar Brunswick Square. Isabella gostara de Harriet; e algumas semanas passadas em Londres por certo lhe proporcionariam alguma diversão. Emma não pensava que fosse da natureza de Harriet fugir de ser beneficiada pelas novidades e variedades, pelas ruas, pelas lojas e pelas crianças. De qualquer maneira, isso seria uma prova de atenção e gentileza por parte dela mesma, a quem tudo se devia; uma separação por ora; uma evitação do dia maligno no qual todos eles teriam de se ver juntos outra vez.

Ela se levantou cedo e escreveu sua carta para Harriet – uma ocupação que a deixou tão completamente séria, tão à beira da tristeza, que o sr. Knightley, tendo caminhado até Hartfield para o desjejum, não chegou cedo demais em absoluto; e a meia hora roubada em seguida para percorrer mais uma vez o mesmo terreno com ele, literal e figuradamente, foi bastante necessária para restabelecer nela uma participação apropriada na felicidade da noite anterior.

Ele não a deixara por muito tempo, de modo algum por tempo suficiente para que tivesse a mais ligeira inclinação por pensar em qualquer outra pessoa, quando lhe foi trazida uma carta de Randalls, uma carta muito grossa; adivinhou o conteúdo provável e depreciou a necessidade de lê-la. Ela estava agora em perfeita caridade com Frank Churchill; não queria explicações, só queria estar ocupada com seus próprios pensamentos, e, quanto a entender qualquer linha escrita por ele, tinha certeza de que seria incapaz. Mas a travessia era necessária. Emma abriu o invólucro; era isso mesmo, um bilhete da sra. Weston para ela prenunciava a carta de Frank à sra. Weston:

> É com o maior prazer, minha querida Emma, que encaminho a você o anexo. Sei que você vai lhe fazer a mais completa justiça e mal tenho qualquer dúvida de seu feliz efeito. Creio que nunca mais teremos alguma discordância substancial em relação ao autor; mas não vou tomar o seu tempo com um longo prefácio. Estamos bastante bem. Esta carta foi a cura de todos os pequenos nervosismos que andei sentindo recentemente. Não gostei muito da sua aparência na terça-feira, Emma, mas tratava-se de uma manhã desfavorável; e embora nunca queira reconhecer ser afetada pelo tempo, não há quem não sinta, no meu entender, um vento nordeste. Eu me condoí muitíssimo do seu pai na tempestade da tarde de terça-feira e ontem pela manhã, mas tive o

conforto de saber ontem à noite, através do sr. Perry, que ele nada sofreu.
Sempre sua,
A.W.

[*À sra. Weston.*]
Windsor – Julho.
MINHA CARA SENHORA,
Se me fiz inteligível ontem, esta carta terá sido esperada; esperada ou não, porém, sei que será lida com imparcialidade e indulgência. A senhora é pura bondade, e creio que haverá necessidade de até mesmo toda a sua bondade na aceitação de algumas partes da minha conduta prévia. Mas fui perdoado por alguém que tinha mais motivos ainda para ressentimento. A minha coragem aumenta enquanto escrevo. É muito difícil para o próspero ser humilde. Já topei com tamanho sucesso em duas solicitações de perdão que poderei correr o perigo de me considerar seguro demais quanto ao perdão da senhora e daqueles entre os seus amigos que sofreram qualquer medida de ofensa. Todos precisam tentar compreender a exata natureza da minha situação quando pisei pela primeira vez em Randalls; precisam me ver como possuidor de um segredo que tinha de ser mantido sob todos os riscos. Esse é o fato. O meu direito de me colocar numa situação demandando tal encobrimento é outra questão. Não irei discuti-lo aqui. Quanto à minha tentação de julgá-lo um direito, remeto todos os caviladores a uma casa de tijolo em Highbury, janelas corrediças embaixo e batentes acima. Não ousei me dirigir a ela de modo aberto; as minhas dificuldades no estado vigente de Enscombe por certo eram mais do que conhecidas para demandar definição; e fui afortunado o bastante, antes de nos separarmos em Weymouth, para convencer e induzir a mais correta das mentes femininas na criação a se curvar em caridade a um noivado secreto. Tivesse ela recusado, eu decerto ficaria louco.

Mas a senhora dirá de pronto: qual era a sua esperança fazendo isso? Esperava o quê? Eu esperava qualquer coisa, todas as coisas – o tempo, o acaso, a circunstância, lentos efeitos, súbitas irrupções, perseverança e exaustão, saúde e doença. Todas as boas possibilidades estavam diante de mim, com a primeira das bênçãos assegurada na obtenção das promessas de fé e correspondência por parte dela. Se a senhora necessita de uma explicação adicional, tenho a honra, minha cara senhora, de ser o filho do seu marido, e a vantagem de ter herdado uma disposição por esperar o melhor a cujo valor nenhuma herança de casas ou terras jamais se poderá igualar. Procure me ver, então, sob essas circunstâncias, chegando a Randalls na minha primeira visita; e aqui sou consciente do erro, pois essa visita poderia ter sido feita antes. A senhora vai olhar para trás e perceber que não apareci até a chegada da srta. Fairfax a Highbury; e, uma vez que a senhora foi a pessoa menosprezada, irá me perdoar instantaneamente; mas devo instigar a compaixão do meu pai lembrando a ele que, quanto mais eu me ausentava de sua casa, tanto mais eu ia perdendo a bênção de conhecer a senhora. O meu comportamento, durante a felicíssima quinzena que passei com vocês, não me deixou exposto a repreensões, espero, exceto num ponto. E agora chego à principal, à única parte importante da minha conduta, enquanto lhes pertenci, que estimula a minha própria ansiedade ou demanda uma muito solícita explicação. Com imenso respeito e a mais calorosa amizade é que menciono a srta. Woodhouse; meu pai talvez vá crer que eu deveria acrescentar "com a mais profunda humilhação". Algumas palavras soltas por ele ontem manifestaram sua opinião, e reconheço ser passível de certa censura. O meu comportamento com a srta. Woodhouse indicava, acredito, mais do que deveria. De modo a favorecer um encobrimento tão essencial a mim, fui levado a fazer mais do que o uso permissível da espécie de intimidade na qual fomos imediatamente lançados. Não posso negar que a srta. Woodhouse era o meu alvo ostensivo – mas a senhora vai acreditar, tenho certeza, na minha declaração de que, se não estivesse convencido da indiferença dela, eu não teria sido induzido a prosseguir por quaisquer objetivos egoístas. Amável e encantadora como é a srta. Woodhouse, ela nunca me deu a impressão de uma jovem dama que se deixa seduzir; e que estivesse perfeitamente livre de qualquer tendência de se deixar seduzir por mim era tanto a minha convicção quanto o meu desejo. Ela recebeu as minhas atenções com uma jovialidade desembaraçada, amistosa e bem-humorada que me convinha de modo preciso. Parecíamos nos entender. Pelas nossas relativas situações, tais atenções eram devidas a ela, e assim eram sentidas. Se a srta. Woodhouse começou realmente a me compreender antes da expiração daquela quinzena, não sei dizer; quando lhe fiz a minha visita de despedida, recordo que estive a um passo de confessar a verdade, e então imaginei que ela já tinha decerto alguma suspeita; mas não tenho dúvida de que desde então ela me detectou, pelo menos em certo grau. Ela poderá não ter presumido a situação toda, mas sua sagacidade já devia ter penetrado uma parte. Não posso duvidar disso. A senhora irá constatar, quando quer que o assunto seja libertado de suas presentes restrições, que ela não terá sido tomada totalmente de surpresa. Repetidas vezes ela me deu indícios disso. Recordo que ela me disse, no baile, que eu precisava ser grato à sra. Elton por suas atenções à srta. Fairfax. Espero que esta história da minha conduta para com ela possa ser admitida por parte da senhora e do meu pai como uma grande atenuação do que lhes pareceu impróprio. Enquanto vocês me considerarem como tendo pecado contra Emma Woodhouse, eu não poderei merecer nada de ambos. Absolvam-me aqui e obtenham para mim, quando admissível, a absolvição e os bons votos da referida Emma Woodhouse, a quem estimo com imenso afeto fraternal, tanto que anseio por vê-la tão profunda e alegremente apaixonada quanto eu. Para quaisquer coisas estranhas que eu tenha dito ou feito durante aquela quinzena a senhora tem agora uma chave. O meu coração estava em Highbury, e a minha missão era conduzir o meu corpo até lá com a maior frequência possível e sem despertar a menor suspeita. Se a senhora recorda quaisquer esquisitices, coloque-as todas na conta certa. Sobre o tão discutido piano-forte, só sinto ser necessário dizer que a encomenda do instrumento era absolutamente desconhecida pela srta. F---, que nunca teria me autorizado a enviá-lo se lhe tivesse sido dada uma chance. A delicadeza de sua mente ao longo do noivado todo, minha cara senhora, fica muito além do meu poder de lhe fazer justiça. A senhora irá muito em breve, espero com fervor, conhecê-la completamente. Nenhuma descrição pode descrevê-la. Ela mesma precisa contar à senhora o que ela é – mas não por palavra, pois nunca existiu uma criatura humana que tão deliberadamente suprimisse o seu próprio mérito. Desde que comecei esta carta, que será mais longa do que eu previa, recebi notícias dela. Ela transmite um bom relato de sua própria saúde, mas, visto que nunca se queixa, não me atrevo a confiar nisso. Quero ter a opinião da senhora sobre o aspecto dela. Sei que em breve a visitará; ela está vivendo num constante pavor da visita. Talvez a visita já esteja feita. Permita-me receber uma comunicação sua sem demora; estou impaciente por mil pormenores. Recorde os poucos minutos que passei em Randalls e como era perplexo, como era louco o meu estado; e ainda não fiquei muito melhor; ainda insano, seja por felicidade ou por tristeza. Quando penso na bondade ou nos favores com os quais me deparei, na excelência e na paciência dela, e na generosidade do meu tio, fico louco de alegria; mas quando me lembro de toda a inquietação que ocasionei a ela, e de quão pouco mereço ser perdoado, fico louco de raiva.

Se pudesse apenas vê-la de novo! Mas ainda não devo propor tal coisa. Meu tio tem sido bom demais comigo para que eu passe dos limites. Preciso fazer mais um acréscimo a esta longa carta. A senhora não soube de tudo aquilo que deveria saber. Não pude lhe dar nenhum detalhe relacionado ontem, mas o caráter repentino e sob determinada luz inoportuno com o qual irrompeu o caso exige explicação; pois ainda que o acontecimento de 26 último, como a senhora concluirá, tivesse imediatamente aberto para mim as mais felizes perspectivas, eu não teria tido a presunção de tomar tão prematuras medidas não fossem as muito particulares circunstâncias que não me permitiam perder sequer uma hora. Eu mesmo teria me esquivado de algo tão precipitado, e ela teria sentido todos os meus escrúpulos com uma multiplicação da força e do refinamento. Mas eu não tinha escolha. O compromisso precipitado no qual ela entrara com aquela mulher... Aqui, minha cara senhora, fui obrigado a parar abruptamente, para rememorar e me recompor. Estive andando pelo campo e me sinto agora, espero, racional o bastante para fazer do resto da minha carta o que ela deveria ser. Trata-se, na verdade, de um retrospecto mortificante ao extremo para mim. Eu me comportei de maneira vergonhosa. E aqui posso admitir que os meus modos com a srta. W., quando me mostrei desagradável à srta. F., foram altamente condenáveis. Ela os desaprovou, o que já deveria ter bastado. Meu argumento de ocultar a verdade ela não julgou suficiente. Ficou contrariada e eu a considerei desarrazoada; eu a considerava, em mil ocasiões, desnecessariamente escrupulosa e cautelosa; eu a considerava inclusive fria. Mas ela estava sempre certa. Se eu tivesse seguido seu julgamento, reduzindo meu ânimo ao nível do que ela estimava como apropriado, teria escapado da maior infelicidade que jamais conheci. Nós brigamos. A senhora se lembra da manhã passada em Donwell? Lá todas as pequenas insatisfações que haviam ocorrido antes chegaram a uma crise. Eu me atrasei; eu a encontrei caminhando para casa sozinha e quis caminhar com ela, mas ela não tolerou tal coisa. Ela absolutamente se recusou a me dar permissão, algo que na ocasião me pareceu muitíssimo desarrazoado. Agora, contudo, não vejo naquilo nada senão um muito natural e consistente grau de discrição. Enquanto eu, para cegar o mundo quanto ao nosso noivado, me comportava em determinada hora com questionável particularidade perante outra mulher, deveria ela dar consentimento na hora seguinte a uma proposta que poderia ter tornado inúteis todas as cautelas anteriores? Tivesse alguém nos encontrado caminhando juntos entre Donwell e Highbury, teria surgido uma suspeita da verdade. Já era loucura o bastante, no entanto, que eu sentisse rancor. Duvidei do afeto dela. Duvidei mais no dia seguinte em Box Hill, quando, provocada por tal conduta da minha parte, por uma desatenção a ela tão vergonhosa e insolente, por uma aparente devoção à srta. W. que teria sido impossível de suportar para qualquer mulher de bom senso, ela expressou seu ressentimento por meio de palavras perfeitamente inteligíveis para mim. Em suma, minha cara senhora, foi uma briga sem culpa da parte dela e abominável da minha; e retornei naquele mesmo fim de tarde para Richmond, embora pudesse ter permanecido com vocês até a manhã seguinte, meramente porque teria ficado tão irritado com ela quanto possível. Mesmo naquele momento não fui tão tolo a ponto de não querer uma reconciliação no devido tempo; mas eu era a pessoa injuriada, injuriada pela frieza dela, e fui embora com a determinação de que ela deveria fazer os primeiros avanços. Sempre haverei de me felicitar pelo fato de que a senhora não tomou parte no passeio de Box Hill. Tivesse a senhora testemunhado no local o meu comportamento, mal posso supor que um dia teria voltado a me considerar em boa estima. O efeito sobre ela transparece na imediata resolução produzida: tão logo descobriu que eu realmente saíra de Randalls, ela fechou com a oferta daquela oficiosa sra. Elton, cujo tratamento dispensado a ela, a propósito, em seu sistema todo, sempre me encheu de indignação e ódio. Não devo brigar com um espírito de clemência que me foi tão ricamente estendido, mas, caso contrário, protestaria em voz alta contra o compartilhamento que aquela mulher conheceu. "Jane", ora essa! A senhora observará que ainda não cedi à tentação de chamá-la por esse nome, nem mesmo com a senhora. Imagine, então, o que devo ter sofrido ao ouvi-lo sendo espalhado aos quatro ventos pelos Elton com toda a vulgaridade da desnecessária repetição e toda a insolência da superioridade imaginária. Tenha paciência comigo, logo terei terminado. Ela fechou com essa oferta, resolvendo romper comigo inteiramente, e escreveu no dia seguinte para me dizer que nunca mais voltaríamos a nos encontrar. Ela sentia no noivado uma fonte de penitência e infelicidade para ambos; ela o dissolvia. Essa carta chegou a mim na exata manhã da morte da minha pobre tia. Eu a respondi em menos de uma hora, mas, devido à confusão da minha mente, e à multiplicidade de tarefas caindo sobre mim ao mesmo tempo, a minha resposta, em vez de ser enviada com todas as outras inúmeras cartas daquele dia, ficou trancada na minha escrivaninha; e eu, confiando que escrevera o bastante, muito embora não mais do que poucas linhas, para satisfazê-la, permaneci sem qualquer inquietação. Fiquei um tanto desapontado por não receber novas e velozes notícias dela, mas inventei desculpas para ela, e me mantive ocupado demais e, permita-me acrescentar, alegre demais nas minhas perspectivas para ser capcioso. Nós nos transferimos para Windsor; e dois dias depois recebi um embrulho dela, todas as minhas próprias cartas devolvidas!, e algumas linhas ao mesmo tempo pelo serviço postal declarando a extrema surpresa dela em não ter obtido sequer uma mínima réplica na última comunicação, e acrescentando que, uma vez que o silêncio em tal ponto não podia ser mal interpretado, e uma vez que por certo era igualmente desejável a ambos que tivessem todos os arranjos subordinados concluídos tão logo fosse possível, ela agora me mandava, por transporte seguro, todas as minhas cartas e requisitava que, se eu não tivesse a minha imediata disposição as cartas dela de modo a poder enviá-las para Highbury dentro de uma semana, que as encaminhasse após esse período para ela em ---; em suma, o endereço completo da sra. Smallridge, perto de Bristol, encarou o meu rosto. Eu conhecia o nome, o lugar, sabia tudo a respeito, e no mesmo instante percebi o que ela estivera fazendo. Aquilo era perfeitamente concordante com a resolução de caráter que eu conhecia em sua personalidade; e o sigilo que mantivera em relação a qualquer desígnio desse tipo em sua carta anterior era igualmente descritivo de sua ansiosa delicadeza. Por nada no mundo ela teria parecido me ameaçar. Imagine o choque; imagine como, até que eu tivesse de fato detectado a minha própria confusão, me enfureci com as confusões do serviço postal. O que fazer? Uma coisa somente. Eu deveria falar com o meu tio. Sem a sanção dele, eu não poderia ter esperança de voltar a ser ouvido. Eu falei; as circunstâncias eram favoráveis a mim; o acontecimento recente suavizara o seu orgulho, e ele se mostrou, mais cedo do que poderia ter antecipado, totalmente reconciliado e condescendente; e conseguiu exprimir afinal, pobre homem!, com um profundo suspiro, o seu desejo de que eu pudesse encontrar tanta felicidade no estado matrimonial quanto ele mesmo encontrara. Senti que seria de uma maneira diferente. A senhora estará disposta a se compadecer de mim por aquilo que devo ter sofrido em abrir a causa para ele, pelo meu suspense enquanto tudo estava em jogo? Não; não se compadeça de mim até que eu tenha chegado a Highbury para ver o quanto a deixei abatida. Não se compadeça de mim até que eu tenha visto seu aspecto lívido e adoecido.

Cheguei a Highbury numa hora do dia em que, pelo meu conhecimento quanto ao habitual desjejum tardio das damas, estava certo de contar com boas chances de encontrá-la sozinha. Não me vi frustrado; e afinal não me vi frustrado tampouco no objetivo da minha viagem. Uma dose vasta, muito razoável e muito justa de descontentamento tive de combater com argumentação. Mas está feito: estamos reconciliados, com muito carinho, com mais carinho do que nunca, e sequer um momento de inquietação jamais poderá ocorrer entre nós novamente. Agora, minha cara senhora, vou libertá-la; mas não poderia ter concluído antes. Milhares e milhares de agradecimentos por toda a benevolência que a senhora sempre demonstrou a mim e dezenas de milhares pelas atenções que o seu coração ditará para com ela. Se a senhora me considera de certa forma mais feliz do que mereço ser, sou muito da sua opinião. A srta. W. me chama de filho da boa fortuna. Espero que ela esteja certa. Num aspecto a minha boa fortuna é indubitável: tenho condições de me subscrever

Seu agradecido e afetuoso Filho,

F. C. WESTON CHURCHILL.

Capítulo 51

Essa carta não deixaria de abrir caminho nos sentimentos de Emma. Ela foi obrigada, a despeito de sua prévia determinação em sentido contrário, a lhe fazer a plena justiça que a sra. Weston previra. Tão logo chegou a seu próprio nome, foi irresistível: cada linha relacionada consigo era interessante, e quase todas as linhas eram agradáveis; e quando esse fascínio cessou, o assunto ainda pôde se sustentar pelo natural retorno da consideração anterior pelo escritor e pela muito forte atração que qualquer retrato do amor não deixaria de exercer nela naquele momento. Emma não parou até ter percorrido a leitura toda; e embora lhe fosse impossível não sentir que Frank Churchill agira errado, mesmo assim ele não agira tão errado quanto ela supusera – e ele sofrera, e lamentava muito – e se mostrava tão grato à sra. Weston, e tão apaixonado pela srta. Fairfax, e ela mesma sentia-se tão feliz que não tinha como ser severa; pudesse o jovem ter entrado na sala, ela por certo apertaria sua mão mais vivamente do que nunca.

Emma gostara tanto da carta que, quando da volta do sr. Knightley, desejou que ele a lesse. Estava certa de que a sra. Weston a queria comunicada – sobretudo para alguém que, como o sr. Knightley, tanto vira de condenável na conduta do jovem.

– Farei a leitura com muito prazer – ele disse –, mas a carta parece longa. Vou levá-la para casa comigo à noite.

Mas isso não era viável. O sr. Weston os visitaria no fim da tarde, e ela precisava devolvê-la por meio dele.

– Eu preferiria conversar com você – retrucou o sr. Knightley –, mas, como essa parece ser uma questão de justiça, farei a leitura.

Ele começou – parando, no entanto, quase de imediato para dizer:

– Se tivessem me oferecido a contemplação de uma das cartas desse cavalheiro para sua madrasta alguns meses atrás, Emma, eu não a teria tomado nas mãos com tanta indiferença.

O sr. Knightley avançou um pouco mais, lendo em silêncio; e então, com um sorriso, observou:

– Ora! Uma bela abertura elogiosa; mas é o jeito dele. O estilo de um homem não pode ser regra para o estilo de outro. Não seremos severos.

– Será natural para mim – ele acrescentou pouco depois – expressar a minha opinião em voz alta enquanto leio. Fazendo isso, sentirei estar perto de você. Não será uma perda de tempo tão grande assim; mas se você desaprova...

– Nada disso. Seria do meu agrado.

O sr. Knightley retornou à leitura com maior alacridade.

– Aqui ele brinca – disse ele – com a tentação. Sabe estar errado e não tem nada de racional para argumentar. Ruim. Não deveria ter formado esse noivado. "A disposição do pai dele"; ele é injusto, no entanto, com seu pai. O temperamento otimista do sr. Weston foi uma bênção em todos os seus probos e honrados empenhos; mas o sr. Weston mereceu todos os presentes confortos antes de tentar ganhá-los. É bem verdade: ele não apareceu até a chegada da srta. Fairfax.

– E eu não me esqueci – disse Emma – de como o senhor tinha certeza de que ele poderia ter vindo mais cedo se quisesse. O senhor deixa isso passar de maneira muito garbosa; mas estava perfeitamente certo.

– Não fui de todo imparcial no meu julgamento, Emma; mesmo assim, creio eu, se *você* não estivesse no caso, eu ainda teria desconfiado dele.

Quando chegou à srta. Woodhouse, ele foi obrigado a ler o trecho todo em voz alta – todas as linhas relacionadas a ela – com um sorriso; um olhar; um balançar da cabeça; uma ou duas palavras de assentimento, ou de desaprovação, ou meramente de amor, conforme requeria o assunto; concluindo, contudo, com muita seriedade, e, após firme reflexão, assim:

– Muito ruim... se bem que poderia ter sido pior. Desempenhando um jogo mais do que perigoso. Devendo demais ao acontecimento para ser absolvido. Incapacitado para julgar suas próprias maneiras com você. Sempre iludido, na verdade, por seus próprios desejos, e zeloso com pouca coisa que não sua própria conveniência. Imaginando que você já sondara seu segredo. Muito natural!, sua mente sendo tão cheia de intrigas que acaba suspeitando-as nas outras pessoas. Mistério... sutileza... como desvirtuam o entendimento! Minha Emma, por acaso tudo isso não serve para provar mais e mais a beleza verdadeira e sincera em todos os nossos procedimentos um com o outro?

Emma concordou, e com um rubor de sensibilidade por conta de Harriet, sobre o qual não pôde fornecer qualquer explicação sincera.

– É melhor continuar – ela disse.

O sr. Knightley continuou, mas logo em seguida parou de novo para dizer:

– O piano-forte! Ah! Esse foi o ato de um homem muito, muito jovem, jovem demais para considerar se a inconveniência do ato não poderia exceder em grande medida o prazer. Um esquema infantil, sem dúvida! Não consigo compreender que um homem queira dar para uma mulher determinada prova de afeição quando sabe que ela iria preferir dispensá-la; e ele de fato sabia que a moça teria impedido a vinda do instrumento se pudesse.

Depois disso ele fez algum progresso sem nenhuma pausa. A confissão de Frank Churchill quanto a ter se comportado vergonhosamente foi o primeiro tópico a demandar mais do que uma palavra de passagem.

– Concordo perfeitamente com o senhor – foi então o seu comentário. – O senhor de fato se comportou muito vergonhosamente. Nunca escreveu uma linha mais verdadeira.

Tendo percorrido as linhas imediatamente seguintes acerca da base do desentendimento entre os dois e da persistência em agir numa direta oposição ao senso de correção de Jane Fairfax, ele fez uma pausa mais plena para dizer:

– Isso é muito ruim. Ele a tinha induzido a se colocar, pelo bem dele, numa situação de extrema dificuldade e inquietação, e deveria ter sido a sua primeira meta impedir que a moça passasse por um sofrimento desnecessário. Ela deve ter enfrentado obstáculos bem maiores do que os dele levando em frente a correspondência. Ele deveria ter respeitado até mesmo escrúpulos desarrazoados, se tivessem surgido; mas os dela eram todos razoáveis. Devemos levar em consideração a única falha da jovem, e recordar que ela fizera uma coisa errada consentindo com o noivado, para suportar que ela tenha passado por tamanho estado de punição.

Emma sabia que ele agora estava chegando ao passeio de Box Hill, e foi ficando desconfortável. Seu próprio comportamento havia sido tão absolutamente inadequado! Ela sentia uma profunda vergonha e receava o olhar seguinte do cavalheiro. Tudo foi lido, no entanto, com firmeza e atenção, e sem o menor comentário; afora um momentâneo relance de olhos na direção dela, retirado no mesmo instante por medo de causar dor, nenhuma lembrança de Box Hill parecia existir.

– Não há como dizer muita coisa sobre a delicadeza dos nossos bons amigos, os Elton – foi a sua próxima observação. – Os sentimentos do jovem são naturais. O quê?! Tomar de fato a resolução de romper com ele inteiramente?! Ela sentia no noivado uma fonte de penitência e infelicidade para ambos; ela o dissolvia. Que visão isso nos dá de como ela percebia o comportamento dele! Bem, ele só pode ser o mais extraordinário...

– Não, não, leia mais. O senhor vai constatar como ele sofre muitíssimo.

– Espero que sofra – o sr. Knightley retrucou com frieza, retomando a leitura. – Smallridge?! O que quer dizer isso? O que é tudo isso?

– Ela se comprometera em sair para ser governanta das crianças da sra. Smallridge... uma querida amiga da sra. Elton... uma vizinha de Maple Grove; a propósito, me pergunto como a sra. Elton deve ter reagido ao desapontamento.

– Não diga nada, minha querida Emma, enquanto me obriga a ler... nem mesmo sobre a sra. Elton. Só mais uma página. Logo terei terminado. Que carta o sujeito escreveu!

– Gostaria que o senhor a lesse com um espírito mais caridoso em relação a ele.

– Bem, *há* sentimento aqui. Ele de fato parece ter sofrido quando soube da enfermidade dela. Com toda certeza, não posso ter a menor dúvida quanto ao apego do sujeito por ela. "Com muito carinho, com mais carinho do que nunca." Espero que ele possa continuar sentindo por muito tempo o imenso valor de tal reconciliação. Ele é um agradecido muito generoso, com seus milhares e dezenas de milhares. "Mais feliz do que mereço." Ora, ele se conhece muito bem nesse ponto. "A srta. Woodhouse me chama de filho da boa fortuna." Então foram essas as palavras da srta. Woodhouse? E um belo encerramento... e eis aqui a carta. O filho da boa fortuna! Foi essa, então, a sua denominação para ele?

– O senhor não parece ter ficado tão satisfeito com essa carta quanto eu; mas mesmo assim precisa, ao menos espero que precise, com isso, elevar a sua opinião sobre ele. Espero que isso possa tê-lo ajudado na sua estima.

– Sim, certamente ajudou. Frank Churchill revelou grandes falhas, falhas de desconsideração e leviandade; e sou muito da opinião dele em considerá-lo mais feliz do que merece; mesmo assim, visto que o jovem é, sem sombra de dúvida, realmente afeiçoado à srta. Fairfax, e que terá em breve, podemos esperar, a vantagem de desfrutar da companhia constante dela, fico muito disposto a crer que seu caráter irá se aprimorar, adquirindo com o dela o que lhe falta em firmeza e delicadeza de princípio. E agora permita-me discutir com você outra coisa. O meu coração está tão ocupado com os interesses de outra pessoa, no momento, que não consigo pensar por mais tempo em Frank Churchill. Desde que a deixei nesta manhã, Emma, a minha mente vem trabalhando duro num único tema.

O tema se seguiu; consistia, no inglês claro, desafetado e cavalheiresco que o sr. Knightley usava até mesmo com a mulher pela qual estava apaixonado, em como ser capaz de pedir a mão dela em casamento sem atacar a felicidade de seu pai. A resposta de Emma já estava pronta na primeira palavra. "Enquanto seu querido pai vivesse, qualquer mudança de condição lhe seria impossível. Ela nunca poderia abandoná-lo." Apenas parte dessa resposta, no entanto, foi admitida. A impossibilidade de abandonar o pai o sr. Knightley sentia tão fortemente como ela, mas com a inadmissibilidade de qualquer outra mudança ele não podia concordar. Ele andara pensando a respeito muito a fundo, com enorme concentração; a princípio nutrira uma esperança de induzir o sr. Woodhouse a mudar-se com ela para Donwell; quisera crer nisso como algo factível, mas seu conhecimento do sr. Woodhouse não lhe permitia um autoengano duradouro; e agora ele confessava sua persuasão de que tal transplante representaria um risco para o bem-estar do pai dela, talvez até mesmo para sua vida, que não podia ser corrido. O sr. Woodhouse sendo tirado de Hartfield! Não, ele sentia que tal coisa não deveria ser tentada. Mas no plano que nascera com o sacrifício do primeiro, segundo ele confiava, sua queridíssima Emma não encontraria nenhum aspecto censurável; consistia na ideia de que ele fosse recebido em Hartfield; enquanto a felicidade do sr. Woodhouse – em outras palavras, sua vida – exigisse que Hartfield continuasse a ser o lar dela, este seria o lar dele também.

O pensamento de que todos eles se transferissem para Donwell já passara pela cabeça de Emma. A exemplo do sr. Knightley, ela especulara sobre o esquema e o rejeitara; mas uma alternativa como aquela não lhe tinha ocorrido. Ela foi sensível ao imenso afeto evidenciado. Sentiu que, saindo de Donwell, ele decerto sacrificaria uma grande dose de independência nas horas e nos hábitos, e que, vivendo constantemente com o pai dela, numa casa que ele não podia chamar de sua, haveria muito, muitíssimo a ser suportado. Ela prometeu pensar no assunto e o aconselhou a pensar mais; mas ele estava de todo convencido: reflexão alguma seria capaz de alterar seus desejos ou sua opinião a esse respeito. Ele podia garantir que havia dedicado ao tema uma muito longa e calma consideração; fugira de William Larkins a manhã toda para ficar sozinho com seus pensamentos.

– Ah, existe uma dificuldade desprovida! – exclamou Emma. – Tenho certeza de que William Larkins não irá gostar disso. O senhor precisa obter o consentimento dele antes de pedir o meu.

Ela prometeu, no entanto, pensar a respeito; e praticamente prometeu, além disso, pensar a respeito com uma intenção de considerá-lo um ótimo esquema.

É notável que Emma, nos vários, nos incontáveis pontos de vista nos quais começava agora a pensar em Donwell Abbey, jamais tenha sido acometida por qualquer senso de prejuízo a seu sobrinho Henry, cujos direitos como herdeiro presumido haviam sido tão tenazmente considerados até então. Ela não poderia deixar de pensar na possível diferença para o pobre garotinho; e, no entanto, somente deu de si para si um sorriso embaraçado e atrevido a respeito, divertindo-se na descoberta da verdadeira causa daquela violenta aversão ao casamento do sr. Knightley com Jane Fairfax ou com qualquer outra pessoa que naquela ocasião ela imputara inteiramente à solicitude amável da irmã e da tia.

Essa proposta dele, esse plano de se casar e continuar em Hartfield – quanto mais ela o contemplava, tanto mais aquilo se tornava satisfatório. Os males pareciam diminuir, suas próprias vantagens pareciam aumentar, os benefícios mútuos pareciam compensar todas as inconveniências. Tamanha companhia para ela nos períodos vindouros de ansiedade ou desalento! Tamanho parceiro em todos os deveres e cuidados aos quais o tempo imporia um acréscimo de melancolia!

Ela teria ficado feliz demais não fosse pela pobre Harriet; mas todas as bênçãos para sua pessoa pareciam envolver e avançar os sofrimentos da amiga, que agora precisava ser até mesmo excluída de Hartfield. Do encantador grupo familiar que Emma estava assegurando para si a pobre Harriet teria de ser, por mera cautela caridosa, mantida distante. Ela sairia perdendo de todas as maneiras. Emma não podia deplorar a futura ausência como uma subtração do seu próprio prazer. Nesse grupo, Harriet seria antes um peso morto do que qualquer outra coisa; a não ser pelo bem da pobre garota, parecia peculiarmente cruel a necessidade que a colocaria em tal estado de punição imerecida.

Com o tempo, é claro, o sr. Knightley seria esquecido, isto é, suplantado; mas não se poderia esperar que tal coisa ocorresse muito cedo. O próprio sr. Knightley, ao contrário do sr. Elton, não faria nada para colaborar na cura. O sr. Knightley, sempre tão bondoso, tão sensível, tão verdadeiramente atencioso com todos, jamais mereceria ser menos venerado do que agora; e era realmente demasiado esperar, até mesmo de Harriet, que pudesse se apaixonar por mais do que *três* homens em um ano.

Capítulo 52

Foi um grande alívio para Emma descobrir Harriet tão desejosa como ela de evitar um encontro. O relacionamento entre as duas já era bastante doloroso por carta. Como seria pior, fossem elas obrigadas a se ver!

Harriet expressou-se bem como se poderia supor, sem repreensões ou aparente sentimento de abuso; mas Emma imaginou identificar um quê de ressentimento, alguma coisa beirando isso, no estilo, que aumentou a desejabilidade da separação. Podia ser somente a sua consciência, mas era como se apenas um anjo pudesse ter reagido com menos ressentimento contra tamanho golpe.

Emma não teve dificuldade alguma em obter o convite de Isabella; e foi afortunada em possuir suficiente razão para poder solicitá-lo sem recorrer a uma invenção. Havia um dente problemático. Harriet realmente desejava, e vinha desejando desde um bom tempo, consultar um dentista. A sra. John Knightley ficou deleitada em ser de alguma utilidade; qualquer coisa no âmbito da saúde debilitada era uma recomendação para ela, e, ainda que não gostasse tanto de um dentista quanto de um sr. Wingfield, ela se mostrou bastante ávida em receber Harriet sob seus cuidados. Estando tudo assim acertado pelo lado da irmã, Emma tratou de fazer a proposta para sua amiga e a descobriu muito persuadível. Harriet partiria; seu convite cobria no mínimo uma quinzena; ela seria transportada na carruagem do sr. Woodhouse. Tudo se arranjou, tudo se completou, e Harriet estava segura em Brunswick Square.

Agora Emma podia, de fato, desfrutar das visitas do sr. Knightley; agora ela podia falar e podia ouvir com verdadeira felicidade, desimpedida daquele senso de injustiça, de culpa, de algo muitíssimo doloroso que a tinha assombrado na lembrança de quão frustrado coração havia perto dela, de como naquele momento poderiam estar sendo enfrentados penosamente, e a uma pequena distância, os sentimentos que ela mesma desencaminhara.

A diferença entre Harriet na casa da sra. Goddard e Harriet em Londres talvez valesse por uma diferença desarrazoada nas sensações de Emma, mas ela não conseguia pensar na amiga em Londres sem objetos de curiosidade ou emprego que haveriam de afastar o passado e fazê-la sair de si mesma.

Emma não quis permitir que nenhuma outra ansiedade sucedesse de pronto ao lugar em sua mente que Harriet ocupara. Ela tinha pela frente uma comunicação, uma comunicação que *ela* somente teria competência para fazer – a confissão ao seu pai de seu noivado; mas não queria saber de nada disso por enquanto. Ela decidira postergar a revelação até que a sra. Weston estivesse sã e salva. Nenhuma agitação adicional deveria ser lançada nesse período entre os seus entes amados – e o mal não agiria nela mesma por antecipações antes da hora prevista. Uma quinzena de ócio e paz de espírito, no mínimo, para coroar todos os mais candentes – mas agitantes – deleites deveria estar ao dispor dela.

Ela logo decidiu, igualmente por dever e por prazer, empregar meia hora daquele feriado espiritual numa visitação à srta. Fairfax. Ela precisava ir – e ansiava por vê-la; a semelhança de suas presentes situações reforçava todos os outros motivos de boa vontade. Seria uma satisfação *secreta*, mas a consciência de uma similaridade de perspectivas iria certamente qualificar o interesse com o qual ela ouviria qualquer coisa que Jane pudesse comunicar.

Ela foi – já tinha se dirigido numa ocasião até a porta, sem sucesso, mas não entrara na casa desde a manhã após Box Hill, quando a pobre Jane passava por um transtorno que a enchera de compaixão, muito embora seus piores sofrimentos tivessem passado despercebidos. O temor de ser ainda indesejada determinou-a, mesmo com a certeza de que elas estavam em casa, a esperar na passagem e solicitar o anúncio do seu nome. Ela ouviu Patty o anunciando, mas não se sucedeu nenhum alvoroço como aquele que a pobre srta. Bates tornara tão felizmente inteligível da vez anterior. Não; ela nada ouviu senão a instantânea réplica "Peça-lhe que suba" – e um momento depois foi recebida nas escadas pela própria Jane, que vinha ao seu encontro com avidez, como se nenhum outro acolhimento fosse sentido como suficiente. Emma jamais a vira com melhor aparência, tão adorável e tão simpática. Havia embaraço, animação e ardor; havia todas as coisas das quais seu semblante ou seus modos jamais poderiam ter necessitado. Ela se apresentou oferecendo a mão e disse num tom baixo, mas muito sensível:

– Isso é muitíssimo amável, de fato! Srta. Woodhouse, é impossível para mim expressar... espero que a senhorita possa acreditar... Peço desculpas por estar tão absolutamente sem palavras.

Emma ficou gratificada, e logo teria oferecido uma abundância de palavras se o som da voz da sra. Elton na sala de estar não a tivesse detido, sugerindo-lhe o expediente de condensar todas as suas amigáveis e congratulatórias sensações num muito, muito fervoroso aperto de mãos.

A sra. Bates e a sra. Elton estavam juntas. A srta. Bates havia saído, o que explicava a prévia tranquilidade. Emma poderia ter desejado não ver a sra. Elton ali, mas estava num humor que a faria ter paciência com qualquer pessoa, e, uma vez que a sra. Elton a saudou com incomum amabilidade, esperou que a defrontação não fosse lhes causar mal algum.

Emma logo acreditou que penetrara os pensamentos da sra. Elton e compreendera o motivo pelo qual ela demonstrava, a exemplo dela, uma disposição alegre; era o fato de ser confidente da srta. Fairfax e a ideia de se julgar inteirada de algo que ainda era um segredo para outras pessoas. Emma imediatamente viu sintomas disso na expressão de seu rosto, e, enquanto apresentava seus próprios cumprimentos à sra. Bates e aparentava dar atenção às réplicas da boa idosa, viu-a dobrar com uma espécie de ansiosa ostentação de mistério uma carta que estivera aparentemente lendo em voz alta para a srta. Fairfax e voltar a guardá-la na bolsinha reticulada em púrpura e ouro que tinha ao seu lado, dizendo com significativos acenos de cabeça:

– Podemos terminá-la numa outra ocasião, claro. Você e eu teremos oportunidades abundantes. E na verdade você já ouviu toda a parte essencial. Eu só queria lhe provar que a sra. S. aceitou as nossas desculpas e não está ofendida. Você sabe como ela escreve maravilhosamente. Ah, é uma doce criatura! Você teria caído de amores por ela, se tivesse ido. Mas nem mais uma palavra. Sejamos discretas... cumpridoras do nosso bom comportamento. Silêncio! Você se lembra daqueles versos... eu esqueço neste momento qual é o poema:

Se de uma dama se tratar,
Todas as coisas dão lugar.

– E eu digo, minha querida, em se tratando de *nós*, por *dama* leia-se... boca fechada! Uma palavra para os sábios. Estou numa bela empolgação, não estou? Mas quero tranquilizar o seu coração em relação à sra. S. A *minha* representação, veja bem, deixou-a bastante apaziguada.

E outra vez, com Emma tendo meramente virado a cabeça para olhar o tricô da sra. Bates, ela acrescentou num meio sussurro:

– Não mencionei nenhum nome, como pode observar. Ah, não; cautelosa como um ministro de estado! Eu me saí extremamente bem.

Emma não podia duvidar. Era uma exibição palpável, repetida em todas as ocasiões possíveis. Quando todas elas já tinham conversado em harmonia sobre o tempo e sobre a sra. Weston por algum tempo, Emma se viu abruptamente abordada com:

– Não concorda, srta. Woodhouse, que a nossa atrevida amiguinha aqui se recuperou da maneira mais encantadora? Não concorda que sua cura confere a Perry o mais alto crédito? – (aqui houve um olhar de lado para Jane com grande significado). – Dou a minha palavra, Perry a restabeleceu num espaço de tempo maravilhosamente breve! Ah, se a senhorita pudesse tê-la visto como vi, quando ela estava em seu pior estado!

E, quando a sra. Bates ficou dizendo alguma coisa para Emma, ela seguiu sussurrando:

– Não diremos uma única palavra sobre qualquer *auxílio* que Perry possa ter; nem uma única palavra sobre um certo jovem médico de Windsor. Ah!, não; Perry terá o crédito todo.

– Mal tive o prazer de vê-la, srta. Woodhouse – ela começou pouco depois –, desde o passeio para Box Hill. Passeio muito prazeroso. Mas mesmo assim creio que estava faltando algo. As coisas não pareciam... isto é, parecia pairar uma pequena nuvem sobre o espírito de alguns. Foi a impressão que tive, pelo menos, mas poderia estar enganada. Entretanto, creio ter sido válido a ponto de sugerir a tentação de uma nova ida. O que dizem ambas de reunirmos o mesmo grupo e explorarmos Box Hill outra vez, enquanto dura o tempo bom? Tem de ser o mesmo grupo, claro, exatamente o mesmo grupo, sem *uma única* exceção.

Pouco depois disso entrou a srta. Bates, e Emma não pôde deixar de se divertir com a perplexidade da primeira resposta que recebeu, resultante, ela supôs, de uma dúvida sobre o que poderia ser dito e da impaciência por dizer tudo.

– Muito obrigada, querida srta. Woodhouse, a senhorita é pura bondade. É impossível dizer... Sim, de fato, entendo muito bem... as perspectivas da queridíssima Jane... isto é, não quero dizer... Mas ela se recuperou da maneira mais encantadora. Como vai o sr. Woodhouse? Fico tão contente. Completamente fora do meu alcance. A senhorita nos encontra aqui num pequeno círculo tão alegre... Sim, de fato. Jovem encantador! Isto é... tão absolutamente amigável; eu me refiro ao bom sr. Perry! Tamanha atenção com Jane!

E do seu enorme deleite, do seu mais do que comumente agradecido deleite para com a sra. Elton por estar ali, Emma deduziu ter ocorrido uma pequena mostra de ressentimento para com Jane, no quadrante do vicariato, que era agora graciosamente superada. Após alguns sussurros, de fato, que dispensaram dedução, a sra. Elton, falando mais alto, disse:

– Sim, aqui estou eu, minha boa amiga; e aqui já fiquei por tanto tempo que em qualquer outro lugar eu julgaria ser necessário pedir desculpas; mas a verdade é que estou à espera do meu senhor e mestre. Ele prometeu vir ao meu encontro aqui para lhes prestar seus cumprimentos.

– O quê?! Teremos nós o prazer de uma visita do sr. Elton? Será um favor e tanto, sem dúvida! Pois sei que cavalheiros não gostam de visitas matinais, e o tempo do sr. Elton é tão comprometido...

– Eu lhe dou a minha palavra que é, srta. Bates. Ele realmente é comprometido da manhã até a noite. Uma procissão infindável de gente o procura com esse ou aquele pretexto. Os magistrados e supervisores e curadores ficam sempre pedindo a opinião dele. Parecem ser incapazes de fazer qualquer coisa sem ele. "Eu lhe dou a minha palavra, sr. E.", digo eu com frequência, "antes o senhor do que eu. Não sei o que seria dos meus creions e do meu instrumento se eu tivesse tantos requerentes." A situação já é ruim o bastante, porque absolutamente negligencio ambos num grau imperdoável. Acredito não ter tocado um único compasso em duas semanas. Mas ele está vindo, eu lhes asseguro; sim, sem dúvida, com o propósito de fazer a todas vocês uma visita.

E levantando a mão para ocultar de Emma suas palavras:

– Uma visita congratulatória, claro. Ah, sim, totalmente indispensável!

A srta. Bates olhava em volta com tanta felicidade!

– Ele prometeu vir ao meu encontro assim que conseguisse se desimpedir com Knightley, mas ele e Knightley estão trancados juntos em profunda consulta. O sr. E. é o braço direito de Knightley.

Emma não teria sorrido por nada no mundo, e apenas falou:

– O sr. Elton foi a pé para Donwell? Ele terá uma caminhada quente.

– Ah!, não, é uma reunião no Crown... uma reunião ordinária. Weston e Cole estarão lá também; mas há sempre uma tendência de se falar dos que lideram. Imagino que o sr. E. e Knightley resolvam tudo a seu próprio modo.

– A senhora não está enganada quanto ao dia? – perguntou Emma. – Tenho quase certeza de que a reunião no Crown é somente amanhã. O sr. Knightley esteve em Hartfield ontem e falou a respeito como se fosse no sábado.

– Ah!, não; a reunião é certamente hoje – foi a resposta abrupta, denotando a impossibilidade de qualquer confusão por parte da sra. Elton. – Eu acredito mesmo – ela continuou – que esta é a paróquia mais problemática que jamais existiu. Nós nunca tomávamos conhecimento dessas coisas em Maple Grove.

– A sua paróquia lá era pequena – disse Jane.

– Eu lhe dou a minha palavra, minha querida, não sei, pois nunca ouvi falar do assunto.

– Mas isso fica provado pelo tamanho pequeno da escola, sobre a qual ouvi a senhora falar como sendo patrocinada pela sua irmã e pela sra. Bragge; a única escola, e não mais do que 25 crianças.

– Ah, sua criatura astuta, é a mais pura verdade! Que cérebro pensante você tem! Jane, que caráter perfeito você e eu haveríamos de formar, se pudéssemos ser misturadas... A minha vivacidade e a sua solidez produziriam a perfeição. Não que eu presuma insinuar, entretanto, que *certas* pessoas não possam já ver em *você* a perfeição. Mas silêncio! Nem uma única palavra, por favor.

Essa parecia ser uma cautela desnecessária; Jane queria lhe dar palavras – não à sra. Elton, mas à srta. Woodhouse, como esta última percebia com clareza. O desejo de distingui-la, até onde a cortesia permitisse, era muito evidente, embora não pudesse muitas vezes prosseguir além de um olhar.

O sr. Elton fez a sua aparição. Sua dama o saudou com mais uma dose de cintilante vivacidade.

– Muito bonito, senhor, eu lhe dou a minha palavra; me mandar até aqui para ser um estorvo a minhas amigas tanto tempo antes de o senhor condescender em vir! Mas o senhor conhecia muito bem a criatura obediente com a qual estava lidando; sabia que eu não daria sequer um passo até a chegada do meu senhor e mestre. Aqui fiquei sentada por uma hora, dando para estas jovens damas uma amostra da verdadeira obediência conjugal, pois quem poderá dizer, não é mesmo, quão logo ela será útil?

O sr. Elton estava tão acalorado e exausto que toda essa sagacidade pareceu ter sido desperdiçada. As civilidades do cavalheiro às demais damas precisavam ser prestadas, mas seu objetivo subsequente foi ficar se lamentando pelo calor que estava sofrendo e pela caminhada que tivera por nada.

– Quando cheguei a Donwell – ele disse –, Knightley não pôde ser encontrado. Muito estranho! Muito inexplicável! Depois do bilhete que lhe mandei nesta manhã, e da mensagem que ele devolveu, de que certamente estaria em casa até a uma...

– Donwell?! – exclamou sua esposa. – Meu caro sr. E., não esteve em Donwell! O senhor se refere ao Crown; veio da reunião no Crown.

– Não, não, isso é amanhã; e eu particularmente queria ver Knightley hoje por conta disso mesmo. Uma manhã tenebrosa de tão escaldante! Passei pelos campos, além disso – (falando num tom de grande abuso) –, o que tornou tudo pior ainda. E então não o encontrar em casa! Eu lhes garanto que não estou nem um pouco satisfeito. E sem deixar nenhum pedido de desculpas, nenhuma mensagem para mim. A governanta declarou não ter o menor conhecimento de que eu era esperado. Muito extraordinário! E ninguém fazia ideia do rumo que ele tomara. Talvez Hartfield, talvez Abbey-Mill, talvez suas matas. Srta. Woodhouse, isso não é típico do nosso amigo Knightley. A senhorita tem alguma explicação?

Emma se divertiu protestando que era de fato muito extraordinário, e que ela não tinha sequer uma sílaba para dizer por ele.

– Não consigo imaginar – exclamou a sra. Elton, sentindo a indignidade como deveria sentir uma esposa –, não consigo imaginar como ele pôde fazer algo assim com o senhor, entre todas as pessoas no mundo! Simplesmente a última pessoa de quem se poderia esperar que fosse esquecida! Meu caro sr. E., ele deve ter deixado uma mensagem para o senhor, tenho certeza de que deixou. Nem mesmo Knightley poderia ser tão absolutamente excêntrico; e os criados esqueceram. Confie nisso, foi esse o caso; e é algo muito provável de acontecer com os criados de Donwell, que são todos, eu muitas vezes observei, extremamente atrapalhados e remissos. Tenho certeza de que eu não admitiria uma criatura como aquele Harry dele junto ao nosso aparador sob nenhuma consideração. E quanto à sra. Hodges, Wright tem por ela o maior desprezo. Ela prometeu para Wright uma receita e jamais a mandou.

– Encontrei William Larkins – continuou o sr. Elton – enquanto me aproximava da casa, e ele me falou que eu não encontraria seu patrão em casa, mas não acreditei nele. William parecia estar um tanto mal-humorado. Ele não sabia o que vinha acontecendo com seu patrão nos últimos tempos, ele disse, mas mal conseguia chegar a fazê-lo falar. Não tenho nada a ver com as demandas de William, mas realmente é de tremenda importância que *eu* conseguisse ver Knightley hoje; e se torna uma questão de gravíssima inconveniência, portanto, que eu tenha enfrentado essa caminhada quente sem nenhum proveito.

Emma sentiu que não poderia fazer nada melhor do que ir para casa o quanto antes. Segundo todas as probabilidades, naquele exato momento ela era esperada lá; e o sr. Knightley poderia ser preservado de afundar mais ainda em agressão para com o sr. Elton, se não para com William Larkins.

Ela ficou contente, ao ir embora, por ver a srta. Fairfax determinada em acompanhá-la na saída da sala, em até mesmo descer as escadas com ela; isso lhe dava uma oportunidade da qual ela fez imediato uso para dizer:

– Talvez seja bom que eu não tenha tido a possibilidade. Não estivesse a senhorita cercada por outros amigos, eu poderia ter cedido à tentação de introduzir um assunto, de fazer perguntas, de falar mais abertamente do que poderia ter sido estritamente correto. Sinto que por certo eu teria sido impertinente.

– Ah! – exclamou Jane, com uma vermelhidão e uma hesitação que Emma julgou infinitamente mais vistosas nela do que toda a elegância de sua compostura habitual. – Não teria ocorrido perigo algum. Só haveria o perigo de que eu cansasse a senhorita. A senhorita não poderia ter me gratificado mais do que na manifestação de um interesse... De fato, srta. Woodhouse – (falando mais serenamente) –, com a consciência que tenho de má conduta, de péssima conduta, para mim é particularmente consolador saber que aqueles entre os meus amigos cuja boa opinião é mais digna de ser preservada não estão desgostosos a ponto de... Não tenho tempo para metade do que desejaria dizer. Anseio por pedir perdão, apresentar desculpas, argumentar algo a meu favor. Sinto que esse é o meu maior dever. Mas infelizmente... em suma, se a sua compaixão não se mostrar amiga minha...

– Ah, a senhorita é escrupulosa demais, sem dúvida que é! – Emma exclamou com ardor e pegando sua mão. – A senhorita não me deve desculpa alguma; e todos aos quais se poderia supor que a senhorita devesse alguma estão tão perfeitamente satisfeitos, tão encantados até...

– A senhorita é muito gentil, mas sei o que foram os meus modos em sua companhia. Tão frios e artificiais! Eu tinha sempre um papel a desempenhar. Era uma vida de falsidade! Sei que devo tê-la deixado desgostosa.

– Por favor, não diga mais nada. Sinto que todos os pedidos de desculpa deveriam vir do meu lado. Perdoemos uma à outra o quanto antes. Temos de fazer depressa o que precisa ser feito, e creio que os nossos sentimentos não perderão tempo algum nisso. Espero que a senhorita tenha notícias agradáveis de Windsor.

– Muito.

– E a próxima novidade, suponho, é que iremos perder a senhorita... bem quando começo a conhecê-la.

– Ah!, quanto a tudo isso, é claro que nada pode ser pensado ainda. Fico aqui até ser reivindicada pelo coronel e pela sra. Campbell.

– Nada pode ser efetivamente definido ainda, talvez – retrucou Emma, sorrindo –, mas, perdoe-me, isso deve ser pensado.

O sorriso foi devolvido enquanto Jane respondia:

– A senhorita tem toda razão; isso já foi pensado. E vou lhe confessar (tenho certeza de que será seguro): no que diz respeito a morarmos com o sr. Churchill em Enscombe, isso está definido. É preciso haver três meses, no mínimo, de profundo luto; mas, passado esse período, imagino, não precisaremos esperar por mais nada.

– Obrigada, obrigada. É justamente disso que eu queria ter garantias. Ah!, se a senhorita soubesse o quanto adoro todas as coisas decididas e francas! Adeus, adeus.

Capítulo 53

Os amigos da sra. Weston ficaram todos felizes por saberem-na fora de risco; e se a satisfação do seu bem-estar pôde ser intensificada para Emma, isso se deu pela notícia de que ela era mãe de uma menininha. Emma fora resoluta em desejar uma srta. Weston; não reconhecia que fosse por qualquer objetivo de formar um enlace para ela, no futuro, com qualquer um dos filhos de Isabella; mas estava convencida de que uma filha conviria melhor tanto ao pai quanto à mãe. Seria um grande conforto para o sr. Weston, quando ele começasse a envelhecer – e até o sr. Weston poderia já estar envelhecendo dali a dez anos –, ter o seu pé do fogo avivado pelas brincadeiras e pelos disparates, pelas excentricidades e pelos caprichos de uma criança jamais banida de casa; e a sra. Weston – ninguém poderia duvidar que uma filha lhe seria mais condizente; e seria uma lástima que alguém que sabia ensinar tão bem não viesse a exercer seus poderes outra vez.

– Ela teve a vantagem, veja bem, de praticar comigo – Emma continuou –, como La Baronne d'Almane com La Comtesse d'Ostalis no *Adelaide e Theodore* da Madame de Genlis, e agora veremos sua própria pequena Adelaide educada num plano mais perfeito.

– Ou seja – retrucou o sr. Knightley –, ela vai fazer as vontades da menina mais ainda do que fez as suas e acreditar que não está fazendo vontade nenhuma. Essa vai ser a única diferença.

– Pobre criança! – exclamou Emma. – Se assim for, o que será dela?

– Nada de muito ruim. O destino de milhares. Vai ser desagradável na infância e se corrigir à medida que ficar mais velha. Estou perdendo todo o meu amargor contra crianças mimadas, minha queridíssima Emma. De mim, que estou devendo toda a minha felicidade a *você*, não seria uma horrível ingratidão da minha parte ser severo com elas?

Emma riu e retrucou:

– Mas eu fui auxiliada por todas as suas tentativas de contrabalançar a indulgência das outras pessoas. Duvido que o meu próprio bom senso me teria corrigido sem esse auxílio.

– Você duvida? Eu não tenho dúvida alguma. A natureza lhe deu discernimento; a srta. Taylor lhe deu princípios. Você por certo se saiu bem. A minha interferência tinha quase a mesma possibilidade de lhe proporcionar tanto danos quanto benefícios. Era muito natural que você dissesse: "Que direito ele tem de me passar reprimendas?", e muito natural, receio, que sentisse que eu as passava de uma maneira desagradável. Não acredito que eu tenha lhe proporcionado qualquer benefício. O benefício foi todo meu, porque você se tornou um objeto do mais terno afeto para mim. Eu não poderia pensar tanto em você sem cair de amores por você, com defeitos e tudo; e à força de supor incontáveis erros me apaixonei por você desde os seus treze anos, no mínimo.

– Tenho certeza de que o senhor me foi útil – exclamou Emma. – Fui repetidas vezes influenciada corretamente pelo senhor... mais vezes do que teria reconhecido na época. Tenho plena certeza de que o senhor me proporcionou benefícios. E se o destino da pobre Anna Weston é ser mimada, será uma tremenda humanidade da sua parte fazer tanto por ela quanto fez por mim, exceto se apaixonar por ela quando ela tiver treze anos.

– Quantas vezes, quando era uma menina, você me disse com um dos seus olhares atrevidos: "Sr. Knightley, vou fazer isso e aquilo; papai falou que posso, ou tenho autorização da srta. Taylor...", algo que, você sabia, eu não aprovava. Nesses casos a minha interferência lhe dava dois sentimentos ruins em vez de um.

– Que amável criatura eu era! Não espanta que o senhor guarde as minhas falas numa lembrança tão afetuosa.

– "Sr. Knightley." Você sempre me chamava de sr. Knightley, e, por causa do hábito, o som não é tão formal assim. E no entanto é formal. Quero que me chame de outra coisa, mas não sei de quê.

– Eu me lembro de tê-lo chamado uma vez de "George", num dos meus amáveis ataques, mais ou menos dez anos atrás. Fiz isso porque julguei que o deixaria ofendido, mas, uma vez que o senhor não fez objeção alguma, nunca voltei a chamá-lo assim.

– E não pode me chamar de "George" agora?

– Impossível! Nunca poderei chamá-lo de qualquer coisa senão "sr. Knightley". Não posso prometer nem mesmo me igualar à elegante concisão da sra. Elton o chamando de "sr. K."... Mas vou prometer – ela logo acrescentou, rindo e corando –, vou prometer chamá-lo uma vez pelo seu nome de batismo. Não direi quando, mas talvez o senhor consiga imaginar onde: no edifício no qual N. aceitar M. na alegria e na tristeza.

Emma se afligiu por não poder ser mais abertamente justa com um serviço importante que o bom senso superior do sr. Knightley lhe teria rendido, com o conselho que a teria salvado do pior de todos os seus disparates femininos – sua obstinada intimidade com Harriet Smith; mas o assunto era delicado demais. Ela não conseguiria introduzi-lo. Harriet era raras vezes mencionada entre os dois. Isso, por parte dele, poderia provir meramente do fato de que Harriet não era lembrada; mas Emma inclinava-se mais por atribuí-lo a uma postura de delicadeza e a uma suspeita, em função de certas aparências, de que a amizade entre as duas estivesse em declínio. Ela mesma tinha noção de que, separadas sob quaisquer outras circunstâncias, as duas certamente teriam se correspondido mais, e de que as suas informações não teriam se baseado, como agora se baseavam quase completamente, nas cartas de Isabella. Ele poderia estar observando que assim era. A dor de ser obrigada a praticar dissimulação para com o sr. Knightley era bem pouco inferior à dor de ter feito Harriet infeliz.

Isabella mandava um relato de sua visitante quase tão bom quanto poderia ser esperado; quando de sua chegada tinha considerado a jovem abatida, o que parecia perfeitamente natural, na medida em que havia um dentista a ser consultado; tendo sido superado esse problema, porém, ela não parecia julgar Harriet diferente de como a conhecera antes. Isabella, com toda certeza, não era uma observadora muito sagaz; no entanto, se Harriet não tivesse se mostrado capaz de brincar com as crianças, tal fato não lhe teria escapado. Os confortos e as esperanças de Emma se viram alentados do modo mais agradável com o prolongamento da permanência de Harriet; sua quinzena viraria provavelmente um mês, no mínimo. O sr. e a sra. John Knightley desceriam em agosto e a jovem estava convidada para ficar até que pudessem trazê-la de volta.

– John nem mesmo mencionou a sua amiga – disse o sr. Knightley. – Eis aqui a resposta dele, se quiser vê-la.

Tratava-se da resposta à comunicação dele de seu planejado casamento. Emma aceitou-a com uma mão muito ávida, com a mais viva impaciência por saber o que ele iria dizer a respeito, e nem um pouco detida por ouvir que sua amiga não era mencionada.

– John partilha da minha felicidade como um irmão – continuou o sr. Knightley –, mas não é de fazer elogios; e, embora eu bem o saiba igualmente possuidor de um afeto muitíssimo fraternal por você, ele foge a tal ponto de usar floreios que qualquer outra jovem dama poderia considerá-lo um tanto frio em seu louvor a ela. Mas não receio que veja o que ele escreveu.

– Ele escreve como um homem sensato – retrucou Emma, quando já tinha lido a carta. – Honro sua sinceridade. É muito evidente que no entender dele a boa fortuna do noivado está toda no meu lado, mas não deixa de ter a esperança de que eu vá me tornando, com o tempo, tão digna do seu afeto como o senhor já me julga ser. Tivesse ele dito qualquer coisa que admitisse uma interpretação diferente, eu não teria acreditado nele.

– Minha Emma, ele não quis dizer nada disso. Ele só quis dizer...

– O sr. John Knightley e eu haveríamos de divergir muito pouco na nossa avaliação dos dois – ela interrompeu, com uma espécie de sorriso sério –, talvez muito menos do que ele tem noção, se pudéssemos abordar o assunto sem cerimônia ou reserva.

– Emma, minha querida Emma...

– Ah! – ela exclamou com alegria mais rematada –, se supõe que o seu irmão não me faz justiça, apenas espere até que o meu querido pai seja inteirado e verifique a opinião dele. Confie nisso, ele fugirá bem mais de fazer justiça *ao senhor*. Ele vai situar toda a felicidade, toda a vantagem, no seu lado da questão; e todo o mérito no meu. Só espero que eu não caia num "pobre Emma" com ele de maneira imediata; a terna compaixão do meu pai para com o valor oprimido não vai além disso.

– Ah! – o sr. Knightley exclamou –, eu gostaria que o seu pai pudesse chegar perto de ser tão facilmente convencido como John será de que temos todos os direitos que o valor semelhante pode dar para sermos felizes juntos. Eu me diverti com uma parte da carta de John... não percebeu?... Onde ele diz que a minha informação não o pegou totalmente de surpresa, que estava inclusive na expectativa de ouvir algo do tipo.

– Se entendi o seu irmão, ele só se refere ao senhor nutrir alguma ideia de se casar. Ele nem pensava em mim. O sr. John Knightley me pareceu perfeitamente despreparado para isso.

– Sim, sim... mas me diverte que ele tenha conseguido enxergar os meus sentimentos tão a fundo. Ele baseou seu julgamento no quê? Não estou ciente de nenhuma diferença no meu estado de espírito ou na minha conversação que pudesse prepará-lo agora para o meu casamento mais do que em qualquer outra época. Mas assim foi, suponho. Ouso dizer que havia uma diferença quando fiquei na casa deles outro dia. Creio não ter brincado com as crianças na mesma medida de sempre. Recordo que certa noite os pobres meninos falaram: "O tio parece sempre cansado agora".

Aproximava-se a hora na qual a notícia teria de começar a ser disseminada e a recepção de outras pessoas teria de ser testada. Tão logo a sra. Weston ficou suficientemente recuperada para admitir as visitas do sr. Woodhouse, Emma, tendo em vista que o seu brando raciocínio deveria ser empregado na causa, resolveu anunciar a novidade primeiro em casa e depois em Randalls. Mas como fazer afinal a revelação a seu pai? Ela determinara-se a fazê-la num momento de ausência do sr. Knightley, caso contrário, quando chegasse o instante decisivo, seu coração a teria traído e ela por certo teria postergado a comunicação; mas o sr. Knightley deveria chegar nessa hora para dar prosseguimento à introdução que ela faria. Emma se via forçada a falar, e a falar, além disso, num tom jovial. Ela não poderia, por meio de um tom melancólico, tornar o assunto uma questão mais decidida de infelicidade para ele; não poderia parecer considerá-lo um infortúnio. Com o máximo ânimo que pôde controlar, ela o preparou primeiro para algo estranho e então, em poucas palavras, afirmou que se o consentimento e a aprovação dele pudessem ser obtidos – algo que seria concedido sem nenhuma dificuldade, ela confiava, visto que aquele era um plano para promover a felicidade de todos –, ela e o sr. Knightley pretendiam se casar; e por meio disso Hartfield iria receber a constante adição da pessoa cuja companhia ele mais adorava no mundo, ela sabia, depois de suas filhas e da sra. Weston.

Pobre homem! Sua reação inicial foi de considerável choque, e ele tentou ardorosamente dissuadi-la do plano. Emma foi lembrada, mais de uma vez, de ter sempre afirmado que nunca se casaria, e assegurada de que continuar solteira seria bem melhor para ela; e ouviu sobre a pobre Isabella e sobre a pobre srta. Taylor. Mas nada disso adiantou. Emma se manteve junto a ele, sorrindo, e disse que precisava ser assim e que ele não deveria colocá-la na categoria de Isabella e da sra. Weston, cujos casamentos, tirando-as de Hartfield, haviam sem dúvida operado uma transformação melancólica; mas ela não estava indo embora de Hartfield; ela estaria sempre ali; não introduziria transformação alguma na população ou nos confortos da casa senão no sentido de melhorá-los; e tinha total certeza de que ele ficaria bem mais feliz por ter o sr. Knightley sempre à disposição tão logo se acostumasse com a ideia. Por acaso ele não adorava o sr. Knightley? Ele não poderia negar tal coisa, ela tinha certeza. Quem ele alguma vez desejava consultar sobre negócios, além do sr. Knightley? Quem mais se mostrava tão útil, tão disposto a escrever suas cartas, tão contente em lhe dar auxílio? Quem seria tão jovial, tão atento, tão apegado a ele? Ele não gostaria de tê-lo sempre ao alcance da mão? Sim. Tudo isso era bem verdade. A presença do sr. Knightley em Hartfield nunca seria excessiva; ele ficaria contente por vê-lo todos os dias; mas na situação atual eles já o viam todos os dias. Por que motivo não poderiam prosseguir como de hábito?

O sr. Woodhouse não poderia ser reconciliado logo; mas o pior estava superado, a ideia estava dada; o tempo e a contínua repetição fariam o resto. Às garantias e súplicas de Emma sucederam-se as do sr. Knightley, cujo carinhoso louvor a ela conferiu ao assunto até mesmo um caráter bem-vindo; e ele logo se acostumou a ouvir os discursos de ambos em todas as ocasiões razoáveis. Eles ganharam todo o auxílio que Isabella pôde dar através de cartas da mais forte aprovação; e a sra. Weston se prontificou, no primeiro encontro, a considerar o assunto sob a mais aproveitável luz, primeiro como algo estabelecido, e em segundo lugar como algo bom – bastante ciente da importância praticamente idêntica das duas recomendações na mente do sr. Woodhouse. Ficou assente que se tratava da coisa certa; e, com todas as pessoas pelas quais ele costumava ser orientado assegurando-lhe que a sua felicidade era visada, e tendo por sua própria conta sentimentos que quase o admitiam, ele começou a pensar que mais cedo ou mais tarde, dentro de mais um ano ou dois, talvez, poderia ser que já não fosse tão absolutamente ruim que o casamento tivesse lugar.

A sra. Weston não interpretou papel algum, não fingiu sentimento algum em tudo aquilo que disse para o sr. Woodhouse a favor do evento. Ela se mostrara extremamente surpresa, mais surpresa do que nunca quando Emma lhe revelou o caso; mas via no caso apenas um acréscimo de felicidade para todos, e não teve escrúpulos em pressioná-lo ao máximo. A sra. Weston estimava o sr. Knightley a ponto de julgá-lo merecedor até mesmo da sua queridíssima Emma; e aquela era uma conexão em todos os aspectos tão apropriada, adequada e irrepreensível, e num aspecto, num ponto da mais alta importância, tão peculiarmente elegível, tão singularmente afortunada, que agora era como se Emma não pudesse ter se afeiçoado com segurança a nenhum outro ser humano e ela mesma tivesse sido a mais estúpida das criaturas em não ter pensado nisso e o desejado muito antes. Quão pouquíssimos dentre os homens cuja posição na vida lhes permitia cortejar Emma teriam renunciado a seus próprios lares em favor de Hartfield? E quem senão o sr. Knightley poderia conhecer e tolerar o sr. Woodhouse a ponto de tornar desejável tal arranjo? A dificuldade de dispensar o sr. Woodhouse tinha sido sempre sentida nos planos dela e do marido para um casamento entre Frank e Emma. Como acomodar as reivindicações de Enscombe e Hartfield havia sido um contínuo impedimento, menos reconhecido pelo sr. Weston do que por ela – mas nem mesmo ele jamais conseguira finalizar o assunto com palavras melhores do que estas: "Essas questões acabam se resolvendo sozinhas; os jovens sempre encontram uma saída". Mas aqui não havia nada para descartar numa desvairada especulação sobre o futuro. Estava tudo certo, tudo aberto, tudo igual. Nenhum sacrifício digno de menção em qualquer lado. Tratava-se de uma união da mais alta promessa de felicidade em si mesma, e sem uma única dificuldade real ou racional para contrariá-la ou adiá-la.

A sra. Weston, com seu bebê no colo, entregando-se a reflexões como essas, era uma das mulheres mais felizes do mundo. Se alguma coisa podia intensificar o seu deleite, era perceber que o primeiro conjunto de toucas do bebê logo não lhe serviria mais.

A notícia gerou surpresa universal por onde quer que tivesse se alastrado; e o sr. Weston partilhou dela por cinco minutos; mas cinco minutos foram suficientes para familiarizar a ideia em sua sagacidade mental. Ele percebeu as vantagens da união e se rejubilou por elas com toda a constância de sua esposa; mas o espanto da novidade logo se converteu em nada; e ao fim de uma hora ele não estava longe de acreditar que sempre previra o enlace.

– É preciso manter segredo, concluo – falou ele. – Essas questões são sempre um segredo, até descobrirmos que todo mundo está inteirado. Só me permita saber quando eu já puder me manifestar. Eu me pergunto se Jane tem alguma suspeita.

O sr. Weston se dirigiu até Highbury na manhã seguinte para se certificar nesse ponto. Ele contou a novidade para Jane. Por acaso ela não era como uma filha, sua filha mais velha? Ele precisava contar para Jane; e, com a srta. Bates estando presente, a novidade foi repassada imediatamente depois, é claro, à sra. Cole, à sra. Perry e à sra. Elton. Isso não era mais do que algo para o qual os principais envolvidos estavam preparados; eles haviam calculado, desde o instante da revelação em Randalls, em quanto tempo a notícia estaria espalhada por Highbury – e se imaginaram na condição de assombro noturno em inúmeros círculos familiares com grande perspicácia.

De um modo geral, tratou-se de um enlace muito bem aprovado. Alguns podiam julgar o noivo, e outros podiam julgar a noiva como quem mais tivera sorte. Um grupo podia recomendar que todos se transferissem para Donwell e deixassem Hartfield para os John Knightley; e outro podia predizer desentendimentos entre os criados; no âmbito geral, contudo, não foram levantadas objeções sérias exceto numa habitação: o vicariato. Ali a surpresa não foi suavizada por qualquer satisfação. O sr. Elton pouco se importou com a história, em comparação com sua esposa; ele só esperou "que o orgulho da jovem dama se contentasse agora"; e supôs "que ela sempre quisera fisgar Knightley se pudesse"; e, sobre a questão de morar em Hartfield, pôde exclamar com audácia: "Antes ele do que eu!". Mas a sra. Elton ficou de fato bastante desconcertada. "Pobre Knightley! Pobre sujeito! Triste negócio para ele." Ela se sentia extremamente consternada, porque, embora muito excêntrico, Knightley tinha mil boas qualidades. Como ele pudera ser tão ludibriado? Não o considerava apaixonado em absoluto – nem um pouco. Pobre Knightley! Teria fim todo e qualquer relacionamento aprazível com ele. Como ele se mostrara feliz em vir jantar com eles quando quer que o convidassem! Mas isso estaria de todo acabado agora. Pobre sujeito! Nunca mais um passeio exploratório em Donwell organizado para *ela*. Ah!, não; haveria uma sra. Knightley para jogar água fria em tudo. Extremamente desagradável! Mas ela não lamentava nem um pouco que tivesse abusado da governanta outro dia. Um plano chocante, morarem juntos. Jamais daria certo. Ela conhecia uma família perto de Maple Grove que tentara fazê-lo e se vira na obrigação de se separar antes do fim do primeiro trimestre.

Capítulo 54

O tempo passou. Mais alguns amanhãs e o grupo de Londres estaria chegando. Era uma mudança alarmante; e Emma pensava nela certa manhã como algo que decerto lhe traria uma grande dose de agitação e pesar quando, com a entrada do sr. Knightley, os pensamentos aflitivos foram deixados de lado. Depois das amenas palavras iniciais, ele ficou calado; e então, num tom mais grave, começou assim:

– Tenho algo para lhe contar, Emma; certa notícia.

– Boa ou ruim? – perguntou ela rapidamente, firmando seu olhar no rosto dele.

– Não sei como deveríamos chamá-la.

– Ah, boa, estou certa disso! Posso ver no seu semblante. O senhor está tentando não sorrir.

– Eu receio – disse ele, recompondo suas feições –, receio muitíssimo, minha querida Emma, que não vai sorrir quando souber o que é.

– Não diga! Mas por quê? Mal consigo imaginar que alguma coisa, sendo agradável ou divertida para o senhor, não possa ser agradável ou divertida para mim também.

– Existe um assunto – ele retrucou –, não mais do que um, espero, sobre o qual as nossas opiniões são diferentes.

O sr. Knightley parou por um momento, sorrindo de novo, com os olhos fixados no rosto dela.

– Não lhe ocorre nada? Não se recorda? Harriet Smith.

As faces de Emma se ruborizaram ao som do nome, e ela sentiu medo de algo, embora não soubesse de quê.

– Por acaso já teve notícias dela nesta manhã? – ele exclamou. – Já teve, acredito, e sabe de tudo.

– Não, não tive; não sei de nada; por favor, me conte.

– Você está preparada para o pior, percebo; e é muito ruim de fato. Harriet Smith se casa com Robert Martin.

Emma teve um sobressalto que não indicava preparação alguma; e os seus olhos, em ávida contemplação, disseram "Não, isso é impossível!", mas seus lábios não se abriram.

– É isso mesmo – continuou o sr. Knightley –, soube com Robert Martin em pessoa. Ele se despediu de mim não faz meia hora.

Emma ainda o fitava com a mais eloquente perplexidade.

– Você reage, minha Emma, com o desgosto que eu temia. Eu gostaria que as nossas opiniões fossem iguais. Mas com o tempo elas serão. O tempo, tenha plena certeza, fará com que um de nós passe a pensar de modo diferente; no meio-tempo, não precisamos falar muito a respeito.

– O senhor me interpreta mal, bastante mal – ela retrucou, reunindo forças. – Não é que tal circunstância pudesse me deixar triste agora, mas não consigo acreditar nela. Parece uma impossibilidade! O senhor não pode estar querendo dizer que Harriet Smith aceitou Robert Martin. O senhor não pode estar querendo dizer que ele até mesmo a pediu em casamento de novo... já. O senhor só quer dizer que ele tem essa intenção.

– Eu quero dizer que ele fez o pedido – respondeu o sr. Knightley com sorridente mas resoluta decisão – e foi aceito.

– Por Deus! – ela exclamou. – Bem!

Então, recorrendo à cesta de trabalho como desculpa para baixar o rosto e ocultar todos os primorosos sentimentos de deleite e divertimento que sabia estar por certo expressando, ela acrescentou:

– Bem, agora me conte tudo; torne tudo inteligível para mim. Como, onde, quando? Quero todos os detalhes. Nunca me senti tão surpresa... mas isso não me deixa triste, eu lhe garanto. Como... como isso foi possível?

– É uma história muito simples. Ele foi à cidade para tratar de negócios três dias atrás, e eu lhe passei o encargo de alguns documentos que precisava mandar para John. Robert entregou esses documentos para John em seus aposentos e foi convidado por ele a se unir a seu grupo naquela mesma noite no Astley's. Eles iriam levar os dois meninos mais velhos ao Astley's. O grupo seria formado por nosso irmão e nossa irmã, Henry, John... e a srta. Smith. O meu amigo Robert não pôde resistir. Eles o buscaram no caminho; todos se divertiram ao extremo; e o meu irmão o convidou para jantar com eles no dia seguinte, o que ele fez, e no decorrer dessa visita (segundo entendi) Robert encontrou uma oportunidade para falar com Harriet; e certamente não falou em vão. Harriet o fez até mesmo, com sua aceitação, tão feliz quanto ele merece. Ele veio com a diligência de ontem e me procurou nesta manhã, imediatamente após o desjejum, para comunicar seus procedimentos, primeiro nos meus assuntos e depois nos dele. Isso é o máximo que posso relatar sobre como, onde e quando. A sua amiga Harriet contará uma história bem mais longa quando você puder vê-la. Ela lhe dará todos os pormenores minuciosos que somente a linguagem da mulher pode tornar interessantes. Nas nossas comunicações lidamos apenas com os grandes. Entretanto, devo dizer que o coração de Robert Martin parecia, para *ele* e para *mim*, muito transbordante; e que ele de fato mencionou, de uma maneira não muito pertinente, que, saindo do camarote no Astley's, o meu irmão se encarregou da sra. John Knightley e do pequeno John e ele seguiu com a srta. Smith e Henry; e que num determinado momento eles se viram em tamanha multidão que a srta. Smith acabou ficando um tanto inquieta.

Ele parou. Emma não se atreveu a esboçar qualquer réplica imediata. Falar, ela tinha certeza, seria trair o mais desarrazoado grau de felicidade. Ela precisava esperar um momento, ou ele a julgaria louca. Seu silêncio perturbou o sr. Knightley, e após observá-la por algum tempo ele acrescentou:

– Emma, meu amor, você disse que essa circunstância não a deixaria triste agora; mas receio que lhe cause mais dor do que você esperava. A situação de Robert Martin é um mal, mas você precisa considerar o caso como algo que satisfaz a sua amiga; e posso lhe prometer que o verá cada vez mais com bons olhos à medida que conhecê-lo melhor. Seu bom senso e seus bons princípios a deleitariam. No que diz respeito ao homem, não poderia desejar ver a sua amiga em melhores mãos. Sua posição na sociedade eu alteraria, se pudesse; o que é dizer uma grande coisa, eu lhe garanto, Emma. Você ri de mim quanto a William Larkins, mas Robert Martin me faria falta quase na mesma medida.

O sr. Knightley queria que ela levantasse o rosto e sorrisse, e, tendo agora juntado forças para não exibir um sorriso largo demais, ela o fez, respondendo com jovialidade:

– O senhor não precisa se dar o trabalho de me reconciliar com o enlace. Creio que Harriet está se saindo extremamente bem. As conexões *dela* poderão ser piores do que as *dele*. Na respeitabilidade de caráter, não pode haver dúvida de que são. Eu me mantive calada meramente por surpresa, excessiva surpresa. O senhor não pode imaginar o quão repentinamente essa informação me veio! Quão peculiarmente despreparada eu estava! Pois eu tinha razões para crer que nos últimos tempos ela estava mais determinada contra ele, muito mais, do que já estivera antes.

– Devia conhecer melhor a sua amiga – retrucou o sr. Knightley. – Mas eu diria que ela é uma moça de bom temperamento e coração mole sem grandes chances de se mostrar muito, muito determinada contra qualquer jovem que lhe dissesse estar apaixonado por ela.

Emma não conseguiu deixar de sorrir enquanto respondia:

– Eu lhe dou a minha palavra, creio que o senhor a conhece quase tão bem como eu. Mas, sr. Knightley, está perfeitamente seguro de que ela o *aceitou* de modo absoluto e definitivo? Eu poderia supor que com o tempo ela o aceitasse, mas ela já consegue? O senhor não entendeu mal o sr. Martin? Vocês dois estavam falando de outras coisas; de negócios, de exibições de gado, ou de novos semeadores; e será que o senhor não poderia, na confusão desses inúmeros tópicos, ter interpretado mal o sujeito? Não era da mão de Harriet que ele estava certo... era das dimensões de algum famoso boi.

O contraste de semblante e porte entre o sr. Knightley e Robert Martin se mostrou tão forte aos sentimentos de Emma, naquele momento, e tão forte foi a recordação de tudo aquilo que tão recentemente se passara da parte de Harriet, tão fresco era o som das palavras – proferidas com tamanha ênfase – "Não, espero que o meu juízo me livre de pensar no sr. Martin", que ela realmente manteve a expectativa de que a informação se provasse, em certa medida, prematura. Não poderia ser diferente.

– Ousa dizer isso? – exclamou o sr. Knightley. – Ousa supor em mim um cabeça-dura tão grande a ponto de não saber do que um homem está falando? O que é que você merece?

– Ah!, mereço sempre o melhor tratamento, porque nunca tolero qualquer outro; sendo assim, o senhor precisa me dar uma resposta clara e direta. Tem plena certeza de que compreende os termos nos quais estão agora o sr. Martin e Harriet?

– Tenho plena certeza – ele retrucou, falando com grande distinção – de que o sr. Martin me contou que ela o aceitara; e de que não houve nenhuma obscuridade, nada de duvidoso, nas palavras que ele usou; e acredito poder lhe dar uma prova de que só pode ser isso. Robert pediu a minha opinião sobre o que fazer agora. Ele não conhecia ninguém além da sra. Goddard a quem pudesse solicitar informações sobre os parentes ou amigos da srta. Smith. Será que eu poderia lhe mencionar um procedimento mais adequado a tomar do que recorrer à sra. Goddard? Eu lhe garanti que não poderia. Então, falou Robert, ele tentaria vê-la no decorrer daquele dia.

– Estou perfeitamente satisfeita – Emma retrucou com os mais brilhantes sorrisos – e muito sinceramente lhes faço votos de felicidade.

– Você passou por uma transformação considerável desde a nossa última conversa sobre esse tema.

– Espero que sim... porque naquela época eu era uma tola.

– E eu também mudei, pois agora me sinto bastante disposto a lhe conceder todas as boas qualidades de Harriet.

Fiz algum esforço por sua causa, e por causa de Robert Martin (sobre o qual sempre tive razões para crer que estivesse tão apaixonado por ela como sempre), para conhecê-la melhor. Muitas vezes tive boas conversas com a jovem. Deve ter visto que tive. Por vezes, de fato, cheguei a pensar que você suspeitava um pouco que eu estivesse pleiteando a causa do pobre Martin, e nunca foi esse o caso; com todas as minhas observações, porém, fiquei convicto de que ela é uma moça simples e amável, com ótimas noções, bons princípios da mais alta seriedade, situando sua felicidade nos afetos e na utilidade da vida doméstica. Por grande parte disso, não tenho dúvida, ela pode agradecer a você.

– A mim?! – exclamou Emma, balançando a cabeça. – Ah, pobre Harriet!

Ela se conteve, no entanto, e aceitou em silêncio aquele louvor um pouco maior do que o merecido.

A conversação foi logo em seguida encerrada pela entrada do pai dela. Emma não lamentou. Ela queria ficar sozinha. Sua mente se via num estado de palpitação e assombro, impossibilitando-lhe qualquer compostura. Seu espírito dançava, cantava, exclamava; e, até que tivesse se movimentado, e conversado consigo, e rido e refletido, ela não poderia se prestar a nada de racional.

O negócio do seu pai era anunciar que James saíra com o propósito de atrelar os cavalos, preparando-se para o percurso que agora eles faziam diariamente até Randalls; e ela obteve, portanto, uma desculpa imediata para desaparecer.

O júbilo, a gratidão e o primoroso deleite de suas sensações poderão ser imaginados. Com a única mácula de agravo assim removida na perspectiva do bem-estar de Harriet, Emma corria realmente o perigo de ficar feliz demais para estar segura. Qual desejo lhe restava? Nenhum, senão o de se tornar mais digna daquele cujas intenções e opiniões haviam sido sempre tão superiores às dela. Nenhum, senão que as lições do seu desatino pretérito pudessem educá-la em humildade e circunspecção no futuro.

Séria Emma estava, muito séria nas sensações de agradecimento e nas resoluções; e no entanto não havia como evitar uma risada, por vezes bem em meio a elas. Ela só podia rir perante tal conclusão! Tal encerramento da penosa frustração de cinco semanas atrás! Tal coração – tal Harriet!

Agora o retorno dela seria prazeroso. Tudo seria um prazer. Seria um grande prazer conhecer Robert Martin.

Em posição elevada na classificação de suas mais sérias e sinceras felicidades situava-se a reflexão de que toda necessidade de ocultação para com o sr. Knightley dentro em breve acabaria. O disfarce, as evasivas, o mistério, tão odiosos de praticar para ela, poderiam dentro em breve acabar. Agora ela podia ter a expectativa de dar ao sr. Knightley a plena e perfeita confiança que sua disposição se prontificava muitíssimo a saudar como um dever.

No mais jovial e alegre dos espíritos Emma partiu com seu pai; nem sempre lhe dando ouvidos, mas sempre concordando com o que ele dizia, e, fosse por fala ou por silêncio, sendo conivente com a confortável persuasão de que ele era obrigado a ir para Randalls todos os dias, caso contrário a pobre sra. Weston ficaria desapontada.

Eles chegaram. A sra. Weston estava sozinha na sala de visitas. Mas mal os dois tinham sido informados do bebê e o sr. Woodhouse recebera os agradecimentos pela vinda – solicitados por ele – quando um vislumbre foi apanhado através da veneziana de duas figuras passando perto da janela.

– São Frank e a srta. Fairfax – disse a sra. Weston. – Eu ia justamente lhes contar sobre a nossa agradável surpresa em vê-lo chegar nesta manhã. Ele vai permanecer até amanhã e a srta. Fairfax foi persuadida a passar o dia conosco. Eles estão entrando, espero.

Em meio minuto estavam na sala. Emma ficou extremamente contente por vê-lo – mas houve um grau de confusão, certa quantidade de recordações embaraçosas de ambos os lados. Os dois se cumprimentaram prontamente, sorrindo, mas com um constrangimento que a princípio lhes deixou pouco a dizer; quando todos voltaram a se sentar, perdurou tamanho vácuo no círculo que Emma começou a duvidar se o desejo agora premiado que ela sentira por tanto tempo, o de ver Frank Churchill mais uma vez, e de vê-lo com Jane, renderia sua proporção de prazer. Quando o sr. Weston juntou-se ao grupo, no entanto, e quando o bebê foi buscado, já não houve falta de assunto ou de animação, ou de coragem e oportunidade para que Frank Churchill se aproximasse dela e dissesse:

– Preciso lhe agradecer, srta. Woodhouse, pela muito bondosa mensagem de clemência numa das cartas da sra. Weston. Espero que o tempo não a tenha disposto menos a perdoar. Espero que a senhorita não se retrate do que disse na ocasião.

– Não, com efeito – exclamou Emma, felicíssima por começar –, nem um pouco. Fico particularmente alegre por vê-lo, por apertar a sua mão e lhe dar os meus parabéns em pessoa.

O jovem lhe agradeceu do fundo do coração e continuou por algum tempo a falar, com sério sentimento, de sua gratidão e felicidade.

– Ela não está com ótima aparência? – perguntou ele, voltando seus olhos na direção de Jane. – Melhor do que jamais costumava estar? Perceba como o meu pai e a sra. Weston morrem de amores por ela.

Mas seu ânimo logo se elevou de novo e, com olhos sorridentes, após mencionar o esperado retorno dos Campbell, ele nomeou o nome Dixon. Emma corou e proibiu sua pronúncia na presença dela.

– Jamais consigo pensar nisso – ela exclamou – sem extrema vergonha.

– A vergonha – Frank Churchill respondeu – é toda minha, ou deveria ser. Mas será possível que a senhorita não tivesse suspeita alguma? Nos últimos tempos, eu quero dizer. Nos primeiros tempos, eu sei, a senhorita não tinha.

– Nunca tive a menor das dúvidas, eu lhe garanto.

– Isso me parece um tanto assombroso. Numa ocasião cheguei muito perto... e gostaria de tê-lo feito... teria sido melhor. Mas embora eu estivesse sempre fazendo coisas erradas, elas eram *péssimas* coisas erradas, de um tipo que não me ajudava em nada. Teria sido uma transgressão muito melhor se eu tivesse rompido o acordo de sigilo e lhe contado tudo.

– Não vale a pena ficar lastimando agora – disse Emma.

– Tenho alguma esperança – ele prosseguiu – de que o meu tio possa ser persuadido a visitar Randalls; ele quer ser apresentado a ela. Quando os Campbell tiverem retornado, nós iremos encontrá-los em Londres e permanecer lá, confio, até que possamos levá-la para o norte. Mas agora estou a tamanha distância dela... não é duro, srta. Woodhouse? Até esta manhã não chegamos a nos encontrar sequer uma vez desde o dia da reconciliação. A senhorita não tem piedade de mim?

Emma expressou sua piedade com tão imensa gentileza que, com um súbito acesso de pensamento alegre, Frank Churchill exclamou:

– Ah! A propósito – (baixando a voz e afetando um olhar momentâneo de acanhamento) –, espero que o sr. Knightley esteja bem...

Ele fez uma pausa. Emma corou e riu.

– Sei que a senhorita viu a minha carta e creio que deve se recordar do meu desejo em seu favor. Permita-me retribuir as suas congratulações. Eu lhe garanto que soube da notícia com o mais caloroso e satisfeito interesse. Ele é um homem a quem não posso ter a presunção de louvar.

Emma ficou encantada e quis apenas que ele continuasse no mesmo estilo, mas no momento seguinte a mente de Frank Churchill mergulhou nos seus próprios interesses e na sua própria Jane, e suas palavras seguintes foram:

– A senhorita já tinha visto uma pele como essa? Uma suavidade como essa? Uma delicadeza como essa? E sem ser, no entanto, efetivamente clara. Não podemos afirmar que seja clara. Trata-se de uma tez das mais incomuns, com seus cílios e cabelos escuros... uma tez das mais distintas! Tão peculiarmente uma dama. A dose exata de cor para realçar a beleza.

– Eu sempre admirei a tez dela – Emma retrucou com malícia –, mas não estarei lembrada da ocasião na qual o senhor considerou ser um defeito que ela fosse tão pálida?

– Ah!, não... que cão insolente eu fui! Não sei como pude ousar...

Mas ele riu tão vivamente da recordação que Emma não pôde deixar de dizer:

– Eu de fato suspeito que, em meio a todas as suas perplexidades naquela época, o senhor experimentasse um enorme divertimento em nos ludibriar. Tenho certeza disso. Tenho certeza de que isso era um consolo para o senhor.

– Ah, não, não, não! Como é que a senhorita consegue suspeitar tal coisa de mim? Eu era um desgraçado miserável!

– Não tão miserável a ponto de ser insensível à hilaridade. Tenho certeza de que era uma fonte de alto entretenimento, para o senhor, sentir que passava todos nós para trás. Talvez a suspeita me ocorra tanto mais prontamente porque, para lhe dizer a verdade, acredito que a mesma situação poderia ter proporcionado algum divertimento para mim. Penso que há uma pequena semelhança entre nós.

Ele fez uma mesura.

– Se não nas nossas disposições – ela acrescentou em seguida, com um olhar de verdadeira sensibilidade –, há uma semelhança no nosso destino; o destino que promete nos unir a dois temperamentos tão superiores aos nossos.

– É verdade, é verdade – ele respondeu com ardor. – Não, não é verdade no seu caso. Não há quem possa ser superior à senhorita, mas é bem verdade no meu caso. Ela é um completo anjo. Olhe para ela. Não é um anjo em todos os gestos? Observe a curva do pescoço. Observe os olhos enquanto ela observa o meu pai. A senhorita ficará feliz em saber – (inclinando a cabeça e sussurrando com seriedade) – que o meu tio pretende lhe dar todas as joias da minha tia. Elas vão ganhar um engaste novo. Estou decidido em colocar algumas num ornamento de cabeça. Não vai ficar lindo em seu cabelo escuro?

– Muito lindo, de fato – respondeu Emma.

E ela falava com tanta gentileza que Frank Churchill gratamente irrompeu:

– Como fico encantado em voltar a vê-la! E vê-la com tão excelente aparência! Eu não teria perdido este encontro por nada no mundo. Eu certamente a teria visitado em Hartfield se a senhorita tivesse deixado de vir.

Os outros estavam falando sobre a criança, com a sra. Weston tendo relatado um ligeiro alarme que sofrera na noite anterior porque a pequenina parecera não estar bem. A sra. Weston acreditava ter sido uma tolice sua, mas se alarmara e ficara a meio minuto de mandar chamar o sr. Perry. Talvez devesse se envergonhar, mas o sr. Weston se sentira inquieto quase na mesma medida. Passados dez minutos, no entanto, a criança se mostrara perfeitamente bem outra vez. Era essa a sua história; e particularmente interessante a história se mostrou para o sr. Woodhouse, que a elogiou muito pela ideia de mandar chamar o sr. Perry, apenas lamentando que não o tivesse feito. "Ela deveria sempre mandar chamar Perry se a criança parecesse adoentada no mais leve grau, mesmo que fosse apenas por um momento. Ela não poderia se alarmar com antecedência demasiada, tampouco chamar Perry com frequência demasiada. Era uma pena, talvez, que ele não tivesse vindo na noite passada, porque, ainda que a criança parecesse estar bem agora, considerando muito bem, provavelmente teria sido melhor se Perry a tivesse visto."

Frank Churchill captou o nome.

– Perry! – ele disse para Emma, e tentando, enquanto falava, captar o olhar da srta. Fairfax. – O meu amigo sr. Perry! O que é que eles estão dizendo sobre o sr. Perry? Por acaso ele esteve aqui nesta manhã? E como é que ele se desloca agora? Ele montou sua carruagem?

Emma logo se recordou e o entendeu; enquanto ela juntava-se à risada, ficou evidente, pelo semblante de Jane, que esta realmente o escutava também, embora tentando parecer surda.

– Um sonho tão extraordinário da minha parte! – ele exclamou. – Nunca consigo pensar nisso sem rir. Ela nos escuta, ela nos escuta, srta. Woodhouse. Posso percebê-lo nas faces dela, em seu sorriso, sua vã tentativa de franzir a testa. Olhe para ela. A senhorita não vê que, neste instante, o exato trecho da carta em que ela me mandou o relato está passando por seus olhos? Que a confusão toda está escancarada diante dela? Que não consegue dar atenção a nada mais, embora finja ouvir os outros?

Jane se viu forçada a sorrir completamente por um momento; e um vestígio do sorriso permaneceu enquanto ela se virava na direção de Frank e dizia numa voz constrangida, baixa porém firme:

– Como pode o senhor admitir tais recordações? Eu fico atônita com isso! Por vezes elas *de fato* se intrometem, mas como pode o senhor *cortejá-las*?

Ele teve muitas coisas para dizer em resposta, e de uma maneira bastante divertida; mas os sentimentos de Emma ficaram principalmente com Jane no argumento; e quando deixou Randalls, incidindo ao natural numa comparação entre os dois homens, ela sentiu que, por mais satisfeita que estivesse por ter visto Frank Churchill, e realmente o considerando com efetiva amizade, ela nunca sentira tanto a alta superioridade de caráter do sr. Knightley. A felicidade daquele felicíssimo dia ganhou o seu remate na animada contemplação do valor que a comparação produzia.

Capítulo 55

Se Emma ainda tinha, de quando em quando, algum sentimento de ansiedade por Harriet, uma dúvida momentânea de que lhe fosse possível estar realmente curada de seu afeiçoamento pelo sr. Knightley e realmente capaz de aceitar outro homem numa inclinação isenta, não foi por muito tempo que teve de sofrer com a recorrência de qualquer incerteza do tipo. Bem poucos dias trouxeram o grupo de Londres, e, tão logo teve oportunidade de ficar uma hora sozinha com Harriet, Emma se viu perfeitamente certificada – por mais inexplicável que fosse! – de que Robert Martin havia suplantado completamente o sr. Knightley e agora formava todas as suas perspectivas de felicidade.

Harriet mostrou-se um pouco aflita – pareceu um pouco tola, de fato, a princípio; tendo confessado, porém, que havia sido antes presunçosa e boba, e que se deixara iludir, sua dor e sua confusão pareceram se dissipar com as palavras, libertando-a de qualquer preocupação com o passado e dotando-a da mais plena exultação quanto ao presente e ao futuro; porque, no tocante à aprovação de sua amiga, Emma removera instantaneamente todos os temores dessa natureza encontrando-a com as mais irrestritas congratulações. Harriet mostrou-se mais do que feliz em relatar todos os pormenores da noite no Astley's e do jantar no dia seguinte; ela pôde se demorar em tudo isso com o máximo deleite. Mas tais pormenores explicavam o quê? O fato, como Emma podia reconhecer agora, era que Harriet sempre gostara de Robert Martin, e que o amor ininterrupto do jovem por ela tinha sido irresistível. Para além disso, aquilo sempre seria ininteligível a Emma.

O acontecimento, no entanto, era jubiloso, e o passar de cada dia lhe dava renovadas razões para pensar assim.

A paternidade de Harriet se tornou conhecida. Ela provou ser filha de um comerciante – rico o bastante para lhe proporcionar o confortável sustento que sempre lhe pertencera e decente o bastante para ter sempre desejado a ocultação. Tal era o sangue nobre que Emma tanto se dispusera, anteriormente, a atestar! Tratava-se de um sangue com boa probabilidade, talvez, de ser tão imaculado como o sangue de diversos cavalheiros; mas que conexão ela estivera preparando para o sr. Knightley, ou para os Churchill, ou até mesmo para o sr. Elton! A mácula da ilegitimidade, sem o descorante da nobreza ou da opulência, teria sido com efeito uma mácula.

Nenhuma objeção foi levantada no lado do pai; o jovem foi tratado com generosidade; foi tudo como deveria ser; e à medida que se familiarizou com Robert Martin, que já tinha sido apresentado em Hartfield, Emma reconheceu plenamente nele todos os sinais de bom senso e valor que podiam ser mais promissores para sua pequena amiga. Ela não tinha nenhuma dúvida quanto à felicidade de Harriet com qualquer homem de bom temperamento; mas com ele, e no lar que ele oferecia, existiria uma esperança de algo mais, de segurança, de estabilidade e de aprimoramento. Harriet estaria situada em meio às pessoas que amavam-na e cujo bom senso era superior ao dela; retirada o bastante para estar segura e ocupada o bastante para se manter jovial. Ela não seria levada jamais à tentação; tampouco a tentação poderia encontrá-la. Seria respeitável e feliz; e Emma admitiu ver em Harriet a mais afortunada criatura do mundo por ter criado um afeto tão estável e tão perseverante em tal homem; ou, se não exatamente a mais afortunada, destronada apenas por ela mesma.

Harriet, necessariamente afastada por seus compromissos com os Martin, aparecia cada vez menos em Hartfield; o que não era de se lamentar. A intimidade entre ela e Emma deveria esmaecer; a amizade deveria se transformar numa espécie mais calma de boa vontade; por sorte, o que haveria de ser e deveria ser parecia já estar começando, e da mais gradual e natural maneira.

Antes do fim de setembro, Emma acompanhou Harriet à igreja e viu sua mão ser concedida a Robert Martin com uma satisfação completa que nenhuma lembrança, nem mesmo as relacionadas ao sr. Elton enquanto este se postava diante deles, pôde prejudicar. Talvez naquele momento, de fato, ela mal enxergasse o sr. Elton senão como o clérigo cuja próxima bênção no altar poderia recair sobre ela. Robert Martin e Harriet Smith, o último casal dos três a firmar noivado, foi o primeiro a se casar.

Jane Fairfax já saíra de Highbury e estava restituída aos confortos do seu adorado lar com os Campbell. Os senhores Churchill encontravam-se também na cidade; e eles só estavam esperando por novembro.

O mês intermediário foi o fixado, até onde eles se atreviam, por Emma e pelo sr. Knightley. Os dois haviam determinado que seu casamento deveria ser concluído enquanto John e Isabella estivessem ainda em Hartfield, para lhes permitir a planejada ausência de duas semanas numa excursão ao litoral. John e Isabella, e todos os demais amigos, aprovaram o plano em uníssono. Mas o sr. Woodhouse – como poderia o sr. Woodhouse ser induzido a consentir? –, ele, que até ali jamais aludira ao casamento senão como um acontecimento distante?

Quando sondado no assunto pela primeira vez, o sr. Woodhouse ficou tão arrasado que eles quase perderam as esperanças. Uma segunda alusão, com efeito, causou menos dor. O sr. Woodhouse começou a pensar que teria de ser assim e que ele não conseguiria impedi-lo – um passo mental bastante promissor no caminho da resignação. Mas ele ainda não estava feliz. Pelo contrário, o sr. Woodhouse parecia estar tão longe disso que a coragem de sua filha falhou. Emma não suportava vê-lo sofrendo, saber que seu pai se imaginava negligenciado; e, embora seu discernimento quase aquiescesse com as asseverações de ambos os senhores Knightley de que, terminado o evento, a aflição do sr. Woodhouse logo terminaria também, ela hesitava – não conseguia ir em frente.

Nesse estado de suspense, eles foram presenteados não por qualquer súbita iluminação da mente do sr. Woodhouse ou por qualquer espantosa mudança do seu sistema nervoso, mas pela operação desse mesmo sistema de outra maneira. O aviário da sra. Weston foi roubado, certa noite, de todos os seus perus – evidentemente por engenhosidade humana. Outros aviários da vizinhança também sofreram. Furtos eram *arrombamentos* nos temores do sr. Woodhouse. Ele ficou muito inquieto, e, não fosse pela sensação da proteção de seu genro, teria sofrido sob miseráveis alarmes durante todas as noites de sua vida. A força, a resolução e a presença de espírito dos senhores Knightley garantiram a sua mais plena confiança. Enquanto qualquer um dos dois protegesse a ele e ao que era dele, Hartfield estaria em segurança. Mas o sr. John Knightley precisava regressar para Londres ao fim da primeira semana de novembro.

O resultado dessa aflição foi que, com um consentimento bem mais voluntário e jovial do que sua filha jamais presumira esperar para o momento, ela foi capaz de fixar sua data de casamento; e o sr. Elton foi convocado, um mês após o matrimônio do sr. e da sra. Robert Martin, para unir as mãos do sr. Knightley e da srta. Woodhouse.

O casamento foi muito semelhante a outros casamentos nos quais os envolvidos não têm gosto por refinamentos ou ostentações; e a sra. Elton, pelos pormenores informados por seu marido, considerou tudo extremamente ordinário e muito inferior à cerimônia dela. "Bem pouco cetim branco, bem poucos véus de renda; um negócio dos mais lamentáveis! Selina ficaria de olhos arregalados quando soubesse." A despeito dessas deficiências, porém, os desejos, as esperanças, a confiança e as predições do pequeno grupo de verdadeiros amigos que testemunhou a cerimônia foram plenamente correspondidos pela perfeita felicidade da união.

FIM

Coleção L&PM POCKET (Lançamentos mais recentes)

1045.**Da felicidade** *seguido de* **Da vida retirada** – Sêneca
1046.**O horror em Red Hook e outras histórias** – H. P. Lovecraft
1047.**Noite em claro** – Martha Medeiros
1048.**Poemas clássicos chineses** – Li Bai, Du Fu e Wang Wei
1049.**A terceira moça** – Agatha Christie
1050.**Um destino ignorado** – Agatha Christie
1051(26).**Buda** – Sophie Royer
1052.**Guerra Fria** – Robert J. McMahon
1053.**Simons's Cat: as aventuras de um gato travesso e comilão – vol. 1** – Simon Tofield
1054.**Simons's Cat: as aventuras de um gato travesso e comilão – vol. 2** – Simon Tofield
1055.**Só as mulheres e as baratas sobreviverão** – Claudia Tajes
1057.**Pré-história** – Chris Gosden
1058.**Pintou sujeira!** – Mauricio de Sousa
1059.**Contos de Mamãe Gansa** – Charles Perrault
1060.**A interpretação dos sonhos: vol. 1** – Freud
1061.**A interpretação dos sonhos: vol. 2** – Freud
1062.**Frufru Rataplã Dolores** – Dalton Trevisan
1063.**As melhores histórias da mitologia egípcia** – Carmem Seganfredo e A.S. Franchini
1064.**Infância. Adolescência. Juventude** – Tolstói
1065.**As consolações da filosofia** – Alain de Botton
1066.**Diários de Jack Kerouac – 1947-1954**
1067.**Revolução Francesa – vol. 1** – Max Gallo
1068.**Revolução Francesa – vol. 2** – Max Gallo
1069.**O detetive Parker Pyne** – Agatha Christie
1070.**Memórias do esquecimento** – Flávio Tavares
1071.**Drogas** – Leslie Iversen
1072.**Manual de ecologia (vol.2)** – J. Lutzenberger
1073.**Como andar no labirinto** – Affonso Romano de Sant'Anna
1074.**A orquídea e o serial killer** – Juremir Machado da Silva
1075.**Amor nos tempos de fúria** – Lawrence Ferlinghetti
1076.**A aventura do pudim de Natal** – Agatha Christie
1078.**Amores que matam** – Patricia Faur
1079.**Histórias de pescador** – Mauricio de Sousa
1080.**Pedaços de um caderno manchado de vinho** – Bukowski
1081.**A ferro e fogo: tempo de solidão (vol.1)** – Josué Guimarães
1082.**A ferro e fogo: tempo de guerra (vol.2)** – Josué Guimarães
1084(17).**Desembarcando o Alzheimer** – Dr. Fernando Lucchese e Dra. Ana Hartmann
1085.**A maldição do espelho** – Agatha Christie
1086.**Uma breve história da filosofia** – Nigel Warburton
1088.**Heróis da História** – Will Durant
1089.**Concerto campestre** – L. A. de Assis Brasil
1090.**Morte nas nuvens** – Agatha Christie
1092.**Aventura em Bagdá** – Agatha Christie
1093.**O cavalo amarelo** – Agatha Christie
1094.**O método de interpretação dos sonhos** – Freud
1095.**Sonetos de amor e desamor** – Vários
1096.**120 tirinhas do Dilbert** – Scott Adams
1097.**200 fábulas de Esopo**
1098.**O curioso caso de Benjamin Button** – F. Scott Fitzgerald
1099.**Piadas para sempre: uma antologia para morrer de rir** – Visconde da Casa Verde
1100.**Hamlet (Mangá)** – Shakespeare
1101.**A arte da guerra (Mangá)** – Sun Tzu
1104.**As melhores histórias da Bíblia (vol.1)** – A. S. Franchini e Carmen Seganfredo
1105.**As melhores histórias da Bíblia (vol.2)** – A. S. Franchini e Carmen Seganfredo
1106.**Psicologia das massas e análise do eu** – Freud
1107.**Guerra Civil Espanhola** – Helen Graham
1108.**A autoestrada do sul e outras histórias** – Julio Cortázar
1109.**O mistério dos sete relógios** – Agatha Christie
1110.**Peanuts: Ninguém gosta de mim... (amor)** – Charles Schulz
1111.**Cadê o bolo?** – Mauricio de Sousa
1112.**O filósofo ignorante** – Voltaire
1113.**Totem e tabu** – Freud
1114.**Filosofia pré-socrática** – Catherine Osborne
1115.**Desejo de status** – Alain de Botton
1118.**Passageiro para Frankfurt** – Agatha Christie
1120.**Kill All Enemies** – Melvin Burgess
1121.**A morte da sra. McGinty** – Agatha Christie
1122.**Revolução Russa** – S. A. Smith
1123.**Até você, Capitu?** – Dalton Trevisan
1124.**O grande Gatsby (Mangá)** – F. S. Fitzgerald
1125.**Assim falou Zaratustra (Mangá)** – Nietzsche
1126. **Peanuts: É para isso que servem os amigos (amizade)** – Charles Schulz
1127(27).**Nietzsche** – Dorian Astor
1128.**Bidu: Hora do banho** – Mauricio de Sousa
1129.**O melhor do Macanudo Taurino** – Santiago
1130.**Radicci 30 anos** – Iotti
1131.**Show de sabores** – J.A. Pinheiro Machado
1132.**O prazer das palavras** – vol. 3 – Cláudio Moreno
1133.**Morte na praia** – Agatha Christie
1134.**O fardo** – Agatha Christie
1135.**Manifesto do Partido Comunista (Mangá)** – Marx & Engels
1136.**A metamorfose (Mangá)** – Franz Kafka
1137.**Por que você não se casou... ainda** – Tracy McMillan
1138.**Textos autobiográficos** – Bukowski
1139.**A importância de ser prudente** – Oscar Wilde
1140.**Sobre a vontade na natureza** – Arthur Schopenhauer
1141.**Dilbert (8)** – Scott Adams

1142.**Entre dois amores** – Agatha Christie
1143.**Cipreste triste** – Agatha Christie
1144.**Alguém viu uma assombração?** – Mauricio de Sousa
1145.**Mandela** – Elleke Boehmer
1146.**Retrato do artista quando jovem** – James Joyce
1147.**Zadig ou o destino** – Voltaire
1148.**O contrato social (Mangá)** – J.-J. Rousseau
1149.**Garfield fenomenal** – Jim Davis
1150.**A queda da América** – Allen Ginsberg
1151.**Música na noite & outros ensaios** – Aldous Huxley
1152.**Poesias inéditas & Poemas dramáticos** – Fernando Pessoa
1153.**Peanuts: Felicidade é...** – Charles M. Schulz
1154.**Mate-me por favor** – Legs McNeil e Gillian McCain
1155.**Assassinato no Expresso Oriente** – Agatha Christie
1156.**Um punhado de centeio** – Agatha Christie
1157.**A interpretação dos sonhos (Mangá)** – Freud
1158.**Peanuts: Você não entende o sentido da vida** – Charles M. Schulz
1159.**A dinastia Rothschild** – Herbert R. Lottman
1160.**A Mansão Hollow** – Agatha Christie
1161.**Nas montanhas da loucura** – H.P. Lovecraft
1162(28).**Napoleão Bonaparte** – Pascale Fautrier
1163.**Um corpo na biblioteca** – Agatha Christie
1164.**Inovação** – Mark Dodgson e David Gann
1165.**O que toda mulher deve saber sobre os homens: a afetividade masculina** – Walter Riso
1166.**O amor está no ar** – Mauricio de Sousa
1167.**Testemunha de acusação & outras histórias** – Agatha Christie
1168.**Etiqueta de bolso** – Celia Ribeiro
1169.**Poesia reunida (volume 3)** – Affonso Romano de Sant'Anna
1170.**Emma** – Jane Austen
1171.**Que seja em segredo** – Ana Miranda
1172.**Garfield sem apetite** – Jim Davis
1173.**Garfield: Foi mal...** – Jim Davis
1174.**Os irmãos Karamázov (Mangá)** – Dostoiévski
1175.**O Pequeno Príncipe** – Antoine de Saint-Exupéry
1176.**Peanuts: Ninguém mais tem o espírito aventureiro** – Charles M. Schulz
1177.**Assim falou Zaratustra** – Nietzsche
1178.**Morte no Nilo** – Agatha Christie
1179.**Ê, soneca boa** – Mauricio de Sousa
1180.**Garfield a todo o vapor** – Jim Davis
1181.**Em busca do tempo perdido (Mangá)** – Proust
1182.**Cai o pano: o último caso de Poirot** – Agatha Christie
1183.**Livro para colorir e relaxar** – Livro 1
1184.**Para colorir sem parar**
1185.**Os elefantes não esquecem** – Agatha Christie
1186.**Teoria da relatividade** – Albert Einstein
1187.**Compêndio da psicanálise** – Freud
1188.**Visões de Gerard** – Jack Kerouac
1189.**Fim de verão** – Mohiro Kitoh
1190.**Procurando diversão** – Mauricio de Sousa
1191.**E não sobrou nenhum e outras peças** – Agatha Christie
1192.**Ansiedade** – Daniel Freeman & Jason Freeman
1193.**Garfield: pausa para o almoço** – Jim Davis
1194.**Contos do dia e da noite** – Guy de Maupassant
1195.**O melhor de Hagar 7** – Dik Browne
1196(29).**Lou Andreas-Salomé** – Dorian Astor
1197(30).**Pasolini** – René de Ceccatty
1198.**O caso do Hotel Bertram** – Agatha Christie
1199.**Crônicas de motel** – Sam Shepard
1200.**Pequena filosofia da paz interior** – Catherine Rambert
1201.**Os sertões** – Euclides da Cunha
1202.**Treze à mesa** – Agatha Christie
1203.**Bíblia** – John Riches
1204.**Anjos** – David Albert Jones
1205.**As tirinhas do Guri de Uruguaiana 1** – Jair Kobe
1206.**Entre aspas (vol.1)** – Fernando Eichenberg
1207.**Escrita** – Andrew Robinson
1208.**O spleen de Paris: pequenos poemas em prosa** – Charles Baudelaire
1209.**Satíricon** – Petrônio
1210.**O avarento** – Molière
1211.**Queimando na água, afogando-se na chama** – Bukowski
1212.**Miscelânea septuagenária: contos e poemas** – Bukowski
1213.**Que filosofar é aprender a morrer e outros ensaios** – Montaigne
1214.**Da amizade e outros ensaios** – Montaigne
1215.**O medo à espreita e outras histórias** – H.P. Lovecraft
1216.**A obra de arte na era de sua reprodutibilidade técnica** – Walter Benjamin
1217.**Sobre a liberdade** – John Stuart Mill
1218.**O segredo de Chimneys** – Agatha Christie
1219.**Morte na rua Hickory** – Agatha Christie
1220.**Ulisses (Mangá)** – James Joyce
1221.**Ateísmo** – Julian Baggini
1222.**Os melhores contos de Katherine Mansfield** – Katherine Mansfied
1223(31).**Martin Luther King** – Alain Foix
1224.**Millôr Definitivo: uma antologia de *A Bíblia do Caos*** – Millôr Fernandes
1225.**O Clube das Terças-Feiras e outras histórias** – Agatha Christie
1226.**Por que sou tão sábio** – Nietzsche
1227.**Sobre a mentira** – Platão
1228.**Sobre a leitura** ***seguido do*** **Depoimento de Céleste Albaret** – Proust
1229.**O homem do terno marrom** – Agatha Christie
1230(32).**Jimi Hendrix** – Franck Médioni
1231.**Amor e amizade e outras histórias** – Jane Austen
1232.**Lady Susan, Os Watson e Sanditon** – Jane Austen

233.**Uma breve história da ciência** – William Bynum
234.**Macunaíma: o herói sem nenhum caráter** – Mário de Andrade
235.**A máquina do tempo** – H.G. Wells
236.**O homem invisível** – H.G. Wells
237.**Os 36 estratagemas: manual secreto da arte da guerra** – Anônimo
238.**A mina de ouro e outras histórias** – Agatha Christie
239.**Pic** – Jack Kerouac
240.**O habitante da escuridão e outros contos** – H.P. Lovecraft
241.**O chamado de Cthulhu e outros contos** – H.P. Lovecraft
242.**O melhor de Meu reino por um cavalo!** – Edição de Ivan Pinheiro Machado
243.**A guerra dos mundos** – H.G. Wells
244.**O caso da criada perfeita e outras histórias** – Agatha Christie
245.**Morte por afogamento e outras histórias** – Agatha Christie
246.**Assassinato no Comitê Central** – Manuel Vázquez Montalbán
1247.**O papai é pop** – Marcos Piangers
1248.**O papai é pop 2** – Marcos Piangers
1249.**A mamãe é rock** – Ana Cardoso
1250.**Paris boêmia** – Dan Franck
1251.**Paris libertária** – Dan Franck
1252.**Paris ocupada** – Dan Franck
1253.**Uma anedota infame** – Dostoiévski
1254.**O último dia de um condenado** – Victor Hugo
1255.**Nem só de caviar vive o homem** – J.M. Simmel
1256.**Amanhã é outro dia** – J.M. Simmel
1257.**Mulherzinhas** – Louisa May Alcott
1258.**Reforma Protestante** – Peter Marshall
1259.**História econômica global** – Robert C. Allen
1260(33).**Che Guevara** – Alain Foix
1261.**Câncer** – Nicholas James
1262.**Akhenaton** – Agatha Christie
1263.**Aforismos para a sabedoria de vida** – Arthur Schopenhauer
1264.**Uma história do mundo** – David Coimbra
1265.**Ame e não sofra** – Walter Riso
1266.**Desapegue-se!** – Walter Riso
1267.**Os Sousa: Uma famíla do barulho** – Mauricio de Sousa
1268.**Nico Demo: O rei da travessura** – Mauricio de Sousa
1269.**Testemunha de acusação e outras peças** – Agatha Christie
1270(34).**Dostoiévski** – Virgil Tanase
1271.**O melhor de Hagar 8** – Dik Browne
1272.**O melhor de Hagar 9** – Dik Browne
1273.**O melhor de Hagar 10** – Dik e Chris Browne
1274.**Considerações sobre o governo representativo** – John Stuart Mill
1275.**O homem Moisés e a religião monoteísta** – Freud
1276.**Inibição, sintoma e medo** – Freud
1277.**Além do princípio de prazer** – Freud
1278.**O direito de dizer não!** – Walter Riso
1279.**A arte de ser flexível** – Walter Riso
1280.**Casados e descasados** – August Strindberg
1281.**Da Terra à Lua** – Júlio Verne
1282.**Minhas galerias e meus pintores** – Kahnweiler
1283.**A arte do romance** – Virginia Woolf
1284.**Teatro completo v. 1: As aves da noite *seguido de* O visitante** – Hilda Hilst
1285.**Teatro completo v. 2: O verdugo *seguido de* A morte do patriarca** – Hilda Hilst
1286.**Teatro completo v. 3: O rato no muro *seguido de* Auto da barca de Camiri** – Hilda Hilst
1287.**Teatro completo v. 4: A empresa *seguido de* O novo sistema** – Hilda Hilst
1288.**Sapiens: Uma breve história da humanidade** – Yuval Noah Harari
1289.**Fora de mim** – Martha Medeiros
1290.**Divã** – Martha Medeiros
1291.**Sobre a genealogia da moral: um escrito polêmico** – Nietzsche
1292.**A consciência de Zeno** – Italo Svevo
1293.**Células-tronco** – Jonathan Slack
1294.**O fim do ciúme e outros contos** – Proust
1295.**A jangada** – Júlio Verne
1296.**A ilha do dr. Moreau** – H.G. Wells
1297.**Ninho de fidalgos** – Ivan Turguêniev
1298.**Jane Eyre** – Charlotte Brontë
1299.**Sobre gatos** – Bukowski
1300.**Sobre o amor** – Bukowski
1301.**Escrever para não enlouquecer** – Bukowski
1302.**222 receitas** – J. A. Pinheiro Machado
1303.**Reinações de Narizinho** – Monteiro Lobato
1304.**O Saci** – Monteiro Lobato
1305.**Memórias da Emília** – Monteiro Lobato
1306.**O Picapau Amarelo** – Monteiro Lobato
1307.**A reforma da Natureza** – Monteiro Lobato
1308.**Fábulas *seguido de* Histórias diversas** – Monteiro Lobato
1309.**Aventuras de Hans Staden** – Monteiro Lobato
1310.**Peter Pan** – Monteiro Lobato
1311.**Dom Quixote das crianças** – Monteiro Lobato
1312.**O Minotauro** – Monteiro Lobato
1313.**Um quarto só seu** – Virginia Woolf
1314.**Sonetos** – Shakespeare
1315(35).**Thoreau** – Marie Berthoumieu e Laura El Makki
1316.**Teoria da arte** – Cynthia Freeland
1317.**A arte da prudência** – Baltasar Gracián
1318.**O louco *seguido de* Areia e espuma** – Khalil Gibran
1319.**O profeta *seguido de* O jardim do profeta** – Khalil Gibran
1320.**Jesus, o Filho do Homem** – Khalil Gibran
1321.**A luta** – Norman Mailer
1322.**Sobre o sofrimento do mundo e outros ensaios** – Schopenhauer
1323.**Epidemiologia** – Rodolfo Saracci
1324.**Japão moderno** – Christopher Goto-Jones
1325.**A arte da meditação** – Matthieu Ricard
1326.**O adversário secreto** – Agatha Christie
1327.**Pollyanna** – Eleanor H. Porter

IMPRESSÃO:

PALLOTTI
GRÁFICA

Santa Maria - RS | Fone: (55) 3220.4500
www.graficapallotti.com.br